MICHAEL CONNELLY

The Concrete Blonde

콘크리트 블론드
The Concrete Blonde

BOSCH

MICHAEL CONNELLY

마이클 코넬리 지음 | 이창식 옮김

알에이치코리아

Media Review

—

"거칠고 야성적인, 그리고 멜로드라마틱한 크라임 스릴러. 악마적인 상상력으로 넘친다. 코넬리는 폭발적이고, 무자비하며 또한 너무나 날카로운 작가다."_버팔로 뉴스

"마이클 코넬리는 법정 장면에서 시소를 타듯 일진일퇴의 구조를 보여주며 서스펜스를 고조시킨다. 경찰 조직에서의 고통스러울 정도로 사실적인 묘사도 여전하다."_뉴욕 타임스

"쓸쓸하고 거친 야생의 느낌, 그러나 그 속에서 가끔씩 느껴지는 감동이 더더욱 인상적이다. 터프한 언어로 쓰여진 깔끔한 소설."_산 호세 머큐리 뉴스

"플롯을 위한 매서운 눈, 대화를 위한 통찰력 있는 귀를 가진 코넬리."
_버지니안 파일럿 앤 레저 스타

"최고의 경찰 소설, 해리 보슈는 통렬하고 영리하다."_마이애미 헤럴드

—

Contents

수전, 폴과 제이미, 밥과 마렌, 엘렌, 제인과 데미안에게

프롤로그

창문들이 죽은 자의 눈처럼 퀭해 보이는 실버레이크의 그 집은 어둠 속에 시커멓게 웅크리고 있었다. 전면에 널찍하게 달아낸 베란다와 지붕의 긴 경사면에 돌출한 두 개의 지붕창이 있는 캘리포니아의 명품 고택이었다. 그런데 창문 안쪽은 물론이고 현관 위에도 불빛 하나 보이지 않았다. 그래서 그런지 가로등 불빛도 침투할 수 없을 만큼 음산한 기운이 집 주위를 감싸고 있었다. 베란다의 어둠 속에 한 사내가 서 있더라도 보이지 않을 것이라고 보슈는 생각했다.

"저 집이 틀림없어?"

그는 같이 온 여자에게 물었다.

"집이 아니라 그 뒤에 있는 차고예요."

여자가 대답했다.

"진입로가 보이는 곳에 차를 세워 봐요."

보슈가 가속페달을 밟자 카프리스는 입구를 지나 진입로로 천천히 굴러갔다.

"저기요."

여자가 손가락질하는 곳에 차를 세우자 저택 뒤로 차고가 보였고 그 위에 옥탑방이 하나 서 있었다. 옆으로 올라가는 목조 계단이 있고 문 위에 불이 켜져 있었다. 두 개의 창문 안쪽에도 불빛이 훤했다.

"좋아."

보슈는 고개를 끄덕였다. 두 사람은 차고를 한동안 응시했다. 내가 도대체 뭘 기대하고 이러는 거지, 하고 보슈는 생각했다. 아무것도 아닌 허탕일 수도 있었다. 매춘부의 향수 냄새가 차 안을 가득 채워 그는 창문을 내려야만 했다. 여자의 주장을 믿어야 할지 말아야 할지 알 수 없었다. 한 가지 분명한 사실은 지원을 요청할 수 없다는 것. 무전기도 가져오지 않았고 카프리스에는 전화기가 설치되어 있지 않았다.

"어떻게 할 거예요? 저기 있다!"

여자가 소리치며 가리키는 곳을 돌아보니 작은 유리창 안으로 그림자가 하나 지나가는 것이 보였다. 화장실일 거라고 보슈는 짐작했다. 매춘부는 계속 조잘댔다.

"그놈은 화장실에 있어요. 내가 그것들을 발견한 곳도 화장실이고."

보슈는 창문에서 시선을 돌려 여자를 바라보았다.

"그것들이라니?"

"아, 그러니까, 캐비닛을 열어 봤죠. 저기 들어갔을 때 말예요. 그냥 뭐가 들었나 하고. 우린 항상 조심해야 하거든요. 그 안에서 봤어요. 화장품들 말예요. 마스카라, 립스틱, 콤팩트 따위들. 그래서 범인인 줄 알았죠. 그놈은 살인한 뒤 피살자 얼굴에 화장을 한다면서요."

"전화할 땐 왜 그런 얘기 안 했지?"

"안 물어봤잖아요."

보슈는 다른 창문의 커튼 뒤를 지나는 사내의 그림자를 보았다. 가슴이 과속으로 달리는 자동차 엔진처럼 덜덜덜 떨렸다.

"저기서 도망쳐 나온 지 얼마나 됐나?"

"글쎄요. 프랭클린 거리로 내려오다 그 차를 얻어 타고 대로까지 10분쯤 달려왔나? 잘 모르겠어요."

"잘 생각해 봐, 중요하니까."

"모른다니까요. 한 시간쯤 지났을까."

젠장. 이 여자는 특별수사팀에 전화하기 전에 몸을 팔러 저 집에 들어갔다고 했다. 그 부분에서는 상당한 진실성을 보여주었다. 지금쯤 범인은 다른 매춘부를 끌어들였을지도 모르는데 그는 이렇게 앉아 쳐다보고만 있었다.

도로 위쪽으로 올라가던 보슈는 소화전 앞에 있는 빈자리에 차를 세웠다. 시동을 껐지만 키는 뽑지 않고 그대로 두었다. 그는 차에서 내린 뒤 열린 창문으로 머리를 들이밀고 여자에게 말했다.

"내가 저 위에 올라가는 동안 당신은 여기 가만히 있어. 만약 총소리가 나거나 10분이 지나도 내가 안 나오면 아무 집 문이나 두드려서 경찰을 불러 달라고 해. 형사가 도움을 필요로 한다고 말하란 말이야. 대시보드에 시계가 보이지? 10분이야."

"알았어요, 10분. 이제 당신은 영웅이 되겠군요. 하지만 보상금은 분명 내 거예요."

보슈는 총을 뽑아 들고 진입로로 달려갔다. 차고 옆에 설치된 목조 계단은 낡고 뒤틀려 있었다. 한 걸음에 세 계단씩 올라가며 최대한 소리를 내지 않으려고 애썼지만 그것은 보슈가 온 것을 온 세상에 알리고 싶은 듯 비명을 질러댔다. 옥상에 도착한 그는 권총을 들어 문 위에 매달린 전구를 깨뜨린 뒤 어둠 속으로 한 걸음 물러서서 난간에 등을 기댔다. 그리곤 왼발 뒤꿈치에 몸무게를 실어 문손잡이 위쪽을 힘껏 걷어 찼다.

요란한 소리를 내며 문이 활짝 열렸다. 보슈는 몸을 웅크리고 사격자 세로 문지방을 넘어 들어갔다. 그러자 곧 침대 건너편에 서 있는 사내 가 눈에 들어왔다. 벌거숭이 몸에 털이라곤 한 올도 없고 머리까지 박 박 민 상태였다. 사내의 두 눈이 보슈에게 고정되었다. 겁에 질린 눈이 었다. 보슈는 바짝 긴장하며 사내에게 고함을 질렀다.

"경찰이다! 꼼짝 마!"

사내는 그 자리에 얼어붙었다. 하지만 곧 허리를 숙이고 오른손을 베 개 쪽으로 천천히 가져갔다. 도중에 잠시 머뭇거렸지만 계속 손을 뻗는 것을 보자 보슈는 자기 눈을 믿을 수가 없었다. 이 자식이 미쳤나, 뭘 하 자는 거야? 시간이 갑자기 멈춘 것 같았다. 몸속에서 아드레날린이 뿜 어져 나오자 눈앞의 광경이 슬로모션처럼 분명해졌다. 보슈는 사내가 베개로 자기 몸을 가리려고 하는지 아니면….

그 순간 사내의 손이 베개 밑으로 쑥 들어갔다.

"하지 마!"

사내의 손이 베개 밑에 있는 무언가를 꽉 거머쥐었다. 그의 눈길은 보슈의 눈에서 잠시도 떨어지지 않았다. 그제야 보슈는 사내의 눈빛에 담긴 것이 두려움이 아님을 알았다. 그건 다른 무엇이었다. 분노? 증오? 사내의 손이 베개 밑에서 나오고 있었다.

"안 돼!"

보슈는 방아쇠를 당겼다. 두 손으로 쥔 권총이 반사작용으로 튀어 올 랐다. 벌거벗은 사내는 위쪽과 뒤쪽으로 몸을 젖히며 경련했다. 그러더 니 목재 패널을 댄 뒷벽에 등을 부딪쳤다가 앞으로 쓰러지며 침대 위에 엎어져 캑캑거렸다. 보슈는 재빨리 방을 가로질러 침대로 다가갔다.

사내는 이번엔 왼쪽 손을 베개 쪽으로 뻗기 시작했다. 보슈가 왼쪽 다리를 침대로 올려 사내의 등에 올라타고 꼼짝 못하게 찍어 눌렀다. 그리곤 벨트에서 수갑을 빼내어 베개를 더듬고 있는 사내의 왼손에 재빨리 채운 뒤 오른손에도 채웠다. 사내는 컥컥거리며 신음을 토해냈다.

"안 돼, 안 돼!"

사내는 저항하며 소리쳤지만 피를 토하는 기침으로 인해 더 이상 말을 잇지 못했다.

"내가 꼼짝 말라고 했지?"

보슈가 사내에게 말했다.

"꼼짝 말라고 했어 안 했어!"

차라리 죽어라. 보슈는 그렇게 생각했지만 입 밖에 내어 말하진 않았다. 그편이 피차 편할 것이었다. 그는 침대를 돌아 베개 쪽으로 다가갔다. 베개를 들고 그 아래를 살펴본 그는 잠시 멍한 표정을 짓고 있다가 툭 떨어뜨렸다. 한참 동안 눈을 꽉 감고 있던 그는 벌거숭이 사내의 뒤통수를 향해 고함을 버럭 질렀다.

"망할 자식! 도대체 무슨 짓을 한 거야? 총을 겨누고 소리쳤는데도 내 말을 농담으로 들었어, 이 새끼가!"

보슈는 침대를 돌아가서 사내의 얼굴을 살펴보았다. 입안에서 흘러나온 피가 꼬질꼬질한 흰 시트를 흠뻑 적시고 있었다. 총알이 폐를 관통했음을 알 수 있었다. 벌거벗은 사내는 죽어가고 있었다.

"뒈질 것까진 없었잖아!"

보슈는 사내에게 소리 질렀다.

마침내 사내는 숨을 거두었다. 보슈는 방 안을 둘러보았지만 다른 사람은 아무도 없었다. 도망친 매춘부 대신 다른 여자를 불러들이지도 않았다. 그의 짐작은 빗나갔다. 화장실로 들어가서 싱크대 아래쪽 캐비닛을 열어 보았다. 차 안에서 매춘부가 말했던 대로 화장품들이 들어 있었다. 보슈가 아는 브랜드도 몇 가지 보였다. 맥스팩터, 로레알, 커버걸, 레브론. 모든 것들이 딱 맞아떨어지는 느낌이었다.

그는 화장실 문을 통해 침대 위에 엎어진 시체를 돌아보았다. 공기 중에는 아직도 화약 냄새가 남아 있었다. 그는 담배를 붙여 물었다. 방 안이 하도 고요하여 그가 연기를 폐 속으로 깊숙이 빨아들이자 담배 타 들어가는 소리가 들릴 정도였다.

옥탑방 안에는 전화가 설치되어 있지 않았다. 보슈는 주방에 있는 의 자에 앉아 기다릴 수밖에 없었다. 아직까지도 가슴이 쿵쿵 뛰고 머리가 어질어질했다. 하지만 침대 위에 죽어 있는 사내에 대한 동정심이나 죄 책감, 슬픔 따위는 느낄 수 없었다. 전혀.

그는 멀리서 다가오고 있는 사이렌 소리에 정신을 집중하려고 애썼 다. 잠시 후 사이렌을 울리며 달려오는 경찰차는 한 대가 아니란 걸 알 수 있었다. 여러 대가 달려오고 있었다.

01 법정의 형사

　로스앤젤레스 시내에 있는 지방 법원 복도에는 벤치가 하나도 없다. 당연히 앉을 곳이 없다. 그래서 벽에 등을 기대고 차가운 대리석 바닥에 앉아 있으면 지나가던 연방 경찰이 재깍 일으켜 세운다. 그리고 경찰들이 복도를 오락가락하지 않을 때는 거의 없다.

　법원이 이처럼 불친절한 것은 연방정부가 정의는 뒷북을 치거나 있으나마나한 것처럼 보이고 싶지 않기 때문이다. 연방정부는 사람들이 복도의 벤치나 바닥에 줄지어 앉아 지친 눈빛으로 법정 문이 열리고 자신들이 관련된 사건이나 복역 중인 가족의 이름이 불리길 기다리고 있는 꼴을 보고 싶지 않은 것이다. 하지만 이런 일은 스프링 스트리트 건너편의 카운티 형사법원 건물에서는 다반사로 일어난다. 각층 복도에 놓인 벤치들은 매일 기다리는 사람들로 빼곡하다. 여자들과 아이들이 대부분인 그들은 남편이나 애인 혹은 아버지가 구금 중에 있는 사람들이다. 또 대부분이 흑인이거나 황인종이다. 벤치들은 여자와 아이들을 먼저 앉혀 놓은 구명보트처럼 보인다. 사람들은 비좁게 끼어 앉거나 이리저리 배회하며 하염없이 기다리고 또 기다린다. 법원의 잘난 놈들은 그들을 보트피플이라 부른다.

해리 보슈는 연방법원 정면 계단 위에서 담배를 피우며 이런 차이점에 대해 생각하고 있었다. 그건 다른 문제였다. 건물 안 복도에서는 담배를 피울 수 없게 되어 있다. 그래서 그는 휴정 시간을 이용하여 에스컬레이터를 타고 내려와 밖으로 나왔다. 눈가리개를 쓰고 정의의 저울을 손에 든 여신상을 올린 콘크리트 밑바탕 옆에 모래를 채운 재떨이가 하나 놓여 있었다. 보슈는 동상을 쳐다보았지만 그녀의 이름을 기억할 수 없었다. 정의의 여신. 그리스 여인 같았는데 확신할 순 없었다. 그는 손에 들고 있는 신문을 펼치고 그 기사를 다시 읽어 보았다.

최근 그는 아침마다 스포츠 섹션만 읽었다. 맨 마지막 페이지에 매일 업데이트 해놓은 스코어와 통계치를 온 정신을 집중해서 들여다보곤 했다. 그 숫자들과 백분율들이 나열된 것을 보면 그는 어쩐지 마음이 편안했다. 이 혼란스러운 세상에 철저한 질서를 부여하는 그 숫자들은 분명하고 간단했다. 다저스 팀에서 누가 가장 많은 홈런을 쳤는지 아는 것은 그가 아직도 이 도시와 자신의 삶에 어떤 식으로든 연결되어 있다는 느낌을 안겨 주었다.

그런데 오늘은 스포츠 섹션을 접어 서류가방 속에 쑤셔 박았다. 그 가방은 조금 전까지 그가 앉았던 법정의 의자 아래에 있다. 대신 손에 들고 있는 것은 〈로스앤젤레스 타임스〉의 메트로 섹션이었다. 그는 섹션을 사등분으로 꼼꼼하게 접었다. 간선도로를 주행하는 사람들이 운전하면서 신문을 읽기 위해 접는 방법이었다. 심리 중인 사건에 대한 기사가 섹션 전면 하단에 실려 있었다. 그는 다시 한 번 기사를 읽었고, 자신에 대한 내용을 읽으며 다시 얼굴이 달아오르는 것을 느꼈다.

"가발"로 인한 오인사살 사건 심리 개시

조엘 브레머, 〈타임스〉 스탭 기자

오늘 열린 특수 민권 심리에서 로스앤젤레스 경찰국의 한 형사가 4년 전 과도하게 무기를 사용한 혐의로 기소되었다. 그는 연쇄살인범으로 믿었던 노먼 처치가 총을 잡으려 한다고 오인하고 그 자리에서 사살했지만, 실은 피살자는 가발을 잡으려고 했던 것으로 뒤늦게 밝혀졌다.

항공우주 기술자였던 노먼 처치의 미망인은 로스앤젤레스 경찰국의 형사 해리 보슈 (43)를 연방 지방법원에 고소했다. 보슈는 인형사 연쇄살인으로 알려진 사건 수사가 한창이던 시기에 그녀의 남편을 사살했다.

사건이 있기 1년쯤 전부터 경찰은 인형사란 별명이 붙은 연쇄살인범을 찾고 있었다. 언론이 범인을 그런 별명으로 부르게 된 연유는 그가 자신이 살해한 11명의 희생자 얼굴을 모두 화장품으로 인형처럼 꾸며 놓았기 때문이다. 살인자는 보슈와 〈LA 타임스〉에 시와 메모를 보내어 자신의 인간사냥을 대대적으로 홍보하기도 했다.

노먼 처치가 살해된 후 경찰 당국은 그 항공우주 기술자가 살인범임을 증명하는 분명한 증거를 확보했다고 발표했다.

보슈는 대기발령을 받았다가 나중에 로스앤젤레스 경찰국(LAPD) 강도살인반에서 할리우드 경찰서 강력반으로 좌천되었다. 그 이유에 대해 경찰은 보슈가 실버레이크의 그 옥탑방에서 치명적인 발사를 하기 전에 지원요청을 했어야 마땅한데도 정상적인 절차를 밟지 않았기 때문이라고 설명했다.

경찰 당국자는 처치를 살해한 총기 발사의 동기는 "양호"했으며, 그것은 부적절한 무기사용이 아니란 뜻이라고 계속 주장했다.

처치의 죽음으로 심리가 불가능해진 이래, 경찰이 수집한 많은 증거물들은 공식적 선서 하에서는 한 점도 제시되지 않았다. 그것은 연방 심리에서 변화를 초래할 것이다. 일주일 걸리는 배심원 선정 절차가 오늘로서 마무리되면 곧이어 변호인들의 모두진술이 있을 것으로 예상된다.

보슈는 페이지 안쪽에 있는 기사를 읽기 위해 신문을 펼쳐야만 했다. 그는 안쪽에 있는 자기 사진을 보느라고 정신이 잠시 흐트러졌다. 아주 오래된 것으로 명함사진처럼 보이지 않았다. 경찰증에 붙은 것과 똑같은 사진이었다. 그러자 기사보다도 그 사진이 더 눈에 거슬렸다. 그의 사진을 그렇게 내보내는 것은 분명 사생활 침해가 아닌가. 그는 다시 기사에 집중하려고 애썼다.

시 검찰청은 보슈를 변호하고 있다. 총을 발사했을 때 그는 임무수행 중이었다는 것이 그 이유다. 만약 재판에서 원고가 승소한다면 그 비용은 보슈가 아니라 납세자들이 물어야 할 판이다.

처치의 부인 데보라를 대표하는 변호인은 경찰권 남용 사건 전문가이자 민권 변호사인 허니 챈들러이다. 지난 주 한 인터뷰에서 그녀는 처치에 대한 무모한 총질이 보슈로부터 비롯된 문제라는 것을 배심원들에게 증명해 보일 것이라고 말했다.

"보슈 형사의 카우보이 놀음에 한 남자가 목숨을 잃었어요."라고 챈들러는 말했다. "나는 그가 단지 무모하기만 했던 것인지, 아니면 거기에 어떤 악의가 있었는지 잘 모르겠어요. 암튼 재판 과정에서 명백하게 밝혀지겠죠."

첫 번째 휴정 시간에 신문을 집어든 이후 적어도 대여섯 차례는 반복해서 읽은 것이 바로 그 부분이었다. 어떤 악의라니. 그 여자는 무슨 뜻으로 그런 말을 했을까? 챈들러가 심리전을 구사하려고 인터뷰를 이용한 것에 지나지 않는다는 걸 아는 보슈는 그런 말에 신경 쓰지 않으려고 했다. 하지만 그건 분명 경고사격으로 느껴졌고, 이제 그보다 더 강력한 것이 다가올 것임을 짐작하게 해 주었다.

챈들러는 또한 처치가 인형사임을 증명한다는 경찰측 증거물에 대해서도 질문할 것이라고 말했다. 그리고 두 딸의 아버지인 처치는 경찰이 찾는 연쇄살인범도 아닌데 보슈의 실책을 가리기 위해 억지로 혐의를 씌운 것이라고 주장했다.

"보슈 형사는 무고한 사람을 냉혹하게 살해했어요."라고 챈들러는 말했다. "경찰과 지방 검찰청은 우리가 이 민권 소송을 통해 이루고자 하는 것을 거부하고 있습니다. 그것은 진실을 밝히고 노먼 처치의 가족에게 정의를 선사하는 일입니다."

보슈와 그를 변호하는 할리우드 시 검사보 로드니 벨크는 이 주장에 대해 언급하기를 거부했다. 보슈와 관련해서 증언할 것으로 보이는 사람들로는….

"동전 한 닢 줍쇼."

신문에서 고개를 쳐든 보슈는 때에 전 낯익은 얼굴을 보았다. 법원 앞을 자기 영역으로 삼고 있는 부랑자였다. 보슈는 배심원이 선정되던 지난 한 주 동안 날마다 구걸하며 담배꽁초를 줍는 이 사내를 보아왔다. 두 겹의 스웨터 위에 낡아서 하늘거리는 트위드 재킷을 걸치고 코르덴 바지를 입은 차림이었다. 한 손에는 소지품을 담은 비닐가방을 들고 다른 손에는 구걸할 때 사람들 앞에 흔드는 대형 컵을 들고 있었다. 사내는 또 온갖 것들이 적힌 노란 법률 용지철도 항상 가지고 다녔다.

보슈는 반사적으로 주머니들을 툭툭 쳐본 뒤 어깨를 으쓱했다. 동전이 한 개도 없었다.

"1달러짜리도 괜찮아."

"1달러짜리도 없는데."

부랑자는 그를 놓아주고 재떨이 속을 들여다보았다. 누런 꽁초들이 암세포처럼 모래 위로 비죽비죽 올라와 있었다. 사내는 용지철을 겨드랑이에 끼고 아직 1, 2센티쯤 피울 부분이 남은 담배꽁초들을 줍기 시작했다. 이따금 거의 피우지 않은 긴 것을 발견할 때마다 그는 즐거운 탄성을 지르곤 추수한 꽁초들을 대형 컵에 담았다.

마음이 행복해진 사내는 재떨이에서 한 걸음 물러서서 동상을 쳐다보았다. 그리곤 보슈를 돌아보며 윙크를 한 뒤 엉덩이를 아주 외설적으로 흔들어대며 물었다.

"내 여자 친구 어때?"

사내는 이번엔 자기 손에 키스한 뒤 그 손으로 동상을 토닥거렸다.

보슈가 뭐라고 대꾸할 말을 찾기도 전에 허리에 찬 호출기가 울리기 시작했다. 부랑자는 뒤로 두 걸음 물러서며 악귀라도 쫓듯 빈손을 앞으로 들어올렸다. 보슈는 그의 얼굴에 떠오른 끔찍한 두려움을 보았다. 마치 두뇌의 신경세포가 너무 멀리까지 퍼져나가다 끊어져버린 것 같은 표정이었다. 사내는 담배꽁초를 담은 대형 컵을 들고 스프링 스트리트 쪽으로 급히 걸어갔다.

보슈는 사내가 아주 안 보일 때까지 지켜본 뒤에야 벨드에서 호출기를 뽑았다. 번호를 확인해보니 할리우드 경찰서 하비 "98" 파운즈 과장의 직통전화였다. 그는 피우던 담배를 재떨이에 버리고 법원으로 돌아갔다. 2층 법정 근처의 에스컬레이터 위쪽에 공중전화들이 있었다.

"해리, 거긴 어떻게 돌아가고 있나?"

파운즈 과장이 대뜸 물었다.

"여전하죠, 뭐. 마냥 기다리고 있습니다. 배심원은 선정되었고, 지금은 변호인들이 판사와 모두진술에 대해 얘기하고 있어요. 벨크 검사보가 나는 그 자리에 앉아 있을 필요가 없다고 해서 밖에서 빈둥거리고 있죠."

보슈는 시계를 보았다. 12시 10분 전이었다.

"이제 곧 점심시간이 되겠네요."

"잘됐네. 난 자네가 필요해."

보슈는 아무 대꾸도 하지 않았다. 재판이 끝날 때까지는 사건을 맡기지 않겠다고 파운즈가 자기 입으로 분명히 약속했기 때문이다. 최소한 한 주일 내지 두 주일까지는. 파운즈로서도 약속할 수밖에 다른 선택의 여지가 없었다. 일주일에 나흘은 연방법원에 붙들려 있어야 할 판인 보슈에게 살인사건 수사를 어떻게 맡긴단 말인가?

"무슨 일입니까? 난 근무에서 빠진 줄 알았는데."

"빠졌지. 그런데 문제가 생긴 것 같아. 자네와 관련이 있어."

보슈는 다시 망설였다. 파운즈에게 낚이지 않으려면 항상 조심해야 한다. 너를 믿느니 길거리의 소매치기를 믿지, 하고 보슈는 속으로 말했다. 파운즈는 항상 반쯤 숨기고 말하는 버릇이 있었다. 보아하니 이번에도 노상 추던 춤을 다시 출 기세였다. 아리송한 말로 보슈가 미끼를 덥석 물기를 기다리는 듯했다. 아리송한 말에는 애매한 대꾸로 응할 수밖에. 보슈는 마침내 그에게 물었다.

"문제라뇨?"

"자네도 오늘 신문에서 봤겠지? 그 사건에 대한 〈타임스〉지 기사 말이야."

"네, 방금 그걸 읽고 있었습니다."

"그런데 또 한 장의 메모를 받았어."

"메모요? 무슨 말씀입니까?"

"어떤 놈이 프런트데스크에 메모를 던지고 갔다니까. 자네 앞으로 말이야. 그런데 인형사 연쇄살인이 한창 벌어지던 시기에 그자가 자네한테 보낸 메모들과 똑같은 것처럼 보여."

보슈가 보기에 그는 본론을 질질 끌며 즐기고 있는 것처럼 보였다.

"내 앞으로 온 건데 그 내용을 어떻게 아십니까?"

"우편으로 온 게 아니야. 봉투도 없이 종이 한 장을 반으로 접은 상태였어. 바깥 면에 자네 이름을 적고. 누군가가 프런트데스크에 슬쩍 놓고 간 것을 거기 있던 사람이 읽어보고 알아본 거지."

"뭐라고 적혀 있습니까?"

"자네 맘엔 안 들겠는데, 해리. 타이밍이 더럽지만 메모의 요지는 자네가 생사람을 잡았다는 거야. 인형사는 아직 멀쩡하게 살아 있단 얘기지. 메모를 적은 자기가 진짜 인형사라면서 시체 숫자는 계속 늘어날 거라는군. 자네가 엉뚱한 사람을 죽였다면서."

"말짱 개소리예요. 인형사의 편지는 신문에 게재된 적이 있고 브레머의 책에도 그 사건과 함께 소개됐죠. 아무라도 그 문장을 흉내 내서 메모를 쓸 수 있어요."

"자넨 날 멍청이로 아나, 보슈? 아무나 쓸 수 있다는 건 나도 알아. 이 메모를 쓴 놈도 그걸 알 테고. 그래서 자신을 알리기 위해 보물지도 같은 걸 하나 그려놨더군. 또 다른 희생자의 시체가 있는 곳을 말이야."

보슈가 생각에 잠겨 침묵하고 있는 동안 과장은 가만히 기다렸다.

"그래서 어떻게 했죠?"

그가 마침내 물었다.

"그래서 오늘 아침 에드거를 그곳으로 보냈어. 웨스턴에 있던 빙스 기억나?"

"빙스? 아, 대로 남쪽에 있던 당구장 말이죠. 빙스. 작년 폭동 때 무너지지 않았나요?"

"맞아."

파운즈 과장이 말했다.

"완전히 불탔지. 폭도들이 약탈한 뒤 불을 질렀어. 슬래브와 세 벽만 남아 시에서 철거명령을 내렸는데도 주인은 꼼짝도 안 해. 암튼 메모가 가리키는 장소는 바로 그곳이야. 여자가 바닥 슬래브 아래 묻혀 있대. 에드거가 착암기를 가진 시청 인부들을 데리고 그곳으로 갔어."

파운즈는 얘기를 질질 끌고 있었다. 젠장할 놈. 보슈는 속으로 욕을 해주었다. 이번엔 더 오래 기다려야 할 것이다. 침묵이 거북하게 느껴질 즈음에야 과장은 다시 입을 열었다.

"거기서 시체 한 구를 찾아냈다는군. 메모에 적힌 대로 말이야. 콘크리트 아래서 에드거가 발견했어."

"몇 살이나 먹은 여잡니까?"

"아직 몰라. 하지만 꽤 먹었어. 그래서 자넬 부른 거야. 점심시간에 잠시 거기로 가서 좀 봐주게. 정말 인형사가 한 짓인지, 아니면 어떤 또라이가 우릴 엿 먹이려고 한 짓인지 말이야. 자넨 전문가잖아. 거기서 만나자고. 개정 시각 전까진 돌아갈 수 있을 거야."

보슈는 멍청해진 느낌이었다. 벌써 담배를 한 대 더 피우고 싶어졌다. 그는 파운즈 과장이 방금 한 말들을 정리해 보려고 애썼다. 인형사노면 처치는 4년 전에 죽었다. 그건 돌이킬 수 없는 사실이었다. 보슈는 그날 밤 일을 아직 똑똑히 기억하고 있었다. 처치는 분명 인형사였다.

"그러니까 갑자기 그 쪽지가 데스크 위에 있었단 말이죠?"

"네 시간쯤 전 데스크 담당 경사가 프런트카운터에서 발견했어. 수상한 사람은 보지 못했대. 아침엔 사람들이 많이 들락거리잖아. 게다가 근무교대 시간이었어. 미헌을 올려 보내 데스크 경관들을 조사했는데, 메모를 발견할 때까지 이상한 놈은 없었다는군."

"젠장, 그 메모 좀 읽어봐요."

"안 돼. SID(과학수사반-옮긴이)에 있어. 건질 게 있을 것 같진 않지만 조사는 해봐야지. 복사해서 현장으로 가져갈게."

보슈가 대답하지 않자 파운즈가 말했다.

"무슨 생각하는지 알아. 하지만 구체적인 것이 나올 때까진 지그시 기다리자고. 미리 걱정할 필욘 없어. 어떤 놈이 챈들러라는 그 변호사의 사주를 받았을지도 몰라. 그러고도 남을 여자니까. LA 경찰의 해골을 벽에 못 박을 수만 있다면 무슨 짓이든 할 타입이지. 자기 이름이 신문에 나는 걸 엄청 좋아하거든."

"언론에서는 뭐라고 합니까? 아직 모르고 있나요?"

"시체가 발견된 것에 대한 확인 전화가 몇 군데서 들어왔어. 현장에 파견된 검시관한테서 주워들었겠지. 아직 발표하진 않았어. 암튼 메모나 인형사와 관련된 것에 대해선 아무도 몰라. 그냥 시체가 한 구 발견된 줄로만 알지. 폭동으로 불탄 건물 아래서 발견되었다고 하면 한바탕 난리가 날 것 같은데."

파운즈는 잠시 뜸을 들인 뒤 계속했다.

"어쨌든 인형사 부분은 당분간 비밀에 붙여야 할 것 같아. 물론 그 메모를 쓴 자가 복사본을 언론사에도 보내지 않았다면 말이지. 만약 보냈다면 오늘 밤 안으로 연락이 올 거야."

"놈은 어떻게 무너진 당구장 슬래브 밑에 여자를 묻었을까요?"

"건물 전체가 당구장이 아니라 뒤쪽은 창고였어. 당구장이 들어서기 전엔 스튜디오 소품 대여점이었지. 빙스가 앞부분을 차지한 후 뒷부분은 작게 쪼개어 창고로 임대한 거야. 모두 에드거가 주인을 만나 알아낸 내용들이지. 살인범은 창고 하나를 임대하고 있다가 여자 시체를 슬래브 아래로 밀어 넣었던 게 분명해. 어쨌거나 폭동으로 건물은 불타 무너졌지만 불길이 슬래브 아래까지 미치진 않았던 거지. 그 불쌍한 여자는 시종 그 아래 있었던 모양이고. 에드거 말로는 마치 미라처럼 보였다는군."

보슈는 4호 법정 문이 열리고 처치 가족들이 변호인을 따라 복도로 나오는 것을 보았다. 점심을 먹으러 나가는 모양이었다. 데보라 처치와 그녀의 두 딸은 보슈를 쳐다보지도 않았다. 하지만 대부분의 경찰들과 연방법원 내의 사람들에게 머니 챈들러로 알려져 있는 허니 챈들러는 살인자의 눈초리로 그를 노려보며 지나갔다. 새카맣게 탄 마호가니 같은 두 눈알이 가무잡잡한 안색과 억센 턱 선으로 이루어진 얼굴 상단에 박혀 있었다. 매끈한 금발을 가진 매력적인 여자였다. 몸매는 푸른 정장의 밋밋한 선에 가려져 보이지 않았다. 보슈는 자신을 향해 발산하는 그들의 적개심을 파도처럼 느낄 수 있었다.

"보슈, 내 말 아직 듣고 있나?"

수화기에서 파운즈 과장이 물었다.

"네, 점심시간이 시작된 것 같습니다."

"잘됐군. 그쪽으로 와. 이런 말을 하긴 좀 그렇지만 제발 다른 또라이의 짓이라면 좋겠군. 자넬 위해서도 그게 최선인데 말이야."

"그렇죠."

전화기를 내려놓으려는 순간 파운즈의 목소리가 들려서 보슈는 다시 귀로 가져갔다.

"한 가지만 더. 만약 거기에 기자들이 나타나면 나한테 미루게. 이 사건이 어떻게 밝혀지든 자넨 여기에 연루되면 안 돼. 소송은 옛날 사건에서 연유된 것이니까 말이야. 우린 단지 자네를 전문가로 거기에 불렀을 뿐이라고."

"알겠습니다."

"그럼 이따 만나세."

02 인형사

　다운타운 외곽의 윌셔 대로를 지난 보슈는 맥아더 공원 왼쪽 부분을 통과한 뒤 3번가를 가로질렀다. 웨스턴 거리에서 북쪽으로 꺾어 돌자 전방 왼쪽으로 순찰차들과 형사들이 타고 온 차량들, 범죄현장과 검시반 차량들이 눈에 들어왔다. 멀리 북쪽으로 보이는 HOLLYWOOD란 글씨가 스모그에 가려 흐릿했다.

　빙스 당구장은 시커멓게 그은 채 남은 세 벽이 숯덩이로 변한 건물 잔해를 보듬고 있었다. 지붕이 없어서 정복 차림의 경찰들이 뒤쪽 벽 꼭대기에 푸른 비닐 방수천을 쳐서 건물 앞쪽 철망울타리에 걸쳐 놓았다. 보슈는 그곳에서 작업하는 수사관들이 그늘이 필요해서 그걸 친 건 아니란 걸 알 수 있었다. 머리를 숙이고 자동차 앞유리를 통해 위쪽을 살펴보자 아니나 다를까, 썩은 고기 냄새를 맡은 청소부 새들처럼 언론사의 헬리콥터들이 공중을 선회하고 있었다.

　도로가에 차를 세운 보슈는 장비 트럭 옆에 서 있는 시청 인부들을 보았다. 하나같이 역겨운 표정으로 담배연기를 깊숙이 빨아들이고 있었다. 착암기는 트럭 뒤쪽 땅바닥에 놓여 있었다. 그들은 이곳에서의 임무가 어서 끝나기만을 기다리고 있는 듯했다.

트럭 건너편의 파란 밴 옆에 파운즈 과장이 서 있는 것이 보였다. 자신을 진정시키고 있는 것처럼 보였지만, 그 역시 역겨운 기분을 민간인들과 얘기하고 있다는 걸 보슈는 알 수 있었다. 파운즈는 할리우드 경찰서 살인팀을 포함한 형사들을 지휘하고 있었지만 실제로 살인사건 수사에 뛰어든 적은 한 번도 없었다. 경찰국의 다른 많은 관리자들처럼 그가 그 직책까지 올라온 것도 경험이 아니라 시험 점수나 아첨을 기반으로 한 것이었다. 진짜 경찰들이 매일 겪는 일로 인해 파운즈 같은 인간들이 고통당하는 걸 보면 보슈는 항상 즐거웠다.

카프리스에서 내리기 전에 그는 시계를 보았다. 개정 시각까지는 한 시간의 여유가 있었다.

"해리, 와줘서 반갑네."

파운즈 과장이 다가오며 말했다.

"시체가 나왔다면 당연히 살펴봐야죠."

보슈는 정장 코트를 벗어 차 좌석에 던져 넣은 뒤 트렁크를 열고 자루처럼 생긴 푸른 점프슈트를 꺼내어 옷 위에 껴입었다. 좀 덥긴 하겠지만 발굴 현장의 흙먼지를 옷에 묻혀 법정으로 돌아가고 싶진 않았다.

"좋은 생각이야. 내 것도 가져올 걸 그랬군."

파운즈가 말했다. 하지만 그에게 점프슈트 따위가 있을 리 없다는 걸 보슈는 알고 있었다. 파운즈가 사건현장에 나타나는 경우는 단지 TV 카메라가 자기 얼굴을 멋지게 비춰줄 가능성이 있을 때뿐이었다. 그가 관심을 보이는 것은 TV뿐이었고 인쇄매체에 대해서는 늘 심드렁한 반응을 보였다. 신문기자와 두 마디 이상 말하려면 정신을 차려야만 한다.

잠시라도 정신을 놓으면 그 말에 한 페이지쯤 해설이 붙어 다음 날 하루 종일이나 어쩌면 영원히 꼬리표로 달고 다니게 될 수도 있다. 경찰국의 정책상 인쇄매체와 얘기하는 건 별로 좋지 않았다. 그보다는 TV 쪽이 가볍고 훨씬 덜 위험했다.

보슈는 파란 방수천이 쳐진 곳으로 걸어갔다. 그 아래 수사관들이 모여 있었다. 건물의 기반이었던 콘크리트 바닥을 참호처럼 파 들어간 가장자리에 콘크리트 조각들이 수북이 쌓여 있었다. 보슈는 저공비행하는 TV 헬리콥터를 쳐다보았다. 방수천이 발굴 현장을 가리고 있어서 별 소용이 없을 터였다. 아마 지금쯤은 지상 요원들을 파견했을 것이다.

건물 껍데기 속에는 잔해들이 아직 많이 남아 있었다. 타다 남은 천장 서까래와 기둥들, 깨진 콘크리트 블록과 다른 파편들. 파운즈가 보슈 뒤를 따라왔다. 두 사람은 방수천 아래 모여 있는 수사관들에게 조심스레 다가갔다.

"여긴 불도저로 밀어버리고 주차장을 새로 만들 거라고 하더군."

파운즈 과장이 말했다.

"폭동이 이 도시에 남긴 선물이지. 천여 군데의 새로운 주차장이 말이야. 요즘 사우스 센트럴 지역에서 차를 주차하려면 아무 문제가 없어. 그런데 자동차에 가스를 주입하거나 소다수를 한 병 사려면 애로사항이 많지. 모조리 불태워버렸거든. 크리스마스 전에 사우스 사이드로 가본 적 있나? 블록마다 빈자리에 크리스마스트리 구역을 마련해 뒀더군. 나는 그들이 왜 자기 이웃집들을 모조리 불태워야 했는지 아직도 이해할 수가 없어."

보슈는 그들이 왜 그런 짓을 했는지 도무지 이해하지 못하는 파운즈 같은 사람들 때문에 언젠가는 그들이 또 그런 짓을 해야 할 것이란 생각이 들었다. 그것은 악순환처럼 보였다. 매번 25년 정도의 간격을 두고 이 도시는 현실의 불길로 자신의 영혼에 불을 붙였다. 그리곤 뒤도 돌아보는 법 없이 마치 불 맞은 짐승처럼 마구 질주했다.

파운즈가 콘크리트 조각을 밟고 미끄러졌는지 갑자기 쓰러졌다. 그는 두 손으로 바닥을 짚고 벌떡 일어나며 당황한 표정으로 소리쳤다.

"제기랄!"

그리곤 보슈가 물어보지도 않았는데 "괜찮아, 괜찮아." 하면서 대머리에서 흘러내린 몇 가닥의 머리카락을 쓸어 올렸다. 그 과정에서 손에 묻은 재가 이마에 시커먼 줄을 그었지만 보슈는 말해주고 싶은 생각이 전혀 들지 않았다.

보슈의 파트너인 제리 에드거는 낯익은 수사관들과 함께 서 있었다. 초면인 두 여자는 검시반의 시체 운반자들이 입는 초록색 점프슈트 차림이었다. 최저임금을 받고 살인현장에서 살인현장으로 밴을 타고 이동하며 시체를 아이스박스로 운반하는 일을 하는 여자들이었다.

"그동안 어디 있었나, 해리?"

에드거가 물었다.

"여기 있었지."

에드거는 블루스 페스티벌 문제로 뉴올리언스에 갔다가 방금 돌아왔다. 그 얘기를 너무 자주 해서 다들 짜증낼 정도지만 경찰국에서 그걸 모르는 사람은 에드거 혼자뿐이었다.

그들 가운데서도 에드거는 두드러져 보였다. 그는 보슈처럼 점프슈트를 입지도 않았다. 자신의 노드스트롬 양복을 구긴다고 점프슈트를 입는 법이 없었다. 그래도 바지 자락이나 회색 더블 상의 소매에 먼지 하나 묻히지 않고 범죄현장을 잘도 돌아다녔다. 에드거의 짭짤한 부수입원이었던 부동산 시장은 최근 3년은 죽을 쑤고 있었지만 그의 옷차림은 여전히 세련미를 유지하고 있었다. 에드거의 검은 목을 단단히 죄고 있는 옅은 푸른색 실크 넥타이를 보자 보슈는 자신이 착용하고 있는 셔츠와 넥타이 값을 합쳐도 그보다 비싸지 않을 거라는 생각이 들었다.

보슈는 SID 범죄현장 감식가 아트 도노반을 돌아보고 고개를 끄덕였지만 다른 사람들에겐 아무 말도 건네지 않았다. 규정에 따른 것이었다. 살인현장은 아주 조심스럽게 지휘되고 각 시스템이 서로 영향을 끼치지 않도록 효율적으로 작동되고 있었다. 형사들은 대부분의 얘기를 자기들끼리만 하거나 과학수사반 감식가하고만 나누었다. 정복 차림의 경찰은 꼭 말해야 할 경우가 아니면 입을 다물어야 했다. 맨 아래 계급인 시체 운반자들은 검시관 외엔 아무하고도 얘기할 수 없었다. 검시관은 경찰에겐 아무 말도 해주지 않았다. 그는 경찰을 경멸했다. 그가 보기엔 경찰은 언제나 이거 해라, 저거 해라, 검시와 약물검사를 어제까지 마쳤어야 했다는 식으로 투덜대기만 하는 존재였다.

보슈는 참호처럼 파놓은 곳을 들여다보았다. 시청 인부들이 착암기로 슬래브를 깨뜨리고 가로 2.4미터 세로 1.2미터 되는 구덩이를 팠다. 그리곤 슬래브 아래 1미터 가량 이어진 거대한 콘크리트 덩어리 속으로 파고 들어갔다. 보슈가 콘크리트 덩어리 속에 생긴 구멍을 들여다보니 마치 회반죽을 부어 마네킹을 찍어내는 주형(鑄型: 거푸집—옮긴이)처럼 시체 윤곽이 그대로 남아 있었다. 그런데 피살자는 거기 없었다.

"시체는 어디 있나?"

보슈의 물음에 에드거가 대답했다.

"검시반이 벌써 다 긁어냈지. 비닐가방에 담아 트렁크에 실었네. 우린 이 슬래브 덩어리를 한 조각으로 들어낼 수 있는 방법을 연구 중이야."

보슈는 잠시 구덩이를 말없이 들여다본 뒤 방수천 아래서 빠져나왔다. 검시반의 래리 사카이가 뒤따라 나와 검시반의 밴 뒷문을 열었다. 차량 안은 후끈했고 사카이의 구취는 소독약품 냄새보다 지독했다.

"그들이 형사님을 여기 불러낸 모양이군요."

사카이가 말했다.

"그래. 그게 어때서?"

"인형사란 놈이 한 짓 같아서 말이죠."

보슈는 어떤 언질도 주고 싶지 않아 입을 다물었다. 사카이는 4년 전 인형사 연쇄살인 수사에 참여했다. 보슈는 언론이 연쇄살인범에게 붙인 그 이름이 사카이 때문이 아닐까 의심하고 있었다. 누군가가 살인범이 반복적으로 시체에 화장품을 사용한다는 사실을 채널 4의 앵커에게 누설했고, 그 말을 들은 앵커는 살인범에게 인형사라는 별명을 선사했다. 그 이후 일반인들은 물론이고 경찰까지도 그를 인형사라고 불렀다.

그렇지만 정작 보슈는 그 별명을 싫어했다. 그것은 살인자뿐만 아니라 희생자들까지도 연상시키는 말이었다. 피살자들을 비인격화하고 인형사 스토리를 두려워하기보다는 즐기는 쪽으로 방송하도록 만들었다.

보슈는 밴 주위를 둘러보았다. 두 대의 바퀴 달린 침대에 시체도 두 구가 있었다. 하나는 검은 비닐가방을 가득 채우고 있었다. 그 시체는 생전에 비대했거나 아니면 죽은 후 부풀어 올랐을 것이다. 다른 비닐가방에 든 것은 부피가 그다지 크지 않았다. 보슈는 그것이 콘크리트 속에서 꺼낸 시체의 남은 부분임을 알 수 있었다. 사카이가 말했다.

"맞아요, 이거죠. 저쪽은 랭커심 거리에서 찔려 죽은 사람인데 노스할리우드 경찰서 관할이고요. 우린 여기로 파견 명령을 받고 왔죠."

그 말은 매체들의 정보 입수가 얼마나 빠른지 설명해 주고 있었다. 검시관이 떴다 하면 시내의 모든 뉴스 룸에 비상이 걸렸다.

보슈는 부피가 작은 비닐가방을 잠시 살펴보다가 사카이가 열어줄 때까지 기다리지 않고 지퍼를 죽 열었다. 그러자 지독한 악취가 풍겨 나왔는데, 시체를 그보다 더 일찍 발견했을 때 맡던 냄새보다는 덜했다.

사카이가 비닐가방을 벌리자 보슈는 시체의 남은 부분들을 살펴보았다. 시커멓게 변한 피부가 뼈다귀 위에 입혀 놓은 가죽처럼 팽팽했다. 보슈는 이런 것에 단련되어 있었고 현장에 대한 자제력이 있어서 울컥하진 않았다. 심지어 시체들을 살펴보는 일이 타고난 팔자처럼 느껴질 때도 가끔 있었다. 열두 살도 채 되기 전에 경찰에 불려가서 엄마의 시신을 확인해야만 했고, 베트남에서는 수많은 시체들을 목격했다. 그리고 20년 가까이 경찰에 근무하는 동안 보아온 시체들도 이루 헤아릴 수 없을 정도였다. 덕분에 이젠 시체를 봐도 카메라 렌즈처럼 초연할 수 있었다. 혹은 사이코패스처럼 무심할 수 있다고 그는 생각했다.

비닐가방 안에 있는 여자는 몸집이 자그마했다는 걸 알 수 있었다. 하지만 세포조직의 부패와 수축이 여자의 몸집을 생전보다 더 작게 만든 것 같았다. 머리카락 길이는 어깨에 닿을 정도인데 표백한 금발이었다. 보슈는 여자의 얼굴에 남은 화장에서 분 성분을 확인할 수 있었다. 위축된 신체의 다른 부분에 비해 놀랄 만큼 큰 여자의 유방에 자연 눈길이 갔다. 피부가 팽팽하게 늘어날 정도로 둥그렇고 커다랬다. 어쩐지 원래의 모양 같지가 않아 신체에서 가장 기괴한 부분처럼 보였다.

"인공 확대한 유방이에요."

사카이가 말했다.

"분해되지 않죠. 빼내어 다른 계집한테 다시 팔아먹을 수도 있을 걸요. 재생 프로그램을 가동할 수가 있는 거죠."

보슈는 아무 대꾸도 하지 않았다. 그 여자가 누구든, 자기 몸뚱이를 좀 더 섹스어필하게 만들어서 결국은 이런 꼴로 끝장나고 말았다고 생각하자 갑자기 우울해졌다. 이 여자는 그렇게 해서 살인자를 유혹하는 데 성공했다는 얘기가 아닌가?

사카이가 그의 생각을 방해했다.

"이 짓을 한 놈이 인형사라면, 이 여자는 적어도 4년 동안 콘크리트 속에 있었다는 얘기 아닌가요? 그렇다면 그 정도의 기간에 부패가 그리 심한 편은 아니에요. 여전히 머리카락과 눈과 내부 조직이 좀 남아 있어요. 그걸로 작업을 해볼 수 있겠죠. 지난주에 일거리를 하나 받았는데, 솔레다드 계곡에서 발견한 도보여행자예요. 작년 여름에 실종됐던 친구였죠. 뼈만 남아 있었고요. 그런 계곡에 노출되어 있었으니 짐승들이 그냥 뒀을 리가 없죠. 항문부터 파먹어 들어갔어요. 거기가 가장 부드러운 부분이기 때문에 짐승들은…."

"나도 알아, 사카이. 이 얘기나 계속하자고."

"암튼 이 여자의 경우는 콘크리트가 부패를 지연시킨 게 분명해요. 막진 못했지만 속도를 늦춘 거죠. 밀폐된 무덤처럼요."

"부검을 하면 죽은 지 얼마나 됐는지 알아낼 수 있겠지?"

"부검으론 어려워요. 대신 여자의 신원을 밝혀내면 실종된 날을 알아낼 수 있겠죠. 그게 방법이에요."

보슈는 여자의 손가락들을 살펴보았다. 가느다랗고 새까만 막대기들 같았다.

"지문은 어때?"

"채취할 거예요. 저 손가락들에서는 아니고."

보슈는 사카이가 웃고 있는 것을 보고 물었다.

"뭐야? 콘크리트에 찍혀 있었어?"

보슈의 말에 놀랐던지 웃고 있던 사카이의 얼굴이 변했다.

"바로 그거예요. 여자는 자국을 남겼죠. 저 안에 있는 슬래브를 그대로 들어낼 수 있다면 지문뿐만 아니라 여자의 얼굴까지 찍어낼 수가 있어요. 콘크리트를 반죽한 자가 물을 너무 사용했기 때문에 결이 아주 곱거든요. 우리한텐 아주 좋은 일이죠. 덕분에 지문을 얻게 될 테니까."

보슈는 시체의 목을 감은 가죽 끈을 살펴보았다. 가느다란 검은 가죽 끈의 가장자리를 따라 박은 솔기를 볼 수 있었다. 핸드백에서 잘라낸 끈이었다. 다른 모든 시체들에서 본 것과 마찬가지로. 보슈가 시체 가까이 머리를 숙이자 악취가 코와 입으로 들어왔다. 목을 감고 있는 가죽 끈의 둘레는 와인 병 둘레만큼이나 작았다. 치명적이었다. 보슈는 가죽 끈이 파고들어 목숨을 앗아간 검게 변한 피부를 살펴보았다. 그리고 매듭을 살펴보았다. 왼손으로 목의 오른쪽에 단단히 조인 풀매듭이었다. 다른 모든 시체들과 마찬가지였다. 노먼 처치는 왼손잡이였던 것이다.

체크할 것이 하나 더 있었다. 그들이 서명이라고 부르는 것.

"옷이나 신발은 없었어?"

"없었어요. 다른 시체들과 마찬가지로. 기억하죠?"

"비닐가방을 활짝 열어 봐. 나머지도 모두 보고 싶어."

사카이는 검은 가방의 지퍼를 시체의 발이 있는 곳까지 내렸다. 보슈는 사카이가 서명에 대해 알고 있는지 확신할 수 없지만 입에 올리지 않을 생각이었다. 실은 발톱에만 흥미를 가졌지만 머리를 앞으로 숙이고 시체의 모든 곳을 철저히 살펴보는 척했다. 발가락들은 오그라들고 까맣게 변해 갈라져 있었다. 발톱들도 갈라지거나 아예 빠져나간 것들도 있었다. 그러나 보슈는 무사히 남은 발톱들에 칠해진 매니큐어를 보았다. 짙은 핑크색이 부패한 체액과 흙으로 흐려져 있었다. 그러나 오른쪽 발 엄지발톱에서 그 서명이라는 걸 발견했다. 남은 발톱 위에 작은 하얀 십자가가 조심스럽게 그려져 있었다. 인형사의 서명이었다. 그가 살해한 모든 시체들에게 남긴 것이었다.

보슈는 심장이 심하게 뛰는 것을 느꼈다. 갑자기 폐소 공포증을 느끼며 밴 내부를 둘러보기 시작했다. 맨 먼저 편집증이 그의 두뇌를 헤집기 시작했다. 그는 가능성을 찾아보았다. 이 시체의 특징이 지금까지 인형사의 살인으로 알려진 모든 특징들과 일치한다면 분명 노먼 처치가 살인자였다. 그가 이 여자를 살해한 후 내 총에 맞아 죽었다면, 할리우드 경찰서 프런트데스크에 메모를 던지고 간 자는 누구란 말인가?

보슈는 허리를 펴고 시체를 전체적으로 살펴보았다. 발가벗겨진 뒤 망각 속에서 오그라든 육신. 저 바깥에도 콘크리트 속에 파묻혀 발견되기만을 기다리는 다른 시체들이 있는 게 아닐까 하는 생각이 들었다.

"이제 닫아."

그는 사카이에게 말했다.

"그놈 맞죠? 인형사 말이에요."

보슈는 대답하지 않았다. 말없이 밴에서 내려와 점프슈트의 지퍼를 약간 내려 신선한 공기가 들어오게 했다.

"어이, 보슈 형사님."

사카이가 밴 안에서 소리쳤다.

"그냥 궁금해서 그래요. 이 시체를 도대체 어떻게 찾아냈죠? 인형사가 죽었다면 이 장소를 가르쳐준 자는 누구냐고요?"

보슈는 그 물음에도 대답하지 않고 비닐 방수천 차양 아래로 천천히 걸어갔다. 시체를 빼낸 콘크리트 덩어리를 옮길 방안은 아직 나오지 않은 모양이었다. 에드거는 옷을 더럽히지 않으려고 애쓰며 대기하고 있었다. 보슈가 에드거와 파운즈에게 신호를 하자, 그들은 아무도 엿들을 수 없는 구덩이 왼쪽으로 모였다.

"그래, 뭐가 나왔어?"

파운즈의 물음에 보슈는 대답했다.

"처치의 짓으로 보입니다."

"젠장!"

에드거가 투덜거렸다.

"뭘로 그렇게 확신하나?"

파운즈가 물었다.

"내가 살펴본 바로는 세부적인 것까지 모두 인형사와 일치합니다. 서명까지요."

"서명이라니?"

에드거가 물었다.

"발톱에 그린 하얀 십자가. 수사 과정에선 비밀에 붙였던 것이지. 기자들한테도 절대 새어나가지 못하게 차단했어."

"모방범일 가능성은?"

에드거가 기대감을 보였다.

"있지. 하얀 십자가는 우리가 수사를 종료하기 전까진 공개되지 않았어. 하지만 그 후에 〈LA 타임스〉의 브레머 기자가 그 사건을 책으로 쓰면서 언급했지."

"그렇다면 모방범이겠군."

파운즈가 속단했다.

"여자가 언제 죽었느냐에 달려 있습니다."

보슈가 말했다.

"브레머의 책은 처치가 죽은 지 1년 뒤에 나왔어요. 여자가 그 후에 죽었다면 모방범의 짓일 겁니다. 만약 그 이전에 여자를 콘크리트 속에 묻었다면 알 수가 없어요."

"젠장!"

에드거가 또 투덜거렸다.

보슈는 잠시 생각한 뒤 파운즈에게 말했다.

"우린 엉뚱한 사건 하나를 붙잡고 씨름하고 있는지 모릅니다. 모방범일 수도 있어요. 아니면 우리가 몰랐던 파트너가 처치에게 있었을 수도 있죠. 혹은⋯ 내가 엉뚱한 놈을 떠올렸을 수도 있고요. 어쩌면 이 메모를 쓴 자가 진실을 말하고 있는지도 모르죠."

그 말은 길가에 싸 놓은 개똥처럼 더러운 기분으로 침묵 속에 한동안 머물러 있었다. 사람들은 모두 그것을 자세히 살펴보려 하지 않고 조심스럽게 돌아간다.

"그 메모는 어디 있습니까?"

보슈가 마침내 파운즈에게 물었다.

"차에 있어. 내가 가져오지. 처치에게 파트너가 있었을 거란 소리는 무슨 뜻인가?"

"처치가 이 일을 했다면 이미 죽은 놈이 어떻게 메모를 보냈겠어요? 메모를 보낸 자는 처치가 이 짓을 하고 시체를 감춘 장소까지 아는 놈이 분명합니다. 그렇다면 그자는 누구일까요? 파트너? 처치에게 우리가 모르는 살인 파트너가 있었을까요?"

"계곡의 교살자들 기억나?"

에드거가 다시 끼어들었다.

"나중에 두 놈으로 밝혀졌잖아. 젊은 여자들을 죽이는 똑같은 취향을 가진 사촌 형제였지."

파운즈는 뒤로 한 걸음 물러서며 고개를 저었다. 자신의 경력에 흠이 될지도 모르는 그런 사건들은 알고 싶지도 않다는 듯이.

"챈들러 변호사는 어때?"

파운즈 과장이 물었다.

"처치의 부인은 남편이 시체들을 묻은 곳을 알고 있을지도 몰라. 그 얘길 챈들러에게 해서 변호사가 이런 계획을 세웠을 수도 있지. 그 여자가 인형사처럼 메모를 적어 경찰서에 떨어뜨렸을지도 몰라. 그러면 자네 사건을 확실히 뒤집을 수 있을 테니까."

보슈는 그럴 경우를 마음속으로 되짚어 보았다. 그럴듯한 얘기처럼 들리지만 모순점이 있다는 걸 알았다. 모든 것이 시나리오에 따라 진행되었다는 생각이 들었다.

"그렇다면 처치는 왜 어떤 시체들은 묻고 나머지는 묻지 않았을까요? 특별수사팀에 조언했던 정신과 의사는 범인이 희생자들을 전시하는 데는 어떤 목적이 있다고 했습니다. 놈은 노출증 환자였어요. 끝장날 무렵인 일곱 번째 피살자 이후부터 신문사와 우리한테 메모를 보내기 시작했죠. 그때까지 희생자들을 전시하던 놈이 갑자기 콘크리트 속에 묻었다는 건 앞뒤가 맞지 않아요."

"옳은 말이야."

파운즈가 동의했다.

"나는 모방범 쪽이 마음에 드는데요."

에드거가 말했다.

"그렇지만 남의 프로필과 서명까지 몽땅 모방해서 시체를 묻을 이유가 어디 있겠어?"

보슈는 그렇게 반문했지만 그건 자신에게 던지는 질문이었다. 그 대답도 스스로 찾아야 할 것이었다. 세 사람은 한동안 침묵 속에 서 있었지만 가장 높은 가능성은 인형사가 아직 살아 있다는 것임을 각자 깨닫기 시작했다.

"누가 묻었건 메모는 왜 보냈지?"

파운즈가 물었다. 몹시 초조한 표정이었다.

"우리한테 메모를 던진 이유가 뭘까? 이미 끝낸 일을 말이야."

"주의를 끌고 싶어서죠."

보슈가 대답했다.

"인형사가 그랬던 것처럼 말입니다. 이 재판도 주의를 끌겠죠."

침묵이 좀 더 길게 이어졌다.

"열쇠는 여자의 신원을 밝혀내는 일입니다. 콘크리트 속에 얼마나 오래 있었는지도. 그런 후에야 무슨 일이 있었는지 알게 되겠죠."

"그러면 우린 뭘 해야 하나?"

"뭘 해야 하는지 내가 말해 주지."

파운즈가 정색을 하고 말했다.

"이 일에 대해 누구한테도 말해선 안 돼. 아직까진 말이야. 사건을 완전히 파악할 때까진 입 꼭 다물고 피살자 신원을 파악하면서 부검 결과를 기다려. 여자가 죽은 지 얼마나 되었는지, 행방불명되기 전엔 무슨 일을 하고 있었는지 알아야 해. 수사 방향은 그 이후에 내가 지시하겠네. 그때까진 입도 뻥긋하지 마. 이게 잘못 전해지면 경찰 당국이 치명타를 당할 수 있어. 벌써 기자들이 몇 명 눈에 띄는데, 그들은 내가 처리하겠네. 다른 사람은 일절 접촉하지 마. 내 말 알아들었나?"

보슈와 에드거가 고개를 끄덕이자 파운즈 과장은 돌아서서 기자들과 카메라맨들이 모여 있는 곳으로 천천히 걸어갔다. 정복 경관들이 노란 테이프를 둘러치고 기자들의 출입을 막고 있었다. 보슈와 에드거는 파운즈가 그들에게 다가가는 것을 말없이 지켜보았다.

"무슨 소린지나 알고 지껄이면 좋으련만."

에드거가 한심하다는 투로 말하자 보슈가 받았다.

"엄청 자신만만해 보이지 않아?"

"그러게."

보슈가 구덩이 쪽으로 돌아가자 에드거도 따라왔다.

"피살자가 콘크리트에 남긴 자국은 어떻게 처리하려고?"

"착암기 기사들은 그걸 옮길 순 없다고 하더군. 콘크리트를 반죽한 자가 규정대로 하지 않고 가는 모래에 물을 너무 많이 섞었대. 석고처럼 되어 통째 들어내려 하다간 그 무게로 부스러질 거라는 얘기지."

"그래서?"

"도노반이 회반죽을 개고 있어. 얼굴 본을 뜨려고. 손은 왼쪽만 남았어. 오른손은 구덩이를 파는 과정에서 망가졌대. 도노반은 실리콘을 사용해서 최상의 손자국을 떠낼 수 있을 거라고 하더군."

보슈는 머리를 끄덕였다. 그는 기자들과 얘기하고 있는 파운즈를 잠시 관찰하다가 처음으로 웃음이 비어져 나왔다. 파운즈는 카메라를 향해 말하고 있었는데, 기자들 중 아무도 그의 이마에 시커먼 재가 묻었다고 얘기해준 사람이 없었던 모양이었다. 보슈는 담배를 붙여 물고 에드거를 돌아보며 물었다.

"그러니까 이곳에 있는 저장실들은 모두 임대용이란 말인가?"

"그렇지. 조금 전에 건물 주인이 여기 왔었네. 이 뒷부분은 모두 저장실로 분할되어 있었대. 개별적인 방으로 말이야. 살인범인지 인형사인지 하는 놈은 그 중 하나를 빌려 제멋대로 사용할 수 있었을 거야. 원래 있던 콘크리트 바닥을 깰 때 소음이 좀 났겠지만 야간에 작업했을 테니 별 문제 없었겠지. 주인 말로는 야간에 이 지역으로 나오는 사람은 거의 없었대. 저장실을 빌린 사람들은 골목으로 난 바깥문의 열쇠를 가지고 있었다더군. 그러니까 야간에는 무슨 짓이든 할 수 있었단 얘기야."

그다음 질문은 빤한 거라 에드거는 보슈가 묻기도 전에 대답했다.

"건물주는 임차인들의 이름을 대지 못해. 확실하게는 말이야. 기록이 모두 불에 타버렸어. 하지만 대부분의 피해자들이 보험금을 청구했기 때문에 우리는 그 명단을 입수할 수 있었지. 건물주 말로는 폭동 후 보험금을 청구하지 않은 사람들도 있대. 끝내 소식도 없고 말이야. 그들의 이름을 다 기억하진 못하지만, 그 속에 우리가 찾는 범인이 있다면 가명을 사용했을 거라는 얘기야. 하긴 저장실을 빌려 그 밑바닥에 시체를 파묻을 놈이라면 본명을 댔을 리가 없지."

보슈는 고개를 끄덕인 뒤 시계를 보았다. 곧 돌아가야 할 시각이었다. 배가 고팠지만 식사할 시간은 없을 것 같았다. 구덩이를 살펴본 그는 이전의 콘크리트가 새것과는 다른 색깔을 띠고 있다는 것을 알았다. 이전의 슬래브는 하얀색에 가까운 반면 여자를 감싸고 있었던 콘크리트는 짙은 회색이었다. 그는 구덩이 바닥 회색 콘크리트 덩어리 속에서 삐죽 튀어나온 빨간 종이를 발견했다. 아래로 내려가서 소프트볼만 한 덩어리를 집어 들고 이전의 슬래브에 내려치자 손안에서 박살났다. 빨간 종이는 구겨진 말보로 빈 담뱃갑이었다. 에드거가 주머니에서 증거물 담는 비닐봉지를 꺼내어 보슈 앞에 열었다. 보슈가 증거물을 봉투 속에 떨어뜨리자 에드거가 말했다.

"시체와 함께 묻혔던 것이 분명해. 잘 발견했어."

보슈는 구덩이에서 기어 나와 다시 시계를 보았다. 돌아가야 할 시간이었다.

"여자 신원이 밝혀지면 연락해 줘."

그는 에드거에게 부탁한 뒤 점프슈트를 벗어 트렁크에 던져 넣었다. 그리곤 자신의 카프리스 옆에서 담뱃불을 붙이고 파운즈 과장이 즉석 기자회견을 용의주도하게 마무리하는 걸 지켜보았다. 기자들이 입고 있는 고급 옷이나 카메라들을 보아 TV 방송국에서 나온 듯했다. 보슈는 무리 가장자리에 서 있는 〈LA 타임스〉의 조엘 브레머 기자를 발견했다. 오랜만에 만난 브레머는 몸집이 불고 턱수염까지 기른 모습이었다. 그는 TV 리포터들의 질문이 끝나면 파운즈 과장에게 고민거리를 안겨 줄 질문을 던지려고 기다리고 있었다.

보슈가 담배를 피우며 5분쯤 더 기다린 후에야 파운즈는 회견을 끝냈다. 법원으로 돌아갈 시간이 촉박했지만 메모를 보고 싶어 발길을 돌릴 수 없었다. 기자회견을 마친 파운즈가 그에게 따라오라고 손짓했다. 자동차 조수석으로 올라가자 그가 복사한 메모를 건네주었다.

보슈는 그걸 한참 동안 살펴보았다. 본 적이 있는 필기체였다. 필적 감정사는 그것을 필라델피아 블록 스타일이라 불렀고, 글씨가 오른쪽에서 왼쪽으로 약간 기운 것은 훈련되지 않은 손으로 썼기 때문이라는 결론을 내렸다. 일테면 왼손잡이가 오른손으로 쓴 글씨라는 얘기였다.

신문에서는 재판이 시작되었다 하네
인형사에게 유죄 평결을 내리기 위해
보슈의 총알은 똑바로 날아갔지만
날 꿰뚫지 못한 줄 인형들은 알아

빙스 땅바닥에 누운 인형 생각하면
웨스턴 가에서 내 마음은 노래해
멋진 보슈, 총알이 빗나가 안됐어
여러 해 지났지만 난 아직 게임 중이야

시의 형식은 누구나 흉내 낼 수 있다. 하지만 보슈는 시가 풍기는 어떤 것을 가슴으로 느낄 수 있었다. 인형사가 보냈던 다른 시들과 같은 느낌이었다. 불량한 학생이 과장된 언어로 미숙하게 쓴 시. 보슈는 혼란과 긴장을 동시에 느꼈다.

그놈이야, 하고 그는 생각했다. 그놈이 분명해.

o3 거짓말쟁이들

"배심원 여러분."

지방법원 판사 앨바 키스는 배심원단을 살펴보며 목청을 높였다.

"이제 변호인들의 모두진술(冒頭陳述)을 시작으로 개정합니다. 다만 유념해야 할 것은 모두진술을 증언으로 해석해서는 안 됩니다. 그것들은 변호인들이 각자의 사건을 끌고 갈 방향에 대한 청사진이나 약도에 불과합니다. 그것을 증언으로 생각하지 마십시오. 거기엔 과장된 주장이 담겨 있을 수 있고, 그들이 그렇게 말한다고 해서 바로 진실이 되는건 아닙니다. 그들은 결국 변호사들이니까요."

판사의 말에 배심원석과 4호 법정 방청석에서 가벼운 웃음소리가 터져 나왔다. 그의 남부 억양으로 인해 로여스(lawyers: 변호사들)를 라이어스(lieyers: 거짓말쟁이들)라고 발음했기 때문이었다. 머니 챈들러까지도 미소를 지었다. 보슈는 피고인석에 있는 자기 자리에서 주위를 둘러보았다. 천장 높이가 6미터나 되고 목재 패널로 벽을 마감한 거대한 법정의 방청석에 사람들이 반쯤 앉아 있었다. 원고인측이 앉는 맨 앞줄에는 노먼 처치의 가족과 친지 여덟 명이 앉았고, 처치의 미망인은 챈들러와 함께 원고인석에 앉아 있었다.

그 밖에 법원 주위에서 오락가락하는 노인 대여섯 명이 앉아 있었는데, 그들은 타인의 드라마 같은 삶을 지켜보는 것보다 더 나은 구경거리가 별로 없는 사람들이었다. 법원 사무관 몇 사람, 위대한 허니 챈들러의 활약을 방청하러 온 학생들, 수첩과 펜을 든 기자단도 눈에 띄었다. 공판에서는 판사가 말했듯이 변호인들이 하고 싶은 대로 말할 수 있으니까 항상 기삿거리가 있었다. 그렇지만 오늘만 지나면 기자들도 이따금씩만 들리고, 최종변론과 평결이 있을 때까지는 별다른 기삿감이 없다는 걸 보슈도 알고 있었다.

특별한 일이 일어나지 않는 한.

보슈는 뒤쪽을 돌아보았다. 거기엔 아무도 앉아 있지 않았다. 실비아 무어가 오지 않을 줄은 알고 있었다. 그러기로 미리 약속했기 때문이다. 그녀에게 이런 모습을 보여주고 싶지가 않았다. 경찰 노릇을 해먹자면 으레 겪어야 하는 일들이라고 설명해 두었다. 하지만 실비아를 여기 못 오게 한 진짜 이유는 자신이 이 상황을 통제할 수가 없기 때문이라는 걸 그는 알고 있었다. 보슈 자신은 피고인석에 앉아 다른 사람들이 제멋대로 요리하는 걸 지켜보고만 있어야 한다. 무슨 소리가 나올지 어떤 일이 벌어질지 알 수 없는 상황인데, 실비아에게 그런 꼴을 보여주고 싶진 않았다.

보슈는 자기 뒤쪽 방청석이 텅 빈 것을 본 배심원들이 그가 유죄이기 때문에 아무도 지원하러 나오지 않은 것으로 생각하지나 않을지 우려되었다. 웃음소리가 잦아들자 그는 판사를 돌아보았다.

재판장석의 앨바 키스 판사는 위엄이 있어 보였다. 검은 법의가 그의 거구에 잘 어울렸고, 굵은 팔뚝과 커다란 손을 술통 같은 배 위에 접고 있는 모습은 저력이 넘쳐나 보였다. 햇볕에 그을어 빨갛게 변한 커다란 대머리는 완벽하게 둥글었고, 주위의 흰 머리카락을 잘 다듬어 엄청난 양의 법률 지식과 통찰력을 체계적으로 저장하고 있는 것처럼 보였다. 남부에서 이주한 그는 경찰에 잡혀 들어간 흑인들의 사망자가 유난히 많은 것에 대해 로스앤젤레스 경찰국을 고소한 민권 변호사로 유명해졌다. 지미 카터 대통령은 앨바 키스를 연방 판사로 선임했고, 그는 조지아로 돌아온 이래 지금까지 4호 법정의 지배자로 군림해왔다.

보슈의 변호를 맡은 할리우드 시 검사보 로드니 벨크는 공판 전에 절차상의 문제를 들어 키스 판사를 실격시키고 다른 판사를 선임받기 위해 악전고투했다. 그는 민권 수호자 경력이 없는 판사를 원했지만 결국 실패하고 말았다.

하지만 보슈는 그 문제로 벨크처럼 긴장하진 않았다. 키스 판사는 원고측 변호인인 허니 챈들러와 마찬가지로 경찰을 의심하고 때론 증오하기도 하는 법관이긴 하지만 그런 감정을 초월한 공평무사한 사람이란 느낌이 들었기 때문이다. 그래서 그는 키스 판사가 나올 필요가 있다고 생각했다. 법대로 하자는 것. 보슈는 자신이 실버레이크의 그 옥탑방에서 쏜 총은 정당방위였다고 믿어 의심치 않았다. 그는 제대로 했던 것이다.

"변호인들이 한 말이 심리 과정에서 증명되는 것은 여러분들의 판단에 달렸습니다."

판사는 배심원들에게 계속 말했다.

"그 점을 잊지 마세요. 자, 미즈 챈들러, 당신부터 시작하시오."

허니 챈들러는 판사에게 고개를 끄덕인 뒤 자리에서 일어섰다. 그리곤 원고석과 피고석 사이에 있는 연설대로 걸어갔다. 키스 판사는 엄격

한 가이드라인을 미리 제시한 바 있었다. 그의 법정에서는 변호인들이 증인석이나 배심원석에 접근하거나 이리저리 이동하면 안 된다. 변호인들은 반드시 연설대 앞에서만 큰 소리로 말할 수 있다. 가이드라인을 엄수하라는 판사의 요구를 잘 알고 있는 챈들러는 배심원들을 바라보며 얘기하기 위해 마호가니 연설대의 방향을 약간 바꾸는 데도 그의 허락을 구했다. 판사가 엄한 표정으로 고개를 끄덕이며 허락하자 그녀는 연설대를 약간 돌려놓고 말했다.

"안녕하세요, 배심원 여러분. 변호인들의 모두진술은 청사진이나 약도에 불과하다는 판사님 말씀은 지당하다고 생각합니다."

작전이 좋군, 하고 보슈는 냉소했다. 그는 이 재판 자체를 냉소적 시각으로 바라보고 있었다. 첫 마디로 판사의 마음을 낚아라. 그는 챈들러가 연설대 위에 올려놓은 노란 법률용지첩을 보며 연설하는 것을 지켜보았다. 그녀의 블라우스 단추 맨 위에는 마노(瑪瑙) 보석이 박힌 까만 핀이 꽂혀 있었다. 동글납작한 그것은 마치 상어 눈처럼 오싹한 느낌을 주었다. 그녀의 헤어스타일은 뒤쪽으로 바짝 당겨 단단하게 묶은 것이었다. 그러나 흘러내린 한 단의 머리카락이 그녀가 외모에 집착하지 않고 오직 법과 사건, 피고가 저지른 가증스런 실책에만 집중하고 있는 것처럼 보이도록 해주었다. 보슈는 그녀가 의도적으로 머리카락을 풀어 내렸을 거란 생각이 들었다.

챈들러의 모두진술을 지켜보던 보슈는 그녀가 처치의 부인을 위한 변호인이란 말을 들었을 때 느꼈던 가슴속의 격동을 기억에 떠올렸다. 그에게 있어선 그 말이 키스 판사가 재판장으로 선임되었다는 소식보다 훨씬 더 불안했다. 챈들러는 그만큼 유능했고, 그래서 사람들은 그녀를 '머니' 챈들러라고 불렀다.

"저는 여러분들을 사건현장으로 잠시 모시고 싶습니다."

보슈는 그녀가 이제 남부 억양까지 고쳐가고 있다는 생각이 들었다.

"이 사건의 본질과 우리가 증거물이라고 믿고 있는 것들이 과연 무엇을 증명할 수 있는지 밝히고 싶기 때문입니다. 이것은 민권에 대한 사건으로 노먼 처치라는 한 시민이 경찰의 손에 의해 무참히 사살당한 경우입니다."

챈들러는 여기서 잠시 중단했다. 노란 법률용지를 보기 위해서가 아니라 그다음 하려는 말에 주의를 집중시키기 위해서였다. 보슈는 배심원들을 살펴보았다. 여자가 다섯, 남자가 일곱 명이었다. 흑인이 셋, 라틴계 셋, 아시아계 하나, 백인이 다섯 명이었다. 그들은 넋 나간 듯 챈들러를 바라보았다.

"그 경관은 자신의 직업과 그것이 준 막강한 힘에 만족하지 않았습니다. 그는 여러분이 하셔야 할 역할도 원했어요. 또한 키스 판사님의 역할도 하고 싶어 했죠. 뿐만 아니라 판사님과 배심원들을 통해 평결하고 선고하는 주 정부 역할까지 원했습니다. 그는 이 모든 역할들을 다 하고 싶어 했어요. 이 사건은 지금 피고인석에 앉아 여러분을 쳐다보고 있는 해리 보슈 형사에 대한 것입니다."

챈들러는 피고인석이란 말을 일부러 길게 늘여 발음하면서 보슈를 손가락으로 가리켰다. 벨크가 벌떡 일어나 이의를 제기했다.

"미즈 챈들러는 배심원들에게 제 고객을 손가락질하거나 일부러 목청을 길게 빼서 냉소적으로 말할 필요가 없습니다. 우리가 피고인석에 앉아 있는 것은 당연한 일입니다. 이건 민사사건이고, 이 나라에서는 누구나 상대방을 기소할 수 있습니다. 심지어⋯."

"이의 있습니다, 재판장님."

챈들러가 소리쳤다.

"피고인측은 이의를 이용하여 처치 씨의 명예를 훼손하려 하고 있습니다. 왜냐하면 처치 씨는 한 번도 유죄 판결을 받은 적이 없기 때문에…."

"기각합니다!"

키스 판사가 호령했다.

"피고인측의 이의를 인정합니다. 미즈 챈들러, 손가락질을 할 필요는 없소. 우린 모두 누가 누군 줄 알고 있으니까. 또한 어떤 말에도 선동적인 악센트를 붙일 필요가 없소. 말이란 하기에 따라 아름답기도 하고 추하기도 한 겁니다. 그리고 벨크 씨, 나는 모두진술이나 최종변론 도중에 반대의견을 개진하는 걸 몹시 싫어합니다. 당신에게도 의견을 말할 기회가 있어요. 그러니까 피고인의 권리를 지나치게 침해하지 않는 이상 미즈 챈들러의 진술에 이의를 제기하지 않으면 좋겠소. 손가락질한 것 정도는 이의를 제기할 만한 가치가 없다고 봅니다."

"감사합니다, 재판장님."

벨크와 챈들러는 동시에 말했다.

"계속하세요, 미즈 챈들러. 아침에 판사실에서 얘기했던 대로 모두진술은 오늘 내로 끝내기 바랍니다. 나는 4시에 다른 일이 있습니다."

"감사합니다, 재판장님."

챈들러는 다시 말한 뒤 배심원석을 향해 진술을 계속했다.

"배심원 여러분, 우리 모두는 경찰을 필요로 합니다. 우리 모두는 경찰을 존경합니다. 그들 대다수는 생색도 없는 일을 아주 훌륭히 해내고 있죠. 경찰은 우리 사회에서 없어선 안 될 존재입니다. 경찰의 봉사와 보호가 없다면 우리가 뭘 할 수 있겠습니까? 하지만 이 재판에서의 얘기는 그런 것이 아닙니다. 재판 과정에서 배심원 여러분은 바로 이 점을 기억해 주시기 바랍니다. 한 경관이 경찰 조직을 관장하는 법과 규칙을 어겼을 때 우리는 어떻게 할 것인가 하는 문제입니다. 우리는 지금 악질 경관에 대해 얘기하고 있습니다. 그리고 증거들은 해리 보슈가 악질 경관임을 보여줄 것입니다. 그는 4년 전 어느 날 밤 자신이 판사, 배심원, 사형집행인이 되기로 결심했죠. 그래서 한 남자를 극악무도한 연쇄살인자로 단정하고 사살했습니다. 하지만 피고인이 노먼 처치 씨에게 방아쇠를 당기기로 결정했던 그 순간엔 아무런 법적 증거도 없었어요."

챈들러는 잠시 숨을 돌린 뒤 계속했다.

"이제 배심원 여러분께서는 처치 씨가 연쇄살인과 관련 있다고 경찰이 제시한 피고측 증거물에 대해 듣게 될 겁니다. 그렇지만 이런 증거물들이 경찰 자체에서 나왔다는 점과 처치 씨가 살해된 후에 나왔다는 사실을 재판 내내 기억하시기 바랍니다. 저는 이 증거물이라는 것들이 아무리 봐도 의심스럽고 추악하게 느껴집니다. 실제로 여러분은 두 아이의 아버지이자 보수가 좋은 항공기 제작회사 직원인 처치 씨가 과연 인형사라고 불리는 연쇄살인범인지, 아니면 경찰이 자기 식구가 저지른 죄를 덮기 위해 그를 희생양으로 삼은 것인지 가려내야만 합니다. 무기도 없는 남자를 영장도 없이 불필요하고 잔인하게 살해한 사건이니까요."

그녀는 계속해서 경찰 내에 존재하는 것으로 알려진 침묵의 계율에 대해, 조직의 오래되고 잔인한 역사와 로드니 킹 구타 사건과 폭동에 대해 길게 늘어놓았다. 허니 챈들러의 말에 의하면 그런 모든 사건들이 마치 해리 보슈가 노먼 처치를 죽인 씨앗에서 자라난 나무가 피워낸 검은 꽃들 같았다. 보슈는 그녀가 지껄이는 걸 듣고는 있었지만 귀에 제대로 들어오진 않았다. 그냥 눈을 멀거니 뜨고 이따금 배심원 한 사람과 눈을 맞추었지만 생각은 엉뚱한 데로 가 있었다. 이것은 그 자신의 방어책이었다. 변호인들과 배심원들, 판사는 보슈가 불과 5초 만에 판단하고 해치운 일을 분석하는 데 일주일 혹은 그 이상을 끌 것이다. 그 동안을 법정에 앉아 버티려면 자신만의 세계로 빠져들 수 있어야 할 것이었다.

혼자만의 생각에 빠져 있는 그의 기억 속에 처치의 얼굴이 떠올랐다. 히페리온 거리에 있던 차고 위의 그 옥탑방에서 마지막으로 본 얼굴. 처치와 눈길이 딱 마주쳤을 때, 보슈는 챈들러의 블라우스에 꽂힌 마노 보석처럼 새까만 살인자의 눈을 보았다.

"…설사 그가 권총을 집으려고 했다 하더라도 그걸 문제 삼을 수 있을까요?"

챈들러는 계속 지껄여대고 있었다.

"한 사내가 문을 박차고 들어왔어요. 총을 든 사내가요. 경찰 주장대로 처치 씨가 무기를 잡으려고 손을 뻗었다 하더라도 자기방어를 하려는 사람을 비난할 수 있겠습니까? 그런데 웃기는 사실은 그가 가발을 집으려고 했다는 겁니다. 그래서 이 사건은 더욱 가증스러워요. 그는 냉혹하게 살해당한 겁니다. 우리 사회에서 이런 짓은 절대 용납될 수 없어요."

보슈는 그녀의 연설을 다시 밀어내고 콘크리트 바닥 아래 여러 해 동안 매장되어 있었던 것처럼 보였던 새로운 희생자에 대해 생각했다. 지금까지 그녀에 대한 실종자 신고가 접수된 적이 있었는지, 그녀를 찾는 어머니나 아버지 혹은 남편이나 아이들이 있었는지도 궁금했다. 발굴 현장에서 돌아온 후 그는 시 검사보 로드니 벨크에게 시체를 발견한 것에 대해 얘기하기 시작했다. 키스 판사에게 소송 절차를 연기해 줄 것을 요청하라고 부탁하기도 했다. 새로 발견된 시체의 신원과 피살 원인을 확인할 때까지 재판을 미루기 위해서였다. 그러나 벨크는 적게 알수록 더 유리하다고 말하면서 보슈를 제의를 막았다. 벨크는 새로운 시체가 발견된 것에 대해 놀란 모양이었고, 최선의 방법은 보슈의 제의와 정반대로 행동하는 것이라고 판단했다. 그는 새로 발견된 시체가 인형사와 관련 있다고 알려지기 전에 재판을 서둘러 끝내고 싶어 했다.

챈들러는 이제 자신에게 할당된 한 시간의 모두진술을 마무리하는 단계에 이르렀다. 경찰의 무기 사용 기준에 대해 얘기하는 그녀를 보자 보슈는 맨 처음 배심원들의 마음을 사로잡았던 집중력이 많이 떨어진 것을 알 수 있었다. 심지어 그녀는 보슈 옆에 앉아 노란 법률용지를 뒤적이며 자신의 모두진술을 준비하고 있는 벨크에게 잠시 주의를 빼앗기기까지 했다.

벨크는 거인이었다. 보슈가 보기에도 몸무게가 평균보다 40킬로는 더 나갈 것 같았다. 게다가 지나치게 냉방이 된 법정 안에서도 땀을 뻘뻘 흘리는 체질이었다. 배심원 선정 과정에서 보슈는 벨크가 땀을 흘리는 것은 그 자신의 몸무게 때문인지 아니면 키스 판사 앞에서 챈들러를 상대로 싸워야 하는 부담 때문인지 의아했다. 벨크의 나이는 서른이 넘지 않았을 거라고 보슈는 짐작했다. 법대를 나온 지 5년도 안 된 애송이가 구미호나 다름없는 챈들러 앞에 머리를 들이민 꼴이었다. '정의'라는 단어가 보슈의 주의를 되돌렸다. 챈들러가 그 말을 입에 달아놓고 사용하기 시작하면 결승점을 향해 마지막 피치를 올리고 있다는 증거였다. 민사법원에서는 정의와 돈이 똑같은 뜻이기 때문에 서로 맞바꿀 수가 있다.

"노먼 처치에 대한 정의는 신속했습니다. 불과 몇 초 만에 끝났어요. 보슈 형사가 문을 박차고 들어가 자신의 새틴 처리된 9밀리 스미스 앤 웨슨의 방아쇠를 당기기까지 걸린 시간이었죠. 총알 한 방이 정의였어요. 보슈 형사가 처치 씨를 처치할 때 사용한 탄환은 XTP라 불리는 것입니다. 한 방에 끝장낸다(extreme terminal performance)는 뜻을 내포한 이니셜이죠. 몸에 들어갈 땐 탄환 직경의 1.5배 크기 구멍을 내지만 관통하면서 근육 조직과 내장에 거대한 통로를 만듭니다. 그런 총알이 처치 씨의 심장을 꿰뚫어버렸어요. 그게 정의였습니다."

보슈는 배심원 대부분이 챈들러가 아닌 원고인석 쪽을 바라보고 있다는 걸 알았다. 상체를 앞으로 약간 숙이자 연설대 건너편 원고인석에서 처치의 미망인 데보라가 뺨을 타고 내려오는 눈물을 티슈로 찍어내는 것이 보였다. 짙은 색 단발머리에 파르스름한 눈을 가진 작달막한 종(鍾)처럼 생긴 여자였다. 어느 날 아침 보슈가 그녀의 남편을 죽이고 경찰들이 수색영장을 들고 집으로 찾아오고 기자들이 몰려와 이런저런 질문들을 해대기 전까지는 그냥 한적한 교외에서 살고 있던 전형적인 가정주부였을 뿐이었다. 보슈는 솔직히 데보라에게 미안했고 희생자 중 한 사람이라고 생각했지만, 그녀는 머니 챈들러를 변호사로 고용하더니 그를 살인자라고 부르기 시작했다.

"배심원 여러분."

챈들러는 계속했다.

"증거물들을 보면 보슈 형사는 자기 기준에 따라 정의를 실현하는 냉혹하고 오만한 살인기계임을 확인할 수 있습니다. 여러분이 경찰에 원하는 바가 이것이냐고 저는 묻고자 합니다. 여러분께 잘못된 것을 바로잡고 아버지와 남편을 빼앗긴 가정에 정의를 돌려주라고 저는 요구할 것입니다."

챈들러는 잠시 사이를 두었다가 계속했다.

"이제 모두진술을 마치면서 저는 프리드리히 니체라는 독일 철학자가 한 세기 전에 했던 말을 잠시 인용하고자 합니다. 오늘날 우리가 하고 있는 일에 딱 들어맞는 말이라고 생각합니다. 니체는 '괴물과 싸우는 자는 그 과정에서 자신도 괴물이 되지 않도록 조심해야 한다. 당신이 지옥을 들여다보면 지옥도 당신을 들여다본다.'라고 말했습니다. 배심원 여러분, 이 사건이 딱 그런 꼴입니다. 해리 보슈 형사는 지옥만 들여다본 것이 아니라 그날 밤 노먼 처치를 살해함으로써 지옥도 그를 들여다보았던 것입니다. 암흑이 그를 삼켜버렸고 보슈 형사는 그 속으로 추락했습니다. 그는 자신이 싸웠던 그 대상이 되었던 거죠. 괴물 말입니다. 여러분도 증거물을 보시면 다른 결론을 내릴 여지가 없다는 것을 아시게 될 겁니다. 감사합니다."

챈들러는 자리에 앉아 데보라 처치의 팔을 다독이며 진정하라는 표정을 지어 보였다. 그것은 물론 미망인을 위해서가 아니라 배심원들의 호감을 사기 위한 제스처임을 보슈는 잘 알고 있었다.

판사는 법정 문 위쪽 마호가니 패널 속에 내장된 시계의 청동 바늘들을 살펴본 뒤 15분 휴정한 후 벨크 시 검사보의 모두진술을 듣겠다고 선언했다. 배심원들에 대한 예의로 자리에서 일어나던 보슈는 처치의 딸 하나가 방청석 맨 앞줄에서 자신을 노려보고 있는 것을 발견했다. 열세 살쯤 되어 보이는 언니인 낸시였다. 보슈는 얼른 눈길을 돌리며 죄의식을 느꼈다. 혹시 배심원들 중 누가 그걸 보진 않았을까 하는 생각이 들었다.

벨크는 판사 앞에게 모두진술을 제대로 하려면 휴식 시간에 혼자 연습할 필요가 있다고 말했다. 보슈는 아직 아무것도 먹지 못한 상태라 6층 스낵 바로 올라가고 싶었다. 그렇지만 배심원들 중에서도 한두 명은 올라갈 것 같았고, 더 고약한 것은 처치 가족들이 올라갈 경우였다. 그래서 보슈는 에스컬레이터를 타고 로비로 내려간 다음 재떨이가 있는 건물 앞으로 나갔다. 담배를 피우면서 동상 기저에 등을 기댔다. 그러자 양복 안이 땀으로 축축이 젖어 있다는 걸 알게 되었다. 한 시간에 걸친 챈들러의 모두진술은 그에겐 영원처럼 느껴졌다. 그것도 세인의 눈을 한몸에 받고 있는 가운데서. 그는 입고 있는 양복으로 주말까지 버티기가 어렵게 되었다면 다른 양복의 세탁 상태를 확인해야겠다고 생각했다. 그런 자질구레한 일들을 생각하다보니 긴장해소에 도움이 되었다.

꽁초 한 개를 재떨이 모래 속에 쑤셔 박고 두 개째 피우고 있을 때 강철과 유리로 만들어진 법원 문이 열리고 허니 챈들러가 나왔다. 그런데 묵직한 문을 등으로 밀어 여느라고 보슈를 보지 못했다. 그녀는 문을 통과하자 돌아서서 고개를 숙이고 금제 라이터로 담배를 붙여 물었다. 그리고 담배연기를 내뿜으며 고개를 들었을 때에야 그를 발견했다. 여자가 방금 붙여 문 담배를 버리려고 재떨이로 다가가는 것을 보고 보슈는 말했다.

"괜찮아요. 겨우 한 모금 정도 빤 것 같은데."

"그래요. 하지만 법정 바깥에서 얼굴을 마주하는 건 우리 모두에게 안 좋을 것 같군요."

보슈는 어깨를 으쓱하곤 입을 다물었다. 그녀의 생각이 그렇다면 그녀가 자리를 떠나야지, 뭐. 챈들러는 담배를 한 모금 더 빨아들였다.

"절반만 피우죠. 어쨌든 돌아가야 하니까."

보슈는 고개를 끄덕인 뒤 스프링 스트리트 쪽으로 눈길을 돌렸다. 카운티 법원 앞에는 금속 탐지기를 통과하려고 기다리는 사람들이 일렬로 늘어서 있었다. 새로 도착한 보트피플들인 모양이군. 보슈는 생각했다. 재떨이에 대한 오후 점검을 위해 거리를 걸어오는 부랑자 사내가 눈에 들어왔다. 사내는 갑자기 방향을 틀고 스프링 스트리트 쪽으로 돌아갔다.

"나를 알아요."

챈들러의 말에 보슈가 돌아보며 물었다.

"그가 당신을 안다고요?"

"변호사였거든요. 그때 만났죠. 이름이 톰 뭐였는데 기억이… 맞아, 패러데이였어요. 톰 패러데이. 저런 꼴을 내게 보이고 싶지 않은가 봐요. 하지만 이곳 사람들은 모두 그에 대해 잘 알아요. 일이 지독히 꼬이면 어떻게 되는지 깨우쳐주는 각성제 같은 존재죠."

"무슨 일을 당했는데요?"

"얘기하자면 길어요. 당신 변호인도 알 거예요. 뭐 좀 물어봐도 돼요?"

보슈는 대답하지 않았다.

"시 당국은 왜 이 사건을 타협하지 않죠? 로드니 킹 사건에다 폭동까지 일어난 판국에. 경찰 사건을 법정까지 끌고 가기엔 최악의 시기잖아요. 나는 벌크(bulk: 덩치라는 뜻-옮긴이)가 이 사건을 이길 거라곤 보지 않아요. 당신만 골병들겠죠."

"벌크라뇨?"

"벨크 말예요. 그가 나를 '머니'라고 부르니까 나도 그렇게 불러요."

보슈가 질문에 대답하지 않자 허니 챈들러는 말했다.

"오프 더 레코드예요, 보슈 형사. 그냥 대화하자는 거니까."

"벨크에게 타협하지 말라고 했습니다. 만약 타협하겠다면 내 돈으로 변호사를 고용하겠다고 했죠."

"그렇게나 자신만만했단 말예요?"

챈들러는 담배연기를 내뿜느라 잠시 쉬었다.

"글쎄요, 두고 봐야겠네요."

"그럴 것 같소."

"그게 개인적 문제가 아닌 줄은 알잖아요."

그는 챈들러가 그렇게 나올 줄 알고 있었다. 게임에서 가장 큰 거짓말이다.

"당신 문제도 아닐 겁니다."

"오, 당신 문제라고요? 비무장인 남자를 쏘고도 그의 아내가 이의를 제기하며 고소하니까 당신은 그걸 개인적으로 끌고 가나요?"

"당신 고객의 남편은 희생자들의 핸드백 가죽끈을 잘라 그들의 목을 졸라맨 다음 강간하며 천천히 교살했던 자예요. 그자는 가죽끈을 엄청 좋아했죠. 상대가 어떤 여잔지는 별로 신경 쓰지도 않았어요. 오직 가죽끈에만 관심이 있었죠."

챈들러는 눈도 깜짝하지 않았다. 그럴 줄 알았지, 하고 보슈는 생각했다.

"전남편이죠. 제 고객의 전남편. 이 사건에서 한 가지 확실한 것, 그리고 증명할 수 있는 것은 당신이 그를 죽였다는 사실이죠."

"맞아요. 그런 상황이면 난 또 죽일 거요."

"알아요, 보슈 형사. 그 때문에 우리가 여기 왔죠."

챈들러가 지퍼를 채우듯 입술을 꽉 다물자 날카로운 턱선이 드러났다. 오후의 햇볕이 그녀의 머리카락에 머물렀다. 변호사는 화난 듯 담배 꽁초를 재떨이 모래 속에 쑤셔 박곤 돌아서서 건물 안으로 들어가 버렸다. 그런데 강철과 유리로 된 문을 이번엔 가벼운 목재 문처럼 홱 열어 젖혔다.

04 상처 입은 물고기

　4시 직전 보슈는 윌콕스에 있는 할리우드 경찰서의 주차장 뒤쪽에 차를 세웠다. 벨크는 자신에게 할당된 모두진술 시간을 10분밖에 사용하지 않았다. 키스 판사는 배심원단이 변호인들의 말과 증거력 있는 증언을 혼동하지 않도록 하기 위해 별도의 날짜에 모두진술에 대한 증언을 듣겠다고 말한 뒤 서둘러 휴정을 선언했다. 보슈는 벨크가 배심원들 앞에서 짤막하게 진술한 것에 대해 불안을 느꼈지만 시 검사보는 걱정할 것 없다고 큰소리쳤다.

　보슈는 탱크 근처의 뒷문을 통해 복도로 들어와서 수사관실로 걸어갔다. 4시 무렵의 사무실은 항상 썰렁했다. 보슈가 들어왔을 때도 제리 에드거 혼자 IBM 앞에 앉아 타이핑을 하고 있었다. 51번 양식인 수사관 일일보고서였다. 그가 고개를 들고 보슈를 쳐다보며 물었다.

　"어떻게 됐어, 해리?"

　"보시다시피."

"일찍 끝난 것 같군. 곧바로 평결에 들어간 건 아니겠지. 판사가 머니 챈들러의 엉덩이를 차버렸을 거야."

"그랬으면 좋겠군."

"그래, 알아."

"뭐가 좀 나왔어?"

에드거는 아직 아무것도 나오지 않았다고 대답했다. 피살자 신원도 밝혀지지 않았다. 보슈는 자기 책상에 앉아 넥타이를 느슨하게 풀었다. 파운즈의 사무실이 캄캄한 것은 담배를 피워도 안전하다는 뜻이었다.

보슈의 마음은 저절로 공판과 머니 챈들러에 대한 생각으로 빠져들었다. 그 여자는 자신의 모두진술로 배심원들의 마음을 대부분 사로잡았다. 게다가 보슈를 살인자라고 불러 그의 속을 확 뒤집어 놓기까지 했다. 벨크는 법적 논거로 반박했고, 위험에 처했을 때 행사하는 경찰의 무기 사용 권리를 강조했다. 설사 베개 밑에 권총이 없었다는 사실이 나중에 밝혀졌다 하더라도, 위험한 상황을 암시하는 처치의 그런 행동은 보슈의 발사를 인정할 만한 것이라고 주장했다.

마지막으로 벨크는 니체를 인용한 챈들러의 주장에 《손자병법》으로 반박했다. 보슈가 옥탑방의 문을 박차고 뛰어들었을 때, 그는 "사지(死地)"로 뛰어든 것이라고 벨크는 주장했다. 생사가 걸린 순간이었고, 상대를 쏘느냐 상대 총에 맞느냐를 가르는 순간이었다는 것이다. 나중에 그의 행동을 놓고 왈가왈부하는 것은 공정하지 못하다고 했다.

지금 에드거 맞은편에 앉아 생각해보니 벨크의 그런 주장은 호소력이 별로 없다는 것을 보슈는 알 수 있었다. 챈들러의 모두진술이 흥미롭고 그럴듯했던 것에 비해 벨크의 진술은 지루했다. 보슈와 벨크는 초장부터 구덩이에서 허우적거리는 꼴이었다. 에드거가 입을 다물고 있는 것을 본 보슈는 자신이 그의 말에 전혀 귀를 기울이지 않고 있었음을 깨달았다.

"지문들은 어때?"

그는 에드거에게 물었다.

"해리, 내 말은 어디로 들은 거야? 한 시간쯤 전에 고무 실리콘 작업을 끝냈다고 방금 말했잖아. 도노반은 지문들을 떠내는 데 성공했어. 고무에 아주 선명하게 찍혀 있었대. 오늘 밤 법무부를 채근해서 내일 아침까진 유사한 지문들을 우리한테 보여줄 거야. 그것들을 모조리 대조하자면 오전 시간이 다 가겠지. 그렇지만 이 일을 뒷전으로 미루진 않을 거야. 파운즈가 최우선 순위로 정했으니까."

"잘됐군. 결과 나오면 연락해줘. 나는 일주일 내내 들락날락해야 할 것 같으니까."

"걱정 마, 해리. 나오는 즉시 연락할 테니까. 하지만 냉정하도록 하게. 그런데 그 자식이 맞긴 맞아? 그건 의심할 여지가 없지?"

"오늘 이전까진 그래."

"그렇다면 걱정 말게. 힘이 정의야. 머니 챈들러가 판사와 배심원들의 거시기를 모조리 빨아줘도 달라질 건 없어."

"정의가 힘이지."

"뭐라고?"

"아무것도 아니야."

보슈는 에드거가 챈들러에 대해 한 말을 생각해 보았다. 여자가 가하는 위협을 성적인 것으로 축소하는 경향이 경찰에게 있다는 점은 흥미로웠다. 그 여자가 한 분야의 전문가라 할지라도 마찬가지였다. 챈들러가 가진 한 칼은 그녀의 성적 매력에 있다고 생각하는 것이다. 보슈는 대부분의 경찰들이 에드거와 같은 생각을 지니고 있다고 믿었다. 그들은 챈들러가 자기 일에 탁월한 능력을 발휘한다는 사실을 인정하려 하지 않았다. 보슈를 변호하는 뚱뚱한 시 검사보는 챈들러의 발뒤꿈치에도 미치지 못하는데 말이다.

보슈는 파일 캐비닛들이 있는 곳으로 돌아갔다. 그 중 하나를 열고 살인 자료집이라 불리는 파란색 바인더 두 권을 꺼냈다. 두께가 8센티쯤 되는 묵직한 것들로 책등에는 각각 전기(傳記), DOCS라고 적혀 있었다. 인형사 사건에서 나온 자료들이었다.

"내일 증언은 누가 하나?"

사무실 건너편에서 에드거가 물었다.

"차례가 어떻게 되는지는 나도 몰라. 판사가 챈들러에게 시키진 않을 거야. 하지만 그 여잔 나뿐만 아니라 로이드와 어빙도 소환했어. 게다가 부검실 분석가인 아마도와 브레머 기자까지 불렀다니까. 그들이 모두 출두하면 챈들러는 내일 증인으로 참석할 사람과 나중에 참석할 사람들을 말하겠지."

"〈LA 타임스〉는 브레머를 증인석에 앉히지 않을 거야. 그들은 항상 그 문제로 싸우지."

"그래. 하지만 그는 〈타임스〉 기자로 소환되는 게 아니야. 그 사건에 대한 책을 썼잖아. 그래서 챈들러는 그를 저자로 소환하겠다는 거지. 키스 판사는 그 기자를 방어할 권리는 인정하지 않는다고 이미 선언했어. 〈타임스〉에서 변호사들이 몰려와 항의할지 모르지만 판사가 이미 결정한 일이야. 브레머는 증언해야 한다고."

"내 말은 챈들러가 판사실에서 이미 그 영감을 주물러 놨을 거란 뜻이지. 어쨌든 상관없어. 브레머는 자넬 해칠 수 없으니까. 그 책은 자넬 시대의 영웅으로 만들었잖아."

"알아."

"해리, 이리 와서 이걸 좀 봐."

에드거는 자리에서 일어나 파일 캐비닛으로 걸어갔다. 그리곤 꼭대기에서 마분지 상자 하나를 조심스레 내리더니 강력반 책상 위에 올려놓았다. 모자상자만 한 것이었다.

"조심해야 해. 도노반 말로는 밤새 굳혀야 한댔어."

그가 상자 뚜껑을 열자 그 안에는 하얀 석고로 뜬 여자의 얼굴이 들어 있었다. 얼굴이 약간 기울어져 있어서 오른쪽은 석고로 완전히 조각되어 있었지만, 왼쪽 아래 턱선은 드러나지 않은 상태였다. 눈은 감겼고 입은 약간 열린 채 뒤틀려 있었다. 머리 선은 거의 알아볼 수 없었고 오른쪽 눈 부근이 부은 것처럼 보였다. 옛날 무덤이나 박물관에서 본 클래식한 프리즈 장식물 같았지만 아름답다는 생각은 들지 않았다. 그건 데스마스크, 죽은 자의 가면이었다.

"놈이 여자의 오른쪽 눈을 때렸던 모양이야. 부어올랐어."

보슈는 말없이 고개만 끄덕였다. 상자 안에 담긴 얼굴을 들여다보니 실제 시체를 보는 것보다 기분이 더 거북했다. 이유는 알 수 없었다. 에드거가 상자 뚜껑을 다시 닫아 조심스럽게 캐비닛 꼭대기에 도로 올려놓았다.

"그걸로 뭘 할 건데?"

"몰라. 지문이나 손자국에서 아무것도 건지지 못하면 저걸로 신원을 확인하는 수밖에 없어. 캘리포니아 주 노스리지대학(CSUN)에 검시실과 계약을 맺고 얼굴을 재생하는 일을 하는 인류학자가 한 사람 있거든. 보통은 해골로 작업을 하는데, 이걸 그 사람한테 가져가면 얼굴을 완성한 뒤 블론드 가발을 씌울 수 있을 거야. 회반죽이 굳으면 피부색을 칠하고 화장을 해볼 수도 있지. 헛수고로 끝날 수도 있겠지만 해볼 만한 가치는 있어."

에드거가 타이프라이터로 돌아가자 보슈는 살인 자료집들 앞에 앉았다. 그는 전기라고 표시된 바인더를 펼쳐놓고 에드거를 잠시 살펴보았다. 에드거가 이번 사건에 달려드는 것을 칭찬해야 할지 말아야 할지 보슈는 알 수 없었다. 그들은 파트너였고, 실제로 보슈는 일 년 가량 그를 강력반 형사로 훈련시켰다. 그렇지만 얼마나 효과가 있었는지는 항상 의문이었다. 에드거는 노상 부동산이나 보러 다녔고, 점심을 먹는 데도 두 시간씩 걸렸다. 강력반은 직업이 아니라 사명이란 사실을 그는 결코 이해하지 못하는 것 같았다. 어떤 인간에겐 살인이 예술이듯이, 살인사건 수사도 그것을 사명으로 아는 형사에겐 예술이다. 그리고 사람이 그것을 선택하는 것이 아니라, 그것이 사람을 선택한다.

그런 생각이 들자 보슈는 에드거가 진심으로 사건에 몰두하고 있다고 인정하기 어려웠다.

"뭘 보고 있는 거야?"

에드거가 IBM에서 고개를 들지도 않고 타이핑을 계속하며 물었다.

"아무것도 아냐. 그냥 이런저런 생각이 나서."

"해리, 걱정 말라니까. 잘 해결될 거야."

해리 보슈는 담배꽁초를 커피 찌꺼기가 담긴 스티로폼 컵에 쑤셔 박고 새 담배를 붙여 물었다.

"이 사건을 우선순위에 두라는 파운즈의 지시가 야근조에도 하달된 거야?"

"당연하지."

에드거는 웃으며 말했다.

"자네 앞에서 열심히 야근하고 있는 사내가 안 보여?"

그 말은 정말인 모양이군, 하고 보슈는 생각했지만 에드거에 대한 선입견은 변함이 없었다. 그는 살인 자료집으로 눈길을 돌리고 세 개의 고리로 철해진 두꺼운 보고서 가장자리를 손가락으로 쓰다듬었다. 인형사의 희생자들 이름이 적힌 분류표는 모두 열한 개였다. 그는 페이지를 획획 넘기며 피살자에 대한 범죄현장 사진들과 전기 자료들을 살펴보았다.

여자들은 모두 배경이 비슷해서 거리의 매춘부나 부유층 인사 에스코트 담당, 스트리퍼, 부업으로 외박도 하는 포르노 여배우 등이었다. 인형사는 도시의 이면을 마음대로 활보하며 희생자들을 쉽사리 발견할 수 있었고, 그들은 죽을 줄도 모르고 살인자를 따라 암흑 속으로 빠져들었다. 거기엔 어떤 패턴이 있다고 하던 특별수사팀의 한 정신분석의의 말을 보슈는 떠올렸다.

그러나 사진 속의 굳은 시체 얼굴들을 보니 특별수사팀이 피살자들의 공통적인 신체 양상을 전혀 파악하지 못했다는 생각이 들었다. 금발과 갈색 머리가 있는가 하면, 탄탄한 신체와 마약에 찌든 허약한 신체가 있었다. 백인 여자가 여섯, 라틴계가 둘, 아시아계 둘, 흑인 여자가 하나였다. 패턴이 없었다. 인형사는 그 점에선 차별을 두지 않았다. 구분할 수 있는 유일한 패턴은 선택의 여지가 거의 없어 낯선 남자를 쉽사리 따라갈 수밖에 없는 벼랑 끝에 있는 여자들만 찾았다는 사실이었다. 정신분석의는 그 여자들이 모두 상처 입은 물고기들처럼 눈에 보이지 않는 신호를 보내고 있었기 때문에 상어의 주의를 끌었던 것이라고 말했다.

"그 여잔 백인이었나?"

보슈의 질문에 에드거는 타이핑을 멈추었다.

"맞아. 검시관이 그렇게 말했어."

"시체를 벌써 해부했단 말이야? 누가?"

"아직 안 했어. 내일이나 모레 할 거야. 우리가 시체를 가져왔을 때 코라존이 보고 백인이라고 했어. 그런데 그건 왜 물어?"

"별것 아니야. 혹시 블론드였어?"

"응. 적어도 죽을 땐 그랬겠지. 표백이 됐어. 만약 나한테 4년 전에 행방불명된 금발의 백인 여자들을 체크하라고 요구하고 싶다면 엿이나 먹어. 야근조를 가동할 순 있지만 그런 행불자는 삼사백 명도 넘을 거야. 그 중에서 이름 하나를 내일까지 찾아낼 수 있다 하더라도 난 그런 짓 못해. 시간 낭비 같거든."

"그래, 알아. 난 단지…."

"자넨 단지 어떤 대답이든 얻어내고 싶겠지. 우리 모두가 그래. 그렇지만 때론 시간이 걸리는 법이야, 친구."

에드거는 타이핑을 다시 시작했다. 보슈는 바인더로 눈길을 돌렸지만 상자 안에 담겨 있던 얼굴이 자꾸만 아른거렸다. 그녀에 대해선 아는 것이 없었다. 이름도 직업도 아무것도. 하지만 그녀의 석고상을 보는 순간 보슈는 인형사의 패턴과 딱 들어맞는다는 것을 느꼈다. 거기엔 석고와는 상관없는 단단한 무엇이 있었다. 석고상의 주인도 벼랑 끝에서 온 여자였다.

"내가 떠난 뒤에 콘크리트 안에서 다른 건 발견되지 않았나?"

에드거는 타이핑을 멈추고 요란하게 한숨을 토하더니 고개를 저었다.

"담뱃갑 같은 거 말인가?"

"인형사는 다른 시체들 곁에는 핸드백을 남겨뒀잖아. 가죽끈을 잘라 그들을 교살한 뒤엔 시체들 곁에 핸드백과 옷가지들을 언제나 함께 버렸지. 없어진 건 피살자들의 화장품뿐이었어. 그는 항상 그들의 화장품만 가져갔다고."

"이번엔 아니야. 암튼 콘크리트 속엔 없었어. 콘크리트를 다 떼어낼 동안 파운즈가 정복 경관을 현장에 세워두었는데 아무것도 발견하지 못했다고 했거든. 그런 것들은 저장실 속에 깊숙이 감췄거나 불태웠겠지. 무슨 생각하는 거야, 해리? 모방범?"

"그런 것 같아."

"맞아, 나도 그래."

보슈는 에드거에게 일을 방해해서 미안하다고 말한 뒤 다시 보고서를 들여다보았다. 몇 분 지나자 에드거는 타이프라이터에서 수사관 일일보고서 양식을 뽑아낸 뒤 강력반 책상으로 가져갔다. 그는 그날의 사건 보고서들이 철해진 새 바인더에 그것을 끼워 넣은 뒤 자기 의자 뒤쪽에 있는 파일 캐비닛 속에 꽂았다. 그리곤 자기 책상 위에 있는 사건 기록부와 메모철들을 정리하며 아내에게 일상적인 전화를 걸었다. 그는 귀갓길에 급히 들러야 할 데가 있다고 아내에게 말했다. 그 말을 듣자 보슈는 실비아 무어와 그녀와의 사이에 뿌리내린 일상사에 대해 생각하게 되었다.

"난 나갈 거야, 해리."

에드거는 전화기를 내려놓으며 말했다. 보슈는 머리를 끄덕였다.

"자넨 왜 여기서 꾸물거리는 거야?"

"모르겠어. 그냥 이걸 좀 읽고 나면 증언할 때 좀 낫지 않을까 싶어서."

그건 거짓말이었다. 인형사에 대한 기억을 되살리기 위해 살인 자료집을 읽을 필요는 없었다.

"머니 챈들러 따윈 찢어버리게."

"그 여자가 나를 찢어버릴걸. 센 여자야."

"난 가봐야 해. 나중에 보자고."

"내일 이름이 나오면 날 호출하는 거 잊지 마."

에드거가 나간 뒤 보슈는 시계를 들여다보았다. 5시였다. 캐비닛 위의 석고상이 든 상자 옆에 있는 텔레비전을 켰다. 시체 발견에 대한 뉴스를 기다리며 전화기를 집어 들고 실비아의 집 전화번호를 눌렀다.

"오늘 밤엔 거기 못 갈 것 같아."

"해리, 무슨 일이에요? 모두진술은 어떻게 됐죠?"

"공판 때문에 그러는 거 아니야. 다른 사건이 생겼어. 오늘 시체가 발견됐는데, 인형사가 한 짓과 아주 흡사해. 경찰서에 쪽지도 들어왔어. 내가 엉뚱한 사람을 죽였다는 내용이야. 진짜 살인범인 인형사는 저 밖에 멀쩡히 살아 있다는 거지."

"정말 그럴 수가 있어요?"

"모르겠어. 어제까지만 해도 그럴 리가 없었지."

"어떻게 그런…."

"잠깐만. 지금 그 뉴스가 채널 2에서 방송되고 있어."

"나도 켜볼게요."

두 사람은 전화를 끊지 않고 각자 다른 TV를 통해 뉴스를 보았다. 항공촬영을 통한 현장 모습을 배경으로 파운즈 과장의 목소리가 흘러나왔다. 시체에 대해서는 아직 밝혀진 것이 별로 없으며 익명의 제보자가 경찰을 현장으로 안내했다는 내용이었다. 파운즈의 이마에 묻은 시커먼 검댕을 보자 보슈와 실비아는 동시에 웃음을 터뜨렸다. 한바탕 웃고 나니 그는 기분이 좋아졌다. 뉴스를 보고 난 실비아가 심각하게 말했다.

"그러니까 과장은 아직 언론에 발표하지 않았군요."

"확인을 해야 하니까. 먼저 무슨 일인지 알아내야지. 인형사가 아닌 모방범이 한 짓일 수도 있고, 우리가 모르는 그의 파트너가 있었을 수도 있어."

"단서를 잡으려면 얼마나 걸릴까요?"

그가 만약 무고한 사람을 죽인 걸 알았다면 그건 멋진 질문이 될 수도 있었다.

"모르지. 어쩌면 내일 검시관이 무슨 얘길 해줄 수도 있어. 그렇지만 신원이 밝혀져야 여자가 언제 죽었는지 알 수 있을 거야."

"해리, 인형사가 아닐 거예요. 걱정 말아요."

"고마워, 실비아."

그녀의 절대적인 지지가 아름답다고 보슈는 생각했다. 그러자 그녀와 모든 점에서 완전히 솔직하지 못했던 것에 대해 죄책감이 들었다. 무언가를 감추고 있는 쪽은 그 자신이었다.

"그런데 오늘 법정에서 있었던 일과 여기 올 수 없다고 말한 이유에 대해서는 아직 말 안 했어요."

"오늘 발견한 새로운 사건 때문이지. 내가 관련된 일이고, 그래서 사건에 대해 뭘 좀 생각해볼 것이 있어서 그래."

"여기서 생각해도 되잖아요, 해리."

"무슨 얘긴지 알잖아."

"그래요. 법정 일은요?"

"잘됐던 것 같아. 오늘은 모두진술만 끝냈고 증언은 내일부터야. 그런데 새로 발견된 시체가 자꾸만 맘에 걸려서…."

그는 전화하면서 TV 채널을 돌렸지만 다른 방송에서 내보낸 새로운 시체 발견에 대한 뉴스들은 놓치고 말았다.

"당신을 변호한 시 검사보는 뭐래요?"

"별로. 그는 알고 싶어 하지도 않아."

"원, 세상에."

"사건이 빨리 끝나버리기만 원하지. 만약 인형사나 그의 파트너가 저 바깥에 돌아다니고 있다면, 벨크는 공판이 끝날 때까지 그대로 덮어두고 싶은 거야."

"하지만 그건 비윤리적이에요, 해리. 설사 그게 원고측에 유리한 증거라 할지라도 그는 마땅히 밝혀야 하잖아요?"

"그가 사실을 알고 있다면 그렇지. 그래서 알고 싶어 하지 않는 거라고. 그러면 자긴 안전하거든."

"당신 증언은 언제죠? 나도 가보고 싶어. 하루 휴가 낼게요."

"아니야. 걱정할 거 없다니까. 모두 형식적인 거야. 나는 당신이 이 일에 대해 지금보다 더 자세히 아는 거 원치 않아."

"왜요? 당신 일인데."

"내 일 아니야. 벨크의 일이지."

보슈는 다음 날 다시 전화하겠다고 말한 뒤 끊었다. 그리곤 자기 앞 책상 위에 놓인 전화기를 한참 동안 바라보았다. 그와 실비아는 거의 1년 동안이나 일주일에 사나흘은 함께 밤을 보냈다. 실비아가 관계 변화와 자기 집을 파는 문제까지 입에 올렸지만 보슈는 행여 그녀에게서 느끼는 편안함을 잃어버리지나 않을까, 둘 사이의 취약한 균형이 무너지지나 않을까 두려워 감히 엄두를 내지 못했다. 이제 그렇게만 하다간 균형이 무너질 것 같았다. 그녀에게 거짓말을 했다. 그는 새로운 사건에 어느 정도 관여하고 있지만 일과가 끝나 집으로 돌아갈 생각이었다. 혼자 있을 필요를 느껴서 거짓말을 했던 것이다. 인형사에 대한 그 자신의 생각을 정리해볼 혼자만의 시간이 필요했다.

그는 두 번째 바인더를 휘휙 넘겨 서류 증거물들이 담긴 투명한 비닐 봉투를 찾았다. 인형사가 예전에 보낸 세 통의 편지 복사본이 그 안에 들어 있었다. 살인자는 언론이 뜨겁게 달아오르면서 자신에게 인형사란 별명을 지어준 후부터 편지를 보내오기 시작했다. 한 통은 열한 번째인 마지막 살인이 일어나기 전에 보슈에게 보내왔고, 다른 두 통은 일곱 번째와 열한 번째 살인이 일어난 후 〈LA 타임스〉 브레머 기자에게 보낸 것이었다. 보슈는 편지봉투에 블록 스타일의 필기체로 쓴 주소의 복사본을 보았다. 그리고 접힌 종이에 적힌 시를 살펴보았다. 마찬가지로 오른쪽으로 약간 기운 블록 필기체였다. 그는 이미 암기하고 있던 그 시를 읽어 내려갔다.

그만 단념하라고 미리 경고하고 싶어
오늘 밤 간식 하러 나갈 거야-내 욕정을 위해
새 인형을 감쪽같이 선반 위에 올려놔야지
내가 분출할 때 그녀는 마지막 숨을 내쉬겠지

엄마 아빠가 울기엔 조금 늦었어
젊고 고운 아가씨가 내 뾰족탑 아래 있을 땐
내가 분출하며 핸드백 끈을 조이면
여자의 마지막 헐떡임 '보슈우!'처럼 들려

보슈는 바인더를 닫아 서류가방 속에 집어넣었다. 그리고 TV를 끈 뒤 주차장 쪽으로 걸어 나갔다. 정복 경관 두 명이 수갑을 채운 술주정 꾼과 씨름하는 것을 보자 보슈는 경찰서 문을 열어 주었다. 주정뱅이가 발길질을 해댔지만 그는 사정권 밖에 물러나 있었다.

카프리스를 몰고 나와 북쪽으로 방향을 잡은 그는 아웃포스트 로드 와 멀홀랜드를 지나 우드로 윌슨으로 접어들었다. 간이주차장에 차를 세운 뒤 운전대 위에 손을 올려놓은 채 한참 동안 멍하니 앉아 있었다. 인형사가 보낸 편지들과 피살자들의 발톱에 남긴 십자가 모양의 서명 에 대해 생각했다. 처치가 죽고 난 후에야 그들은 그 십자가의 의미를 깨달았다. 그것은 첨탑(尖塔)이었던 것이다. 교회(church)의 뾰족탑.

o5 첫 번째 증인

아침에 보슈는 자기 집 뒤쪽 데크에 앉아 카후엥가 고개 너머로 떠오르는 아침 해를 바라보고 있었다. 햇볕이 아침 안개를 증발시키고 지난 겨울 불살랐던 언덕 위의 야생화들을 따스하게 덮혔다. 담배를 피우며 커피를 마시고 지켜보는 동안 할리우드 고속도로를 달리는 차량들이 고개 아래쪽에서 연속적인 소음을 보내왔다.

그는 암청색 양복에 버튼다운칼라 흰 와이셔츠를 받쳐 입었다. 침실 거울 앞에서 검투사의 황금 투구 무늬가 박힌 적갈색 넥타이를 매면서 배심원들에겐 어떻게 보여야 할지 알 수가 없었다. 열두 명의 배심원 중 누구와 눈길을 마주쳐도 그들이 먼저 고개를 돌린다는 사실은 어제 이미 시험해 봐서 알고 있었다. 그게 무슨 뜻일까? 벨크에게 물어보고 싶었지만 그는 그 뚱보가 마음에 들지 않았다. 그리고 어떤 의견을 구하더라도 벨크는 불편해할 것이 뻔했다.

이전에 사용했던 구멍을 통해 넥타이를 맨 후 보슈는 살인에 대한 캘리포니아 형법전(刑法典) "187"이 찍힌 은제 넥타이핀으로 고정시켰다. 그리곤 플라스틱 빗을 들고 샤워로 아직 축축한 잿빛 섞인 갈색 머리카락과 코밑수염을 가지런히 빗었다. 양쪽 눈에 바이진 안약을 한두 방울 떨어뜨린 뒤 거울을 들여다보니 수면부족으로 충혈된 눈의 홍채가 아스팔트 위의 얼음처럼 새까매 보였다. 배심원들은 왜 내 시선을 피했을까, 하고 그는 다시 생각했다. 그러자 전날 챈들러가 그 자신을 가리키며 했던 말이 떠올랐고, 그제야 배심원들이 눈길을 돌린 이유를 알 수 있었다.

서류가방을 들고 문 쪽으로 걸어가는데 그가 도착하기도 전에 문이 열렸다. 실비아가 안으로 들어오다가 그를 보자 말했다.

"안녕, 놓칠까 봐 걱정했어요."

그녀는 생글생글 웃었다. 카키 바지와 핑크색 버튼다운칼라 셔츠 차림이었다. 화요일과 목요일은 운동장 순찰 담당이기 때문에 치마를 입지 않는다는 것을 보슈도 알고 있었다. 도망치는 아이들 뒤를 쫓아야 할 때도 있고, 싸우는 아이들을 뜯어말려야 할 경우도 있었다. 현관문으로 스며든 햇빛이 그녀의 짙은 블론드를 금빛으로 바꿔놓았다.

"놓치면 뭐가 어때서?"

두 사람은 미소 지으며 서로 키스했다.

"나 때문에 늦어지는 줄 알아요. 나도 늦었다고요. 하지만 당신에게 행운을 빌어주고 싶었어요. 꼭 그럴 필요는 없겠지만."

보슈는 그녀의 머릿결 냄새를 맡으며 놓아주지 않았다. 실비아를 만난 지 1년이 다 되어 가지만 보슈는 아직도 그녀가 어느 날 갑자기 "당신에게 끌렸던 건 착각이었어요."라고 말한 뒤 돌아서 가버리지나 않을까 늘 두려웠다. 어쩌면 그는 아직도 그녀의 죽은 남편 대용품 신세인지도 몰랐다. 실비아의 남편도 형사였다. 마약단속반에 근무했던 그녀의 남편은 보슈의 수사기록 상으로는 자살이었다.

두 사람의 관계는 아주 편안한 상태로까지 발전했는데, 최근 몇 주일 사이 보슈는 일종의 타성 같은 것이 자리 잡기 시작한 것을 느꼈다. 실비아도 그걸 느꼈는지 그런 얘길 했고, 문제는 보슈가 경계심을 완전히 풀지 않는 데 있다고 지적했다. 보슈는 그 말이 사실이라는 것도 알았다. 그는 지금까지 독신으로 살아왔지만 그게 좋아서 그랬던 건 아니었다. 그에게도 비밀이 있었고, 많은 부분은 실비아에게 알리고 싶지 않아 깊숙이 감추어 두었다. 아직까진 말하기가 너무 이르다는 판단에서였다.

"와줘서 고마워."

그는 아직도 햇빛이 머물고 있는 여자의 얼굴을 들여다보며 말했다. 그녀의 앞니 한 개의 끝에 립스틱이 약간 묻어 있었다.

"오늘 운동장에서 조심해."

"네."

실비아는 그렇게 대답하곤 이마를 찡그렸다.

"당신 말은 알아들었지만 하루만이라도 법원에 가보고 싶어요. 당신을 위해서요, 해리."

"참석을 위한 참석은 할 필요 없어. 무슨 뜻인지 알지?"

그녀는 머리를 끄덕였지만 그 말에 완전히 수긍하는 표정은 아니었다. 두 사람은 다른 얘기를 몇 분쯤 나누다가 저녁에 식사를 함께하기로 합의했다. 보슈는 그녀가 살고 있는 부케 캐니언으로 가겠다고 약속했다. 두 사람은 다시 키스를 나눈 뒤 보슈는 법원으로, 실비아는 학교로 갈라졌다. 두 장소 모두 위험이 충만한 곳이었다.

판사가 문을 열고 들어와 재판장석으로 올라가길 기다리며 법정이 침묵에 빠질 때마다 사람들은 항상 아드레날린이 분출되는 것을 느꼈다. 그런데 9시 10분이 될 때까지 판사가 나타날 기미를 보이지 않는 것은 이례적인 일이었다. 왜냐하면 배심원을 선정하던 한 주일 동안은 칼같이 나타났던 그였기 때문이다. 보슈는 주위를 돌아보았다. 전날보다 더 많은 기자들이 몰려온 것 같았다. 모두진술은 항상 그 정도 관심은 끌기 때문에 기자들이 더 많이 몰려온 건 이상하단 생각이 들었다.

벨크가 보슈 쪽으로 몸을 숙이며 속삭였다.

"키스는 아마 저 안에서 〈LA 타임스〉 기사를 읽고 있을 겁니다. 당신은 읽어 봤어요?"

실비아 때문에 늦어서 읽을 시간이 없었던 보슈는 현관문 앞 매트 위에 놓여 있던 신문을 그대로 두고 달려왔다.

"무슨 기사요?"

벨크가 미처 대답하기도 전에 패널 문이 열리고 판사가 들어왔다.

"배심원들을 대기시켜요, 리베라 양."

판사는 사무관에게 지시하며 비대한 몸을 의자에 부려놓았다. 그리곤 법정을 한 바퀴 둘러본 뒤 변호인에게 물었다.

"배심원들이 입장하기 전에 상의할 일이 있나요? 미즈 챈들러?"

"네, 재판장님."

챈들러는 일어나서 연설대로 걸어 나갔다. 오늘은 회색 정장 차림이었다. 배심원 선임이 시작된 이후로 그녀는 세 가지 정장만 돌려가며 입었는데, 벨크의 설명에 의하면 배심원들에게 자신을 너무 부자처럼 보이지 않게 하기 위해서라는 것이었다. 여자 변호사들은 그런 것으로도 여자 배심원의 지지를 잃을 수 있다고 했다.

"재판장님, 원고측은 보슈 형사와 벨크 씨에 대한 처벌을 요구합니다."

챈들러는 〈LA 타임스〉의 메트로 섹션을 쳐들었다. 보슈는 오른쪽 하단 코너에 전날과 똑같은 기사가 실려 있는 것을 보았다. 헤드라인은

'콘크리트 블론드, 인형사와 관련'이라고 되어 있었다. 벨크는 자리에서 벌떡 일어났지만 판사의 방해하지 말라는 엄한 표정을 보자 입을 다물 었다.

"처벌을 요구한 이유가 뭡니까, 미즈 챈들러?"

판사가 물었다.

"재판장님, 어제 발견된 이 시체는 본건의 강력한 증거가 될 수 있습 니다. 검찰측 변호인인 벨크 씨는 이 정보를 제시할 의무가 있었습니다. 증거물 발견에 관한 법률 제11조에 의하면 피고측 변호인은…."

"재판장님!"

벨크가 이의를 제기했다.

"저는 어젯밤까지 그 정보를 접하지 못했기 때문에 오늘 아침에 제시 하려고 했습니다. 원고측 변호인은…."

"거기서 중단하시오, 벨크 씨. 내 법정에서는 한 번에 한 가지씩만 말 해요. 당신은 그것에 관한 알리미라도 필요할 것 같소. 미즈 챈들러, 나 도 당신이 말하는 그 기사를 읽어봤는데, 본건 때문에 보슈 형사가 언 급되긴 했지만 인용된 것은 없었소. 그리고 벨크 씨는 아까 약간 거칠 게 지적했던 대로 어제 법정에서 나갈 때까진 이 기사에 대해 전혀 몰 랐습니다. 솔직히 나로서는 처벌할 만한 위반 사항이 있다곤 보지 않소. 당신이 아직 꺼내 들지 않은 카드가 있다면 몰라도."

챈들러에겐 그런 카드가 있었다.

"재판장님, 보슈 형사는 신문에 인용되었건 안 되었건 시체 발견에 대해 잘 알고 있었습니다. 어제 점심시간 동안 발굴 현장에 있었으니 까요."

"재판장님?"

벨크가 겁먹은 목소리로 말했다.

키스 판사는 벨크가 아닌 보슈를 돌아보며 물었다.

"그 말이 사실입니까, 보슈 형사?"

보슈는 벨크를 잠시 바라보다가 판사를 쳐다보았다. 멍청한 벨크 녀석, 하고 그는 생각했다. 네놈의 거짓말 때문에 나만 덤터기를 쓰게 생겼어.

"사실입니다, 재판장님. 오후 개정 시각까지 이곳에 돌아왔을 때 시체 발견에 대해 벨크 씨에게 설명할 시간이 없어서 법정에서 나간 후에야 얘기했습니다. 오늘 아침 신문은 아직 보지 않아 기사 내용을 잘 모르겠지만, 그 시체는 인형사나 다른 누구와의 관계도 확인된 바 없습니다. 아직 신원조차 밝혀지지 않은 상탭니다."

"재판장님."

챈들러가 다시 일어났다.

"보슈 형사는 오후 공판 도중에 제공한 15분간의 휴식시간을 편리하게도 잊은 것 같습니다. 그 정도 시간이면 그런 중요한 정보를 자신의 변호인에게 전달하기엔 충분했을 거라고 생각됩니다."

판사가 돌아보자 보슈는 다시 설명했다.

"저도 휴식시간에 얘기하려고 했습니다만 벨크 씨는 모두진술을 준비하는 데 그 시간이 필요하다고 했습니다."

판사는 아무 말 없이 몇 초 동안 보슈를 빤히 바라보았다. 보슈는 판사가 이실직고하라고 밀어붙이고 있다는 걸 알았다. 키스 판사는 어떤 결정을 내리고 있는 것처럼 보였다. 그가 마침내 말했다.

"미즈 챈들러, 당신이 무슨 음모를 꾸미고 있는지는 잘 모르겠지만, 양측 모두에게 경고를 하고 진행하겠소. 내 법정에서 가장 악질적인 범죄는 증거를 감추는 짓입니다. 만약 그러다가 나한테 걸린 사람은 법대 나온 걸 후회하게 될 거요. 자, 그래도 새로 발견된 증거에 대해 계속 얘기하고 싶소?"

"재판장님."

벨크가 재빨리 소리친 뒤 연설대로 걸어 나갔다.

"새로 발견된 증거가 채 24시간도 안 된 점을 감안하여 그것이 본건에 미칠 영향에 대해 철저한 수사가 이루어질 때까지 심리를 연기해 주실 것을 요청합니다."

결국 연기를 요청하는군. 보슈는 생각했다. 이젠 벨크도 연기 외엔 다른 방법이 없을 것이었다.

"흠, 미즈 챈들러는 어떻게 생각합니까?"

키스 판사가 물었다.

"연기는 안 됩니다, 판사님. 원고측 가족은 이 공판을 4년이나 기다려 왔습니다. 더 이상 지연한다는 것은 범죄를 영구화하는 것으로 사료됩니다. 게다가 벨크 씨는 이 사건 수사를 누구에게 맡기고 있죠? 보슈 형사 아닙니까?"

"피고측 변호인은 LA 경찰국이 그 사건을 수사하는 것에 대해 만족할 거라고 나는 확신합니다."

판사가 대답했다.

"저는 만족할 수 없습니다."

"그런 줄은 알고 있지만 이건 당신 소관이 아니오, 미즈 챈들러. 어제는 당신 입으로 이 도시의 경찰들 대부분은 훌륭하고 유능하다고 말하지 않았소. 자신이 한 말에 책임을 지셔야지. 하지만 나는 심리 연기 요청은 받아들이지 않을 겁니다. 일단 시작했으면 끝장을 내야지. 경찰은 사건을 계속 수사하여 법원에 정보를 제공할 수 있겠지만, 난 그걸 기다리고 있진 않겠다는 거요. 본 심리가 이어지는 동안에도 그런 정보들은 계속 제공되어야 합니다. 다른 얘기가 또 있습니까? 배심원들이 기다리고 있소."

"신문 기사는 어떻게 합니까?"

벨크가 물었다.

"어떻게 하다니?"

"재판장님, 저는 배심원들 중에서 그 기사를 읽은 분이 있는지 조사하고 싶습니다. 또한 그들에게 오늘 밤 TV 뉴스나 신문을 보지 말도록 주의를 줘야 한다고 생각합니다. 모든 채널들이 〈LA 타임스〉 기사를 그대로 따라 보도할 테니까요."

"나는 어제 배심원들에게 신문이나 텔레비전 뉴스를 보지 말라고 이미 지시했지만, 혹시 이 기사를 읽은 사람이 있는지 조사해볼 생각이오. 그들이 하는 얘기를 들어본 뒤 그래도 미결정 심리에 대해 의논하고 싶다면 그들을 다시 내보낼 수도 있습니다."

"저는 미결정 심리를 원치 않습니다."

챈들러가 이어서 말했다.

"그건 피고측이 원하는 거죠. 이 심리를 또 두 달간 연장할 뿐입니다. 원고측 가족들은 벌써 4년간이나 기다렸습니다. 그들은….."

"자, 일단 배심원들의 얘기를 들어봅시다. 말을 끊어서 미안해요, 미즈 챈들러."

"재판장님, 처벌에 관해 말씀해 주시겠습니까?"

벨크가 말했다.

"그럴 필요가 없을 텐데요, 벨크 씨. 미즈 챈들러가 요청한 처벌은 이미 거부했는데 무슨 얘기가 더 필요합니까?"

"그건 압니다, 재판장님. 저는 미즈 챈들러를 처벌해 달라고 요청하고 싶습니다. 그녀는 제가 본건의 증거물을 숨겼다고 주장함으로써 제 명예를 훼손했습니다. 따라서 저는….."

"앉으세요, 벨크 씨. 두 분께 분명히 말씀드리겠소. 쓸데없는 논쟁을 벌이지 마시오. 그래서는 어떤 결론도 나지 않습니다. 처벌은 어느 쪽도 없소. 마지막으로 묻겠는데, 다른 문제가 또 있습니까?"

"네, 재판장님."

챈들러가 대답했다. 다른 카드가 한 장 더 있다는 소리였다. 그녀는 법률용지 밑에서 서류를 빼내어 사무관에게 건네준 뒤 연설대로 돌아갔고, 사무관이 그것을 판사에게 제출하기를 기다렸다가 말했다.

"재판장님, 그것은 제가 기록에 반영하기 위해 경찰국에 보내려고 준비한 소환장입니다. 저는 〈LA 타임스〉 기사에 언급된 메모의 사본을 요청하는 바입니다. 인형사가 작성하여 어제 전달했다는 그 메모는 새로 발견된 증거의 한 부분으로 저한테도 제출되어야 한다고 생각합니다."

벨크가 벌떡 일어서자 판사가 경고했다.

"앉아요, 벨크 씨. 미즈 챈들러의 말이 끝날 때까지 기다리시오."

"재판장님, 그건 분명 본건에 속하는 증거물입니다. 즉시 제출해야만 합니다."

키스 판사가 벨크에게 고개를 끄덕이자 시 검사보는 그제야 연설대로 어슬렁어슬렁 걸어 나갔다. 챈들러는 그에게 자리를 내주기 위해 물러났다.

"재판장님, 그 메모는 본건의 증거가 될 수 없습니다. 누가 보낸 건지도 아직 확인되지 않았을 뿐만 아니라 이 공판과는 별도의 살인사건에 속하는 증거물입니다. 그리고 혐의자가 다수인 상태에서 증거물을 법원에 제시하는 것은 LAPD 관례에도 없는 일입니다. 저는 재판장님께 원고측 변호인의 요구를 거부하실 것을 요청합니다."

키스 판사는 두 손을 모아 잡고 잠시 생각한 뒤 말했다.

"이렇게 합시다, 벨크 씨. 그 메모의 사본을 가지고 있으면 나한테 제출하시오. 내가 읽어보고 증거물에 속하는지 판단할 테니까. 자, 이제 그만. 리베라 양, 배심원들 들어오시게 해요. 이러다 오전 시간 다 가겠어."

배심원들이 배심석으로 들어오고 법정의 모든 사람들이 착석하자 키스 판사는 그 사건에 관한 기사를 읽어본 사람이 있는지 물어보았다. 배심원석에서는 아무도 손을 들지 않았다. 보슈는 설사 그들 중 기사를 읽은 사람이 있더라도 손을 들지 않았을 거라는 생각이 들었다. 그랬다간 배심원에서 탈락할 수가 있고, 1분이 한 시간처럼 느껴지는 배심원 회의실로 쫓겨날 가능성도 있기 때문이었다.

"좋습니다."

판사가 머리를 끄덕인 뒤 챈들러에게 말했다.

"첫 번째 증인을 부르세요, 미즈 챈들러."

테리 로이드는 매일 밤 취한 상태로 TV 앞 안락의자에 앉는 것처럼 편안하게 증인석에 앉았다. 심지어 사무관 도움도 받지 않고 자기 앞에 놓인 마이크를 조정하기까지 했다. 그는 코에 주정뱅이 마크를 달고 있었고 60대를 바라보는 나이에 비해 머리카락은 지나치게 짙은 갈색이었다. 로이드가 그런 몰골로 비치는 것은 분명 그가 걸치고 있는 넝마 때문이었다. 챈들러는 그에게 예비적 질문들을 몇 개 던짐으로써 그가 전직 LAPD 강도살인반 경위였다는 사실을 부각시켰다.

"로이드 경위님, 4년 반쯤 전부터 일정 기간 동안 당신은 연쇄살인범의 신원을 밝히기 위한 특별수사팀을 지휘한 적이 있습니까?"

"네, 있습니다."

"특별수사팀이 왜 조직되었고 무슨 일을 했는지 배심원들께 설명할 수 있나요?"

"그 살인범이 다섯 명을 살해했다는 사실이 밝혀졌기 때문에 조직되었죠. 경찰국 내부에서는 웨스트사이드 교살범 특별수사팀이라고 비공식적으로 알려졌습니다. 언론이 소문을 듣고 난 후 그 살인자에겐 인형사라는 별명이 붙었어요. 피살자들의 화장품을 꺼내어 그들의 얼굴을 인형처럼 꾸며놓았기 때문이죠. 특별수사팀에 열여덟 명의 형사가 파견되었습니다. A팀과 B팀으로 나뉘어 A팀은 주간근무, B팀은 야간근무를 맡았어요. 살인이 일어나면 달려가서 수사하고 제보가 들어오면 추적했습니다. 언론에 알려진 후로 우리는 일주일에 백 통쯤 제보 전화를 받았는데, 사람들은 이 남자가 인형사니 저 남자가 인형사니 했어요. 우리는 그들을 모조리 조사했습니다."

"특별수사팀인지 뭔지 하는 그것, 별로 성공적이지 못했나 보죠?"

"그건 아니죠. 우린 성공적이었어요. 살인범을 잡았으니까요."

"살인범이 누구였는데요?"

"노먼 처치였어요."

"살인범으로 밝혀진 것은 그가 살해되기 전인가요, 후인가요?"

"후였어요. 모든 정황이 그와 딱 맞아떨어졌죠."

"경찰국 정황과도 딱 맞아떨어졌겠죠?"

"무슨 말씀이신지?"

"처치를 연쇄살인과 묶는 것이 경찰국 입장에서도 좋았다는 뜻이에요. 그러지 않았다면 당신들이…."

"질문을 하세요, 미즈 챈들러."

판사가 그녀의 말을 잘랐다.

"죄송합니다, 재판장님. 로이드 경위님, 당신이 살인자라고 불렀던 노먼 처치는 특별수사팀이 조직된 이후 살인사건이 여섯 번이나 더 일어난 뒤에야 사살됐어요. 맞습니까?"

"맞아요."

"여자들이 여섯 명이나 더 교살당하도록 방치한 특별수사팀을 경찰국에서는 성공적이라고 평가합니까?"

"우린 방치하지 않았습니다. 범인을 잡기 위해 최선을 다했고 결국 잡았잖아요. 그러니까 성공적이죠. 제 판단으론 매우 성공적이었습니다."

"당신 판단으론 말이죠. 로이드 경위님, 노먼 처치가 비무장 상태에서 보슈 형사에게 사살되기 이전에 한 번이라도 그의 이름이 용의자로 떠오른 적이 있었나요? 아니면 어떤 언급이라도?"

"아뇨, 없었습니다. 그렇지만 우리는…."

"제 질문에 대답만 하시면 됩니다, 경위님. 감사합니다."

챈들러는 연설대 위에 놓아둔 노란 법률용지를 들여다보았다. 보슈는 벨크가 자기 앞에 놓인 메모지를 새것으로 바꾼 뒤 질문할 사항을 적고 있는 것을 보았다.

"좋습니다, 경위님."

챈들러가 다시 말했다.

"특별수사팀은 조직된 후 여섯 명이나 더 피살될 때까지 당신이 말한 그 범인이란 자를 체포하지 못했습니다. 그런데도 그를 빨리 체포하여 사건을 마무리하라는 심한 압박을 당신과 당신 부하들이 받았다고 말할 수 있을까요?"

"그렇습니다. 우린 압박을 받았어요."

"누구로부터요? 누가 당신들을 압박했나요, 로이드 경위님?"

"그야 신문사와 TV 방송국부터 그렇죠. 경찰국도 있고."

"어떻게 압박했죠? 경찰국 말예요. 상관들과 회의를 자주 했나요?"

"강도살인반을 지휘한 경감과는 매일 회의했죠. 월요일마다 서장님 회의가 있었고."

"사건 해결을 위해 그들은 당신에게 무슨 말을 했습니까?"

"빨리 해결하라고 했죠. 사람들이 죽어가고 있었으니까. 그런 말은 들을 필요도 없었지만 암튼 그들은 다그쳤습니다."

"그런 얘기를 특별수사팀 형사들한테도 했습니까?"

"물론 했죠. 하지만 그들도 들을 필요가 없었어요. 새로운 시체가 나타날 때마다 살펴보고 다녔으니까요. 힘들었죠. 다들 범인을 미치게 잡고 싶어 했습니다. 그 일에 관한 한 신문을 읽을 필요도 없었고 서장이나 나한테 지시받을 일도 없었어요."

로이드의 얘기가 경찰은 외로운 사냥꾼이라는 엉뚱한 방향으로 빠지는 듯했다. 보슈가 보기에 로이드는 챈들러가 쳐 놓은 덫을 향해 한 발 한 발 걸어가고 있는 줄 전혀 모르고 있는 것 같았다. 공판 막바지에 챈들러는 보슈와 경찰이 살인자를 체포하라는 압박을 지나치게 받은 결과 보슈는 처치를 사살하게 되었으며, 그런 다음 처치를 연쇄살인 사건들과 열심히 엮어 넣은 거라고 주장할 것이었다. 보슈는 타임아웃이라도 부를 수 있다면 로이드에게 제발 입 좀 닥치라고 말해주고 싶었다.

"그러니까 특별수사팀 형사들은 살인범을 찾으라는 압박이 있다는 걸 모두 알고 있었겠군요?"

"그렇죠. 압박은 업무의 일부니까."

"특별수사팀에서 보슈 형사의 역할은 뭐였나요?"

"B팀 지휘관이었습니다. 야간근무를 맡았죠. 3급 형사였기 때문에 내가 없을 땐 대신했어요. 나는 대체로 이동을 많이 했지만 항상 주간근무인 A팀을 맡았어요."

"당신이 보슈 형사에게 '우리는 이자를 잡아야 해.'라는 취지로 말했던 걸 기억하고 있습니까?"

"별도로 기억하진 않지만 팀 미팅에서 그런 취지로 얘기했습니다. 보슈도 거기 있었죠. 하지만 그건 우리 목표였으므로 잘못된 건 아니었죠. 우린 범인을 잡아야 했으니까. 같은 상황이 벌어지면 나는 또 그렇게 말할 겁니다."

보슈는 로이드가 자기를 배제하고 사건을 종결한 것에 대해 복수를 하고 있다는 느낌이 들기 시작했다. 챈들러의 질문에 대한 그의 대답이 멍청한 도를 지나 악감을 담고 있는 것처럼 느껴졌다. 보슈는 벨크 곁으로 상체를 숙이고 속삭였다.

"로이드는 자기가 처치를 쏘지 못한 분풀이로 나를 엿 먹이고 있어."

벨크는 손가락으로 자기 입술을 누르며 보슈에게 조용하라는 신호를 보냈다. 그리곤 메모지에 다시 뭔가를 적어 넣었다.

"FBI의 행동과학팀에 대해 들어본 적 있습니까?"

챈들러가 물었다.

"있습니다."

"뭐 하는 곳이죠?"

"주로 연쇄살인범에 대해 연구하는 곳이죠. 범인과 희생자의 심리적 속성을 파악하여 조언한다든가, 뭐 그런 일을 하는 곳입니다."

"살인사건이 열한 차례나 일어났습니다. 그동안 FBI 행동과학팀에서 당신들에게 어떤 조언을 했습니까?"

"조언한 적 없어요."

"왜죠? 그들과 단절되어 있었나요?"

"아뇨. 우리 측에서 연락하지 않았습니다."

"아, 왜 연락하지 않았죠?"

"글쎄요, 우리도 그런 일을 하고 있다고 믿었죠. 자체적으로 프로파일 작업을 하고 있었고, FBI가 큰 도움을 줄 거라곤 생각지 않았습니다. 남가주대에서 오신 심리학자 존 로크 박사가 우릴 도와주셨는데, 이분은 한때 FBI에서 성범죄 사건에 관해 조언하셨던 분입니다. 우리는 그분의 경험과 경찰국 소속 정신과 의사의 도움을 받았죠. 그만하면 충분하다고 믿었습니다."

"FBI가 협조를 제의해 왔나요?"

로이드는 여기서 머뭇거렸다. 이제야 챈들러가 무슨 소릴 하려고 그러는지 감을 잡은 모양이었다.

"아, 네. 사건이 여러 신문에 발표되자 전화를 해왔더군요. 자기들도 개입하고 싶다고요. 그럴 필요 없으니 제발 신경 좀 꺼달라고 했죠."

"그렇게 말한 걸 지금은 후회하나요?"

"아뇨. 난 FBI가 우리보다 더 잘할 수 있었을 거라곤 생각지 않아요. 그들은 항상 작은 경찰서가 수사 중인 사건이나 대형 언론사가 떠들어대는 사건에 끼어들길 좋아하죠."

"당신은 그걸 마뜩찮게 생각하고 있군요. 그렇죠?"

"뭘 말입니까?"

"영향력 행사라고 하든가요. FBI가 힘으로 개입하여 사건을 접수하는 것 말예요. 당신은 그게 마뜩찮았던 거죠?"

"아뇨. 내 말은 그들 없이도 우리가 잘 할 수 있었다는 뜻이었습니다."

"LA 경찰국과 FBI는 질시와 경쟁으로 인해 오랜 세월 동안 서로 의사소통이나 업무협조가 잘 이뤄지지 않았다는 게 사실 아닌가요?"

"아닙니다. 그 말엔 동의할 수 없어요."

로이드의 동의는 중요하지 않았다. 보슈는 챈들러가 초점을 배심원단에 맞추고 있다는 걸 알았다. 배심원들이 동의할 것인가? 그녀에겐 오직 그것만이 중요했다.

"특별수사팀은 용의자의 프로파일을 찾아냈어요. 맞습니까?"

"네. 조금 전에 그렇게 말했는데요."

챈들러는 원고측 증거서류 1A를 증인에게 제시해도 되겠느냐고 키스 판사에게 물었다. 재판장이 승낙하자 그녀는 서류를 사무관에게 건

콘크리트 블론드

넸고, 사무관은 그것을 로이드에게 전달했다.

"그게 뭐죠, 경위님?"

"용의자의 몽타주와 심리학적 프로파일이군요. 그러니까… 일곱 번째 살인이 일어난 후에 작성했던 것으로 생각하는데요."

"어떻게 용의자의 몽타주를 그릴 수 있었습니까?"

"일곱 번째와 여덟 번째 희생자 가운데에 한 여자가 살해될 뻔하다 살아남은 일이 있었습니다. 범인으로부터 도망친 여자는 경찰에 신고를 했고, 우리는 그녀와 함께 몽타주를 작성할 수 있었죠."

"좋습니다. 당신은 노먼 처치의 얼굴을 알고 있나요?"

"자세히는 모릅니다. 그가 죽은 뒤에 봤으니까요."

챈들러는 원고측 증거서류 2A를 증인에게 제시하게 해달라고 재판장에게 요청했다. 마분지에 테이프로 붙인 처치의 사진 여러 장이 전달되었다. 챈들러는 로이드가 그 사진들을 살펴보도록 잠시 기다렸다가 그에게 물었다.

"몽타주와 처치 씨의 사진들 사이에 닮은 점을 찾을 수 있나요?"

로이드는 망설이다가 대답했다.

"범인은 변장을 했던 걸로 알려졌고, 도망쳐 나온 여자는 마약 중독자인 포르노 배우였습니다. 그 여잔 믿을 만한 목격자가 못 되었어요."

"재판장님, 증인에게 질문에만 대답하도록 지시해 주시겠습니까?"

키스 판사가 나무라자 로이드는 고개를 숙인 뒤 즉시 대답했다.

"아뇨. 닮은 점이 없습니다."

"좋습니다."

챈들러는 고개를 끄덕인 뒤 계속 질문했다.

"지금 증인이 들고 있는 그 프로파일로 돌아가죠. 그건 어디서 나왔습니까?"

"주로 남가주대의 로크 박사와 LAPD 소속 정신과 의사인 셰이퍼 박사가 작성한 겁니다. 작성하기 전에 다른 사람들과도 토의했을 것이라고 생각합니다."

"거기 적힌 첫 번째 문장을 읽어 주시겠습니까?"

"네, 그러죠. '용의자는 대학 교육을 거의 받지 않은 25세에서 35세 사이의 백인 남성으로 믿어진다. 덩치가 크지 않을 수 있지만 강건한 남자로, 가족이나 친구들로부터 떨어져 혼자 살고 있다. 여자에 대한 뿌리 깊은 증오심을 보이는 것은 어머니나 여자 후견인에게 학대를 당했음을 암시한다. 희생자들의 얼굴에 화장을 하는 것은 자신을 기쁘게 하거나 웃게 만드는 이미지로 바꾸려는 시도이다. 피살자들은 그에게 위협이 아니라 인형일 뿐이다.' 살인의 반복적 경향에 대해 정리한 부분도 계속해서 읽을까요?"

"아뇨. 그럴 필요는 없어요. 당신은 처치 씨가 보슈 형사에게 사살된 후 그 일에 대한 조사에 참가했었죠?"

"그렇습니다."

"용의자의 프로파일에서 특별수사팀이 발견한 범인의 특성 중 처치 씨의 특성과 일치하는 부분을 배심원들에게 열거해 보세요."

로이드가 손에 든 서류를 내려다보며 한참 동안 말을 못하자 챈들러가 말했다.

"제가 시작을 도와드리죠, 경위님. 그는 백인이었어요. 맞나요?"

"네."

"그 외에 어떤 점이 유사하죠? 그가 혼자 살고 있었나요?"

"아뇨."

"그에겐 아내와 두 딸이 있었어요. 맞아요?"

"네."

"그때 그의 나이가 25세와 35세 사이였나요?"

"아뇨."

"그의 나이는 39세였죠. 맞습니까?"

"네."

"그가 최소한의 교육만 받았습니까?"

"아닙니다."

"그는 기계공학 석사 학위 소지자였어요. 아닙니까?"

"그렇다면 그 방에서 뭘 하고 있었다는 겁니까?"

로이드가 화난 듯이 반문했다.

"희생자들의 화장품이 왜 거기 있었고요? 왜⋯."

"질문 받은 것에 대답하시오, 경위."

키스 판사가 증인을 제지하고 말했다.

"당신이 질문하지 말고. 그건 증인의 역할이 아니오."

"죄송합니다, 재판장님."

로이드는 고개를 숙인 뒤 대답했다.

"그렇습니다. 그는 석사 학위 소지자였어요. 어느 분야인지는 정확히 모르겠지만."

"조금 전 대답하실 때 화장품이란 말을 분명 입에 올렸는데, 그게 무슨 뜻입니까?"

챈들러가 물고 늘어졌다.

"처치가 사살된 차고 위의 옥탑방 말입니다. 욕실 캐비닛 안에서 피살자 아홉 명의 화장품이 발견됐죠. 그것이 그를 연쇄살인과 직결시켰어요. 열한 명 중 아홉 명의 화장품이 나왔으니 의심할 여지가 없었습니다."

"누가 그 안에서 화장품을 발견했나요?"

"해리 보슈가 발견했죠."

"그가 혼자 거기 들어가서 처치를 살해했을 때였죠."

"그것도 질문입니까?"

"아닙니다, 경위님. 그 말은 철회합니다."

챈들러는 배심원들이 그 말에 대해 생각하도록 시간을 주기 위해 노란 법률용지를 획획 넘겼다.

"로이드 경위님, 그날 밤에 대해 우리에게 얘기해 주시죠. 무슨 일이 일어났습니까?"

로이드는 이미 열 번도 더한 얘기를 다시 반복했다. TV와 신문을 통해서도 발표되었고 브레머의 책에서도 나왔던 얘기였다. B팀의 야간근무가 끝나가는 자정 무렵 특별수사팀의 핫라인이 울렸고 마지막 순번이었던 보슈가 그 전화를 받았다. 딕시 매퀸이라는 매춘부가 할딱거리며 자신은 방금 인형사로부터 도망쳐 나온 길이라고 신고했다. B팀의 다른 동료들은 다 귀가하고 혼자 남아 있던 보슈는 보나마나 또 헛걸음질이나 하겠지 생각했다. 그래도 할리우드와 웨스턴 거리 모퉁이에서 매퀸을 태우고 그녀가 가리키는 대로 실버레이크로 차를 몰았다. 히페리온 거리에 이르자 여자는 차고 위에 지어진 한 옥탑방을 가리키며 자신은 분명 인형사로부터 도망쳤다고 보슈에게 우겼다. 보슈는 불 켜진 옥탑방의 창문을 바라보며 혼자 올라갔다. 그리고 잠시 후 노먼 처치는 죽임을 당했다.

"보슈 형사는 문을 발로 차서 열었습니까?"

챈들러가 질문했다.

"네. 인형사가 다른 매춘부를 데려왔을지도 모른다고 생각했죠."

"보슈 형사는 경찰이라고 고함을 질렀나요?"

"네."

"경위님이 어떻게 아세요?"

"그가 그렇게 말했습니다."

"고함 소리를 들은 증인이 있나요?"

"없습니다."

"매퀸이라는 그 매춘부도 못 들었을까요?"

"네. 보슈가 만약의 사태에 대비해서 그 여잔 차 안에 있게 했어요."

"그러니까 보슈 형사의 말은 옥탑방 안에 다른 희생자가 있을까 두려워서 경찰이라고 소리치고 들어갔는데 처치 씨가 베개 쪽으로 손을 가져가는 위험한 동작을 취했다는 얘기로군요."

"네."

로이드는 마지못해 인정했다.

"로이드 경위님, 당신도 가발을 쓰고 계신 것 같은데요."

뒤쪽에서 입을 막은 웃음소리가 터져 나왔다. 뒤를 돌아본 보슈는 보도진이 점점 늘어나고 있다는 걸 알았다. 방청석에 앉아 있는 브레머의 얼굴도 보였다.

"네."

로이드의 얼굴빛이 그의 코만큼 빨개졌다.

"가발을 베개 아래 두신 적이 있나요? 거기가 가발을 보관하기에 적정한 장소냐고요?"

"아닙니다."

"이상입니다, 재판장님."

키스 판사는 벽에 걸린 시계를 본 뒤 벨크에게 물었다.

"도중에 중단당하느니 지금부터 점심시간을 갖는 것이 어떻습니까, 벨크 씨?"

"저는 질문할 것이 하나밖에 없습니다."

"오, 그러시다면 당장 하시오."

벨크는 메모지를 들고 연설대로 걸어가서 마이크로 입을 가져갔다.

"로이드 경위님, 이 사건에 대해 당신이 알고 있는 모든 점을 고려할 때 노먼 처치가 인형사라는 사실에 일말의 의심이라도 있습니까?"

"전혀 없습니다. 전혀요."

배심원들이 줄줄이 퇴장한 뒤 보슈는 벨크의 귀에 대고 다급하게 속삭였다.

"그게 뭐요? 챈들러는 그를 갈가리 찢어발겼는데 당신은 겨우 딱 한 마디 묻고 끝냅니까? 사건과 관련된 처치의 다른 증거들은 다 어떻게 했죠?"

벨크는 보슈에게 조용하라는 듯이 손을 들곤 차분하게 말했다.

"그것들에 대해선 당신이 다 증언할 테니까요. 이 공판은 당신에 대한 겁니다, 해리. 이기든 지든 당신한테 달렸어요."

o6 심문

코드 세븐이 불경기에 식당을 닫자 누군가가 그 자리에 도시 근로자들을 상대로 한 샐러드와 피자 가게를 열었다. 세븐의 술집은 아직 영업을 하고 있지만 그곳 식당은 파커 센터(LA 경찰국 본부–옮긴이)에서 도보로 갈 수 있는 식당들 중 보슈가 가장 가고 싶지 않은 곳이었다. 그래서 점심시간이 되자 그는 본부 주차장에서 차를 몰고 나와 의류 지역에 있는 러시아 레스토랑 고르키스로 달려갔다. 하루 종일 식사를 제공하는 그곳에서 보슈는 계란과 베이컨, 포테이토 스페셜을 주문했다. 음식을 들고 빈 테이블로 가니 누군가가 버려두고 간 〈LA 타임스〉가 놓여 있었다.

브레머 기자 이름으로 쓴 콘크리트 블론드에 대한 기사가 실려 있었다. 법정에서의 모두진술과 시체의 발견, 인형사 사건과의 연관성 등을 짜깁기한 내용이었다. 또한 해리 보슈 형사가 진짜 인형사라고 주장하는 사람으로부터 쪽지를 받았다는 얘기까지 담겨 있었다.

할리우드 경찰서에서 새어 나간 것이 분명하지만 누설자를 추적하긴 불가능하다는 것을 보슈는 알았다. 그 쪽지는 프런트데스크에서 발견 되었고, 여러 명의 정복 경관들이 그것을 알아보았을 테니 브레머의 귀 에 들어가는 건 시간문제였다. 브레머는 그만큼 붙임성이 좋은 친구였 으니까. 보슈조차도 그에게 정보를 누설한 적이 있었고 가끔 그가 이용 가치 있다고 생각하기도 했다.

기사는 익명의 제보자를 계속 팔아가면서 경찰 수사관들이 그 메모 가 적법한 것인지 또는 발견된 시체가 4년 전에 종결된 인형사 사건과 관련이 있는지는 결론을 내리지 못했다고 설명했다.

그 기사에서 보슈의 흥미를 끈 유일한 내용은 빙스 당구장 건물에 대 한 짤막한 내력이었다. 건물은 폭동 이튿날 밤에 전소되었지만 방화범 은 아직 체포되지 않은 상태였다. 수사관의 말에 의하면 건물의 앞부분 과 저장실 사이에 벽이 없었기 때문에 불길을 잡는다는 건 화장지로 만 든 컵 속의 물을 잡으라는 얘기나 마찬가지였다고 했다. 발화에서 전소 까지 18분밖에 안 걸렸다. 대부분의 저장실들은 영화산업 종사자들에 게 임대되어 있었고, 그래서 고가의 스튜디오 소품들이 약탈되거나 소 실되었다. 건물은 완전히 타버렸다. 수사관들이 당구장의 원래 모습을 추적한 결과 불은 한 포켓볼 테이블에서 발화하여 사방으로 번져나간 것으로 밝혀졌다.

보슈는 신문을 내려놓고 로이드의 증언에 대해 생각하기 시작했다. 공판은 보슈 자신에게 달렸다고 하던 벨크의 말이 생각났다. 챈들러도 그 사실을 모를 리 없었다. 그 여자는 로이드의 증언이 보슈의 증언에 비해 난폭해 보이도록 해놓고 그를 기다리고 있을 것이었다. 속이 쓰리 긴 하지만 챈들러의 기술과 강인한 의지를 칭찬하지 않을 수 없었다. 그러자 갑자기 전화할 것이 떠올라 보슈는 자리에서 일어나 레스토랑 바깥에 있는 공중전화기로 갔다. 강력반으로 전화하니 놀랍게도 에드거가 점심 먹으러 나가지 않고 자리를 지키고 있었다.

"신원은 좀 밝혀졌나?"

"지문들이 확인되지 않았어. 일치하는 게 전혀 없었네. 전과가 없는 여자야. 그렇지만 성인오락 면허 같은 것들을 계속 확인하고 있어."

"젠장."

"다른 뉴스가 있어. 전에 얘기한 노스리지대학 인류학자 교수 기억하고 있나? 그 양반이 제자 하나와 오늘 오전 내내 여기서 석고상에 색칠을 하고 있었네. 오후 3시에 기자들을 불러 사진을 찍게 할 예정이야. 로하스는 석고상 머리에 올릴 블론드 가발을 구입하러 나갔어. 텔레비전만 잘 타면 신원에 대한 결정적 제보가 들어올 거야."

"좋은 생각 같군."

"그럼. 법정 일은 어땠어?"

"별일 없었어."

"오늘 〈LA 타임스〉가 나발을 불어댔던데. 브레머란 친구 취재원이 있는 것 같아."

"하나 물어보자. 어제 자네가 현장에서 떠나 경찰서로 돌아간 이후로 파운즈는 어디 있었지?"

"파운즈? 과장은 그러니까… 우린 같은 시각에 돌아왔어. 왜?"

"그리고 언제 나갔지?"

"잠시 후. 자네가 여기 도착하기 직전이야."

"자기 사무실에서 전화를 걸고 있던가?"

"자세히 지켜보진 않았지만 몇 차례 하는 것 같았어. 왜 그래? 그를 브레머의 취재원으로 생각하는 거야?"

"한 가지만 더 물어볼게. 전화 걸 때 사무실 문을 닫고 있었어?"

보슈는 파운즈가 편집광인 것을 알고 있었다. 수사관실에서 벌어지는 일들을 보고 듣기 위해 항상 자기 사무실 문을 열어두고 유리 칸막이 블라인드도 올려놓았다. 문을 닫거나 블라인드를 내렸을 때는 안에서 무슨 일이 있다는 걸 수사관들은 짐작할 수 있었다.

"그러고 보니 그가 문을 닫고 있었던 것 같네. 무슨 일이야?"

"브레머에 대해선 난 걱정 안 해. 하지만 누군가가 머니 챈들러에게 정보를 주고 있어. 오늘 오전 법정에서 그 여자는 내가 어제 현장에 불려갔던 걸 알고 있더라고. 그런 얘긴 〈LA 타임스〉 기사에도 없었거든. 그 여자한테 얘기해준 사람이 있었다는 얘기지."

에드거는 잠시 침묵한 뒤 말했다.

"그래, 하지만 파운즈가 왜 그 여자한테 흘렸을까?"

"모르겠어."

"브레머가 흘렸을지도 모르잖아. 기사로 쓰진 않았더라도 말이지."

"기사를 보면 그 여잔 그런 말을 할 수가 없어. 다른 누군가가 흘리기 전엔 말이야. 어쩌면 동일 인물이 브레머와 챈들러에게 흘렸을 수도 있지. 나한테 엿 먹이고 싶은 놈이."

에드거가 아무 대꾸도 않자 보슈는 그 정도로 넘어가기로 했다.

"법정으로 돌아가야 해."

"이봐, 로이드는 어땠어? KFWB(LA 뉴스 전문 라디오 방송-옮긴이)에서는 그 친구가 최고 재간꾼이라 하던데."

"기대만큼은 했어."

"쳇, 다음 증인은 누구야?"

"모르지. 챈들러는 어빙 부국장과 정신분석의 로크 박사를 소환했어. 아마 어빙이 먼저일 것 같은데. 로이드의 심문이 끝나면 바로 불러올리겠지."

"행운을 비네. 내가 준비하고 있는 석고상 사진은 오늘 밤 TV 뉴스에 나갈 거야. 난 여기서 전화 제보를 기다려야 해. 자네도 전화를 좀 받아주면 도움이 되겠는데."

보슈는 실비아와 한 저녁 약속에 대해 잠시 생각했다. 그녀는 이해해 줄 것이다.

"알았어. 끝나면 가지."

오후의 증인심문은 특별한 것이 없었다. 보슈가 보기에 챈들러의 작전은 원고인측 양수겸장으로 배심원들의 최종 판단에 두 가지 의혹을 심어주려는 것처럼 보였다. 하나는 생사람 잡기 이론으로, 요컨대 보슈가 무고한 사람을 잔혹하게 사살했을 거라는 의혹이었다. 또 다른 의혹은 무기 사용에 대한 것이었다. 한 가정의 가장인 노먼 처치를 설사 연쇄살인범인 인형사로 배심원단이 확정한다 하더라도, 보슈의 행동이 적법했는지에 대해서는 별도로 판단해야 한다는 것이었다.

챈들러는 점심시간 후 자기 고객인 데보라 처치를 증인석에 불러냈다. 데보라는 멋진 남편이 자기 딸과 아내, 장모와 어머니에게 다정다감하게 굴었던 멋진 삶에 대해 눈물 콧물을 연신 찍어내며 증언했다. 노먼에게 여성혐오증이나 아동학대 성향이 있었다는 얘기는 입도 뻥긋하지 않았다. 미망인은 클리넥스 상자를 손에 들고 새로운 질문이 나올 때마다 티슈를 다시 뽑아냈다.

데보라 처치는 미망인들이 전통적으로 입는 검정색 드레스 차림으로 나왔다. 보슈는 실비아의 남편 장례식에 참석했을 때 검정색 드레스를 입고 있던 그녀의 모습이 매우 인상적이었던 기억을 떠올렸다. 데보라는 완전히 겁먹은 것처럼 보였다. 마치 이곳에서의 자기 역할을 즐기고 있는 것 같았다. 무고하게 죽은 남자의 미망인. 진짜 희생자. 챈들러는 그녀를 아주 잘 지도했다.

쇼는 멋졌지만 너무 멋져서 진실처럼 느껴지지 않았고 챈들러도 그점을 깨달은 것 같았다. 반대심문에 의해 약점들이 들춰지도록 남겨두기보다는 미리 선수를 치는 편이 낫다고 판단한 그녀는 마침내 데보라에게 물었다.

"결혼생활이 그처럼 행복했다면 남편 되시는 분은 왜 차고 위에 지은 그런 옥탑방을 가명으로 임차해서 살아야만 했을까요? 보슈 형사가 문을 차고 들어갔을 때 말입니다."

"우린 어려움을 겪고 있었어요."

미망인은 티슈로 눈물을 찍어내는 동작을 중단했다.

"노먼이 비행기 설계 부서에서 너무 큰 책임을 지고 있어서 극심한 스트레스를 받고 있었죠. 그 옥탑방을 빌린 것은 스트레스를 해소할 필요가 있었기 때문이이에요. 생각을 하려면 혼자 있어야 한다고 남편은 말했어요. 여자를 사들인 것에 대해선 나도 몰랐죠. 그이도 아마 그런 짓은 처음이었을 거예요. 순진한 사람이었어요. 여자가 그걸 악용했던 것 같아요. 남편한테 화대를 챙긴 뒤 인형사라는 말도 안 되는 누명을 씌워 경찰에 팔아넘긴 거죠. 보상금을 노리고 말예요."

보슈는 앞에 놓아두었던 메모지에 무언가를 적어 벨크에게 밀어주었다. 벨크가 그것을 읽어본 뒤 자기 메모지에 옮겨 적었다.

"거기서 발견된 그 모든 화장품들은 어찌 된 거죠, 처치 부인? 설명하실 수 있나요?"

챈들러의 물음에 데보라는 대답했다.

"남편이 그런 괴물이었다면 제가 몰랐을 리 없다고만 말씀드리죠. 어떻게든 알았을 거예요. 거기서 화장품들이 발견되었다면, 다른 누군가가 가져다 놓은 겁니다. 아마 남편을 죽인 다음이었겠죠."

미망인이 누군가가 자기 남편을 죽인 뒤 증거물을 심어 놓았다고 비난하자, 보슈는 법정 안의 사람들이 일제히 의혹의 눈길로 자신을 노려보는 것을 느낄 수 있었다.

그러자 챈들러는 노먼 처치와 딸들과의 다정한 관계에 대해 이런저런 질문을 던지다가 마지막 질문을 울보 여자에게 던졌다.

"남편께서는 따님들을 사랑했나요?"

"끔찍하게요."

데보라는 그 질문에 새로운 동력을 얻은 듯 다시 눈물을 두 뺨으로 줄줄 흘렸다. 이번엔 티슈로 닦아내지 않고 흘러내린 눈물이 두 겹으로 접힌 턱 사이로 스며드는 것을 배심원들에게 그대로 보여주었다.

벨크는 여자가 진정할 때까지 잠시 기다렸다가 자리에서 일어나 연설대로 걸어 나갔다.

"재판장님, 이번에도 가볍게 끝내겠습니다. 처치 부인, 저는 배심원단에 이 점을 분명히 해두고 싶습니다. 조금 전 증언을 하실 때 남편의 그 옥탑방에 대해선 알았지만 남편이 그곳으로 여자들을 불러들였는지는 몰랐다고 하셨습니까?"

"네, 그렇습니다."

벨크는 자기 메모지를 본 뒤 다시 물었다.

"사건 당일 밤에는 형사들에게 옥탑방에 관한 얘긴 들어본 적도 없다고 말씀하시지 않았던가요? 남편께서는 그런 옥탑방을 빌린 적이 없다고 극구 부인하지 않았습니까?"

데보라 처치는 대답하지 못했다.

"기억이 안 나신다면 부인의 인터뷰 내용을 녹음한 테이프를 본 법정에서 틀어달라고 요청할 수도…."

"네, 그렇게 말했어요. 거짓말을 했습니다."

"거짓말을 했다고요? 왜 경찰에게 거짓말을 했습니까?"

"경찰이 내 남편을 살해했으니까요. 전 그들과 상대할 수 없었어요."

"사실은 그날 밤 부인은 진실을 말했던 거죠. 아닙니까, 처치 부인? 당신은 옥탑방에 관해선 전혀 몰랐어요."

"그렇지 않아요. 전 알고 있었어요."

"남편과 그 옥탑방에 대해 얘기한 적 있습니까?"

"그럼요. 의논을 했었죠."

"부인께서 그걸 허락하셨나요?"

"네⋯. 어쩔 수 없었어요. 전 남편이 가정에서 스트레스를 함께 해결할 수 있기를 바랐으니까요."

"좋습니다, 처치 부인. 옥탑방에 대해 알고 계셨고, 남편과 의논도 하셨고, 어쩔 수가 있었든 없었든 허락까지 하셨다면, 남편께서는 왜 그걸 가명으로 임차하셨을까요?"

데보라 처치는 대답하지 못했다. 벨크에게 한 방 먹은 것이다. 보슈는 미망인이 챈들러 쪽을 흘끗 돌아보는 것을 보았다. 하지만 원고측 변호인은 꼼짝도 하지 않았고 자기 고객을 돕기 위한 어떤 표정도 지어 보이지 않았다. 데보라가 마침내 말했다.

"그 질문은 제 남편에게 직접 물어봐야 할 것 같군요. 보슈 형사가 그를 잔혹하게 죽이지만 않았다면 말이죠."

벨크가 요청하지 않았지만 키스 판사는 제때 말했다.

"배심원단은 방금 들은 말은 무시해 주시기 바랍니다. 처치 부인, 그보다는 더 잘 아실 텐데요."

"죄송합니다, 재판장님."

"이상입니다."

벨크는 그렇게 말한 뒤 연설대를 떠났다.

판사는 10분간 휴정을 선언했다.

휴식 시간에 보슈는 재떨이가 있는 정의의 여신상 곁으로 나왔다. 머니 챈들러는 나오지 않았지만 부랑자 사내가 다가왔다. 보슈가 담배 한 개비를 주자 그는 받아서 자기 셔츠 주머니에 넣었다. 여전히 면도하지 않은 얼굴이었고 눈에는 약간의 치매기를 담고 있었다.

"당신 이름은 패러데이라고 하더군."

보슈는 아이에게 말을 건네듯 말했다.

"맞아요. 그게 어때서요, 형사님?"

보슈는 웃었다.

"뭐 어떻다는 건 아니고. 당신 이름이 그렇다는 얘길 들었을 뿐이오. 한때는 변호사였다는 얘기도 들었고."

"지금도 변호사요. 영업만 하지 않을 뿐이지."

그는 스프링 스트리트를 지나 법원으로 향하는 교도소 버스를 돌아보았다. 창문마다 검은 철망을 통해 바깥을 내다보고 있는 성난 얼굴들이 가득했다. 뒤쪽 창문을 내다보던 한 놈은 보슈를 경찰로 알아보고 가운뎃손가락을 철망 밖으로 내밀었다. 보슈는 미소로 답했다.

"원래는 토머스 패러데이였죠. 지금은 토미 파어웨이라고 불리는 게 더 좋아요."

"변호사 일은 왜 그만뒀소?"

토미는 뿌연 눈빛으로 그를 바라보았다.

"정의가 실현되었죠. 담배 고맙소."

부랑자는 그렇게 대답한 뒤 컵을 손에 든 채 시청 쪽으로 허적허적 걸어가기 시작했다. 아마 그쪽도 그의 영역인 모양이었다.

휴식시간 후 챈들러가 불러낸 증인은 빅터 아마도라는 부검실의 분석가였다. 오갈 데 없는 책상물림으로 보이는 작달막한 사내는 증인석으로 걸어가면서도 연신 배심원단과 판사를 힐끔거렸다. 기껏해야 스물여덟도 안 되어 보이는데 머리는 사정없이 까져 버렸다. 4년 전만 해도 머리카락이 고스란히 남아 있어서 특별수사팀 요원들이 그를 '그 아이'라고 불렀던 일을 보슈는 기억하고 있었다. 챈들러가 아마도를 증인으로 호출하지 않았다면 아마도 벨크가 불렀을 것이다.

벨크가 보슈 쪽으로 고개를 숙이고 챈들러가 동정적인 증인들과 경찰 측 증인들을 번갈아 불러올려 '좋은 놈과 나쁜 놈' 작전을 구사할 모양이라고 속삭였다.

"빅터 아마도 다음에는 데보라의 딸들 중 하나를 불러올릴 테니 두고 보세요. 이건 전혀 새로울 것 없는 작전이에요."

보슈는 벨크의 '우리는 경찰이니 믿어주세요' 식의 작전도 민사소송의 역사만큼이나 오래되고 케케묵은 작전이라 말해주고 싶었지만 참았다.

아마도는 처치의 옥탑방에서 발견된 화장품들을 넘겨받아 인형사에게 피살된 희생자들과의 연결성을 추적했던 과정을 자세하게 설명했다. 그는 화장품들을 마스카라, 브러시, 아이라이너, 립스틱 등 아홉 무더기로 분류했다. 각 무더기는 화학적 분석을 통해 피살자들의 얼굴에서 채취한 샘플들과 연결해 보았다. 수사관들은 피살자들의 친척과 친구들을 일일이 만나 피살자들이 생전에 사용했던 화장품들의 브랜드를 파악하여 분석 결과와 대조할 수 있도록 협력했다. 그 결과 모든 것이 딱 들어맞았다고 아마도는 증언했다. 한 예로 처치의 욕실 캐비닛에 있던 마스카라 브러시에서 발견한 속눈썹은 두 번째 피살자의 속눈썹과 일치했다고 그는 덧붙였다.

"일치하는 화장품이 발견되지 않은 두 희생자는 어떻게 된 거죠?"

챈들러가 물었다.

"그건 미스터리였죠. 그들의 화장품은 찾지 못했습니다."

"사실은 두 번째 피살자의 속눈썹과 일치한다고 주장하는 그 속눈썹만 제외하면 경찰이 옥탑방에서 발견했다고 주장하는 그 화장품들이 꼭 피살자들의 것이라고 백 퍼센트 확신할 순 없는 것 아닌가요?"

"이런 물건들은 대량생산되어 세계 도처로 팔려나갑니다. 그래서 밖에 나가면 얼마든지 구할 수 있는 물건들이지만, 아홉 가지의 똑같은 조합으로 이루어진 다른 무더기의 화장품이 발견될 우연성은 거의 천문학적인 확률에 해당된다고 생각됩니다."

"저는 당신의 생각을 묻지 않았어요, 아마도 씨. 제발 제 질문에 대답해 주세요."

질책을 당한 아마도는 위축되어 대답했다.

"백 퍼센트 확신할 수 없는 것 맞습니다."

"좋아요. 이젠 노먼 처치의 DNA 테스트를 열한 명의 피살자들과 비교한 결과에 대해 배심원들께 설명해 주시겠어요?"

"아무것도 없었습니다. 설명할 것이…."

"질문에만 대답하세요, 아마도 씨. 처치 씨와 범죄와의 관계를 규명하기 위한 혈청 테스트는 어떻게 됐죠?"

"하지도 않았습니다."

"그렇다면 처치 씨가 인형사였다고 단정한 결정적 단서는 화장품 비교뿐이었단 말인가요?"

"저로서는 그렇습니다. 수사 내용에 대해선 저도 잘 모르죠. 제 보고서에는…."

"이의 있습니다."

벨크가 화난 소리를 지르며 자리에서 일어났다.

"재판장님, 원고측 변호인은…."

"미즈 챈들러."

키스 판사가 호령했다.

"이런 식으로 끌고 가지 말라고 양측 모두에게 분명히 경고했을 텐데요. 사리에 어긋난 소린 줄 잘 알면서 왜 이러는 거요?"

"사과드립니다, 재판장님."

"사과하기엔 이미 늦었소. 이 문제는 배심원들이 귀가한 후에 논의하기로 합시다."

판사는 배심원들에게 챈들러가 한 말을 무시하라고 지시했다. 그렇지만 보슈는 그것이 모두 치밀하게 계산된 챈들러의 사전포석임을 알 수 있었다. 배심원들은 이제 그녀를 더욱 약자로 볼 것이었다. 그녀에게 반감이 없었던 판사까지도 적대적이 되었다. 그들이 모두 실제로 일어났던 일에 대해 생각하며 혼란스러워 하고 있을 때, 벨크가 아마도의 증언을 수정하기 위해 일어섰다.

"이상입니다, 재판장님."

챈들러가 말했다.

"벨크 씨."

판사가 말했다.

검사보가 연설대로 걸어 나가는 걸 보며 보슈는 이번에도 한두 가지만 묻겠단 소린 하지 마, 하고 속으로 말했다.

"한두 가지만 묻겠습니다, 아마도 씨."

벨크는 또 그렇게 말했다.

"원고측 변호인이 DNA와 혈청 테스트를 언급했을 때 당신은 그런 걸 하지 않았다고 대답했습니다. 왜 하지 않았죠?"

"그야 테스트할 것이 없었기 때문이죠. 시체들 중 어느 것에서도 정액이 발견되지 않았습니다. 살인범은 콘돔을 사용했어요. 처치 씨의 DNA나 혈액과 비교할 샘플이 없다면 테스트를 해도 별 소용이 없죠. 피살자들의 샘플은 얻을 수 있겠지만 비교할 대상이 없잖아요."

벨크는 볼펜으로 자기 메모지에 적힌 질문에 줄을 그었다.

"정액이나 정자가 발견되지 않았다면 그 여자들이 강간을 당했는지 심지어 화간을 했는지 어떻게 알 수 있습니까?"

"희생자 열한 명의 검시보고서에 의하면 질 내부에 정상적 성행위로 볼 수 없는 심한 상처가 있는 것으로 확인되었습니다. 그들 중 둘은 질의 벽이 찢어져 있었고요. 희생자들은 야만적인 성폭행을 당한 것으로 생각됩니다."

"하지만 그 여자들은 성행위가 일상적으로 잦을 뿐만 아니라 거친 섹스를 할 수도 있는 생활을 해온 사람들이었죠. 그들 중 두 여자는 포르노 배우였고요. 그들이 자기 의지에 반해 성폭행을 당했다고 어떻게 확신할 수 있습니까?"

"상처가 그 정도라면 통증이 극심했을 겁니다. 특히 질 벽이 찢어진 두 여자는 말이죠. 사망 시 출혈이 있었을 겁니다. 부검을 실시한 검시관들은 모두 희생자들이 강간을 당했다는 결론을 내렸습니다."

벨크는 메모지에 줄을 또 하나 긋고 페이지를 휙 넘겨 다른 질문으로 들어갔다. 보슈는 그가 아마도를 상대로는 증인심문을 곧잘 하고 있다는 생각이 들었다. 챈들러가 했던 것보다 나았다. 그녀가 아마도를 증인으로 소환한 것은 어쩌면 실수였는지도 모른다. 벨크가 계속 질문했다.

"살인범이 콘돔을 사용한 줄은 어떻게 압니까? 작대기 같은 걸로 성폭행했을 수도 있지 않나요? 그래서 정액이 없었던 거고요."

"그런 일이 일어났을 수도 있고 그래서 상처가 났을 수도 있습니다.

하지만 그들 중 다섯 명은 콘돔을 낀 남자와 섹스를 한 분명한 증거가 있었어요.”

“그게 뭐였나요?”

“레이프 키트(rape kit)를 실시한 결과 거기서….”

“잠깐만요, 아마도 씨. 레이프 키트란 게 뭡니까?”

“성폭행 피해자들의 몸에서 증거물을 채취하는 일련의 규정을 말합니다. 여자인 경우에는 면봉으로 질과 항문을 닦아내고 타인의 음모를 발견하기 위해 불두덩 부위를 빗으로 빗어 내리는 등의 과정을 거치죠. 혐의자가 남긴 증거물과 비교할 필요가 있을 때는 피살자의 혈액과 머리카락 샘플도 채취합니다. 모두 증거물 키트에 수집하죠.”

“좋습니다. 제가 말을 차단하기 전에 당신은 다섯 명의 피살자에게서 발견된 증거에 대해 설명하려고 했습니다. 콘돔을 착용한 남자와 성교한 증거 말이죠.”

“네. 우리는 인형사의 희생자가 들어올 때마다 레이프 키트를 실시했습니다. 그 결과 희생자 다섯 명의 질 속에서 이물질이 검출되었어요. 모두 같은 물질이었습니다.”

“무슨 물질이었나요, 아마도 씨?”

“콘돔 윤활유로 밝혀졌습니다.”

“그 물질은 특수 브랜드나 콘돔의 형태로 구분될 수 있는 것입니까?”

벨크를 관찰하던 보슈는 이 거구의 사내가 실점을 만회하려고 안달하는 걸 알 수 있었다. 아마도는 각 질문에 대해 천천히 대답했고, 벨크는 그의 대답이 끝나기 무섭게 새로운 질문을 찾아내곤 했다. 시 검사보는 제 몫을 하고 있었다.

“네. 상품을 확인했습니다. 콘돔 끝 부분을 특수 처리하여 윤활유를 바른 트로잔 엔즈라는 것이었습니다.”

아마도는 법정 서기를 돌아보며 말했다.

"엔즈의 스펠은 E-N-Z입니다."

그러자 벨크가 다시 물었다.

"다섯 명의 희생자에게서 채취한 물질이 모두 똑같았나요?"

"그렇습니다."

"증인에게 가설적인 질문을 하나 드리겠습니다. 열한 명의 여자를 성폭행한 범인이 같은 브랜드의 콘돔을 사용했다고 가정했을 때 그 중 다섯 명의 질 안에서만 윤활유가 발견된 것을 어떻게 설명할 수 있습니까?"

"여러 가지 요인이 있을 수 있다고 생각합니다. 희생자의 저항 같은 것도 있을 테고요. 문제는 콘돔에서 나온 윤활유가 질 속에 얼마나 오래 남아 있었느냐는 거겠죠."

"노먼 처치가 임차한 히페리온의 옥탑방에서 경찰이 수거해온 화장품에 다른 물건도 섞여 있었습니까?"

"네, 있었습니다."

"어떤 물건이었죠?"

"끝 부분을 특수 처리하여 윤활유를 바른 트로잔 엔즈 콘돔 한 통이었습니다."

"한 통에 몇 개 들어갑니까?"

"낱개 포장된 콘돔 열두 개요."

"경찰이 당신한테 가져왔을 때 몇 개 남아 있던가요?"

"세 개 남아 있었어요."

"이상입니다."

벨크는 승리자의 발걸음으로 피고석에 돌아와 앉았다.

"잠깐만요, 재판장님."

챈들러가 소리쳤다.

보슈는 그녀가 경찰 서류들이 든 두툼한 파일을 여는 것을 보았다. 페이지를 획획 넘기더니 집게로 묶은 서류 더미를 빼들었다. 그리고 맨 위에 있는 장을 재빨리 읽더니 위로 뽑아 올렸다. 보슈는 그것이 레이프 키트, 즉 성폭행 피해자들의 몸에서 증거물을 채취하는 규정 리스트란 걸 알았다. 챈들러는 열한 명의 피살자에게서 체크한 리스트들을 모두 읽어보고 있었다.

벨크가 보슈 쪽으로 머리를 숙이고 속삭였다.

"저 여자가 회전하는 바퀴톱을 향해 똑바로 걸어갈 모양이네요. 나는 당신을 증인석에 불러놓고 이 문제를 제기하려고 했는데."

"미즈 챈들러?"

판사가 나직하게 부르자 그녀는 화들짝 놀랐다.

"네, 재판장님, 준비됐습니다. 저는 아마도 씨의 증언을 다른 방향으로 재빨리 생각해 보았습니다."

챈들러는 규정 리스트를 들고 연설대로 걸어 나가더니 마지막 두 장을 마저 읽고 나서 부검실의 분석가를 바라보았다.

"아마도 씨, 레이프 키트를 실시하는 과정에 타인의 음모를 발견하기 위해 빗으로 빗어 내린다는 말씀을 하셨죠, 맞습니까?"

"네."

"그 과정을 좀 더 설명해 주실 수 있습니까?"

"빗으로 피살자의 음모를 빗어 내리면 빠진 음모가 걸려 나옵니다. 그 중에는 가끔 강간범이나 다른 섹스 파트너의 음모가 섞여 있을 때도 있죠."

"그게 어떻게 거기에 있죠?"

아마도의 얼굴이 새빨개졌다.

"그게 그러니까… 에… 섹스 과정에서… 육체들 간에 마찰이 생기지 않나요?"

"제가 묻고 있는 겁니다, 아마도 씨. 당신은 대답을 하셔야죠."

방청석에서 소리 죽여 킥킥 웃는 소리가 들렸다. 아마도가 당혹스러워하는 걸 보며 보슈는 자신도 얼굴이 뜨거워지는 것을 느꼈다. 아마도는 말을 더듬었다.

"그, 그러니까 마, 마찰이 일어납니다. 그 결과 한 사람의 음모가 다른 사람의 음모 속으로 섞여들게 되는 것이죠."

"알겠습니다."

챈들러가 받았다.

"그렇다면 당신은 인형사의 증거물을 담당한 부검의로서 피살자 열한 명의 레이프 키트에 대해 소상히 알고 계시겠군요?"

"네."

"타인의 음모가 섞인 것으로 발견된 피살자는 몇 명이었습니까?"

보슈는 그제야 무슨 일이 벌어지고 있는지 알았고 벨크의 말이 옳았음을 깨달았다. 챈들러는 날카로운 소리를 내며 돌아가는 회전톱을 향해 걸어가고 있었다.

"열한 명 모두예요."

아마도가 대답했다.

보슈는 데보라 처치가 머리를 쳐들고 연설대에 서 있는 챈들러를 날카롭게 노려보는 것을 보았다. 그녀가 보슈 쪽을 돌아봤을 때 두 사람의 눈이 마주쳤다. 여자는 눈길을 재빨리 돌렸지만 보슈는 그녀도 곧 벌어질 일에 대해 알고 있음을 느낄 수 있었다. 왜냐하면 그녀도 자기 남편이 그날 밤 어떤 꼴을 하고 있었는지 보슈와 마찬가지로 알고 있기 때문이었다. 발가벗은 남편의 몰골이 어떤지 그녀는 잘 알았다.

"열한 명 모두라고요."

챈들러가 받았다.

"그러면 이제 배심원들께 말씀해 주시겠어요? 그 여자들에게서 발견된 음모들 중에서 노먼 처치의 몸에서 나온 것으로 확인된 것이 몇 개나 있었습니까?"

"한 개도 없었습니다."

"감사합니다."

챈들러가 메모철과 레이프 키트 리스트를 다 챙기기도 전에 벨크는 벌떡 일어나 연설대로 걸어 나갔다. 보슈는 챈들러가 자기 자리로 돌아가 앉자 데보라가 그녀 쪽으로 머리를 숙이고 거친 태도로 속삭이는 것을 보았다. 챈들러의 눈빛이 허옇게 죽었다. 그녀는 데보라를 향해 두 손을 쳐들며 그만하라고 말한 뒤 상체를 뒤로 젖히고 한숨을 토해 냈다.

"먼저 분명히 해둘 것이 있습니다."

벨크가 심문을 시작했다.

"아마도 씨, 열한 명의 희생자들 모두에게서 타인의 음모를 발견했다고 말씀하셨는데, 그것들이 모두 한 사람 몸에서 나온 것이었습니까?"

"아닙니다. 여러 가지 샘플을 발견했어요. 대개의 경우 각 희생자에게서 두세 명의 남자들로부터 나온 것으로 보이는 음모들이 발견되었습니다."

"그건 무엇을 가리킵니까?"

"그들의 생활 방식이죠. 여러 남자들과 관계하던 여자들인 것으로 알고 있습니다."

"당신은 그 샘플들이 통상 발견되는 음모인지 확인하려고 조사했던 겁니까? 다시 말해 각 희생자에게서 한 남자의 음모만 나오는지 확인한 거냐고요."

"아닙니다. 이 사건들에서 수집된 증거물의 양이 엄청나서 살인범의 것을 찾아내는 일에만 총력을 쏟아야 했죠. 샘플들이 너무 많아 이 증거물은 혐의자를 잡았을 경우 진범 여부를 가릴 때 사용될 수 있을 것으로 보았습니다."

"그랬군요. 그러면 노먼 처치가 사살되고 인형사로 밝혀졌을 때 그의 음모를 피살자들의 것과 대조해 보았나요?"

"아뇨."

"왜 하지 않았습니까?"

"처치 씨가 자기 몸의 털을 모두 밀어버렸기 때문입니다. 비교해볼 음모가 없었어요."

"그는 왜 털을 다 밀어버렸을까요?"

챈들러가 아마도는 처치를 대신해서 대답할 수 없다는 이유로 이의를 제기했고, 판사는 그것을 받아들였다. 보슈는 그래도 상관없다고 생각했다. 법정 안에 있는 모든 사람들은 처치가 왜 자기 몸의 털을 모조리 밀었는지 알았고, 그래서 그의 음모가 증거로 남을 수 없었다는 것도 알았기 때문이다.

보슈는 배심원석을 살펴보았다. 중요한 증언을 기록하라고 법정에서 제공한 메모지에 여자 배심원 두 명이 무언가를 적고 있는 것이 보였다. 보슈는 벨크와 아마도에게 맥주라도 한잔 사고 싶은 기분이었다.

o7 탐문 수사

　그것은 마치 상자 안에 담긴 케이크 같았고, 마릴린 먼로나 다른 누구처럼 보이도록 주문제작한 진기한 작품처럼 보였다. 인류학자는 석고상 얼굴에 베이지색을 칠하고 입술엔 빨간 립스틱, 눈은 푸른색을 칠해 놓았다. 보슈가 보기에도 한결 나아 보였다. 거기에 웨이브가 있는 금발이 씌워졌다. 완성된 석고상을 내려다보며 보슈는 그것이 정말 누군가를 닮긴 닮았을까 하는 생각을 하고 있었다.

　"방송 5분 전이야."

　제리 에드거가 시계를 보며 말했다. 그는 수사관실 자기 책상에 앉아 파일 캐비닛 위에 놓인 TV를 돌아보았다. 손에는 리모컨이 들려 있다. 그의 푸른색 양복은 테이블 끝에 있는 외투걸이에 깨끗하게 걸려 있었다. 보슈도 상의를 벗어 외투걸이 한쪽에 걸었다. 그리곤 우편함을 체크한 뒤 강력반 자기 책상으로 가서 앉았다. 실비아가 전화를 했지만 다른 중요한 일은 없었다. 그가 실비아의 전화번호를 누르려는데 채널

4에서 뉴스가 시작되었다. 이 도시의 뉴스 순서는 잘 알고 있었으므로 처음부터 콘크리트 블론드 얘기가 나오진 않을 거라고 생각했다.

"해리, 방송에서 그게 나가면 전화선을 비워놔야 해."

에드거가 소리쳤다.

"1분이면 돼. 그게 처음부터 나가진 않을 거야. 나가긴 한다면 말이지."

"당연히 나가지. 그들과 은밀한 거래를 했거든. 우리가 신원만 파악하면 그들은 독점 뉴스를 얻게 될 걸로 믿고 있어. 이 나라 부모들을 펑펑 울게 만들 스토리를 모두가 원하고 있지."

"불장난하지 마. 그런 약속을 했다가 엿 먹은 걸 알면 그들이…."

그때 실비아가 전화를 받았다.

"나야."

"어디예요?"

"사무실. 전화를 기다려야 할 것 같아. 어제 찾아낸 피살자의 얼굴을 오늘 밤 TV에 내보내기로 했거든."

"법정에서는 어땠어요?"

"지금은 원고측 증인심문이지. 그렇지만 우리도 두어 차례 멋진 반격을 했다고 생각해."

"점심시간에 〈LA 타임스〉 기사를 읽었어요."

"아, 그래. 절반만 알고 하는 소리지."

"나올 거예요? 약속한 대로."

"그럼. 지금은 안 되지만 가긴 갈 거야. 제보전화를 받아야 하고 그 결과에 달렸겠지만, 별 볼일이 없으면 일찍 나갈게."

그는 실비아와의 통화 내용을 에드거가 듣지 못하도록 자기 목소리를 낮추고 있다는 걸 알았다.

"좋은 제보가 들어오면?"

"두고 봐야지."

한숨 소리에 뒤이어 침묵이 따랐다. 보슈는 기다렸다.

"두고 보잔 소리 너무 자주 하네요, 해리. 언젠가도 이런 얘기한 것 같은데…."

"알아."

"당신은 혼자 있고 싶은가 봐요. 언덕 위의 그 작은 집에 틀어박혀 나를 포함한 모든 세상과 단절하고 말예요."

"당신은 빼야지. 잘 알면서 그래."

"가끔은 잘 모르겠어요. 내가 제대로 알고 있다는 느낌이 안 들어. 당신은 나를 가까이 할 필요가 있을 때 오히려 밀어낸다고요."

그는 대답하지 않았다. 전화선 다른 쪽 끝에 있는 실비아를 생각하고 있었다. 그녀는 아마 부엌 안 의자에 앉아 있을 것이다. 어쩌면 벌써 그와 함께 할 저녁 식사를 만들기 시작했는지도 모른다. 아니면 그의 행태에 이미 익숙해져서 전화가 오기만을 기다리고 있었는지도 모르고. 어쨌거나 이럴 땐 달래는 수밖에 없다.

"좌우지간 미안해. 이유는 잘 알잖아. 저녁은 어떻게 했어?"

"안 했어요. 아무 준비도 안 할 거야."

에드거가 짧고 가느다란 휘파람을 날렸다. 보슈가 고개를 들고 TV 화면을 보니 색칠한 피살자의 석고상이 막 나가고 있었다. 채널 7이었다. 카메라가 석고상을 한참 동안 클로즈업했다. 화면에서는 꽤 괜찮아 보였고 적어도 케이크 같진 않았다. 그 아래로 수사관실의 전화번호 두 개가 번쩍거렸다.

"화면에 피살자 얼굴이 나가고 있어."

보슈는 실비아에게 말했다.

"이 전화선을 비워놔야 해. 뭐가 나오면 나중에 전화할게."

"알았어요."

여자는 차갑게 대꾸하곤 전화를 끊었다.

에드거가 채널 4로 돌리자 거기서도 석고상 얼굴이 나왔다. 다시 채널 2로 돌리자 뉴스 끝 부분이 나오고 있었다. 그들은 인류학자와의 인터뷰까지 준비했다.

"오늘은 별 뉴스가 없는 모양이군."

보슈의 말에 에드거가 맞장구를 쳤다.

"젠장, 지금부터 총비상이야. 우리가 할 일은…."

전화기가 울리자 에드거는 재깍 받았다.

"아닙니다. 방금 나갔어요."

상대방이 하는 얘기를 잠시 들은 뒤 그가 대답했다.

"네, 네, 그러죠. 알겠습니다."

그리곤 전화기를 내려놓고 고개를 살래살래 저었다.

"파운즈야?"

보슈가 물었다.

"응. 방송만 나가면 10초 내에 여자 이름이 밝혀질 거라고 생각한 모양이지. 제기랄, 멍청하긴."

연이어 걸려온 세 통의 전화는 창의력 없는 돌대가리 시청자의 장난 전화로 밝혀졌다. 세 녀석 모두 "니 에미잖아!"라고 소리친 뒤 낄낄 웃으며 전화를 끊었다. 20분쯤 후 에드거는 또 한 통의 전화를 받고 메모를 하기 시작했다. 다른 전화기가 울려서 이번엔 보슈가 받았다.

"보슈 형삽니다. 누구십니까?"

"이 전화 녹음되고 있나요?"

"아닙니다. 누구시죠?"

"그건 알 거 없고. 댁들이 원하는 건 그 여자 이름일 텐데, 매기 뭐라고 하는 라틴계 여자였소. 비디오에서 봤지."

"무슨 비디오요? MTV 말입니까?"

"아니, '셜록'이란 성인용 비디오야. 그 여자 끝내주더군. 입으로 거기
에다 콘돔을 끼우더라고."

전화가 딸깍 끊어졌다. 보슈는 앞에 놓아둔 메모지에 몇 가지 기록을
했다. 라틴계라고? 피살자의 얼굴을 색칠할 때 라틴 여자라는 느낌을
강조했다곤 생각되지 않았다.

에드거가 전화기를 내려놓고 말했다. 제보자가 피살자의 이름은 베
키이며 몇 년 전 스튜디오 시티에서 살았다는 얘기를 했다고 했다.

"자네 제보자는 뭐래?"

"여자 이름이 매기라는군. 성은 모르겠지만 라틴계일 거래. 포르노
배우라고 했어."

"멕시코 여자처럼 보이진 않았지만 그것만 빼면 대충 맞겠는데."

"그러게 말이야."

또 전화벨이 울렸다. 에드거가 받아서 잠시 듣고 있더니 내려놓았다.

"또 한 놈이 지 에미라는군."

보슈는 그다음 전화를 받았다.

"TV에 나온 그 여자는 포르노 배우였어요."

제보자가 말했다.

"포르노 배우란 건 어떻게 아셨습니까?"

"TV에서 보자마자 딱 알겠던데요. 테이프를 봤거든요. 딱 한 번. 거기
서 그 여잘 봤어요."

딱 한 번 봤는데도 기억한단 말이지. 뭐, 그럴 수도 있지, 하고 보슈는
생각했다.

"여자 이름을 기억합니까?"

"이름은 모르죠. 그런 여자들이야 으레 가명을 쓰잖아요."

"테이프에서는 무슨 이름으로 나오던가요?"

"기억이 안 나요. 그걸 볼 땐 정신이 없었으니까. 딱 한 번이라고 했잖아요."

"당신한테 자백을 받고 있는 게 아니잖소. 그밖에 생각나는 건 없습니까?"

"없거든요."

"당신 이름은 뭐요?"

"말할 수 없거든요."

"이봐요, 우린 지금 살인범을 찾고 있어요. 그 테이프를 빌린 장소는 어딥니까?"

"말해줄 수가 없죠. 거기서 내 이름을 알아낼 테니까. 중요하지도 않잖아요. 성인용 비디오점에는 다 있다고요."

"딱 한 번 빌렸다면서 어떻게 알아요?"

제보자는 전화를 끊었다.

보슈는 한 시간쯤 더 기다렸다. 색칠한 그 얼굴이 포르노 여배우라고 제보한 전화가 모두 다섯 통 걸려왔는데, 그 중 한 사람만 여자 이름이 매기라고 했고 나머지 네 명은 이름 따위엔 신경 쓰지 않았다고 말했다. 한 사람은 그녀가 스튜디오 시티에 살던 베키라는 여자로, 라브레아 거리의 '부비 트랩'에서 한동안 스트리퍼로 일했다고 제보했다. 한 사내는 방송에 나온 여자의 얼굴이 자기 아내라고 주장했는데, 보슈가 몇 가지 더 물어본 결과 그의 아내는 가출한 지 2개월밖에 안 됐다는 사실이 밝혀졌다. 콘크리트 블론드는 그보다 훨씬 더 이전에 살해되었다. 기대를 담은 사내의 절박한 목소리에서 진정성이 느껴졌지만, 사실대로 설명하는 것이 그에게 희소식이 될지 나쁜 소식이 될지는 보슈로서는

115

가늠할 길이 없었다. 사내는 아내가 아니라서 기뻐할까, 아니면 다시 허망한 기분에 빠져들까?

제보자 세 명의 여자에 대한 설명은 애매하긴 했지만 콘크리트 블론드일 것 같다는 생각이 들게 했다. 그러나 조금 더 대화를 진행해본 보슈와 에드거는 그들이 경찰과 얘기하는 데서 스릴을 느끼는 머저리들임을 알 수 있었다.

가장 기발한 제보자는 비벌리힐스에서 전화한 심령술사였다. 그 여자 얼굴이 방송될 때 TV 화면에 손을 댔더니 그녀의 영혼이 심령술사인 자신에게 소리를 지르더라는 것이었다.

"뭐라고 소리를 지르던가요?"

보슈는 참을성 있게 물었다.

"찬양하라고!"

"뭘 찬양해요?"

"구세주 예수 같았는데, 잘 모르겠어. 찬양하란 소리밖에. 그 석고상을 만질 수 있다면 더 자세한 소릴 들을 수 있을지 몰라."

"그 영혼이 혹시 자기 신분을 밝히던가요? 우리가 지금 하고 있는 일이 그거거든요. 우린 찬양 소리보다 이름에 더 관심이 있습니다."

"언젠가는 너희들도 믿게 되겠지만 그땐 이미 늦으리라."

심령술사는 전화기를 내려놓았다.

7시 반에 보슈는 에드거에게 먼저 나가겠다고 말했다.

"자넨 어쩔 건가? 11시 뉴스 때까지 죽치고 있을 거야?"

"응, 혼자 할 수 있어. 전화가 많이 걸려오면 데스크에서 한 놈 끌어내지, 뭐."

야근조는 봐줘. 보슈는 생각했다.

"그다음엔 어떻게 할 건대?"

"모르겠어. 자네 생각은 어때?"

"니 에미잖아, 라는 제보들은 빼고 포르노 얘기는 조사를 해봐야 할 것 같아."

"우리 어머니는 거기서 빼줘. 자넨 내가 포르노를 조사할 수 있을 거라고 생각해?"

"마약반의 3급 형사 레이 모라가 포르노 담당이야. 최고 전문가지. 인형사 특별수사팀에서도 일했어. 그를 불러 석고상을 한번 봐달라고 하게. 혹시 여자를 알아볼지도 몰라. 이름이 매기라는 것도 얘기해 주고."

"알았어. 인형사와 맞아떨어지는 것 같지 않아? 포르노 말이야."

"그래, 맞아떨어져."

보슈는 그것에 대해 잠시 생각한 뒤 이어서 말했다.

"다른 희생자 두 명도 그 일을 했어. 인형사 손아귀에서 도망쳐 나왔던 여자도 그랬고."

"그 여잔 운이 좋았지. 아직도 그 일을 하고 있나?"

"소식은 듣지 못했지만 지금쯤은 아마 죽었을 거야."

"아무 의미 없긴 마찬가지야, 해리."

"뭐가?"

"포르노 말이야. 그게 인형사라는 뜻은 아니거든. 진짜 증거는 아니라고."

보슈는 고개만 끄덕였다. 집으로 돌아가는 길에 해야 할 일이 떠올랐던 것이다. 밖으로 나온 그는 카프리스 트렁크를 열고 폴라로이드 카메라를 꺼냈다. 그리곤 수사관실로 다시 들어가 상자에 담긴 석고상을 폴라로이드로 두 장 찍었다. 인화된 사진을 코트 주머니에 집어넣는 그에게 에드거가 물었다.

"그걸로 뭐 하려고?"

"실비아의 집으로 가는 길에 밸리에 있는 그 성인용품 슈퍼마켓에나 들러볼까 하고."

"거기 있는 조그마한 방에 갇히지 말고 자네 물건 간수 잘 해."

"알려줘서 고맙군. 모라가 뭐라고 하는지 나한테도 알려줘."

보슈는 일반도로들을 지나 할리우드 고속도로로 올라갔다. 북쪽으로 달려 랭커심 대로로 나가자 샌퍼낸도 밸리에 있는 노스 할리우드로 이어졌다. 열어놓은 네 개의 창문으로 사방에서 시원한 바람이 들어왔다. 그는·담배를 피우며 재를 바람에 날려 보냈다. KAJZ에서 테크노 펑크 재즈가 흘러나오자 그는 라디오를 끄고 운전에만 몰두했다. 밸리는 도시의 베드타운 성격이 더 짙어졌다. 동시에 포르노 산업의 근거지가 되었다. 밴 나이스, 캐노가 파크, 노스리지, 채스워스 등의 상공업 지구에는 수백 개의 포르노 프로덕션 의상업체, 배급회사, 창고들이 들어섰다. 셔면 오크스에 있는 모델 에이전시들이 카메라 앞에서 연기할 남자와 여자들을 90퍼센트 가량 공급했다. 그 결과 밸리에도 가장 큰 재료 소매상들이 들어섰다. 비디오 우편주문업체들을 통한 생산과 판매가 이루어지면서 프로덕션 의상과 창고들이 들어서고, 랭커심 대로에는 엑스막스더스팟(X Marks the Spot) 같은 곳들이 자리 잡았다.

보슈는 거대한 상점 앞 주차장에 차를 세우고 잠시 살펴보았다. 원래는 픽앤페이(Pic N Pay) 슈퍼마켓이었던 건물의 전면 진열장을 벽으로 막은 건물이었다. 엑스막스더스팟의 빨간 네온사인 아래 전면 벽을 백색도료로 칠하고 그 위에 검정색으로 가슴이 풍만한 여자들의 실루엣을 그려놓았다. 보슈가 고속도로를 달리는 트럭들의 바퀴 흙받기에서 흔히 보던 그림들이었다. 자기 트럭의 흙받기에다 그런 그림을 그려놓고 다니는 녀석들도 아마 이곳에 물품을 공급하는 자들일 것이다.

엑스막스더스팟을 소유하고 있는 해럴드 반즈라는 사내는 시카고 아웃핏(Chicago Outfit: 알 카포네의 마피아 조직-옮긴이)의 앞잡이였다. 서적 판매 수익만 매년 1백만 달러가 넘었다. 불법거래로 얻는 수익도 그쯤 될 것이라고 했다. 보슈는 이런 내막을 4년 전 특별수사팀에서 모라 형사의 파트너로 야간근무를 할 때 그에게서 들었다.

스물다섯 살쯤 되어 보이는 사내가 도요타에서 내려 빠른 걸음으로 목재 현관문으로 걸어가더니 비밀요원처럼 안으로 사라졌다. 보슈도 카프리스에서 내려 뒤따라 들어갔다. 슈퍼마켓의 앞쪽 절반은 비디오와 잡지, 대부분이 고무제품인 성인용품을 판매하거나 빌려주는 소매점으로 꾸며 놓았고, 뒤쪽 절반은 은밀한 "만남의 방"과 비디오 룸으로 쪼개 놓은 것 같았다. 그 안으로 들어가는 입구에는 커튼이 내려져 있었는데, 그 뒤의 비디오 부스에서 내는 음탕한 녹음 소리가 헤비 메탈록 음악과 섞여서 흘러나왔다.

보슈는 왼쪽으로 보이는 유리 카운터 뒤에 선 두 사내를 돌아보았다. 하나는 그곳의 평화를 유지하기 위한 거한이었고, 나이가 더 들어 보이는 작은 사내는 돈을 받는 것이 소임인 듯했다. 보슈는 슈퍼마켓에 들어오자마자 그 두 놈이 눈에 힘을 잔뜩 주고 자기를 예의주시하고 있다는 걸 알고 있었다. 그들 앞으로 걸어가 폴라로이드 두 장 중 한 장을 카운터 위에 올려놓으며 말했다.

"이 여자를 찾고 있소. 비디오 일을 하고 있다고 들었는데, 혹시 아는 얼굴입니까?"

작은 사내가 고개를 내밀고 사진을 들여다보는 동안 거한은 꿈쩍도 하지 않았다.

"케이크처럼 생겨먹었네."

작은 사내가 말했다.

"케이크 따윈 잘 몰라요. 먹을 줄만 알지."

작은 사내는 거한을 돌아보며 웃었고, 그러자 거한도 비웃음을 빼물었다.

"그러니까 이 여잘 모른다는 말이로군. 당신은 어떻소?"

보슈는 거한에게 물어 보았다.

"나도 마찬가지요. 케이크는 먹을 줄만 알아."

이번엔 두 사내가 요란하게 웃어댔다. 하이파이브라도 하고 싶은 듯했다. 작은 사내의 눈이 빨간색 렌즈 뒤에서 반짝거렸다.

"좋아요. 그렇다면 그냥 한 바퀴 돌아보겠소. 고마워요."

그러자 거구의 사내가 앞으로 걸어 나와 말했다.

"총은 좀 가리시죠. 고객들을 흥분시키고 싶지 않소."

그의 눈빛은 흐릿했고 몸에서는 지독한 악취가 풍겼다. 똥걸레가 따로 없군. 보슈는 생각했다. 작은 사내가 그의 옆에 붙어 있는 것이 의아할 정도였다.

"그들보다 더 흥분할 사람은 없지."

보슈가 대꾸했다. 그는 카운터에서 판매용 혹은 대여용 비디오 케이스들이 수백 개씩 진열되어 있는 양쪽 벽 선반으로 이동했다. 비밀요원을 포함한 10여 명이 비디오 케이스들을 보고 있었다. 케이스들의 표지와 번호를 살펴보면서 보슈는 사건 수사 때 베트남전 기념비에 새겨진 이름들을 읽어보던 일을 떠올렸다. 그걸 다 읽는 데는 여러 시간이 걸렸다.

선반에 진열된 비디오 케이스들을 살펴보는 데는 시간이 그만큼 걸리지 않았다. 게이와 흑인 연기자들의 비디오를 제외하고 콘크리트 블론드 타입의 얼굴이나 매기라는 이름이 적힌 케이스들을 주로 살펴보았다. 비디오는 알파벳순으로 진열되어 있었고, T자까지 살펴보는 데

한 시간쯤 걸렸다. 〈납골당의 미행자들Tails from the Crypt〉이라는 비디오 케이스의 여자 얼굴이 그의 눈길을 붙잡았다. 여자는 나체로 관 속에 누워 있었다. 머리카락은 블론드였고 코도 상자 속의 그 석고상처럼 들 창코였다. 케이스를 뒤집자 뒷면에도 그 여배우의 사진이 있었다. 두 손 과 양 무릎을 바닥에 대고 엎드린 자세에 남자가 뒤에서 올라탄 모습이 었다. 여자는 입을 약간 벌리고 얼굴을 섹스 파트너 쪽으로 돌리고 있 었다.

그 여자야. 보슈는 금방 알아보았다. 제작진을 살펴보니 이름도 들어 맞았다. 그는 빈 비디오 케이스를 들고 카운터로 갔다. 몸집이 작은 사 내가 말했다.

"문 닫을 시간이오. 꾸물거리다 경찰한테 걸리면 혼납니다."

"이걸 빌리고 싶소."

"다른 사람이 벌써 빌려가고 없어요. 케이스가 비었잖아요."

"이 여자가 나오는 다른 비디오는 없소?"

작은 사내는 케이스를 집어 사진을 살펴보았다.

"매그너 컴 라우들리(Magna Cum Loudly: '매그녀는 요란하게 사정한다' 는 뉘앙스를 지닌 예명-옮긴이)로군요. 잘 모르겠는데. 이 여잔 데뷔하자마 자 사라졌거든요. 돈 많은 놈 하나 물어 결혼했겠지, 뭐. 얘들은 그렇게 들 많이 하니까."

거구의 사내가 비디오 케이스를 보려고 앞으로 걸어 나오자 보슈는 그의 악취를 피해 뒤로 한 걸음 물러섰다.

"그러겠죠. 이 여자가 또 어디에 나옵니까?"

작은 사내가 대답했다.

"루프(loop: 영상과 음향이 반복되는 필름-옮긴이)에서 나오자마자 휙 사 라졌어요. 〈납골당의 미행자들〉은 이 여자가 주연으로 나온 첫 번째 작품이었죠. 〈장미의 창녀Whore of the Roses〉에서 양성애 연기를 멋지게 해내는 바람에 떴지, 그 이전에는 루프에만 간혹 나왔어요."

보슈는 W자 선반으로 가서 〈장미의 창녀〉를 찾아냈다. 그것도 알맹이는 없고 빈 케이스만 남아 있었다. 케이스에는 매그너 컴 라우들리의 사진도 없었고, 그녀의 이름은 제작진 명단 맨 끝에 올라 있었다. 보슈는 카운터로 돌아와서 〈납골당의 미행자들〉 케이스를 가리키며 작은 사내에게 말했다.

"그러면 이 케이스라도 나한테 파시오."

"케이스만 팔 순 없죠. 나중에 비디오를 가져오면 진열을 어떻게 합니까? 손님들도 스틸 사진이나 잡지는 구입하지만 케이스는 찾지 않거든요."

"그러면 비디오까지 합쳐서 얼마요? 손님이 반납하면 당신이 보관하고 있다가 나한테 넘겨주시오. 얼마면 됩니까?"

"그 참, 〈납골당의 미행자들〉은 인기가 너무 좋아서. 가격표엔 39달러 95센트로 되어 있지만 경찰인 당신한테는 특별히 디스카운트해서 50달러만 받기로 하죠."

보슈는 그 말에 이의를 제기하지 않고 현찰로 50달러를 지불했다.

"영수증을 주시오."

매매가 끝나자 작은 사내는 비디오 케이스를 갈색 종이봉투에 담아 건네주었다.

"매기 컴 라우들리의 루프들은 아직도 저 뒤에서 돌아가고 있답니다. 그것도 체크하고 싶어 할 것 같아 말해주는 거요."

사내는 보슈 뒤쪽 벽에 붙은 표지판을 가리키며 히죽 웃었다.

"그렇지만 여기선 교환이나 환불이 안 됩니다."

보슈도 웃어주며 받았다.

"체크해 보겠소."

"그런데 비디오가 돌아오면 누구 이름으로 보관해둬야 하는 거요?"

"카를로 핀지."

그것은 시카고 아웃펏의 LA 카포(capo: 두목-옮긴이) 이름이었다.

"무척 재밌군요, 핀지 씨. 그렇게 하리다."

보슈가 커튼을 젖히고 뒤쪽 방으로 들어가자마자 하이힐에 까만 지-스트링(G-string: 음부만 가리는 가느다란 천 조각-옮긴이)만 착용하고 아이스크림 맨 동전교환기를 벨트에 찬 여자를 만났다. 실리콘으로 완성한 여자의 커다란 유방에는 유난히 작은 젖꼭지가 달려 있었다. 물들인 금발은 짤막했고 반짝이는 갈색 눈동자 주위로는 화장이 너무 짙었다. 그래서 여자는 열아홉 살으로도 서른다섯 살으로도 보였다. 그녀가 물었다.

"여자를 원하세요, 비디오를 보실 동전이 필요하세요?"

보슈는 홀쭉해진 지갑을 꺼내어 여자에게 2달러를 건넸다.

"저한테도 1달러만 주시겠어요? 급료 없이 팁으로만 생활하거든요."

보슈는 1달러를 더 건네준 뒤 25센트짜리 동전 여덟 개를 받아들고 커튼이 쳐진 컴컴하고 조그마한 방으로 들어갔다. 등 뒤에서 지-스트링 차림의 여자가 속삭였다.

"더 필요한 게 있으면 불러주세요."

상대가 경찰인 줄도 몰라보는 이 여자는 마약에 취했거나 멍청하거나 어쩌면 그 두 가지 모두인 듯했다. 보슈는 여자를 쫓아낸 뒤 커튼을 닫았다. 방 크기가 전화부스만 했다. 유리창을 통해 보이는 비디오 스크린에 손님이 선택할 수 있는 제목 열두 개가 떠 있었다. 이젠 모두 비디오로 바뀌었지만 아직도 루프라고 부르는 이유는 처음엔 핍 머신(peep machine)으로 16밀리 필름 루프들을 반복해서 돌렸기 때문이다.

방 안에는 의자가 없었지만 재떨이와 클리넥스 상자를 올려놓은 작은 선반이 있었다. 바닥에는 사용한 티슈들이 흩어져 있고 검시반 차량 안처럼 소독약 냄새가 났다. 보슈가 동전 여덟 개를 구멍 속으로 밀어 넣자 비디오가 켜졌다.

두 여자가 침대 위에서 키스하며 서로 애무하기 시작했다. 비디오 케이스에서 본 여자가 아니라는 판단을 내리는 데는 3초도 걸리지 않았다. 보슈가 채널 버튼을 눌러대자 화면이 바뀌기 시작했다. 이성애자, 동성애자, 양성애자들이 엉키는 장면들이 차례대로 지나갔지만 보슈는 자기가 찾고 있는 여자를 확인할 만큼만 보고 넘어갔다.

매그너 컴 라우들리는 아홉 번째 루프에서 등장했다. 보슈는 조금 전에 구입한 비디오 케이스에서도 그 여자를 알아보았다. 움직이는 그녀를 보자 콘크리트 블론드가 틀림없다는 확신이 들었다. 비디오에서 여자는 간이 소파 위에 벌렁 드러누워 손가락 하나를 깨물고 있었고, 한 사내가 그녀의 다리 사이에 무릎을 꿇고 앉아 신나게 엉덩이짓을 해대고 있었다.

여자가 이미 죽었다는 것, 그것도 무참하게 살해되었다는 사실을 알고 있는 보슈는 그녀가 또 다른 종류의 폭력에 몸을 내맡기고 있는 현실을 이해하기 어려웠다. 그것을 보고 있노라니 마음속에 죄책감과 슬픔이 차올랐다. 다른 경찰들처럼 그 자신도 죄악에 약간 물들었고, 인형사에게 피살된 성인영화 여배우 두 명이 출연한 영화들도 본 적이 있었다. 그렇지만 이처럼 마음이 불편하긴 처음이었다.

비디오에서 여자는 돈 값을 하기 위해 입에 물고 있던 손가락을 빼고 신음 소리를 요란하게 내기 시작했다. 보슈는 볼륨 장치를 얼른 조절하여 소리를 낮추었다. 그래도 신음 소리는 여전히 들렸고, 차츰 외치는 소리로 변했다. 다른 방에서 들려오는 소리였다. 같은 비디오를 다른 사내들도 보고 있었던 것이다. 같은 비디오가 각기 다른 이유에서 다른 사내들의 흥미를 끌고 있다는 사실이 끔찍하게 느껴졌다.

등 뒤에서 커튼이 부스럭거리더니 누군가가 부스 안으로 들어오는 기척이 일었다. 동시에 사타구니 사이로 손이 하나 들어오더니 그의 물건을 살그머니 잡았다. 보슈는 재킷 안의 권총을 잡으며 뒤를 돌아보았다. 동전을 바꿔주던 여자가 코맹맹이 소리를 냈다.

"제가 어떻게 해드릴까요, 달링?"

그는 여자의 손을 뿌리치며 대답했다.

"여기서 당장 나가주면 돼."

"어우, 자기, 직접 할 수 있는데 왜 저딴 걸 보고 있어? 20달러야. 지배인과 나눠야 하니까 그 이하론 안 돼."

여자가 바짝 달라붙자 담배 냄새가 훅 끼쳤다. 보슈는 자기 입에서 난 것인지 여자 입에서 난 것인지 분간할 수 없었다. 탱탱한 젖가슴을 밀착해 오던 여자의 몸이 갑자기 얼어붙었다. 권총을 감지한 것이었다. 두 사람의 시선이 잠시 교차했다. 보슈가 경고했다.

"그래, 내 차에 실려 감방으로 가고 싶지 않으면 빨리 나가."

"알았어요, 경관 나리."

여자는 재빨리 커튼을 열고 나가버렸다. 그 순간 스크린에 비디오 제목들이 다시 떠올랐다. 보슈가 밀어 넣은 2달러의 효능이 다 되었다는 뜻이었다.

커튼 밖으로 나오자 다른 부스들 안에서 질러대는 매그너 컴 라우들리의 거짓 환성이 보슈의 귀를 파고들었다.

o8 욕망의 피해자

다음 계곡으로 들어가는 고속도로를 달리며 보슈는 그 여자의 삶에 대해 상상해 보려고 애썼다. 그렇게 벌렁 드러누워 자기 몸속에 들어온 낯선 남자를 쳐다보는 그런 삶에서 도대체 무슨 희망이 있다고 빗속의 촛불 같은 자신을 그래도 지키려고 했단 말인가? 그녀에게 남은 유일한 것은 그 희망이었을 것이다. 그 희망이야말로 그녀의 생명선이었음을 보슈는 알 수 있었다. 희망이 없는 삶은 암흑뿐이다.

살인범의 삶과 희생자의 삶은 어떻게 교차하게 되었을까? 어쩌면 보슈가 방금 본 루프 같은 것에 의해 욕망의 씨앗과 살인 욕구가 심어졌을지도 모른다. 보슈가 50달러나 지불하고 구입한 그 비디오를 살인자도 빌려 봤을지 모른다. 그자가 처치였을 가능성이 있을까? 아니면 저바깥에 다른 살인범이 있는 것일까? 맞아, 그 케이스, 하고 보슈는 생각했다. 그리곤 다음 출구인 패코이마의 밴 나이스 대로로 빠져나갔다.

도로 가에 차를 세우고 키 작은 사내가 갈색 종이봉투에 담아준 비디오 케이스를 꺼내들었다. 자동차 천장의 불을 켜고 케이스에 적힌 글씨들을 빠짐없이 훑었지만 테이프가 제작된 날짜를 알려줄 저작권 표시가 보이지 않았다. 그 날짜만 보면 처치가 죽기 전에 만들어진 건지 죽은 후에 만들어진 건지 알 수 있을 텐데.

보슈는 다시 골든 스테이트로 돌아가서 북쪽 산타클라리타 밸리로 차를 몰았다. 부케 캐니언 로드로 빠져나온 후엔 캘리포니아 주문형 주택들이 끝없이 늘어선 것처럼 보이는 주거지역 도로들을 통과했다. 델 프라도에서 그는 '라이튼보 부동산'이란 표지판을 내걸고 있는 주택 앞에 차를 세웠다.

실비아는 이 집을 팔려고 부동산에 내놓은 지 1년이 지났지만 아직 임자를 못 만났다. 보슈는 그 생각을 하며 오히려 안도의 숨을 내쉬었다. 덕분에 그다음에 실비아와 함께 결정해야 할 일이 유보되고 있는 것이다.

그가 손을 내밀기도 전에 실비아가 문을 열었다.

"어서 와요."

"고마워."

"그건 뭐예요?"

"아, 일거리. 한두 군데 전화할 곳이 있어."

그는 실비아에게 키스하고 안으로 들어갔다. 그녀는 퇴근 후 집에서만 즐겨 입는 회색 티셔츠 드레스 차림이었다. 어깨까지 늘어뜨린 금발이 거실 조명을 받아 반짝거렸다.

"저녁 식사는?"

"샐러드로 때웠죠, 당신은요?"

"아직 못 먹었어. 이따 샌드위치라도 만들어 먹지, 뭐. 미안해. 공판에다 새로운 사건까지 겹쳐서… 당신도 잘 알잖아."

"괜찮아요. 당신이 보고 싶어 앙탈을 부려본 거니까. 그런 전화해서 미안해요."

실비아는 그를 끌어안고 키스했다. 보슈는 그녀가 편안하게 느껴졌다. 그게 가장 좋았다. 편안한 느낌. 이전에 누구한테서도 느끼지 못했던 감정이지만 그녀에게서 떠나 있을 땐 종종 잊어버리곤 했다. 하지만 그녀 곁으로 돌아오기만 하면 금방 그런 감정에 사로잡혔다.

그녀는 보슈의 손을 잡고 부엌으로 가서 샌드위치를 만들 동안 의자에 앉아 있으라고 말했다. 보슈는 그녀가 스토브 위에 팬을 올려놓고 가스 불을 켜는 것을 보았다. 그녀는 팬에 베이컨 네 조각을 올려놓은 뒤 그것이 익는 동안 토마토와 아보카도를 썰어 상추 위에 나란히 놓았다. 보슈가 의자에서 일어나 냉장고에서 맥주를 꺼내들고 그녀 뒤로 다가가더니 목덜미에 키스를 했다. 그러자 부스 안으로 침입한 여자에게 불알을 잡혔던 생각이 갑자기 떠올라 짜증이 울컥 났다. 어쩌다 그런 일을 당했지?

"왜 그래요?"

이상한 낌새를 느낀 실비아가 그에게 물었다.

"아무것도 아냐."

그녀는 해바라기 빵을 두 쪽 토스터에 집어넣은 뒤 팬에서 베이컨을 꺼냈다. 잠시 후엔 보슈 앞 식탁에 샌드위치를 놓아주곤 맞은편에 앉으며 물었다.

"누구한테 전화해야 하는데요?"

"제리 에드거와 마약반에 있는 친구."

"마약반? 포르노 배우였어요? 새로 발견된 피살자 말예요."

실비아는 경찰과 결혼한 적이 있어서 이쪽으론 머리가 핑핑 돌아간

다. 보슈는 그녀의 그런 점도 좋았다.

"그런 거 같아. 그 여자에 대한 단서를 하나 잡았는데, 난 법원에 나가야 하니까 그 친구들한테 인계하려고."

실비아는 고개를 끄덕였다. 보슈는 그녀에게 너무 많은 질문은 하지 말라는 말을 한 적이 없었다. 그렇지만 실비아는 항상 그만둬야 할 때를 잘 알았다.

"학교 일은 어땠어?"

"좋았어요. 샌드위치 들고 전화 빨리 끝내요. 난 학교 일과 법정이나 수사에 관한 일은 빨리 잊고 싶어. 와인이나 마신 뒤 촛불을 밝혀놓고 잠자리에 들고 싶어요."

그는 미소를 지어보였다.

두 사람은 그렇게 느긋한 삶을 즐기고 있었다. 촛불을 밝히는 것은 사랑을 나누고 싶다는 그녀의 신호였다. 보슈는 자신에겐 그런 신호가 없다는 걸 깨달았다. 신호는 거의 언제나 그녀가 보내왔다. 그것이 자신에게 어떤 의미를 지니는지 보슈는 알 수 없었다. 혹시 그녀와의 관계가 단지 비밀과 가면 위에 형성된 것은 아닌지 걱정스러웠다. 그렇지 않기를 그는 바랐다.

"정말 아무 일 없어요?"

실비아가 물었다.

"정신이 딴 데 있는 사람 같아요."

"괜찮아. 이거 맛있는데. 고마워."

"페니가 아까 저녁에 전화했어요. 두 사람이 관심을 보여서 일요일에 집 구경을 시키겠대요."

보슈는 샌드위치를 씹으며 고개를 끄덕였다.

"그날 우린 어디로든 가요. 그 여자가 손님들을 데리고 여기 들어오는 걸 지켜보고 싶지 않아요. 당신도 이런 복잡한 일들을 잠시 털어버릴 수 있잖아요. 론파인(Lone Pine: 캘리포니아의 풍광 좋은 작은 마을-옮긴이)이라도 다녀오면 좋을 것 같은데."

"좋은 생각 같은데. 일이 어떻게 돌아가는지 보자고."

실비아가 침실로 들어간 뒤 보슈는 수사관실로 전화를 걸었다. 에드거가 받자 그는 목소리를 잔뜩 꾸며 음침하게 말했다.

"당신들이 TV에 내보낸 그 여자 말이야, 그게 누군지나 알아?"

"아, 네에, 누군지 알고 계십니까?"

"알다마다."

보슈는 터지는 웃음을 참느라고 손으로 입을 틀어막았다. 그런데 멋진 펀치를 미처 생각해두지 못했다는 걸 알았다. 어떻게 한 방 먹여줄까 속으로 열심히 생각하고 있는데 에드거가 안달하며 물었다.

"그 여자 이름이 뭡니까, 선생님?"

"그러니까 그게… 그게…."

"그게 누굽니까?"

"여장한 하비 파운즈더군."

보슈가 웃음을 터뜨리자 에드거도 상대가 누군지 알았다. 별로 우습지도 않은 멍청한 얘긴데도 불구하고 두 사람은 배꼽 빠지게 웃어댔다.

"보슈, 무슨 일로 전화한 거야?"

간신히 웃음을 멈춘 그가 대답했다.

"그냥 해본 거야. 레이 모라한테 전화는 했어?"

"마약반으로 전화했더니 그 친구 오늘 야근이 아니래. 내일 아침에 전화하지. 자넨 뭐 좀 건졌어?"

"예명을 하나 건졌지. 모라의 집으로 전화해서 그 예명에 대해 좀 알아보라고 해야겠어."

보슈가 여자의 예명을 말해주자 에드거는 껄껄 웃었다.

"매우 독특한 예명이군. 그게 그 여잔 줄은 어떻게 알았나?"

보슈는 목소리가 침실까지 들리지 않도록 낮췄다.

"루프를 봤어. 그 여자 사진이 담긴 비디오 케이스도 가지고 있고. 자네가 가지고 있는 석고상 얼굴과 같아. 가발만 약간 다르지만 그 여자가 분명해. 케이스는 내일 아침 법원 가는 길에 자네 책상 위에 올려놓을게."

"좋은 생각이야."

"모라가 일찌감치 작업해서 그 여자의 본명을 자네한테 보내줄 거야. 성인오락 면허를 가졌던 여자인지도 몰라. 그 친구한테 전화해도 괜찮겠지?"

"그럼. 자네도 그를 알잖아."

보슈는 전화를 끊었다. 그런데 모라의 집 전화번호를 몰라 수사지원팀에 전화를 걸어 자기 이름과 배지 번호를 대고 모라 형사와 연결시켜달라고 부탁했다. 5분쯤 지나 전화는 연결되었고, 신호가 세 번 울리자 모라가 받았다. 그는 숨이 가쁜 듯했다.

"보슈야. 얘기 좀 할 수 있어?"

"해리 보슈? 그래, 보슈가 웬일이야?"

"장사는 좀 어때?"

"여전히 죽 쑤고 있지, 뭐."

보슈가 내부인의 농담이랍시고 한 말에 그는 껄껄 웃었다.

"농담이 아니라 실제로 가라앉고 있네. 비디오가 망친 거야, 보슈. 너무 크게 벌렸어. 덩치만 커지고 질은 떨어졌지. 질에 대해선 아무도 고민하지 않아."

모라는 포르노 산업의 감시자가 아니라 후원자인 것처럼 말하고 있었다.

"카후엥가와 하이랜드에 있던 그 침침한 극장들에서 하던 시절이 그립다니까. 그땐 요리하기가 쉬웠지. 적어도 난 그랬어. 그래, 법정에서는 어땠나? 인형사 희생자로 보이는 시체를 또 하나 발견했다는 소리가 들리던데, 도대체 어떻게 된 일이지?"

"그 때문에 전화한 거야. 예명을 하나 건졌는데, 이 여자가 아무래도 그쪽 분야 같거든. 피살자 말이야."

"예명이 뭔데?"

"매그너 컴 라우들리. 매기라고도 알려져 있을 거야."

"그래, 들어본 적 있어. 얼마 전에 좀 뜨는가 하더니, 맞아, 갑자기 사라졌어. 추락했을 수도 있지. 잠시만 기다려 주게."

보슈는 잠시 기다렸다. 수화기를 통해 사람 소린지 TV 소린지, 남잔지 여잔지도 구분되지 않는 소리가 들려왔다. 그러자 전화를 걸었을 때 모라가 무슨 짓을 하고 있었는지 의심스러워졌다. 경찰국 내에서는 모라가 본연의 임무에 너무 지나치게 충실하다는 소문이 돌고 있었다. 보통 경찰들이 다 겪는 병폐다. 잦은 전속만이 유일한 예방책인데, 모라는 자신을 조기 전속시키려는 모든 의도를 성공적으로 차단했다. 그래서 그 분야의 전문가가 된 그를 다른 곳으로 보낸다는 건 터무니없는 일이 되어버렸다. 다저스 투수진에서 오렐 허샤이저(1988년 월드시리즈 최우수선수상, 내셔널리그 사이영상 수상-옮긴이)를 빼내어 외야로 보내는 격이 될 것이다. 모라는 맡은 일을 잘 처리했으므로 그 자리에 둬야만 했다.

"흠, 해리, 난 모르겠는데. 그 여잔 두어 해 전에 떴던 걸로 기억되거든. 그 여자가 분명하다면, 처치가 인형사일 수는 없다는 얘기가 되는 거지. 무슨 얘긴지 알지? 그것이 자네 공판에 어떤 영향을 미칠지 모르겠어."

"그 점은 걱정 마, 레이. 처치가 그 여자를 죽이지 않았다면 다른 누군가가 죽였겠지. 그렇더라도 우린 그자를 잡아야 해."

"옳은 말이야. 나도 알아보지. 그런데 이 여잔 어떻게 알아냈나?"

보슈는 엑스막스더스팟을 방문했던 얘기를 해주었다.

"아, 그 친구들이라면 나도 알지. 덩치 큰 놈은 카를로 핀지 두목의 조카인 지미 핀지야. 자기들끼린 지미 핀스라고 부르지. 동작이 둔하고 멍청해 보이지만 사실은 덩치가 작은 사내의 보스라고. 자기 삼촌을 위해 그곳을 지키고 있지. 작은 사내는 끼고 있는 안경 때문에 핑키라고 불려. 핑키와 핀스. 볼 만하지. 그건 그렇고, 그 친구들이 자네한테 비디오 값으로 잔뜩 바가지를 씌운 것 같군."

"나도 그런 줄 알았어. 아, 자네한테 물어볼 게 있어. 비디오 케이스에는 저작권 표시가 되어 있지 않아. 그게 비디오 안에 기록되어 있나, 아니면 달리 알아봐야만 하는 건가?"

"통상 케이스에는 표시하지 않아. 고객들은 항상 신선한 고기를 원하거든. 제작날짜가 이삼 년 전으로 찍힌 것을 보면 다른 비디오를 찾는다는 걸 그들도 알기 때문이지. 유행이 빠른 사업이라 수명도 짧거든. 그래서 비디오 카트리지에도 날짜를 박지 않아. 암튼 내 사무실에 12년간의 카탈로그가 수집되어 있으니 제작날짜는 알아낼 수 있어."

"고맙네, 레이. 난 법원에 나가야 하니 강력반의 에드거 형사가 자넬 찾아 갈 거야."

"알았네, 해리."

보슈가 더 이상 물어볼 게 없어 작별 인사를 하려는 순간 모라가 조용히 말했다.

"이봐, 나도 많이 생각해 봤는데 말이야."

"뭘?"

"특별수사팀. 그날 밤 내가 일찍 퇴근하지 않고 자네랑 같이 거기 갔더라면 좋았을 텐데 하는 생각. 그러면 그 작자를 생포할 수 있었을지도 모르잖아."

"그렇지."

"그러면 이런 재판 받지 않아도 됐겠지."

보슈는 비디오 케이스에 담긴 사진을 들여다보며 입을 다물었다. 사진 속의 여자는 석고상처럼 얼굴을 옆으로 돌리고 있었다. 동일 인물임을 그는 확신했다.

"레이, 매그너 컴 라우들리라는 예명만으로 그녀의 본명을 알아낼 수 있나?"

"있고말고. 어떤 물건이든 합법적인 것과 불법적인 것이 있거든. 이 매기라는 여자는 합법적인 세계를 졸업했던 것처럼 보여. 루프와 똥구덩이에서 나와 성인 비디오로 들어간 걸 보면 알지. 그건 그녀에게 에이전트가 있거나 성인오락 면허가 있다는 뜻이고, 그러자면 열여덟 살 이상임을 증명해야 해. 면허에는 본명이 기재되어 있고 사진도 붙어 있지. 두어 시간 걸리겠지만 찾아내는 건 일도 아니야."

"알았어, 좋아. 내일 아침 그 작업을 좀 해주게. 혹시 에드거가 못 올 형편이면 복사본을 할리우드 경찰서 강력반으로 보내줄 수 있겠나?"

"에드거 앞으로 보내지."

두 사람은 각자 생각에 빠져 잠시 침묵했다.

"해리?"

"응."

"신문에 새로운 쪽지에 대한 기사가 실렸던데 정말이야?"

"그래."

"진짜 맞아? 우리가 엿 먹은 건가?"

"아직은 몰라, 레이. 하지만 '우리'라고 말해줘서 고맙네. 다들 나한테만 손가락질하고 싶어 하는데 말이야."

"자네한테 말해야 할 것 같은데, 오늘 머니 챈들러가 보낸 소환장을 받았어."

보슈는 그 말에 놀라지 않았다. 레이 모라도 인형사 특별수사팀에 있었으니까.

"걱정할 것 없어. 그 여잔 특별수사팀에 있었던 모든 팀원들에게 소환장을 보낼 거야."

"알았네."

"그렇지만 이 새로운 사건에 대해선 가능한 한 입을 다물게."

"최대한 다물지."

"그 여잔 뭘 물어야 할지 알아야만 질문을 할 수 있어. 난 이 일을 처리하기 위해 시간이 좀 필요하고. 무슨 뜻인지 알지?"

"걱정 마. 자네와 난 인형사를 제대로 보냈다는 걸 알고 있어. 그건 의심할 나위가 없네, 해리."

하지만 그렇게 강조하는 것 자체가 의심하고 있다는 뜻임을 보슈는 알고 있었다. 모라도 보슈와 똑같은 의문을 품고 있는 것이다.

"자네가 내일 파일들을 뒤져보기 전에 이 여자의 모습을 알고 싶다면 비디오 케이스의 사진이 필요하지 않을까?"

"아니야. 아까 말했듯이 우린 온갖 종류의 카탈로그들을 비치하고 있거든. 〈납골당의 미행자들〉을 바로 찾아보거나 에이전시 북을 찾아보면 돼."

전화를 끝낸 보슈는 실내 흡연을 실비아가 좋아하지 않는다는 걸 알면서도 한 대 피우기 시작했다. 실비아는 그의 흡연을 꺼리는 것이 아니라, 집을 사러 온 사람들이 담배 냄새 때문에 포기할까 봐 걱정하고 있었다. 보슈는 혼자 그대로 앉아 빈 맥주병 라벨을 벗기며 모든 것이 빠르게 변할 수도 있다는 생각을 했다. 4년 동안 그렇다고 믿고 있었던 생각이 갑자기 틀렸을 수도 있다는 것을 깨달았다.

그는 뷸러 진판델(캘리포니아산 와인-옮긴이) 한 병과 술잔 두 개를 들고 침실로 들어갔다. 실비아는 담요를 어깨까지 끌어올리고 침대에 누워 책을 읽고 있었다. 제목을 보니《우는 모습을 그들에게 보이지 마》라고 되어 있었다. 보슈는 그녀 옆 침대에 앉아 와인을 따랐다. 두 사람은 잔을 부딪친 뒤 한 모금씩 마셨다.

"법정에서의 승리를 위해."

실비아의 말에 보슈는 미소를 지었다.

"듣기 좋은데."

두 사람은 키스했다.

"또 담배 피웠어요?"

"미안."

"나쁜 소식이었나요? 전화 말예요."

"아니야."

"나한테 얘기하고 싶어요?"

"나중에."

그는 술잔을 들고 욕실로 들어갔다. 양치질을 하고 샤워를 마친 뒤 와인을 마시니 맛이 끔찍하게 느껴졌다. 침실로 돌아오니 독서용 램프는 꺼지고 책도 한쪽으로 치워졌다. 그 대신 양쪽 곁탁자와 화장대 위에서 촛불들이 타오르고 있었다. 아련한 불꽃들이 벽과 커튼과 거울 속에서 조용한 불협화음처럼 흔들렸다.

실비아는 담요를 걷고 베개 세 개를 포갠 위에 기대고 있었다. 보슈는 벌거벗은 몸으로 침대 아래쪽에 잠시 서 있었다. 두 사람은 미소를 나누었다. 그녀는 아름다웠고 알맞게 그은 피부도 아직 소녀 같았다. 몸매는 날씬했고, 조그마한 젖가슴과 납작한 배를 가지고 있었다. 어린 시절 해변에서 여름날을 너무 많이 보낸 탓에 가슴은 주근깨투성이였다.

나이는 그녀보다 여덟 살이나 더 많고 스스로도 그 점을 의식하고 있지만 신체적 조건은 절대 꿀리지 않는다고 보슈는 자부하고 있었다. 마흔세 살에 아직 배가 납작하고 울퉁불퉁한 근육질 몸매를 유지하기가 어디 쉬운 일인가. 그것도 기계로 만들어낸 근육이 아니라 날마다 수행하는 임무와 삶의 무게로 빚어진 근육이었다. 그의 몸에 난 털은 이상하게도 머리에 난 털보다 빨리 회색으로 변했다. 실비아가 그걸 보곤 보슈에게 머리를 염색했다고 놀리곤 했지만, 그에게 그런 허영심이 없다는 건 두 사람 다 알고 있었다.

보슈가 침대 위로 올라오자 실비아는 그의 몸에 새겨진 베트남 문신과 몇 년 전에 그의 오른쪽 어깨를 꿰뚫었던 총상의 흉터를 손가락으로 어루만졌다. 두 사람이 잠자리를 함께할 때마다 그녀는 외과 의사가 꿰맨 자국을 그렇게 어루만지곤 했다.

"사랑해요, 해리."

그녀가 속삭였다. 보슈는 돌아누워 그녀에게 깊숙이 키스했다. 그녀의 입술에서 느껴지는 빨간 와인 맛과 그녀의 피부가 주는 따뜻한 느낌이 그 자신이 경험했던 온갖 과격한 결말들과 걱정들을 아득히 멀어지게 했다. 나는 가정이라는 신전 안에 들어와 있어, 라고 그는 생각했지만 입 밖으로 내진 않았다. 나도 당신을 사랑해, 라고 생각했지만 그 생각도 입 밖으로 내진 않았다.

09 함정

    화요일은 모든 것이 무사했건만 그다음 날 아침은 참담한 실패의 연속이었다. 첫 번째 참사는 키스 판사의 사무실에서 발생했다. 그는 인형사가 보냈다고 주장되는 메모를 30분 정도 검토한 뒤 양측 변호인과 당사자들을 방으로 불렀다. 판사가 그 메모를 읽은 것은 그것을 공판에 포함시키는 것에 대해 벨크가 한 시간 동안이나 항의한 후였다.

    "메모를 읽고 피고측 항의에 대해 생각해 봤소. 이게 편지든 메모든 시든 간에, 나로서는 배심원들에게 금지시킬 이유가 없어 보입니다. 그것은 미즈 챈들러가 주장하는 사건의 요지에도 부합합니다. 따라서 나는 이 메모가 진짜라거나 어떤 괴짜가 보낸 가짜라고 판정하기 전에 배심원들로 하여금 판단하게 할 것이오. 그들이 판단할 수 있다면 말이죠. 그러나 현재 수사가 진행 중이란 이유로 이것을 제외시킬 수는 없소. 미즈 챈들러, 증인 소환을 허락합니다. 적절한 근거만 있다면 이 메모를 적당한 시간에 소개할 수 있습니다. 말장난은 절대 안 돼요. 벨크 씨, 이 결정에 대한 당신의 이의제기는 기록으로 남길 거요."

"재판장님?"

벨크가 다시 항의하려고 하자 판사는 고개를 저었다.

"그만. 이 문제는 더 이상 논쟁하지 않겠소. 자, 법정으로 나갑시다."

"재판장님! 우린 이 메모를 누가 썼는지도 모릅니다. 누가 어디서 보 낸 건지도 모르는 쪽지를 어떻게 증거물로 허락하실 수 있습니까?"

"그 판정이 다소 실망스럽다는 건 알고 있소. 그래서 나는 당신에게 이 법정이 원하는 것에 대한 명백한 무례를 범하지 않는 한도 내에서 재량권을 부여합니다. 더 이상 논쟁하지 않겠다고 말했으니까 딱 한 번 만 짚고 넘어가겠소. 정체불명의 이 메모가 인형사의 희생자와 매우 유 사한 점을 지닌 시체가 묻혀 있는 곳으로 곧장 인도했다는 사실 그 자 체가 어느 정도 진짜임을 증명하고 있습니다. 이 메모는 장난이 아니오, 벨크 씨. 농담이 아니라고. 여긴 뭔가가 있소. 그래서 배심원들에게도 보이려는 겁니다. 자, 나갑시다. 다들 나가요."

법정이 열리자마자 두 번째 낭패가 기다리고 있었다. 판사실에서 참 담하게 당해 정신이 어질어질해진 탓인지, 로드니 벨크는 챈들러가 교 묘하게 파놓은 함정 속으로 왈츠를 추며 걸어 들어갔다.

이날 머니 챈들러의 첫 번째 증인으로 불려나온 비초렉이라는 남자 는 자기는 노먼 처치와 잘 아는 사이로 그가 열한 번째 희생자를 죽이 지 않았다는 걸 확신한다고 증언했다. 그는 처치와 함께 디자인 연구소 에서 12년간 함께 일했다고 말했다. 50대인 비초렉은 빨갛게 드러난 대머리 주변의 하얀 머리카락을 짤막하게 치고 있었다.

"노먼이 살인자가 아니라고 그처럼 확신하는 이유가 뭐죠?"

챈들러가 물었다.

"왜냐하면 그 열한 번째 여자가 그런 일을 당하고 있던 그 시각에 노먼은 줄곧 나와 함께 있었으니까요. 그러니 노먼이 그 여자를 죽이지 않았다는 걸 나는 알죠. 그런데 경찰이 그를 죽이고 열한 번째 살인 혐의를 그에게 뒤집어씌웠어요. 노먼이 피살자들 중 하나를 죽이지 않았다는 것을 알고 있는 나는 경찰이 거짓말을 하고 있다고 생각합니다. 이 모든 것은 노먼을 죽인 사실을 은폐하기 위해…."

"감사합니다, 비초렉 씨."

챈들러가 말을 막았다.

"내 생각을 말씀드린 것뿐입니다."

벨크는 이의를 제기하고 연설대로 걸어 나갔다. 그는 징징거리는 소리로 증인의 대답은 모두 추측을 근거로 하고 있다고 주장했다. 재판장은 그 주장에 동의했지만 타격은 이미 가해진 다음이었다. 보슈는 자기 자리로 돌아온 벨크가 몇 달 전에 작성한 비초렉의 두툼한 증언 녹취록을 급히 들춰보는 것을 보았다.

챈들러는 열한 번째 희생자가 살해당하는 날 밤 증인과 처치가 어디에서 무엇을 하고 있었느냐고 물었고, 비초렉은 자기 아파트에서 일곱 명의 다른 남자들과 함께 연구소에 새로 들어온 동료를 위한 총각파티를 열어주고 있었다고 대답했다.

"노먼 처치는 당신 아파트에 얼마나 오래 있었나요?"

"파티가 끝날 때까지 있었죠. 그러니까 밤 9시부터 새벽 2시 이후까지예요. 경찰은 열한 번째 희생자가 새벽 1시에 무슨 호텔인가로 들어가서 피살됐다고 하더군요. 그 시각에 노먼은 나와 함께 있었습니다."

"당신들 모르게 한 시간쯤 슬쩍 나갔다 돌아왔을 가능성도 있지 않았을까요?"

"천만에요. 한 방에 여덟 명의 사내들과 함께 있다가 감쪽같이 사라지긴 반 시간도 어렵죠."

콘크리트 블론드

140

챈들러가 고맙다고 말한 뒤 앉자, 벨크가 보슈 쪽으로 머리를 숙이고 속삭였다.

"내가 찢어발기면 저 멍청이가 어떻게 나올지 궁금하네요."

그는 코끼리 사냥용 라이플을 운반하듯 두꺼운 증언 녹취록을 가슴에 안고 연설대로 걸어갔다. 두꺼운 돋보기로 인해 눈알이 확대되어 보이는 비초렉이 의심스런 눈빛으로 벨크를 살펴보았다.

"비초렉 씨, 절 기억하십니까? 몇 달 전 증인으로 진술했던 일 기억하시죠?"

벨크는 그의 기억을 돕기 위해 녹취록을 들어 보였다.

"기억합니다."

비초렉이 대답했다.

"장장 95쪽이나 됩니다, 비초렉 씨. 그런데 이 녹취록 어디에도 총각 파티에 대한 언급은 한 마디도 없군요. 이유가 뭡니까?"

"당신이 물어보지 않았기 때문이겠죠."

"그렇지만 당신이 말할 수도 있었어요. 안 그런가요? 당신의 가장 친한 친구가 열한 명의 여자를 죽였다고 경찰이 말하고 있는데, 당신은 그것을 거짓말이라고 생각하면서도 입을 꾹 다물었어요. 제 말이 맞습니까?"

"네, 맞습니다."

"그 이유를 설명해 주시겠습니까?"

"내가 생각하기에는 당신도 한 패거리였어요. 그래서 당신이 질문한 것에만 대답했던 겁니다. 나 스스로 대답한 건 쥐뿔도, 아니 하나도 없었어요."

"그럼 물어봅시다. 이 일에 대해 경찰에 신고한 적이 있습니까? 처치가 사살되고 모든 신문의 헤드라인이 그가 열한 명의 여자들을 죽인 살인범이라고 떠들어대던 그때부터 말입니다. 한 번이라도 전화기를 들고 경찰에게 엉뚱한 사람을 잡았다고 말해준 적이 있습니까?"

"아뇨. 그땐 나도 몰랐어요. 재작년에 나온 그 책을 읽어보고서야 알았죠. 거기에 마지막으로 살해된 여자에 대한 설명이 자세히 나와 있어서 그 시각엔 노먼이 나와 함께 있었다는 사실을 알게 됐죠. 그래서 경찰에 전화해서 특별수사팀을 바꿔달라고 했더니 이미 오래전에 해산했다고 하더군요. 책에서 지휘관으로 나오는 로이드란 형사에게 메시지를 남겼는데도 끝내 전화가 없었어요."

벨크는 연설대에 설치된 마이크에 대고 긴 한숨을 토해냈다. 그리곤 이런 멍청이를 상대하자니 정말 넌더리가 난다는 듯이 말했다.

"그러니까 당신 말인즉슨 살인 사건들이 일어난 지 2년이나 지난 후에 그 책이 나와서 그것을 읽자마자 죽은 친구를 위한 철벽같은 알리바이가 있었음을 갑자기 깨달았단 말이죠. 제가 잘못 이해한 부분이 있습니까, 비초렉 씨?"

"음, 갑자기 깨달았단 부분이요. 갑자기는 아니었습니다."

"그러면 어떻게 깨달았습니까?"

"그러니까 9월 28일이란 날짜를 읽었을 때 뭔가 생각이 나더군요. 그해 9월 28일엔 총각파티를 열었고 노먼이 줄곧 우리 집에 있었다는 것이 기억나더라고요. 그래서 확인을 한 뒤 노먼의 아내에게 전화해서 경찰이 말했던 그 날짜에 노먼은 거기 없었다고 말해줬습니다."

"확인을 했다고요? 파티에 참석했던 다른 사람들한테 말입니까?"

"아뇨, 그럴 필요가 없었어요."

"그러면 어떻게 확인했습니까, 비초렉 씨?"

벨크는 짜증 섞인 목소리로 물었다.

"그날 밤에 찍은 비디오를 봤어요. 프레임 하단에 날짜와 시간이 찍혀 있었죠."

보슈는 벨크의 안색이 살짝 변하는 것을 보았다. 그의 변호인은 판사를 한 번 돌아본 뒤 자기 메모지를 내려다보곤 다시 판사를 쳐다보았다. 보슈는 가슴이 철렁하는 느낌이었다. 벨크는 전날 챈들러가 그랬던 것처럼 중요한 원칙을 어겼다. 그 자신이 미처 알지 못하는 것에 대해 질문을 해버렸던 것이다.

벨크가 일단 비디오테이프에 대한 증언을 이끌어낸 이상 챈들러도 이제 그것을 증거물로 소개하고 조사할 권리가 생기는 건 당연했다. 영악하게 준비된 함정이었다. 그것은 비초렉의 증언 녹취록에 포함되어 있지 않은 새로운 증거였고, 챈들러가 직접 조사하려면 사전에 벨크에게 통보해야만 했다. 그녀는 그렇게 하는 대신 벨크가 덥석 물어 끌어내도록 교묘하게 유도했던 것이다. 그 결과 벨크는 이제 아무 방책도 없이 처음으로 그 얘기를 배심원들과 함께 듣고 서 있었다.

"이상입니다."

그는 그렇게 말한 뒤 머리를 숙이고 자기 자리로 돌아갔다. 그리곤 즉시 책상 위에 있는 법전을 한 권 끌어당겨 무릎 위에 올려놓고 책장을 넘기기 시작했다.

챈들러가 다시 연설대로 올라갔다.

"비초렉 씨, 방금 벨크 씨에게 언급하신 그 테이프 아직도 보관하고 있나요?"

"물론이죠. 여기 가져왔습니다."

챈들러는 테이프를 받아 배심원들에게 보여주려고 다가갔다. 키스 판사는 연설대로 걸어 나오는 벨크를 보았다. 그가 판사에게 간청했다.

"재판장님, 판례법을 검토하기 위해 10분간 휴정을 요청합니다."

판사는 시계를 흘끗 보고 나서 말했다.

"약간 이르지 않소, 벨크 씨? 방금 시작했을 뿐인데."

그러자 챈들러가 냉큼 받았다.

"재판장님, 원고측은 이의 없습니다. 비디오 장비를 설치하려면 저도 시간이 필요합니다."

"그렇다면 좋소. 변호인들은 10분, 배심원들은 15분 휴식한 후에 다시 모여주시기 바랍니다."

배심원들이 나갈 때까지 서 있는 동안에도 벨크는 두꺼운 법전 책장을 열심히 넘겼다. 다시 자리에 앉을 때 보슈는 의자를 그의 옆으로 바짝 붙였다. 벨크가 말했다.

"지금은 안 돼요. 10분밖에 없으니까."

"당신이 일을 망쳤어."

"아니죠, 우리가 망친 거죠. 우린 한 팀이니까. 잊지 마세요."

보슈는 팀원을 거기 남겨두고 담배를 피우러 나갔다. 동상 아래로 나가자 챈들러가 이미 나와 있었다. 보슈는 멀찌감치 서서 담배를 붙여 물었다. 챈들러가 돌아보며 능글맞은 미소를 지어 보이자 그가 말했다.

"당신은 그를 속였어, 그렇죠?"

"진실로 속였죠."

"진실이긴 합니까?"

"아, 그럼요."

챈들러는 반쯤 피운 담배를 재떨이 모래 속에 꽂았다.

"이제 들어가서 비디오 장비를 설치해야겠군요."

그녀는 다시 능글맞게 웃었다. 보슈는 챈들러가 너무 유능한 건지 벨크가 너무 무능한 건지 알 수가 없었다.

벨크는 테이프를 틀지 못하도록 막는 일에 자기 시간의 절반을 소비했다. 그 테이프는 증인 진술에 포함되지 않았으므로 새로운 증거이며, 원고는 이렇게 늦은 날짜에 그것을 제출할 수 없다고 주장했다. 키스 판사는 테이프 얘기를 먼저 끌어낸 쪽은 벨크라는 사실을 지적하며 그의 주장을 부정했다.

배심원들이 자리로 돌아오자 챈들러는 비초렉에게 테이프에 대한 질문을 몇 가지 던진 뒤 최근 4년 동안 그것을 어디에 보관했느냐고 물었다. 키스 판사는 벨크의 이의 신청을 다시 기각했다. 챈들러는 TV/VCR 복합형 장비를 배심원단 앞으로 밀어 놓고 비초렉이 방청석에 앉아 있던 친구로부터 받아온 테이프를 장착했다. 보슈와 벨크는 TV 화면을 보기 위해 자리에서 일어나 방청석으로 이동했다.

방청석 뒷줄에 〈LA 타임스〉의 브레머 기자가 앉아 있었다. 그가 보슈에게 고개를 까딱해 보였다. 공판 과정을 기사화하려고 온 것인지, 아니면 증인으로 소환된 것인지 판단하기가 어려웠다.

테이프에 담긴 내용은 길고 지루했지만 연속적인 것이 아니라 총각 파티가 진행되는 동안 끊겼다 이어졌다 했다. 그렇지만 오른쪽 하단에 표시되는 디지털 출력에는 계속 날짜와 시간이 기록되어 있었다. 처치가 마지막 희생자를 죽였을 것으로 추정되는 그 시각에 그에겐 정확하고 진실한 알리바이가 있었다.

보슈는 비디오를 보고 있으려니 현기증이 났다. 가발도 쓰지 않은 처치가 아이처럼 반지르르한 머리를 드러내고 맥주를 마시며 친구들과 낄낄대고 있었다. 보슈가 죽였던 그 사내가 흡사 멍청이 같은 표정으로 친구의 결혼에 대해 축배를 들었다.

90분 길이의 그 테이프에서는 스트리퍼의 등장 장면이 클라이맥스였다. 여자는 노래를 부르며 옷을 하나하나 벗더니 신랑이 될 남자 머리 위에 란제리를 떨어뜨렸다. 처치는 그런 행태를 보기가 민망했던지 여자보다는 신랑 될 친구만 쳐다보고 있었다.

보슈는 화면에서 시선을 돌려 배심원들을 살펴보았다. 테이프가 피고의 변호에 치명적인 장벽을 안겨주었음을 알 수 있었다. 그는 눈길을 돌렸다.

테이프가 끝나자 챈들러는 비초렉에게 몇 가지 질문을 던졌다. 그 질문들은 벨크가 해야 할 것들이었지만, 챈들러는 선수를 치며 그에게 마무리 펀치를 날렸다.

"날짜와 시간은 비디오 프레임에 어떻게 설정되나요?"

"그것을 구입할 때 설정합니다. 그러면 배터리가 계속 돌려주죠. 구입한 후로 한 번도 조작할 필요가 없었습니다."

"그렇지만 당신이 원하기만 하면 어느 날짜나 시간이든 설정할 수 있겠죠. 그런가요?"

"그렇겠죠."

"그렇다면 당신이 나중에 알리바이로 사용하기 위해 친구의 비디오를 찍으려면 날짜를 1년쯤 뒤돌려서 찍을 수도 있겠군요?"

"물론이죠."

"이미 찍어놓은 기존 테이프에도 날짜를 넣을 수 있습니까?"

"아닙니다. 기존 테이프에 덧씌울 수는 없어요. 그런 식으론 되지 않습니다."

"그러면 이 경우엔 어떻게 할 수 있죠? 노먼 처치를 위한 가짜 알리바이를 어떻게 만들 수 있습니까?"

벨크가 증인의 대답이 추측에 의한 것이 될 것이라는 이유로 이의를 제기했지만 키스 판사는 증인이 자신의 카메라에 정통하다며 바로 기각했다.

"이젠 만들 수가 없죠. 노먼이 죽었으니까요."

비초렉이 대답했다.

"그러니까 당신 말은 그런 가짜 테이프를 만들려면 처치 씨가 보슈 형사에게 살해당하기 전에 처치 씨와 모의하지 않으면 안 된다는 그런 뜻입니까?"

"그렇죠. 어느 시점에서 그가 이 테이프를 필요로 하게 될지 알아야만 하고, 그는 나에게 어떤 날짜를 설정해야 하는지 알려줘야 하는 등등 꽤 복잡한 일이에요. 특히 그해의 신문에서 결혼공고 기사를 찾아보면 내 친구가 9월 30일에 결혼한 것으로 나와 있을 것이기 때문이죠. 그걸 보면 그의 총각파티가 28일이나 그 즈음에 있었을 거라는 걸 알 수 있지 않나요? 가짜가 아니에요."

키스 판사는 증언의 마지막 부분은 질문에 대한 것이 아니므로 무응답 처리를 해달라는 벨크의 이의 제기에 동의하고 배심원들에게 그 부분은 무시하라고 말했다. 하지만 보슈는 배심원들이 그 부분을 들을 필요조차 없었다는 생각이 들었다. 테이프가 가짜가 아니란 사실은 이제 그들 모두가 알아버렸다. 보슈 자신도 알았다. 기분이 영 엉망이었다. 뭔가 잘못되었는데 그게 뭔지 알 수가 없었다. 벌떡 일어나 법정에서 나가버리고 싶은데, 그랬다간 지진에 벽이 흔들리듯 요란하게 유죄를 인정하는 꼴이 될 것이었다.

"마지막으로 질문하겠습니다."

챈들러가 승리를 눈앞에 두고 상기된 얼굴로 말했다.

"증인은 노먼 처치 씨가 가발을 쓴다는 사실을 알았습니까?"

"전혀요. 그 친구를 여러 해 동안 사귀었지만 한 번도 그런 걸 본 적도 들은 적도 없습니다."

키스 판사가 증인을 벨크에게 돌려주자 그는 노란 메모지도 없이 연설대로 걸어 나왔다. 그는 사태의 급반전에 너무 당황하여 "몇 가지만 묻겠습니다."라는 말도 잊어버리고 증언으로 인한 피해를 조금이라도 줄이려고 허둥댔다.

"증인은 인형사 사건에 관한 책을 읽고 이 테이프의 날짜가 살인 사건들이 발생한 날짜들 중의 어느 하나와 일치하는 걸 발견했다고 하셨는데, 맞습니까?"

"맞습니다."

"그렇다면 혹시 다른 열 건의 살인사건에서도 알리바이를 찾아보셨습니까?"

"아뇨."

"비초렉 씨, 다른 열 건의 사건들에서는 당신의 오랜 친구를 변호하기 위해 당신이 제공할 수 있는 것이 아무것도 없다는 말씀인가요? 특별수사팀의 수많은 경찰들이 그 사건들과 당신 친구가 연결되어 있는 것을 확인했는데도 말입니다."

"그 테이프가 그들의 거짓을 모두 증명하고 있잖소. 당신들의 특별수사팀은…."

"증인은 질문에 대답하지 않고 있습니다."

"아니죠. 사건들 중 하나가 거짓으로 드러났으니 그 총질 사건도 거짓일 거라는 얘기죠."

"당신에게 그걸 묻고 있는 게 아닙니다, 비초렉 씨. 당신은 노먼 처치가 가발을 쓴 걸 한 번도 본 적 없다고 했는데, 맞습니까?"

"그렇게 말했습니다."

"그 사람이 옥탑방에 머물며 가명을 사용하는 줄은 아셨습니까?"

"몰랐습니다."

"당신 친구에 대해 모르는 것이 아주 많군요, 그렇지 않습니까?"

"그렇겠죠."

"당신 모르게 옥탑방을 가지고 있었던 것처럼 당신 모르게 가끔 가발을 쓰는 것도 가능하지 않았을까요?"

"가능하겠죠."

"그렇다면 경찰이 주장한 대로 처치 씨가 살인범이라면, 그리고 경찰이 설명한 살인범처럼 변장도구들을 사용했다면…."

"이의 있습니다!"

챈들러가 소리쳤다.

"그 옥탑방 안에 가발과 같은…."

"이의 있습니다!"

"변장도구가 있을 가능성도 있지 않을까요?"

키스 판사는 추측에 의한 대답을 추구하는 벨크의 질문에 대한 챈들러의 이의 신청을 받아들였다. 그리고 이의가 제기된 후에도 질문을 계속한 벨크를 나무랐다. 벨크는 질책을 받아들이고 더 이상 질문이 없다고 말했다. 자리에 앉은 그의 이마에서 땀방울이 흘러내렸다.

"최선을 다했소."

보슈가 조용히 그를 격려했다.

벨크는 그 말을 무시하고 손수건을 꺼내어 얼굴을 훔쳤다.

판사는 비디오테이프를 증거물로 인정한 후 점심 식사를 위한 휴정을 선포했다. 배심원들이 법정에서 나가자 서너 명의 기자들이 재빨리 챈들러 곁으로 모여들었다. 그것을 지켜본 보슈는 사태의 향방을 정할 최종 결정권자가 누군지 알았다. 매체들은 언제나 승리자, 감지되는 승리자, 최종 승리자에게 이끌린다. 승리자에겐 뭐든 물어보기가 쉽기 때문이다.

"각오하는 편이 좋겠어요, 보슈."

벨크가 말했다.

"여섯 달 전이라면 5만 달러로 마무리 지을 수 있었을 텐데, 돌아가는 꼴이 그 정도론 어림없겠는데요."

보슈는 그를 돌아보았다. 두 사람은 피고석 난간 뒤에 있었다.

"당신도 그렇게 믿고 있군, 그렇죠? 내가 그를 죽인 뒤 인형사와 관련된 모든 증거물들을 심었다고 말이오."

"내가 어떻게 믿든 그건 중요치 않아요, 보슈."

"엿이나 먹어요."

"각오하는 게 좋겠다니까요."

그는 거대한 몸통으로 게이트를 빠져나가 법정 밖으로 향했다. 브레머와 다른 기자들이 따라 붙었지만 그는 손을 저어 물리쳤다. 잠시 후 그를 따라 나가던 보슈도 기자들의 접근을 뿌리쳤다. 그러나 브레머는 복도로 나와 에스컬레이터까지 따라오며 말했다.

"잠깐만요. 내 꽁무니에도 불이 붙었거든요. 인형사에 대한 책을 써서 팔아먹었는데, 그게 엉뚱한 작자라면 나도 알고 싶습니다."

보슈가 갑자기 서는 바람에 브레머는 하마터면 그와 부딪칠 뻔했다. 보슈는 기자를 코앞으로 당겨놓고 살펴보았다. 나이는 서른다섯 살쯤 됐을까? 불어난 몸집에 갈색 머리카락이 빠지기 시작하고 있었다. 많은 사내들이 그러듯이 이 친구도 빽빽한 턱수염으로 그걸 커버하려고 했지만 오히려 나이만 더 들어보였다. 보슈는 기자의 셔츠 겨드랑이가 땀으로 축축해진 것을 보았다. 그런데 그의 문제는 땀냄새가 아니라 담배 냄새가 잔뜩 밴 구취였다.

"이봐, 그 작자가 엉뚱한 놈이라고 생각한다면 또 다른 책을 써서 만 달러쯤 선인세를 챙겨. 엉뚱한 놈이건 아니건 당신이 무슨 상관이지?"

"난 이 바닥에서 유명해요, 해리."

"나도 유명해. 내일은 무슨 기사를 쓸 건가?"

"여기서 일어나는 일을 써야죠."

"당신도 증언할 건가? 그게 윤리적이야, 브레머?"

"증언은 안 할 겁니다. 어제 챈들러가 증인 소환은 면해줬어요. 그 대신 한 가지 조건에 서명해야만 했죠."

"무슨 조건?"

"내가 쓴 책에 담긴 정보들은 내가 아는 한 진실하고 정확하며, 그 소스는 대개 경찰 취재원이나 공공 기록에서 나온 것이다, 뭐 그런 내용이었어요."

"취재원 얘기가 나와서 묻겠는데, 어제 기사에 난 쪽지 얘기는 누가 제보한 건가?"

"그걸 밝힐 순 없어요, 해리. 당신이 제보한 정보를 내가 얼마나 철저히 취급했는지 생각해 봐요. 취재원은 절대 밝히지 않는다는 걸 잘 아시면서."

"그래, 알지. 그렇지만 어떤 놈이 날 엿 먹이고 있는지도 알아."

보슈는 에스컬레이터를 타고 내려가기 시작했다.

10 과거의 편린

풍속사범 전담부서인 마약반은 시내 센트럴 디비전 경찰서 3층에 자리 잡고 있었다. 10분 후 거기 도착한 보슈는 수사관실 자기 책상에 앉아 전화기를 귀에 붙이고 있는 레이 모라 형사를 발견했다. 책상 위에 펼쳐 놓은 것은 섹스를 벌이는 커플의 컬러 사진이 담긴 잡지였다. 사진 속의 여자는 아주 어려 보였다. 모라는 수화기에 귀를 기울인 채 잡지 페이지를 넘기며 사진들을 살펴보았다. 그러다가 보슈를 보곤 고개를 끄덕인 뒤 책상 앞에 놓인 의자를 가리켰다.

"그래, 내가 체크하는 게 바로 그런 거라니까."

모라가 전화기에 대고 말했다.

"물에다 금을 그으려는 거나 다름없어. 이리저리 찔러보고 뭐든 걸리면 나한테 연락해 달란 말이야, 알았지?"

그러고도 계속 수화기를 귀에 대고 있었다. 보슈는 마약반 3급 형사를 찬찬히 뜯어보았다. 덩치는 그 자신과 비슷했다. 하지만 모라는 피부가 짙은 구릿빛이고 눈은 갈색이었다. 수염이 없는 얼굴에 빳빳한 갈색 머리카락을 짤막하게 치고 다녔다. 복장도 대부분의 마약반 형사들처럼 캐주얼한 편이었다. 청바지에 컬러가 트인 검은 폴로셔츠 차림. 책상 아래는 보나마나 카우보이부츠를 신은 두 발이 놓여 있을 것이다. 보슈는 그의 목걸이 끝에 매달린 금메달을 보았다. 거기 새겨진 것은 성령의 상징인 날개를 활짝 펼친 비둘기였다.

"촬영 장소를 나한테 알려줄 수 있을 것 같아?"

침묵. 모라는 잡지 페이지를 끝까지 다 넘기자 앞쪽 표지에 뭔가를 기입하곤 다른 잡지를 끌어당겨 다시 넘기기 시작했다.

보슈는 그의 책상 위에 놓인 파일함 옆구리에 성인영화제작협회가 발행한 달력이 붙어 있는 것을 보았다. 요일 이름들 위에 델타 부시라는 이름의 포르노 배우가 누드로 누워 있는 사진의 달력이었다. 이 여자는 주류 영화배우와 엮여 있다는 로맨틱한 소문 때문에 최근 몇 년 동안 잘나가고 있었다. 그 달력 아래의 책상 위에는 종교적 조각상이 하나 놓여 있었는데, 보슈는 그것이 '프라하의 아기 예수상'이라는 걸 알아보았다.

보슈가 그 조각상을 알아본 것은 어린 시절 양어머니들 중 한 명이 그와 유사한 것을 주며 그를 맥클라렌 보호소에 돌려보낸 적이 있었기 때문이다. 그는 양어머니들이 생각했던 아이가 아니었다. 그 조각상을 주며 작별을 고한 뒤 그녀는 그 아기상이 작은 왕으로 알려져 있으며 아이들의 기도를 특별히 잘 들어주는 성인이라고 설명했다. 보슈는 레이 모라도 그 얘기를 알고 있는지, 아니면 그냥 장난 삼아 거기 놓아둔 것인지 궁금했다.

"내 말은 일단 캐보라는 거야."

모라가 전화기에 대고 말했다.

"좌우지간 촬영지가 어딘지만 알려줘. 그러면 포상금이 네 주머니로 쏟아져 들어갈 테니까…. 그래, 그래. 나중에 보자."

그는 전화기를 내려놓고 보슈에게 물었다.

"그래, 어떻게 됐어?"

"에드거는 여기 다녀갔나?"

"조금 전에 나갔는데. 그가 자네한테 얘기하던가?"

"아니."

모라는 자기가 펼쳐놓은 잡지를 보슈가 보고 있다는 걸 알았다. 한 남자 앞에 두 여자가 꿇어앉아 있는 사진이었다. 그는 거기에 포스트잇을 붙인 다음 잡지를 덮었다.

"젠장, 난 노상 이런 거나 뒤적거리려야 해. 이 잡지 발행인이 미성년자 모델들을 사용하고 있다는 정보가 있거든. 어떻게 체크하는지 아나?"

보슈는 머리를 저었다.

"얼굴이나 젖꼭지를 봐선 몰라, 해리. 발목을 봐야지."

"발목을?"

"그래, 발목이야. 어린애들은 발목이 매끈하거든. 난 발목만 보면 열여덟 이상인지 이하인지 척 알아본다고. 물론 그런 다음 출생증명서와 자료 등을 확인하지. 웃기는 짓 같지만 효과가 있어."

"좋은 방법이군. 에드거에겐 뭐라고 했나?"

전화기가 울렸다. 모라가 받아들고 이름을 말한 뒤 잠시 동안 귀를 기울였다.

"지금은 말할 수 없어. 너한테 가야겠는데, 거기가 어디지?"

그는 메모를 한 뒤 전화를 끊었다.

"미안하네. 에드거한테 확인된 신원을 건네줬어. 매기 컴 라우들리 말이야. 내겐 지문이나 사진 등이 다 있어. 그 여자가 하는 것을 찍은 스

154

틸 사진도 있는데, 원한다면 보여주지."

모라가 파일 캐비닛 쪽으로 의자를 미는 것을 본 보슈는 스틸 사진은 보고 싶지 않다고 말했다.

"그러시다면야. 하긴 에드거도 다 가지고 있어. 신원을 확인하기 위해 지문들을 검시관에게 가져갔을 거야. 여자 본명은 레베카 카민스키야. 베키 카민스키. 아직 살아 있다면 스물세 살이 되었겠지. 유명해져 한 밑천 잡으려고 죄악의 도시(sin city: 라스베이거스-옮긴이)로 오기 전까진 시카고 시민이었어. 정말 허망하지? 그렇게 젊고 멋진 여자가 말이야. 그녀에게 신의 은총이 있기를!"

보슈는 모라에게 불편한 기분을 느꼈다. 처음 느낀 감정이 아니었다. 특별수사팀에서 연쇄살인을 함께 수사할 때도 그는 이 마약반 형사가 살인 사건을 대수롭지 않게 생각한다는 인상을 받았다. 모라는 수사에 열성을 보이지 않았고, 단지 근무시간에 나와 일이 있으면 거드는 정도였다. 자기가 맡은 분야에서는 전문가지만 인형사가 체포되고 말고는 그에게 중요하지 않은 일처럼 보였다.

모라는 밑바닥 말투와 예수님 말씀을 섞어서 사용하는 이상한 부류였다. 처음엔 단지 몇 년 전 경찰국 내에서 유행했던 거듭남 계통의 인사들을 흉내 내는 줄로만 알았지만 그것도 아니란 생각이 들었다. 한 번은 인형사의 살인현장에서 모라가 가슴에 십자가를 그리며 기도를 우물거리는 것을 보았다. 보슈는 그때 묘한 거부감을 느꼈기 때문에 노먼 처치 사건과 특별수사팀 해체 이후 모라와는 거의 접촉하지 않았다. 모라는 마약반으로 복귀하고 보슈는 할리우드 경찰서로 밀려났다. 둘은 이따금씩 법정에서 마주치거나 세븐이나 레드와인에서 만날 때도 있었다. 하지만 술집에서도 언제나 다른 패거리와 다른 자리에 앉아 먹고 마시며 가끔 상대방 테이블에 맥주를 보내기도 했다.

"해리, 그 여자는 적어도 2년 전까진 분명 살아 있었네. 자네가 찾아낸 그 〈납골당의 미행자들〉은 2년 전에 찍은 영화야. 그 쪽지를 누가 보냈든 처치가 그 여잘 죽인 건 아니란 뜻이지. 이게 자네한테 좋은 소식인지 나쁜 소식인지 모르겠네만."

"나도 모르겠어."

카민스키 살해에 대한 처치의 철벽 알리바이는 그가 죽었다는 사실이었다. 거기에다 비초렉의 비디오테이프가 제공한 열한 번째 피살자에 대한 처치의 분명한 알리바이 때문에 보슈의 편집증은 공황 상태에 이르렀다. 지난 4년 동안 그는 자신이 한 일에 대해 일말의 의심도 품어본 적이 없었다.

"그건 그렇고, 재판은 어떻게 되어가고 있나?"

모라가 물었다.

"묻지도 마. 전화 좀 써도 되겠지?"

보슈는 에드거의 호출기 번호를 찍은 다음 모라의 전화번호를 입력했다. 전화가 걸려오길 기다리는 동안 그는 무슨 말을 해야 할지 생각이 나지 않았다.

"재판은 재판일 뿐이지, 뭐. 자네도 증언하러 나가겠지?"

"내일로 잡혀 있을걸. 그 여자가 나한테 뭘 원하는지 모르겠어. 자네가 처치를 날려 보낸 날 밤에 난 거기 있지도 않았는데."

"나와 함께 특별수사팀에 있었잖아. 그것만으로도 자넬 끌어들일 만하지."

"그래, 우린…."

전화벨이 울리자 모라가 집어 들었다가 곧 보슈에게 건네주었다.

"어디 있는 거야, 해리?"

"모라와 함께 있어. 그의 얘길 듣고 있지. 지문은 어때?"

"아직 못했어. 과학수사반 친구가 점심 먹으러 갔나 봐. 지문을 책상 위에 두고 나왔는데 오후에 확인해 봐야지. 하지만 난 그걸 기다리고 있진 않아."

"지금 어디 있는데?"

"실종자 전담팀. 이제 시체의 이름을 알았으니 과거에 실종신고가 있었는지 알아보려고."

"거기 한동안 있을 건가?"

"방금 시작했네. 컴퓨터 문서기록들을 들여다보고 있어. 불과 18개월 전에 입력된 것들이지."

"그쪽으로 가지."

"재판은 어떡하고?"

"아직 시간이 좀 있어."

보슈는 계속 움직이고 계속 생각해야 한다는 느낌이 들었다. 그것만이 마음속에 쌓여가는 두려움, 그 자신이 엉뚱한 사람을 쏘았을 가능성에 대한 걱정을 막을 수 있는 유일한 방법이었다. 파커 센터로 돌아온 그는 계단을 타고 지하 1층으로 내려갔다. 실종자 전담팀은 도망자 구역 내에 조그마한 사무실을 차지하고 있었다. 에드거가 책상에 앉아 하얀 보고서 무더기를 뒤지고 있었는데, 보슈가 보기엔 작성된 이래 한 번도 조사한 적조차 없었던 것들이었다. 왜냐하면 추가된 정보가 있었다면 파일 안에 보관되어 있었을 테니까.

"아직까진 아무것도 안 나왔어, 해리."

에드거는 그렇게 말한 뒤 옆 책상에 앉아 있는 모건 랜돌프 형사를 소개했다. 랜돌프는 보슈에게도 실종자 보고서 한 무더기를 건네주었다. 그다음 15분 동안 보슈는 신고자들의 고통이 절절이 담겨 있었지만 경찰은 끝내 귀를 닫았던 사연들을 읽어나갔다.

"엉덩이에 문신이 있다는 구절을 잘 찾아봐."

에드거가 보슈에게 말했다.

"그건 어떻게 알았지?"

"모라에게 매그너 컴 라우들리의 사진이 몇 장 있어. 그걸 할 때의 사진인데 엉덩이에 문신이 있대. 요세미티 샘이라는 만화 캐릭터 있지? 그 여자 왼쪽 엉덩이 움푹한 곳에 새겨져 있다는군."

"그렇다면 그 여자 시체에는 그게 없었나?"

"피부가 심하게 변색돼서 눈에 띄지 않았지. 솔직히 나는 시체 뒤쪽은 살펴보지도 않았네."

"어찌된 셈이지? 부검은 어제 이뤄질 거라고 말했던 것 같은데?"

"그들은 그렇게 말했지. 하지만 전화를 해보니 주말 휴가에서 아직 깨어나지도 않았어. 준비가 전혀 안 되어 있더라고. 조금 전에 사카이와 통화했는데 점심이나 먹고 나서 냉동실을 열어볼 생각이라더군. 문신도 그때 체크해 보겠대."

보슈는 보고서 무더기로 눈길을 돌렸다. 반복되는 주제는 실종자들의 나이가 어리다는 것이었다. LA는 전국에서 도망친 사람들이 끊임없이 흘러드는 하수구나 다름없었다. 그런데 여기서도 많은 수의 사람들이 사라져갔다.

보슈는 자기에게 주어진 실종자 보고서 무더기를 다 뒤지도록 레베카 카민스키라는 이름이나 그녀의 가명, 혹은 그녀의 모습과 일치하는 어떤 묘사도 발견하지 못했다. 시계를 들여다보니 법정으로 돌아가야 할 시각이었다. 그렇지만 랜돌프의 책상에서 또 한 무더기를 집어다 놓고 뒤지기 시작했다. 랜돌프와 에드거 사이에 오가는 농담을 듣고 있자니 두 사람의 교분이 오래된 것 같았다. 에드거는 그를 모그라고 불렀다. 보슈는 두 사람이 BPOA(흑인 법집행관 협회-옮긴이)에서 알게 된 모양이라고 짐작했다.

두 번째 무더기에서도 특별히 눈에 띄는 건 없었다.

"난 가야 해. 늦었어."

"그래, 어서 가. 뭔가 나오면 알려 줄게."

"지문 결과도 부탁하네."

"염려 말라니까."

보슈가 4호 법정에 도착했을 때는 증인심문이 이미 진행 중이었다. 그래서 조용히 게이트를 열고 들어가서 벨크 옆자리에 앉았다. 판사가 그를 보고 마뜩찮은 표정을 지었지만 입을 열진 않았다. 보슈는 어빈 어빙 LAPD 부국장이 증인석에 앉아 있는 것을 보았다. 머니 챈들러가 연설대에 서 있었다.

"잘하는 짓이에요."

벨크가 나직하게 빈정거렸다.

"자신의 재판에 지각까지 하시고."

보슈는 그를 무시하고 머니 챈들러가 어빙에게 그의 배경이나 경찰 근무 기간 등 일반적인 질문을 던지는 것을 지켜보았다. 그런 예비 질문들을 하는 것으로 봐서 심문을 시작한 지 얼마 되지 않았다는 것을 알 수 있었다. 벨크가 다시 속삭였다.

"이봐요, 증인심문에 더 이상 신경 쓰고 싶지 않다면 배심원들 눈치라도 살피는 척해요. 그들이 결정하게 될 배상금은 결국 국민 세금이지만 당신 개인 돈인 것처럼 행동하란 말입니다."

"일 때문에 늦었어요. 다신 안 그럴 거요. 나는 이 사건을 밝히려고 합니다. 당신은 이미 결정을 내렸으니 그게 별로 중요하지 않을지도 모르겠지만."

그는 벨크에게서 떨어지려고 의자에 등을 기댔다. 그러자 뱃속에서 지독한 허기가 밀려오며 아직 점심을 먹지 않았다는 사실을 깨우쳐 주었다. 그는 증인심문에 정신을 집중하려고 애썼다. 챈들러가 어빙에게 질문하고 있었다.

"부국장인 당신의 지휘권은 어디까지 미칩니까?"

"모든 수사 업무의 실질적 지휘관입니다."

"인형사 사건을 수사할 당시에는 지금보다 한 계급 아래인 과장이었죠. 맞습니까?"

"네."

"그래서 내사과(IAD)를 책임지고 있었죠?"

"네, 내사과와 작전실을 맡고 있었으니 근본적으로 경찰국의 인원을 관리하고 할당하는 일을 한 셈입니다."

"내사과의 임무는 뭔가요?"

"경찰을 감시합니다. 모든 민원과 내부 불만과 부정을 수사하고."

"경관의 발포 사건도 수사합니까?"

"처음부터 하진 않죠. 초동수사는 경관발포조사팀이 맡아서 합니다. 거기서 경관의 실수나 부적절한 행위가 밝혀지면 내사과로 넘겨 보강 수사를 하게 되죠."

"그렇다면 보슈 형사가 노먼 처치에게 발포한 행위에 대한 내사과의 수사 결과를 기억하고 계십니까?"

"모두 기억하고 있습니다."

"사건을 내사과로 넘긴 이유가 뭐였나요?"

"발포조사팀은 보슈 형사가 절차를 어겼다고 판단했습니다. 발포 그 자체는 경찰국의 내부규정에 부합되지만 발포 이전의 어떤 행위들이 어긋난다는 것이었죠."

"좀 더 자세히 설명해 주시겠어요?"

"그러죠. 우선 그는 혼자 거기로 갔습니다. 자신을 위험에 노출시키고 지원팀도 없이 그 남자의 옥탑방으로 올라갔단 얘기죠. 결국 발포를 하게 되었고요."

"그런 걸 두고 오만방자하다고 하나요?"

"그런 말은 들어봤지만 난 사용하지 않습니다."

"하지만 딱 들어맞는 말 아니에요?"

"잘 모르겠소."

"잘 아실 거예요, 부국장님. 만약 보슈 형사가 그런 오만으로 이런 상황을 만들지 않았다면, 그래서 처치 씨가 아직도 살아 있다면…"

"이의 있습니다!"

벨크가 고함을 질렀다. 하지만 그가 항의하기 위해 연설대로 걸어 나가기 전에 판사는 이의 신청을 받아들이고 챈들러에게 추측성 질문은 삼가라고 주의를 주었다.

"알겠습니다, 재판장님."

그녀는 쾌활하게 받았다.

"부국장님, 그러니까 당신 증언대로라면 보슈 형사는 일련의 사건들을 행동으로 옮겼고 그 결과 비무장인 한 남자를 죽이게 되었군요. 제 말이 맞습니까?"

"그 말은 틀렸습니다. 조사 결과 보슈 형사가 고의적으로 이런 행동 계획을 세웠다는 실질적 조짐이나 증거는 어디서도 발견하지 못했습니다. 순간적인 충동이었죠. 그는 단서를 찾고 있었고, 좋은 단서가 나타나면 지원을 요청해야만 했습니다. 그런데 요청하지 않고 혼자 뛰어들었어요. 처치 씨는 그가 경찰이라고 밝혔음에도 불구하고 은밀한 동작을 취했습니다. 그래서 여기까지 오게 된 겁니다. 지원팀이 있었다면 결과가 달랐을 거라는 말을 하고 있는 게 아니에요. 총을 든 경관 한 명의 명령에는 불복할 사람도 총을 든 경관 두 명의 명령에는 복종할 가능성이 크다는 뜻으로 말한 겁니다."

챈들러는 대답의 마지막 부분을 날렵하게 응용하여 다시 질문했다.

"보슈 형사가 의도적으로 그런 상황을 만들지 않았다는 결론에 도달하기까지 수사관들은 발포에 대해 여러 각도로 검토했겠죠?"

"네, 물론입니다."

"보슈 형사는요? 그도 같이 검토했나요?"

"당연하죠. 그는 자신의 행동에 대해 모든 사실을 명확히 밝혔습니다."

"자신의 동기에 대해서도요?"

"그의 동기라뇨?"

"부국장님, 당신이나 수사관들 중 아무도 보슈 형사의 어머님이 30년쯤 전 할리우드에서 살인자에게 피살되었다는 사실을 모르고 계셨습니까? 그 살인자는 끝내 체포되지 않았죠. 그 이전에 그녀는 거리를 배회하다 체포된 기록이 무수하다는 사실도 모르고 계셨나요?"

보슈는 갑자기 뜨거운 조명을 받은 것처럼 온몸이 달아오르는 걸 느꼈다. 법정의 모든 사람들이 자신을 응시하는 것 같았다. 하지만 그는 양 콧구멍을 벌렁거리며 중풍 걸린 듯한 표정으로 앞만 응시하고 있는 어빙만 바라보았다. 어빙이 대답을 하지 않자 챈들러가 다그쳤다.

"모르셨군요, 부국장님? 보슈 형사의 인사파일에 기재되어 있습니다. 경찰에 지원할 때 범죄로 인해 희생당한 적이 있는지 밝혀야만 했죠. 그래서 그는 어머니를 잃은 사실을 기록했던 겁니다."

마침내 어빙이 대답했다.

"네, 난 몰랐습니다."

"거리를 배회하다 체포되었단 말은 매춘하다 걸린 것을 완곡하게 표현한 말이죠. 1950년대에 할리우드 대로를 점령한 매춘 등 범죄 문제를 로스앤젤레스가 부인하려고 만들어낸 표현입니다. 맞습니까?"

"기억나지 않습니다."

챈들러는 증인 접근을 요청한 뒤 어빙에게 다가가 얄팍한 서류철을 건네주었다. 그리곤 1분쯤 훑어볼 시간을 주었다. 눈살을 잔뜩 찌푸리고 서류를 읽고 있는 어빙의 눈빛이 보슈에겐 보이지 않았다. 그의 정수리 아래로 단단하게 굳어진 볼의 근육만 도드라져 보였다.

"그게 무슨 서류죠, 어빙 부국장님?"

"살인 사건 수사에 관한 세부 실사보고서군요. 1962년 11월 3일자 서류네요."

"실사보고서가 어떤 것입니까?"

"해결되지 않은 사건을 해마다 조사하여 보고하는 겁니다. 성공적인 해결 전망이 없다고 예상되는 사건이죠."

"그 사건의 희생자 이름과 피살 장소를 말씀해 주시겠어요?"

"이름은 마저리 필립스 로우. 1961년 10월 31일에 강간당한 뒤 교살되었습니다. 시체는 할리우드 대로 뒤쪽 비스타와 고어 골목 사이에서 발견되었고요."

"담당 수사관이 내린 결론이 뭔가요, 어빙 부국장님?"

"범죄 발생 1년 후 시점에서 결정적 단서가 없고 사건이 성공적으로 해결될 전망이 보이지 않는다고 기록하고 있습니다."

"감사합니다. 하나만 더 묻죠. 친족 확인란 옆에 기재된 내용이 있습니까?"

"네, 히에로니머스 보슈라는 이름 옆에 괄호를 치고 '해리'라고 기재해 놓았군요. 그리고 '아들'이란 칸에 체크가 되어 있습니다."

챈들러는 그 정보가 배심원들 머릿속에 완전히 입력될 때까지 기다려주느라고 노란 메모지를 들여다보는 척했다. 법정 안이 너무 고요하여 그녀가 메모지에 끼적이는 소리까지 귀에 들릴 정도였다.

"자, 어빙 부국장님, 이제 보슈 형사의 어머니에 대해 알고 나니 이번 총격사건을 보는 눈이 좀 달라졌습니까?"

챈들러의 질문에 어빙은 긴 침묵 끝에 대답했다.

"잘 모르겠습니다."

"피고는 어머니에게 일어났던 일과 거의 흡사한 짓을 한 혐의를 가진 한 남자를 쐈어요. 그의 어머니 피살 사건도 아직 안 풀렸지만요. 그 사건은 당신들 수사와는 별 관계가 없어서 모른다고 하시는 건가요?"

"아니, 그러니까 이번엔 모르겠다는 뜻이오."

보슈는 테이블 위에 머리를 처박고 싶었다. 벨크도 메모를 중단하고 어빙과 챈들러 간에 오가는 얘기만 멍하니 듣고 있었다. 보슈는 치솟는 분노를 억누르고 챈들러가 어떻게 저런 정보를 입수할 수 있었는지 생각하는 데 온 정신을 집중했다. 증거개시 신청을 통해 그의 인사파일을 손에 넣은 것이 분명했다. 그렇더라도 어머니의 배경과 범죄의 세부사항까지 그 파일에 기재되어 있는 건 아니었다. 챈들러는 거기서 한 걸음 더 나아가 정보공개 신청을 통해 문서고에 보관 중인 마저리 사건의 실사보고서까지 입수한 듯했다.

그런 생각들을 하느라고 챈들러가 어빙에게 던진 질문 몇 가지를 흘려들었다는 것을 알았다. 보슈는 다시 정신을 차리고 귀를 기울였다. 머니 챈들러 같은 유능한 변호사를 고용할 수 있다면 얼마나 좋을까, 하고 그는 생각했다.

"부국장님, 당신이나 내사과 형사들이 발포 현장에 나가본 적은 있습니까?"

"아뇨, 없습니다."

"그렇다면 당신이 입수한 정보는 부하 형사들의 보고서에서 나왔고, 그 보고서 내용은 총격을 가한 보슈 형사의 진술을 토대로 작성된 것입니다. 제 말이 맞나요?"

"대체로는 맞습니다."

"그러니까 증거물들이 어디 놓여 있었는지 당신이 직접 본 건 아니었군요? 말하자면 베개 아래 있었던 가발이나 욕실 세면대 아래 있었던 화장품들 따위 말입니다."

"그렇습니다. 난 거기 없었으니까요."

"그것들이 방금 제가 말한 그 자리에 있었다고 믿습니까?"

"네."

"왜죠?"

"여러 명의 수사관들이 작성한 보고서들에 적혀 있었으니까요."

"하지만 그 모든 정보들은 보슈 형사한테서 나온 것입니다, 그렇죠?"

"어느 정도는요. 하지만 여러 명의 수사관들이 현장에서 우글거렸고, 보슈는 그들의 기록에 간섭하지 않았습니다."

"당신 말씀대로 그들이 현장에서 우글거리기 전에, 보슈 형사 혼자서 얼마 동안이나 거기 있었습니까?"

"모르겠습니다."

"그것에 관한 언급은 어느 보고서에도 없습니까?"

"잘 모르겠소."

"부국장님, 당신은 보슈를 파면하고 싶어 그의 발포에 대한 형사적 책임을 지방 검찰청에 조회한 것은 사실 아닌가요?"

"아니, 그렇지 않습니다. 지방 검사는 그걸 훑어본 뒤 패스했습니다. 일상적인 일이었죠. 규정을 벗어나지 않았다는 말도 했습니다."

좋았어, 한 방 먹였군. 보슈는 생각했다. 머니 챈들러가 어빙을 불러

올린 후 처음으로 한 헛발질이었다.

"보슈 형사에게 정보를 제공했다는 딕시 매퀸이란 여자는 어떤 여자 죠? 매춘부라고 전 알고 있는데요."

"그 여자는 1년쯤 후에 사망했습니다. 간염으로요."

"사망 시에 그 여자는 보슈 형사와 발포 사건으로 수사를 받고 있었나요?"

"모르겠습니다. 그땐 내사과 과장에서 물러났기 때문에."

"발포 사건을 수사한 내사과의 두 형사는 어땠습니까? 이름이 루이스와 클라크라고 알고 있습니다만, 그들도 보슈의 발포가 규정을 벗어나지 않은 것으로 공식 결론이 난 후엔 수사를 중단했습니까?"

어빙은 대답하기 전에 잠시 생각에 잠겼다. 다시 함정에 끌려들지 않으려고 조심하는 기색이었다.

"그들이 수사를 계속했다면 내게 통보나 승인을 받지도 않았겠죠."

"그들은 지금 어디서 근무하고 있죠?"

"그들도 사망했습니다. 두어 해 전 임무를 수행하던 중 피살되었죠."

"내사과 과장으로서 당신의 업무는 파면 대상자로 찍은 문제 경관들을 은밀히 수사하는 것 아니었나요? 보슈 형사야말로 그런 경관 아니었습니까?"

"그 두 질문에 대한 대답은 '아니오'입니다. 절대로 아닙니다."

"그러면 절차를 어겨가며 비무장인 노먼 처치를 사살한 보슈 형사에겐 어떤 처벌이 내려졌습니까?"

"한 배치기간 동안 대기발령을 받았다가 할리우드 경찰서 수사지원팀으로 전출됐습니다."

"말하자면 한 달간 대기발령 받은 후 엘리트 살인강도반에서 할리우드 경찰서로 좌천되었다는 뜻이죠. 맞습니까?"

"그렇게 말할 수도 있겠네요."

챈들러는 메모지를 한 장 획 넘겼다.

"부국장님, 그 욕실에 화장품이 없었고 노먼 처치가 자기 옥탑방에 매춘부를 끌어들인 외로운 남자라는 외엔 어떤 증거물도 발견되지 않았다면 보슈 형사가 아직도 경찰에 붙어 있을까요? 노먼을 사살한 죄로 기소되지 않았을까요?"

"질문의 요지를 잘 모르겠습니다."

"처치 씨를 사살한 뒤 그의 옥탑방에서 발견했다고 주장하는 증거물들 덕분에 보슈 형사가 살아난 것이 아니냐고 묻고 있습니다. 모가지도 부지했을 뿐만 아니라 기소당할 위험도 모면한 것 아닙니까?"

벨크가 벌떡 일어나 이의를 제기한 뒤 연설대로 걸어 나갔다.

"재판장님, 원고측 변호인은 짐작에 따른 질문을 하고 있습니다. 증인은 있지도 않았던 미묘한 상황을 근거로 대답할 수는 없습니다."

키스 판사는 두 손을 앞으로 모아잡고 생각에 잠기며 몸을 뒤로 기울였다. 그러더니 갑자기 마이크로 고개를 숙이고 말했다.

"미즈 챈들러는 옥탑방 안에 있던 증거물들이 모두 날조된 것임을 증명하는 기초 작업을 하고 있습니다. 나는 그녀가 그것을 정확하게 했는지 안 했는지를 말하는 것이 아니라, 그것이 그녀의 임무이므로 그 질문엔 대답해야 한다고 생각하고 질문을 허락합니다."

어빙은 잠시 생각한 후 마침내 대답했다.

"난 대답할 수 없습니다. 어떤 일이 일어날지 모르기 때문입니다."

ⅡⅡ 모방범

어빙의 증언이 끝난 뒤 주어진 10분간의 휴식시간 동안 보슈는 담배 두 대를 피울 수가 있었다. 반대심문에서 벨크는 몇 가지만 질문했는데, 못도 없이 망치만 들고 쓰러진 집을 세우려고 용쓰는 것 같았다. 치명타를 당했던 것이다.

챈들러는 지금까지 처치와 보슈 모두에 대해 의문의 씨앗을 절묘하게 심어 놓았다. 열한 번째 살인에 대한 알리바이는 처치의 무죄 가능성을 활짝 열어 놓았다. 그리고 이젠 보슈에게 그런 범죄 동기가 있었음을 설명한 것이다. 30년도 더 묵은 살인에 대한 복수라는 주장이었다. 재판이 끝날 때쯤이면 그 씨앗들은 꽃으로 활짝 피어날 것이다.

보슈는 자기 어머니에 대해 챈들러가 말한 내용을 곰곰이 생각해 보았다. 챈들러의 주장이 정말 옳을까? 보슈는 그런 생각을 의식적으로 해본 적이 결코 없었다. 어머니에 대한 아련한 기억들과 함께 복수에 대한 감정이 마음속 깊은 곳에 항상 자리 잡고 있었던 것 같기도 했다.

하지만 그런 감정을 밖으로 꺼내어 살펴본 적은 한 번도 없었다. 그날 밤엔 왜 혼자서 거길 갔을까? 왜 모라나 수하에 있는 형사 하나를 불러내어 뒤를 받치게 하지 않았을까?

그 매춘부의 말을 믿을 수가 없었기 때문이었다고 보슈는 자기 자신한테나 다른 사람들에게도 주장했다. 그렇지만 이제 그는 자신의 그런 주장조차 의심스러워지기 시작했다.

이런저런 생각에 깊이 빠져 있던 보슈는 챈들러가 문밖으로 나오는 낌새도 느끼지 못했다. 그녀가 켠 라이터 불빛을 본 후에야 고개를 돌리고 여자를 응시했다.

"오래 있지 않을 거예요. 절반만 피우고 들어갈 거니까."

챈들러가 말했다.

"난 상관없소."

그는 두 대째의 담배를 다 피워가고 있었다.

"다음 증인은 누굽니까?"

"존 로크예요."

남가주대학 정신분석의의 이름이었다. 보슈는 챈들러의 좋은 놈 나쁜 놈 패턴이 변했다는 걸 금방 알아차리고 고개를 끄덕였다. 그녀가 로크를 좋은 놈으로 분류했을 경우 그렇다는 얘기였다.

"당신은 아주 잘하고 있어요. 내가 이런 말을 해줄 필요도 없겠지만."

"그럼요."

"당신이 이길지도 모르죠. 아마 이길 겁니다. 하지만 당신은 궁극적으로 날 잘못 알고 있어요."

"내가요? 당신은 자신을 알고 있나요?"

"그럼요. 알고말고요."

"들어가 봐야겠어요."

챈들러는 담배꽁초를 재떨이 모래에 꽂았다. 절반도 피우지 않은 꽁초라 토미 파어웨이가 보면 웬 떡이냐 할 것이다.

존 로크 박사는 허연 턱수염에 안경을 낀 대머리 사내로 성행위 연구권위자인 대학 교수 모습을 완성하려고 가끔 파이프를 입에 물었을 것처럼 보였다. 그는 신문에서 살인사건 기사들을 읽고 자신의 전문지식을 인형사 특별수사팀에 제공했다고 증언했다. 내용인즉슨 LAPD 소속 정신과 의사를 도와 혐의자의 최초 프로파일을 그려냈다는 것이었다.

"박사님의 전문 분야에 대해 배심원 여러분께 설명해 주시겠어요?"

챈들러가 요청하자 대머리 사내는 말했다.

"저는 남가주대학 사이코호르몬 연구실 실장으로 있는 존 로크 박사입니다. 그 연구실을 설립한 당사자이기도 하죠. 성도착증과 정신성적 역동성과 같은 성적 사례를 광범위하게 연구하고 있습니다."

"성도착증이란 게 뭐죠, 박사님? 우리들이 모두 이해할 수 있는 쉬운 말로 설명해 주시면 감사하겠습니다."

"비전문적인 용어로 말한다면 변태적 성욕을 의미합니다. 사회가 용납하지 않는 성행위를 일반적으로 일컫는 말이죠."

"섹스 파트너의 목을 조르는 행위 같은 건가요?"

"그렇죠. 그것도 한 예가 됩니다."

법정 안에서 부드러운 농담이 오가자 로크는 미소를 지었다. 증언석이 그에겐 안방처럼 느껴지는 모양이라고 보슈는 생각했다.

"말씀하신 주제들에 대해 논문이나 책을 쓰신 적이 있으신지요?"

"물론이죠. 연구 서적들에 수많은 논문을 기고했습니다. 아동의 성적 발달, 사춘기 이전의 성도착증, 가학피학성 성애(性愛)에 대한 연구, 신체결박, 포르노, 매춘 등에 관해 모두 일곱 권의 책을 썼습니다. 맨 마지막에 쓴 책이 변태적인 살인자들의 성장사에 관한 내용이었습니다."

"도사가 되셨겠군요."

"연구만 했을 뿐이죠."

로크는 다시 미소를 지었다. 보슈는 배심원들이 모두 그에게 열중한 것을 보았다. 스물네 개의 눈동자가 모두 섹스 박사에게 꽂혀 있었다.

"박사님의 맨 마지막 저서 제목이 뭐죠? 살인자들에 관한 책 말예요."

"《검은 심장: 살인의 성적 주형(鑄型) 깨뜨리기》라는 겁니다."

챈들러는 메모한 것을 잠시 들여다본 뒤 다시 물었다.

"성적 주형이란 말이 무슨 뜻입니까?"

"미즈 챈들러, 논제에서 잠시 벗어나도 괜찮다면 그 배경에 대해 설명 드리고 싶은데요."

챈들러는 계속하라는 뜻으로 머리를 끄덕였다.

"성도착에 관한 연구에는 대체로 두 분야 혹은 두 학파가 있습니다. 나는 정신분석전문의로 불리는 사람이고, 정신분석전문의들은 성도착증의 근원이 어린 시절 배양된 적대감에서 비롯된 것으로 믿고 있습니다. 달리 말하면 성의 왜곡은 물론 성에 대한 정상적인 호기심까지도 어린 시절에 형성되어 개별적 표현으로 드러나면서 성인이 되는 겁니다."

섹스 박사는 챈들러의 표정을 살피며 설명을 계속했다.

"반면 행동학자들은 성도착증을 학습된 행동으로 봅니다. 한 예로 가정에서 추행을 당한 아이는 나중에 성인이 되어 같은 행동을 하기 쉽습니다. 두 학과의 의견이 그렇게 분분한 건 아닙니다. 실제로는 정신분석전문의와 행동학자들이 항상 인정하는 것보다 훨씬 더 가까운 편이죠."

그는 머리를 끄덕인 뒤 두 손을 마주잡았다. 처음 질문이 뭐였는지 잊어버린 듯한 표정을 짓자 챈들러가 재깍 일깨워 주었다.

"성적 주형에 대해 설명하려던 차였죠."

"아, 그렇죠. 미안합니다. 거기서 깜박했군요. 성적 주형이란 말은 제가 개인의 이상적 성애 장면 속으로 들어가는 심리적 성욕 전체를 설명할 때 사용하는 표현입니다. 모든 사람들이 자신의 이상적 성애 장면을 간직하고 있다는 걸 아십니까? 여기엔 애인의 이상적인 신체 특성, 섹스 장소, 체위, 냄새, 맛, 애무, 음악 등 모든 것이 포함됩니다. 개인의 궁극적인 성애 장면을 달성하기 위한 모든 요소들이 포함되는 거죠. 존스홉킨스대학의 이 분야 최고 권위자는 그것을 러브맵(lovemap)이라 부르더군요. 궁극적 성애 장면으로 가는 일종의 가이드란 뜻이죠."

"그렇군요, 그런데 박사님의 책에서는 그것을 성적 살인에 적용했던데요."

"네, 성적 동기나 습관이 있는 살인범죄자 다섯 명을 대상으로 각자의 성적 주형을 추적하려고 시도했죠. 그것을 찾아 깨뜨리고 어린 시절의 성장과정을 알아보기 위해서요. 결론을 말하자면 그들의 성적 주형은 손상을 입은 상태였습니다. 나는 그러한 손상이 어디서 연유된 것인지 알고 싶었습니다."

"대상자들은 어디서 뽑았습니까?"

벨크가 일어나서 이의를 제기하며 연설대로 걸어 나갔다.

"재판장님, 이런 얘기들 모두가 흥미롭기는 하지만 이 사건과는 포인트가 맞지 않는다고 저는 생각합니다. 로크 박사님이 이 분야의 전문가란 사실은 명심하겠습니다. 그렇지만 다섯 명의 살인범들에 대한 내력까지 다 들어야 한다고는 생각되지 않습니다. 우리가 이 재판에서 다루는 살인 사건은 로크 박사의 책엔 나오지도 않습니다. 저도 그 책을 잘 알고 있습니다만, 노먼 처치는 거기 등장하지 않습니다."

"미즈 챈들러?"

키스 판사가 그녀의 의향을 물었다.

"재판장님, 책에 대한 벨크 씨의 지적은 정확합니다. 가학적인 섹스 살인범들에 대한 책인데 처치는 거기 등장하지 않습니다. 그렇지만 다음 질문들을 들어보시면 이 사건에 대한 그 책의 중요성이 분명해질 겁니다. 벨크 씨도 그걸 알고 이의를 제기한 것이라고 저는 생각합니다."

"벨크 씨, 이의를 제기하려면 10분쯤 전에 했어야 옳았습니다. 우린 이미 이 질문에 대해 너무 깊이 들어왔고 이젠 끝까지 가볼 필요가 있다고 생각됩니다. 게다가 당신은 그 책에 대해 흥미를 느낀 정도가 아니라 정확히 알고 있습니다. 미즈 챈들러, 계속하세요. 이의 신청은 기각합니다."

벨크는 자기 자리로 돌아와 앉으며 보슈에게 속삭였다.

"저 여자랑 한 번 붙어먹을 모양이네요."

판사 귀엔 미치지 않더라도 챈들러 귀엔 충분히 들릴 만큼 큰 소리였다. 하지만 그녀는 아무 표정도 드러내지 않았다.

"감사합니다, 재판장님."

그녀는 증인심문을 계속했다.

"로크 박사님, 노먼 처치가 박사님의 연구 대상자에 포함되지 않았다는 벨크 씨와 저의 말은 맞습니까?"

"네, 맞습니다."

"그 책은 언제 발간되었나요?"

"작년입니다."

"인형사 사건 종료 후 3년이나 지난 시점이군요?"

"그렇죠."

"인형사 특별수사팀에 합류하여 그 범죄에 대해선 훤하셨을 텐데 노먼 처치를 연구 대상에 포함시키지 않았던 이유가 뭐죠? 당연한 선택처럼 보였을 텐데요."

"당연한 것처럼 보였는데 그렇지가 않았습니다. 우선 노먼 처치가 사망했으니까요. 나는 살아 있고 협조적인 대상자를 원했습니다. 물론 구금 상태라야겠죠. 면담을 할 수 있어야 하니까요."

"하지만 박사님이 기술하신 다섯 명 중에 네 명만 생존해 있었습니다. 다섯 번째인 앨런 카프스는 박사님이 그 책을 쓰기도 전에 텍사스에서 처형됐어요. 그런데 왜 처치는 안 된다고 생각했습니까?"

"카프스는 성인 시절의 많은 부분을 보호시설에서 보냈어요. 그래서 그의 정신질환 치료와 연구에 대한 공식 자료가 풍부했습니다. 그런데 처치에겐 그런 자료가 전혀 없었어요. 한 번도 문제를 일으킨 적이 없었던 거죠. 그는 이례적인 경우였습니다."

챈들러는 방금 얻은 점수가 조용한 법정 허공에 담배연기처럼 걸려 있도록 하기 위해 잠시 고개를 숙이고 노란 메모지를 한 장 넘겼다.

"그렇지만 처치에 대한 예비조사는 하셨을 거 아니에요?"

로크는 약간 망설이다 대답했다.

"아주 기초적인 조사만 했습니다. 그의 가족과 접촉하여 부인에게 인터뷰를 요청한 정도였죠. 그녀는 거절했습니다. 당사자가 사망한데다 내가 이미 알고 있는 사건의 세부사항 외에는 달리 자료도 없어서 더 이상 조사하지 않았어요. 그래서 텍사스의 카프스를 찾아갔습니다."

보슈는 챈들러가 메모지에서 여러 개의 질문들을 지운 뒤 페이지를 넘기는 것을 보았다. 심문 방향을 바꾸려는 것 같았다.

"박사님께서는 특별수사팀에서 일하시는 동안 살인자에 대한 심리학적 프로파일을 작성했던 걸로 아는데, 사실인가요?"

"그렇습니다."

로크는 천천히 대답했다. 그리고 자신에게 닥쳐올 것을 예감한 사람처럼 의자에서 자세를 바로잡았다.

"무엇을 근거로 작성한 겁니까?"

"우리가 모르는 비정상적 정신을 통한 범죄의 현장분석과 살인 방법을 근거로 작성했죠. 그 결과 나는 대상자의 특성의 일부일 수도 있다고 생각되는 공통점들을 발견하게 되었습니다. 말장난이 아니고요."

법정 안의 누구도 웃지 않았다. 보슈가 돌아보니 방청석이 빼곡하게 들어차 있었다. 이 건물에서 가장 볼 만한 구경거리인 모양이군. 그는 생각했다. 어쩌면 이 도시에서 가장 볼 만한 구경거리인지도 모르지.

"별로 성공적이지 못했던 모양이군요. 그렇죠? 노먼 처치가 인형사라면 하는 점에서 말입니다만."

"네, 별로 성공적이지 못했습니다. 하지만 그럴 수도 있죠. 대부분이 짐작이었거든요. 내 실패에 유의할 것이 아니라 우리가 사람에 대해 얼마나 무지한가에 유의해야 합니다. 노먼 처치의 행동은 그가 사살되던 날 밤까지 그 누구의 시선도 끌지 않았어요. 물론 그가 죽인 여자들 사건만 빼고 말이죠."

"박사님은 노먼 처치가 연쇄살인범 인형사라는 전제 하에서 말하고 있습니다. 그렇게 알고 있는 데는 확실한 근거라도 있습니까?"

"나는 경찰이 그렇게 말했기 때문에 그렇게 알고 있습니다."

"거꾸로 생각해 보시죠, 박사님. 경찰이 증거라고 제시한 것들을 무시하고 지금 박사님이 알고 있는 노먼 처치에 대해 얘기한다면, 그가 이런 혐의를 받을 수도 있다고 믿어집니까?"

벨크가 이의를 제기하려고 일어나려 하자 보슈가 그의 팔을 꽉 붙잡고 주저앉혔다. 그는 화난 표정으로 보슈를 돌아보았지만, 그 사이에 로크는 대답을 시작하고 있었다.

"나는 그런 판단을 내릴 수가 없습니다. 우린 그에 대해 충분히 알지 못해요. 우린 전반적으로 인간의 마음에 대해 잘 모르고 있습니다. 내가 알고 있는 것은 누구나 어떤 짓이든 할 수 있다는 겁니다. 나 자신도 강간 살인범이 될 수 있습니다. 미즈 챈들러 당신까지도 그렇죠. 우리 모두에겐 성적 주형이 있고, 대다수는 그게 정상입니다. 어떤 사람들에겐 그게 약간 비정상적일 때가 있지만 어디까지나 장난일 뿐입니다. 그러나 극단적으로 파트너에게 고통을 주거나 심지어 죽음을 부여함으로써 성적 흥분과 만족감에 이르는 사람들이 간혹 있는데, 이런 성적 주형은 깊고 어두운 내부에 감춰져 있습니다."

챈들러가 메모지에 뭔가를 적느라고 다른 질문을 던지지 않자 존 로크 박사는 설명을 계속했다.

"그 검은 심장은 불행하게도 겉으로 드러나지 않습니다. 그것을 본 희생자들은 이미 죽은 뒤라 그것에 대해 얘기해 주지 않거든요."

"감사합니다, 박사님."

챈들러는 그만하면 됐다는 표정으로 말했다.

"이상입니다."

벨크는 보슈가 이전에 보지 못했던 집중력을 그의 넓적하고 불그레한 낯짝에 드러내며 말랑말랑한 예비 질문 없이 곧바로 들어갔다.

"박사님, 성도착증에 걸렸다는 그 남자들은 어떻게 생겼습니까?"

"다른 남자들과 똑같이 생겼어요. 생김새로 그들을 구분할 수는 없습니다."

"그렇군요. 그들은 항상 일탈적인 환상을 좇아 그렇게 어슬렁거리고 다닙니까?"

"아니, 그렇진 않습니다. 연구에 의하면 그들도 자신들의 일탈적인 취향을 알고 있기 때문에 속으로 감추려고 애쓴다고 합니다. 그런 문제점을 개선하려는 용감한 자들은 약물이나 심리요법의 도움을 받아 완전히 정상적인 생활을 하고 있기도 하죠. 그러지 못한 사람들은 이따금씩 행동으로 표출하고 싶은 충동에 못 이겨 범죄를 저지르기도 합니다."

섹스 박사는 내친 김에 설명을 계속했다.

"심리성적인 동기를 가진 연쇄살인범들은 상당히 반복적인 패턴을 보이기 때문에 경찰은 그들이 언제쯤 다시 범행할 것인지 불과 며칠이나 한 주일 내로 예측할 수가 있습니다. 이것은 스트레스 증대를 행동으로 분출하려는 충동이 패턴을 이루기 때문이죠. 가끔 그 간격이 좁아지는 것을 볼 수 있는데, 아주 강렬한 충동이 매번 점점 더 빨리 일어나기 때문입니다."

벨크는 연설대에 체중을 잔뜩 실으며 몸을 앞으로 기울였다.

"그렇군요. 하지만 그런 행동을 부르는 충동의 순간들을 제외하면 그들도 정상적인 생활을 하는 것처럼 보입니다. 아니면 모퉁이에 서서 기다리고 있거나 어슬렁거리는 겁니까?"

"아니, 그런 게 아닙니다. 적어도 그 간격이 아주 좁아져서 실제로 없어져버릴 때까진 말이죠. 그땐 당신이 말한 대로 저 밖에 어슬렁거리는 사람이 언제나 있을 수 있습니다. 하지만 그 간격들 사이에는 정상적인 삶이 있어요. 일탈적 성행위인 강간이나 교살, 관음증 따위는 그에게 환상을 구축할 기억을 제공해 주죠. 그래서 마스터베이션이나 정상적인 섹스를 할 때 그것을 이용하여 성적 흥분을 자극하거나 고조시킬 수 있습니다."

"살인범이 일테면 아내와 정상적인 성교를 할 때 마음속으로 그런 일탈적 성행위를 재생함으로써 흥분을 고조시킬 수 있다는 뜻입니까?"

증인을 유도하는 질문이라고 챈들러가 이의를 제기하는 바람에 벨크는 말투를 살짝 고쳐서 다시 물어야만 했다. 존 로크가 대답했다.

"그렇죠. 살인범은 사회적으로 용납되는 행위를 성취하기 위해 마음속으로 그런 일탈적 행위를 재생하겠죠."

"예를 들어 그의 아내는 그런 성행위 과정에서 남편의 진정한 욕망이 뭔지는 알지도 못하겠군요. 그렇죠?"

"그렇습니다. 그런 일은 자주 일어나죠."

"그리고 이런 사람은 자신의 그런 면을 직장에서나 친구들한테도 전혀 드러내지 않겠죠?"

"그럼요. 그런 사례들은 살인을 범한 가학성애자들의 사건들에서 흔히 발견할 수 있습니다. 테드 번디의 이중생활은 문서로 잘 증명되어 있죠. 이곳 남부 캘리포니아에서 10여 명의 히치하이커들을 살해한 랜디 크래프트도 그렇고요. 더 많은 이름들을 열거할 수 있습니다. 그들이 체포되기 전까지 그렇게 많은 희생자들을 죽인 이유가 바로 이겁니다. 그리고 항상 작은 실수 때문에 체포되곤 했죠."

"노먼 처치처럼 말이죠?"

"그렇습니다."

"앞에서 증인은 처치의 초기 증세나 행동에 대한 정보 수집이 되지 않아 그를 책에 포함시킬 수 없었다고 증언했습니다. 그런 사실 때문에 그를 살인범이라고 주장하는 경찰의 말을 증인은 믿기 어렵습니까?"

"전혀 그렇지 않습니다. 말씀드린 대로 이런 욕망은 평범한 행동 속에 쉽사리 감출 수가 있죠. 그런 사람들은 사회가 용납하지 않는 욕망을 자신들이 지니고 있다는 걸 알고 있어요. 하지만 그들은 그걸 감추는 데 고통을 느낍니다. 내가 책에 포함시키려다가 정보 부족으로 포기한 대상자는 처치 씨 한 사람만이 아닙니다. 이미 사망했거나 협조불능 상태에 있는 연쇄살인범을 세 명이나 더 조사했지만 공식기록이나 배경을 입수할 수 없어서 포기하고 말았죠."

"증인은 이런 문제의 근원이 어린 시절에 심어진다고 하셨는데, 왜 그렇습니까?"

"심어진다고 단언하기보다는 심어질 수도 있다고 말해야 되겠군요. 그건 어려운 과학이고 확실하게 알려진 건 전혀 없거든요. 당신의 질문에 대한 확실한 대답이 내게 있다면 나는 이런 직업을 가질 수 없었겠죠. 그렇지만 나 같은 정신분석의들은 성도착이 정신적이나 육체적 외상에서 나올 수 있다고 믿고 있습니다. 기본적으로는 이들의 합성이라 할 수 있는 생물학적 결정요소와 사회적 학습 같은 것이죠. 단정적으로 말하긴 어렵지만 일반적으로 다섯 살에서 여덟 살 사이의 이른 시기에 발생하는 것으로 믿어집니다. 내 책에 등장하는 한 사내는 세 살 때 삼촌에게 성추행을 당했더군요. 그로 인한 외상이 그 사내를 동성애자 살해범의 길로 이끌었다는 것이 나의 이론 혹은 믿음입니다. 그는 자신이 살해한 대부분의 희생자들을 거세했습니다."

존 로크가 증언하는 동안 법정 안은 너무 조용해서 뒷문이 살짝 열리는 소리까지 보슈의 귀에 들릴 정도였다. 슬쩍 돌아보니 제리 에드거가 들어와서 방청석 뒷줄에 앉았다. 그는 보슈와 눈이 마주치자 고개를 까딱해 보였다. 보슈는 벽시계를 쳐다보았다. 4시 15분. 15분 후면 오늘 공판은 끝날 것이다. 보슈는 에드거가 부검실에서 돌아오는 길이란 걸 알았다.

"어떤 성인이 저지른 범죄행위의 뿌리가 어린 시절의 외상이라면 그것이 겉으로도 분명하게 드러납니까? 다시 말해 성추행을 할 만큼 충격적인 외상이어야 합니까?"

"꼭 그렇진 않습니다. 한 아이에게 형성된 보다 전통적이고 정서적인 스트레스 속에 뿌리내릴 수도 있습니다. 부모의 눈에 들고 싶은 엄청난 압박감이 다른 것들과 손을 잡을 수도 있죠. 인간의 성은 워낙 다양해서 가설적인 텍스트로는 토의하기 어렵습니다."

벨크는 로크 박사의 연구에 대한 일반적인 질문을 몇 가지 더 던진 뒤 증인심문을 끝냈다. 챈들러도 반대심문을 몇 가지 했지만 보슈는 흥미를 잃어버렸다. 그는 에드거가 중요하지도 않은 일로 법정까지 달려왔을 리 없다고 생각했다. 벽시계를 두 번째 쳐다보고 손목시계도 두 차례나 체크했다. 마침내 벨크가 더 이상 반대심문 할 것이 없다고 하자 키스 판사는 오늘 공판은 이것으로 끝낸다고 선언했다.

보슈는 증언석을 내려온 로크 박사가 게이트를 나와 문 쪽으로 걸어가는 것을 지켜보았다. 두어 명의 기자들이 그 뒤를 쫓았다. 배심원들도 일어나서 나가기 시작했다. 그들을 보고 있던 벨크가 보슈에게 말했다.

"내일은 준비를 더 잘해야 할 걸요. 방청객들 앞에서 증언해야 할 테니까."

"어떻게 됐어, 제리?"

에스컬레이터로 이어지는 복도 중간에서 에드거를 따라잡은 보슈가 물었다.

"자네 차는 파커 센터에 세워놨나?"

"그래."

"나도야. 그쪽으로 가자고."

에스컬레이터에 오른 두 사람은 입을 다물었다. 법정에서 나온 방청객들이 잔뜩 타고 있었기 때문이다. 건물 밖으로 나와 아무도 없는 보도에 이르자 에드거는 코트 주머니에서 접힌 하얀 종이를 꺼내어 보슈에게 건네주었다.

"마침내 확인됐네. 모라가 레베카 카민스키에게서 찾아낸 지문들이 우리가 콘크리트 블론드의 손에서 떠낸 지문과 일치했어. 게다가 난 지금 부검실에서 오는 길인데, 엉덩이에 문신이 있는 것을 확인했어. 요세미티 샘 말이야."

보슈는 종이를 펴 보았다. 표준 실종자 신고서 사본이었다.

"매그너 컴 라우들리라고 알려진 레베카 카민스키의 실종자 신고서야. 실종된 지 22개월 3일 됐어."

보슈는 신고서를 살펴본 뒤 말했다.

"이상한 건 없는데."

"없지. 틀림없이 그 여자야. 검시관도 사인을 교살로 확인했네. 매듭이 오른쪽에 있는 걸 보면 왼손잡이였던 것 같아."

두 사람은 침묵 속에 반 블록쯤 걸었다. 늦은 오후인데도 날씨가 그처럼 따뜻한 것에 보슈는 놀랐다. 마침내 에드거가 먼저 말했다.

"그러니까 분명히 확인된 셈인데 말이야. 이게 처치의 인형들 중 하나처럼 보이긴 하지만, 죽었던 놈이 살아오지 않는 한 그런 일이 일어날 순 없고⋯."

"⋯."

"그래서 나는 유니언 역 근처 서점을 뒤져봤네. 모방범이 필요로 하는 세부사항들이 적힌 브레머의 소설 《인형사》는 자네가 처치를 무덤으로 보낸 지 17개월 후에 출간됐더군. 카민스키는 그 책이 나오고 4개월 후에 실종됐어. 그렇다면 모방범은 자신을 인형사처럼 보이기 위해 그 책을 구입하여 청사진으로 이용할 수 있었다는 얘기가 성립되지."

에드거는 보슈를 돌아보며 미소를 지었다.

"자넨 혐의를 벗었어, 해리."

보슈는 고개를 끄덕였지만 따라 웃지는 않았다. 에드거는 비디오테이프에 대해서는 모르고 있었다.

그들은 템플 거리를 걸어 내려가 로스앤젤레스 스트리트로 접어들었다. 거리 모퉁이에서 빈 컵을 흔들고 서 있는 노숙자들의 모습이 보슈의 눈엔 들어오지도 않았다. 에드거가 팔을 붙잡지 않았다면 자동차들이 달리는 횡단보도로 걸어 들어갈 뻔했다. 신호등을 기다리는 동안 보슈는 실종자 신고서를 꺼내어 다시 살펴보았다. 골자만 적혀 있었다. 레베카 카민스키가 '데이트'를 하러 나간 후 돌아오지 않았다는 내용이었다. 그녀는 선셋 스트립에 있는 하얏트 호텔에서 성명미상의 남자를 만나고 있었다. 그게 전부였다. 후속조치도 없었고 추가 정보도 없었다. 신고서는 톰 세론이라는 사내의 신고로 작성되었는데, 그는 스튜디오 시티에서 카민스키와 룸메이트로 함께 생활해 왔다고 밝혔다. 신호등이 바뀌자 그들은 로스앤젤레스 스트리트를 건너 파커 센터가 있는 오른쪽으로 걷기 시작했다.

"세론이란 이 친구를 만나볼 건가?"

보슈가 에드거에게 물었다.

"모르겠어. 아마 그래야겠지. 난 이 모든 것에 대한 자네 생각이 더 궁금해, 해리. 앞으로 어떻게 되는 건가? 브레머의 책은 베스트셀러였어. 그걸 읽은 사람들은 모두가 용의자야."

주차장에 이를 때까지 보슈는 입을 열지 않았다. 수위실 옆에서 헤어지기 전에 그는 신고서를 들어 보이며 에드거에게 물었다.

"이거 내가 가져도 돼? 이 친구를 한번 찔러 보고 싶거든."

"그러든지. 또 한 가지 말해줄 게 있네, 해리."

에드거는 코트 주머니에서 또 한 장의 종이를 꺼냈다. 이번엔 노란 종이였고, 보슈는 그것이 소환장이란 걸 알았다.

"난 부검실에 있었잖아. 그 여자가 그걸 어떻게 알았는지 모르겠어."

"법정 출두시각이 언제야?"

"내일 10시. 난 인형사 특별수사팀과는 아무 상관도 없어. 그러니까 그 여자가 뭘 물어보려는지는 뻔하지. 콘크리트 블론드야."

12 사라진 여배우

보슈는 임무수행 중 사망한 경찰들의 추모비 분수대에 담배꽁초를 던져 넣은 뒤 파커 센터 유리문 안으로 걸어 들어갔다. 프런트데스크 뒤에 있는 경관에게 배지를 제시한 뒤 엘리베이터 쪽으로 걸어갔다. 까만 타일 바닥에 빨간 페인트 선이 그려져 있었다. 경찰국 민원실로 가려는 방문객을 안내하는 선이다. 내사과로 가는 선은 노란색이고, 경찰 지망생들은 파란선만 따라가면 된다. 경찰들이 노란 선 위에 서서 엘리베이터를 기다리는 것은 전통이었다. 내사과로 가려는 민원인들은 경찰들을 돌아서 갈 수밖에 없었고, 그럴 때마다 경찰들은 그들을 마뜩찮은 눈길로 바라보았다.

엘리베이터를 기다리고 있으면 보슈는 경찰 아카데미 시절에 친 짓궂은 장난이 머리에 떠올랐다. 술에 취한 그와 동료 후보생 하나는 어느 날 새벽 4시경 윈드브레이커 속에 검정색과 노란색 페인트 통을 숨기고 파커 센터 안으로 들어왔다. 동료가 앞에서 검정 페인트로 노란

선을 지우면 보슈는 노란 페인트로 새로운 노란 선을 그리는 번개 작전을 실시했다. 그런데 새로운 노란 선은 엘리베이터 앞을 지나 복도 아래쪽에 있는 남자 화장실 안으로 들어가 소변기 앞에서 끝났다. 이 장난으로 두 사람은 급우들뿐만 아니라 교관들 사이에서도 거의 전설적인 존재가 되었다.

3층에서 엘리베이터를 내린 그는 강력계로 걸어갔다. 사무실은 텅비어 있었다. 대부분의 강력계 형사들은 7시부터 3시까지의 근무시간을 칼같이 지킨다. 그래야만 그들 앞에 가로놓인 온갖 야간작업에 지장을 초래하지 않는다. 강력계 형사들은 경찰국의 에이스들이다. 좋은 일은 그들이 다 차지하고 있다. 방문한 사우디 왕자를 차로 모시는 일, 영화사 사장들을 위한 보안 업무, 라스베이거스 주역들을 호위하는 일. 라스베이거스 경찰국은 직원들에게 야근을 허락하지 않기 때문에 수지맞는 일은 LA 경찰국으로 모두 떨어졌다.

보슈가 그곳 강력계로 처음 승진해 왔을 때까지만 해도 3급 형사 서너 명이 백만장자 하워드 휴즈의 보디가드 노릇을 하고 있었다. 그들은 노망이 들어 아무데도 가지 않기 때문에 더 이상 호위할 필요도 없는 백만장자의 보디가드 노릇을 하는 것이 강력계의 목적이자 수단이라도 되는 양 떠들어대곤 했다.

보슈는 사무실 뒤쪽으로 들어가서 컴퓨터를 켰다. 그리곤 담배를 한대 붙여 문 뒤 에드거가 준 실종자 신고서를 주머니에서 꺼내들었다. 아무도 거들떠보지 않은 휴지나 다름없는 신고서였다. 작성된 이래 누가 조사한 적도 없고 신경 쓴 사람도 없었다.

그렇지만 보슈는 그것이 내방신고서란 점을 주목했다. 신고자가 전화나 우편으로 신고한 것이 아니라, 톰 세론이 제 발로 북부 할리우드 경찰서로 걸어 들어와 프런트데스크에서 작성한 신고서였다. 그렇다면 수습경관이나 늙고 진이 빠져 무감각해진 노경관이 받아 적었기가 십 상인데, 양쪽 경우 모두 신고서를 제대로 작성했을 리가 없었다. 면책용 신고서였다.

신고서에 의하면 세론은 자기가 카민스키의 룸메이트였다고 주장했 다. 신고서를 작성하기 이틀 전에 카민스키는 그에게 선셋 스트립에 있 는 하얏트 호텔에서 이름도 모르는 남자와 소개팅을 하게 되었다면서 괴물이 아니면 좋겠다고 말했다. 그녀는 그 이후 돌아오지 않았고, 세론 은 걱정이 되어 경찰을 찾아왔다는 것이다. 작성된 실종자 신고서는 북 부 할리우드 형사들 손에 전해졌지만 누구의 컴퓨터에도 입력되지 않 은 채 다운타운에 있는 실종자 전담팀으로 넘어갔다. LA 시내에서 매주 평균 60명씩 발생하는 실종자들을 네 명의 형사가 처리하고 있는 곳이 었다.

실제로 그 신고서도 다른 신고서들 무더기 속에 처박힌 채 에드거와 그의 동료 모그가 발견할 때까지 아무도 거들떠보지 않았다. 그 신고서 를 읽느라고 2분을 소비한 사람들 중에서 아무도 톰 세론이 거짓말을 했다는 걸 몰랐다는 사실에 대해서는 보슈도 신경 쓰고 싶지 않았다. 그렇지만 카민스키는 그 신고서가 작성되기 오래전에 이미 콘크리트 속에 죽어 있었을 것이고, 따라서 어떤 조처도 취할 수 없었을 것이다.

그는 컴퓨터에 토머스 세론이라는 이름을 입력하고 캘리포니아 법무 부 정보망을 검색했다. 예상은 적중했다. 컴퓨터 파일에는 마흔 살 먹은 세론이 아홉 차례의 매춘 행위와 두 차례의 포주 행위로 도합 9년간 복 역한 사실이 기록되어 있었다.

포주였군. 카민스키의 포주였어. 보슈는 머리를 끄덕였다. 세론이 최 근 선고에서 보호관찰 36개월을 언도 받았다는 사실도 알 수 있었다. 보슈는 주머니에서 까만 전화번호부를 꺼내 들고 전화기가 있는 책상으로 의자를 굴렸다. 카운티 보호관찰국 특근실 전화번호를 돌린 다음 여직원에게 토머스 세론이라는 이름과 법무국이 부여한 번호를 대고 주소 확인을 의뢰했다. 그녀는 잠시 후 세론의 현주소를 불러주었다. 우리의 포주께서는 카민스키가 하얏트 호텔로 가서 영영 돌아오지 않은 이래 몰락을 거듭했든지 스튜디오 시티에서 밴 나이스로 밀려나서 살고 있었다.

전화기를 내려놓자 다음 날 챈들러에게 불려 나가 증인심문 당할 일을 실비아에게 전화로 알려야 할지 고민이 되었다. 증인석에 앉아 머니 챈들러에게 곤욕을 치르는 꼴을 실비아에게 보이고 싶은 건지 그 자신도 알 수 없었다. 그는 전화하지 않기로 했다.

세론의 아파트는 매춘부들이 스스럼없이 호객행위를 하는 세풀베다 대로 인근에 있었다. 아직 벌건 대낮인데도 두 블록 사이에 네 명의 젊은 여자가 눈에 띄었다. 모두 홀터 탑과 짤막한 반바지 차림이었다. 자동차가 지나갈 때마다 그들은 히치하이커처럼 엄지를 치켜세웠다. 하지만 그들의 관심사는 모퉁이를 돌아간 곳에 있는 주차장까지만 차를 타고 가서 섹스를 흥정하는 것뿐이었다.

보슈는 세론이 보호관찰 감독관에게 자신이 살고 있다고 보고한 밴에어 아파트 맞은편 도로 가에 차를 세웠다. 주소의 숫자가 두어 개 떨어져 나갔지만 스모그로 인해 벽이 칙칙한 색으로 변해서 숫자가 붙어 있었던 부분을 알아볼 수 있었다. 아무래도 이 아파트 건물은 페인트를 새로 칠하고 방충망도 새로 갈고 갈라진 벽을 회반죽으로 땜질해서 새로운 입주자들을 받을 필요가 있을 것 같았다.

사실은 허물고 다시 지어야 할 건물이라고 보슈는 도로를 건너가며 생각했다. 현관 안전문 옆에 부착된 주민 리스트에 세론이란 이름도 포함되어 있었지만 6호실 초인종을 아무리 눌러도 대답이 없었다. 보슈는 담배를 한 대 피우며 잠시 어슬렁거리기로 마음먹었다. 주민 리스트에는 24가구가 올라 있었다. 손목시계를 보니 6시였다. 사람들이 저녁 식사를 하러 돌아올 시간이었다. 기다리면 누구든 나타나겠지.

그는 문 곁을 떠나 자동차를 세워둔 도로 가로 나왔다. 보도는 까만 페인트로 온통 낙서투성이였다. 그 지역에 사는 아이들의 이름이었다. 대문자로 '네가 제2의 로디 킹이냐?'라고 써놓은 낙서도 보였다. 신문과 잡지, 방송으로 그처럼 떠들어댄 로드니 킹 사건(1991년 LA에서 백인 경찰들이 흑인을 구타한 사건-옮긴이)이지만 로디 킹으로 잘못 써놓았다.

반대쪽에서 한 여자가 두 아이를 데리고 철제 대문으로 걸어왔다. 보슈는 여자가 대문을 여는 순간에 맞춰서 다가갔다. 그는 여자를 지나치며 슬쩍 물었다.

"혹시 토미 세론을 보신 적 있습니까?"

여자는 아이들한테 정신이 팔려 대답할 겨를이 없었던 듯했다. 보슈는 일단 마당 안으로 들어가서 세론의 아파트인 6호실 문을 찾아보았다. 마당의 콘크리트 바닥에도 보슈가 모르는 갱단의 휘장이 그려져 있었다. 아파트 1층 뒤쪽으로 6호실 문이 눈에 들어왔다. 문 옆에 녹슨 구이용 철판이 나뒹굴고 있고, 창문 아래에는 보조바퀴가 달린 어린이용 자전거가 세워져 있었다.

어린이용 자전거는 어울리지 않았다. 보슈는 창문 안을 들여다보려고 했지만 커튼이 드리워져 있었고, 반 뼘 정도 벌어진 사이로는 캄캄한 내부가 보이지 않았다. 그는 훈련받은 대로 문을 노크한 뒤 옆으로 몸을 붙였다. 물 빠진 핑크색 욕의를 걸친 임신 8개월쯤 되어 보이는 멕시코 여자가 문을 열고 내다보았다. 작달막한 여자 뒤로 거실 바닥에 앉아 있는 소년이 보였는데, 스페인어로 방송되는 흑백 TV에 정신이 쏙 빠진 상태였다.

"올라, 세뇨르 톰 세론 아퀴(안녕하세요, 톰 세론 씨 계십니까)?"

여자는 놀란 눈으로 보슈를 쳐다보았다. 그의 앞에서 위축감을 느꼈는지 자신을 닫아걸 태세였다. 여자의 두 팔이 불룩한 자신의 배를 가렸다.

"노 미그라(이민국 아니에요)."

보슈는 재빨리 안심시켰다.

"폴리시아(경찰입니다). 토마스 세론 아퀴?"

여자는 아니라고 고개를 저은 뒤 문을 닫으려고 했다. 보슈는 손으로 문을 잡으며 짧은 스페인어 실력을 짜내어 그녀에게 세론을 알고 있는지, 또 어디에 있는지 물었다. 여자는 세론이 우편물 수거와 방세를 받기 위해 일주일에 한 번씩만 온다고 대답했다. 그리곤 한 걸음 물러나서 카드 테이블에 쌓여 있는 우편물들을 턱으로 가리켰다. 보슈는 맨 위에 놓인 아메리칸 익스프레스 청구서를 볼 수 있었다. 골드 카드였다.

"텔레포노(전화번호는)? 네세시다드 우르헨테(긴급연락처)?"

여자가 눈길을 피하며 망설이는 걸 보면 전화번호를 알고 있는 게 분명했다.

"포르 파보르(제발요)."

그러자 여자는 잠시 기다리라고 말한 뒤 방 안으로 들어갔다. 거실에 앉아 있던 소년이 텔레비전에서 고개를 돌리고 보슈를 바라보았다. 텔레비전에서는 게임쇼 같은 것이 진행되고 있었다. 보슈는 마음이 불편해서 시선을 마당 쪽으로 돌렸다. 다시 돌아보니 소년이 미소를 짓고 있었다. 녀석은 손가락으로 권총 모양을 만들어 보슈를 겨누고 '빵' 하고 나더니 깔깔 웃었다. 녀석의 엄마가 종이쪽지를 들고 문으로 다가왔다. 거기엔 지역 전화번호만 하나 달랑 적혀 있었다.

보슈는 수첩을 꺼내어 전화번호를 옮겨 적은 뒤 여자에게 세론의 우편물을 가져가겠다고 말했다. 여자는 어떻게 대답해야 할지 난감한 표정으로 우편물이 쌓여 있는 카드 테이블을 돌아보았다. 보슈가 아무 일도 없을 거라고 말하자 그녀는 마지못해 우편물을 안아다 그에게 건네주었다. 여자의 눈에 두려움이 다시 깃들어 있었다.

보슈는 돌아가려다가 여자에게 방세는 얼마씩 지불하느냐고 물었다. 일주일에 1백 달러라는 대답이 돌아왔다. 보슈는 고개를 끄덕인 뒤 돌아서서 걸었다.

거리로 나온 그는 다음 아파트 건물 앞에 있는 공중전화로 걸어갔다. 시경 교환대로 전화를 걸어 교환수에게 토머스 세론의 전화번호를 불러주고 현주소를 확인해 달라고 부탁했다. 확인을 기다리는 동안 그는 임신한 멕시코 여자에 대해 생각했다. 그 여자는 왜 그런 곳에 머물고 있을까? 자신이 떠나온 멕시코 마을이 그곳보다도 못한 걸까? 어떤 사람들에겐 이곳에서 여행하기가 너무 어려워 돌아갈 엄두조차 낼 수가 없다.

세론의 우편물들을 넘겨보고 있는데 히치하이커 하나가 다가왔다. 유방확대 수술을 받은 거대한 가슴을 오렌지색 탱크톱으로 떠받친 여자였다. 청바지 하단을 허벅지 위까지 바짝 잘라 하얀 주머니들이 밖으로 비어져 나와 있었다. 한쪽 주머니엔 콘돔 상자 윤곽이 또렷하게 드러났다. 여자의 피곤하고 수척한 얼굴은 코카인을 혈관에 찔러 넣기 위해서라면 언제 어디서 무슨 짓이든 다 할 것처럼 보였다. 몰골은 그렇지만 나이는 스무 살도 채 되지 않은 것 같았다. 그녀의 입에서 나온 말이 보슈를 놀라게 했다.

"헤이, 달링, 데이트 상대 찾아요?"

그가 웃으며 대꾸했다.

"너 좀 더 조심해야겠어. 감방에 가고 싶지 않으면 말이야."

"오, 젠장."

여자는 돌아서서 걸어갔다.

"거기 잠깐만. 어디서 본 듯한 얼굴인데? 그래, 널 알아. 이름이 뭐지, 아가씨?"

"이봐요, 아저씨. 난 당신과 별 볼일 없거든요. 가야겠어요."

"잠깐만! 나도 별 볼일은 없어. 그냥 어디선가 본 듯한 얼굴이라는 거지. 혹시 토미 세론 밑에 있던 아가씨 아닌가? 그래, 거기서 봤군."

그 이름을 듣는 순간 여자의 발걸음이 주춤했다. 보슈는 전화기를 줄 끝에 대롱거리게 놔둔 채 그녀를 따라잡았다. 여자가 걸음을 멈추고 말했다.

"아저씨, 난 이제 토미 밑에 있지 않아요. 일하러 가야 해요."

여자는 엄지로 남쪽을 가리키며 그에게서 돌아섰다.

"잠깐만 기다려. 물어볼 게 있다니까. 토미는 요즘 어디 있는지 말해 봐. 그 친굴 좀 만나야 할 일이 있어."

"무슨 일인데요? 어디 있는지 난 몰라요."

"여자 일이야. 베키라고 기억나? 2년쯤 전이야. 블론드에 빨간 립스틱을 좋아했고 몸매도 너와 비슷했어. 매기라는 이름을 사용했을걸. 그 아가씨를 찾고 싶어. 토미 밑에 있었는데 기억나?"

"난 그때 이 바닥에 있지도 않았어요. 토미를 본 지도 넉 달이나 됐고요. 아저씬 순 뻥쟁이야."

돌아서서 걸어가는 여자에게 보슈는 소리쳤다.

"20달러 줄게."

여자는 걸음을 멈추고 돌아보았다.

"뭘 해주면요?"

"주소를 가르쳐 줘. 뻥 아니야. 토미와 얘기할 게 있어서 그래."

"그러면 돈 내놔 봐요."

그는 지갑에서 돈을 꺼내어 여자에게 건넸다. 그러자 혹시 밴 나이스 마약반이 근처에서 지켜보다가 왜 매춘부에게 돈을 주는지 궁금해할지도 모르겠다는 생각이 들었다.

"그랜드뷰로 가보세요."

여자가 말했다.

"몇 호인지는 모르지만 꼭대기 층이에요. 내가 보냈단 말은 하지 말아요. 날 잡아먹으려고 할 테니까."

매춘부는 아래로 비어져 나온 주머니에 돈을 집어넣고 돌아서서 걸어갔다. 보슈는 그랜드뷰가 어디에 있느냐고 묻지도 않았다. 여자가 아파트 건물들 사이로 사라지는 것만 멍하니 바라보고 있었다. 아마도 코카인을 구입하러 갔을 터였다. 그 여자가 한 말이 진실인지, 또 아파트 6호실에 있던 여자한테는 안 주고 왜 창녀한테만 돈을 줄 마음이 생겼는지 그 자신도 알 수가 없었다.

공중전화로 돌아와 보니 시경 교환수는 이미 전화를 끊어버린 뒤였다. 그는 다시 다이얼을 눌러 교환수에게 세론의 현 주소를 물어보았다. 셔면 오크스 지역 세풀베다 거리에 있는 그랜드뷰 아파트 스위트 P-1호라는 대답이 돌아왔다. 20달러를 코카인에 날린 셈이었다. 그는 전화를 끊었다.

차 안에 앉아 우편물들을 살펴보았다. 절반은 광고물이었고 나머지는 신용 카드 영수증과 공화당 후보 이메일이었다. 다음 주 레세다에서 열릴 성인영화제작협회 시상식에 초대하는 엽서도 한 장 섞여 있었다.

보슈는 아메리칸 익스프레스 영수증을 열어보았다. 불법행위지만 아랑곳하지 않았다. 세론은 자신의 보호관찰관을 기만하고 있는 범법자였다. 그런 주제에 불만을 제기할 순 없을 것이다. 그 포주는 이번 달 아메리칸 익스프레스에 1855.05달러를 긁었다. 두 페이지에 걸친 영수증에서 보슈는 두 건의 라스베이거스 항공료와 세 건의 빅토리아 시크릿을 확인했다. 빅토리아 시크릿은 가끔 실비아에게 날아오는 우편주문용 란제리 카탈로그를 통해 그의 눈에도 익은 것이었다. 한 달 동안 세론은 란제리를 4백 달러어치나 주문하고 있었다. 세론이 보호관찰 주소지로 이용하는 그 아파트의 월세로 가난한 여자가 지불한 돈이 그의 창녀들을 위한 란제리 값으로 쓰이고 있었다. 그 사실은 보슈를 화나게 만들었지만 새로운 아이디어도 떠오르게 해주었다. 그랜드뷰 아파트는 캘리포니아의 이상향이었다. 쇼핑몰을 따라 건축했기 때문에 아파트 주민들이 걸어서 쇼핑을 할 수 있게 되었다. 지금까지 캘리포니아 문화와 교류의 매개체로 요구되었던 자동차가 필요 없게 된 것이다.

보슈는 몰의 차고에 차를 주차한 뒤 뒤쪽 출입구를 통해 로비로 들어갔다. 이태리 대리석으로 마감한 로비 가운데에는 자동 연주되는 그랜드 피아노가 놓여 있었다. 캡 캘러웨이(뉴욕 출신 재즈 보컬리스트이자 작곡가-옮긴이)의 '내 집에 오신 분은 누구나 먹어야 해요'라는 노래였다.

엘리베이터로 이어지는 보안문 옆의 벽에 안내판과 전화기가 비치되어 있었다. P-1호 옆에 기재되어 있는 이름은 쿤츠였다. 자기들끼리는 그렇게 부른단 말이지. 보슈가 전화기를 들고 버튼을 누르자 여자가 대답했다.

"택배요. 소포가 왔습니다."

"아, 어디서 온 거죠?"

여자가 물었다.

"보자, 글씨가 잘 안 보이네요. 빅터의 비서 뭐라고 적혀 있습니다."

여자가 깔깔 웃는 소리가 들렸다.

"서명을 해야 하나요?"

"그렇습니다, 부인."

여자는 버저를 눌러 그를 들어오게 하지 않고 자신이 내려오겠다고 말했다. 보슈는 유리문 뒤에서 2분쯤 기다리다가 속임수가 먹혀들지 않겠다는 걸 알았다. 손에 소포가 들려 있지 않았던 것이다. 엘리베이터의 반짝이는 크롬 도어가 갈라지기 시작할 때 그는 얼른 뒤로 돌아 피아노 쪽으로 걸어간 다음 그것에 매료되어 엘리베이터 도착을 눈치채지 못한 것처럼 행동했다. 등 뒤에서 안전 문이 열리는 소리가 들린 다음에야 돌아보았다.

"택배회사 직원이에요?"

여자는 블론드였고 청바지와 푸르스름한 옥스퍼드 셔츠 차림인데도 놀라울 정도로 예뻤다. 두 사람의 눈이 마주치는 순간 보슈는 여자가 속임수를 눈치챘다는 걸 알았다. 즉시 문을 닫으려고 했지만 보슈가 재빨리 달려가서 통과했다.

"왜 이러세요? 나는…."

보슈는 손으로 여자의 입을 막았다. 비명을 지를 것 같았기 때문이다. 한 손으로 여자의 얼굴을 반쯤 가리고 나니 그녀의 두려움이 두 눈으로만 발산되는 것 같았다. 그러자 더 이상 예뻐 보이지 않았다.

"괜찮아. 해치려는 게 아니니까. 토미와 얘기하고 싶어 그러니 조용히 올라가."

보슈가 손을 천천히 떼어내도 여자는 비명을 지르지 않았다.

"토미는 집에 없어요."

여자는 협조할 뜻을 보이며 조그맣게 말했다.

"그러면 좀 기다리지, 뭐."

그는 여자를 엘리베이터 안으로 살짝 밀어 넣은 뒤 버튼을 눌렀다.

거짓말이 아니었다. 여자의 말대로 세론은 집에 없었다. 그렇지만 보슈는 오래 기다릴 필요가 없었다. 두 개의 침실에 놓인 번쩍거리는 가구들과 두 개의 화장실, 지붕을 정원으로 꾸민 다락방 등을 대충 돌아보고 나자 세론이 돌아왔다.

세론이 〈레이싱 포럼〉지를 손에 들고 현관으로 들어섰을 때, 보슈는 세풀베다 거리와 교통량이 복잡한 벤투라 고속도로가 내려다보이는 발코니에서 거실로 막 내려온 참이었다. 세론은 보슈를 보자 미소를 지었지만 곧 멍한 표정으로 변했다. 악당들한테서 흔히 보던 표정이었다. 그들은 보슈의 얼굴을 보는 순간 아는 사람이라고 생각하는 듯했다. 그리고 그럴 가능성은 늘 있었다. 지난 몇 년 동안 보슈의 얼굴은 신문이나 텔레비전 화면에 여러 차례 올랐으니까. 이번 주만 해도 한 차례 올랐지 않은가. 신문이나 텔레비전 뉴스를 보는 악당들은 경찰의 얼굴을 유심히 봐둔다는 걸 보슈는 알고 있었다. 그렇게 하는 것이 조심해야 할 인물을 알아보는 데 도움이 될 거라고 그들은 생각하는 모양이지만, 오히려 친밀감만 높이는 결과를 가져왔다. 세론도 처음엔 보슈를 오랜 친구로 알고 미소를 지었지만, 곧 자신의 적인 경찰이란 것을 깨달은 듯했다.

"그래, 맞아."

보슈가 말했다.

"토미, 이 사람이 강제로 나를 끌고 들어왔어요."

여자가 변명을 늘어놓자 세론은 고함을 버럭 질렀다.

"닥쳐!"

그리곤 보슈를 향해 말했다.

"영장이 있다면 혼자 오진 않았을 테니 당장 여기서 나가시오."

"예리하네. 좀 앉지. 몇 가지 물어볼 게 있으니까."

"물어볼 거 좋아하시네. 어서 꺼지라니까."

보슈는 검은 가죽 소파에 앉아 담배를 꺼내들었다.

"톰, 내가 나가면 보호관찰 담당관이 찾아올 거야. 그러면 주소를 속이는 얄팍한 수작도 끝장이지. 보호관찰국은 다른 곳에 살면서 엉뚱한 주소를 신고한 놈들을 아주 싫어하거든. 특히 그랜드뷰에 살면서 빈민굴 주소를 신고한 놈들을 혐오하지."

세론은 〈포럼〉지를 블론드 여자에게 내던지며 소리쳤다.

"알겠어? 네년이 뭘 끌어들였는지 알겠냐고?"

여자는 충분히 알아들은 것처럼 보였다. 세론은 팔짱을 끼고 버티고 서서 앉을 기미를 보이지 않았다. 탄탄한 체격에 살이 쪄 있었다. 할리우드나 델마에서 저녁마다 칵테일을 마시거나 경마를 지켜본 탓이었다. 그는 보슈를 돌아보며 물었다.

"원하는 게 뭐요?"

"베키 카민스키에 대해 좀 알고 싶어."

세론은 어리둥절한 표정을 지었다.

"매기 컴 라우들리라고 불리던 블론드 여자 있잖아. 유방확대 수술도 당신이 해줬을 텐데 뭘 그래? 비디오 업계에서 그 여자를 키우고 티켓을 발행해서 부수입을 올렸지. 그러던 어느 날 여자가 사라져버렸어."

"그 여자에 대해 뭘 알고 싶은데요? 벌써 옛날 일인데."

"22개월하고도 사흘이라 하더군."

"그래서, 뭐? 그 여자가 나타나 내 욕을 하고 다니는 모양이군. 상관없어. 고소할 테면 해요, 형사 나리. 법정에서 보지."

보슈는 소파에서 벌떡 일어나 세론의 얼굴을 세게 후려쳤다. 그리곤 검은 가죽 소파 너머로 확 밀쳐서 거실 바닥에 나뒹굴게 만들었다. 사내의 눈길이 즉시 여자에게로 날아갔다. 그것은 보슈가 상황을 완전히 장악했음을 알리는 증표였다. 모멸감은 때로는 머리를 겨눈 총보다 더 무서운 위력을 발휘한다. 세론의 얼굴은 홍당무처럼 새빨개졌다.

보슈는 손이 얼얼했지만 꾹 참고 바닥에 쓰러진 사내에게 말했다.

"그 여잔 나타나지 않았어. 네놈도 알고 있지. 실종 신고서를 제출할 때 그 여자가 이미 죽었다는 걸 알고 있었잖아. 신고는 네놈의 엉덩이를 가리려는 짓이었지. 그 여자가 죽은 걸 어떻게 알았는지 빨리 부는 게 좋을 거야."

"이봐요, 나는 아무 증거도…."

"하지만 여자가 돌아오지 않을 줄 알고 있었어. 어떻게 알았지?"

"그런 예감이 들었어요. 여자가 이틀 넘게 들어오지 않았거든요."

"너 같은 놈들은 예감 때문에 경찰을 찾진 않아. 집에 도둑이나 강도가 들어도 신고 안 하는 놈들이지. 내가 말한 대로 엉덩이를 가리려는 수작이었어. 그 여자가 살아서 돌아오긴 틀린 줄 알고 책임을 모면하고 싶었던 거야."

"좋아요, 좋아. 예감이 아니었어요. 됐습니까? 그놈 때문이었죠. 한 번도 본 적은 없지만 목소리와 말투는 귀에 익었어요. 여자를 내보내고 때가 지나도록 돌아오지 않자 그런 생각이 들더군요. 그놈이 기억에 떠올랐죠. 언젠가도 여자를 한 번 내보냈는데 시체로 발견됐거든요."

"그 여자가 누구였지?"

"홀리 레레. 본명은 기억나지 않아요."

보슈는 기억났다. 홀리 레레는 니콜 냅의 포르노 예명이었다. 인형사의 일곱 번째 피살자. 그는 소파에 다시 앉아 담배를 입에 물었다.

"토미. 저 사람이 담배를 피우려고 해요."

여자가 말했다.

"주둥이 닥쳐!"

사내가 고함을 빽 질렀다.

"여기선 담배를 피우면 안 된다고 당신이….'

"닥치랬지!"

"니콜 냅이었지."

보슈가 말했다.

"네, 맞아요."

"인형사가 그녀를 죽였다고 경찰이 발표한 걸 알고 있었어?"

"네. 늘 생각하고 있었는데 베키가 사라지자 그놈이 했던 말이 떠올랐죠."

"그런데 아무한테도 말하지 않았단 말이지. 경찰에 신고도 않고?"

"당신이 아까 말한 대로 우리 같은 놈들은 신고 안 해요."

보슈는 머리를 끄덕였다.

"그놈이 뭐라고 말했나? 전화 건 놈 말이야."

"오늘 밤은 특별한 것이 필요해, 라고 했어요. 두 차례 모두요. 똑같은 투로 말했죠. 목소리가 섬뜩했어요. 마치 이를 악물고 말하는 것처럼 들렸죠."

"그런데도 여자를 내보냈군."

"그런 생각을 미처 못했는데 여자가 돌아오지 않으니 그때서야 기억났죠. 그래도 난 신고를 했잖아요. 여자가 간 호텔도 말했지만 경찰은 꼼짝도 안 했어요. 나만 나무라지 말아요. 젠장, 경찰은 그놈을 죽였다고 했습니다. 그래서 안전하다고 생각했죠."

"네놈이 안전하다는 거야, 네놈이 거리로 내몬 여자가 안전하다는 거야?"

"죽을 줄 알았다면 내가 내보냈겠어요? 그 여자한테 처들인 돈이 얼만데?"

"그러시겠지."

보슈는 블론드 여자를 돌아보며 저 여자도 조금 전에 그가 거리에서 20달러 줘서 보낸 그 매춘부처럼 될 날이 멀지 않은 것 같은 생각이 들었다. 세론의 여자들은 이용 가치가 떨어지면 거리로 나가 호객행위를 하거나 죽음으로 끝날 것이다. 그는 세론에게 물었다.

"레베카가 담배를 피웠나?"

"뭐라고요?"

"담배를 피웠냐고? 베키 말이야. 그 여자랑 동거했으니 알 거 아냐?"

"그 여잔 담배 안 피웠어요. 그건 불쾌한 습관이죠."

세론은 블론드를 노려보며 눈알을 부라렸다. 보슈는 하얀 깔개 위에 담배꽁초를 던지고 발로 깔아뭉갠 뒤 소파에서 일어났다. 그리곤 문 쪽으로 걸어가다 돌아보며 말했다.

"세론, 네 우편물을 수거하는 빈민굴의 그 여자 말이야."

"그 여잔 왜요?"

"더 이상 방세를 안 낼 거야."

"무슨 얘길 하는 겁니까?"

세론은 바닥에서 일어나며 구겨진 자존심을 펴 보려고 애썼다.

"내가 그 여자한테 더 이상 방세를 내지 말라고 말하겠어. 그리고 이따금씩 체크할 거야. 그 여자가 방세를 계속 내면 네놈이 더 이상 주소를 못 속이도록 보호관찰 담당관을 보내 주지. 그가 화를 내며 네놈을 감방에 처넣겠지? 카운티 유치장 안에서는 매춘사업을 하기가 어려울 거야. 각 층에 전화기가 두 대밖에 없는데다 동료들이 누가 얼마나 오래 사용하는지 체크하거든. 넌 그들과 손을 잡아야 할걸."

세론은 분노를 억누르며 그를 노려보기만 했다.

"내가 체크할 때마다 그 여자가 거기 살고 있는 것이 네놈 신상에 좋을 거야. 만약 그 여자가 멕시코로 돌아갔다는 소리가 들리면 나는 네 놈 때문이라고 생각하고 곧 연락할 테니까. 그 여자가 초라한 아파트로 옮겼다면 그것도 네 탓이라 생각하고 곧바로 전화할 거야. 그 여자를 거기 가만히 두는 편이 좋아."

"이건 갈취야."

세론이 항의했다.

"아니지, 병신아. 이런 게 바로 정의야."

보슈는 문을 열어둔 채 복도로 나갔다. 엘리베이터를 기다리고 있는데 세론이 여자에게 지르는 고함 소리가 다시 들려왔다.

"주둥이 닥치라니까!"

13 메뚜기의 하루

저녁 러시아워의 마지막 물결이 실비아의 집으로 가는 보슈의 앞길을 자꾸만 가로막았다. 마침내 도착해서 집 안으로 들어가니 실비아는 푸르스름한 청바지에 그랜트하이 티셔츠 차림으로 식당 테이블에 앉아 학생들이 제출한 독후감을 읽고 있었다. 그녀는 밸리의 그랜트 고교에서 가르치는 11학년 영어 시간을 로스앤젤레스의 문학이라고 불렀다. 자기가 개설한 그 강의를 통해 학생들은 자신들이 살고 있는 도시에 대해 잘 알게 될 것이라고 그녀는 주장했다. 대부분 다른 지역이나 다른 나라에서 온 아이들로, 어떤 반에서는 열한 개의 다른 언어들이 사용되고 있었다고 말한 적도 있었다.

보슈는 그녀에게 다가가서 키스했다. 독후감을 흘끗 보니 너대니얼 웨스트(다다이즘과 초현실주의 영향을 받은 미국 소설가–옮긴이)의 《메뚜기의 하루》라는 소설에 대한 것이었다.

"이 책 읽어봤어요?"

실비아가 물었다.

"옛날에. 고등학교 영어 선생이 읽으라고 해서. 미친 여자였어."

팔꿈치로 보슈의 허벅지를 툭 치며 그녀는 말했다.

"알아요, 똑똑한 양반. 나는 딱딱한 것과 말랑한 것을 교대로 먹이거든요. 이번엔 《빅 슬립》을 과제로 내줬어요."

"아이들은 이 책 제목도 그래야 한다고 생각했을 거야."

"당신은 오늘 파티의 주인공이 아니잖아. 좋은 일이라도 있었나요?"

"아니, 완전히 반대야. 모든 게 엉망진창이었어. 하지만 여기서는… 다르지."

실비아는 의자에서 일어나 그를 껴안았다. 보슈는 손바닥으로 여자의 등을 어루만져 주었다. 그러면 실비아가 좋아한다는 걸 알고 있었다.

"사건이 어떻게 돌아가고 있죠?"

"제멋대로야. 진흙탕 속으로 빠져드는 것 같아. 이 일 마무리되면 나도 사립 탐정이나 해볼까. 필립 말로처럼."

여자가 그를 밀어내며 물었다.

"무슨 얘길 하고 있는 거예요?"

"나도 모르겠어. 그냥 그렇단 얘기지. 오늘 밤 작업을 좀 해야 해. 부엌 식탁에서 할 테니까 당신은 여기서 계속 메뚜기들을 잡아."

"오늘은 당신이 요리할 차례예요."

"그렇다면 대령(튀긴 닭-옮긴이)을 고용해야 되겠는데."

"젠장!"

"어이, 선생님이 그런 말을 사용하면 쓰나. 대령이 뭐 어때서?"

"그 친군 죽은 지 여러 해 됐어요. 하지만 걱정 말아요. 괜찮아."

실비아는 미소를 지어 보였다. 한두 번 당한 일도 아니었다. 보슈는 자기가 요리할 차례가 되면 항상 그녀를 데리고 밖으로 나갔다. 오늘은 프라이드치킨으로 때우게 생겼으니 실망한 모양이었다. 하지만 보슈는 할 일이 너무 많았고 생각할 것도 너무 많았다.

실비아의 얼굴을 보면 그는 오늘 겪었던 나쁜 일들을 모조리 털어놓고 싶은 심정이었다. 하지만 그럴 수 없다는 걸 알고 있었고, 실비아도 그것을 알고 있었다.

"오늘 난 한 사내를 모욕했어."

"왜요?"

"그놈이 여자들을 모욕했거든."

"남자들은 다 그래요, 해리. 어떻게 했는데요?"

"자기 여자가 보는 앞에서 때려눕혔지."

"그자가 맞을 짓을 했겠죠."

"나는 당신이 내일 법정에 안 나오면 좋겠어. 챈들러가 나를 증인으로 불러낼 것 같거든. 별로 좋은 일이 일어나지 않을 거야."

실비아는 잠시 조용히 있다가 물었다.

"왜 이러는 거예요, 해리? 당신이 한 일들을 다 얘기하면서 감출 건 또 감추잖아요. 우린 친밀한 것 같으면서도 한편으로는⋯ 때려눕힌 남자에 대해선 얘기하면서 왜 당신 자신에 대해선 입을 다물죠? 당신과 당신의 과거에 대해 내가 알고 있는 게 뭐죠? 우린 그것부터 풀어야 해요, 해리. 아니면 서로를 모욕하는 걸 그만두던가요. 전에도 이런 일로 끝장이 났거든요."

보슈는 머리를 끄덕이며 시선을 떨어뜨렸다. 무슨 말을 해야 할지 생각나지 않았다. 지금 그런 생각을 하기엔 머리가 너무 무거웠다.

"쿠키도 좀 사올까?"

그가 마침내 물었다.

"좋죠."

실비아는 독후감을 계속 읽기 시작했다. 보슈는 저녁거리를 사러 밖으로 나갔다.

식사를 마치자 실비아는 식당 테이블로 돌아갔고, 보슈는 부엌 식탁에 서류가방을 올려놓고 파란 살인 파일들을 꺼내놓았다. 헨리 웨인하드 맥주도 한 병 올려놓았지만 담배는 꺼내지 않았다. 실내에서는 담배를 피우지 않을 생각이었다. 적어도 실비아가 깨어 있는 동안에는.

첫 번째 바인더를 풀고 피살자 열한 명의 파일들을 부문별로 식탁 위에 펼쳐놓았다. 그런 다음 맥주병을 들고 일어서서 그것들을 한눈에 내려다보았다. 각 부문들은 피살자들이 발견되었을 당시에 찍은 유해 사진들이 앞으로 나오게 했다. 보슈의 눈앞에 열한 장의 사진들이 펼쳐져 있었다. 그 사건들에 대해 잠시 생각하던 그는 침실로 들어가서 전날 입었던 양복을 뒤지기 시작했다. 콘크리트 블론드를 찍은 폴라로이드 사진은 주머니 속에 그대로 들어 있었다.

그는 사진을 들고 부엌으로 돌아와서 식탁 위의 다른 사진들 옆에 놓았다. 열두 번째의 사진. 찢기고 상한 시체들의 끔찍한 전시였다. 죽은 눈 아래 야한 화장으로 거짓 미소들을 그려놓았다. 경찰 사진사들이 비춘 강렬한 불빛 아래 시체들은 벌거벗은 모습으로 드러나 있었다.

보슈는 맥주를 비우며 사진들을 응시했다. 시신들의 이름과 죽은 날짜들을 읽어보고 얼굴들을 살펴보았다. 이들 모두는 밤의 도시에서 천사들을 잃어버렸다. 실비아가 들어온 것을 알았을 때는 이미 늦었다.

"세상에!"

사진들을 본 그녀가 질린 표정으로 한 걸음 물러섰다. 한 손엔 학생이 쓴 독후감이 들려 있었다. 다른 한 손은 입을 가리고 있었다.

"미안해, 실비아."

보슈가 당황하며 말했다.

"들어오지 말라고 미리 경고했어야 했는데."

"그 여자들이에요?"

그는 고개를 끄덕였다.

"뭘 하고 있는 거예요?"

"나도 모르겠어. 뭔가 떠오르길 기다리고 있는데. 이들을 모두 다시 들여다보면 무슨 일이 벌어지고 있었는지 생각나지 않을까 하고."

"하지만 그렇게 서서 보기만 한다고 무슨 생각이 나겠어요?"

실비아는 손에 든 독후감을 살펴보았다.

"그건 왜?"

보슈가 물었다.

"별거 아녜요. 한 학생이 쓴 건데 당신한테 읽어 주려고."

"읽어 봐."

그는 벽 쪽으로 걸어가서 식탁 위에 걸린 불을 껐다. 사진들과 보슈의 모습이 어둠 속으로 사라졌다. 실비아는 식당에서 부엌 입구로 비치는 불빛 속에 서 있었다.

"읽어 봐."

그녀가 독후감을 쳐들며 말했다.

"여학생 건데 이렇게 써놨어요. '웨스트는 로스앤젤레스의 평온이 끝났음을 예고하고 있었다. 그는 천사의 도시가 절망의 도시, 미친 군중의 발길 아래 희망이 뭉개진 도시로 변하는 것을 보았다. 그의 책은 경고였다.'"

실비아는 고개를 들고 보슈를 바라보았다.

"그 뒤에도 있지만 여기까지 읽어주고 싶었어요. 이제 겨우 상급반에 오른 10학년 여학생인데 이 책에서 아주 강렬한 인상을 받았나 봐요."

보슈는 실비아의 순진함에 감탄했다. 그는 독후감을 듣자마자 그 여학생이 무언가를 보고 베꼈다는 생각이 들었다. 구사한 단어나 문장의 흐름이 그 또래의 글답지 않았던 것이다. 하지만 실비아는 그 점을 간과했다. 그녀는 사물 속에서 아름다움을 발견하는 반면 그는 어둠을 보았다. 그래서 그는 이렇게 대꾸했다.

"잘 썼는데."

"아프리카계 미국인이에요. 버스를 타고 다니죠. 내가 맡은 아이들 중에서도 가장 똑똑한 편에 속하는데, 버스를 타고 다니는 게 걱정 돼요. 편도에 75분이나 걸린다는데, 그 시간에 숙제로 내준 책을 읽는대요. 그래도 걱정이에요. 아주 민감한 아이거든요. 너무 민감해요."

"기다려 봐. 자라면서 차츰 냉정함을 갖추겠지. 다들 그러잖아."

"아니에요. 다 그렇진 않아요, 해리. 그래서 난 이 아이가 걱정 돼요."

실비아는 그를 바라보며 어둠 속에 한참 서 있었다.

"방해해서 미안해요."

"방해한 것 없어, 실비아. 이런 걸 들고 들어와서 내가 미안해. 당신이 싫다면 내 집으로 가져갈게."

"아니에요, 해리. 여기 있어요. 커피라도 갖다 줘요?"

"아니, 괜찮아."

그녀가 거실로 돌아가자 보슈는 다시 불을 켰다. 그리고 식탁 위에 늘어놓은 사진들을 다시 살펴보았다. 살인범이 해놓은 화장 때문에 피살자들의 모습은 모두 똑같아 보였지만 인종이나 피부색, 신체의 크기 등에서 매우 다양한 형태를 띠고 있었다.

존 로크 박사는 특별수사팀에게 그것은 범인이 기회주의 사냥꾼임을 뜻한다고 조언했다. 여자의 몸매 따위는 신경 쓰지 않고 단지 기회만 오면 자신의 에로틱한 프로그램을 위해 공격하는 유형이라는 것이었다. 남의 눈에 띄지 않고 습격할 수만 있다면 백인이든 흑인이든 가리지 않는 가장 밑바닥 사냥꾼이었다. 그가 사냥한 여자들은 오래전부터 이미 희생자로 전락해 있던 상태였다. 뭇 남자들의 눈길과 사랑 없는 손길에 자신들의 몸뚱이를 이미 내어준 여자들. 그들은 길거리에서 그를 기다리고 있었다. 문제는 인형사가 여전히 저기 어딘가에서 그들을 노리고 있다는 점이었다.

보슈는 의자에 앉아 바인더 포켓에서 서부 LA 지도를 뺐냈다. 그것을 펴서 사진들 위에 펼치자 접은 부분이 갈라졌다. 시체들이 발견된 지역을 표시한 검정색 동그란 스티커들은 그대로 붙어 있었다. 그 검은 점들 옆에는 피살자들의 이름과 시체 발견 날짜들이 기재되어 있었다. 특별수사팀은 처치가 사살되기 전이나 후에도 사건들의 지리적 연관성은 발견하지 못했다. 시체들은 실버레이크에서 말리부에 이르는 광범위한 곳에서 발견되었다. 인형사는 서부 전 지역에 시체들을 유기했지만 그래도 대부분은 실버레이크와 할리우드에 몰려 있었고 말리부에서 한 구, 웨스트 할리우드에서도 한 구가 발견되었다.

콘크리트 블론드는 그 이전에 할리우드에서 발견되었던 시체들보다 훨씬 더 남쪽에서 발견되었다. 그리고 유일하게 묻힌 상태로 발견된 것이었다. 로크 박사가 유기 장소는 편의상 선택되었을 것이라고 말했다. 처치가 죽은 후니까 그 말이 옳을 것 같았다. 네 구의 시신은 그의 아파트가 있는 실버레이크에서 반경 1마일(1.6km) 이내에 버려졌다. 다른 네 구의 시체가 버려진 곳도 자동차로 꽤 가까운 거리인 동부 할리우드였다.

발견된 날짜들도 수사에 별 도움을 주지 않았다. 아무 패턴이 없었다. 처음엔 시체들이 발견된 날짜들 사이의 간격이 점점 좁아지더니 나중엔 오히려 벌어지기 시작했다. 인형사는 다섯 주 간격으로 먹이를 사낭하다가 두 주까지 좁히더니 다시 세 주로 벌렸다. 예측이 불가능해진 특별수사팀은 사건이 터지기만 기다리는 꼴이었다.

보슈는 피살자들의 배경에 대해 정리해 놓은 서류들을 검토하기 시작했다. 대부분 두세 쪽 분량으로 그들의 슬픈 삶에 대한 짤막한 설명이었다. 할리우드 대로에서 밤일을 하던 한 여자는 낮엔 미용학교에 다니고 있었다. 멕시코 치와와에 사는 부모에게 송금하던 한 여자는 유명한 디즈니랜드에서 여행 가이드로 일하고 있다고 그들을 속이고 있었다. 피살자들 사이에 간혹 우연의 일치 같은 것이 눈에 띄기도 했지만 특별한 의미를 지닐 정도는 아니었다.

거리의 창녀 세 명이 예방주사를 맞기 위해 매주 같은 의사를 방문하고 있다는 사실도 알게 되었다. 특별수사팀에서 3주 동안 감시조를 붙여 의사를 지키고 있었는데, 그러던 어느 날 인형사가 선셋 대로에서 매춘부를 납치했고 시체는 다음 날 아침 실버레이크에서 발견되었다.

다른 두 여자는 비벌리힐스의 한 성형외과 의사한테 유방확대수술을 받았던 것으로 밝혀졌다. 이것을 찾아낸 특별수사팀은 환호성을 질렀다. 인형사가 피살자들에게 화장을 하는 것과 마찬가지로, 성형외과 의사도 이미지를 재창조하는 사람이기 때문이었다. 경찰은 그에게 플라스틱 맨이란 별명을 붙여주고 감시에 들어갔다. 그러나 도무지 수상쩍은 행동이라곤 보이지도 않을 뿐만 아니라 자기 취향대로 빚은 듯한 몸매를 가진 아내와 함께 가장 이상적인 가정생활을 누리고 있는 것처럼 보였다. 보슈가 노먼 처치를 처치하게 되었던 제보 전화를 받던 그 순간까지도 경찰은 플라스틱 맨을 감시하고 있었다.

보슈가 알기로는 두 명의 의사 모두 자신들이 감시당하고 있었다는 사실을 알지 못했다. 브레머가 쓴 책에서도 그들은 가명으로 언급되어 있었다.

피살자들의 배경에 대한 설명을 3분의 2쯤 읽어 일곱 번째 희생자인 니콜 냅의 배경에 들어갔을 때, 보슈는 패턴 속의 패턴이라 할 만한 것을 발견했다. 이전에는 놓쳤던 것이었다. 그들 모두가 놓쳤던 것이다. 특별수사팀도, 로크 박사도, 언론 매체들도. 그들은 모든 피살자들을 같은 범주에다 놓았다. 매춘부는 매춘부일 뿐 다를 것이 없다는 생각. 그렇지만 차이점들이 있었다. 어떤 여자들은 길거리 창녀였고, 다른 여자들은 에스코트로 격이 좀 높았다. 이 두 부류 속에 댄서들이 포함되어 있었고, 한 여자는 스트리퍼였다. 그리고 두 여자는 최근에 발견된 베키 카민스키처럼 포르노 출연으로 생계를 유지하면서 부업으로 외박을 나갔다.

보슈는 일곱 번째 피살자인 니콜 냅과 열한 번째 피살자인 셜린 켐프의 서류와 사진을 집어들었다. 이 두 여자는 포르노 배우들로 비디오 세계에서는 홀리 레레와 헤더 컴히더란 예명으로 알려져 있었다.

그는 바인더 하나를 막 뒤져서 범인의 손에서 도망쳐 나온 유일한 생존자의 서류 더미를 찾아냈다. 이 여자도 포르노 여배우였는데 부업으로 외박을 나갔다. 이름은 조지아 스턴. 비디오 예명으로는 벨벳 박스라고 불렸다. 그녀는 지방 섹스 타블로이드 지에 게재한 출장 서비스 광고를 통해 데이트 신청을 받고 할리우드 스타 모텔로 갔다. 룸에 들어가자 그녀의 고객은 옷을 벗으라고 요구했다. 얌전을 빼는 것이 고객을 흥분시킬 때가 많기 때문에 그녀는 돌아서서 옷을 벗었다. 그녀가 자신의 핸드백 가죽 끈이 머리 위로 넘어오는 것을 본 순간, 사내가 등 뒤에서 목을 조르기 시작했다. 모든 피살자들이 다 그랬겠지만 조지아 스턴은 격렬히 저항했다. 하지만 그녀는 팔꿈치로 사내의 갈비뼈를 내지르고 돌아서서 발로 사타구니를 세게 걷어찬 덕분에 도망칠 수가 있었다.

그녀는 내가 언제 얌전을 뺐느냐는 듯이 발가벗은 채 룸을 뛰쳐나갔다. 신고받은 경찰이 도착했을 때 사내는 이미 도망치고 없었다. 사건 보고서가 돌고 돌아 특별수사팀에 들어온 것은 그로부터 사흘 뒤였다. 그 사이에 호텔 룸은 열두 번도 더 사용되었고—할리우드 스타는 시간 요금으로 방을 빌려주고 있었다—신체적 증거물 수집은 물 건너가고 말았다.

지금 그 보고서들을 읽어보니 보슈는 조지아 스턴이 경찰 화가를 도와 그린 범인의 몽타주가 노먼 처치의 모습과 왜 그렇게 다른지 알 수 있었다.

그 범인은 다른 놈이었던 것이다.

한 시간쯤 뒤 보슈는 바인더의 맨 끝 페이지에 있는 전화번호와 주소를 살펴보았다. 수사에 참여했던 주요 인물들이었다. 그는 벽걸이 전화를 들고 로크 박사의 번호를 눌러댔다. 그 정신분석의가 4년 전 전화번호를 그대로 사용하고 있을지 걱정이었다.

로크 박사는 신호가 다섯 번 울린 후 전화를 받았다.

"늦은 시각에 죄송합니다, 로크 박사님. 해리 보슈입니다."

"보슈 형사, 그래 어떻게 하고 있소? 오늘 당신과 얘기를 못 나눠서 서운했지. 분위기가 당신한테 불리했어요. 그렇지만 나는….."

"압니다, 박사님. 잘 들으세요. 인형사와 관련되는 뭔가를 발견했습니다. 그래서 박사님께 보여드리고 상의하고 싶어요. 그쪽으로 가도 되겠습니까?"

로크는 한참 생각한 뒤에 반문했다.

"내가 요즘 신문에서 읽은 새로운 사건과 관련 있소?"

"네. 그것과 다른 사건들도 관련 있습니다."

"그렇다면 어디 보자, 10시가 가까운데 내일 아침에는 안 되겠소?"

"내일 아침엔 법원에 들어가야 하니까요. 하루 종일 못 나올 겁니다. 정말 중요한 일이니 박사님께서 시간을 좀 내주시면 감사하겠습니다. 11시 전에 거기 도착해서 12시 이전에 나올 수 있습니다."

로크가 다시 입을 다물고 있자, 보슈는 말도 살살 하는 이 의사가 자기를 두려워하고 있거나 살인 형사를 집에 들이기 꺼려하는 게 아닐까 하는 생각이 들었다. 그래서 한 마디 더 강조했다.

"박사님도 보시면 흥미를 느끼실 겁니다."

"좋습니다."

로크가 마침내 말했다.

집주소를 받아 적은 뒤 보슈는 서류들을 모두 두 개의 바인더 속에 도로 끼웠다. 실비아는 부엌 문간에서 머뭇거리다가 사진들을 다 챙겨 넣은 것을 확인한 뒤에야 들어왔다.

"얘기 다 들었어요. 지금 박사님 댁으로 가려고요?"

"응. 로럴 캐니언이라고 하네."

"무슨 일이에요?"

보슈는 서둘던 동작을 멈추고 그녀를 바라보았다. 두 개의 바인더는 이미 오른쪽 겨드랑이에 끼워져 있었다.

"내가… 그러니까 우리가 뭘 놓쳤던 것 같아. 특별수사팀이 혼란에 빠졌던 거지. 줄곧 두 놈이었는데 지금까지 모르고 있었어."

"살인범이 둘이라고요?"

"그런 것 같아. 그 문제를 로크 박사와 얘기해 보려고."

"오늘 밤에 돌아올 거예요?"

"모르겠어. 늦어질 것 같아. 바로 내 집으로 돌아갈까 해. 메시지도 확인하고 갈아입을 옷도 좀 챙겨야 하고."

"이번 주말도 기대할 것이 없겠죠?"

"뭐라고? 아, 론파인에 가기로 했지. 글쎄, 내 생각엔…."

"그건 걱정 말아요. 하지만 부동산에서 이 집을 보러 오면 당신 집으로 피난을 가게 될지 모르겠어요."

"얼마든지."

실비아는 현관으로 가서 문을 열어주며 조심하라고 말했다. 다음 날 아침에 전화하라고도 했다. 보슈는 그러겠다고 대답했다. 문간에서 머뭇거리다가 그는 다시 말했다.

"당신 말이 옳았어."

"무슨 말?"

"남자들은 그렇다는 말."

14 악인의 패턴

로럴 캐니언은 산타모니카 산맥을 휘돌아 스튜디오 시티와 할리우드 선셋 스트립으로 이어졌다. 도로가 멀홀랜드 드라이브 아래로 내려가며 4차선이 2차선으로 좁아지는 남쪽 사이드에서 계곡은 악취 풍기는 LA로 변한다. 겉이 번지르르한 저택들 옆에 현대식 유리건물들이 서 있고 그 옆에는 40년 묵은 할리우드 단층집들이 자리 잡고 있다. 해리 후디니(헝가리 출신 마술사-옮긴이)는 이곳 깊은 골짜기 속에 성을 지었고, 짐 모리슨(록그룹 도어즈의 리드 싱어-옮긴이)은 계곡의 유일한 상품 공급지였던 작은 시장 옆의 판잣집에서 살았다.

계곡은 신흥 부유층인 록 스타나 작가들, 영화배우들, 마약거래인들이 들어와 사는 곳이었다. 이들은 로럴 캐니언에서 살기 위해 진흙사태와 엄청난 교통 정체를 견뎌냈다. 로크 박사는 로럴 캐니언 대로에서 가파르게 올라간 룩아웃 마운틴 거리에서 살고 있었다. 보슈가 탄 관급 카프리스로는 기를 쓰고 올라가야만 했다. 주소는 로크 박사의 주택 정면 벽에 파란 네온으로 반짝이고 있어서 놓칠 수가 없었다. 보슈는 최소한 25년은 묵었을 것으로 보이는 알록달록한 폴크스바겐 밴 뒤에 카프리스를 세웠다. 로럴 캐니언은 이처럼 시간왜곡 현상이 일어나는 곳이었다.

차에서 내린 보슈는 담배를 거리에 던지고 발로 밟았다. 조용하고 캄캄했다. 카프리스의 엔진이 식으며 내는 작은 소리가 들렸고, 차체 아래서 배기가스 냄새가 퍼져 나왔다. 그는 창문으로 손을 집어넣어 바인더를 꺼내들었다.

로크 박사의 집까지 오는 데 한 시간 정도 걸렸고 그동안 보슈는 자신이 발견한 패턴 속의 패턴에 대한 생각을 가다듬을 수 있었다. 그리고 그것을 확인해볼 묘책이 있다는 것을 알았다.

로크 박사는 빨간 포도주가 담긴 잔을 한 손에 들고 그를 맞았다. 청바지에 초록색 셔츠 차림이었고 맨발이었다. 목에 건 가죽 끈 끝에는 커다란 자수정이 매달려 있었다.

"어서 오시오, 보슈 형사. 들어와요."

박사는 현관에서 거실 겸 식당으로 사용되는 널찍한 공간으로 형사를 안내했다. 한쪽 벽 프렌치 문들이 푸른 풀장으로 에워싸인 테라스를 향해 열려 있었다. 핑크빛 카펫이 약간 낡고 더러운 점만 빼면 대학에서 섹스 강의를 하는 교수에다 작가 신분으로는 그다지 나쁜 주거 환경이 아닌 것 같았다. 풀장의 물이 일렁이는 것을 보면 조금 전까지도 누가 수영을 하고 있었던 듯했고, 마리화나 냄새도 살짝 나는 것 같았다.

"아주 멋진 집입니다."

보슈가 칭찬했다.

"우린 이웃사촌이나 다름없군요. 저는 반대편 골짜기에서 살고 있습니다. 우드로 윌슨에서요."

"오, 그래요? 그런데 왜 이렇게 오래 걸렸습니까?"

"집에서 오는 길이 아닙니다. 부케 캐니언에 있는 친구 집에서 오는 길이죠."

"아, 여자 친구. 그래서 45분이나 걸렸군."

"기다리게 해서 죄송합니다, 박사님. 빨리 끝내려면 바로 시작하죠."

"그럽시다."

그는 보슈에게 식당 테이블을 가리켰다. 박사는 형사에게 포도주 한 잔 하겠냐고 묻지도 않았고, 재떨이나 혹시 수영팬티가 필요하냐고 묻지도 않았다.

"불쑥 쳐들어와 죄송합니다. 빨리 끝내드리죠."

"그 말은 벌써 했잖소. 나도 일이 이렇게 되어 유감이에요. 증언 때문에 내 연구와 집필 일정이 하루씩 밀려서 오늘 밤 만회하려고 애쓰는 중이었는데."

보슈는 그의 머리카락이 젖지 않은 것에 유의했다. 다른 누군가가 풀에서 수영하는 동안 그는 일을 하고 있었던 것 같았다.

로크 박사가 테이블에 앉자 보슈는 월요일에 경찰서 프런트데스크에 전달된 새로운 메모의 복사본을 그에게 보여준 뒤 콘크리트 블론드 수사에 대해 순서대로 설명했다. 최근 발견된 시체에 대한 세부적 설명을 듣고 있던 로크 박사의 눈이 호기심으로 빛나는 것을 보슈는 보았다. 설명이 끝나자 정신분석의는 팔짱을 끼고 눈을 감은 채 말했다.

"논의에 들어가기 전에 생각을 좀 해봐야겠습니다."

박사가 꼼짝도 않고 조용히 앉아 있자 보슈는 무엇을 해야 할지 몰랐다. 20초쯤 기다린 뒤 그는 마침내 말했다.

"생각하시는 동안 전화 좀 빌리겠습니다."

"부엌에 있소."

로크 박사는 눈도 뜨지 않고 말했다.

보슈는 바인더에 있는 특별수사팀 명단에서 빅터 아마도의 전화번호를 찾아냈다. 전화를 받은 부검실 분석가는 자다 깨어난 것이 분명했다. 보슈는 이름을 밝힌 뒤 그에게 말했다.

"잠을 깨워서 미안하네. 새로 터진 인형사 사건이 빠르게 진행되고 있어서 말이야. 신문에 난 기사는 읽어 봤겠지?"

"네, 하지만 인형사의 짓으로 확인되진 않았다고 했던데요."

"맞아. 지금 그걸 확인하고 있어. 질문이 있네."

"쏘세요."

"자넨 어제 각 피살자로부터 채취한 레이프 키트에 대해 증언했어. 그것들은 지금 어디 있지? 증거물들 말이야."

아마도는 한참 동안 침묵한 뒤 대답했다.

"아직 증거물 보관실에 있을 겁니다. 부검실 규정에 의하면 사건 종결 후 7년 동안 보관하게 되어 있거든요. 항소나 기타 상황에 대비해서죠. 이 사건의 경우 혐의자가 죽었으므로 그렇게 오래 보관할 필요는 없겠죠. 증거물 보관함을 비우려면 검시관의 지시가 있어야 해요. 하지만 당신이 처치를 죽인 후 그 당시의 검시관이 그걸 생각하거나 기억하지 못했을 가능성은 있죠. 관료체제가 너무 비대해서 그 정도로 잘 돌아가진 않거든요. 제 짐작으론 그 키트들이 아직 거기 있을 거예요. 증거물 관리자는 7년이 지나야만 폐기 지시를 요청하니까."

"좋았어!"

보슈는 흥분한 목소리로 말했다.

"상태는 어떨까? 증거물로 사용할 수 있겠지? 분석할 수도 있고?"

"부패하진 않았을 겁니다."

"지금 맡은 일은 얼마나 돼?"

"항상 넘칠 지경이죠. 하지만 호기심이 생기네. 무슨 일입니까?"

"자네가 일곱 번째와 열한 번째 피살자의 레이프 키트를 좀 찾아주면 좋겠네. 니콜 냅과 셜린 켐프야. 알겠나? 일곱 번째와 열한 번째. 세븐일레븐이란 가게 이름으로 기억해."

"알았습니다. 세븐일레븐. 그래서 어떻게 하라고요?"

"음모 정밀검사 부분을 상호 비교해 봐. 두 여자한테서 같은 남자의 음모가 발견되었는지 확인해 보란 얘기야. 시간이 얼마나 걸릴까?"

"사나흘은 걸리겠죠. 그것들을 법무부 연구실로 보내야 하니까요. 냅다 독촉하면 조금 빨라질 수도 있을 겁니다. 한 가지 물어봐도 돼요? 이걸 왜 하는데요?"

"처치 외에 다른 놈이 있는 것 같아. 모방범 말이야. 이놈이 일곱 번째와 열한 번째 그리고 이번 주에 발견된 피살자의 범인이야. 그런데 처치처럼 자기 몸의 털을 모조리 밀어버릴 만큼 약진 않았을 것 같거든. 음모 조사에서 동일인의 털이 발견되면 똑 소리가 나는 거지."

"아하, 두 여자한테서 흥미로운 것이 발견되면 재깍 연락하죠. 세븐일레븐."

"고맙네."

"증인석에 나가기 전에 모조리 다시 훑어봤기 때문에 아직 선명하게 기억하고 있어요. 두 피살자의 자궁이 심하게 파손되어 있었다고 제가 증언했죠? 그 두 여자가 바로 일곱 번째와 열한 번째였어요."

보슈는 그 말을 잠시 생각해 보았다. 식당에서 로크 박사의 목소리가 들려왔다.

"보슈 형사?"

"금방 갈게요."

그는 박사에게 소리친 다음 아마도에게 다시 말했다.

"그거 솔깃한 얘긴데."

"누군지는 모르지만 두 번째 놈이 노먼 처치보다 더 거칠다는 얘깁니다. 그 두 여자가 가장 심하게 상했어요."

그때 보슈의 머릿속에 어떤 것이 떠올랐다. 전날 아마도가 증언할 때는 보이지 않았던 것이 지금은 뚜렷하게 보였다.

"그 콘돔 말이야."

"콘돔이 왜요?"

"열두 개 들이 상자에 세 개만 남아 있었다고 증언했잖아."

"맞아! 아홉 개는 사용된 거죠. 열한 명의 피살자 명단에서 일곱 번째와 열한 번째를 빼면 아홉 명이 남지. 딱 맞아떨어지네요, 해리. 내일 아침 이 일부터 매달려야겠어요. 딱 사흘만 줘요."

전화를 끊고 나자 보슈는 아마도가 오늘 밤 다시 잠들긴 어렵겠다는 생각이 들었다.

식당으로 돌아가 보니 로크 박사는 자기 포도주 잔을 다시 채우고 있었지만 이번에도 보슈에게 한잔할 거냐고 물어보지 않았다. 테이블 맞은편에 앉자 박사는 말했다.

"준비가 됐소."

"시작하죠."

"이번 주에 발견된 시체에 인형사의 짓으로 알려진 세부적인 표시들이 있었다고 했습니까?"

"그렇습니다."

"시체를 유기한 방법이 달라진 걸 제외하곤 말이죠. 다른 시체들은 보란 듯이 버렸는데 이번엔 은밀한 방법을 썼군요. 그 점이 아주 흥미롭습니다. 다른 얘기도 있나요?"

"있죠. 법정 증언을 듣고 저는 열한 번째 희생자를 죽인 혐의자에서 노면 처치는 제외할 수 있다고 생각했습니다. 증인이 비디오테이프를 통해….”

“증인이라고?”

“네. 법정 증인 말입니다. 처치의 친구라고 하더군요. 열한 번째 여자가 습격당한 시각에 파티에 참석하고 있던 처치의 모습을 찍은 비디오를 가져왔습니다. 테이프 내용은 의심할 여지가 없었어요.”

로크는 머리를 끄덕이더니 침묵에 빠져들었다. 이번엔 그래도 눈은 안 감았군, 하고 보슈는 생각했다. 정신분석의는 턱에 돋은 희끗희끗한 수염을 손으로 문질렀다. 보슈도 따라서 자기 턱을 문지르며 말했다.

“그리고 일곱 번째 피살자가 있습니다.”

그는 포주 세론이 알아들었다는 어떤 사내의 목소리에 대해 박사에게 설명했다.

“목소리 확인은 증거로 받아들여지지 않지만 세론의 주장이 옳다면 콘크리트 블론드는 일곱 번째 피살자와 연결된다는 걸 알 수 있어요. 비디오테이프는 열한 번째 살인 혐의에서 처치를 제외시키고, 기억하실지 모르지만 부검실 분석가인 아마도는 일곱 번째와 열한 번째 피살자가 비슷한 상처를 입었는데, 다른 여자들에 비해 훨씬 심각한 수준이었다고 합니다.”

정신분석의가 말없이 고개만 끄덕이자 보슈는 계속했다.

“또 한 가지 기억나는 것은 화장품이에요. 처치가 죽은 뒤 경찰은 그의 옥탑방에서 화장품들을 발견했어요. 기억하시죠? 그 화장품들은 다른 아홉 명의 피살자들 화장품과 일치했어요. 화장품이 없었던 두 명의 피살자는….”

“일곱 번째와 열한 번째였지.”

박사가 받았다.

"맞습니다. 그러니까 이 두 사건, 일곱 번째와 열한 번째 사이에는 복합적 연관성이 있다는 뜻이 됩니다. 그런데 포주가 고객의 목소리를 알아들었다는 사실만으로는 이번 주에 발견된 열두 번째 피살자와 별로 관계없는 것처럼 보입니다. 그렇지만 세 여자의 라이프스타일을 고려할 때 연관성은 훨씬 더 강해진다는 거죠. 모두가 포르노 배우이고 방문 서비스를 하는 여자들입니다."

"패턴 속의 패턴이 보이는군."

로크 박사가 말했다.

"또 있어요. 유일하게 살아남았던 여자. 그 여자도 포르노 배우에다 방문 서비스를 했습니다."

"그리고 자기를 습격했던 사내는 처치와 닮은 점이 하나도 없다고 말했지."

"맞습니다. 그래서 저는 그자를 노면 처치가 아니라고 생각하는 겁니다. 앞에 설명한 세 여자와 살아남은 한 여자는 다른 살인자가 습격했다고 봐요. 나머지 아홉 명은 처치가 습격했겠지만 말이죠."

정신분석의는 일어나서 식당 안을 오락가락하기 시작했다. 한 손은 여전히 자기 턱을 붙잡고 있었다.

"또 있습니까?"

보슈는 바인더를 열고 지도와 일련의 날짜들을 적어둔 종이를 꺼냈다. 지도를 조심스레 펴서 테이블 위에 놓고 박사에게 말했다.

"보세요. 아홉 명 무리를 A그룹이라 하고 세 명의 여자는 B그룹이라 부릅시다. A그룹 피살자들이 발견된 지역을 지도 위에 동그라미로 표시했어요. B그룹 피살자들이 발견된 지역을 짚어낼 수 있다면 지리적 안목이 있다고 봐야죠. B그룹 피살자들은 말리부와 웨스트 할리우드, 사우스 할리우드에서 발견되었습니다. 하지만 A그룹 여자들은 이곳 동부 할리우드와 실버레이크에 집중되어 있어요."

보슈는 지도 위의 동그라미들을 손가락으로 가리키며 처치가 시체를 투기한 지역들을 보여주었다.

"그리고 처치의 살인거점이 있는 히페리온 거리는 이 지역의 중심부에 가깝죠."

그는 허리를 펴고 접힌 종이를 지도 위에 떨어뜨렸다.

"자, 여기에 애초부터 처치가 저지른 것으로 본 열한 건의 살인사건들이 날짜별로 적혀 있습니다. 처음에는 그 간격 패턴이 30일, 32일, 28일, 31일, 31일인 것을 알 수 있어요. 그런데 그 패턴이 사라졌습니다. 그때 우리가 얼마나 당황했는지 기억나십니까?"

"그럼요."

"갑자기 12일로 좁혀졌다가 그다음엔 16일, 27일, 30일, 11일로 갈팡질팡했어요. 패턴이 없어져버린 거죠. 그렇지만 이제 그 날짜들을 A그룹과 B그룹으로 나눠 봤습니다."

보슈는 접힌 종이를 폈다. 거기엔 날짜들이 두 줄로 나눠져 있었다. 로크 박사는 종이를 살펴보기 위해 테이블 위의 불빛 속으로 머리를 숙였다. 대머리가 벗겨지고 주근깨가 박힌 박사의 정수리에서 보슈는 가느다란 흉터가 있는 것을 발견했다. 그는 얘기를 계속했다.

"그러면 A그룹에서 어떤 패턴을 발견하게 됩니다. 날짜의 간격이 분명하게 드러나잖아요. 30일, 32일, 28일, 31일, 31일, 28일, 27일, 30일. 하지만 B그룹에서는 두 살인사건의 간격이 84일입니다."

"스트레스 관리를 더 잘한다는 얘기군."

"네?"

"이런 환상을 얼마나 자주 행동으로 옮기는지는 스트레스 축적에 의해 결정 나거든. 나는 이것에 대해 증언한 적 있습니다. 행위자가 스트레스를 잘 다룰수록 살인 간격은 더 벌어져요. 두 번째 살인범은 스트레스 관리를 더 잘하고 있어요. 적어도 그때까진 말이지."

정신분석의가 방 안을 오락가락하는 것을 보슈는 잠시 지켜보았다. 그가 담배를 꺼내어 불을 붙여도 존 로크는 아무 말도 하지 않았다. 담배연기를 한 차례 내뿜은 뒤 보슈는 박사에게 물었다.

"제가 알고 싶은 건 이게 가능하냐는 겁니다. 이런 전례를 보신 적 있습니까?"

"가능하고말고. 검은 심장은 혼자 뛰지 않습니다. 가능한 전례를 찾기 위해 당신 관할구역 바깥까지 살펴볼 필요는 없죠. 계곡의 교살자들(Hillside Stranglers: 1970년대 말 LA 지역 연쇄살인범 케니스 비앙키, 알젤로 부오노 사촌 형제-옮긴이)을 보세요. 《동종의 두 남자》란 제목으로 그들에 관한 책까지 나오지 않았습니까."

박사는 다른 사례들을 계속 들었다.

"80년대 초 나이트스토커(시카고의 연쇄살인범 리처드 라미레즈-옮긴이)와 선셋 스트립 교살자의 살인 수법이 얼마나 유사했는지 보라고요. 생각해 볼 것도 없이 대답은 예스에요. 얼마든지 가능합니다."

"그 사건들에 대해서는 저도 알고 있지만 이건 다릅니다. 그 사건들을 검토해 보고 이건 다르다는 걸 알았죠. 계곡의 교살자들은 공범이었어요. 사촌 형제지간이었죠. 다른 두 명은 수법이 유사했지만 중요한 차이가 있었고요. 이 사건에서는 어떤 놈이 다른 놈을 똑같이 따라했습니다. 너무 비슷해서 우린 지나쳤고, 그래서 놈은 빠져나갔던 겁니다."

"두 살인범이 각기 따로 살인을 했는데 수법은 똑같다는 말이로군."

"그렇습니다."

"어떤 경우든 가능합니다. 다른 예를 들어 보죠. 80년대 초 오렌지와 LA 카운티에서 설쳤던 고속도로 살인범(Freeway Killer: 연쇄살인범 윌리

엄 보닌-옮긴이)을 기억합니까?"

보슈는 머리를 끄덕였다. 하지만 그런 사건들은 직접 경험한 것이 아니기 때문에 아는 것도 별로 없었다.

"어느 날 경찰은 운 좋게도 윌리엄 보닌이라는 베트남 참전 노병을 체포했습니다. 취조 끝에 몇 건의 연쇄살인과 연결시킬 수 있었고, 나머지 다른 사건들과도 관련되었다고 믿게 되었죠. 그런데 보닌을 사형수 감방에 집어넣은 뒤에도 살인 사건은 계속 일어났어요. 연쇄살인은 시체를 자기 차에 싣고 달리던 랜디 크래프트라는 사내를 고속도로 순찰대원이 체포한 뒤에야 끝났죠. 크래프트와 보닌은 서로 모르는 사이였지만 얼마간은 '고속도로 살인범'이란 별명을 은밀히 공유했던 겁니다. 그들은 서로 독립적으로 살인을 저질렀는데 사람들은 두 사람을 같은 인물로 알았던 거죠."

그 얘기는 보슈가 세우고 있는 이론과 상당히 가깝게 들렸다. 로크 박사는 이제 보슈의 밤늦은 방문에는 더 이상 신경 쓰지 않는 듯 설명을 이어나갔다.

"샌 퀜튼 교도소 사형수동에서 연구할 때부터 사귄 간수가 하나 있습니다. 그 친구 말로는 가스실에 보낼 연쇄살인범이 네 명 있는데 크래프트와 보닌도 포함되어 있다고 하더군요. 그런데 그 넷이 날마다 카드놀이를 한답니다. 브리지 게임 말이에요. 그들 중에서도 크래프트와 보닌은 59명을 살해한 죄로 사형선고를 받았어요. 그런데도 브리지 게임을 하는 겁니다. 주목해야 할 것은, 이 두 놈이 자신들을 패배를 모르는 한 팀처럼 생각하고 있더라는 거죠."

보슈는 지도를 펼치며 박사 얼굴을 쳐다보지도 않고 물었다.

"크래프트와 보닌은 같은 방법으로 희생자들을 죽였습니까? 똑같은 방법으로요?"

"똑같지는 않았어요. 하지만 내 말의 요지는 살인범이 둘이었을 수도 있다는 거죠. 하지만 이 사건에서는 모방범이 더 영리해요. 그는 경찰들의 시선을 모두 다른 쪽으로 돌려 처치에게 혐의를 두도록 하는 방법을 정확히 알고 있었습니다. 그러다 처치가 죽자 더 이상 가림막이 없어진 모방범은 잠수할 수밖에 없었겠죠."

고개를 들고 로크 박사를 보는 순간 보슈의 머릿속에 번쩍 떠오르는 것이 있었다. 그것은 그가 알고 있던 모든 것에 새로운 빛을 비추었다. 마치 큐볼에 맞은 여러 색깔의 공들이 사방으로 흩어지는 느낌이었다. 하지만 그는 아무 말도 하지 않았다. 그 새로운 생각은 너무 위험해서 입 밖에 함부로 낼 수 없었다. 그는 로크에게 질문하는 것으로 그 말을 대신했다.

"그런데 이 모방범은 잠수한 뒤에도 인형사와 똑같은 행동을 계속해왔어요. 아무도 보지 않을 거라면 왜 그런 짓을 하는 걸까요? 인형사가 시체 얼굴에 화장을 한 뒤 공공장소에 버리는 것은 그의 성적 범행 수법의 한 부분이라고 우리는 믿고 있잖아요. 그 자신을 흥분시키기 위한 한 부분이요. 그렇다면 두 번째 살인범은 시체가 발견되는 걸 원치도 않으면서 왜 똑같은 범행수법을 따라하는 겁니까?"

정신분석의는 두 손으로 테이블을 짚고 잠시 생각에 잠겼다. 보슈는 테라스 쪽에서 무슨 소리를 들은 것 같았다. 프렌치 도어를 통해 불빛이 아른거리는 풀장 위로 깊은 계곡의 어둠만 보였다. 시계를 보니 자정이 다 되었다.

"좋은 질문이오. 그 대답은 나도 모르겠지만."

로크 박사가 이어서 말했다.

"그 모방범은 시체가 결국 드러날 것을 알고 있었거나 그 자신을 드러내고 싶어 했던 건지도 모릅니다. 우린 이제 경찰서와 4년 전 신문사에 쪽지를 보낸 자가 모방범이었다고 가정해야만 할 것 같소. 그의 범행수법에서 과시적 욕구를 보여주는 대목입니다. 처치라면 자신을 잡으려는 경찰을 괴롭히려고 그런 욕구를 느끼진 않았을 테니까."

"모방범은 우리를 끌어들이는 것에 흥미가 있군요."

"맞아요. 추적자를 놀리며 즐기고 있는 겁니다. 자기가 저지른 살인들은 진짜 인형사 탓으로 돌리면서 말이죠. 알아듣겠소?"

"네."

"좋아요, 그래서 어떻게 됐습니까? 진짜 인형사인 처치가 당신한테 사살됩니다. 모방범에겐 가림막이 없어진 셈이죠. 하지만 살인은 그만두지 못해요. 그래서 이젠 피살자를 파묻게 된 것이죠. 그 여자를 콘크리트 속에다 말입니다."

"그렇다면 모방범은 화장과 성적인 범행수법은 그대로 따라하면서 여자를 아무도 보지 못하게 파묻었다는 겁니까?"

"아무도 알지 못하게 파묻은 거죠. 그가 인형사의 범행수법을 그대로 따랐던 것은 처음에 그것이 그 자신을 흥분시켰기 때문입니다. 하지만 그는 더 이상 시체를 공공장소에 버릴 수 없게 됐죠. 자신의 비밀이 드러나게 되니까요."

"그렇다면 쪽지는 왜 보냅니까? 이번 주에 경찰서로 쪽지를 보내서 자신을 드러낸 이유가 뭐죠?"

로크 박사는 생각에 잠겨 식당을 한참 동안 오락가락하더니 마침내 대답했다.

"자신감입니다. 모방범은 지난 4년 동안 더 강해졌어요. 아무도 자기를 대적할 수 없다고 생각한 거죠. 사이코패스의 해체 국면에서 흔히 보이는 경향입니다. 무적이라는 자신감이 증대될수록 실제로는 더 많은 실수를 저지르게 되죠. 그러다가 결국 해체되고 취약해져서 정체를 드러내고 마는 겁니다."

"그러니까 지난 4년 동안 범행을 저지르고도 무사했으니 자신이 그만큼 영리하고 막강하다는 생각이 들어 우리한테 메모를 보낸 거군요."

"그렇죠. 하지만 그건 여러 이유 중 하나일 뿐이오. 또 하나는 원래의 범인에 대한 자존심의 발동입니다. 인형사 사건에 대한 재판이 요란하게 벌어지자 모방범도 세인의 주목을 끌고 싶어진 거죠. 자신의 범행을 주목해주기 바라는 그의 마음을 우리는 이해해야만 합니다. 이전에 편지들을 보냈던 자는 처치가 아니라 모방범이었으니까. 그래서 이자는 자신을 경찰의 손이 미칠 수 없는 신적인 존재로 자만하며 이번 주에도 메모를 적어 보냈던 것 같습니다."

"나 잡아봐라, 이런 얘깁니까?"

"그렇지. 좀 케케묵은 놀이이긴 하지만. 그리고 그자가 메모를 보낸 또 한 가지 이유는 당신한테 대한 분노를 아직 삭이지 못했기 때문인 것 같소."

"저한테요?"

보슈는 깜짝 놀랐다. 그런 생각은 해본 적도 없었기 때문이다.

"당신이 처치를 제거했기 때문이오. 그의 완벽한 가림막을 파괴해버린 거지. 신문에 난 그 쪽지의 내용이 법정에서 당신한테 도움이 되진 않았을 텐데, 안 그렇소?"

"도움이 다 뭡니까. 그 때문에 전 침몰하게 생겼어요."

"그러니까 이런 방법으로 모방범은 당신한테 앙갚음하는 건지도 몰라요."

보슈는 그 가능성에 대해 잠시 생각해 보았다. 몸속에서 아드레날린이 용솟음치는 느낌이었다. 자정이 지났지만 피로감은 전혀 느낄 수 없었다. 이제야 초점이 분명해졌고 더 이상 허공을 헤매지 않게 되었다.

"저 바깥에 시체들이 더 있을 거라고 생각하시는 겁니까?"

로크 박사에게 물었다.

"콘크리트 속에 파묻힌 여자들? 불행히도 그렇소. 4년은 긴 세월이지. 많은 여자들이 묻혀 있을 것 같습니다."

"그자를 어떻게 찾죠?"

"모르겠소. 내 일은 항상 맨 마지막에 생기니까. 살인범이 체포되거나 죽은 뒤에."

보슈는 머리를 끄덕이며 바인더를 닫아 옆구리에 끼었다.

"그렇지만 한 가지 유의할 점이 있군요."

로크 박사가 말했다.

"피살자들의 그룹을 살펴보세요. 그들은 누구인가? 모방범은 어떻게 그들에게 접근했나? 죽은 세 여자와 도망쳐 나온 한 여자는 포르노 일을 하고 있었다고 했죠?"

보슈는 바인더를 테이블에 내려놓고 담배를 또 한 대 붙여 물었다.

"네, 모두 방문 서비스도 했고요."

"그리고 처치가 여자의 덩치나 인종, 나이를 가리지 않고 기회만 오면 습격했던 것에 비해 모방범은 취향이 약간 달랐소."

정신분석의의 말에 보슈는 포르노에 관여했던 피살자들을 재빨리 다시 떠올렸다.

"맞아요. 모방범의 희생자들은 모두 블론드 머리에 젖가슴이 큰 젊은 백인 여자들이었습니다."

"그건 분명한 패턴이죠. 이 여자들이 성인 매체에다 자신들의 방문 서비스에 대한 광고를 올린 적이 있습니까?"

"죽은 두 여자와 살아남은 한 여자가 그랬던 것으로 압니다. 최근에 발견된 피살자도 방문 서비스를 했지만 어떤 식으로 광고했는지는 모르겠어요."

"광고한 세 여자는 자신들의 사진도 함께 내보냈겠죠?"

보슈는 홀리 레레의 광고만 기억에 떠올랐다. 거기에 그녀의 사진은 실려 있지 않았고 단지 그녀의 예명과 전화번호, 화끈하게 끝내준다는 약속만 적혀 있었다.

"아닌 것 같아요. 제가 기억하는 광고에는 사진이 없었어요. 여자의 포르노 이름은 있었지만요. 따라서 비디오에서 그녀의 연기를 본 사람은 신체적 구조나 특성을 알 수 있었겠죠."

"좋습니다. 우린 벌써 모방범의 프로파일을 만들고 있군요. 그자는 자신의 성적 범행에 맞는 여자들을 선정하기 위해 성인용 비디오를 사용하고 있습니다. 그런 다음 성인 매체들의 광고에 실린 그들의 이름과 사진들을 보고 접근하는 거죠. 내 말이 도움이 됩니까, 보슈 형사?"

"그럼요. 시간을 내주셔서 감사합니다. 그런데 비밀로 해주십시오. 아직은 이런 내용을 발표하고 싶지 않습니다."

보슈가 바인더를 다시 들고 현관 쪽으로 걸어가자 로크 박사가 뒤에서 말했다.

"우린 아직 얘기를 끝내지 않았잖소."

보슈는 돌아섰다. 그리고 이미 대답을 알고 있는 질문을 박사에게 던졌다.

"무슨 뜻입니까?"

"이 사건의 가장 곤혹스런 부분에 대해선 아직 말하지 않았다고. 문제는 모방범이 연쇄살인범의 수법에 대해 어떻게 알았을까 하는 점이죠. 특별수사팀은 인형사의 범행수법에 대해 언론에 세부적으로 밝힌바 없거든요. 그때까진 말입니다. 자기가 인형사라고 신고하는 미친놈들이 정확하게 뭘 자백해야 할지 알지 못하도록 세부적 내용은 비밀로 하고 있었죠. 덕분에 특별수사팀은 가짜 신고자들을 재빨리 가려낼 수 있었지."

"그래서요?"

"그래서 묻는 겁니다. 모방범은 인형사의 수법을 어떻게 알았을까?"

"글쎄요, 저는 잘…."

"아니, 당신은 알고 있어요. 그 수법에 대해 자세히 묘사한 브레머의 소설은 세계 어디서나 구할 수 있습니다. 그 수법으로 콘크리트 블론드도 설명될 수 있지만, 일곱 번째와 열한 번째 피살자는 설명되지 않는다는 걸 당신도 이젠 알았을 거요."

존 로크 박사의 말은 옳았다. 보슈도 일찌감치 눈치채고 있었던 일이었다. 다만 그것이 내포하고 있는 의미가 두려워 생각하고 싶지 않았을 뿐이다. 박사가 계속 말했다.

"그에 대한 대답은 모방범이 어떻게든 세부 내용에 대해 알고 있었다는 겁니다. 세부 내용이 그의 범행을 유발했다는 뜻이지. 우리가 지금 얘기하는 자는 이미 엄청난 내부 갈등을 겪고 있었을 가능성이 크다고 봐야 합니다. 그런 와중에 자신의 욕구에 딱 들어맞는 성적인 범행수법을 만났던 거죠. 범행을 통해 이미 드러났는지는 몰라도 그는 많은 문제들을 안고 있었소. 머리가 완전히 돈 놈이었지. 인형사의 범행수법을 보자 놈은 저건 나를 위한 거잖아, 내가 원했던 거고 성취감을 위해 꼭 필요한 거야, 라고 생각했을 겁니다. 그래서 즉시 인형사의 범행수법을 차용하여 세부 사항까지 그대로 흉내 냈겠지. 의문점은 그가 어떻게 그것을 손에 넣었을까 하는 겁니다. 그에 대한 대답은 누군가가 그에게 제보를 했을 거라는 거죠."

두 사람은 잠시 서로의 눈만 바라보았다. 보슈가 마침내 말했다.

"경찰을 말씀하시는 것 같군요. 특별수사팀의 누군가를. 그럴 리가 없어요. 저도 거기 있었습니다. 우린 모두 이자를 골로 보내고 싶어 안달했어요. 예외가 없었죠."

"가능성을 말했을 뿐이오, 보슈 형사. 특별수사팀의 한 명일 가능성. 하지만 그 수법을 아는 사람들의 범위는 특별수사팀보다 훨씬 크다는 걸 알아야지. 법의학 관계자들과 조사관들, 순찰 경관, 사진사, 기자, 응급의료사, 시체를 발견한 행인 등 많은 사람들이 모방범이 알고 있는 세부 사항에 접촉했을 테니까."

보슈는 그럴 만한 사람들의 얼굴을 재빨리 머릿속에 떠올려 보았다. 로크가 눈치를 채고 말했다.

"수사 내부나 주위에 있는 사람일 거요, 형사. 꼭 중요하거나 지속적인 역할을 맡은 사람일 필요도 없지. 수사 도중 전체 프로그램을 접할 기회만 있으면 누구든지 가능해. 그 당시 공식적으로 알려진 것보다 더 많은 내용을 알게 될 테니까."

보슈가 아무 말도 않자 로크 박사는 다그쳤다.

"그 외에 또 뭐가 있죠, 보슈 형사? 용의자의 범위를 좁혀 봐요."

"왼손잡이라는 점."

"그럴지도 모르지만 반드시는 아니죠. 처치가 왼손잡이였으니까 모방범은 그의 범죄를 완벽하게 흉내 내기 위해 왼손만 사용했을 수도 있어요."

"맞습니다. 하지만 메모들이 있잖아요. 필적 감정사들은 미심쩍지만 왼손잡이가 쓴 것으로 보인다고 했습니다. 백 퍼센트는 아니지만. 필적이 백 퍼센트일 경우는 없어요."

"좋아, 왼손잡이일 수도 있지. 그 외엔 또 뭐가 있소?"

보슈는 잠시 생각한 뒤 대답했다.

"담배를 피울지도 몰라요. 콘크리트 속에서 빈 담뱃갑이 발견되었거든요. 피살자 카민스키는 담배를 피우지 않았습니다."

"오케이, 아주 좋아요. 그런 점들을 감안하여 범위를 줄여나가는 겁니다. 세부 사항 속에서 찾아보면 틀림없이 나올 거요, 보슈 형사."

산골짜기에서 불어온 차가운 바람이 프렌치 도어로 들어오자 보슈는 싸늘한 느낌이 들었다. 돌아가야 할 시각이었다. 혼자서 사건에 대해 생각해보기 위해서라도.

"감사합니다, 박사님."

그는 다시 현관 쪽으로 걸음을 옮겨 놓았다.

"어떻게 할 거요?"

로크 박사가 뒤에서 물었다.

"아직은 잘 모르겠습니다."

"보슈 형사?"

보슈는 문간에서 걸음을 멈추고 로크를 돌아보았다. 박사의 등 뒤로 어둠 속에서 번들거리는 풀장의 물이 으스스해 보였다.

"모방범 말이오, 오랜만에 나타난 아주 영악한 놈일지도 몰라."

"경찰이기 때문에요?"

"사건에 대해 당신이 알고 있는 모든 것을 알고 있기 때문이지."

카프리스 안은 싸늘했다. 밤이 되면 계곡으로는 항상 추위가 몰려왔다. 보슈는 차를 돌려 룩아웃 마운틴에서 로럴 캐니언으로 조용히 내려가기 시작했다. 얼마 후 그는 차를 오른쪽으로 돌려 계곡 시장으로 들어가 여섯 병 들이 앵커스팀 맥주 한 팩을 샀다. 머릿속으로 여러 가지 질문들을 굴리며 그는 멀홀랜드 언덕을 다시 올라갔다.

우드로 윌슨 드라이브에서 외팔보 위에 서 있는 자신의 작은 집으로 차를 몰며 건너편 카후엥가 고개를 바라보았다. 집 안에는 불빛 한 점

보이지 않았다. 실비아와 함께 살다보니 그 자신의 집으론 언제 돌아오게 될지 몰라 불은 항상 모두 끄고 나왔다.

카프리스를 정면 도로 가에 세우자마자 첫 번째 맥주를 땄다. 차 한 대가 천천히 옆으로 지나가며 주위를 밝혔다가 다시 캄캄해졌다. 유니버설 시티에서 쏘아올린 스포트라이트 한 줄기가 그의 집을 가로질러 구름 속을 뚫고 들어갔다. 몇 초 후 또 다른 빛줄기가 그 뒤를 따랐다.

목구멍으로 내려가는 맥주 맛이 기가 막혔다. 그런데 뱃속에 도달하자마자 부담스럽게 느껴졌다. 보슈는 마시는 걸 중단하고 맥주병을 박스에 도로 꽂았다. 하지만 자신의 심기를 불편하게 하는 건 맥주가 아니란 사실을 그는 잘 알고 있었다. 그건 레이 모라였다. 마약반의 포르노 담당 3급 형사. 범행수법의 세부 내용을 알 정도로 사건에 가까이 접근한 사람들 중 보슈의 마음에 가장 걸리는 자가 바로 모라 형사였다. 모방범이 살해한 세 여자가 모두 포르노 배우였고, 어쩌면 모라는 그들을 모두 알고 있었던 지도 모른다. 지금 보슈의 머릿속에서 부글부글 끓고 있는 의문은 모라가 그들을 다 죽였을까 하는 것이었다. 그런 생각은 하기조차 괴롭지만 하지 않을 수 없다는 걸 그는 알고 있었다. 로크 박사의 조언을 고려할 때 모라 형사는 논리적 출발점이었다. 포르노와 인형사의 세계를 동시에 쉽사리 드나들 수 있는 자로 보슈의 머리에 가장 먼저 떠오른 인물이 바로 그 마약반 형사였다. 단순한 우연의 일치일까, 아니면 모라를 강력한 용의자로 지목할 수 있는 충분한 증거가 되는 것일까? 도무지 확신할 수가 없었다. 보슈는 무고한 사람이든 유죄인 사람이든 모두 조심스럽게 다루어야 한다는 걸 알고 있었다.

집 안에서는 매캐한 냄새가 났다. 그는 먼저 뒤쪽으로 걸어가 미닫이 문을 활짝 열고 고속도로에서 고개 아래쪽으로 질주하는 차량들의 소음에 잠시 귀를 기울였다. 밤낮을 가리지 않고 끊임없이 들려오는 소리였다. 혈관 속을 달리는 피처럼 차량들은 도시의 동맥을 따라 쉴 새 없이 달렸다.

자동응답기 램프가 반짝거렸다. 보슈는 되감기 버튼을 누른 뒤 담배를 한 대 피우기 시작했다. 첫 번째 터져 나온 목소리는 실비아였다. "그냥 잘 자라고요. 사랑해요. 그리고 항상 조심해요."

그다음은 제리 에드거였다. "해리, 에드거야. 내가 손을 뗐다는 걸 알려주려고. 어빙이 집으로 전화해서 내가 조사한 모든 걸 내일 아침에 강도살인반으로 넘기라고 명령했네. 롤렌버거 경위에게 말이야. 조심하게, 친구. 6시 방향을 조심해."

6시 방향이란 말이지. 뒤통수를 조심하란 얘기는 베트남에서 돌아온 이래 처음 듣는 소리였다. 하지만 에드거가 베트남전에 참전한 적 없다는 건 보슈도 알고 있었다.

테이프에 담긴 마지막 목소리가 말했다. "레이야. 콘크리트 블론드 건에 대해 좀 생각해봤는데 말이야, 자네가 흥미를 느낄 만한 아이디어가 몇 가지 떠올랐네. 아침에 전화해. 얘기를 나눠보자고."

15 콘크리트 블론드

"재판을 연기하고 싶소."

"뭐라고요?"

"재판을 늦춰야 한다고요. 판사에게 그렇게 말해요."

"도대체 무슨 소릴 하고 있는 겁니까, 보슈?"

목요일 오전 보슈와 벨크는 법정 피고석에 앉아 개정을 기다리고 있었다. 두 사람은 소리를 낮췄지만 너무 시끄러운 목소리로 다투고 있었다. 보슈는 벨크가 식식거릴 때마다 6학년짜리가 8학년짜리 흉내를 내려고 애쓰는 것처럼 보였다.

"어제 증인으로 나왔던 비초렉의 말이 옳아요."

"뭐가 옳다는 겁니까?"

"알리바이 말이오, 벨크. 열한 번째 피살자에 대한 알리바이. 그건 정당해요. 처치는 열한 번째 여자를 죽이지…"

"잠깐!"

벨크가 소리쳤다. 그는 목소리를 최대한 낮추어 속삭였다.

"당신이 엉뚱한 사내를 죽였다고 자백할 생각이라면 듣고 싶지 않습니다. 지금은 안 돼요. 너무 늦었다고요."

"젠장, 내 말 좀 똑똑히 들어요, 벨크. 난 아무 자백도 안 해. 엉뚱한 놈을 죽이지도 않았고. 그렇지만 우린 뭔가를 놓치고 있었소. 다른 놈이 있었다니까. 살인범이 둘이었단 말이오. 처치는 우리가 화장품 비교로 확인한 아홉 여자만 죽였어. 다른 두 여자와 이번 주에 콘크리트 속에서 발견된 여자는 다른 놈이 죽였어요. 그 진상이 정확히 밝혀질 때까지 이 재판은 연기해야 합니다. 만약 법정에서 이런 얘기가 나오면 두 번째 살인범인 모방범에게 우리가 얼마나 가까이 다가가 있는지 알려주는 꼴이 됩니다."

벨크는 볼펜을 법률용지첩 위에 던졌다. 그것은 튕겨져 나가 테이블 아래로 떨어졌다. 그는 그것을 주우려고 일어나지 않았다.

"내가 상황을 설명할게요, 보슈. 우린 아무것도 중단하지 못해요. 내가 하고 싶어도 할 수 없을 겁니다. 판사가 챈들러에게 꿰어 있으니까. 그 여자가 이의를 제기하며 안 된다, 연기할 수 없다고 주장하면 그걸로 끝이에요. 그러니까 나는 연기란 말은 꺼내지도 않을 겁니다. 이건 재판이란 걸 아셔야죠. 지금 당신의 우주를 통제하고 있는 요소라고요. 당신이 통제하고 있는 것이 아니라. 당신 기분이 바뀔 때마다 재판을 연기할 수 있다고 생각하면 안 되죠."

"얘기 끝났어요?"

"네."

"벨크, 당신이 방금 말한 내용 다 이해합니다. 그렇지만 우린 수사를 보호해야 해요. 저 바깥에는 지금 다른 살인자가 사람들을 죽이고 다니고 있소. 그런데 챈들러가 나와 에드거를 불러올려 이런저런 질문을 해

대면 살인범도 기사를 읽고 우리가 가진 정보들을 다 알게 되겠죠. 그러면 그놈을 영영 잡을 수가 없어요. 그걸 원합니까?"

"보슈, 내 임무는 이 재판에서 이기는 겁니다. 그런 식으로 재판에 임하면 당신의 승소를 위태롭게…."

"알아요. 그렇지만 진실을 알고 싶지 않습니까? 이젠 거의 다 왔다고요. 다음 주까지만 연기하면 한꺼번에 밝힐 수 있어요. 챈들러 코를 납작하게 만들어줄 수 있습니다."

보슈는 몸을 뒤로 젖히며 시 검사보로부터 떨어졌다. 그와 싸우기도 지쳤다.

"보슈, 경찰에 몸담은 지 얼마나 됐죠? 한 20년쯤?"

벨크는 돌아보지도 않고 물었다.

대충 맞췄지만 보슈는 대답하지 않았다. 그다음에 나올 말이 뻔했기 때문이다.

"그러고도 거기 앉아 나한테 진실 타령을 하는 겁니까? 진실한 경찰 보고서를 마지막으로 본 게 언제였죠? 수색영장 신청서에 완전한 진실을 기재한 것이 언젭니까? 진실 좋아하시네. 진실 찾으려면 신부님이나 목사님을 찾아가 보시던지. 어딘지 잘 모르겠지만 여긴 절대 아니라고요. 20년쯤 했으면 여기가 진실과는 아무 상관없는 곳이란 것쯤은 아셔야지. 정의와도 아무 상관없는 곳이오. 내 전생에나 읽었음직한 법률 용어들만 난무하는 곳이지."

벨크는 돌아앉더니 셔츠 주머니에서 다른 볼펜을 뽑아들었다.

"그래, 벨크, 당신 잘났소. 그렇지만 진실이 어떤 형태로 나타나는지 말해주지. 진실은 조각조각 드러나기 때문에 나쁜 것처럼 보이죠. 그게 챈들러의 특기지. 그래서 내가 마치 엉뚱한 놈을 쏜 것처럼 보일 거요."

벨크는 보슈의 말을 무시하고 노란 법률용지에 뭔가를 적기만 했다.

"멍청하긴. 그 여잔 그걸 우리 몸속으로 깊숙이 찔러 넣어 반대쪽으로 나오게 할 거요. 당신은 판사가 챈들러와 붙었다는 소리만 계속하는데, 그건 당신이 그 여잘 점심에 데리고 나가지 못한 것에 대한 변명일 뿐입니다. 마지막으로 말하겠는데, 재판을 연기하시오."

벨크는 일어나서 떨어뜨린 볼펜을 주우러 테이블을 돌아갔다. 볼펜을 집어든 그는 넥타이와 커프스를 바로잡은 뒤 의자에 앉았다. 그리곤 법률용지 위로 머리를 처박은 채 보슈에게 말했다.

"당신은 그 여자가 두려운 거요. 그렇죠, 보슈? 증인석에 올라 그 계집이 던지는 질문들을 받고 싶지 않은 거지. 사람 죽이기 좋아하는 경찰이라는 당신의 정체를 드러낼 질문들을 던져댈 테니 말입니다."

그리고는 보슈를 돌아보며 결론적으로 말했다.

"하지만 너무 늦었어요. 일은 이미 터져버렸고 물러설 곳은 없습니다. 재판을 연기할 순 없어요. 끝장을 봐야 해."

보슈는 일어나서 뚱보 사내를 내려다보며 말했다.

"엿이나 먹어요, 벨크. 나는 나갈 테니까."

"마음대로 하시오."

벨크도 맞받았다.

"당신들은 하나같이 똑같아. 바깥에서 어떤 놈을 날려버리고 여기 들어와서는 배지를 달고 있다는 이유만으로 제멋대로 굴어도 되는 신성한 권리라도 지닌 것처럼 행동하지. 그 배지가 절대 권력이라도 되는 것처럼."

보슈는 공중전화들이 있는 바깥으로 나와 강도살인반으로 전화를 걸었다. 에드거는 신호가 한 번 울리자 재깍 받았다.

"어젯밤 메시지를 받았어."

"아, 그래. 말한 대로야. 난 손을 뗐네. 오늘 아침 강도살인반 친구들이 와서 내 파일들을 다 가져갔어. 자네 책상도 기웃거렸지만 뭘 가져가진 않았네."

"누가 왔던가?"

"쉬헌과 오펠트. 그 친구들을 알아?"

"응. 그 친구들은 괜찮아. 자넨 소환장을 받았다고 했지."

"그래, 10시까지 거기 도착해야 해."

보슈는 4호 법정 문이 열리고 정리(廷吏)가 내다보며 손짓하는 것을 보았다.

"들어가 봐야겠어."

법정에 돌아가 보니 챈들러는 연설대에 나가 있고 판사가 얘기를 하고 있었다. 배심원들은 아직 자리로 돌아오지 않았다.

"다른 증인들은 어떻게 됐소?"

판사가 챈들러에게 물었다.

"재판장님, 저희 사무실에서는 오늘 오전 그들에게 소환 취소를 통보하고 있는 중입니다."

"그렇다면 좋습니다. 벨크 씨, 준비가 되셨소?"

보슈가 게이트를 통해 들어오자, 벨크는 그를 거들떠보지도 않고 연설대로 걸어 나갔다.

"재판장님, 이건 예기치 못했던 일이므로 제 의뢰인과 상의하기 위해 30분간의 휴정을 요청합니다. 그 후에 진행할 준비를 하겠습니다."

"좋습니다. 그대로 하겠소. 30분간 휴정합니다. 그때까지 모두 이 자리에 돌아와 주시기 바랍니다. 그리고 보슈 씨? 다음에 내가 나왔을 때는 그 자리에 앉아 계시기 바랍니다. 언제 어디 있어야 하는지 스스로 잘 알고 있는 피고인을 찾아오라고 정리를 복도로 자꾸 내보는 걸 나는 싫어합니다."

보슈는 아무 말도 하지 않았다.

"죄송합니다, 재판장님."

벨크가 대신 사과했다. 두 사람은 판사가 재판장석을 떠나 법정을 나갈 때까지 서서 기다렸다.

"복도 끝에 있는 변호인 상담실로 갑시다."

벨크의 말에 보슈가 물었다.

"무슨 일이 있었소?"

"나가서 얘기합시다."

법정 문을 통해 나가려고 할 때 브레머 기자가 수첩과 볼펜을 들고 들어왔다.

"거기 무슨 일입니까?"

"모르겠어. 30분간 휴정이라는군."

보슈가 대답했다.

"해리, 당신한테 할 말이 있어요."

"나중에 하자고."

"중요한 얘기예요."

복도 끝 화장실 옆에 조그마한 변호인 상담실들이 여러 개 마련되어 있었다. 크기가 할리우드 경찰서의 취조실만 했다. 보슈와 벨크는 그 중 한 군데로 들어가서 회색 테이블을 사이에 두고 앉았다.

"어떻게 된 거요?"

보슈가 다시 물었다.

"당신의 여주인공께서 질문을 마치시겠대요."

"나한테 말도 않고 마친단 말이오?"

보슈로서는 이해할 수 없는 일이었다.

"그 여자가 무슨 짓을 꾸미고 있는 거요?"

"아주 약아빠진 짓을 꾸미고 있죠. 영악한 여자예요."

"왜요?"

"재판 상황을 보세요. 챈들러는 아주 유리합니다. 오늘 이대로 끝내고 배심원단에 넘기면 누가 이길 것 같습니까? 챈들러가 이기죠. 그 여잔 당신이 증인석에 올라가서 자신의 행동을 정당화할 거라는 걸 알고 있어요. 전날 내가 말했듯이 우리가 이기고 지는 것은 당신한테 달렸어요. 당신이 공을 집어던져 그 여자를 깨뜨려 버리든지 헛손질을 하든지 결정해야 합니다. 그 여자는 자기가 당신을 증인으로 채택하면 질문을 먼저 던져야 한다는 걸 알고 있어요. 그러면 나는 연습용 방망이를 들고 나가 쉽사리 담장을 넘겨버릴 거고요."

"그런데?"

"챈들러는 그런 상황을 뒤집고 있는 겁니다. 내가 선택할 수 있는 방법은 당신을 증인으로 채택하지 않고 이대로 패소하든가, 아니면 당신을 불러올려 그 여자에게 당신을 공격할 최상의 기회를 제공하는 것밖에 없습니다. 아주 영악한 여자라니까."

"그러면 우린 어떻게 해야 하는 거요?"

"당신을 불러올려야죠."

"연기하는 건 어떻소?"

"무슨 연기요?"

보슈는 머리를 끄덕였다. 그의 생각을 바꿀 수가 없었다. 재판을 연기할 순 없을 것이다. 보슈는 그 문제를 잘못 다루었다는 걸 알았다. 벨크로 하여금 재판을 연기하는 것이 그 자신의 아이디어인 것처럼 생각되도록 만들었어야 했다. 그랬더라면 일이 풀렸을 것이다. 하지만 보슈는 이제 초조해지기 시작했다. 미지의 것에 접근할 때 느끼는 불안한 마음. 베트남에서 생전 처음 베트콩 땅굴 속으로 내려갈 때의 기분이 꼭 이랬다. 가슴 속에서 검은 장미처럼 피어나던 그 끔찍한 공포감.

"25분 남았어요."

벨크가 서둘렀다.

"재판 연기는 잊어버리고 당신의 증언을 어떻게 끌고 나갈 건지에 대해서나 궁리해 봐요. 내가 그쪽으로 리드할 테니까. 배심원들은 따라올 겁니다. 하지만 천천히 끌고 나가지 않으면 배심원들이 따라오지 못한다는 걸 잊으면 안 돼요. 알겠어요?"

"20분 남았소."

보슈가 수정한 뒤 말했다.

"증인석에 올라가기 전에 밖에 나가 담배나 한 대 피워야겠소."

벨크는 들은 척도 않고 말했다.

"이걸 아셔야죠, 보슈. 이 재판에는 수백만 달러의 배상금이 걸려 있습니다. 당신은 돈을 내진 않겠지만 명예가 실추될 수 있어요."

"무슨 명예?"

20분 후 상담실에서 나온 보슈는 문 앞에서 알짱거리는 브레머 기자를 발견했다.

"다 엿들었어?"

보슈는 그렇게 묻고는 에스컬레이터를 향해 걸어갔다. 브레머가 졸졸 따라오며 말했다.

"아니에요, 해리. 난 엿듣지 않았어요. 당신을 기다리고 있었지. 이봐요, 새로 터진 사건은 어떻게 돼갑니까? 에드거 형사는 입도 뻥긋 안 하네요. 피살자의 신원이나 뭐가 나왔어요?"

"여자의 신원은 밝혀졌지."

"누구였나요?"

"내 사건이 아니야, 친구. 까발릴 수가 없지. 게다가 내가 까발리면 당신은 그걸 들고 챈들러한테 달려갈 것 아닌가, 안 그래?"

브레머는 발걸음을 멈추었다.

"뭐요? 그게 무슨 소립니까?"

그는 다시 보슈의 옆으로 쪼르르 달려가서 속삭였다.

"해리, 당신은 나의 중요한 취재원이잖아요. 그런 식으로 당신을 엿 먹이진 않아요. 챈들러가 만약 알고 있다면 나 말고 다른 사람을 찾아 보세요."

보슈는 확증도 없이 그를 의심한 것에 대해 미안한 생각이 들었다.

"정말이야? 내가 오해하고 있단 말이지?"

"그렇다니까요. 당신은 내게 너무 소중해요. 내가 미쳤어요, 그런 짓 을 하게?"

"그럼 됐어."

그로서는 그게 사과에 가까운 말이었다.

"이제 피살자의 신원에 대해 말해줄 수 있어요?"

"내 사건이 아니라니까. 강도살인반을 찔러 봐."

"강도살인반이 가져갔어요? 에드거에게서요?"

보슈는 엘리베이터에 올라 그를 돌아보았다. 그리곤 고개를 끄덕여 보인 뒤 내려갔다. 브레머는 따라오지 않았다.

보슈가 나와 보니 챈들러는 계단에서 담배를 피우고 있었다. 그도 담 배를 붙여 문 뒤 그녀를 돌아보며 감탄조로 말했다.

"놀라워요, 놀라워!"

"뭐가요?"

"증인심문을 취소한 것 말이오."

"벌크한테나 놀라운 일이겠죠."

챈들러는 미소를 지어 보이며 말했다.

"다른 변호인이라면 일찌감치 예상했을 거예요. 그래서 당신이 안됐다는 생각이 들어요, 보슈. 많이는 아니고 약간. 민사재판에서 승소하려면 멀리 내다봐야 해요. 하지만 시 검찰청을 상대로 하는 재판은 항상 공평한 게임과도 같죠. 벌크 같은 친구들은 밖에 나오면 별 볼일 없어요. 승소를 해야 먹고살 수 있었다면 그 친구도 아마 비쩍 말랐을 걸요. 벌크는 승패에 상관없이 시에서 지불하는 수표가 필요한 사람이에요."

지당하신 말씀이라고 보슈는 생각했다. 하지만 새로울 것도 없는 말이었다. 그는 미소를 지었다. 뭐라고 대꾸해야 할지 알 수 없었고, 챈들러가 좋아지기까지 했다. 자신에 대해 잘못 알고 있긴 하지만 보슈는 이 여자가 싫지 않았다. 비뚤어지긴 했지만 그녀의 분노와 집요함이 순수하게 느껴지기 때문일 것이다.

그것은 어쩌면 그녀가 법정 바깥에서 그와 대화하기를 두려워하지 않았기 때문일 수도 있었다. 보슈는 벨크가 처치의 가족들과 마주치는 상황을 애써 피하려는 것을 여러 차례 발견했다. 휴정 시간에 피고인석에서 일어나기 전에 벨크는 원고측 사람들이 먼저 복도로 나가 에스컬레이터에 오를 때까지 기다리곤 했다. 그렇지만 챈들러는 그런 짓을 하지 않았다. 그녀는 항상 당당했다.

이것은 두 권투선수가 공이 울리기 전에 글러브를 마주 대는 것과 같은 상황이라고 보슈는 생각했다. 그래서 화제를 돌렸다.

"전날 여기서 토미 패러데이와 얘기를 나누었죠. 지금은 토미 파어웨이라고 하더군. 왜 이렇게 됐냐고 물어봤지만 대답하지 않았소. 무슨 뜻인지는 모르겠지만 정의가 실현되었다고만 하더군."

챈들러는 파란 연기만 길게 내뿜고는 한동안 잠자코 있었다. 보슈는

콘크리트 블론드

손목시계를 들여다보았다. 휴정 시간이 3분 남아 있었다.

"골턴 사건 기억해요?"

그녀가 불쑥 물었다.

"과잉진압에 의한 민사소송이었죠."

보슈는 잠시 생각해 보았다. 골턴이란 이름은 많이 들어본 것 같았다. 하지만 지난 수십 년 동안 일어난 과잉진압 사건들이 하도 많아 기억을 떠올리는 데 애를 먹었다.

"개 때문에 벌어진 사건이었지, 아마?"

"맞아요. 앙드레 골턴 사건이죠. 로드니 킹 사건 이전이었어요. 그때까지 이 도시의 대다수 시민들은 자신들의 경찰이 그처럼 끔찍하게 권력을 남용하고 있는 줄은 몰랐죠. 골턴은 흑인이었고 등록기한이 만료된 차를 몰고 스튜디오 시티 골짜기를 통과하다 경찰의 정지 신호를 받았어요. 그는 잘못한 것도 없었고 그럴 생각도 없었어요. 단지 등록기한이 한 달 초과되었을 뿐인데, 그는 달아났죠. 삶의 커다란 미스터리라고나 할까. 잘못한 것도 없는데 왜 달아나요? 그는 멀홀랜드까지 달아나서 출구 부근에 차를 버리고 경사면 아래로 달아났어요. 거긴 막다른 곳이었죠. 그는 다시 올라오려고 하지 않았고 경찰도 내려가고 싶지 않았어요. 너무 위험하다는 것이 법정에서의 경찰 주장이었죠."

보슈도 이제 그 사건이 기억났지만 챈들러가 계속 얘기하도록 내버려두었다. 그녀의 분노가 워낙 순수했고 변호사랍시고 폼 잡지 않아 그냥 끝까지 들어주고 싶었다.

"그들은 개를 내려 보냈고, 그 결과 골턴은 양쪽 고환을 잃고 오른쪽 다리가 영구 마비되는 부상을 입었어요. 걸을 순 있지만 오른쪽 다리를 질질 끌어야 해요."

"그래서 토미 패러데이를 불러들였군."

보슈가 다그쳤다.

"그렇죠. 그가 사건을 맡았어요. 다 끝난 일이었죠. 골턴은 잘못한 것도 없는데 도망쳤어요. 경찰의 대응은 정당화할 수 없었죠. 어떤 배심원이라도 그건 알아요. 시 검찰청도 그렇고요. 나는 그게 벌크의 사건이었다고 생각해요. 그들은 보상금 50만 달러를 제의했지만 패러데이는 거절했어요. 재판에서 최소한 그 금액의 세 배는 받을 수 있다고 생각하고 거절했던 거죠."

"그랬군요."

"하지만 그건 옛날 일이었죠. 민권 변호사들은 그 시절을 BK라고 불러요. 비포 킹(Before King)의 이니셜이요. 배심원단은 나흘 동안이나 증인심문을 들었지만 30분 만에 경찰 손을 들어줬어요. 골턴은 마비된 다리와 고자에 대한 보상을 한 푼도 받지 못하고 패소했고요. 그는 이곳으로 나와 바로 저쪽 울타리로 걸어갔어요. 울타리 아래 비닐로 싼 권총을 감춰뒀던 거죠. 그걸 꺼내어 이 정의의 여인상 앞으로 와서 총신을 입에 물고 방아쇠를 당겼고. 패러데이가 저 문을 열고 막 나오는 순간 총성이 터졌고, 피가 이 정의의 여인상과 사방으로 튀었어요."

보슈는 더 이상 대꾸하지 않았다. 이젠 그 사건이 똑똑히 기억났다. 시선을 시청 탑 위로 돌리자 원을 그리며 날고 있는 갈매기들이 눈에 들어왔다. 갈매기들이 무엇에 끌려 그곳으로 모여드는지 그는 항상 그것이 궁금했다. 바다는 수 킬로미터나 떨어져 있는데도 갈매기들은 언제나 시청 꼭대기까지 날아왔다. 챈들러가 얘기를 계속했다.

"난 두 가지가 항상 궁금했어요. 첫째, 골턴은 왜 달아났을까? 둘째, 그는 왜 권총을 감춰뒀을까? 두 질문에 대한 대답은 같다고 나는 생각해요. 골턴은 정의와 법체계에 대한 믿음이 없었던 거죠. 희망이 없었어요. 그는 나쁜 짓을 하지 않았지만 백인 사회에 살고 있는 흑인이었고,

그런 경우 백인 경찰들이 흑인들을 어떻게 처리하는지 귀에 못이 박히도록 들어왔기 때문에 달아났던 거예요. 변호사는 골턴에게 승소한 거나 마찬가지라고 말했지만 그는 권총을 가지고 법원에 들어왔어요. 흑인 대 경찰과의 소송에서는 배심원들이 어떤 결정을 내리는지 평생 동안 들어왔기 때문이죠."

보슈는 손목시계를 들여다보았다. 법정에 들어가야 할 시각이지만 챈들러에게서 떠나기가 싫었다.

"그래서 패러데이는 정의가 실현되었다고 말한 거예요. 그건 앙드레 골턴을 위한 정의였죠. 그 일이 있은 후 그는 자기가 맡았던 사건들을 모두 다른 변호사들에게 인계했어요. 나도 한두 건 받았죠. 그리곤 두 번 다시 법정에 발을 들여놓지 않았어요."

챈들러는 담배꽁초를 재떨이 모래에 찔러 넣고는 말했다.

"얘기 끝."

"민권변호사들은 그 얘길 많이 하겠군요. 그런데 이제 당신이 나와 처치를 대입한 겁니까? 내가 골턴에게 개를 내려 보낸 경관과 같단 말이오?"

"정도의 차이는 있겠죠, 보슈 형사. 설사 처치가 당신이 주장한 것처럼 괴물이라 할지라도 꼭 죽어야 하는 건 아니잖아요. 만약 법체계가 죄인에게 가해진 권력남용을 외면한다면 그다음 차례는 무고한 사람이 아니면 누구겠어요? 그 때문에 나는 저 안에서 당신에게 하고 있는 그 일을 해야만 하는 거예요. 무고한 사람들을 위해서요."

"그렇군요. 행운을 빌겠소."

그가 담배를 내밀자 챈들러는 고개를 저었다.

"그만 피울래요."

보슈는 그녀의 시선을 따라 골턴이 자살한 정의의 여인상 부분을 살펴보았다. 챈들러는 거기에 아직 핏자국이 남아 있기라도 한 것처럼 바라보았다.

"저게 정의라고요."

그녀가 조각상을 턱짓하며 말했다.

"저 여잔 듣지 못해요. 보지도 못하고요. 느낄 수도 없고 말을 걸지도 않아요. 정의란 말이죠, 보슈 형사, 콘크리트 블론드 같은 거라고요."

16 위기

해리 보슈가 원고석과 피고석 뒤를 지나 배심원석 앞을 통과한 뒤 증인석에 도착하는 동안 법정 안은 죽은 자의 심장처럼 차갑고 고요하게 느껴졌다. 증인선서를 하고 성명을 대자 서기가 스펠을 불러달라고 부탁했다.

"H-I-E-R-O-N-Y-M-U-S B-O-S-C-H, 히에로니머스 보슈."

그러자 판사는 벨크에게 증인심문을 시작하도록 했다.

"당신의 경력을 간단히 소개해 주시죠, 보슈 형사."

"네, 저는 20년쯤 경찰로 근무했습니다. 현재는 할리우드 경찰서 강력반에 배속되어 있고, 그 이전에는….'"

"왜 강력반이라고 부릅니까?"

젠장, 하고 보슈는 속으로 투덜거렸다.

"강력범들을 다루는 부서이기 때문이죠. 여섯 개의 작은 책상들을 붙여 긴 테이블처럼 만들어놓고 여섯 명의 형사가 셋씩 마주 보고 앉아 있습니다."

"아, 좋아요. 계속하십시오."

"그 이전에는 LA 경찰국 강도살인반의 특별수사팀에서 8년간 근무했고, 그보다 더 전에는 노스 할리우드 경찰서 강력반과 밴 나이스 경찰서 강력반 형사로 근무했습니다. 순찰경관으로도 5년쯤 근무했는데 주로 할리우드와 윌셔 지역을 담당했습니다."

벨크는 서두는 기색 없이 보슈가 자기 경력에 대해 설명하도록 내버려두다가 마침내 인형사 특별수사팀에 근무하던 때의 얘기로 이끌었다. 문제는 보슈에게조차 길고 지루하게 느껴졌고, 그것이 그의 삶이라는 점이었다. 질문에 대답할 때 이따금씩 배심원들을 돌아보았지만 그를 주목하는 사람은 별로 없는 듯했다. 보슈는 초조했고 손바닥이 땀으로 축축해진 느낌이었다. 지금까지 법정에서 백 번도 넘게 증언을 했지만, 자신을 변호하며 이처럼 긴장해보긴 처음이었다. 법정 안은 지나칠 정도로 냉방이 되어 있는데도 불구하고 그는 속에서 불이 난 것처럼 열이 뻗쳐올랐다.

"그렇다면 그 특별수사팀은 어디에 있었습니까?"

벨크가 다시 질문을 던졌다.

"할리우드 경찰서 2층 창고를 사용했습니다. 거기 보관하던 증거물과 파일들은 트레일러를 한 대 임차하여 모조리 옮겼죠. 파커 센터에도 방이 하나 있었는데 야근은 주로 거기서 했습니다."

"그러니까 당신은 정보원(源)에 가까이 있었군요?"

"네, 우리 모두가 그렇게 생각했죠. 대부분의 피살자들이 할리우드 거리에서 납치되었으니까요. 나중에 많은 시체들이 그 지역에서 발견되었고요."

"그렇다면 정보나 단서가 들어오면 재빨리 대응하고 싶었겠네요. 현장으로 즉시 출동하기 위해서 말입니다. 그렇죠?"

"그렇습니다."

"딕시 매퀸이란 여자가 제보를 해온 날 밤에 당신은 어떤 경로로 받았습니까?"

"그 여자는 911로 신고했고, 전화를 받은 담당자는 무슨 말인지 즉시 알아듣고 할리우드 특별수사팀으로 연결했습니다."

"수사팀의 누가 받았습니까?"

"제가 받았습니다."

"왜죠? 당신은 야근조의 조장이라고 하지 않았습니까? 전화를 받을 다른 대원들이 있었을 텐데요?"

"있었죠. 하지만 이 전화는 밤늦은 시각에 걸려왔습니다. 다른 대원들은 모두 잠자러 들어가고 저 혼자만 주말마다 정리해야 하는 수사연보 때문에 남아 있었죠. 그래서 제가 전화를 받았습니다."

"그 여자를 만나러 나갈 때 왜 지원팀을 요청하지 않았습니까?"

"여자가 전화로 설명한 내용이 미덥지 않았습니다. 그런 류의 전화를 매일 10여 통씩 받고 있었거든요. 확인해 보면 허탕 치기 일쑤였죠. 그 여자의 신고도 으레 그럴 거라고 생각했습니다."

"그렇게 생각했다면서 왜 그 여자에게 갔습니까, 보슈 형사? 전화 제보만 받아도 됐을 텐데 말이죠."

"가장 중요한 이유는 그 여자가 함께 있었던 남자의 주소를 몰랐기 때문입니다. 그렇지만 제가 차에 태워 히페리온 거리로 데려가면 그 장소를 가르쳐줄 수는 있다고 했죠. 게다가 그녀의 불평 가운데 진실로 느껴지는 것이 있었습니다. 그 여자를 질리게 만든 어떤 것이었죠. 마침 귀가하려던 참이어서 가는 길에 확인이나 해보자고 생각했습니다."

"히페리온 거리에 도착한 후 어떤 일이 있었는지 설명해 주십시오."

"여자가 가리키는 차고 위의 옥탑방에 불이 켜져 있는 것을 보았습니다. 창문을 통해 그림자 하나가 오락가락하는 것까지 보였어요. 그래서 여자가 말한 사내가 아직 방 안에 있다는 걸 알았습니다. 매퀸 양이 싱크대 아래 캐비닛 속에서 화장품을 보았다고 말한 것이 그때였어요."

"그 말이 당신에게 어떤 의미가 있었습니까?"

"많은 의미가 있었죠. 즉시 제 주의를 끌 만큼. 왜냐하면 그때까지는 살인범이 피살자의 화장품을 간직한다는 얘길 한 마디도 언론에 내비친 적이 없었거든요. 범인이 피살자들의 얼굴에 화장을 한다는 사실은 새어나갔지만 화장품을 간직한다는 얘긴 전혀 알려지지 않았어요. 그래서 여자가 화장품들을 봤다는 말을 하자 정신이 번쩍 들었습니다. 그녀의 말이 더 이상 장난이 아니란 증거였습니다."

보슈는 법원 정리가 미리 마련해준 종이컵의 물을 한 모금 마셨다.

"그래서요? 그다음엔 어떻게 했습니까?"

벨크가 물었다.

"여자가 저한테 전화하고 제가 그녀를 차에 태워 히페리온까지 달려오는 동안 사내가 밖으로 나가 다른 희생자를 끌고 들어온 것 같았습니다. 그러자 지금 옥탑방에 있는 여자가 위험하다는 생각이 들었어요. 저는 급하게 뛰어올라갔습니다."

"왜 지원팀을 부르지 않았습니까?"

"첫째는 상황이 너무 급해 단 5분도 기다릴 수 없다고 생각했습니다. 사내가 다른 여자를 끌고 들어왔다면 5분은 그녀의 목숨이 걸린 시간이죠. 둘째는 제가 로버를 가져가지 않았습니다. 그래서 지원팀을 부르고 싶어도 부를 수가…."

"로버라고요?"

"휴대용 무전기 말입니다. 근무 시 항상 지참하게 되어 있지만 숫자가 모자라서 돌려가며 쓰고 있죠. 제가 가지고 퇴근하면 다음 날 밤까지 다른 형사들이 그걸 사용할 수 없기 때문에 두고 나갔습니다."

"그래서 무전으론 지원팀을 요청할 수 없었고, 전화론 어땠습니까?"

"주택 지구라서 공중전화를 찾아 차를 몰고 나가거나 어느 집 문을 두드려야 했습니다. 새벽 1시경에 경찰이라고 소리치는 한 남자에게 문을 쉽게 열어줄 집은 없을 것 같더군요. 모든 것이 시간문제였는데, 제가 생각하기엔 시간이 별로 없었어요. 그래서 혼자 뛰어올라갈 수밖에 없었죠."

"어떤 일이 벌어졌습니까?"

"여자의 목숨이 위험하다고 생각했기 때문에 노크도 없이 뛰어들었습니다. 권총을 빼들고 말이죠."

"문을 발로 차서 열었나요?"

"네."

"뭘 봤습니까?"

"우선 '경찰이다!' 하고 소리쳤죠. 그리곤 방 안으로 몇 걸음 걸어 들어갔습니다. 원룸형 옥탑방이더군요. 한 사내가 침대 옆에 서 있는 걸 보았습니다. 나중에 노먼 처치로 밝혀졌죠. 침대는 카우치를 펼친 것이었습니다."

"사내는 뭘 하고 있었죠?"

"침대 옆에 벌거숭이로 서 있었습니다."

"다른 사람은 없었나요?"

"네."

"그래서 어떻게 했습니까?"

"'꼼짝 마! 움직이면 쏜다!'라고 소리치며 방 안으로 한 걸음 더 들어갔습니다. 사내는 처음엔 움직이지 않았어요. 그런데 갑자기 손을 침대

쪽으로 뻗어 베개 밑으로 슬그머니 넣는 겁니다. 제가 '안 돼!' 하고 소리쳤지만 계속 집어넣었어요. 그리곤 베개 밑에서 무언가를 움켜쥐는 것이었습니다. 전 딱 한 방을 쏘았고, 그것이 치명적이었어요."

"그와의 거리는 어느 정도였나요?"

"5, 6미터쯤 될 겁니다. 커다란 원룸이었어요. 우린 서로 맞은편 끝에 있었습니다."

"즉사했습니까?"

"침대 위로 쓰러져 금방 사망했죠. 부검의는 총알이 오른쪽 겨드랑이를 뚫고 흉부로 들어가 심장과 양쪽 허파를 관통했다고 하더군요."

"그가 쓰러진 뒤 당신은 뭘 했습니까?"

"침대로 다가가서 그가 살아 있는지 확인했습니다. 그때까진 살아 있어서 수갑을 채웠죠. 그는 몇 분 후에 사망했습니다. 베개를 들어내 보니 그 아래 권총은 없었어요."

"그러면 뭐가 있었습니까?"

보슈는 챈들러 쪽을 똑바로 바라보며 대답했다.

"삶의 커다란 미스터리였죠. 그는 가발을 꺼내려고 했던 겁니다."

챈들러는 메모지에 무언가를 부지런히 적고 있다가 고개를 반짝 쳐들었다. 보슈의 눈을 잠시 쳐다본 뒤 그녀가 소리쳤다.

"이의 있습니다, 재판장님."

판사는 보슈가 한 말 중에 "삶의 커다란 미스터리였죠."라는 말은 삭제할 것을 지시했다. 벨크는 총격 장면에 대해 몇 가지 더 질문한 뒤 처치에 대한 수사 과정으로 넘어갔다.

"당신은 그 사건 이후 특별수사팀 소속이 아니었죠?"

"네. 규정에 따라 총격 행위에 대한 수사가 진행되는 동안 데스크 업무를 맡아보고 있었습니다."

"그렇다면 노먼 처치의 배경에 대한 특별수사팀의 수사 결과를 알고 있었나요?"

"대체로는요. 결과와 관련이 있기 때문에 통보를 받았죠."

"그래서 무엇을 알게 되었습니까?"

"욕실 캐비닛 속에서 발견된 화장품들이 아홉 명의 피살자와 관련되어 있다는 걸 알게 되었습니다."

"그 여자들을 죽인 자가 노먼 처치라는 것에 대해 당신 스스로 의심하거나 다른 수사관들이 의심하는 얘기를 들은 적이 있습니까?"

"아홉 명의 여자에 대해서 말입니까? 아뇨. 한 번도 없습니다."

"보슈 형사, 당신은 비초렉 씨의 증언을 들었습니다. 열한 번째 피살자 셜린 켐프가 살해된 날 밤의 처치 씨의 알리바이에 대해 말이죠. 증거물로 제시된 비디오테이프도 보셨잖아요. 그래도 의심이 들지 않던가요?"

"열한 번째 사건은 그렇습니다. 하지만 셜린 켐프는 처치의 옥탑방에서 발견된 화장품 주인들로 밝혀진 아홉 여자 속엔 포함되어 있지 않아요. 처치가 그 아홉 명을 죽였다는 사실에 대해서는 저 자신이나 특별수사팀의 어느 누구도 의심하지 않습니다."

챈들러는 보슈가 특별수사팀의 모든 사람들을 표방한 것에 대해 이의를 제기하자 판사는 그녀의 주장을 받아들였다. 벨크는 일곱 번째와 열한 번째 피살자 영역까지 심문이 확대되는 것을 원치 않았기 때문에 화제를 바꾸었다. 그의 작전은 모방범에 대한 언급을 피함으로서 챈들러가 정 원한다면 반대심문을 하도록 유도하는 것이었다.

"지원팀도 없이 범죄 현장에 돌입했다고 징계를 받았는데, 당신에 대한 경찰당국의 처사가 옳다고 생각합니까?"

"아뇨."

"왜죠?"

"조금 전에 설명했듯이 저로선 그렇게 행동할 수밖에 없었다고 믿기 때문입니다. 지금 다시 그런 상황을 맞게 되더라도 전 똑같이 행동할 겁니다. 그 결과 전출당할 줄 알더라도 그럴 수밖에 없어요. 만약 그 방에 다른 여자가 끌려와 있어서 제가 구출했다면, 저는 전출 대신 승진을 했겠죠."

벨크가 다음 질문을 바로 하지 않아 보슈는 얘기를 계속했다.

"제 전출은 정치적인 거라고 생각합니다. 문제의 핵심은 제가 비무장인 사내를 쐈다는 것이었죠. 그 사내가 연쇄살인범인지 괴물인지는 중요하지 않았어요. 게다가 전 심적인 부담을 안고⋯."

"그건 좋습니다."

"갈등하면서⋯."

"보슈 형사."

보슈는 말을 중단했다. 요점은 이미 다 말한 뒤였다.

"그러니까 당신 말은 옥탑방에서 벌어진 일에 대해 일말의 가책도 느끼지 않는다는 뜻입니까?"

"아니, 그렇진 않습니다."

보슈의 대답에 벨크는 놀랐다. 그는 자신의 메모지를 내려다보았다. 전혀 예상치 못했던 대답이었다. 벨크는 질문을 이어나가야 한다는 걸 알았다.

"무슨 문제가 있습니까?"

"처치가 그런 행동을 한 게 유감스럽죠. 그는 사격을 유도했습니다. 저는 방아쇠를 당길 수밖에 없었습니다. 그의 살인행각을 저지하고 싶었으니까요. 그렇다고 그를 죽이고 싶었던 건 아닙니다. 결과적으로 그렇게 되긴 했지만 그가 자초한 일이었어요."

벨크는 안도의 한숨을 토해낸 뒤 더 이상 질문이 없다고 말했다.

앨바 키스 판사는 반대심문에 들어가기 전에 10분간 휴정하겠다고 선언했다. 보슈가 피고석으로 돌아오자 벨크는 아주 잘했다고 속삭였다. 보슈는 아무 대꾸도 하지 않았다.

"모든 건 챈들러의 반대심문에 달린 것 같아요. 당신이 큰 타격 없이 잘만 대응하면 승산은 우리한테 있습니다."

"그 여자가 쪽지를 들추며 모방범 얘기를 꺼내면 어떻게 되는 거요?"

벨크는 고개를 저었다.

"그럴 순 없어요. 그건 무모한 행동이 되겠죠."

"무모하지만은 않지. 챈들러는 경찰국 안에 정보원을 심어두고 있소. 쪽지에 대한 정보를 그 여자에게 제공한 자가 있다고요."

"만약 그 문제를 들고 나오면 별도회의를 요청하겠습니다."

그건 별로 내키지 않았다. 보슈는 시계를 보며 담배를 한 대 피울 시간이 있는지 계산했다. 이미 늦었다고 판단한 그는 일어나 증인석으로 돌아갔다. 법률용지에 무언가를 적고 있는 챈들러의 등 뒤를 지나는 순간 그녀가 돌아보지도 않고 말했다.

"삶의 커다란 미스터리군요."

"그럼요."

보슈도 그녀를 돌아보지 않고 대꾸했다.

증인석에 앉자 브레머가 들어오는 것이 보였다. 그 뒤를 따라 〈데일리 뉴스〉 기자와 방송국 리포터 두어 명도 들어왔다. 하이라이트가 곧 시작된다는 정보를 누군가가 흘려보낸 것이다. 연방 법정 안에는 카메라를 들여올 수 없기 때문에 어느 방송국에서는 스케치할 화가를 한 명 파견했다.

보슈는 증인석에 앉아 챈들러가 작업하는 것을 지켜보았다. 그에게 던질 질문들을 열심히 적고 있는 듯했다. 그 옆자리에는 두 손을 테이블 위에 모아 쥔 데보라 처치가 보슈에게서 눈길을 돌린 채 있었다. 잠시 후 배심원실 문이 열리고 배심원들이 배심석으로 들어오자 판사도 들어왔다. 보슈는 챈들러가 노란 메모첩을 들고 연설대로 걸어가는 것을 보며 심호흡을 했다. 그녀가 질문을 시작했다.

"보슈 씨, 당신은 사람을 몇 명이나 죽였습니까?"

벨크가 즉시 이의를 제기하며 별도회의를 요청했다. 변호인들과 법정 서기가 벤치 바깥으로 나가서 5분간 소곤거렸다. 보슈의 귀에는 단편적으로만 들릴 뿐이었고 그것도 목소리가 가장 큰 벨크의 말이 대부분이었다. 그는 처치를 살해한 총알 한 발에 대해서만 논의해야 하며 다른 총알들은 본건과 상관없다고 주장했다. 챈들러는 그런 정보들도 피고의 심리 상태를 설명하기 때문에 상관이 있다고 주장하고 있었다. 판사의 대답 소리는 보슈의 귀에 전혀 들리지 않았다. 하지만 변호인들과 사무관이 제자리로 돌아오자, 판사는 변호인의 질문에 대답할 것을 피고에게 명령했다.

"대답할 수 없습니다."

보슈가 말했다.

"보슈 형사, 법원이 당신에게 내린 명령이오."

"대답할 수가 없습니다, 재판장님. 몇 명이나 죽였는지 저는 알지 못합니다."

그러자 챈들러가 그에게 물었다.

"당신은 베트남전에 참전했었죠?"

"그렇습니다."

"어떤 임무를 수행했나요?"

"땅굴쥐(Tunnel Rat: 베트콩 땅굴 속에 투입된 미 특수부대-옮긴이)였습니다. 땅굴 속에서 베트콩들과 마주치기도 했고, 폭발물로 땅굴 전체를 폭파한 때도 있었어요. 그 안에 베트콩이 몇 명이나 있었는지 알 도리가 없죠."

"좋습니다, 형사. 그러면 군 복무를 마치고 경찰이 된 이후로는 몇 사람이나 죽였습니까?"

"세 명입니다. 노먼 처치를 포함해서."

"처치 씨를 제외한 나머지 두 명에 대해 설명해 주시겠어요? 어쩌다 죽이게 됐는지."

"그러죠. 한 명은 처치 이전이었고 다른 한 명은 이후였습니다. 첫 번째 사살은 살인사건을 수사하던 과정에서 일어났죠. 목격자로 생각하고 질문을 하러 찾아갔던 사내가 살인범으로 밝혀졌습니다. 제가 문을 노크하자 대뜸 총을 쏴댔는데 다행히도 비껴갔죠. 문을 박차고 들어가자 집 뒤쪽으로 도망치는 소리가 들리더군요. 뒷마당으로 달려 나가니 사내는 담장 위로 기어오르고 있었습니다. 꼭대기까지 올라간 사내는 다시 총을 쏘려고 몸을 휙 돌렸고 그 순간 저는 첫 발을 쏘았죠. 그는 담장 아래로 추락했습니다."

보슈는 잠시 사이를 둔 뒤 계속했다.

"두 번째 사살은 처치가 죽은 다음에 있었습니다. FBI와 함께 살인강도 사건을 수사하던 중이었죠. 우리는 용의자 두 명과 총격전을 벌이게 되었고, 제가 쏜 총에 용의자 한 명이 맞아 사망했습니다."

"그러니까 두 사건에서 당신이 사살한 사람들은 무장 상태였군요?"

"맞습니다."

"20년 된 베테랑 형사인 점을 감안하더라도 세 번이나 사살한 것은 너무 많지 않나요?"

보슈는 벨크가 이의를 제기하도록 잠시 기다렸지만 그 뚱보 사내는 메모지에다 바쁘게 뭘 적느라 기회를 놓치고 말았다.

"음, 20년 동안 총도 한 번 겨눠보지 못한 경찰이 있는가 하면 범인을 일곱 명 이상 사살한 경관도 있습니다. 그건 어떤 사건을 다루느냐에 달렸고 운에 따르기도 합니다."

"어떤 운이요? 행운인가요, 불운인가요?"

이번엔 벨크도 이의를 제기했고 판사는 받아들였다. 챈들러는 재빨리 다음 질문으로 넘어갔다.

"비무장인 처치 씨를 살해한 뒤 그것을 유감스럽게 생각했습니까?"

"전혀요. 하지만 고소당하고 당신이 변호인이란 얘기를 듣자 유감스럽더군요."

방청석에서 웃음이 터져 나왔고 허니 챈들러까지도 미소를 지었다. 판사가 법봉을 치며 정숙을 요구한 뒤 보슈에게 질문에 요지만 대답하고 사견은 달지 말라고 경고했다.

"유감스럽진 않았습니다."

보슈는 다시 대답했다.

"앞에서도 말했다시피 저는 처치를 죽이기보다 생포하고 싶었습니다. 하지만 그자를 거리에서 제거하고 싶기도 했습니다."

"그렇지만 당신은 옥탑방에서 그를 제거하기로 최종 전략을 세웠던 거군요?"

"아니죠. 최종 전략 따윈 없었어요. 그냥 일이 그렇게 벌어졌던 거죠."

보슈는 챈들러에게 분노를 드러내봤자 좋을 것 없다는 정도는 알고 있었다. 지금까지의 경험에 의하면 상대에게 화를 내며 비난하는 것보다 착각에 빠진 사람을 다루듯 질문에 또박또박 대답하는 편이 나았다.

"그렇지만 비무장에 벌거숭이였던 처치 씨가 무방비 상태로 살해된 것에 대해 만족했단 말인가요?"

"만족감 따윈 없었습니다."

그러자 챈들러는 판사를 돌아보며 말했다.

"재판장님, 증인에게 증거를 제시해도 되겠습니까? 원고측 증거 3A 입니다."

그녀는 복사한 서류를 벨크와 사무관에게 건넸고, 사무관은 그것을 판사석으로 가져갔다. 판사가 그것을 읽고 있는 사이에 벨크는 연설대로 걸어 나가 이의를 제기했다.

"재판장님, 이것이 비난 자료로 제출된다면 적법하다고 볼 수 없습니다. 이건 제 고객이 아니라 정신과 의사가 한 말입니다."

챈들러가 마이크로 걸어가서 말했다.

"재판장님, 제가 증인에게 읽히고 싶은 곳은 요약이라 표시된 부분의 마지막 문단입니다. 재판장님께서도 서류 맨 하단에 피고인이 서명한 것을 보실 수 있을 것입니다."

키스 판사는 조금 더 읽은 뒤 손등으로 입가를 훔치곤 말했다.

"승인하겠소. 증인에게 제시해도 좋습니다."

챈들러는 다른 복사본 한 장을 보슈에게 가져가더니 얼굴을 쳐다보지도 않고 그의 앞에 놓았다. 그리곤 연설대 앞으로 돌아가서 보슈에게 물었다.

"그게 뭔지 말씀해 주시겠어요, 보슈 형사?"

"수사관 정신분석 보고서입니다. 대외비로 알고 있는데요."

"무엇을 분석한 겁니까?"

"처치를 사살한 이후의 제 정신 상태를 분석한 겁니다. 총격 사건이 나면 통상 경찰국 소속 정신과 의사와 면담을 하게 되어 있죠. 여기서 이상이 없다는 판정을 받아야 업무에 복귀할 수 있습니다."

"당신이 잘 아는 의사였던 모양이군요."

"뭐라고요?"

"미즈 챈들러, 그런 말은 필요 없을 텐데요."

벨크가 일어나기 전에 키스 판사가 선수를 쳤다.

"네, 재판장님. 취소합니다. 보슈 형사, 그러니까 당신은 면담 결과 업무 복귀 판정을 받았군요? 그래서 할리우드 경찰서에서 새 보직을 받은 겁니까?"

"맞습니다."

"솔직히 그건 요식행위에 지나지 않는 것 아닌가요? 경찰국 소속 정신과 의사가 심리학적 견지에서 경찰의 업무 복귀를 막은 적은 한 번도 없었잖아요?"

"첫 번째 질문에 대한 대답은 '아니오'입니다. 두 번째 질문에 대해선 잘 모르겠군요."

"그러면 질문 형태를 바꿔보죠. 정신과 의사와의 면담으로 인해 업무 복귀가 좌절되었다는 얘길 들어본 적 있나요?"

"없습니다. 아마 대외비 사항이라 들을 수 없었겠죠."

"당신 앞에 놓인 보고서의 요약 부분에서 마지막 문단을 좀 읽어주시겠습니까?"

"그러죠."

보슈는 복사본을 들고 읽기 시작했다. 조용히.

"큰 소리로 읽어주시겠어요, 보슈 형사?"

챈들러가 과장된 목소리로 말했다.

"미안합니다. 그러죠. '전쟁 경험과 경찰 경험을 통해 대상자는 폭력에 대단히 무감각해졌다. 앞에서 언급한, 인명을 앗아간 총격사건이 눈에 띄는 예이다. 대상자는 폭력적인 측면이 평생 동안 자신의 일상에서 당연한 듯 일부를 차지했다고 말한다. 따라서 그가 자신 또는 타인을 보호하기 위해 치명적인 힘을 행사해야 하는 상황에 다시 놓일 경우 전에 일어난 사건이 심리적인 억제제로 작용할 가능성은 희박하다. 나는 대상자가 지체 없이 행동에 나설 것이라고 본다. 그는 충분히 방아쇠를 당길 수 있을 것이다. 사실 그의 대화 내용을 보면, 그 총격사건이 아무런 영향을 미치지 못했음을 알 수 있다. 그 사건의 결과, 즉 용의자의 죽음에 대해 그가 부적절한 만족감을 느끼고 있다는 사실을 제외한다면 말이다.'"

보슈는 서류를 내려놓았다. 그리고 모든 배심원들이 자신을 바라보고 있다는 걸 알았다. 그는 이 보고서가 자신에게 도움을 줄지 심한 해를 끼칠지 판단할 수 없었다.

"그 보고서의 피험자는 당신이겠죠?"

챈들러가 물었다.

"그렇습니다."

"당신은 조금 전에 만족감 따윈 없었다고 증언했어요. 그런데 정신과 의사는 당신이 사고결과에 대해 만족감을 느끼고 있다고 적었군요. 도대체 누구 말이 맞는 겁니까?"

"보고서는 의사가 작성한 것이지 제가 작성한 게 아닙니다. 제가 이런 말을 했다곤 생각되지 않고요."

"그러면 어떤 말을 했다고 생각됩니까?"

"모르겠어요. 이건 아닙니다."

"그렇다면 이 보고서에 왜 서명했죠?"

"업무에 복귀하고 싶어서죠. 의사가 사용한 용어를 붙잡고 시비를 걸면 업무에 절대 복귀할 수 없어요."

"보슈 형사, 당신을 검사하고 보고서를 작성한 정신과 의사가 당신 어머니에 대해서도 알고 있었나요?"

보슈는 잠시 망설이다 마침내 대답했다.

"모르겠습니다. 전 얘기한 적 없으니까요. 그가 사전에 어떤 정보를 입수했는지는 알 수 없습니다."

속이 부글거려 말을 제대로 할 수 없을 지경이었다.

"당신 어머니에게 어떤 일이 일어났습니까?"

보슈는 대답하기 전에 챈들러를 한참 동안 똑바로 바라보았다. 그녀는 눈길을 돌리지 않았다.

"앞에서도 말했지만 살해당했습니다. 할리우드에서. 제가 열한 살 땝니다."

"그런데 아직까지 아무도 체포되지 않았죠, 맞습니까?"

"맞습니다. 이제 다른 얘기를 하면 안 됩니까? 이 얘긴 벌써 했던 걸로 아는데요."

보슈는 벨크를 돌아보았다. 그제야 뚱보 사내는 감을 잡고 챈들러의 반복성 질문에 대해 이의를 제기했다. 키스 판사가 증인에게 물었다.

"보슈 형사, 마음을 진정시키기 위해 휴정을 원합니까?"

"아닙니다, 재판장님. 전 괜찮습니다."

"그래요, 유감스럽지만 난 적절한 반대심문을 제한할 수가 없소. 이의는 기각합니다."

판사는 챈들러에게 고개를 끄덕였다.

"이런 사적인 질문을 해서 미안합니다만, 어머니가 사망한 후엔 아버지가 당신을 양육했습니까?"

"당신은 미안한 게 아니오. 당신은…."

"보슈 형사!"

판사가 호통을 쳤다.

"이런 사태는 용납할 수 없소. 당신은 당신에 대한 질문에 대답해야 합니다. 다른 말은 일절 하지 마시오. 질문에 대답만 하시라고."

보슈는 챈들러에게 말했다.

"아니오. 전 아버지를 알지도 못합니다. 보호소로 보내졌다가 입양됐습니다."

"형제자매는 없습니까?"

"없습니다."

"그렇다면 당신 어머니를 교살한 자는 당신의 가장 가까운 분을 앗아 갔을 뿐만 아니라 그 당시의 당신 삶을 파괴했군요?"

"그렇게 말할 수 있겠죠."

"당신이 경찰이 된 것은 그 범죄와 무슨 관련이 있나요?"

보슈는 더 이상 배심원들을 쳐다볼 수 없다는 것을 알았다. 얼굴이 뜨겁게 달아올랐다. 마치 확대경 아래서 죽어가고 있는 느낌이었다.

"모르겠습니다. 거기까지 생각해본 적이 없어서."

"그것은 당신이 처치 씨를 죽이고 느낀 모종의 만족감과 어떤 관련이 있습니까?"

"계속해서 만족감이란 단어를 사용하고 있는데, 앞에서도 말했듯이 제가 만약 만족을 느꼈다면 그건 사건을 마무리한 데서 나온 것입니다. 당신 말마따나 그 사내는 괴물이었으니까요. 그는 살인자였소. 저는 그런 자를 저지한 것이 만족스럽습니다. 당신이라면 안 그럴까요?"

"이제야 제대로 대답하시는군요, 보슈 형사. 하나 더 묻겠는데, 그래서 그 이후부터 살인이 멈췄습니까? 모든 사건들이?"

벨크가 벌떡 일어나며 별도회의를 요청했다. 그러자 판사는 배심원들에게 말했다.

"안 그래도 휴정을 선포할 참이었습니다. 준비되면 다시 부르겠소."

17 정의의 구현자

벨크는 챈들러의 질문에 대한 이의에 대해 언론의 귀가 미치지 않는 곳에서 논의하고 싶다고 했기 때문에 판사는 자기 방으로 그들을 데리고 들어갔다. 참석자는 판사와 챈들러, 벨크, 보슈, 법정 서기와 사무관이었다. 그들은 법정에서 의자를 몇 개 끌어다가 판사의 거대한 책상 주위에 놓고 앉았다. 검정색 마호가니로 제작된 박스형 책상으로 외제 소형차 한 대는 충분히 들어갈 만한 크기였다.

판사가 맨 먼저 시작한 것은 담배를 붙여 무는 일이었다. 챈들러가 따라하는 것을 본 보슈는 나도 질세라 하고 담배를 빼물었다. 판사는 재떨이를 책상 끝으로 밀어 모두의 손이 닿는 위치에다 놓으며 말했다.

"자, 벨크 씨. 당신이 벌인 파티요."

"판사님, 저는 챈들러 양이 이 얘기를 어디로 끌고 나갈지 걱정하고 있습니다."

"미즈 챈들러라고 부르시오, 벨크 씨. 그렇게 부르는 걸 더 좋아하는 줄 알고 있잖소. 겨우 질문 하나를 듣고 그녀가 어디로 끌고 나갈지 왜 걱정하는 겁니까?"

보슈가 보기에도 벨크는 이의 제기를 너무 빨리 한 것이 분명했다. 챈들러가 쪽지 외에 어느 정도나 정보를 입수했는지 확인되지도 않은 상태였다. 벨크가 탭댄스를 추며 문제를 호도하려 해봤자 시간 낭비일 뿐이라는 것이 보슈의 생각이었다.

"그 마지막 질문에 대답하면 진행 중인 수사에 지장을 초래하게 될 겁니다."

벨크의 대답에 판사는 가죽의자 등받이에 등을 기대며 다시 물었다.

"어째서 그렇소?"

이번엔 보슈가 대답했다.

"우리는 다른 살인자가 또 있다고 믿고 있습니다. 이번 주에 발견된 시체의 신원을 어제 확인했는데, 처치에게 살해될 수가 없다는 결론이 내려졌거든요. 피살자는 2년 전까지도 살아 있었습니다."

벨크가 다시 끼어들었다.

"살인범이 사용한 방법은 진짜 인형사의 방법과 똑같아요. 경찰은 처치의 살인 수법을 잘 알고 그대로 따라한 모방범이 있다고 믿고 있습니다. 그리고 이전에 처치의 범행으로 알고 있었던 일곱 번째와 열한 번째 피살자는 그 모방범이 죽인 것임을 시사하는 증거물도 있습니다."

보슈가 바통을 이어받았다.

"그 모방범은 수사 세부사항을 잘 아는 경찰과 가까운 인물로 추정됩니다."

벨크가 다시 경고했다.

"미즈 챈들러에게 이런 질문을 허용하면 매체에 보도될 것이고, 그러면 모방범에게 제보한 것이 됩니다. 놈은 경찰이 얼마나 가까이 다가왔는지 알아차리겠죠."

판사는 이 모든 문제들에 대해 생각하느라 잠시 침묵에 빠졌다가 말했다.

"그것 참 재미있군요. 당신들이 말한 그 모방범을 꼭 체포하기 바랍니다. 그런데 문제는 말이오, 벨크 씨, 당신은 챈들러가 당신 고객에게 던진 질문에 답변하는 것을 중단시킬 법적 근거를 나에게 제공하지 않았다는 겁니다. 수사를 방해하고 싶어 하는 사람은 아무도 없어요. 그렇지만 당신 고객을 증언석에 올린 사람은 당신이잖소."

챈들러가 기다렸다는 듯이 말했다.

"그건 두 번째 살인자가 있을 경우겠죠. 살인자는 오직 한 명뿐이었고 처치는 분명 아니었어요. 당신들은 이런 교묘한 수법으로…."

"미즈 챈들러."

판사가 그녀의 말을 막았다.

"그건 배심원들이 판단할 일이오. 다투고 싶으면 그들과 다투시오. 벨크 씨, 문제는 이 사람이 당신 증인이란 사실입니다. 당신이 불러올려 이런 질문들을 하게 만들었으니 나로서는 해줄 말이 없소. 기자들을 법정에서 내보낼 생각도 없고. 페니 양, 여기서부터는 오프 더 레코드로 처리해요."

판사는 법정 서기가 컴퓨터 키보드에서 손가락을 내려놓는 것을 확인한 뒤 벨크에게 말했다.

"벨크 씨, 당신은 엿 먹었소. 숙녀들 앞에서 이런 말을 해서 미안합니다. 당신 고객은 원고측 변호인이 묻는 대로 대답해야만 합니다. 좋아요, 본론으로 돌아갑시다."

법정 서기는 손가락을 다시 키보드에 올려놓았다.

벨크가 정말 엿 먹은 표정으로 항의했다.

"판사님, 정말 이럴 수는….”

"나는 이미 결정했소, 벨크 씨. 다른 얘기는 없소?"

그러자 벨크는 보슈가 놀라 자빠질 말을 내뱉었다.

"저희는 재판을 연기하고 싶습니다.”

"뭐라고?"

"판사님, 원고측은 반대합니다."

챈들러가 반대하자 판사가 말했다.

"그런 줄 알고 있소. 그런데 벨크 씨는 지금 무슨 소릴 하고 있는 겁니까?"

"판사님, 이 재판은 당분간 중단해야 합니다. 적어도 다음 주까진요. 수사가 어느 정도 결실을 거둘 때까지 시간을 주셔야죠.”

"어느 정도의 결실이라고? 제발 잊어주시오, 벨크. 당신은 지금 재판 중이오.”

벨크는 벌떡 일어나 커다란 책상 위로 상체를 내밀며 말했다.

"판사님, 이 문제를 최고법원에 항소할 때까지 재판의 긴급 연기를 요청합니다.”

"당신은 어떤 항소든 할 수 있소, 벨크 씨. 그렇지만 연기는 안 됩니다. 우린 지금 여기서 재판 중에 있소."

모두가 벨크를 바라보는 가운데 잠시 침묵이 이어졌다.

"제가 답변을 거부하면 어떻게 됩니까?"

보슈의 질문에 키스 판사는 그를 한참 바라본 뒤 대답했다.

"그러면 나는 당신에게 법정모독죄를 적용할 거요. 당신에게 대답할 것을 다시 명령하고 그래도 거부하면 감옥에 집어넣을 겁니다. 여기 있는 당신 변호인이 항소해서 가석방을 요청하면 나는 허락하지 않을 것이오. 이런 모든 일이 저 법정 안에 있는 배심원들과 보도자들이 보는 앞에서 일어날 겁니다. 그리고 미즈 챈들러가 복도에 있는 기자들에게 무슨 얘기를 하더라도 나는 제한하지 않겠소. 그러니까 내 말은 당신이 만용을 부려 답변을 거부하더라도 이야기는 어떻게든 매체에 전달될 거라는 뜻이오. 조금 전에 벨크 씨에게 내가 말한 대로 우리가 오프 더 레코드를 전제로….”

“이러실 순 없어요!”

벨크가 갑자기 폭발했다.

“이건, 이건 옳지 않습니다. 판사님은 이 사건 수사를 보호하셔야죠.”

“벨크 씨, 나한테 이래라 저래라 하지 마시오.”

판사는 천천히 엄숙하게 말했다. 그의 덩치가 점점 커지는 반면 벨크의 몸뚱이는 오히려 점점 위축되는 것처럼 느껴졌다.

“내 분명히 말해두지만 이 사건에 대한 재판은 공정할 겁니다. 당신은 원고에게 치명적인 정보를 나한테 받아들이라고 요구하고 있소. 또한 내게 겁을 주려고 하지만 난 개의치 않을 것이오. 나는 선거 때마다 당신들한테 표를 구걸해야 하는 카운티 판사가 아니라 종신직이라고. 페니 양, 여기부터는 오프 더 레코드야.”

페니 양은 타이핑을 멈추었다. 보슈는 벨크가 도살당하는 꼴을 차마 보고 싶지 않았다. 할리우드 시 검사보는 종말을 예감한 듯 머리를 앞으로 푹 숙이고 있었다. 마치 목을 앞으로 길게 내밀고 도끼날이 떨어지길 기다리고 있는 사람 같았다.

“그래서 나는 당신이 그 살찐 엉덩이를 의자에 부려놓고 재심문을 통해 이 난관을 극복할 방법이나 열심히 연구해 보라고 충고하고 싶소. 왜냐하면 5분 후엔 보슈 형사가 그 질문에 대답하든지 아니면 연방 교도소 간수에게 권총과 배지를 건네주고 벨트와 구두끈도 풀어줘야 할 테니까. 회의는 끝났으니 법정으로 돌아갑시다.”

키스 판사는 재떨이에 담배를 비벼 끄고 일어났다. 벨크와는 끝내 눈을 마주치지 않았다.

법정으로 들어갈 때 보슈는 챈들러의 뒤로 바짝 따라붙었다. 판사가 재판장석으로 올라가는 것을 재빨리 돌아본 뒤 그는 챈들러에게 나직이 속삭였다.

"당신이 경찰국 내에 정보원을 두고 있다면 내가 반드시 찾아내서 태워버리겠소."

챈들러는 잠시도 발걸음을 늦추지 않았다. 심지어 돌아보지도 않고 대꾸했다.

"당신이 먼저 재로 변하지 않았을 때 얘기겠죠."

보슈가 증인석에 앉자 배심원들이 배심석으로 돌아왔다. 판사가 증인심문을 계속하라고 하자 챈들러는 보슈에게 말했다.

"서기에게 마지막 질문을 읽게 하기보다는 제가 다시 묻는 편이 낫겠군요. 당신이 처치 씨를 사살한 후부터 그 인형사는 살인을 멈췄나요?"

보슈는 대답을 망설이며 생각했다. 방청석을 돌아보니 기자들이 더 많이 몰려온 것 같았다. 아니면 기자처럼 보이는 사람들일까? 그들이 함께 모여 앉은 맨 뒷줄에 실비아는 혼자 앉아 있었다. 그녀는 보슈에게 살짝 미소를 지어 보였지만 그는 같이 웃어줄 수가 없었다. 그보다는 그녀가 온 지 얼마나 됐는지가 더 궁금했다.

"보슈 형사?"

판사가 그를 다그쳤다.

"제가 이 질문에 답변하면 진행 중인 수사에 지장을 주게 됩니다."

"보슈 형사, 그 문제는 조금 전에 논의했잖소. 질문에 답변해요."

판사가 화난 소리로 명령했다.

보슈는 답변을 거부하고 감옥에 들어간다고 해서 이야기가 새어나가는 걸 막긴 어렵다는 것을 알았다. 판사의 승낙을 받은 챈들러가 모든 기자들에게 떠들어댈 것이다. 감옥에 들어가면 괜히 모방범을 추적하는 일만 못하게 된다. 차라리 대답하기로 결심했다. 그는 대답할 말을 신중하게 생각할 시간을 벌기 위해 종이컵에 담긴 물을 최대한 천천히 마셨다.

"노먼 처치는 사살된 이후로 분명히 살인을 멈췄습니다. 그렇지만 저 바깥엔 또 다른 살인자가 돌아다니고 있어요. 노먼 처치와 똑같은 방법을 사용하는 살인잡니다."

"감사합니다, 보슈 씨. 그런데 언제 그런 결론을 내리게 됐죠?"

챈들러가 기다렸다는 듯 다음 질문을 던졌다.

"이번 주에 다른 시체가 발견되었을 땝니다."

"피살자는 누군가요?"

"레베카 카민스키라는 여잔데, 2년 전에 실종되었습니다."

"그녀를 죽인 방법도 인형사의 다른 피살자들과 같았습니까?"

"한 가지만 빼고 똑같았어요."

"그 한 가지는 뭐죠?"

"시체를 콘크리트 속에 감췄다는 겁니다. 노먼 처치는 자기가 죽인 희생자들을 언제나 공공장소에다 버렸었죠."

"다른 점은 그것뿐이었나요?"

"지금까지 아는 바로는 그렇습니다."

"그렇지만 노먼이 당신에게 살해된 2년 후에 그 여자가 피살됐다면 노먼이 죽었을 리는 만무하잖아요?"

"그렇습니다."

"그는 이미 죽었으니 그보다 더 완벽한 알리바이가 어디 있겠어요?"

"맞습니다."

"시체는 어떻게 발견했습니까?"

"말씀드린 대로 콘크리트 속에 묻혀 있었습니다."

"그러니까 경찰을 그곳으로 안내한 것이 뭐냐고 물은 겁니다."

"장소가 적힌 쪽지를 받았습니다."

그러자 챈들러는 원고측 증거물 4A라고 표기된 쪽지 복사본을 제시했고, 판사는 벨크의 이의를 기각한 뒤 그것을 받아들였다. 챈들러는 보슈 형사에게도 복사본을 건네주며 확인과 낭독을 요구했다.

"이번엔 좀 크게 읽어주세요. 배심원 여러분들을 위해서요."

고요한 법정 안에서 모방범의 시를 낭송하자 보슈는 으스스한 기분이 들었다. 낭송이 끝나고 잠시 침묵이 흐른 뒤 챈들러가 질문했다.

"그 시를 쓴 사람은 '난 아직 게임 중이야.'라고 했는데, 그건 무슨 뜻이죠?"

"모든 살인을 자기가 한 짓으로 돌리려는 수작입니다. 세인의 관심을 끌고 싶은 거죠."

"그가 정말 모두를 죽였을 가능성은 없습니까?"

"없어요. 그들 중 아홉 명은 노먼 처치가 죽였으니까요. 그의 옥탑방에서 발견된 증거물들은 그들 아홉 명과 단단히 연결되어 있습니다. 의심할 여지가 없어요."

"그 증거물들은 누가 발견했죠?"

"제가 했습니다."

"그렇다면 의심스러운 점이 많지 않아요, 보슈 형사? 똑같은 방법을 사용한다는 이 모방범에 대한 아이디어가 너무 어처구니없잖아요?"

"아니, 그렇지 않습니다. 실제로 그래요. 전 엉뚱한 사람을 죽이지 않았습니다."

"모방범 얘기를 만들어낸 것은 당신이 엉뚱한 사람을 죽인 걸 가리기 위한 교묘한 술책이죠. 그게 진실 아닌가요? 아내의 암묵적 승낙으로 매춘부를 산 것 외엔 아무 잘못도 없는 비무장의 무고한 사람을 죽였잖아요?"

"아뇨, 그렇지 않습니다. 노먼 처치는 많은 여자들을 죽인….."

"감사합니다, 보슈 형사."

"…괴물이었습니다."

"당신 어머니를 죽인 자처럼 말인가요?"

보슈는 무의식 중 방청석의 실비아를 흘끔 보고는 눈길을 돌렸다. 마음을 가라앉히기 위해 심호흡을 했다. 챈들러 따위에게 발기발기 찢길 순 없다는 오기가 들었다.

"그럴 수 있겠네요. 그들은 비슷했을 겁니다. 괴물들이었죠."

"그래서 당신은 그들을 죽였던 거죠, 아닌가요? 베개 아래 가발 따윈 애초에 없었어요. 당신은 그에게서 당신 어머니를 죽인 살인자를 봤기 때문에 냉혹하게 죽였던 겁니다."

"아니죠. 틀렸어요. 당신은 제가 가발보다는 좀 더 나은 스토리를 만들어낼 수 있을 거라고는 생각도 못합니까? 거긴 부엌도 있고 서랍 안에 칼도 있었어요. 증거물로 심으려면 좀 더 그럴 듯한 것으로 심지 왜 하필….."

"그만, 그만, 그만!"

키스 판사가 호통을 쳤다.

"여기서부터 또 정상궤도를 벗어났소. 미즈 챈들러, 당신은 질문 대신에 진술을 하고 있소. 그리고 보슈 형사, 당신도 대답 대신 질문을 하고 있소. 다시 시작합시다."

"네, 재판장님."

챈들러는 얌전하게 대답한 뒤 보슈에게 다시 질문했다.

"보슈 형사, 모든 살인죄를 노먼 처치에게 씌웠다가 이번 주에 콘크리트 속의 여자를 발견했다고 밝히는 것은 교묘한 위장이 아닙니까?"

"아니, 그렇지 않습니다. 위장이 아니에요. 처치는 살인범이었고 그런 일을 당할 만했습니다."

그 말을 내뱉는 순간 보슈는 속으로 아차, 하며 눈을 질끈 감았다. 챈들러에게 마침내 걸려들었다. 그는 눈을 뜨고 그녀를 바라보았다. 챈들러의 눈은 아무 감정도 드러내지 않고 태연했다. 그녀가 속삭이듯 부드럽게 말했다.

"그가 그런 일을 당할 만했다고 말씀하시는군요. 당신이 언제 판사와 배심원과 사형집행인으로 선임되었습니까?"

보슈는 컵의 물을 한 모금 더 마신 뒤 대답했다.

"제 말은 그가 자초한 일이란 뜻입니다. 그에게 일어난 모든 일은 궁극적으로 그의 책임입니다. 누구라도 그런 처신을 하면 그 결과를 받아들여야만 합니다."

"로드니 킹이 그런 일을 당할 만했던 것처럼 말인가요?"

"이의 있습니다!"

벨크가 소리쳤다.

"앙드레 골턴이 그런 일을 당할 만했던 것처럼 말이죠?"

"이의 있습니다!"

"인정합니다. 인정합니다."

판사가 이의를 받아들였다.

"좋아요, 미즈 챈들러. 이제 당신은…."

"그것들은 다 다릅니다."

"보슈 형사, 내가 이의를 인정했잖소. 그러면 대답을 하지 말아야지."

"이상입니다, 재판장님."

챈들러가 먼저 말한 뒤 물러났다.

보슈는 그녀가 원고석 테이블로 걸어가서 손에 든 메모첩을 목재 표면에 떨어뜨리는 것을 지켜보았다. 느슨하게 풀린 머리카락이 목덜미를 덮고 있었다. 보슈는 이제 그런 사소한 것들까지도 재판이 진행되는 동안 그녀가 치밀하게 준비하여 내보이는 연출이란 걸 확신하게 되었다. 그녀가 의자에 앉자 데보라 처치가 팔을 둘러 그녀를 살짝 껴안았다. 챈들러는 그것에 대해 미소 짓거나 어떤 반응도 보여주지 않았다.

벨크는 사악한 범죄의 세부 내용과 처치를 사살하고 수사한 과정에 대해 재심문하며 충격을 조금이라도 완화하려 애썼지만 아무도 듣는 사람이 없는 것 같았다. 법정은 챈들러의 반대심문으로 착 가라앉아 진공상태로 변한 느낌이었다.

벨크의 재심문이 얼마나 별 볼일 없었으면 챈들러는 반대심문할 생각조차 하지 않았다. 결국 보슈는 증인석에서 일어나 피고석으로 돌아가게 되었지만 그 거리가 몇 킬로미터나 되는 것처럼 멀게 느껴졌다.

"다음 증인이 있소, 벨크 씨?"

판사가 물었다.

"재판장님, 몇 분만 시간을 주시겠습니까?"

"물론이오."

벨크는 보슈를 돌아보며 조그맣게 말했다.

"심문을 마치려고 하는데 문제될 것 있습니까?"

"모르겠소."

"당신이 특별수사팀의 다른 대원을 원하지 않는 한 호출할 사람이 없어요. 그들은 당신이 증언한 내용과 똑같은 말을 할 것이고 챈들러한테도 똑같은 취급을 당할 겁니다. 그녀 혼자 잘해보라고 하죠, 뭐."

"존 로크 박사를 다시 부르는 건 어때요? 그 사람이라면 모방범에 대해 내가 얘기한 모든 내용들을 잘 받쳐줄 텐데."

"너무 위험해요. 우리가 정신분석의한테 얻어낼 수 있는 말은 기껏해
야 '그럴 수도 있다.'는 말뿐이죠. 챈들러도 그에게서 '그렇지 않을 수도
있다.'는 말을 쉽사리 끌어낼 수 있을 거예요. 그는 아직 이 부분에 대해
증언한 적 없으니까 무슨 말을 할지도 알 수 없고요. 게다가 우리는 모
방범에 대해서는 한 걸음 물러서 있어야 할 것 같아요. 그건 배심원들
을 혼란스럽게 만들고 있을 뿐만 아니라…."

"벨크 씨, 우린 기다리고 있소."

판사가 재촉하자 그는 의자에서 일어나 말했다.

"재판장님, 피고측은 질문을 마칩니다."

판사는 벨크를 한참 동안 바라보다가 배심원들에게 오늘은 이만 돌
아가도 좋다고 말했다. 오후 시간엔 양측 변호인들은 최종변론을, 판사
는 배심원단에 사건 관련 법률지식을 알려주는 설시(說示)를 준비해야
하기 때문이었다.

배심원들이 다 나가자 챈들러는 연설대로 걸어 나가 판사에게 원고
승소를 위한 지시평결(directed verdict: 사실심리에서 제출된 증거로 보아
승패가 명백할 경우 판사의 지시대로 내리는 평결-옮긴이)을 요청했다. 판사
가 거부하자, 벨크도 똑같이 피고 승소를 위한 지시평결을 요청했다. 판
사는 냉소적으로 들리는 목소리로 그에게 앉으라고 명했다.

얼마 후 많은 방청객들이 다 빠져나가자 보슈는 복도에서 실비아를
만났다. 기자들이 떼를 지어 두 변호인을 둘러싸고 있는 곳을 피해 두
사람은 복도 아래쪽으로 내려갔다.

"여긴 오지 말랬잖아, 실비아."

"그렇지만 와야 할 것 같았어요. 어떤 일이 있더라도 내가 당신을 지
지한다는 걸 보여주고 싶어서요. 당신에 대해 판사는 절대 알 수 없는

어떤 것을 난 알고 있잖아요, 해리. 챈들러가 당신을 어떤 모습으로 그리든, 난 당신이란 사람을 잘 알아요. 그걸 잊지 말아요."

은빛 무늬가 있는 검은 드레스를 입고 있는 실비아는 매우 아름다워 보였다. 보슈가 좋아하는 드레스였다.

"아, 알았어. 그런데 언제 왔어?"

"거의 처음부터요. 오길 잘했어요. 당신은 가끔 거친 행동을 하지 않을 수 없었지만, 어디까지나 선의에서 그랬다는 걸 난 알아요."

보슈는 그녀를 말없이 바라보기만 했다.

"낙관적으로 생각해요, 해리."

"내 어머니에 대한 얘기가…."

"들었어요. 그 얘기를 이런 곳에서 듣게 된 것이 가슴 아팠지만요. 해리, 우리 사이에 그런 비밀들이 있으면 어떡해요? 그런 것들이 우리 관계를 위태롭게 한다고 몇 번이나 말했잖아요."

"지금 여기서 그런 얘기를 할 순 없어."

보슈는 손을 쳐들었다.

"얘기가 너무 복잡하고 여긴 적절한 장소도 아니야. 나중에 얘기하자고. 당신 말이 옳아, 실비아. 그렇지만 난… 암튼 얘기할 수가 없었어."

실비아는 그의 넥타이를 똑바로 잡아주며 말했다.

"괜찮아요. 이젠 뭘 할 거예요?"

"사건을 추적해야지. 공식적이든 아니든 난 쫓아갈 수밖에 없어. 두 번째 살인자인 모방범을 찾아야 해."

실비아가 아무 말 없이 바라보기만 해서 보슈는 그녀가 다른 대답을 기대하고 있었다는 걸 알았다.

"미안해. 이건 미룰 수가 없는 일이야. 일이 계속 터지고 있으니까."

"그러면 난 학교나 나가야겠어요. 하루를 다 날려버릴 순 없으니까.

오늘 밤 집에 올 거예요?"

"노력할게."

"좋아요. 낙관적으로 생각해요, 해리."

보슈가 미소를 지어 보이자 실비아는 그의 볼에 키스를 해준 뒤 에스컬레이터로 향했다. 그녀가 가는 것을 지켜보고 있는데 브레머 기자가 다가오며 말했다.

"나랑 얘기 좀 하실래요? 증언 내용이 무척 흥미롭던데."

"증언석에서 이미 다 말했어."

"남겨둔 얘긴 없어요?"

"없어."

"챈들러가 한 말은 어떻게 생각합니까? 두 번째 살인자는 첫 번째 살인자와 동일 인물이고 처치는 아무도 죽이지 않았다고 했는데."

"그 여자한테서 무슨 말을 기대했나? 개똥같은 소리지. 내 말 똑똑히 들어, 브레머. 난 법정에서 선서를 하고 말했어. 그 여잔 꼴리는 대로 지껄인 거고. 그런 개소리에 속아 넘어가면 바보지."

"해리, 난 이걸 기사로 써야 해요. 그게 내 직업이니까요. 이해할 수 있죠? 거부감 같은 걸 느낍니까?"

"거부감은 없어, 브레머. 누구에게나 할 일이 있지. 나도 이젠 내 일을 하러 가야겠네. 이제 됐지?"

보슈는 에스컬레이터 쪽으로 걸어갔다. 조각상이 있는 바깥으로 나오자 토미 파어웨이가 재떨이를 뒤지고 있었다. 보슈는 담배를 한 대 붙여 문 뒤 그에게도 한 개비 건넸다.

"무슨 일이 벌어지고 있죠, 형사님?"

노숙자가 물었다.

"정의가 실현되고 있는 중이지."

18 마약반 형사

센트럴 디비전으로 차를 몰고 들어온 보슈는 도로변에 있는 주차공
간을 발견했다. 그는 자동차 안에 앉은 채 유치장에서 나온 두 인부가
벙커처럼 생긴 역사(驛舍) 벽에 그려진 에나멜 그림을 씻어내는 것을 바
라보고 있었다. 흑인종 백인종 황인종 아이들이 함께 뛰놀며 친절한 경
관들에게 미소 짓고 있는 열반을 표현한 그림이었다. 아이들이 아직 희
망을 지니고 있는 곳이었다. 그 벽화 아래쪽에 누군가가 검정색 스프레
이로 화난 듯이 휘갈겨 놓았다. '이 그림은 새빨간 거짓말이야!'

누가 저렇게 썼을까? 이웃 사는 사람일까 아니면 경찰일까, 하고 보
슈는 생각했다. 그는 법정에서 있었던 일을 마음속에서 지우려고 담배
를 두 대나 연거푸 피웠다. 비밀을 어느 정도 토해냈다고 생각하니 이
상하게 마음이 편안했다. 그렇지만 재판 결과에 대해서는 희망이 별로
없었다. 이젠 거의 체념 상태가 되었고, 배심원단이 자신에게 불리한 판
정을 내리더라도 받아들일 각오가 되어 있었다. 왜곡된 증거물 제시로

인해 배심원들은 그가 챈들러의 말처럼 괴물 같진 않더라도 상당히 무모하고 바람직하지 못한 행동을 했다고 판단할 것이었다. 그들은 열 번 죽었다 깨어나도 보슈가 눈 깜짝할 사이에 내려야만 했던 그런 결정을 이해할 수 없을 것이다.

그것은 모든 경찰들이 다 알고 있는 낡은 이야기였다. 시민들은 경찰이 자신들을 보호해 주고 전염병을 눈앞에서 몰아내 주기를 바란다. 하지만 그들이 경찰에 부여한 일을 실행할 때 맨 먼저 눈을 부라리며 삿대질을 해대는 사람들은 바로 그들 자신이라는 이야기다. 보슈는 강경론자가 아니었다. 그는 앙드레 골턴 사건이나 로드니 킹 사건에서 경찰이 한 행동들을 용납할 수 없었다. 하지만 그런 행동들을 이해할 수는 있었고, 자신의 행위도 결국 같은 근거에서 나왔다는 것을 알았다.

정치적 기회주의와 무능력으로 인해 시 당국은 수년 동안 LA 경찰국을 인원과 장비가 부족한 준군사 조직으로 방치했다. 정치성 박테리아에 감염된 조직의 상부에는 관리자들이 넘치는 반면 하부는 인원이 모자라고 허약하여, 거리로 나간 말단 경찰들은 자신들이 봉사하는 시민들을 만나기 위해 자동차에서 내릴 겨를도 없었다. 그들은 겨우 양아치 같은 놈들이나 처리하고 다닐 뿐이었고, 그러다 보니 경찰복을 입지 않은 놈들은 죄다 양아치로 보이고 그렇게 취급하는 풍조까지 생겼다. 모조리. 결국 앙드레 골턴 사건과 로드니 킹 사건이 터졌고, 결국 말단 경찰들이 감당할 수 없는 폭동이 일어났고, 결국 역사 벽에다 새빨간 거짓 그림까지 그리게 되었다.

보슈는 프런트데스크에 신분증을 제시한 뒤 마약반으로 올라가는 계단을 향했다. 사무실 문 앞에 도달하자 잠시 걸음을 멈추고 방 건너편 자기 책상 뒤에 앉아 있는 레이 모라를 관찰했다. 포르노 담당 3급 형사는 보고서를 타이핑하는 게 아니라 볼펜으로 작성하고 있는 듯했다. 그것은 별로 신경 쓸 것 없이 몇 줄 끼적이면 되는 일일활동보고서라는 얘기였고, 의자에서 일어나 타자기를 가져올 가치조차 없는 일이란 뜻이었다.

보슈는 모라가 오른손으로 글씨를 쓰고 있는 것을 주목했다. 그렇다고 해서 이 마약반 형사를 모방범 혐의 대상에서 제외할 수 있는 건 아니었다. 모방범은 인형사를 흉내 내어 피살자의 목을 왼쪽에서 끈으로 묶을 만큼 세부적인 것까지 알고 있었으니까. 심지어 피살자의 발톱에 하얀 십자가를 그리는 것까지 알고 있지 않았던가.

모라 형사가 고개를 들고 그를 보았다.

"거기서 뭐 하는 거야, 해리?"

"방해하고 싶지 않아서."

보슈는 그의 책상으로 다가갔다.

"농담하나? 일일보고서를 쓰는 중이야."

"난 또, 무슨 중요한 일인 줄 알았지."

"하긴 중요하지. 이걸 써야 급료가 나올 테니."

보슈는 빈 책상에서 의자 하나를 끌어다 놓고 앉았다. 그런데 '프라하의 아기 예수상'이 옮겨져 있었다. 정확히 말하면 방향전환이었다. 예수의 얼굴이 더 이상 포르노 달력에 담긴 나체 여배우를 향하고 있지 않았다. 모라를 보자 보슈는 얘기를 어떻게 꺼내야 할지 알 수 없었다.

"어젯밤 메시지를 남겼던데."

"응, 생각난 게 있어서 말이야."

"무슨 생각?"

"처치가 매기 컴 라우들리를 죽이지 않았다는 건 분명하잖아, 안 그래? 그 여자가 콘크리트 속에 엉덩이를 처박을 때 처치는 이미 죽었으니까."

"그렇지."

"그렇다면 모방범의 짓이란 얘기지."

"그 말도 맞아."

"그래서 생각했지. 혹시 그 자식은 매기를 죽이기 이전에 이미 그런 짓들을 시작하지 않았을까?"

보슈는 목이 콱 죄어오는 느낌이었다. 모라 형사에게 그런 기색을 보이지 않으려고 애써 태연한 표정을 지었다.

"이전에?"

"그래. 다른 두 포르노 영계도 혹시 그 자식이 죽이지 않았을까 하는 생각이 들더란 말이지. 그놈이 꼭 처치가 죽은 다음부터 살인을 시작했다는 증거도 없잖아?"

보슈는 이제 온몸에 한기가 오슬오슬 느껴졌다. 모라가 만약 모방범이라면, 이자는 이제 나에게 모든 패턴을 까발릴 수 있을 만큼 자신만만하단 말인가? 아니면 나의 예감이 완전히 빗나갔단 얘긴가? 하긴 그 모든 것이 단지 짐작이었을 뿐이었다고 보슈는 생각했다. 그는 모라와 함께 앉아 있는 것이 소름끼쳤다. 표지를 섹스 행위로 장식한 잡지들을 책상 위에 수북이 쌓아둔 것만으로도 모자라서 파일 캐비닛 옆면에 걸린 달력에도 나체의 포르노 여배우가 음탕한 표정을 짓고 있었다. 점토로 만든 조각상이 얼굴을 돌리고 있었다. 보슈는 모라가 걸어 놓은 달력 속의 나체 여배우 델타 부시도 블론드 머리에 가슴이 풍만하다는 것을 알았다. 패턴에 딱 들어맞는 여자였다. 그래서 모라는 저 달력을 걸어 놓았던 걸까?

"실은 나도 똑같은 생각을 하고 있었어, 모라."

그는 마음을 가라앉힌 뒤 단조로운 목소리로 말했다.

"모든 증거가 그쪽으로 더 잘 맞아떨어지고 있거든. 모방범이 그 세 여자를 죽인 것으로 말이야. 그런데 자넨 왜 그런 생각을 하게 됐나?"

모라는 작성한 보고서를 서랍 안에 집어넣은 뒤 책상 위로 상체를 숙였다. 왼손은 무의식적으로 열린 목깃 사이로 흘러내린 성령 메달을 잡았다. 그는 그것을 손가락으로 문지르며 팔꿈치를 팔걸이에 올려놓고 의자에 등을 기댔다. 그리곤 메달을 손에서 놓으며 말했다.

"옛날에 내가 했던 어떤 일을 떠올린 거지, 뭐. 자네가 처치를 잡기 직전에 입수했던 정보였는데, 그 친구가 죽자 나도 그걸 버렸지."

"지금 4년 전 얘길 하고 있는 거야?"

"맞아. 자네가 처치를 잡자 우리 모두는 사건이 종결된 줄로 알았지."

"계속해, 레이. 뭘 떠올렸다는 거야?"

"그러니까 자네가 처치를 잡기 사나흘이나 일주일쯤 전이었어. 내가 붙박이 포르노 전문가니까 제보가 들어왔어. 갤러리라는 이름을 사용하는 포르노 여배우였는데 루프, 라이브 쇼, 핍 부스, 900번 전화호출 등 닥치는 대로 하는 막장인생이었지. 가끔 비디오 케이스에 이름을 올리며 겨우 알려지기 시작하던 참이었어."

"그래서?"

"그 여자가 특별수사팀으로 전화를 한 거야. 자네가 처치를 때려잡기 직전이었어. 그리곤 대뜸 밸리의 세트장을 맴도는 피핑 톰(Peeping Tom: 훔쳐보는 톰-옮긴이) 얘기를 하더라고. 포르노 찍는 장면을 훔쳐보며 제작자와 놀다 가는 놈 말이야. 그런데 이 톰은 다른 톰들 같지가 않다는 거야."

"도대체 무슨 소린지 모르겠네. 피핑 톰이라고?"

"세트장을 맴돌며 섹스 신을 훔쳐보는 놈들을 여자들이 그렇게 불러. 그들은 대개 제작자와 친분이 있거나 제작비를 보탠 놈들이지. 제작자에게 천 달러쯤 찔러주면 포르노 찍는 걸 보도록 내버려둔단 얘기야. 통상 그렇대. 인간들이 비디오만 보고는 만족하지 못하는지 촬영장에 많이 몰려든다는군. 현장에서 라이브로 보고 싶어 한다는 거야."

"알았어. 그래, 이 작자는 어땠는데?"

"해리, 그런 놈들이 세트장을 맴도는 이유는 딱 하나밖에 없어. 막간을 이용해서 포르노 여배우들과 한 번 해보고 싶다는 거지. 섹스 말이야. 아니면 직접 포르노를 만들고 싶거나. 그들은 훈련을 쌓고 싶은 거라고. 바로 이 작자가 그랬어. 아무 여자하고도 그 짓은 안 했다는 거야. 그냥 맴돌기만 했다는 거지. 갤러리 말로는 여자들과도 얘기만 했지 한 번도 데리고 나가는 걸 못 봤대."

"그래서 그자가 괴상하다는 거야? 섹스를 원하지 않았다고?"

모라는 두 손을 쳐들고 어깨를 으쓱했다. 그 정도론 너무 약하다는 걸 알고 있다는 듯이.

"그게 첫 번째 이유야. 그렇지만 들어보라고. 갤러리는 인형사가 죽인 홀리 레레와 헤더 컴히더란 여자와도 포르노를 함께 찍었고 그때 이 작자를 봤대. 그래서 전화를 걸었던 거고."

그 말을 듣자 보슈도 정신이 번쩍 들었다. 그렇지만 어떤 표정을 지어야 할지 알 수 없었다. 모라가 단지 그의 주의를 분산시키고 엉뚱한 곳으로 유도하려고 그런 소릴 하는지도 모른다는 생각이 들었다.

"그 작자의 이름은 말해주지 않았어?"

"그게 바로 문제였어. 그 작자 이름을 말해줬으면 당장 찾아 나섰겠지. 그런데 내가 한창 바쁠 때 갤러리가 이름도 모르는 놈을 제보해온 거야. 며칠 후 자네가 처치를 처치하지만 않았어도 확인을 했을 텐데 말이지."

"그냥 흘려버렸군."

"그래. 개똥 담은 비닐봉지처럼 던져버렸지."

보슈는 기다렸다. 모라에게 얘기할 것이 아직 남아 있다는 걸 알았기 때문이었다. 그렇게 끝날 얘기가 아니었다. 모라는 얘기를 계속했다.

"그래서 말이야, 내가 어제 자넬 위해 매기 컴 라우들리의 카드를 뒤져보지 않았겠나. 그 여자의 초기 타이틀들이 나오더군. 처음엔 갤러리와도 함께 일했어. 그걸 보자 그녀의 제보가 떠오르더라고. 그래서 순전히 육감을 따라 내가 아는 업계 사람들을 수소문해서 갤러리를 찾아봤지. 그런데 3년 전에 그 바닥을 떠난 것으로 밝혀졌네. 성인영화제작협회의 톱 프로듀서가 그러더군. 자기 영화를 찍던 도중 갑자기 사라졌다고 말이야. 아무한테도 말 한 마디 남기지 않았대. 사라진 후로도 일절 소식이 없었고. 그 제작자는 그 포르노를 다시 찍느라고 큰 손해를 봤기 때문에 똑똑히 기억하고 있더군. 갤러리가 맡았던 역할을 다른 여자로 바꾸면 스토리가 연결 안 되잖아."

보슈는 그런 영화들도 스토리 연결성을 중요시한다는 말에 놀랐다. 두 사람은 각자 그 스토리에 대해 생각하느라고 잠시 침묵에 빠져들었다. 마침내 보슈가 포르노 담당 형사에게 물었다.

"그러니까 자넨 그 여자도 어딘가 땅속에 묻혀 있을 거라고 생각한단 말이야? 갤러리라는 그 여자. 이번 주에 우리가 찾아낸 여자처럼 콘크리트 속에 묻혀 있을 거로 보나?"

"그렇지. 내 생각이 바로 그거야."

레이 모라는 계속했다.

"그 바닥 사람들은 일반 사람들과는 달리 종적 없이 사라지는 경우가 많아. 어느 날 갑자기 사라졌다가 나중에 〈피플〉 잡지에 등장한 여자도 본 적이 있지. 유명인사의 모금활동에 관한 기사에서 한 사내의 품에 안긴 모습으로 말이야. 그 사내 이름이 뭐더라? 언젠가 '노아의 방주'라는 애완견보호소 소장으로 TV 쇼에도 나오고 그랬는데….”

“레이, 내가 궁금한 건….”

“알아. 암튼 그 바닥 여자들은 쉴 새 없이 들락날락한단 얘기야. 시도 때도 없이. 애초에 영리한 인간들은 아니었거든. 단지 뭔가 다른 일을 해볼까 하고 뛰어든 여자들이니까. 운 좋으면 코카인이나 캐비아를 계속 먹여줄 것 같은 부유한 사내나 하나 꿰차는 거고. ‘노아의 방주’ 주인 같은 놈들 말이야. 그렇게 사라진 여자들이 다시 발견될 경우는 뭔가 잘못되었을 때뿐이지. 언제 어떻게 날아갈지 모를 여자들이야.”

그는 한숨을 한 차례 토해낸 뒤 계속했다.

“그 여자들에게 필요한 건 아버지야. 대부분은 어릴 때 함부로 굴린 아이들이지. 그런 아이들을 아버지뻘 되는 사내들이 이런 식으로 이용하는 건 옳지 않아. 그런 기사를 어디선가 읽었어. 다른 기사들처럼 개똥같은 얘기겠지만.”

보슈에게 심리학 강의는 필요 없었다.

“레이, 난 재판 중이라 이 일엔 매달릴 수 없어. 요점을 말해 봐. 갤러리는 어떻게 된 거야?”

“내 말의 요점은 갤러리의 경우는 매우 특이하다는 얘기야. 왜냐하면 그녀는 거의 3년이 다 되어가는 데도 나타나지 않았어. 그들은 항상 돌아오거든. 설사 제작자를 엿 먹여서 다시 촬영하게 만들었더라도 그들은 항상 돌아와. 그래서 밑바닥부터 다시 시작하지. 루프, 플러핑 등을 거쳐 처음 했던 일로 돌아가는 거야.”

“플러핑이라고?”

“카메라에 잡히지 않는 여자들 말이야. 촬영하는 동안 연기자들을 준비시키고, 조명을 옮기고, 각도를 바꾸고 하는 일들을 하지.”

“무슨 얘긴지 알겠어.”

포르노 사업에 대해 10분쯤 듣고 나자 보슈는 기분이 우울해졌다. 언제부턴지도 기억나지 않을 만큼 오랫동안 마약반에 몸담아온 모라 형사를 그는 잠시 바라보았다.

"도망쳐 나왔다는 그 여잔 어때? 그 여자에 대해서도 조사해 봤어?"

"못했지. 아까 말한 대로 자네가 처치를 처치하자마자 나도 손을 뗐으니까. 사건이 완전히 종결됐다고 생각했지."

"하긴 나도 그렇게 생각했어."

보슈는 주머니에서 작은 수첩을 꺼내어 대화한 내용을 몇 줄 적었다.

"혹시 그때 메모한 것들을 아직 보관하고 있나?"

"그럴 리가. 다 없어졌지. 초기 정보들은 특별수사팀 파일에 아직 있을지 모르지. 하지만 내가 방금 얘기한 내용보다 나을 것이 없을 거야."

보슈는 고개를 끄덕였다. 모라의 말이 맞을 것이다.

"갤러리란 여잔 어떻게 생겼어?"

"블론드에 예쁜 얼굴이었지. 비벌리힐스 성형미인이긴 하겠지만 말야. 여기 어디 사진이 한 장 있을 텐데."

레이 모라는 파일 캐비닛이 있는 뒤쪽으로 의자를 돌려 서랍을 열고 그 안에서 파일 하나를 빼내더니 의자를 다시 돌려 파일 안에서 8×10인치짜리 광고용 컬러 사진 한 장을 뽑아들었다. 해변에서 포즈를 잡은 블론드 여인의 누드 사진이었다. 샅타구니 털을 면도기로 깨끗이 밀어버려 음부가 그대로 드러나 있었다. 보슈는 두 소년이 학교 운동장에서 한 여학생에 대한 비밀을 주고받은 것처럼 얼굴을 붉히며 사진을 모라에게 돌려주었다. 그리곤 마약반 형사의 입가에 떠오른 미소를 보며 자신의 얼굴 표정이 재미있어 그러는 건지, 아니면 다른 어떤 뜻이 있어선지 궁금했다.

"자네 직책 하나는 정말 기똥차군."

"그래, 누군가는 해야 할 일이지."

보슈는 그를 잠시 살펴보았다. 그러자 레이 모라가 왜 이 일에만 그토록 집착했는지 알고 싶어졌다.

"그렇긴 하지. 하지만 왜 자네여야만 해? 이 짓만 너무 오래 해오지 않았나?"

"난 아무래도 경비견 체질인가 봐. 최고법원에서는 이런 일을 합법적인 것으로 보고 있지. 그래서 나를 척후병으로 만들었어. 계속 모니터하고 말썽 없도록 유지하라는 거지. 이 일에 종사하는 사람들은 면허를 취득하고, 합법적 연령에 도달해야 하고, 본인이 원치 않는 일을 누구한테도 강요해선 안 돼. 난 최고법원에서도 잡을 수 없는 것을 찾아내기 위해 이 시궁창을 들여다보며 오랜 세월을 보냈어. 문제는 지역사회의 기준이야. LA에는 그런 기준이 없다네, 해리. 지난 여러 해 동안 음란죄로 기소하여 승소한 기록이 없어. 미성년자 문제로 내가 몇 건 건져 올린 게 전부야. 하지만 난 아직도 승소할 수 있는 나의 첫 번째 음란 사건을 찾고 있지."

모라 형사는 잠시 쉬었다가 계속했다.

"대부분의 형사들은 마약반에 1년쯤 근무하고 나면 다른 부서로 옮겨가지. 다들 그럴 수밖에 없어. 그런데 난 지금 7년째야. 이유는 나도 모르겠어. 아마 끊임없이 놀라운 일이 벌어지기 때문이 아닐까."

"그렇지만 이 지랄도 한두 해지. 어떻게 매번 견뎌내?"

"팔자소관인가 봐. 내 걱정은 말게."

그는 잠시 말을 멈췄다가 말했다.

"내겐 가족도 없잖아. 마누라도 이젠 없어. 내가 무슨 짓을 한들 누가 불평하겠나?"

특별수사팀을 편성할 당시 모라 형사는 아내가 얼마 전 자기를 떠났다면서 야근조인 B조에 지원했던 사실을 보슈는 기억하고 있었다. 그는 보슈에게 밤들을 보내기가 가장 어렵다고 하소연했던 것이다. 이제 와서야 보슈는 모라의 아내였던 여자도 혹시 이 업종 일을 하던 블론드 미녀가 아니었을까 하는 의심이 들었다.

"레이, 실은 나도 똑같은 생각을 하고 있었어. 이 모방범에 대해 말이야. 그런데 갤러리란 이 여자 아주 딱 맞아떨어지는데. 피살된 세 여자와 도망쳐 나온 여자도 모두 블론드였어. 처치는 아무 여자나 걸리는 대로 습격했지만 모방범은 선별했던 것이 분명해."

"자네 말이 맞아. 난 그런 생각은 미처 못했어."

모라가 갤러리의 사진을 들여다보며 맞장구를 쳤다.

"암튼 4년 전의 이 정보부터 다시 확인해 봐야 할 것 같군. 어쩌면 다른 여자들, 다른 피살자들이 있을지도 모르겠어. 자넨 뭘 할 건가?"

레이 모라는 미소를 지으며 대답했다.

"해리, 내가 뭘 할지는 중요하지 않아. 이 사건에 비하면 하찮은 거지. 난 다음 주에 휴가지만 월요일까진 출발하지 않고 이 일에 매달릴 생각이야."

"전에 성인협회에 대해 얘기한 적이 있지? 그게…."

"성인영화제작협회 말이군."

"그래, 거기 잘 아는 사람이 있나?"

"법률 고문을 알지. 포르노 사업 환경을 깨끗이 유지하려고 노력하는 친구라서 아주 협조적이야."

"그 친구한테 부탁해서 갤러리처럼 갑자기 사라진 여자들이 또 있는지 좀 알아보라고 할 수 없나? 블론드에 몸매가 쭉 빠진 여자들로만 말이야."

"다른 피살자들이 몇 명이나 있는지 알고 싶은 거로군?"

"그렇지."

"부탁해 볼게."

"에이전트와 연기자 조합 쪽은 어떤가?"

보슈는 델타 부시의 누드 사진이 담긴 달력을 턱짓하며 물었다.

"그쪽도 뒤져 보지. 이 바닥에서는 에이전트 두 명이 90퍼센트 캐스팅을 담당하니까 그 친구들부터 시작해야겠군."

"방문 서비스 말이야, 이 바닥 여자들은 누구나 다 하는 거야?"

"톱 연기자들은 안 하지. 하지만 그 아래 것들은 대부분 다 해. 톱 연기자들은 그 대신 자기 시간의 10퍼센트만 포르노 찍는 일에 쓰고 나머지 술집에서 춤추는 데 소비하지. 스트립쇼를 하는 나이트클럽을 계속 돌며 떼돈을 버는 거야. 춤춰서 버는 돈이 연간 10만 달러는 될걸. 사람들은 그 여자들이 더러운 비디오로 떼돈을 번다고 생각하지만, 그게 아니라 춤이라고. 그 수준에서 한 단계 내려오면 이따금 포르노 출연과 댄싱에 곁들여 방문 서비스를 하는 여자들이 있지. 이 여자들도 돈 많이 벌어. 하룻밤 방문에 1천 달러씩 받는 영계들도 수두룩하지."

"포주들을 끼고 하나?"

"매니저를 두는 여자들도 있지만 꼭 그래야 하는 건 아냐. 양아치들이나 다른 매춘부들로부터 보호받기 위해 포주를 필요로 하는 길거리 여자들하곤 달라. 방문 서비스를 하기 위해 필요로 하는 건 자동응답기밖에 없거든. 타블로이드 신문에 사진과 광고만 내면 요청 전화가 들어와. 대부분 규칙이 있지. 가정집엔 절대 들어가면 안 되고 호텔에만 들어가야 한다는 식으로 말이야. 여자들은 호텔 비용에 따라 고객들의 급수를 분류할 수가 있지. 쓰레기를 걸러내기엔 아주 좋은 방법 아닌가?"

보슈는 레베카 카민스키가 선셋 대로에 있는 하얏트 호텔에 가게 된 과정을 떠올렸다. 비싸고 멋진 호텔이지만 쓰레기도 들어왔던 것이다.

모라도 같은 생각을 한 듯했다.

"항상 그렇진 않겠지만 말이야."

"맞아."

"그러니까 뭐가 나오는지 한번 캐보자고. 얼핏 생각하기에 그다지 많지는 않을 것 같아. 만약 여자들이 무더기로 갤러리처럼 영영 사라졌다면 내가 무슨 소문이라도 들었겠지."

"내 호출기 번호를 적어두게."

보슈는 모라에게 호출기 번호를 불러준 뒤 그의 사무실을 나왔다.

로비를 가로질러 프런트데스크를 지나갈 때 벨트에 찬 호출기가 울렸다. 보슈는 전화번호를 확인해 보았다. 교환 485번. 그는 모라가 얘기해야 할 걸 하나 까먹었던 모양이라고 생각했다. 그래서 이층으로 가는 계단을 다시 올라가서 마약반 사무실로 들어갔다.

모라는 생각에 잠긴 표정으로 갤러리의 사진을 빤히 응시하고 있었다. 그가 고개를 들고 보슈를 바라보았다.

"방금 호출기로 부르지 않았어?"

"내가? 아니."

"내가 멀리 가기 전에 붙잡으려고 호출한 줄 알았어. 전화 좀 쓸게."

"얼마든지."

보슈는 빈 책상으로 가서 호출기에 찍힌 번호로 전화를 걸었다. 그리고 모라가 사진을 파일 속으로 집어넣는 것을 보았다. 마약반 형사는 그 파일을 의자 옆 바닥에 놓아둔 서류가방 속으로 집어넣었다. 신호가는 소리가 두 차례 들린 뒤 남자 목소리가 흘러나왔다.

"어빙 부국장실의 펠더 경위입니다. 뭘 도와드릴까요?"

19 소집 회의

LA 경찰국의 경무관 세 명에겐 각자의 회의실이 주어져 있다. 파커
센터 내에 있는 어빙의 회의실에는 둥근 대형 포마이카 테이블과 여섯
개의 의자, 화분들이 있고 뒷벽에는 카운터가 있다. 창문은 없다. 출입
은 어빙의 부관 사무실을 통하거나 6층 복도를 통해 할 수 있다.

보슈는 어빙이 소집한 회의에 맨 꼴찌로 도착하여 마지막 남은 의자
에 앉았다. 맞은편에 부국장이 좌정했고, 거기서 시계 반대 방향으로 에
드거와 강도살인반에서 나온 세 사람이 앉아 있었다. 그 중 프랭키 쉬
헌과 마이크 오펠트는 보슈도 잘 아는 형사들이었다. 4년 전 인형사 특
별수사팀에서 함께 뛰었다.

강도살인반에서 나온 세 번째 사내에 대해서는 보슈도 그 명성만 전
해 들었다. 핸즈 롤렌버거 경위. 이 사내는 보슈가 강도살인반에서 좌천
된 그 무렵에 승진했다. 그렇지만 쉬헌 같은 친구들이 보슈에게 계속
정보를 주었다. 사람들이 거리에서 거지들을 못 본 척하며 피하듯이 이

롤렌버거라는 사내도 자기 경력에 해롭고 시끄러운 일은 슬쩍 피하기만 하는 전형적인 관료라고 했다. 기회주의자라서 도무지 믿을 바 못 되는 위인이라는 소리였다. 강도살인반 형사들은 그의 이름 핸즈(Hans)에다 오프(Off)를 붙여 "미스터 손 떼(Mr. Hands Off)"라는 별명으로 불렀다. 그런 타입의 지휘자이기 때문이었다. 경찰국의 모든 형사들이 열망하는 부서인 강도살인반의 사기는 로드니 킹 사건이 TV에 보도된 이래 계속 바닥을 기고 있었다.

"앉게, 보슈 형사. 이 친구들은 다 알고 있겠지?"

어빙 부국장이 상냥하게 말했다. 보슈가 대답하기도 전에 롤렌버거가 의자에서 벌떡 일어나 손을 내밀었다.

"핸즈 롤렌버거 경위요."

보슈는 그의 손을 잡고 흔들었다. 두 사람은 함께 자리에 앉았다. 테이블 위에 수북이 쌓인 서류 더미가 보슈의 눈길을 사로잡았다. 그것들이 인형사 특별수사팀 파일들임을 금방 알 수 있었다. 보슈가 지니고 있는 살인사건 수첩들은 그 자신의 개인 파일이었고, 테이블 위에 쌓인 서류들은 문서보관실에서 꺼낸 메인 파일들이었다.

"오늘 모이라고 한 건 인형사 사건으로 불거진 문제를 상의하기 위해서야."

어빙이 보슈 형사에게 말했다.

"에드거 형사가 벌써 말했겠지만, 나는 이 사건을 강도살인반으로 넘기기로 했어. 롤렌버거 경위에겐 필요한 만큼 인원을 투입하라고 할 생각이야. 또한 에드거 형사와 자네도 차출하기로 했네. 자넨 재판이 끝나는 즉시 합류하도록 하게. 결과를 빨리 내놔야 해. 오늘 자네의 증인심리에서 드러났듯이 이건 벌써 대중적 악몽으로 변해가고 있어."

"네, 그 점에 대해선 죄송하게 생각합니다. 선서를 했기 때문에."

"알아. 문제는 자네가 아는 만큼만 증언했다는 사실이야. 부관을 보내서 최근 새로 일어난 사건에 대한 자네 이론을 듣고 보고하도록 했지. 어젯밤 나는 이 일을 강도살인반에 맡기기로 결정했어. 오늘 자네 증언을 듣고 나자 특별대책을 세워야 되겠더라고. 자네가 생각하고 있는 것과 알고 있는 것, 현재 추진 중인 일들을 간단히 설명해 주게. 거기서부터 계획을 세워야 할 것 같으니까."

모두가 보슈의 얼굴을 쳐다보았다. 그는 어디서 시작해야 할지 알 수 없었다. 쉬헌 형사가 질문으로 테이프를 끊었다. 그것은 어빙이 이 일에 솔직한 태도로 임하고 있으니 보슈는 안심해도 좋다는 신호였다.

"에드거 말로는 모방범이라고 하던데, 처치는 아무 문제도 없나?"

"없어. 처치는 인형사였어."

보슈가 대답했다.

"하지만 그놈은 열한 명이 아니라 아홉 명만 죽였어. 그 사이에 새끼를 한 마리 쳤는데 우리가 알아차리지 못했던 거지."

"그 얘길 해 봐."

어빙이 다그쳤다.

보슈는 모방범에 대해 설명하느라 45분이나 걸렸다. 쉬헌과 오펠트가 도중에 여러 차례 질문을 했다. 보슈가 끝까지 입에 올리지 않은 사람은 레이 모라였다.

설명이 끝나자 어빙이 물었다.

"모방범 이론을 로크 박사에게 설명하자 그럴 가능성이 있다고 말하던가?"

"네. 로크 박사는 무엇이든 가능하다고 생각하는 것 같습니다. 그렇지만 아주 분명하게 설명해줘서 유익했어요. 그래서 박사에게는 계속 정보를 제공하고 싶습니다. 좋은 반대급부를 얻어낼 수 있으니까요."

"정보가 새는 걸로 아는데, 혹시 로크 박사일 가능성은 없나?"

보슈는 고개를 저었다.

"없습니다. 전 어젯밤 처음 그를 찾아갔는데, 챈들러는 처음부터 정보를 알고 있었으니까요. 그 여자는 첫날 제가 사건현장에 나갔던 일까지 알고 있었습니다. 오늘은 우리가 어떻게 할 것인지, 모방범이 있다는 것까지 다 알고 있는 눈치던데요. 그 여자에게 정보를 계속 제공하는 사람이 있다는 소립니다. 그리고 알 만한 사람은 〈LA 타임스〉의 브레머 기자 정도죠. 그는 취재원이 엄청 많으니까요."

"좋아. 로크 박사는 예외로 두고, 이 방에서 어떤 것도 밖으로 새지 않도록 해. 누구한테도 말해선 안 돼."

어빙은 보슈와 에드거를 돌아보며 말했다.

"자네 둘은 할리우드 경찰서 상사들한테도 이 내용을 말하지 말게."

파운즈라는 이름을 입에 올리진 않았지만 어빙은 정보가 새는 구멍이 그쪽일 거라는 의심을 슬쩍 드러냈다. 에드거와 보슈도 머리를 끄덕이며 인정했다.

"그래, 이제부터 어떻게 할 건가?"

어빙이 쳐다보자 보슈는 주저하지 않고 대답했다.

"수사 과정을 재검토해야 합니다. 아까 말씀드린 대로 로크 박사는 사건에 가까이 접근할 수 있는 누군가의 범행일 거라고 했어요. 세부사항을 속속들이 알고 그대로 흉내 낸 겁니다. 적어도 얼마간은 완벽하게 흉내를 낸 거죠."

"당신은 경찰을 지목하는 것 같은데."

롤렌버거 경위가 보슈에게 말했다. 브리핑을 시작한 후 처음이었다.

"그럴지도 모르죠. 하지만 아닐 수도 있습니다. 용의 선상에 올릴 사람들은 상당히 많아요. 경찰 외에도 시체를 발견한 사람들, 검시반의 스탭진, 범죄현장을 지나친 사람들, 기자들도 있죠."

오펠트가 혀를 차며 말했다.

"젠장, 인원이 더 필요하겠는데요."

"그건 걱정하지 말게."

어빙이 받았다.

"더 보충할 테니까. 그런데 용의자들 범위는 어떻게 축소하지?"

보슈가 대답했다.

"피살자들을 살펴보면 살인자의 특성을 알 수 있습니다. 피살자들과 도망쳐 나온 여자는 대체로 같은 타입이에요. 블론드 미인으로 포르노에 종사했고 부업으로 방문 서비스를 했죠. 모방범도 방문 서비스를 통해 여자들을 낚아챘을 거라고 로크 박사는 보고 있습니다. 비디오에서 여자를 점찍은 뒤 지역의 성인 잡지에 실린 방문 서비스 광고를 찾아내어 불러들이는 식이었죠."

"마치 쇼핑하듯 여자들을 골랐군."

쉬헌이 한마디 거들었다.

"그렇지."

"또 뭐가 있나?"

어빙이 다그쳤다.

"별로 없습니다. 로크 박사는 모방범이 아주 영악하다고 했습니다. 처치보다 훨씬 더 말이죠. 그런데 쪽지를 보낸 것은 그가 붕괴 조짐을 보이는 것일 수도 있다고 했습니다. 아무도 모르고 지나갈 수 있었는데 일부러 쪽지를 보냈다는 것이죠. 인형사처럼 세인들의 관심을 끌고 싶어진 겁니다. 이 재판으로 인해 인형사에게만 관심이 쏠리는 것을 그는 질투하고 있는 듯합니다."

"다른 피살자들은 없을까?"

쉬헌 형사가 물었다.

"우리가 모르고 있는 피살자들 말이야. 그동안 4년이나 지났어."

"그래서 나도 알아보고 있어. 로크 박사도 다른 피살자들이 있을 거라고 하더군."

"젠장, 인원이 더 필요하겠는데."

오펠트가 또 인원 타령을 했다.

다들 생각에 잠겨 침묵하고 있을 때 롤렌버거가 불쑥 물었다.

"FBI 행동과학팀 사람들과 의논해야 하지 않을까?"

모두가 멍한 눈길로 '미스터 손 떼'를 바라보았다. 백바지 입고 동네 풋볼 게임에 나온 놈을 쳐다보는 표정들이었다.

"행동과학팀은 무슨 얼어 죽을."

쉬헌이 투덜대자 어빙이 얼른 교통정리에 나섰다.

"이 사건은 아무래도 우리가 주도해서 처리해야 할 것 같아."

"모방범에 대해 우리가 더 알고 있는 건 뭐요?"

롤렌버거가 실수를 만회하고 싶었던지 얼른 보슈에게 물었다.

"그를 이해하는 데 도움이 될 만한 신체적 특징 같은 건 없소?"

"그에게서 도망쳐 나왔다는 여자를 찾아봐야 할 것 같습니다. 그 여자의 증언으로 몽타주를 그렸는데 내가 처치를 잡자 그대로 처박았죠. 이제 생각하니 그 몽타주가 모방범의 얼굴이었던 것 같아요. 그러니까 그 여자를 찾아 범인의 얼굴과 다른 기억들을 되살릴 수 있다면 도움이 될 겁니다."

보슈가 얘기하는 동안 쉬헌은 파일을 뒤져 문제의 몽타주를 찾아냈다. 그런데 너무 포괄적으로 그린 것이어서 보슈가 아는 누구와도 닮지 않았고 모라 형사의 얼굴 근처에도 가지 않은 것 같았다.

"모방범도 처치처럼 변장을 하고 있었을 테니 이 몽타주는 별로 도움이 되지 않겠군요. 하지만 그 여자는 다른 어떤 걸 기억하고 있을지도 모르죠. 범인이 경찰이란 것을 알려줄 만한 행동이나 말투 같은 것 말입니다."

보슈는 어빙에게 계속 설명했다.

"그리고 전 부검실의 빅터 아마도에게 모방범이 살해한 것으로 보이는 두 여자의 레이프 키트를 비교해 보라고 의뢰했습니다. 어쩌면 거기서 모방범이 저지른 실수를 발견할 가능성이 높습니다."

"어떤 실수 말인가?"

어빙이 물었다.

"모방범은 인형사가 한 짓을 다 따라했어요, 맞습니까?"

"그렇지."

롤렌버거 경위가 머리를 주억이며 대답했다.

"그렇지 않습니다. 놈은 그 당시 인형사에 대해 알고 있었던 만큼만 따라했어요. 우리가 알았던 만큼이었죠. 우리가 몰랐던 것은 처치가 아주 영악했다는 점입니다. 그는 체모를 증거물로 빠뜨리지 않기 위해 온몸의 털을 면도기로 깨끗이 밀어버렸어요. 우리는 그가 죽은 후에야 그 사실을 알았습니다. 그러니까 모방범도 그건 몰랐겠죠. 그리고 놈이 두 여자를 살해한 건 그 이전이었어요."

어빙이 그제야 감 잡았다는 듯이 말했다.

"그렇다면 그 두 건의 레이프 키트에 모방범의 신체적 증거물이 담겨 있을 가능성이 아주 크겠군."

"그렇습니다. 그래서 아마도에게 두 키트를 비교 검토하라고 했는데, 월요일까진 결과가 나올 겁니다."

"아주 잘했네, 보슈 형사."

어빙이 보슈를 바라보자 두 사람의 눈길이 마주쳤다. 그것은 마치 부국장과 보슈 사이에 어떤 메시지를 주고받는 것처럼 보였다.

"두고 봐야죠."

보슈가 대꾸했다.

"그것 외엔 이제 다 얘기한 건가?"

롤렌버거가 물었다.

"그렇죠."

"아니지."

지금까지 입을 꾹 다물고 있던 에드거의 말에 모두 그를 돌아보았다.

"해리가 콘크리트 속에서 발견한 말보로 담뱃갑이 있었죠. 그건 콘크리트가 젖었을 때 들어갔을 테니 모방범의 것일 가능성이 큽니다. 종이로 만든 표준형 담뱃갑이었어요."

"피살자의 것일 수도 있지 않을까?"

롤렌버거가 물었다.

"아니에요."

보슈는 머리를 저었다.

"그녀의 매니저와 어젯밤 얘기해 봤는데, 그 여잔 담배를 피우지 않았대요. 그러니까 말보로 담뱃갑은 모방범의 것이었을 가능성이 아주 큽니다."

쉬헌이 보슈에게 미소를 지어 보이자 보슈도 미소로 답했다. 쉬헌은 수갑을 채우라는 듯 두 손을 쳐들며 말했다.

"날 잡아 가게, 친구들. 내가 피우는 담배가 그거니까."

"나도 그 담배 피우는데."

보슈가 받았다.

"난 자네보다 한 술 더 뜨지. 왼손잡이이기도 하거든. 아무래도 알리바이 작업을 해야 되겠는데."

테이블에 둘러앉은 사내들이 일제히 웃었다. 보슈는 갑자기 무슨 생각이 떠올라 웃음을 그쳤지만 입에 올릴 수 없다는 걸 알았다. 그는 테이블 가운데 쌓인 파일들을 살펴보았다.

"제기랄, 경찰은 모두 말보로 아니면 카멜을 피운다고!"

오펠트가 투덜거렸다.

"끽연은 나쁜 습관이야."

어빙 부국장이 한마디 했다.

"동의합니다."

롤렌버거가 약간 지나치다 싶을 정도로 재빨리 맞장구를 치는 바람에 다른 사람들은 모두 잠잠해졌다. 그 침묵 속으로 어빙이 질문을 던졌다.

"자네가 혐의를 두고 있는 자는 누군가?"

그는 다시 보슈를 쳐다보고 있었다. 보슈는 자신을 바라보는 부국장의 눈빛을 해독할 수가 없었다. 그 질문은 보슈에게 충격적이었다. 어빙은 알고 있었어. 어쨌든 알고 있었다고. 보슈는 대답하지 않았다.

"보슈 형사, 자넨 하루 종일 이 사건을 다루었고, 처음부터 이 사건에 관여했잖아. 마음속에 짚이는 자가 있을 것 같은데, 그게 누군지 말해 주게. 그래야 수사를 시작할 것 아닌가."

보슈는 망설이다가 마침내 말했다.

"저도 확실히는 모릅니다. 얘기하고 싶지도⋯."

"틀릴 경우 그의 경력을 망칠 것 같아서? 무고한 사람을 잡을까 봐? 그 심정은 이해하지만, 자네 임의로 범인을 추적하도록 내버려둘 순 없네. 이번 공판에서 깨닫지 못했나? 챈들러는 자넬 '살인자'라고 했어."

모두가 보슈를 쳐다보았다. 그는 레이 모라를 생각하고 있었다. 마약반의 그 형사가 수상하긴 하지만 정말 모방범일까? 과거 수년 동안 보슈 자신도 가끔 경찰 당국의 조사를 받아봤지만 그런 식으로 엉뚱한 사람을 잡고 싶진 않았다.

"보슈 형사?"

어빙이 다그쳤다.

"단지 육감에 지나지 않는 것이라도 상관없어. 수사는 원래 육감에서 시작하잖나. 자네가 그 사람을 보호하려고 하면 우린 어떻게 하나? 우린 나가서 경찰들을 조사하려고 하네. 그 사람부터 시작하는 것과 결국 그 사람을 찾아내게 되는 것과 무슨 차이가 있나? 어느 쪽으로든 그를 잡게 되어 있어. 어서 이름을 대게."

보슈는 어빙의 말에 대해 곰곰이 생각해 보았다. 그리고 그 자신의 육감에 대해 말하지 못하는 이유가 뭔지 생각해 보았다. 모라를 보호하기 위해서인지, 아니면 자신의 공을 위해선지 판단이 서지 않았다. 마침내 그는 어빙에게 말했다.

"저 혼자 5분만 저 파일을 뒤져보게 해주십시오. 저 안에 있다고 생각되는 것을 찾아내면 그때 말씀드리겠습니다."

어빙이 다른 형사들에게 말했다.

"신사 분들, 커피나 마시러 나가지."

방 안에 혼자 남게 되자 보슈는 한참 동안 꼼짝도 않고 파일들을 바라보았다. 마음이 혼란스러웠다. 모라가 모방범인지 아닌지를 확신시켜 줄 그것을 정말 찾아내고 싶은지도 알 수 없었다. 그는 챈들러가 판사에게 말했던 괴물들과 그들이 사는 검은 심연에 대해 생각했다. 그리고 괴물들과 싸우는 자는 그것에 대해 너무 깊이 생각지 말아야 한다고 다짐했다.

그는 담배를 한 대 물고 서류 무더기를 앞으로 끌어당긴 다음 파일

두 개를 찾기 시작했다. 연대표 파일은 위에서 몇 번째에 있었다. 수사상 중요한 날짜들을 재빨리 훑어볼 수 있도록 기록한 것으로 아주 얇은 파일이었다. 특별수사팀의 인사 파일은 맨 밑에 있었다. 차출된 형사들의 주별 근무일정표와 초과근무 승인서가 철해진 그 파일은 그가 처음 뽑아낸 파일보다 훨씬 두꺼웠다. B조 조장이었던 3급 형사 보슈는 인사 파일을 업데이트하는 일도 맡았었다.

연대표 파일에서 보슈는 처음 두 포르노 여배우가 죽음의 구렁텅이로 꾀어들어 살해되기까지의 관련정보들을 날짜와 시간별로 재빨리 훑어보았다. 그런 다음에는 범인의 손에서 도망쳐 나온 여자에 대한 정보들도 살펴보았다. 그는 수첩을 펴놓고 그것들을 차례대로 기록하기 시작했다.

6월 17일, 11:00 P.M.
조지아 스턴. 예명 벨벳 박스
생존자.

7월 6일, 11:30 P.M.
니콜 냅. 예명 홀리 레레
웨스트 할리우드.

9월 28일, 04:00 A.M.
셜린 켐프. 예명 헤더 컴히더
말리부.

보슈는 인사 파일을 펼쳐놓고 여자들이 습격당하여 살해되었던 주일의 근무일정표들을 빼냈다. 조지아 스턴이 습격당했던 6월 17일은 일요일이어서 B조는 야간근무를 쉬었다. 모라가 습격할 수도 있었지만 다른 조원들도 얼마든지 가능했다.

니콜 냅의 경우 보슈는 충격을 받아 근무일정표를 든 손이 가볍게 떨리며 몸속에서 아드레날린이 세차게 내뿜어지는 것까지 느꼈다. 7월 6일 밤 9시에 출장서비스 요청을 받고 나간 니콜 냅은 같은 날 밤 11시 반에 웨스트 할리우드의 스위처 거리 보도에서 시체로 발견되었다. 금요일 밤이었다. 모라 형사의 야근 시간은 오후 3시부터 자정까지로 잡혀 있었지만 그의 이름 옆에는 보슈 자신의 필체로 "병결(病缺)"이라 적혀 있었다.

보슈는 9월 28일이 포함된 주일의 근무일정표를 급히 집어 들었다. 셜린 켐프의 알몸 시체는 9월 28일 금요일 새벽 4시경 말리부의 태평양 연안 고속도로변에서 발견되었다. 정보가 충분하지 않다고 생각한 그는 켐프의 죽음에 대한 수사 파일을 찾아보았다. 파일을 재빨리 훑어본 그는 켐프가 밤 12시 55분에 말리부 인에서 걸려온 방문 서비스 요청을 받았다는 것을 알았다. 그곳으로 달려간 형사대는 311호실에 투숙했던 사내가 그 시각에 전화한 기록을 확인할 수 있었다. 하지만 프런트데스크 직원은 사내의 용모에 대해 제대로 설명하지 못했다. 그가 제시했던 신분은 가짜로 드러났고 방값은 현찰로 지불한 것으로 확인되었다. 데스크 직원이 정확하게 기억하는 것은 사내가 12시 35분에 체크인했다는 것뿐이었다. 사내는 체크인하고 20분 후 셜린 켐프를 요청했다.

보슈는 근무일정표를 다시 살펴보았다. 켐프가 살해되기 전인 목요일 밤에 모라 형사는 근무를 했다. 그런데 일찍 들어와서 일찍 나간 것이 분명했다. 출근 시각은 14:40 P.M.이었고 퇴근 시각은 23:45 P.M.으로 되어 있었다. 그렇다면 그가 할리우드 경찰서를 나와 말리부 인으로 가서 금요일 00:35 A.M.에 311호실을 체크인하기까지는 50분의 여유가 있었다. 보슈는 가능하다는 결론을 내렸다. 자정을 전후한 시각이라 태평양 연안 고속도로는 한산했을 것이다.

모라였을 가능성이 있어.

포마이카 테이블에 놓아둔 담배가 필터까지 타들어가서 가장자리를 누렇게 변색시키고 있었다. 보슈는 얼른 구석자리에 있는 선인장 화분에 꽁초를 던져 넣은 뒤 테이블이 탄 자리를 롤렌버거가 앉아 있던 위치로 가도록 돌려놓았다. 그리고는 파일을 공중에 휘휘 저어 담배연기를 흩어버린 뒤 어빙의 사무실로 들어가는 문을 열었다.

"레이먼드 모라."

어빙은 그 이름을 큰 소리로 말했다. 보슈가 자기 생각을 얘기했을 때 부국장은 다른 말을 더 이상 하지 않았다. 보슈는 그를 쳐다보며 다음 말을 기다렸지만, 어빙은 코를 킁킁거리더니 방 안 공기 속에서 담배 냄새를 맡고는 얼굴을 찌푸렸다.

"또 한 가지가 있어요."

보슈가 얼른 말을 이었다.

"제가 모방범에 대해 얘기한 사람은 로크 혼자가 아닙니다. 모라도 방금 말씀드린 모든 걸 알고 있어요. 그는 특별수사팀에 있었고, 이번 주 우리는 콘크리트 블론드의 신원을 확인하기 위해 그의 도움을 요청하러 갔었죠. 부국장님이 호출하셨을 때 전 마약반에 들렀다 나오는 길이었습니다. 어젯밤 그가 저한테 전화를 했거든요."

"무슨 일로?"

어빙이 물었다.

"열한 명의 피살자 중 포르노 퀸 두 명은 모방범이 죽였을 거라는 자기 생각을 제게 알려주고 싶더라는 겁니다. 어쩌면 모방범이 그 이전부터 범행을 시작했을지도 모른다는 생각이 우연히 들었다고 했습니다."

쉬헌이 끼어들었다.

"빌어먹을, 아예 우릴 갖고 노는구먼. 만약 그자가…."

"자넨 그에게 뭐라고 말했나?"

어빙이 쉬헌의 말을 자르며 보슈에게 물었다.

"저도 똑같은 생각을 하고 있었다고 말했죠. 그리고 그의 정보망을 이용하여 베키 카민스키처럼 그 바닥에서 갑자기 사라진 여자들이 또 있는지 알아봐 달라고 부탁했습니다."

"그자에게 이 일을 해달라고 부탁했단 말인가?"

롤렌버거가 놀라움과 분노로 눈썹을 치켜뜨며 물었다.

"그럴 수밖에 없었어요. 만약 그렇게 부탁하지 않았다면 그는 제가 자기를 의심한다는 걸 눈치챘을 겁니다."

"자네 말이 옳아."

어빙이 맞장구를 쳤다.

롤렌버거는 김이 좀 새는 모양이었다. 뭐가 뭔지 알 수 없다는 표정이었다. 마지못해 그는 말했다.

"그래, 무슨 얘긴지 이젠 알겠어. 잘했네."

"인원이 더 필요할 것 같습니다."

모두가 동의할 것 같은 분위기이자 오펠트가 다시 인원 타령을 했다.

"내일 아침부턴 그를 감시해야 할 것 같아."

어빙이 말했다.

"그러자면 최소한 3개의 감시조가 필요하겠는데, 쉬헌과 오펠트가 한 조가 되게. 보슈는 공판 때문에 안 되고, 에드거는 범인에게서 도망처 나온 그 여자를 찾아야 하니 안 돼. 롤렌버거 경위, 어디 인원 빼낼 데 없나?"

"부허트가 휴가 간 뒤로 이드 형사가 빈둥거리던데요. 메이필드와 러더포드는 같은 일로 법원을 들락거려야 하지만 그 중 하나를 빼내어 이드와 조를 짜야죠, 뭐. 그게 전붑니다. 다른 팀에서 빼내지 않는 한."

"그건 안 돼. 이드와 메이필드를 이 일에 투입하게. 나는 힐리어드 경위를 만나 밸리에서 차출할 인원이 있는지 알아볼 테니까. 그녀는 음식 판매트럭 사건에 3개 조를 투입한 지 한 달이 지났는데 벽에 부딪친 것 같아. 거기서 한 조를 빼낼 생각이야."

"좋은 생각이십니다, 부국장님."

롤렌버거가 알랑방귀를 뀌자 쉬헌이 보슈를 힐끗 쳐다보며 구역질 난다는 표정을 지어 보였다. 보슈는 웃음이 나오려는 걸 참았다. 형사들이 출동 명령을 받고 범인 추적에 나설 때면 으레 기분이 약간 달뜨곤 했다.

"오펠트와 쉬헌 형사는 내일 아침 8시부터 모라 형사를 감시해."

어빙이 계속 지시했다.

"그리고 롤렌버거 경위는 내일 아침 새로 투입될 인원들에게 지금 나눈 얘기들을 업데이트해준 다음 오후 4시에 오펠트와 쉬헌을 교대할 감시조를 내보내게. 모라의 사무실에서 불이 꺼질 때까지 자리를 떠나선 안 돼. 초과근무가 필요하다면 내가 처리할 테니까. 그다음 감시조는 토요일 아침 8시까지 근무하고 오펠트와 쉬헌에게 인계하는 거야. 야간 감시조는 그가 집으로 돌아가서 침대에 들어갈 때까지 확인하라고. 실수는 절대 용납할 수 없어. 만약 감시하는 동안 그 친구가 무슨 일이라도 저지르면 우린 모두 집에 가서 아기 볼 각오를 해야 할 거야."

"부국장님?"

"말하게, 보슈 형사."

"그 친구가 무슨 일을 꼭 저지른다는 보장은 없습니다. 로크 박사의 말에 의하면 모방범은 자제력이 아주 강한 것 같대요. 분노를 잘 컨트롤하고 정상적인 생활을 하면서 매우 불규칙적인 간격으로 여자들을 공격한다고 합니다."

"우리가 감시하는 자가 꼭 모방범이라는 보장도 없네, 보슈 형사. 그렇지만 난 그 친구를 감시하고 싶어. 모라 형사에 대한 우리 판단이 형편없이 빗나가길 바라지만 말이야. 자네가 여기서 말한 내용들은 법정에서 유용한 건 아니지만 정황상으론 그럴듯해. 그래서 혹시 그 친구가 범인이라면 또 다른 희생자를 내기 전에 그 조짐을 발견하기 위해 감시하는 거야. 내가 강조하고 싶은 건…."

"옳은 말씀입니다, 부국장님."

롤렌버거가 또 끼어들었다.

"내 말을 가로막지 말게, 경위. 내가 강조하고 싶은 건 수사업무도 심리분석도 아니야. 하지만 모방범이 누구든 그자도 심리적 압박을 느끼고 있는 것 같아. 그래서 그런 쪽지를 보냈을 거란 얘기지. 어쩌면 이것을 자신이 조종할 수 있는 고양이와 쥐 게임 정도로 생각하고 있는지도 모르지. 그렇더라도 압박을 느끼고 있어. 경찰 생활을 통해 내가 깨달은 바에 의하면, 이런 친구들은 압박감에 시달리면 반응을 보인다는 거지. 마약을 하거나 행동으로 드러낼 때도 있어. 그래서 이 사건에 대해 내가 아는 한도 내에서 말한다면 모라의 일거수일투족을 모조리 파악해야 한다는 거야. 우편물을 가지러 나오는 것까지."

모두는 잠시 침묵 속에 빠져들었다. 어빙의 말을 가로막다가 타박을 당한 롤렌버거까지도 입을 열지 않았다.

"좋아. 그러면 각자에게 임무를 주겠네. 쉬헌과 오펠트는 감시 업무에 들어가게. 보슈는 재판이 끝날 때까지 자율적으로 뛰고, 에드거는 범인한테서 도망쳐 나온 그 여자를 찾다가 시간이 나면 모라 형사를 체크해 주게. 그가 눈치채지 않도록."

"그 친구 이혼을 했습니다."

보슈가 그제야 생각난 듯이 말했다.

"인형사 특별수사팀이 구성되기 직전에 이혼했죠."

"좋아, 자넨 거기서부터 시작하게. 법원에 가서 그의 이혼서류를 뒤져봐. 재수 좋으면 혹시 알아? 인형사랑 계속 살다간 인형 되기 십상이다 싶어 마누라가 그를 차버렸는지도 모르지. 이 사건은 여유가 전혀 없으니 휴식 시간이라도 쪼게 쓸 수밖에 없어."

어빙은 테이블에 앉은 부하들의 얼굴을 둘러보았다.

"까딱 잘못하면 LA 경찰국 전체가 개망신당하는 수가 있어. 그렇지만 물러서도 안 돼. 돌이 누구한테 떨어지든 그대로 두란 말이야. 됐지? 그러면 각자의 일을 시작해. 보슈 형사만 남고 다들 나가보라고."

형사들이 모두 방에서 나갈 때 보슈 형사는 롤렌버거의 얼굴에서 실망한 빛을 보았다. 어빙과 단둘이서 속닥거릴 기회를 잡지 못해 그런 듯했다.

문이 닫힌 뒤에도 어빙은 하고 싶은 얘기를 정리하느라 한동안 조용히 있었다. 보슈가 형사로 근무하는 동안 내내 어빙은 항상 그를 통제하고 자기 영향권 내에 두려고 했다. 일종의 형벌 같은 그에게 보슈는 계속 저항했다. 그를 개인적으로 싫어해서가 아니라, 누구 손아귀에서 노는 건 보슈의 체질이 아니기 때문이었다.

그렇지만 요즘 그는 어빙에게서 부드러운 면을 발견했다. 회의하는 동안 그를 대하는 태도도 그랬고, 법정에 나와 증언할 때도 그런 느낌을 받았다. 어빙은 보슈를 매달아 말려죽일 수도 있는데도 그러지 않았다. 그것은 보슈가 가늠할 수 있는 일이 아니었다. 그래서 그는 조용히 앉아 기다렸다.

"이 일은 아주 잘했네, 보슈 형사. 특히 공판에서 한 모든 일들."

보슈는 고개를 끄덕였지만 그런 얘기를 하자는 건 아님을 잘 알고 있었다.

"음, 그래서 자네더러 남으라고 한 거야. 뭐라고 할까, 공판 얘기를 하고 싶어서. 거기선 그렇게 얘기할 수밖에 없었네. 그렇지만 배심원단이 어떤 결정을 내리든, 원고측에 얼마나 많은 돈을 주든 난 개의치 않아. 그 사람들이 사건현장에 벌어지는 일들을 어떻게 알겠나. 생사가 갈리는 순간에 내린 결정을 말이야. 1초 만에 결정해야 할 일을 정밀하게 조사하고 판단하기 위해 일주일을 들일 수는 없으니까."

보슈는 무슨 말을 해야 할지 생각나지가 않았다. 침묵이 너무 길어진다 싶을 때 어빙이 다시 말했다.

"암튼 이런 결론에 도달하기까지 4년이나 걸렸군. 늦게라도 깨달았으니 다행이지."

"내일 최종변론에 부국장님을 호출할지도 모릅니다."

어빙은 갑자기 땡감을 씹은 듯 인상을 찌푸렸다.

"나더러 그 일부터 시작하라는 건가? 시에서는 뭘 하고 있는지 모르겠군. 시 검찰청은 학교나 다름없어. 재판 변호인을 양성하는 법률학교. 등록금은 납세자들이 지불하고 있지. 재판에 대해서는 쥐뿔도 모르는 풋내기들이야. 그들은 법정에서 실패를 통해 배우지만 우린 정말 죽을 맛이지. 그러다가 겨우 똥오줌을 가릴 만한 처지가 되면 그만두고 나가서 그때부턴 우릴 고소하는 변호사가 된다고, 빌어먹을!"

보슈는 어빙이 이렇게 흥분하는 건 처음 보았다. 항상 유니폼처럼 입고 있던 빳빳한 태도를 벗어던진 듯했다. 보슈는 고무되었다.

"흥분해서 미안하네."

어빙이 말했다.

"암튼 이 재판에서 잘해내기 바라네. 너무 걱정하지 말고."

보슈는 아무 말도 하지 않았다.

"보슈, 내가 롤렌버거 경위를 만나 나 자신과 경찰국의 현황을 돌아보고 진로를 상의하는 데는 30분도 안 걸려. 그는 나와 자네가 몸담아온 LAPD 출신이 아니잖아. 좋은 관리자이긴 하지. 나 자신도 그러네만. 그러나 우린 경찰이란 사실을 잊어선 안 되지."

보슈는 무슨 말을 해야 할지 알 수 없었다. 이젠 어빙 혼자서 횡설수설하고 있는 느낌이었다. 뭔가 할 말이 있긴 한데 빙빙 돌리고 있는 듯했다.

"무슨 이름이 그래, 핸즈 롤렌버거? 그의 부하 형사들까지도 그를 '미스터 손 떼'라고 부른다면서?"

"가끔 그러는 모양입니다."

"그래, 그럴 줄 알았어. 그 친구는 그렇고, 음, 해리, 자네도 알겠지만 난 경찰국에서 38년을 굴러먹었네."

보슈는 고개만 끄덕였다. 어쩐지 끔찍한 기분이었다. 지금까지 어빙이 그의 이름을 부른 적은 한 번도 없었기 때문이다.

"아카데미를 나온 뒤엔 할리우드 순찰대에서 여러 해 동안 근무했지. 그래서… 자네 어머님에 대해 머니 챈들러가 던진 질문 말이야. 그건 정말 느닷없는 것이었어. 그래서 자네한테 미안하네, 해리. 상심하게 만들어서."

"옛날 일인데요, 뭘."

보슈는 잠시 기다렸다. 어빙은 테이블 위에서 맞잡은 자기 손을 내려다보았다.

"그 얘기 때문이었다면 전 그럼 이만…."

"그래, 결국 그 얘기지만 한 가지 더 말하고 싶은 건 그날 내가 거기 있었다는 거야."

"어느 날 말입니까?"

"자네 어머님이 돌아가신 날… 내가 보고서를 올렸어."

"사건 보고서 말입니까?"

"그렇지. 내가 현장을 발견했으니까. 선셋 대로를 도보 순찰하다가 가우어 거리 옆 골목으로 들어갔을 때였어. 매일 한 차례씩 들르던 그 곳에서 자네 어머님을 발견했다네. 챈들러가 그 보고서 사본을 보여줬을 때 난 즉시 그 사건을 떠올렸어. 그 여잔 내 배지 번호를 몰랐어. 보고서에 기재되어 있었지. 아니면 자네 어머님을 발견한 경관이 나란 것을 알아냈을지도 모르지. 챈들러는 그걸 알고 희희낙락했을 것 같아."

보슈는 더 이상 앉아 있기가 어려웠다. 어빙이 자기 얼굴을 똑바로 쳐다보지 않는 것이 고마울 지경이었다. 이젠 그가 얘기하지 않고 있는 것이 뭔지 알 것 같았다. 어빙이 그 당시 선셋 대로를 도보 순찰하고 있었다면, 피살되기 이전부터 보슈의 어머니를 알고 있었다는 얘기였다.

어빙이 눈길을 들어 보슈를 바라본 뒤 회의실 구석으로 돌렸다. 그는 선인장 화분에 떨어진 담배꽁초를 발견하곤 보슈에게 말했다.

"누가 내 화분에 담배꽁초를 버렸어. 자네 짓인가, 해리?"

20 러스트 라이프

파커 센터 출입구 유리문을 어깨로 밀며 보슈는 또 담배를 붙여 물었다. 어머니에 대한 어빙의 얘기는 보슈에게도 충격적이었다. 어머니와 관련된 그 사건에 대해 알고 있는 사람을 언젠가는 경찰국 내에서 만나게 될 것이라 예상은 하고 있었다. 하지만 그 사람이 어빙일 거라고는 상상도 해본 적 없었다.

카프리스를 세워둔 남쪽 주차장으로 걸어가던 그는 로스앤젤레스와 퍼스트 스트리트 모퉁이 건널목에서 파란불을 기다리고 서 있는 제리 에드거를 발견했다. 시계를 보니 5시 10분, 퇴근 시간이었다. 고속도로를 타기 전에 맥주 한 잔 하고 싶어 '코드 세븐'이나 '레드 윈드'로 가는 중이겠지. 그거 괜찮은 생각인데. 보나마나 쉬헌과 오펠트도 거기 어디쯤 앉아 있겠군. 모르는 척할 수야 없지.

보슈가 모퉁이 건널목에 이르렀을 때 에드거는 퍼스트 스트리트를 한 블록 반쯤 앞선 지점에서 코드 세븐 쪽으로 걸어가고 있었다. 보슈는 발걸음을 재촉했다. 정말 오랜만에 알코올 생각이 간절했다. 잠시만이라도 처치와 모라와 챈들러에 대해, 그리고 자신의 비밀과 어빙에게서 들은 어머니에 관한 얘기 등을 잊어버리고 싶었다.

그러나 에드거는 곤봉처럼 생긴 코드 세븐의 문손잡이를 거들떠보지도 않고 지나갔다. 그는 스프링 스트리트를 가로질러 〈LA 타임스〉 건물을 따라 브로드웨이 쪽으로 걸어갔다. 오늘 밤엔 '레드 윈드'로 정한 모양이군, 하고 보슈는 생각했다.

'레드 윈드'는 괜찮은 술집이었다. 웨인하즈를 생맥주로 팔지 않고 병맥주로 파는 것이 다소 흠이고, 또 한 가지 단점은 〈LA 타임스〉 편집실 여피들이 좋아하는 곳이라 경찰보다 기자들이 더 우글댄다는 것. 그러나 가장 큰 장점은 목요일과 금요일 저녁 6시부터 10시까지는 4인조 밴드를 불러들여 연주를 시킨다는 것이었다. 대부분 은퇴한 밴드들이라 연주가 그다지 깊이 있는 느낌은 아니었지만 러시아워를 피하기엔 더할 나위없는 좋은 방법이었다.

브로드웨이를 가로지른 에드거는 왼쪽으로 돌아 '레드 윈드'로 가지 않고 퍼스트 스트리트에 멈춰 섰다. 보슈는 에드거와의 간격을 한 블록 반 정도 유지하기 위해 걸음걸이를 약간 늦추었다. 형사가 동료 형사를 미행하고 있다는 생각과 그 결과에 대해 마음이 불편해진 그는 담배를 새로 붙여 물었다. 어쩐지 불길한 예감이 밀려오기 시작했다.

에드거는 힐 스트리트에서 왼쪽으로 돌아 동쪽 사이드에 있는 첫 번째 문으로 들어갔다. 새로 생긴 지하철역 맞은편에 있는 그 8층 건물은 변호사 사무실들로만 들어찬 푸엔테스 법률 센터였고, 에드거가 방금 들어간 문은 그 건물 로비 가장자리에 있는 '헝 주어리'라는 바의 출입구이기도 했다. 피고인 소송 변호사들이 대부분인 입주자들이 흉물스런 점 외엔 별 특징도 없는 이 건물을 선택한 이유는 딱 한 가지밖에 없다. 카운티 법원에서 반 블록, 형사 법원에서 한 블록, 연방 법원에서 한 블록 반밖에 떨어져 있지 않다는 것. 노먼 처치 사건으로 허니 챈들러에게 소환되어 녹취록을 건네주기 위해 그녀의 사무실을 찾아 왔을 때 벨크에게 전해들은 얘기들이었다.

'형 주어리'의 출입문을 지나 푸엔테스 센터 로비 안으로 들어서자 보슈는 불편했던 가슴이 뻥 뚫리는 기분이었다. 챈들러에게 녹취록을 전달한 뒤 맥주나 한잔하려고 바에 들린 적 있기 때문에 건물 내부는 훤히 알고 있었다. 로비 입구를 지나 벽감 안으로 들어가자 공중전화 박스와 화장실 문들이 보였다. 그는 조심스럽게 모퉁이로 다가가서 바가 있는 지점을 살펴보았다.

보슈의 눈에는 보이지 않는 주크박스에서 프랭크 시내트라의 '서머 윈드'가 흘러나왔고, 푸석한 가발을 뒤집어쓰고 손가락에 10달러, 5달러, 1달러짜리 지폐를 감은 웨이트리스가 프런트 근처 자리에 앉아 있는 네 명의 변호사에게 마티니를 날라주고 있었다. 바텐더는 담배를 물고 〈할리우드 리포터〉를 읽다가 담배연기 자욱한 바 내부를 한 번씩 둘러보곤 했다. 바를 살펴보지 않을 땐 배우나 시나리오 작가를 보고 있을 거라고 보슈는 짐작했다. 탤런트 스카우트 기사를 읽고 있거나. 이 도시에서 안 그러는 사람이 있을까?

바텐더가 재떨이에 담배꽁초를 버리려고 상체를 앞으로 숙였을 때 보슈는 바 끝자리에 생맥주를 앞에 놓고 앉아 있는 에드거를 발견했다. 그의 옆 어둠 속에서 성냥불이 번쩍 켜지더니 담배에 불을 붙이는 허니 챈들러의 얼굴이 발갛게 드러났다. 그녀는 블러디 메리처럼 보이는 술잔 옆에 놓인 재떨이에 성냥 꼬투리를 던졌다.

보슈는 그들 눈에 띄지 않는 벽감 안쪽으로 몸을 숨겼다.

그는 힐과 퍼스트 스트리트 보도에 있는 신문잡지 가판대 옆에서 기다렸다. 낡은 합판으로 지은 그 가판대는 야간이라 문을 닫고 잠가 놓은 상태였다. 주위가 어두워지고 가로등에 불이 들어오는 동안 보슈는 접근해 오는 거지들과 매춘부들을 물리치며 시간을 보냈다. 여자들은 거친 밤 장사를 위해 할리우드 시내로 들어가기 전에 월급쟁이들을 상대로 마지막 한 탕을 노리고 있었다.

　제리 에드거가 '형 주어리'에서 나오는 걸 발견했을 때 보슈의 발치에는 담배꽁초들이 어지러울 지경이었다. 그는 피우고 있던 꽁초를 보도에 휙 던진 뒤 에드거의 눈이 띄지 않도록 가판대 뒤로 몸을 숨겼다. 챈들러의 모습이 보이지 않는 걸 보면 그 여자는 자기 자동차를 세워둔 주차장으로 간 듯했다. 에드거는 현명하게도 파커 센터까지 태워주겠다는 그녀의 제안을 거절했을 것이었다.

　에드거가 가판대 앞을 지나자마자 보슈는 그 뒤에서 걸어 나오며 물었다.

　"잘 돼가나, 제리?"

　에드거는 얼음조각을 목덜미에 댄 것처럼 펄쩍 뛰며 돌아보았다.

　"해리! 여기서 뭐 하는 거야? 아, 한잔하고 싶어서? 나도 지금 그럴 참인데."

　보슈는 그가 당혹스러워 쩔쩔매도록 잠시 내버려둔 뒤에 말했다.

　"자넨 벌써 한잔했잖아."

　"무슨 소리야?"

　보슈는 그의 앞으로 한 걸음 다가섰다. 에드거는 겁을 잔뜩 먹은 표정이었다.

　"무슨 소린지 알잖아. 맥주를 마셨지, 안 그래? 숙녀께선 블러디 메리를 마셨고."

"해리, 내 말 들어봐, 그건 말이야…."

"날 그렇게 부르지 마. 앞으로 내 이름을 부르지 말라고, 알겠어? 나와 얘기하고 싶으면 보슈라고 불러. 내 친구가 아닌 놈들은 다들 그렇게 부르거든. 내가 신뢰하지 않는 놈들은 그렇게만 부른다고."

"설명할 기회도 안 줘? 해리, 아니, 설명할 기회를 달라고."

"무슨 설명? 넌 나를 배신했어. 그건 변명의 여지가 없지. 오늘 밤엔 그 여자한테 무슨 얘길 해줬나? 어빙의 회의실에서 나온 얘기도 모조리 일러바쳤어? 그 여자에겐 필요 없는 내용일 텐데. 타격은 이미 입었어."

"아니야. 그 여잔 한참 전에 나갔고 나 혼자 마시고 있었어. 오늘 회의에서 있었던 얘기는 한마디도 안 했다고. 해리, 난 정말…."

보슈는 재빨리 한걸음 더 다가서며 두 손바닥으로 에드거의 가슴을 탁 밀치곤 소리쳤다.

"내 이름 부르지 말라고 했지! 망할 자식! 우린 같이 일했어. 내가 널 가르쳤다고. 내가 법정에서 그런 곤경을 당했는데, 알고 보니 네놈이 스파이였어. 배신자였다고."

"미안해. 나는…."

"브레머한테도 그랬어? 그 기자한테 쪽지 얘기를 한 놈도 너지? 지금 그놈과 한잔하러 가는 길인가? 그렇다면 얼른 가 보셔야지."

"아니야, 브레머한테 그런 얘기 한 적 없어. 이봐, 내가 실수를 했어. 미안해. 그 여자한테 나도 당했어. 협박 같은 걸 말이야. 뿌리치려고 했지만 내 약점을 잡고 놓아주지 않았어. 제발 내 말을 믿어줘."

보슈는 그를 한참 동안 바라보았다. 날은 완전히 어두워졌지만 가로등 불빛에 에드거의 눈동자가 눈물이 맺힌 것처럼 반짝였다. 하지만 무슨 눈물이란 말인가. 친구를 잃어버린 데 대한 눈물? 아니면 두려움 때문에? 보슈는 에드거에 대한 자신의 위력을 느꼈다. 에드거도 그걸 알고 있었다. 나직이 내려 깐 목소리로 보슈는 말했다.

"네가 한 짓을 모조리 불어. 하나도 빼먹지 말고."

'레드 윈드'의 4인조 밴드는 뒤쪽 테이블에 둘러앉아 휴식을 취하고 있었다. 이 도시에 있는 다른 수백 개의 목재 패널 방들처럼 컴컴한 곳이었다. 바의 가장자리를 따라 댄 빨간 인조가죽에는 담뱃불에 탄 자국들이 무수했고, 까만 유니폼 위에 하얀 앞치마를 두른 웨이트리스들의 얇쪽한 입술에 바른 립스틱은 너무 새빨갰다. 보슈는 잭 블랙 스트레이트 더블 샷과 웨인하즈 한 병을 주문했다. 그리고 웨이트리스에게 돈을 주며 담배 한 갑도 주문했다. 사색으로 변한 에드거는 물과 따로 잭 블랙을 주문했다.

"빌어먹을 불황 때문이야."

보슈가 묻기도 전에 에드거는 말했다.

"부동산이 똥값이 됐잖아. 그래서 부업을 접을 수밖에 없었어. 그런데 융자 받은 돈이 문제였네. 자네도 알다시피 브렌다는 그런…."

"집어치워. 네 와이프가 BMW 대신 시보레를 타고 다니게 된 내력을 듣고 싶다고 했나? 좆 까는 소리 자꾸 할 거야?"

"그게 아니라니까. 나는 지금…."

"닥치고 내 말 들어. 넌 지금…."

웨이트리스가 다가와서 테이블에 술과 담배를 내려놓는 동안 두 사람은 입을 다물었다. 보슈는 웨이트리스의 쟁반 위에 20달러를 올려놓았다. 그러면서도 성난 눈길을 에드거에게서 잠시도 떼지 않았다.

"개똥같은 소리 집어치우고 네가 한 짓만 얘기해."

에드거는 위스키를 한 모금 마시고 물로 목구멍을 헹군 뒤 얘기를 시작했다.

"그게 그러니까, 월요일 늦은 오후였어. 빙스 당구장 현장에 다녀온 다음 얘기야. 사무실에 돌아와 있는데 전화가 왔어. 챈들러가 무슨 낌새를 채고 전화한 거였지. 어떻게 알았는지 모르지만 그 여잔 우리한테 전달된 쪽지와 새로 발견된 시체에 대해 알고 있었어. 브레머나 다른 누군가에게서 알아냈겠지. 대뜸 이렇게 묻더라고. '인형사의 짓으로 확인됐나요?' 나는 전화를 끊자고 했어. 아무 얘기도….'"

"그랬더니?"

"그랬더니, 그 여자가 뭔가를 제시했어. 난 융자 기한을 두 차례나 넘겼는데 브렌다는 그럴 줄도 모르고 있다네."

"내가 뭐라고 했지? 자네 슬픈 사연은 듣고 싶지 않다고, 에드거. 그따위 얘기엔 전혀 동정심이 생기지 않아. 조잘댈수록 내 화만 돋운다는 거 몰라?"

"알았어, 알았다고. 그 여자가 돈을 주겠다고 했네. 내가 생각해 보겠다고 하자 여자는 거래하고 싶으면 그날 밤 '형 주어리'로 나오라고 하더군. 자넨 변명할 기회를 주지 않겠지만 난 그럴 이유가 있어서 갔네. 그래, 갔다고."

"그래서 네 양심을 팔았단 말이지."

보슈의 말투는 에드거의 반발하는 목소리를 기어들게 만들었다.

에드거는 남은 잭 블랙을 비운 뒤 웨이트리스를 손짓해 불렀지만 그녀는 보지 못했다. 연주자들이 각자의 악기 뒤로 자리를 잡기 시작했다. 맨 앞쪽에 앉은 사내가 색소폰을 연주했는데, 보슈는 이런 상황에서 듣긴 아까운 음악이란 생각이 들었다.

"그 여자한테 뭘 넘겼어?"

"그날 알게 된 내용뿐이야. 그 여자도 이미 다 알고 있더라고. 자네가 인형사의 짓으로 보인다고 하더란 얘기만 해줬어. 별 내용도 아니었고 그다음 날 신문에도 다 났잖아. 그리고 브레머한테는 한마디도 한 적 없어. 진짜야. 믿어달라고."

"그 여자한테 내가 현장에 나갔다고 말했단 말이지?"

"말했지. 그게 뭐 그렇게 큰 비밀이야?"

보슈는 이 모든 상황에 대해 잠시 생각해 보았다. 4인조 밴드는 빌리 스트레이혼(미국 피아니스트, 작곡가, 편곡가-옮긴이)의 '러스트 라이프'를 연주하기 시작했다. 테이블과는 멀찌감치 떨어져 있어서 그다지 시끄럽게 느껴지진 않았다.

혹시 다른 누구라도 있나 하고 주위를 훑어보던 보슈의 눈에 바에 앉아 맥주를 마시고 있는 브레머의 모습이 들어왔다. 그의 옆에 기자처럼 보이는 사내들도 보였다. 그들 중 하나는 기자들이 바지 뒷주머니에 노상 꽂고 다니는 길고 얄팍한 수첩까지 지니고 있었다.

"호랑이도 제 말 하면 온다더니 브레머가 저기 있군. 우리 얘기가 끝나면 자네한테 듣고 싶은 얘기가 있는 모양이야."

"해리, 내가 아니라니까."

보슈는 이번엔 그가 해리라고 불러도 그냥 넘어갔다. 이런 상황이 너무 지겹고 피곤했다. 빨리 끝내고 이곳을 나가 실비아를 만나러 가고 싶었다.

"그 여자와는 몇 번이나 만났나?"

"매일 밤 만났어."

"꼬투리를 잡아 협박했겠지, 안 그래? 네 발로 그 여자를 찾아가야만 했어."

"내가 어리석었네. 돈이 몹시 필요했어. 한 번 만나고 나자 여자한테 불알을 잡힌 꼴이 되고 말았지. 정보를 계속 제공하지 않으면 자네한테 말하겠다고 했네. 내사과에도 통보하고. 씨발, 그년은 나한테 돈도 주지 않았어!"

"오늘 밤엔 왜 일찌감치 따돌렸나?"

"싸움은 끝났다고 하더군. 내일 최종변론에 들어갈 거라면서. 이젠 사건이 어떻게 굴러가든 중요치 않다며 나를 풀어주더라고."

"하지만 거기서 끝나지 않을 거야. 자네도 알지? 차량등록국에 번호판이나 주소를 확인할 필요가 있거나, 증인의 등록되지 않은 전화번호를 알고 싶으면 언제든 자네한테 전화할 거야. 자넨 그 여자한테 꽉 물렸다고."

"알아. 그건 내가 알아서 처리해야지."

"도대체 왜 그랬어? 첫날 저녁에 받은 대가가 뭐였냐고?"

"빌어먹을 융자금 때문에…. 개떡 같은 집을 팔아버릴 수도 없고, 융자금 갚을 돈도 없으니 어떻게 해야 할지 모르겠더라고."

"난 어쩌라고? 나에 대해선 전혀 걱정되지도 않았어?"

"물론 걱정은 했지."

보슈는 4인조 밴드 쪽을 돌아보았다. 그들은 이제 스트레이혼의 '블러드 카운트'를 연주하고 있었다. 색소폰 연주자의 솜씨는 장인 경지에 이르러 있었다.

"이젠 어떻게 할 건가?"

에드거가 물었다.

보슈는 생각할 필요도 없었다. 이미 알고 있으니까. 그는 색소폰 연주자에게서 눈을 떼지 않고 말했다.

"아무것도."

"아무것도?"

"그건 자네가 알아서 할 일이지. 난 더 이상 자네와 함께 일할 수 없어. 물론 어빙이 지시한 일은 해야겠지만, 그걸로 끝이야. 이 일이 끝나면 파운즈 과장한테 가서 할리우드 밖으로 전출하고 싶다고 말해."

"그렇지만 다른 서의 강력반엔 빈자리가 없어. 게시판을 보면 좀처럼 나가는 사람이 없다는 걸 알 수 있다고."

"난 강력반이라고 말하지 않았어. 그냥 전출 요청을 하라고만 했지. 빈자리만 나면 무조건 가라고, 알겠어? 난 자네가 77번가에서 교통경관을 해도 상관 안 해. 맨 처음 나온 빈자리로 즉시 가라고."

보슈가 돌아보니 에드거는 입을 헤 벌리고 있었다.

"그게 자네가 지불해야 할 대가야."

"하지만 난 강력반 근무만 했어. 그러니까 강력반으로 가야지."

"자네가 지금 이것저것 가릴 처지야? 내사과로 넘어가고 싶지 않으면 아무데로나 가. 자네가 파운즈에게 얘기하지 않으면 내가 할 거야. 난 자네와 더 이상 일할 수 없어. 끝났다고."

보슈는 밴드를 다시 돌아보았다. 에드거는 아무 말도 못했다. 잠시 후 보슈는 그에게 먼저 가라고 했다.

"자네 먼저 나가. 난 자네와 함께 파커 센터로 돌아갈 수 없으니까."

에드거는 일어나서 테이블 주위를 잠시 서성이다 말했다.

"언젠가는 친구들이 모두 필요한 날이 있을 거야. 그땐 오늘 나한테 한 일이 기억나겠지."

보슈는 그를 돌아보지도 않고 말했다.

"알아."

에드거가 나가자 보슈는 웨이트리스를 불러 두 번째 주문을 넣었다. 4인조 밴드는 그가 좋아하는 구절을 즉흥적으로 반복하며 '레인 체크'를 연주하고 있었다. 위스키가 뱃속을 후끈하게 만들자 그는 담배를 붙여 물고 음악에 귀를 기울였다. 경찰과 살인자들에 대한 생각은 더 이상 하지 않으려고 애쓰면서.

그러나 곧 누가 다가온 느낌이 들어 옆을 돌아보니 브레머 기자가 맥주병을 손에 들고 서있었다.

"에드거 형사 얼굴을 보니 다시 돌아올 것 같지 않던데, 합석해도 되겠습니까?"

"그 친구는 갔어. 합석하든 말든 당신 맘이겠지만 난 퇴근했어. 오프 더 레코드라고."

"다시 말해 한마디도 안 하시겠다는?"

"그렇지."

기자는 앉자마자 담배부터 붙여 물었다. 작지만 날카로운 초록색 눈이 담배연기 사이로 반짝였다.

"좋습니다. 나도 퇴근했으니까요."

"브레머, 자넨 항상 일하잖아. 지금이라도 내가 실언을 하면 당신은 잊지 않고 새겨두지."

"그러겠죠. 하지만 당신은 우리가 함께 일했던 때를 잊고 있어요. 그 기사들은 당신에게 도움을 줬어요, 해리. 당신이 원치 않는 기사를 한 번만 쓰면 그런 일들은 다 잊어버리고 말죠. 그래서 지금은 나를 '빌어 먹을 기자놈'으로 취급…."

"하나도 잊지 않았어. 그러니까 당신이 지금 여기 앉아 있잖아? 나를 도와준 일도 기억하고, 나를 골탕 먹인 일도 기억할 거야. 결국은 공평해지겠지."

두 사람은 음악을 들으며 한참 동안 침묵했다. 연주가 끝날 무렵 웨이트리스는 세 번째의 더블 잭 블랙을 보슈의 테이블 위에 내려놓았다.

"폭로하겠다는 얘긴 아니지만, 쪽지 내용을 전해준 내 제보자가 왜 그렇게 중요합니까?"

"이젠 그렇게 중요하지도 않아. 그땐 도대체 어떤 놈이 날 씹는지 알고 싶었지만."

"전에도 그런 얘길 했죠. 누군가가 당신을 씹고 있다고. 정말 그렇게 생각하세요?"

"이젠 상관없어. 내일 기사는 어떤 걸 썼나?"

기자는 상체를 곧추세우며 눈을 빛냈다.

"두고 보세요. 살인을 계속하고 있는 다른 범인에 대한 당신의 증언이 주요 내용이죠. 1면에 실릴 특종감이에요. 그것 때문에 내가 여기 온 거죠. 1면 기사를 터뜨린 후론 내가 항상 선발대예요."

"신바람 났군, 응? 내 어머니에 대해서도 써 갈겼나?"

"해리, 당신 걱정이 그거라면 잊어버려요. 한마디도 쓰지 않았으니까. 솔직히 당신한테는 흥미로운 얘긴지 몰라도 신문기사 감으로는 너무 난해해서 제외했습니다."

"너무 난해하다고?"

"그렇죠. 야구를 통계로 보는 것처럼 말이죠. 일테면 1956년 월드시리즈 5차전 세 번째 이닝에서 왼손 투수 아무개가 속구를 몇 개나 던졌나 하는 식입니다. 챈들러는 당신 어머니 얘기를 처치를 살해한 일과 연결하려 애쓰지만, 내가 보기엔 너무 아득한 얘기예요."

보슈는 고개를 끄덕였다. 자기 인생의 치부가 수백만 독자들에게 알려지지 않는 것이 기뻤지만 겉으로 드러내지 않았다. 브레머가 토를 달았다.

"그렇지만 당신에게 불리한 평결이 내려지고 당신이 어머니의 죽음을 복수하고 싶은 마음에서 처치를 살해했다고 배심원들이 말한다면 나도 그런 기사를 쓸 수밖에 없을 겁니다."

보슈는 다시 고개를 끄덕였다. 그만하면 공정하다는 생각이 들었다.

시계를 보니 10시가 가까웠다. 실비아에게 전화를 해야 하고, 다음 연주가 시작되기 전에 일어나야 한다는 걸 알면서도 음악에 다시 매료되기 시작했다. 잔을 비우고 일어나며 그는 말했다.

"가야겠어."

"나도요. 같이 나가죠."

브레머가 따라 일어섰다.

밖으로 나오자 차가운 밤바람이 위스키 기운을 깨워 주었다. 보슈는 브레머에게 잘 가라고 말한 뒤 주머니에 손을 찔러 넣고 보도를 걷기 시작했다.

"해리, 파커 센터까지 걸어갈 겁니까? 내 차에 타요."

보슈는 브레머가 레드 윈드 앞 갓길에 세워놓은 르 사브르의 조수석 문을 여는 것을 보았다. 보슈는 고맙다는 말도 없이 차에 올라탄 뒤 운전석 문을 열어 주었다. 술에 취했을 땐 아무것도 안 하고 시키는 대로만 하는 습성이 있었다.

브레머는 파커 센터까지 네 블록을 가는 동안 계속 지껄여댔다.

"머니 챈들러라는 여자, 정말 물건이죠? 배심원들을 아예 가지고 놀더군요."

"당신은 그 여자가 이겼다고 생각하고 있지?"

"거의 그렇게 돌아가고 있는 것 같은데요, 해리. 설사 평결이 요즘 유행하는 식으로 LAPD에 불리하게 내려지더라도 챈들러는 부자가 될 겁니다."

"그게 뭔 소리야?"

"연방 법정에 선 적이 없군요?"

"없지. 그런 습관은 안 들이려고 해."

"민사사건에서 원고측이 승소하면 피고측이 변호사 비용을 물어야 해요. 이 경우에는 LA 시가 챈들러에게 돈을 지불해야 하죠. 장담하건 대 내일 최종변론에서 챈들러는 배심원들에게 당신의 행동이 부적절했 다는 한마디만 해달라고 부탁할 겁니다. 그리고 배상금은 1달러만으로 도 만족한다고 할 거예요. 배심원들은 그것을 쉬운 해결책으로 생각하 겠죠. 그래서 당신 행동이 부적절했으니 1달러만 배상하라고 말할 수도 있어요. 원고가 승소하여 1달러라도 배상받게 되면 챈들러가 시에 변호 사 비용을 청구할 수 있다는 사실을 배심원들은 모릅니다. 벨크는 그런 얘길 할 수 없게 되어 있기 때문이죠. 그런데 변호사 비용은 1달러가 아 니죠. 적어도 20만 달러 이상일 겁니다. 순 사기죠."

"제기랄."

"네, 그게 사법 시스템이에요."

브레머가 파커 센터 주차장으로 차를 몰아넣자 보슈는 앞줄에 세워 놓은 자신의 카프리스를 가리켰다. 브레머가 걱정스레 물었다.

"운전할 수 있겠어요?"

"문제없어."

보슈가 차문을 닫으려는 순간 브레머가 잡으며 말했다.

"해리, 내가 취재원을 밝힐 수 없다는 건 당신도 알죠. 그렇지만 누가 취재원이 아닌지는 말할 수 있습니다. 당신이 생각하는 그 사람은 아니 에요. 에드거나 파운즈를 생각하고 있다면 꿈 깨요. 당신은 절대 알 수 없으니까 신경 끊으시라고. 알겠어요?"

보슈는 고개를 끄덕인 뒤 차문을 닫았다.

21 신뢰와 배신

자동차 키를 찾으려고 한참 더듬거린 끝에 점화장치에 꽂긴 했지만 돌리진 않았다. 이대로 운전을 해야 할지, 일단 식당으로 가서 커피부터 한 잔 해야 할지 판단이 서지 않았다. 자동차 앞유리를 통해 파커 센터의 회색 석재 건물을 바라보았다. 대부분의 사무실들이 불을 밝히고 있지만 아무도 없다는 것을 그는 알고 있었다. 범죄와의 전쟁에서 잠도 자지 않는 것처럼 보이기 위해 불을 항상 켜두지만, 그건 말짱 거짓이었다.

강도살인반 심문실에 있는 소파에 쓰러져 잘까? 음주운전을 하는 것보다 그러는 편이 나을 수도 있지. 하긴 그것도 다른 동료가 이미 차지하고 있지 않을 경우에나 가능한 일이었다. 그러자 실비아의 얼굴이 떠올랐다. 그녀는 왜 오지 말라고 했는데도 법정에 왔을까? 그녀가 기다리는 집으로 가고 싶었다. 그래, 집에 들어가자.

보슈는 자동차 열쇠를 잡았던 손을 다시 내렸다. 그리고는 손등으로 눈을 문질렀다. 너무 피곤했고, 너무 많은 생각들이 위스키 속을 헤엄쳐 다녔다. 색소폰 소리도 함께 떠다녔다. 그가 가장 좋아하는 소절을 즉흥적으로 반복하는.

브레머가 조금 전에 지껄인 소리가 무슨 뜻이지. 보슈는 생각했다. 자기 취재원이 누군지 나는 절대 알 수 없으니까 신경을 끊으라고? 그 자식이 왜 그딴 소릴 지껄였을까? 그런 소리를 듣고 나니 브레머의 취재원이 누군지 더욱 궁금해졌다.

그건 중요치 않아, 하고 그는 자신을 타일렀다. 이제 곧 모든 것이 끝날 테니까. 그는 창문에 머리를 기대고 공판과 자신의 증언에 대해 생각했다. 모든 시선을 한몸에 받았을 때 내 얼굴 표정은 어땠을까? 두 번 다시 그런 자리에 서고 싶지 않았다. 두 번 다시. 허니 챈들러가 이빨로만 그를 몰아세우는 그런 자리.

괴물들과 싸우는 자는⋯. 보슈는 또 생각했다. 챈들러가 배심원들에게 뭐라고 말했더라? 심연? 그래, 괴물들이 사는 곳이라고 했지. 암흑의 장소? 그러자 검은 심장이 기억에 떠올랐다. 남가주대 정신분석의 로크 박사가 그렇게 불렀지. 검은 심장은 혼자 뛰지 않는다.

보슈의 마음속에는 총알을 맞고 침대 위에 벌거숭이로 나자빠지던 노먼 처치의 모습이 재연되었다. 죽어가던 사내의 눈빛이 지워지지 않았다. 4년이나 지났어도 그것은 어제 일처럼 선명했다. 그 이유가 뭔지 알고 싶었다. 어머니 얼굴은 생각도 나지 않는데 왜 노먼 처치의 얼굴은 이렇게 생생하기만 할까? 내가 검은 심장을 가졌기 때문일까. 그는 자문했다. 내가? 암흑이 물결처럼 밀려와 그를 밑으로 끌어내렸다. 그 속에서 그는 괴물들을 만났다.

유리를 때리는 날카로운 소리에 보슈는 눈을 번쩍 떴다. 경찰봉과 손

전등을 든 경관이 창문으로 들여다보고 있었다. 보슈는 운전대를 잡고 재빨리 주위를 돌아보며 브레이크를 밟았다. 그렇게 엉망으로 차를 몰진 않았는데 하고 생각하던 그는 아예 운전을 하고 있지도 않았다는 것을 알았다. 차는 여전히 파커 센터 주차장에 서 있었다. 손을 뻗어 창문을 내렸다.

정복 차림의 애송이 경관은 주차장 담당이었다. 경찰대학에서 최하급에 속하는 후보생한테는 오후에 파커 센터 주차장을 감시하는 임무가 주어진다. 하나의 전통이기도 하지만 목적에도 부합하는 것이었다. 경찰 본부 주차장에 침입한 차량이나 그 안에서 벌어지는 다른 범죄도 방지하지 못하는 경관을 어디에다 써먹을 것인가?

"형사님, 괜찮으세요?"

경관은 경찰봉을 벨트 고리에 끼워 넣으며 물었다.

"친구 분 차에서 내려 이 차에 타시는 걸 봤는데 출발을 하지 않아 체크해본 겁니다."

"아, 그래. 난 괜찮아. 고맙네. 잠깐 졸았던 모양이야. 고단한 하루였거든."

"다들 그러시죠. 조심하세요."

"알았네."

"운전하실 수 있겠어요?"

"그럼."

"정말이시죠?"

"정말이야."

보슈는 경관이 저쪽으로 걸어간 다음에야 차를 출발시켰다. 시계를 보니 30분 넘게 잤음을 알 수 있었다. 하지만 깜박 잔 뒤에 갑자기 깨어나서 그런지 기분이 한결 상쾌했다. 그는 담배를 한 대 피워 물고 로스앤젤레스 거리로 나간 뒤 할리우드 고속도로로 향했다.

북쪽으로 달리면서 그는 정신이 좀 들도록 창문을 내려 시원한 바람이 들이치게 했다. 맑은 밤이었다. 전방으로 할리우드 힐즈의 불빛들이 하늘을 훤히 밝혔고 산 뒤쪽 두 곳에서 쏘아올린 스포트라이트가 어둠을 꿰뚫고 있었다. 아름다운 광경이라 생각하면서도 어쩐지 우울한 기분이 들었다.

지난 1, 2년 사이에도 로스앤젤레스는 변했지만 그것이 새로울 건 없었다. 언제나 변한다는 것이 그가 로스앤젤레스를 사랑하는 이유였다. 그러나 폭동과 불황이 그것의 풍경과 기억 속의 풍경에 혹독한 생채기를 남겼다. 도시 하늘을 뒤덮은 거대한 스모그처럼 저녁 바람에도 씻겨나가지 않던 연기 덩어리를 보슈는 결코 잊을 수 없을 것 같았다. 불타는 건물들과 약탈자들을 찍은 TV 화면을 경찰은 체크하지 못했다. LA 경찰국이 겪은 최악의 시간들이었고 그 상처는 아직 아물지 않았다.

도시도 마찬가지였다. 활화산 같은 분노가 초래한 수많은 병폐들이 아직도 치유되지 않고 있었다. 도시는 많은 아름다움을 제공하지만 동시에 많은 위험과 증오를 제공했다. 신념이 흔들린 도시는 오로지 쌓아둔 희망만 바라보며 살아가고 있었다. 보슈의 마음에는 가진 자와 못 가진 자의 대립이 마치 부두를 떠나는 나룻배처럼 비쳤다. 한 발은 초만원인 나룻배에 다른 발은 초만원인 부두에 둔 사람들이 아우성을 치고 있었다. 나룻배와 부두 사이의 간격이 조금만 더 벌어지면 그 사람들은 모두 바다로 추락할 판이었다. 게다가 나룻배는 이미 초만원이라 파도가 한 번만 몰아쳐도 뒤집힐 것만 같았다. 그렇게 되면 부두에 남은 사람들은 모두 환호성을 지를 것이다. 그들은 높은 파도가 치기를 기도했다.

보슈는 에드거에 대해 다시 생각해 보았다. 그도 추락하고 있는 사람

들 중 하나였다. 자기 부인과 함께. 하지만 보슈는 그들에게 자신들이
처한 위험한 상황을 일러줄 수가 없었다. 에드거에게 그렇게 통보한 것
이 옳은지도 판단이 서지 않았다. 에드거는 그에게 언젠가는 친구들이
모두 필요한 날이 있을 거라고 말했다. 그땐 오늘 자기한테 한 일이 기
억날 거라고. 에드거에게 아무 벌칙도 가하지 않고 그대로 묻어두는 것
이 나았을까? 보슈는 판단할 수 없었지만 아직 시간은 있다고 생각했
다. 그때 가서 결정해야 할 것이다.

카후엥가 고개를 넘어가면서 그는 자동차 창문을 다시 올렸다. 기온
이 내려가고 있었다. 서쪽 산들을 쳐다보며 자기 집이 자리 잡고 있을
컴컴한 지역을 살펴보았다. 오늘 밤엔 실비아의 집으로 가기 때문에 저
을씨년스런 곳엔 가지 않아도 되어 기분이 좋았다.

도착하니 11시 30분이어서 지니고 다니던 열쇠로 조용히 문을 열었
다. 부엌에만 불이 켜져 있고 나머지는 모두 캄캄했다. 실비아는 잠든
듯했다. 뉴스를 보긴 너무 늦은 시각이었고 심야 토크쇼 따위에는 도무
지 관심이 없었다. 소리를 내지 않으려고 거실에 구두를 벗어놓은 뒤
실비아의 침실로 들어갔다. 그리고 칠흑 같은 어둠에 눈이 익숙해지길
기다리며 조용히 서 있었다.

"안녕?"

보이지 않는 어둠 속에서 실비아의 목소리가 들려왔다.

"내가 깨웠군."

"어디 갔다 이제 왔어요, 해리?"

잠이 덜 깬 달콤한 목소리였다. 따지거나 짜증내는 소리가 아니었다.

"일이 좀 있었어. 그리고 한잔했지."

"멋진 음악도 듣고?"

"그럼. 4인조 밴드였는데 정말 괜찮았어. 빌리 스트레이혼을 여러 곡 연주했지."

"뭘 좀 만들어줄까요?"

"아니야, 계속 자. 내일 수업이 있잖아. 배도 고프지 않고, 정 생각나면 내가 찾아 먹을게."

"이리 와요."

그는 침대로 다가가서 담요 안으로 고개를 디밀었다. 실비아의 두 손이 그의 목을 끌어안고 아래로 당겼다. 키스를 한 뒤 그녀는 말했다.

"정말 한잔했군요."

그가 쿡쿡 웃자 실비아도 따라 웃었다.

"양치질하고 올게."

"잠깐만요."

실비아가 매달리자 그는 여자의 입술과 목에 다시 키스했다. 자다 깨어난 그녀의 입술에서는 달콤한 냄새가 났고, 몸에서는 그가 좋아하는 향수 냄새가 풍겼다. 보슈는 그녀가 항상 걸치던 나이트가운도 입지 않고 있다는 걸 알았다. 담요 안으로 손을 넣어 여자의 납작한 배를 쓰다듬었다. 차츰 위로 올라와서 그녀의 젖가슴과 목을 애무했다. 그는 다시 키스를 한 뒤 얼굴을 여자의 머리카락과 목덜미 속에 파묻으며 조용히 속삭였다.

"실비아, 고마워."

"뭐가요?"

"오늘 법정에 와줘서. 내가 전에 말은 그렇게 했지만 거기서 당신을 보는 것은 의미가 달라. 많은 의미가 있어."

보슈는 그 이상은 말할 수가 없었다. 그는 일어나서 욕실로 들어갔다. 옷을 벗어 문 뒤에 있는 고리에다 조심스럽게 걸어두었다. 내일 아침 그대로 입고 나가야 한다.

재빨리 샤워를 마치고 이곳에 비치해둔 세면도구를 꺼내어 면도와 양치질을 했다. 그리곤 양손으로 젖은 머리를 문지르며 거울을 들여다보았다. 미소가 떠올랐다. 위스키와 맥주로 인한 취기 탓인가 했지만 미심쩍었다. 그보다는 자신의 행운 때문일 거라는 생각이 들었다. 그래, 난 행운아야. 난 미친 무리가 빼곡히 올라탄 나룻배에 있지도 않고 성난 무리가 남아 있는 부두에 서 있지도 않아. 난 나 자신의 보트를 타고 있다고. 실비아와 함께.

그들은 외로운 사람들이 사랑을 나누듯 그렇게 사랑했다. 어둠 속에서 조용히, 서로 상대방을 기쁘게 해주기 위해 전력을 다하다가 마침내 어설프게 느껴질 정도까지. 그렇지만 보슈에게 그것은 치유된 느낌을 주었다. 사랑이 끝난 뒤 실비아는 옆에 누워 그의 몸에 새겨진 문신의 테두리를 손가락으로 어루만지며 물었다.

"무슨 생각 하고 있어요?"

"그냥 이것저것."

"얘기해 봐요."

보슈는 잠시 생각한 뒤 말했다.

"날 배신한 친구를 오늘 밤 발견했어. 가까운 동료였어. 그런데 어쩌면 내 생각이 틀렸을 수도 있다 싶은 거야. 실제로 배신당한 사람은 내가 아니라 그 친구 자신이라는 거지. 그는 자신을 배신했어. 그런 생각을 품고 살아가야 한다는 자체만으로도 충분한 형벌이 아닐까? 거기에다 내가 더 무거운 짐을 얹을 필요는 없겠다는 생각이 들어."

레드 윈드에서 에드거한테 한 소리는 너무 지나쳤다는 생각이 들었다. 그래서 에드거에게 파운즈 과장을 찾아가 전출을 요청하라고 했던 말은 취소하기로 마음먹었다.

"어떻게 배신했는데요?"

"음, 그러니까 적과 내통했다고 할 수 있겠지."

"허니 챈들러와요?"

"응."

"얼마나 나쁜 거예요?"

"최악은 아닐 거야. 우선은 그가 그런 짓을 했다는 게 중요하지. 마음이 아파."

"손 쓸 방법은 있어요? 그를 어떻게 하라는 게 아니라 피해라도 줄일 방법 말예요."

"없어. 피해가 있다면 이미 끝난 일이지. 오늘 밤에야 겨우 그라는 걸 알았는데, 뭐. 그것도 우연히 발견하지 않았다면 끝내 짐작도 못했을 거야. 암튼 더 이상 걱정하지 마."

실비아는 손톱 끝으로 그의 가슴을 쓰다듬으며 말했다.

"당신이 걱정 안 하면 나도 안 해요."

보슈는 그녀가 어디까지 질문해야 하는지 잘 알고 있을 뿐만 아니라 배신자의 이름조차 묻지 않는 것이 너무 사랑스러웠다. 그녀는 항상 편안한 느낌을 주었다. 아무 걱정도 고민도 없는 가정, 그에게 그녀는 그런 존재였다. 그가 떨어지려고 하자 그녀가 다시 물었다.

"해리?"

"응."

"공판이 걱정돼요? 최종변론이 어떻게 나올지?"

"걱정은 무슨. 증인석에 앉아 사람들이 내가 한 일에 대해 설명하는 걸 듣고 있자니 좀 곤혹스럽다는 거지. 그렇지만 결과에 대해서는 걱정하지 않아. 의미가 별로 없거든. 빨리 끝나길 바라지만 그들의 행동에 대해서는 더 이상 신경 쓰지 않아. 내가 한 일과 하지 않은 일에 대해 처벌할 수 있는 배심원은 없어. 그리고 내가 옳았다거나 틀렸다고 말할 수 있는 배심원도 없고. 설사 이 재판을 1년 이상 끌더라도 그날 밤에 있었던 일을 그들에게 다 설명할 순 없을 거야."

"경찰 당국은 어때요? 신경 쓸까요?"

보슈는 그날 저녁 어빙 부국장이 얘기했던 재판의 결과가 가져올 영향에 대해 말했다. 그렇지만 자신의 어머니에 대해 부국장이 소상히 알고 있더라는 얘기는 하지 않았다. 그런 생각이 머릿속에서 맴돌자 보슈는 침대 속에서 처음으로 담배를 피우고 싶어졌다.

하지만 그는 일어나지 않았다. 그런 충동을 밀어내고 실비아와 조용히 누워 있었다. 어둠 속에서 눈을 멀뚱하게 뜨고 에드거에 대해 생각했다. 그러자 생각은 자연스레 모라 형사에게로 흘러갔다. 지금 이 순간 그 마약반 형사는 뭘 하고 있을까? 어둠 속에 혼자 누워 있을까? 바깥으로 나가 사냥감을 찾고 있을까?

"오늘 아침에 얘기했던 것 말예요, 해리."

"그게 뭐지?"

"당신 과거에 대해 다 알고 싶다고 했잖아요. 좋은 일이든 나쁜 일이든. 그리고 나에 대해서도 다 알아야 해요…. 이 말 무시하지 말아요. 우릴 아프게 할 수 있어요."

그녀의 목소리에서 달콤한 졸음기가 어느새 가셔 있었다. 보슈는 침묵한 채 눈을 감았다. 이것이 그녀에겐 무엇보다 중요한 일임을 모르진 않았다. 그녀는 과거의 이야기를 미래의 건축 자재로 사용하지 못했기 때문에 실연을 겪은 쓰라린 경험이 있었다. 엄지손가락으로 실비아의 목덜미를 살살 쓰다듬으며 그는 생각했다. 실비아에게선 섹스를 하고 나면 항상 분 냄새가 난단 말이야. 침대에서 일어나 욕실에 다녀오지도 않았는데 참 희한한 일이지. 한참 후에야 그는 입을 열었다.

"내 과거에 대해 알려고 애쓰지 마. 다 흘려보내고 돌아보고 싶지도 않으니까. 얘기하고 싶지도, 생각하고 싶지도 않아. 내 인생은 과거와 완전히 결별했어. 무슨 말인지 알겠지? 법정에서 변호사 따위가 그걸 좀 들먹거렸다고 해서 내가…."

"말할 순 없단 말이죠?"

보슈는 대답하지 않았다. 대신 몸을 그녀 쪽으로 돌려 포옹하며 키스했다. 그냥 그녀를 붙잡고 싶었다. 이 위험한 낭떠러지에서 떨어지지 않도록.

"사랑해요."

여자가 속삭였다.

"사랑해."

그가 말했다.

여자는 그에게 바짝 달라붙으며 얼굴을 남자 가슴에 파묻었다. 무언가 두려운 듯 그를 두 팔로 꼭 끌어안으며.

보슈가 그녀에게 사랑한다고 말한 것은 그게 처음이었다. 하긴 기억이 닿는 한 누군가에게 그런 말을 해보긴 그게 처음인 것 같기도 했다. 어쩌면 한 번도 안 했을지 모른다. 그런데 기분이 참 좋았다. 새빨간 꽃이 가슴 속에서 피어나는 느낌, 손으로 만져질 듯한 따스한 느낌이었다. 그러자 두려움을 느끼고 있는 사람은 그 자신이라는 생각이 들었다. 단순히 그 말 한마디를 함으로써 커다란 책임감을 떠안은 기분이었다. 약간 두렵기는 하지만 흥분되기도 했다. 그는 거울 속에서 미소 짓고 있는 자신을 보았다.

여자가 더욱 바짝 달라붙자 여자의 숨결이 그의 목에 느껴졌다. 그 숨결이 차츰 고요해지며 여자는 잠 속으로 빠져드는 듯했다. 그녀를 꼭

안은 채 보슈는 밤 깊도록 잠을 이루지 못했다. 그러자 불면증이 조금 전의 좋았던 기분을 앗아가 버렸다. 그는 실비아가 말했던 배신과 신뢰에 대해 생각했다. 그리고 오늘 밤 그녀와 주고받은 사랑의 맹세도 거짓 위에 세워진다면 곧 허물어질 것임을 깨달았다. 실비아는 진심을 말한 것이었다. 그가 했던 말이 말로만 그치지 않으려면 자신의 과거에 대해 그녀에게 말해야만 할 것이었다. 말은 그 스스로 아름다워지거나 추해진다고 했던 키스 판사의 말이 떠올랐다.

침실 창문들은 동쪽을 향해 나 있었다. 창문에 드리워진 블라인드에 새벽빛이 뿌옇게 밝아올 즈음 보슈는 마침내 눈을 감고 잠 속으로 빠져들었다.

22 최종변론

금요일 아침 법정으로 출두한 보슈의 얼굴은 푸석푸석하고 지쳐 보였다. 벨크는 먼저 와서 노란 메모첩에 뭔가를 끼적이고 있었다. 보슈가 다가가서 앉자 그가 쳐다보며 잔소리를 해댔다.

"똥 씹은 얼굴에다 재떨이 냄새까지 풍기는군요. 어제 입었던 그 옷에다 넥타이도 그대론 걸 판사가 금방 눈치채겠어요."

"내가 유죄란 분명한 사인이지."

"똑똑한 척하지 말아요, 보슈 형사. 판사가 어느 쪽으로 돌아설지는 아무도 몰라요."

"신경 안 써요. 그런데 당신이야말로 오늘 잘 보여야 하잖소, 벨크?"

판사가 내려다볼 때마다 비지땀을 쏟는, 초과체중이 최소한 40킬로그램은 넘는 사내에게 용기를 북돋워주는 소리는 아니었다.

"신경 안 쓴다는 게 무슨 뜻입니까? 모든 것이 오늘 결정 날 판인데, 당신은 자동차에서 자고 나온 꼴로 들어와서는 더 이상 신경 쓰고 싶지 않다는 겁니까?"

"난 놔버렸소, 벨크. 집착을 끊어버린 선(禪)의 경지라고나 할까."

"그런데 왜 이제 와서 놔버린 거죠, 보슈? 두 주일 전에 그랬다면 몇만 달러로 간단히 해결할 수 있었는데."

"내 동료 열두 명의 생각보다 더 중요한 것들이 있다는 사실을 이제야 깨달았기 때문이지. 그들이 거리에서 나를 만나 말도 건네지 않는일이 있더라도 말이오."

벨크가 시계를 보더니 말했다.

"나 좀 내버려둬요, 보슈. 10분 뒤에 시작할 일을 준비해야 하니까. 최종변론을 작성하는 중이에요. 키스 판사가 요구한 것보다 더 짤막하게 할 겁니다."

공판 초기에 판사는 최종변론은 양측 공히 30분 이내로 하기로 결정했다. 그러자 원고측 변호인인 챈들러는 20분을 먼저 사용한 다음 피고측의 벨크가 30분을 다 사용하고 나서 나머지 10분을 사용하게 해달라고 요구해서 판사의 승낙을 받았다. 챈들러가 최종변론의 처음과 끝을 장식하게 된 것은 보슈에겐 또 다른 불리한 조짐으로 보였다.

보슈는 원고석을 힐끗 돌아보았다. 데보라 처치 혼자만 정면을 응시하며 앉아 있었다. 그녀의 두 딸은 방청석 맨 앞줄에 앉아 있었다. 챈들러의 모습은 보이지 않았지만 그녀의 파일과 노란 메모첩은 테이블 위에 놓여 있었다.

"열심히 잘해 보시오. 혼자 있게 해줄 테니."

그렇게 말한 뒤 자리에서 일어나자 벨크가 오금을 박았다.

"또 늦게 들어오진 말아요. 제발 부탁이니."

예상했던 대로 챈들러는 동상 옆에서 담배를 피우고 있었다. 보슈에게 냉랭한 시선을 한 번 획 던지고는 무시하고 싶다는 듯 재떨이에서 한 걸음 비켜섰다. 파란 정장을 입은 것은 아마도 그녀에게 행운을 가져다주는 옷이기 때문일 것이다. 한 다발의 블론드가 정수리에서 목덜미로 내려와 있었다.

"리허설을 하고 있는 거요?"

보슈가 물었다.

"리허설은 필요 없어요. 이건 쉬운 부분이니까."

"그러시겠지."

"무슨 뜻이죠?"

"글쎄요. 당신은 최종변론을 할 때 법적 제한으로부터 보다 자유로울 것 같은데요. 당신 입을 막을 법률은 별로 없어 보이거든요. 마치 물 만난 물고기 같아요."

"예리하시군요."

챈들러는 그렇게만 대꾸했다. 에드거와 함께 꾸민 짓이 탄로 났다는 것을 아직 모르고 있는 듯했다. 보슈도 그녀에게 할 말을 준비할 때 그 점은 미리 계산하고 있었다. 짧은 잠에서 깨어나 맑은 머리와 눈으로 전날 밤에 있었던 일들을 되돌아본 그는 이전에 놓치고 있었던 어떤 것을 발견했다. 이젠 그가 챈들러를 가지고 놀 차례였다. 그래서 초구는 부드러운 슬라이더를 던졌다. 다음에 던질 공은 커브였다.

"최종변론이 끝나면 그 쪽지를 넘겨주시오."

"무슨 쪽지요?"

"모방범이 당신한테 보낸 쪽지 말이오."

챈들러의 안색이 충격으로 일순 변했지만 원래의 태연자약한 표정을 재빨리 회복했다. 하지만 이미 늦었다. 위험을 자각한 그녀의 눈빛을 보슈가 보고 난 다음이었다. 이제야 여우 꼬리를 잡았다는 생각이 들었다.

"그건 증거물입니다."

그의 주장에 여우는 오리발을 내밀었다.

"무슨 소린지 모르겠네요, 보슈 형사. 난 이제 들어가 봐야겠어요."

챈들러는 반쯤 피운 립스틱 묻은 꽁초를 재떨이 모래에 꽂고 출입문 쪽으로 발걸음을 옮기기 시작했다.

"에드거에 대해서도 알고 있소. 어젯밤 당신과 함께 있는 것도 봤고."

그 말에 여자는 발걸음을 딱 멈췄다. 그리곤 보슈를 돌아보았다.

"형 주어리에서. 블러디 메리를 들고 계시더군."

그녀는 어떤 대답을 할지 계산한 뒤에 말했다.

"무슨 말을 들었는지 모르겠지만 에드거를 만난 건 그를 가장 밝은 곳으로 끌어내기 위해서였어요. 그 일을 공표하겠다면 단단히 유념해 두죠."

"공표할 생각 없어요. 당신이 그 쪽지만 건네준다면 말입니다. 범죄의 증거물을 감추고 있는 것 자체가 범죄란 건 새삼 말씀드릴 필요가 없겠죠."

"에드거가 당신에게 무슨 말을 했든 그건 거짓말이에요. 난 그에게 쪽지 얘긴…."

"에드거는 쪽지 얘기 하지 않았어요. 할 필요도 없었죠. 내가 알아낸 겁니다. 당신은 월요일에 그 시체가 발견된 후 그에게 전화했어요. 왜냐하면 당신은 이미 그 시체에 대해 알고 있었고 그것이 인형사와 관련되어 있다는 사실도 알고 있었기 때문이죠. 어떻게 알았을까? 나는 그게 궁금했는데 이제야 분명해졌죠. 우리도 쪽지를 받았지만 다음 날까진 비밀에 붙였어요. 그걸 알아낸 사람은 브레머뿐이었는데, 그의 기사를 보면 당신과 연락이 닿지 않았다고 되어 있습니다. 바깥에서 에드거를 만나고 있었기 때문이죠. 에드거는 당신이 그날 오후 전화를 걸어 시체에 관해 물어봤다고 했어요. 그리고 우리에게 쪽지가 왔느냐고 물었어요. 그건 바로 당신이 쪽지를 받았기 때문이죠, 변호사님. 난 그 쪽지를 보고 싶은 겁니다. 우리가 받은 쪽지와 다르다면 수사에 많은 도움이 되겠는데요."

챈들러는 시계를 보고 나서 재빨리 새 담배를 붙여 물었다.

"영장을 받아낼 수도 있습니다."

보슈의 말에 그녀는 코웃음을 쳤다.

"영장을 받아내는 걸 보고 싶군요. 이 사건에 대해 신문에서 매일 떠들어대고 있는데 경찰 당국이 내 집을 수색하도록 허락하는 영장에 서명할 판사가 이 도시에 있을까요? 판사들은 정치적 인간들이에요, 보슈 형사. 그런 영장에 서명했다가 덤터기를 쓰겠다는 사람은 아무도 없을 걸요."

"나는 당신 사무실 쪽을 생각하고 있었는데, 아무튼 그게 어디 있는지는 가르쳐줬으니 고맙네요."

챈들러의 표정이 금방 다시 굳어졌다. 자신도 모르는 사이에 쪽지 둔 곳을 흘려버린 것을 깨닫자 충격을 받은 듯했다. 아마도 보슈가 말한 어떤 내용보다 그것이 더 큰 충격이었을 것이다. 그녀는 두 모금밖에 빨지 않은 담배를 모래 속에 처박았다. 나중에 토미 파어웨이가 보면 좋아라 할 것이다.

"1분 남았어요, 보슈 형사. 쪽지에 대해서는 난 몰라요. 알겠어요? 전혀 모르겠어요. 쪽지 같은 건 없다고요. 당신이 이 문제로 말썽을 일으키면 나는 더 큰 골칫거리를 안겨주겠어요."

"벨크에겐 얘기하지도 않았고 그럴 생각도 없습니다. 나는 단지 그 쪽지만 원해요. 이 재판과는 아무 상관이 없다고요."

"그렇게 얘기하긴 쉽겠죠."

"내가 그 쪽지를 읽어보지 않았기 때문에요? 계속 질질 흘리시는군요, 변호사님. 좀 더 신중하셔야겠어요."

챈들러는 그 말을 무시하고 딴전을 피웠다.

"또 한 가지. 만약 당신이 나와 에드거의 만남을 재판에 반하는 행동이나 불평에 기인한 것으로 생각한다면 커다란 오류를 범하는 거예요. 에드거는 어떤 반감도 없이 나와 그런 관계를 갖는 것에 동의했어요. 실은 그가 제의했죠. 만약 당신이 문제로 말썽을 일으키면 나는 당신을 명예훼손으로 고소할 거예요. 동시에 언론에도 공식 발표하겠어요."

보슈는 에드거의 제의로 그런 일이 일어났다고는 믿기 어려웠지만 그냥 넘어가기로 했다. 챈들러는 그를 죽일 듯한 눈으로 노려본 뒤 문을 열고 안으로 들어가 버렸다.

그만큼 흔들어놨으니 최종변론을 할 때 조금은 머뭇거리겠지. 보슈는 그렇게 생각하며 담배꽁초를 재떨이에 쑤셔 박았다. 그러나 무엇보다도 그를 기쁘게 만든 것은 그 자신이 세운 이론을 암묵적으로 확인할 수 있었다는 사실이었다. 모방범은 챈들러에게도 쪽지를 보냈다.

챈들러가 연설대로 걸어 나가는 순간 법정을 뒤덮은 침묵은 평결을 내리기 전의 긴박한 정적에 못지않았다. 보슈는 그 이유가 법정에 있는 많은 사람들이 평결은 이미 내려진 것이나 다름없다고 간주하고 챈들러의 최종변론이 피고에게 날리는 마지막 치명타가 될 것으로 보기 때문이라고 생각했다.

본건에 대해 끝까지 인내심과 집중력을 가지고 임해주신 배심원들에게 진심으로 감사드린다는 형식적인 인사말로 챈들러는 시작했다. 그리고 그들이 공정한 평결을 내려줄 것으로 믿어 의심치 않는다고 말을 이었다.

수사관으로 참석했던 여러 재판에서 양측 변호인들이 배심원들에게 그런 형식적인 인사말을 건넬 때마다 보슈는 속으로 허풍도 더럽게 떤 다고 생각하곤 했다. 대부분의 배심원들은 단지 공장이나 사무실에 나 가기 싫어서 거기 나와 있는 사람들이었다. 일단 배심원석에 앉으면 사 건 내용이 너무 복잡하고 무섭고 지겹게만 느껴져서 설탕과 카페인, 니 코틴으로 원기를 회복할 수 있는 휴식시간을 기다리며 꾸벅꾸벅 조는 것이 일이었다.

인사말이 끝나자 챈들러는 즉시 본론으로 들어갔다.

"배심원 여러분들께서는 제가 월요일 이곳에서 올린 명백한 안내지 침을 기억하실 겁니다. 저는 증명할 필요가 있는 것과 그 절차에 대해 말씀드렸고, 제가 그런 일을 제대로 했는지 판단하는 것은 이제 여러분 의 몫입니다. 지금까지 나온 증언들을 숙고해 보시면 제가 한 일에 대 해선 의문의 여지가 없음을 아실 것입니다."

그녀는 배심원들을 한 번 돌아본 뒤 변론을 계속했다.

"의문 사항에 대해서는 이따가 재판장님께서 설명해 주시겠지만, 저 는 이것이 민사사건이란 점을 다시 강조하고 싶습니다. 형사사건이 아 니에요. 페리 메이슨(얼 스탠리 가든이 쓴 추리 소설 주인공-옮긴이) 이야기 나 TV나 영화에서 흔히 보던 사건들과는 다릅니다. 민사재판에서 여러 분이 원고측의 손을 들어 주시기 위해서는 원고에게 유리한 증거가 수 적으로 우세한지만 따져야 합니다. 수적으로 우세하다는 것이 무슨 뜻 입니까? 원고측에 유리한 증거가 피고측보다 많다는 뜻입니다. 다수라 는 얘기죠. 간단히 말해 50퍼센트에서 1퍼센트만 초과해도 됩니다."

이 부분에서 챈들러는 느긋하게 뜸을 들였다. 재판의 승부처이기 때 문이었다. 그녀는 배심원 선정 과정에서 보장된 법에 문외한인 열두 명 의 배심원들 마음을 사로잡아야만 했다. 재판은 합리적 의심이나 확신에 따라 결판난다는 인식과 언론에 영향을 받은 그들의 신념을 불식시켜야만 했다. 그런 건 형사재판에서나 필요했다. 이건 민사다. 민사에서는 피고가 형사에서 누리는 이점이 상실된다.

"그것을 저울 양쪽에 올려놓는다고 생각하세요. 정의의 저울입니다. 지금까지 나온 각 증거물과 증언들은 여러분의 평가에 따라 어떤 무게를 갖습니다. 저울 한쪽엔 원고를 위한 것들을, 다른 한쪽엔 피고를 위한 것들을 올려놓으세요. 저는 여러분들이 배심원실에 들어가서 저울을 다실 때, 그것이 원고측으로 기울어질 것임을 믿어 의심치 않습니다. 여러분께서 그것을 확인하신다면, 처치 씨의 무고함도 반드시 아시게 될 것입니다."

만약의 사태에 대비해서 챈들러는 이제 나머지 부분을 교묘하게 처리해야 할 것이라고 보슈는 생각했다. 왜냐하면 원고측은 어느 한쪽만이라도 승리하기 위해 양면공격을 시도하고 있기 때문이었다. 하나는 만약 노먼 처치가 흉악한 연쇄살인범인 인형사라 하더라도 경찰을 빙자한 보슈의 행동은 너무 악랄하기 때문에 여전히 용서받을 수 없다는 주장이었다. 다른 하나는 배심원단이 손을 들어주면 그야말로 대박이 터질 일이었다. 즉, 노먼 처치는 무고하며 보슈는 그런 사람을 냉혹하게 사살함으로써 그의 가족으로부터 사랑하는 남편과 아버지를 앗아갔다는 주장이었다.

"이번 주에 제시된 증거들은 여러분께 두 가지 가능성을 보여드렸습니다. 하지만 여러분께 가장 어려운 일은 보슈 형사가 어느 정도나 비난받을 만한지 결정하는 것입니다. 노먼 처치가 살해당하던 날 밤 그는 의심할 여지없이 생명과 안전에 대한 배려 없이 과격하고 무모하게 행동했습니다. 그의 행동은 변명의 여지가 없는 것이었고 그 결과 한 남자가 목숨을 잃었습니다. 한 가정은 남편과 아버지를 잃었고요."

그녀는 계속했다.

"그렇지만 여러분은 살해된 한 남자만 봐서는 안 됩니다. 다른 건 다 제쳐두고 노먼 처치가 죽였다고 하던 사람에 대한 분명한 알리바이인 비디오테이프만 봐도 경찰이 엉뚱한 사람을 잡았다는 사실을 여러분은 확신하셨을 겁니다. 보슈 형사가 증인석에서 스스로 확인했듯이 살인은 아직 끝나지 않았으며 그가 엉뚱한 사람을 죽인 것은 분명합니다."

보슈는 벨크가 메모지에 휘갈겨 쓰는 것을 보았다. 혹시나 하고 그는 챈들러가 편의상 변론에서 빼놓은 보슈의 증언들을 모조리 메모하고 있었다. 챈들러는 목청을 높였다.

"마지막으로, 여러분들은 살해당한 사람보다는 살인자를 보셔야만 합니다."

살인자라고. 보슈는 생각했다. 그 말을 막상 자신에게 적용하니 끔찍하게 들렸다. 그는 마음속으로 그 말을 몇 번이고 반복했다. 그래, 난 죽였어. 노먼 처치 이전에도 죽였고 이후에도 죽였지만, 아무 설명도 없이 살인자라고만 불리자 어쩐지 섬뜩한 느낌이 들었다. 그러자 재판에 대해선 신경 안 쓴다고 벨크에게 큰소리 뻥뻥 쳤지만 실은 전혀 그렇지 않다는 걸 깨달았다. 보슈는 이제 자신이 한 행위에 대해 배심원단의 승인을 받고 싶어졌다. 자신이 옳은 일을 했다는 말을 들을 필요가 있었다.

"반복적으로 피맛을 보여준 한 남자죠. 비무장의 처치 씨를 살해하기 이전에도 이후에도 사람들을 죽여 온 무법자예요. 총부터 먼저 쏘고 증거는 나중에 찾습니다. 그는 매춘부들을 죽인 연쇄살인범으로 착각하고 한 시민을 냉혹하게 살해했어요. 한때 매춘부였던 그의 어머니가 깊은 동기로 작용한 것처럼 보입니다."

챈들러는 거기서 잠시 여운을 주기 위해 메모지를 들여다보며 무언가 체크하는 척했다.

"배심원실로 돌아가시면 여러분들은 이 경찰이 정말 이 도시에서 바람직한 경찰인지 결정을 하셔야 합니다. 경찰은 그 사회의 거울이죠. 경관은 우리들에게 최고의 모범이 되어야만 합니다. 여러분은 결정을 내릴 때 보슈가 과연 모범적이었느냐고 스스로에게 물어보셔야만 합니다. 우리 사회의 어느 부분이 그의 이미지를 보여주고 있습니까? 그 질문들에 대해 아무 거리낌이 없으시다면 피고에게 유리한 평결을 내리십시오. 그렇지만 우리 사회가 혐의자를 냉혹하게 살해하는 것보다는 조금이라도 나은 대우를 받을 자격이 있다고 생각하신다면, 원고에게 유리한 평결을 내리실 수밖에 달리 방법이 없을 것입니다."

챈들러는 다시 변론을 중단하고 원고석으로 돌아가 잔에다 물을 콸콸 따랐다. 벨크가 보슈 쪽으로 몸을 숙이고 작은 소리로 챈들러의 변론을 평가했다.

"나쁘진 않지만 더 잘하는 것도 봤어요. 더 못하는 것도 봤지만."

보슈도 작은 목소리로 물었다.

"더 못했을 때도 저 여자가 승소했겠죠?"

벨크는 메모지를 내려다보는 걸로 대답을 대신했다. 챈들러가 연설대로 돌아가자 벨크는 다시 몸을 숙이며 속삭였다.

"이건 저 여자의 절차예요. 이제 돈 얘기를 할 겁니다. 물을 마시고 나면 머니 챈들러는 항상 머니 얘기만 하거든요."

챈들러는 헛기침을 한두 차례 한 뒤 계속했다.

"배심원 열두 분께서는 아주 귀한 자리에 계십니다. 여러분에겐 사회를 변화시킬 수 있는 능력이 있습니다. 그런 기회를 가졌던 사람들이 그렇게 많진 않았어요. 만약 여러분들이 보슈 형사의 행동을 조금이라도 틀렸다고 생각하고 원고의 손을 들어 주신다면, 이 도시의 모든 경찰에게 분명한 메시지를 보내는 것이 되어 그들을 변화시킬 수 있습니다. 그 메시지는 여기서 두 블록 떨어진 곳에 있는 파커 센터 내의 경찰국장과 관리들을 위시하여 도로에서 근무하는 말단 순찰경관에 이르기까지, 우리는 너희들이 그렇게 행동하는 걸 원치 않는다는 뜻을 전달할 겁니다. 그런 행동을 용납할 수는 없죠. 물론 그런 평결을 내리면 보상금을 지불해야 합니다. 하지만 그건 어려운 일이 아니에요. 어려운 문제는 보슈 형사가 옳으냐 그르냐를 판정하는 일입니다. 보상금은 1달러에서 백만 달러까지 혹은 이 이상도 가능합니다. 그건 중요하지 않습니다. 중요한 건 메시지죠. 왜냐하면 그 메시지로 여러분은 노먼 처치에게 정의를 선사하게 될 것이기 때문입니다. 또한 그의 가족에게도 정의를 선사하게 될 것입니다."

보슈는 뒤를 돌아보다가 방청석에 다른 기자들과 함께 앉아 있는 브레머를 발견했다. 그가 교활한 미소를 던지자 보슈도 싱긋 웃어 보였다. 머니 챈들러가 머니 얘기를 할 거라던 기자의 말은 정확했다.

챈들러가 다시 원고석으로 와서 책을 한 권 집어 들더니 연설대로 돌아갔다. 커버도 씌우지 않은 낡은 책으로 초록색 헝겊 장정이 갈라져 있었다. 보슈는 책장들의 가장자리 위에 찍힌 도서관 스탬프 같은 것을 본 것 같았다.

"마지막으로 저는 여러분이 지니고 계실 관심사에 대해 설명 드리고자 합니다. 제가 여러분 위치에 있더라도 그럴 겁니다. 그것은 우리가 어쩌다가 보슈 형사와 같은 사람을 경찰로 두게 되었는가 하는 얘깁니다. 어쩌면 우리는 그 질문에 대답하고 싶지 않으며 그것은 이 사건의 초점도 아니라고 생각합니다. 제가 주초에 인용했던 철학자 니체의 말을 기억하실지 모르겠군요. '괴물과 싸우는 자는 그 과정에서 자신도 괴물이 되지 않도록 조심해야 한다.'고 했습니다. 저는 니체가 심연이라 불렀던 암흑의 장소에 대한 글을 읽었어요. 그의 말을 바꿔서 말하자면, 우리는 우리를 위해 괴물들과 싸우는 사람들이 괴물로 변하지 않도록 감시해야만 합니다. 오늘날의 사회에서 수많은 괴물들이 바깥을 활보하고 있다는 사실을 인정하긴 어렵지 않습니다. 그렇다면 한 경관이 괴물로 변할 수 있다는 사실을 인정하기도 그리 어려운 일은 아니겠죠. 어제 여기서 증인심문을 마친 뒤 저는 도서관으로 가서 저녁시간을 보냈습니다."

챈들러는 이 말을 하며 보슈 쪽을 힐끗 돌아보았다. 너무나 뻔뻔한 거짓말이었다. 보슈는 그녀의 눈길을 똑바로 맞받으며 끝까지 고개를 돌리지 않았다.

"거기서 발견한 너대니얼 호손의 글이 오늘 우리가 처한 상황과 잘 들어맞을 것 같아서 그것으로 마무리할까 합니다. 인간이 쉽사리 나쁜 쪽으로 건너갈 수 있는 암흑의 틈에 대한 글입니다. 호손은 자신의 저서《대리석 목신상》에서 '그 틈은 우리 아래 도처에서 입을 벌리고 있는 어두운 구렁텅이의 작은 구멍에 지나지 않는다.'라고 했습니다. 신사숙녀 여러분, 평결에 신중을 기해 주시고 자신에게 진실하십시오. 감사합니다."

법정이 물을 뿌린 듯 고요하여 보슈는 챈들러가 자기 자리로 돌아가며 융단 위를 걷는 하이힐 발자국 소리를 들을 수 있을 정도였다. 키스 판사가 방청석을 향해 말했다.

"여러분, 15분 휴식한 뒤 벨크 씨의 최종변론을 듣도록 하겠습니다."

배심원들의 퇴장을 기다리며 기립해 있는 동안 벨크가 속삭였다.

"저 여자가 자신의 최종변론에서 구멍이란 말을 사용했다는 사실을 믿을 수가 없네요."

보슈를 그를 살펴보았다. 벨크는 희희낙락하는 것처럼 보였다. 하지만 보슈는 그가 단지 자신의 최종변론을 준비할 기운을 짜내기 위해 지푸라기라도 잡으려는 심정으로 그런다는 것을 알았다. 왜냐하면 보슈는 챈들러가 무슨 말을 사용했든 그녀의 최종변론이 끝내주게 훌륭했음을 부인할 수 없었기 때문이다. 옆에서 땀을 삘삘 흘리는 뚱보를 보니 자신감이라곤 코딱지만큼도 느낄 수 없었다.

정의의 여신상 앞에서 담배를 두 대나 연거푸 피울 동안에도 머니 챈들러는 나타나지 않았다. 토미 파어웨이가 지나가다가 그녀가 이전에 피웠다가 곧 재떨이에 버렸던 왕꽁초를 발견하곤 희희낙락했다. 꽁초를 수확한 그는 일언반구도 없이 돌아섰다. 그 순간 보슈는 그가 재떨이에서 모은 꽁초를 피우는 것을 한 번도 보지 못했다는 생각이 들었다.

벨크의 최종변론은 보슈를 놀라게 했다. 과히 나쁘지 않았던 것이다. 단지 챈들러와 같은 부류가 아니라는 것뿐이었다. 그의 변론은 피고의 무죄를 주장하고 보슈를 기소한 것에 대한 부당성을 지적한 독자적 논리라기보다는 챈들러의 주장에 대한 반박에 가까웠다. 그는 이런 식으로 말했다.

"미즈 챈들러는 배심원 여러분들께 피고의 두 가지 유죄 가능성에 대해 강조했지만 한 가지 사실은 까맣게 잊고 있습니다. 그것은 보슈 형사의 행동이 적절하고 정확하고 현명했다는 사실입니다."

그 말은 피고에게 유리한 내용이긴 하지만 동시에 챈들러가 주장한 두 가지 가능성을 간접적으로 시인하는 것이기도 했다. 벨크는 그것을 깨닫지 못했지만 보슈는 금방 알았다. 벨크는 이제 판사에게 두 가지가 아닌 세 가지 선택사항을 제시하고 있었지만, 보슈의 무죄를 주장하는 것은 여전히 한 가지뿐이었다. 보슈는 벨크를 피고석으로 끌어내려 최종변론 원고를 다시 쓰게 하고 싶었지만 그럴 수가 없었다. 지상에서 대대적인 폭격이 벌어지고 있는 동안 베트콩 땅굴 속에 엎드려 무너지지 않기만을 바라고 있을 때와 마찬가지 심정이었다.

벨크는 최종변론의 중간 부분을 아홉 명의 피살자에 대한 증거물과 처치와의 관련에 대해 설명하는 데 중점을 두었다. 그는 이 사건에서 괴물은 보슈가 아니라 처치이며, 모든 증거가 그것을 뒷받침하고 있다고 여러 차례 강조했다. 그리고 유사한 살인사건들이 분명 이어졌지만 처치와는 상관없는 사건들이었다는 것과 보슈가 히페리온 가의 옥탑방에서 보인 반응에 대해 유념해 줄 것을 당부했다.

벨크가 챈들러를 비판하기 시작하자 보슈는 그의 변론이 막바지에 이르렀다는 것을 짐작할 수 있었다. 특히 보슈가 생명과 안전에 대한 배려 없이 과격하고 무모하게 행동했다는 챈들러의 표현에 대해 벨크는 분노 서린 목소리로 비난했다.

"진실은 그 반대였습니다. 그 문을 박차고 들어갔을 때 보슈 형사의 머릿속에는 오직 생명과 안전에 대한 배려뿐이었어요. 그의 행동은 방 안에 다른 여자, 다른 희생자가 있다는 믿음에서 비롯된 것이었습니다. 보슈 형사에겐 한 가지 선택뿐이었죠. 방 안에 들어가 상황을 장악하고 마무리 짓는 것입니다. 노먼 처치가 사살된 것은 경찰의 반복적인 경고를 무시하고 베개 아래로 손을 가져갔기 때문입니다. 그는 보슈의 명령을 거부했기 때문에 값비싼 대가를 치른 것이죠."

벨크는 한 템포 늦추었다.

"하지만 그 상황에서 보슈 형사의 입장을 생각해 보시기 바랍니다. 그 장소에 있는 걸 상상하실 수 있습니까? 혼자서 두렵지 않겠어요? 그런 상황에서 위축되지 않는 사람은 아주 특별하죠. 우리 사회는 그런 사람을 영웅이라 부릅니다. 여러분들도 배심원실에서 이런 사실들을 곰곰이 생각해 보신다면 똑같은 결론에 도달하실 거라고 생각합니다.

대단히 감사합니다."

보슈는 벨크가 최종변론에 영웅이라는 말을 사용했다는 사실을 믿을 수가 없었다. 그렇지만 피고석으로 돌아온 땅딸보 시 검사보에게 그걸 따지지는 않기로 했다. 그 대신 이렇게 속삭여 주었다.

"잘했어요. 고맙소."

챈들러는 마지막 탄환을 날리기 위해 연설대로 걸어가며 간단히 끝내겠다고 약속했다. 그리고 실제로 그렇게 했다.

"여러분들은 본건에서 양측 변호인들이 지닌 생각의 차이를 쉽사리 아실 수 있을 겁니다. 똑같은 차이가 영웅과 괴물이란 단어의 뜻에서도 잘 드러납니다. 여러분도 모두 그렇게 생각하시겠지만, 저는 본건과 보슈 형사의 진실이 그 중간 어디쯤에 있지 않을까 생각합니다. 심의에 들어가시기 전에 두 가지만 말씀드리겠습니다. 첫째, 양측은 본 법정에서 완전한 사례들을 충분히 개진할 기회를 가졌다는 사실을 기억해 주십시오. 노먼 처치를 위해서는 그의 아내와 동업자, 친구들을 증인석으로 불러 고인의 성격이나 사람 됨됨이에 대해 다 들었습니다. 그렇지만 피고측은 목격자 한 사람만 여러분 앞에 불러 증언하도록 했어요. 보슈 형사죠. 다른 사람은 아무도 보슈 형사를 위해…."

"이의 있습니다!"

벨크가 소리쳤다.

"…증언하지 않았습니다."

"거기서 중단하시오, 미즈 챈들러."

키스 판사가 언성을 높였다. 사태를 어떻게 수습할 것인지 생각을 짜내느라 그의 얼굴이 벌겋게 달아올랐다.

"이런 말을 하려면 배심원들을 모두 내보내고 해야 되지만, 나는 여러분들이 불장난을 하겠다면 그에 따른 화상도 감수해야 한다고 생각합니다. 미즈 챈들러, 나는 당신이 빈약한 판단에 따른 한심한 장난으로 본 법정을 모독했기 때문에 변론을 중단시킨 겁니다. 그에 대한 처벌은 훗날 다시 얘기하겠소. 그렇지만 절대 유쾌한 날이 되지 않도록 보장해 드리지."

판사는 배심원석 쪽으로 돌아앉은 뒤 상체를 앞으로 숙이며 말했다.

"여러분, 이 숙녀께서는 해선 안 될 말을 해버렸소. 피고측은 증인으로 누구든 세워야 하는 것은 아니며, 그렇게 하든 하지 않든 그들의 유죄 무죄에 어떠한 영향도 미칠 수 없습니다. 미즈 챈들러도 너무나 잘 알고 있는 사항이오. 법정 경험이 풍부한 변호사가 그런 걸 모를 리 없음에도 불구하고 그런 말을 하여 나와 저기 앉아 있는 벨크 씨를 깜짝 놀라게 했습니다. 그것은 법정의 규율을 어긴 교활한 술수로 나를 몹시 불쾌하게 만들었소. 나는 이 문제를 주 법위원회에 정식으로 제기하겠지만…."

"재판장님, 그 말씀엔 저도 이의가…."

챈들러가 자르고 들어오자 키스 판사는 언성을 높였다.

"방해하지 마시오, 변호인. 내 말이 끝날 때까지 거기 조용히 서 있으란 말이오."

"네, 재판장님."

"조용히 있으라고 했소."

판사는 다시 배심원들을 돌아보며 말했다.

"미즈 챈들러가 규율을 어기고 한 말에 대해서는 일고의 가치도 없습니다. 내가 지금 어떤 말을 하든 여러분의 머릿속에는 보슈 형사를 도와줄 증인이 아무도 없었다는 생각이 떠나지 않을 것이라고 계산하고 미즈 챈들러는 도박을 한 겁니다. 그래서 나는 여러분에게 그녀의 도박을 최대한 무시하라고 진지하게 충고하는 바입니다. 미즈 챈들러가 한 말은 아무 의미도 없어요. 실제로 보슈 형사와 벨크 씨가 하려고만 들면 증언을 하겠다고 몰려들 경관들이 여기서 파커 센터까지 줄을 이을 겁니다. 하지만 그들은 그렇게 하지 않았어요. 그건 그들이 선택한 전략이며 그것에 대해 여러분이 의문을 제기할 책임은 없습니다. 어떤 식으로든 말이죠. 질문 있습니까?"

배심원들은 꼼짝도 하지 않았다. 판사는 벨크를 향해 돌아앉으며 말했다.

"얘기하고 싶은 게 있소, 벨크 씨?"

"잠깐만요, 재판장님."

벨크는 보슈를 돌아보며 속삭였다.

"어떻게 생각해요? 판사는 무효심리를 허락할 눈친데. 저렇게 화난 걸 본 적이 없습니다. 공판을 새로 열 때까진 모방범의 실체도 드러나지 않을까요?"

보슈는 잠시 생각해 보았다. 챈들러와 새로 재판을 벌일 생각을 하니 지긋지긋하고 오만정이 떨어져서 그만 이대로 끝내버리고 싶었다.

"벨크 씨?"

판사가 재촉했다.

"난 이대로 끝내는 게 좋겠는데, 당신 생각은 어때요?"

보슈가 반문하자 벨크는 고개를 끄덕인 뒤 판사에게 대답했다.

"지금은 없습니다, 재판장님."

"정말이오?"

"그렇습니다, 재판장님."

"좋아요, 미즈 챈들러. 이 문제는 나중에 처리합시다. 이제 변론을 계속해도 좋소. 그렇지만 아주 조심해야 할 거요."

"감사합니다, 재판장님. 계속하기 전에 그런 말을 한 것에 대해 사과합니다. 재판장님을 모욕할 생각은 없었고 순전히 우발적인 발언이었습니다."

"사과는 받아들이겠지만 그래도 법정모독죄는 나중에 따지겠소. 변론을 계속하시오. 점심시간 직후 배심원들이 심의에 들어가도록 하고 싶으니까."

챈들러는 연설대에서 자세를 가다듬고 배심원석을 바라보았다.

"신사 숙녀 여러분, 여러분께서는 보슈 형사가 증언석에서 한 말을 직접 들으셨습니다. 그가 한 말을 꼭 기억하시라고 마지막으로 간청 드립니다. 노먼 처치는 죽어도 싸다고 그는 말했습니다. 경찰 입에서 그런 말이 나왔다는 것이 어떤 의미인지 생각해 보십시오. '노먼은 죽어도 싸다.' 우리는 이 법정에서 사법 시스템이 어떻게 작동하는지 보았습니다. 견제와 균형. 판사는 심판관이고 결정은 배심원들이 합니다. 보슈 형사는 이런 건 필요 없다고 제멋대로 결정했습니다. 판사도 필요 없고 배심원도 필요 없다는 것이죠. 그는 노먼 처치로부터 재판 기회를 강탈했습니다. 그래서 궁극적으로는 당신들을 강탈한 것입니다. 그 점에 대해 생각해 보십시오."

챈들러는 연설대에서 노란 메모첩을 집어 들고 원고석으로 돌아가 앉았다.

23 또 다른 사냥

배심원단은 11시 15분에 심의에 들어갔고 키스 판사는 법정 정리에게 도시락을 주문해서 들여오라고 지시했다. 그는 배심원들이 평결을 내리기 전에는 4시 반까지 어떤 방해도 해서는 안 된다고 주의했다.

배심원들이 물러가자 판사는 양측 변호인에게 법정 서기가 평결 낭독 15분 전에 통보할 것이니 늦지 말고 출두하라고 명령했다. 그 말은 챈들러와 벨크에게 각자의 사무실로 돌아가서 기다려도 된다는 뜻이었다. 노먼 처치의 아내와 두 딸은 버뱅크에서 왔으므로 챈들러의 사무실로 몰려갈 모양이었다. 보슈의 경우 할리우드 경찰서에서 오려면 15분이상 걸리지만 파커 센터라면 걸어서 5분 거리였다. 그는 법정 서기에게 호출기 번호를 알려주며 파커 센터에 있겠다고 말했다.

판사가 마지막으로 입에 올린 것은 챈들러의 법정모독에 관한 것이었다. 그는 두 주일 후에 청문회를 열겠다고 말한 뒤 법봉을 내리쳤다.

법정을 떠나기 전에 벨크는 보슈를 한쪽으로 끌고 가서 말했다.

354 콘크리트 블론드

"꽤 괜찮게 마무리했다는 생각은 들지만 그래도 걱정입니다. 도박을 해보고 싶지 않아요?"

"무슨 얘기요?"

"챈들러에게 마지막으로 푼돈을 던져볼 수 있다는 거죠."

"합의하자고?"

"그렇죠. 5만 달러까진 해도 된다는 검찰청 허락을 받아놨어요. 나중에 승인을 받아야 하겠지만. 그 여자에게 5만 달러 던져주고 어떻게 나오나 보자는 겁니다."

"법률 수수료는 어떻게 되는 거요?"

"합의하면 5만 달러에서 쪼개 가져야죠. 챈들러 정도 되면 40퍼센트는 가져갈 걸요. 그러면 2만 달러가 되겠네요. 법정에서 1주일, 배심원 선정에 1주일 보내고 그 정도 수입이면 나쁘지 않죠."

"당신은 우리가 패소할 거라고 생각합니까?"

"모르겠어요. 난 단지 여러 각도에서 생각하고 있으니까. 배심원들이 어떻게 나올지는 아무도 몰라요. 5만 달러가 싸게 먹힐 수도 있죠. 막판에 판사한테 된통 깨져서 그 돈만 먹고 나가떨어질지도 몰라요. 지금 패소를 겁내는 사람은 그 여자밖에 없습니다."

보슈는 벨크가 전혀 눈치채지 못했다는 걸 알았다. 하긴 그에겐 너무 미묘한 문제였을 것이다. 법정 모독은 챈들러의 마지막 속임수였다. 그녀는 의도적으로 법률을 위반하여 자신이 판사에게 깨지는 모습을 배심원들에게 보여주었다. 사법제도가 기능하는 것을 보여주기 위해서였다. 나쁜 짓을 하면 준엄한 질책과 벌을 받게 된다는 것. 여러분들 보셨죠, 하고 그녀는 배심원들에게 말하고 있었다. 이것을 보슈는 면했어요. 노먼 처치는 이것을 당했지만, 보슈는 자기가 판사와 배심원 역할을 하기로 작정했죠.

그것은 영악한, 너무나도 영악한 술책이었다. 보슈는 그것에 대해 생각할수록 판사가 과연 얼마만큼이나 챈들러의 의도를 간파했는지 의심스러웠다. 보아하니 애송이 벨크는 전혀 눈치채지 못한 듯했다. 챈들러의 실수로 오히려 피고측이 유리해졌다고 생각하고 있었다. 아마도 두 주일 후 키스 판사가 법정모독 청문회에서 그녀에게 일장훈시를 하고 벌금 1백 달러를 매길 때쯤 되어서야 벨크는 겨우 깨달을 것이다.

"당신 마음대로 하시오."

보슈는 그에게 말했다.

"하지만 그 여잔 절대 타협하지 않을 거요. 지금 이대로 끝장 보려 할 겁니다."

LA 경찰국 본부로 돌아온 보슈는 복도 쪽으로 열린 문을 통해 어빙 부국장의 회의실로 들어갔다. 부국장은 전날 새로 구성한 모방범 특별수사팀의 진척 상황을 즉시 파악하기 위해 회의실에서 근무하기로 작심했다. 말하진 않았지만 다들 알고 있는 한 가지 사실은 특별수사팀을 다른 사무실들과 격리함으로써 내부에서 일어나는 일이 새어나갈 염려가 줄어들었다는 점이었다. 최소한 며칠 동안은.

보슈가 들어갔을 때 회의실 안에는 롤렌버거와 에드거뿐이었다. 회의용 원탁 위에 전화기 네 대가 설치되어 있었다. 모토롤라 쌍방향 무전기 여섯 대와 통신 단말기도 준비를 갖추고 있었다. 에드거는 보슈를 보자 즉시 고개를 돌리고 전화기를 집어 들었다. 롤렌버거 경위가 상사 티를 내며 말을 걸어왔다.

"보슈, 작전실로 온 걸 환영하네. 법원 일은 끝났나? 여긴 금연이야."

"평결까진 자유시간이지만 연락이 오면 15분 내로 달려가야 합니다. 무슨 일 있어요? 모라는 뭐 하고 있습니까?"

"별일 없네. 조용했어. 모라는 밸리에서 오전을 보내고 셔먼 오크스에 있는 변호사 사무실로 갔네. 거기서 나와선 역시 셔먼 오크스에 있는 캐스팅 에이전시들을 만나러 갔고."

롤렌버거는 테이블 위에 놓인 일지를 들여다보며 계속 읊어댔다.

"그 뒤엔 스튜디오에 있는 두 집을 방문했군. 그 집들 바깥에는 밴들이 주차해 있었는데, 쉬헌과 오펠트는 집 안에서 포르노를 찍고 있는 것 같다고 말했네. 모라 형사는 양쪽 집 모두 오래 있진 않았어. 암튼 지금은 마약반에 돌아와 있고. 쉬헌이 조금 전에 전화한 내용이야."

"추가 인원은 들어왔나요?"

"왔지. 메이필드와 이드 형사가 이따 4시에 첫 번째 감시조와 교대할 걸세. 그 후에 두 조가 더 들어올 거고."

"두 조나?"

"어빙 부국장님이 마음을 바꾸셔서 24시간 감시하기로 했네. 그 친구가 집에서 쿨쿨 자더라도 우린 철야를 해야 할 판이야. 내 생각에도 그건 굿 아이디어 같아."

어련하실까. 특히 어빙 나리께서 결정하신 일이니. 보슈는 그렇게 생각했지만 입 밖으로 말하진 않았다. 그는 테이블 위에 놓인 무전기들을 살펴보며 물었다.

"우리 주파수는 뭘 쓰죠?"

"우리 주파수, 주파수라, 아, 그렇지, 5야. 심플렉스 5. 지진이나 홍수같은 비상시에만 사용하는 DWP 통신 주파수지. 부국장님은 우리만의 주파수를 사용하는 것이 좋겠다고 생각하셨네. 모라 형사도 무전기에 귀를 기울이고 있을지 모르니까."

롤렌버거 경위가 그것도 굿 아이디어라고 생각할 거라는 생각이 들었지만 보슈는 물어보지 않았다. 그러자 경위가 말했다.

"이런 식으로 안전하게 행동하는 건 굿 아이디어 같아."

"맞아요. 또 내가 알아야 할 건 없습니까?"

보슈는 아직도 전화기를 붙잡고 있는 에드거를 돌아보며 물었다.

"에드거는 뭘 했습니까?"

"여전히 4년 전에 사라진 그 생존자를 찾고 있지. 범인에게서 도망쳐 나온 여자 말이네. 또 모라 형사의 이혼 서류 사본도 빼냈지. 그건 이론의 여지가 없었어."

에드거는 전화기를 내려놓고 메모지에 무언가를 적더니 자리에서 일어났다. 그는 보슈 쪽을 쳐다보지 않고 경위에게 말했다.

"내려가서 커피나 한잔 마셔야겠소."

"그러시게. 오후까진 여기에 커피메이커를 들여와야겠어. 부국장님께 말씀드렸으니 지금쯤 요청 중일 거야."

보슈가 받았다.

"굿 아이디어네요. 나도 에드거와 함께 다녀오겠습니다."

에드거는 보슈에게 뒤처지지 않으려고 빠르게 복도를 걸어갔다. 엘리베이터에 이르자 그는 버튼을 누른 다음 걸음을 멈추지 않고 계단 아래로 내려갔다. 보슈가 따라 내려가자 계단 중간에서 그가 돌아보며 물었다.

"왜 따라오는 거지?"

"커피 마시려고."

"이런 제기랄!"

"파운즈한테…."

"아니, 아직 얘기 안 했어. 그동안 바빴다고. 알아?"

"좋아. 그러면 하지 마."

"무슨 소릴 하는 거야?"

"파운즈한테 얘기하지 않았다면 됐다고. 그 얘긴 잊어버려."

"진짜야?"

"그래."

그는 여전히 미심쩍은 얼굴로 보슈를 바라보았다.

"그 일에서 배워. 나도 그럴 테니. 난 이미 배웠지만."

"고맙네, 해리."

"나한테 '고맙네, 해리.'라고 말하지 마. 그냥 '알았어'라고만 해."

"알았어."

그들은 계단을 마저 내려가서 식당으로 갔다. 롤렌버거 앞에 앉아 얘기하느니 식당 테이블에 앉아 커피를 마시자고 보슈는 말했다.

"미스터 손 떼 그 친구 진짜 재미있지."

에드거가 받았다.

"앵무새가 따로 없어. '멋진 생각이십니다, 부국장님! 굿 아이디업니다, 부국장님!' 아예 입에 달아놓고 살더군."

보슈가 미소를 짓자 에드거는 껄껄 웃었다. 보슈는 에드거가 마음속의 무거운 짐을 벗는 것을 보자 용서하길 잘했다 싶었다. 그 자신도 기분이 좋아졌다.

"그래, 도망쳐 나온 그 여잔 아직 못 찾았어?"

그는 에드거에게 물었다.

"어딘가에 있겠지. 조지아 스턴이야, 그 여자 이름이. 그런데 모방범에게서 도망쳐 나온 이후 4년 동안은 형편이 안 좋았던 모양이야."

"왜?"

"그 여자 파일을 읽어보고 마약반 친구들 얘기를 들어보니 마약을 한 모양이더라고. 중독자 꼴을 하고 어떻게 포르노를 찍을 수 있겠나? 팔이나 허벅지나 목에 주사 자국이 죽 난 여자가 출연한 영화를 누가 보려고 하겠어? 마약중독자는 항상 그게 문제야. 주사 자국을 지울 수가 없거든."

보슈는 고개를 끄덕이며 다음 말을 기다렸다.

"어쨌거나 모라 형사를 만나 그 여자를 찾고 있다고 말했지. 그 친구가 그런 얘길 하더라고. 몸에 바늘 자국을 내면 포르노 업계에선 가장 먼저 밀려난다고 말이야. 그런데 조지아에 대해선 그 이상 아는 게 없다고 했어. 모라에게 물어본 게 현명한 짓이었을까?"

보슈는 잠시 생각해본 뒤에 대답했다.

"그럼. 모라가 의심을 품지 않게 하려면 이전과 똑같이 대해줘야지. 마약반 자기 동료들이나 다른 정보원을 통해 자네가 그 여자를 찾아다닌다는 소릴 들으면 득달같이 우리한테 달려올 것 아니겠어?"

"내 생각도 그랬어. 그래서 오늘 아침 그에게 전화해서 몇 가지 물어봤던 거지. 그 친구는 나와 자네만 이 사건을 수사하고 있는 줄 알아. 특별수사팀에 대해선 아직 몰라."

"이제 그는 자네가 조지아를 찾고 있는 줄 알았으니 그녀를 찾아 나설지도 몰라. 우린 그 점을 조심해야 해. 감시조한테도 알려주고."

"그러지. '미스터 손 떼'한테 연락하라고 하지. 그 친구 무전기로 하는 말 자네도 들어봐야 하는데. 이글스카우트(공로 기장을 21개 받은 보이스카우트 단원-옮긴이)가 울고 갈 정도라니까."

보슈는 웃음이 나왔다. '미스터 손 떼'라면 무선암호를 사용하는 규정에서 한 치도 벗어나지 않았을 것이다. 에드거는 다시 조지아 스턴 얘기로 돌아갔다.

"암튼 그 여잔 더 이상 포르노 업계에는 없어. 최근 3년 동안 마약소지죄로 두어 차례, 매춘으로 두어 차례, 마약에 취해 여러 번 감방을 들락거리긴 했지만 심각한 건 없고 대개 2, 3일 구류처분 받는 걸로 끝났더라고. 마약을 끊도록 만들지도 못했고."

"그 여자 지금은 어디 있어?"

"밸리에 있어. 오전에 밸리 마약반과 전화했네. 세풀베다 모퉁이에서 다른 매춘부들과 함께 그 짓을 하고 있다더군."

보슈는 레베카 카민스키의 매니저 겸 포주인 세론을 추적하던 날 오후에 만났던 젊은 여자들을 떠올렸다. 혹시 그들 중에 조지아 스턴도 있었던 건 아닐까?

"무슨 생각하는 거야?"

에드거가 그의 표정을 살피며 물었다.

"아니야. 전날 그쪽으로 갔었거든. 그때 혹시 그 여자를 보진 않았을까 하고. 누군지도 모르는 상태에서 말이야. 그 여자를 보호하는 놈은 없었다던가?"

"마약반 친구들 말로는 포주는 없는 것 같더래. 그건 스턴이 맨 밑바닥을 기고 있다는 소리야. 대부분의 포주들은 그보다 나은 여자들을 거느리고 있지."

"그래서 그 친구들은 지금 스턴을 찾고 있는 거야?"

"아직은 아냐. 오늘 훈련이 있거든. 내일 밤엔 세풀베다로 나가겠지."

"최근 사진 가지고 있나?"

"있지."

에드거는 스포츠 코트 주머니에서 사진 한 무더기를 꺼냈다. 범인식별용 사진들이었다. 조지아 스턴의 얼굴은 확실히 황폐해 보였다. 표백한 금발의 밑둥치는 2, 3센티나 새까맣게 자라났고, 두 눈 아래쪽에 생겨난 검은 그늘이 칼로 도려낸 것처럼 깊어 보였다. 두 볼은 쏙 들어갔고 눈동자는 흐릿했다. 그녀로서는 경찰에 걸리기 전에 마약을 한 것이 다행이었다. 감방 안에서 다음 주사를 맞을 때까지 괴로워하며 기다린 시간이 줄어들었다는 뜻이었다.

"석 달 전 사진이야. 마약에 취해 두 차례 시빌을 들락거렸더군."

시빌 브랜드 인스티튜트는 LA 카운티에 있는 여자 형무소로 시설의 절반 정도는 마약중독자를 위한 것이었다.

"아차, 깜박 잊고 있었네."

에드거가 갑자기 생각났다는 듯이 말했다.

"밸리 마약반의 딘 형사가 스턴을 체포해서 조사하다가 가루약이 든 병을 발견했대. 마약인 줄 알았는데 그게 아지도티미딘(AZT)이었어. 에이즈 치료약 있잖아. 에이즈 보균자가 세풀베다 거리에서 매춘을 하고 있다는 얘기지. 딘 형사가 콘돔을 사용하느냐고 물어봤더니, 남자가 그냥 하자고 하면 그냥 했대."

보슈는 고개만 끄덕였다. 새삼스런 얘기가 아니었다. 보슈의 경험에 의하면 대부분의 매춘부들은 돈을 받고 서비스를 제공한 남자들을 경멸했다. 에이즈에 걸린 여자들은 대개 그런 고객들한테 옮았거나 오염된 주사기를 통해 걸렸고, 가끔 고객이 찔러준 주사기에 걸릴 때도 있었다. 어느 경우든 자기가 이미 걸린 병은 다른 사람들에게 퍼뜨려도 개의치 않는다는 심리일 거라고 보슈는 생각했다. 너희들이 내게 줬으니 나도 돌려주겠다는 심보였다.

"남자가 그냥 하자고 하면 그냥 했다는 거야."

에드거는 다시 말하곤 고개를 저었다.

"진짜 으스스한 얘기 아닌가."

보슈는 커피를 마저 마시고 의자를 뒤로 밀었다. 식당에서는 담배를 피울 수 없기 때문에 로비로 내려가서 경찰 희생자 기념비 옆으로 나갈 생각이었다. 롤렌버거가 회의실을 점거하고 있는 한 거기서 담배를 피울 생각은 접어야 할 판이었다.

"그러면….."

호출기가 울리자 보슈는 흠칫 놀라며 움츠러들었다. 그는 빠른 평결이 나쁜 평결이고 멍청한 평결이라는 주장에 항상 동의해왔다. 배심원들은 증거물을 꼼꼼히 검토하지도 않은 게 아닐까? 벨트에서 호출기를 빼내어 번호를 확인한 그는 안도의 한숨을 내쉬었다. LA 경찰국 교환번호였다.

"모라 형사 같은데."

"조심해야 해. 무슨 얘길 하려고 했는데?"

"그렇지. 스턴을 찾아내더라도 도움이 될지는 의문이라고 하지, 뭐. 4년 전 일이고 그 여자는 마약중독자잖아. 모방범을 기억이나 하고 있을지 의문이야."

"내 생각도 그래. 하지만 나로서는 할리우드로 돌아가서 파운즈 과장에게 보고하거나 모라 감시조에 자원하는 수밖에 없어. 나는 이 일에 집착하고 있어. 오늘 밤 세풀베다로 갈 생각이야."

보슈는 머리를 끄덕였다.

"미스터 손 떼가 이혼서류 얘기를 했는데, 거긴 아무것도 없었어?"

"없었어. 부인이 이혼소송을 제기하자 모라는 그냥 받아들였어. 이혼서류 10여 쪽을 살펴본 결과 한 가지 이상한 점이 있었지만 무슨 뜻인지 알 수 없었어."

"그게 뭔데?"

"이혼사유가 그냥 일반적인 것이었어. 성격 차이로 인한 정신적 고통. 그런데 사유서에 부인은 '협조 상실'이란 말을 사용했거든. 그게 뭔지 알아?"

"섹스를 거부한다는 얘기겠지."

"그렇지. 그게 무슨 뜻이라고 생각하나?"

보슈는 잠시 생각한 뒤 대답했다.

"모르겠는데. 그들은 인형사 사건 직전에 쪼개졌어. 모라가 살인을 위한 준비 작업으로 이상한 짓거리를 시작했을지도 모르지. 로크 박사에게 물어봐야겠군."

"내 생각도 그래. 차량등록국에 조회해 봤는데 부인은 아직 살아 있어. 그렇지만 섣불리 접근해선 안 되지. 너무 위험하니까. 모라에게 귀띔할 지도 몰라."

"그래, 가까이 가지 마. 차량등록국에선 팩스를 보내왔어?"

"응. 블론드였어. 키 161센티에 몸무게 50킬로그램. 운전면허증에 붙이는 명함판 사진이지만 조건에 딱 들어맞는 여자더군."

보슈는 고개를 끄덕인 뒤 일어섰다.

회의실에서 무전기를 하나 들고 나온 보슈는 센트럴 디비전 경찰서로 달려갔다. 뒤쪽 주차장에 차를 세우고 무전기는 차에 둔 채 내렸다. 그는 아직 법원으로부터 15분 거리 내에 있었다. 보도를 돌아 민원실 출입구로 걸어가며 혹시 쉬헌과 오펠트 형사가 보이는지 둘러보았다. 모라가 나가는 것을 보려면 주차장 출입구가 보이는 지점에 차를 대고 있을 것이었다. 하지만 그들의 모습이나 수상쩍은 자동차는 보이지 않았다. 옛날 주유소 뒤쪽에서 전조등이 반짝했다. 지금은 타코 스탠드로 변한 그곳에는 '코셔 부리토의 원조-파스트라마!'라는 간판이 걸려 있었다. 보슈는 회색 엘도라도 안에 있는 두 그림자를 발견하고 시선을 돌렸다.

모라는 자기 책상에서 부리토(빈대떡에 콩이나 고기를 넣어 싼 멕시코 음식-옮긴이)를 먹고 있었다. 파스트라미(양념한 소고기를 훈제하여 식힌 것-옮긴이)를 잔뜩 채운 것이라 보슈가 보기엔 부자연스럽고 불쾌했다.

"해리."

그는 음식이 가득한 입으로 말했다.

"맛이 어때?"

"괜찮은데. 하지만 난 보통 소고기가 나은 것 같아. 도로 건너편에서 강도살인반 친구들을 만났거든. 이걸 먹으러 파커 센터에서 여기까지 왔다기에 나도 한번 먹어보는 거야."

"아, 나도 그 음식점 얘긴 들은 것 같아."

"그런데 파커 센터에서 여기까지 먹으러 올 정도는 아닌 것 같군."

그는 기름 묻은 종이 속에 남은 음식을 싸들고 복도로 나갔다. 곧이어 쓰레기통 바닥에 음식 뭉치 떨어지는 소리가 들려왔다. 모라가 돌아오며 말했다.

"내 쓰레기통에서 냄새가 솔솔 올라오는 건 싫거든."

"자네가 호출했나?"

"그럼, 내가 했지. 재판은 어떤가?"

"평결을 기다리고 있어."

"제기랄, 끔찍하겠군."

모라가 할 말이 있다면 그 자신이 가장 유리할 때 얘기할 것임을 보슈는 경험을 통해 알고 있었다. 그런 친구에게 왜 호출했느냐고 자꾸 다그치는 건 이로울 것이 없었다.

자기 의자로 돌아간 모라는 뒤쪽에 있는 파일 캐비닛 서랍들을 열기 시작했다.

"기다려 봐, 해리. 자네한테 보여줄 것들을 모두 찾아야 하니까."

그는 여러 파일에서 여러 장의 사진들을 뽑아내며 말했다.

"네 명이야. 수상쩍은 상황에서 사라진 포르노 배우가 네 명이나 더 있다는 걸 알았어."

"겨우 네 명이야?"

"그렇지. 실제로 사람들이 입에 올린 여자들은 네 명보다 더 많았어. 그렇지만 우리가 얘기한 프로파일에 딱 들어맞는 여자는 네 명뿐이야. 블론드에 쭉 빠진 애들 말이지. 거기에다 우리가 이미 알고 있는 갤러리와 이번에 발견된 콘크리트 블론드도 합치면 모두 여섯 명이잖아. 자, 바로 이 여자들이야."

모라는 책상 너머로 사진들을 건네주었다. 보슈는 그것들을 찬찬히 살펴보았다. 고급 광택지에 복사한 광고용 사진으로 하단의 하얀 여백에 여자들의 이름이 찍혀 있었다. 두 여자는 실내의 의자에 벌거벗고 앉아 다리를 벌리고 있었다. 다른 두 여자는 일반인들이 즐겨 찾는 해변에서 불법적인 비키니 차림으로 포즈를 잡고 있었다. 그런데 보슈가 보기에도 사진 속의 여자들은 상호대체가 가능할 만큼 비슷한 몸매를 하고 있었다. 뿌루퉁한 얼굴들은 모두 신비감과 성적 저항 포기를 동시에 나타내기 위해 일부러 지은 표정들 같았다. 여자들의 머리카락은 거의 흰색에 가까운 블론드였다.

"모두 스노 화이트야."

모라의 말에 보슈는 고개를 들고 그를 바라보았다. 그는 보슈를 빤히 마주 보며 말했다.

"그 머리카락 말이야. 제작자들이 그들을 캐스팅할 때 부르는 말이라고. 빨강머리나 검정머리는 이미 출연 중일 때 그 역할은 스노 화이트에게 맡겨, 뭐 이런 식으로 말하지. 스노 화이트는 모델 이름 같아. 이여자들은 모두 상호대체가 가능해."

보슈는 다시 사진으로 시선을 내렸다. 자신의 눈빛에서 모라에 대한 의심을 감출 자신이 없었기 때문이다. 그렇지만 그는 모라의 말이 대부분 진실하다는 걸 알 수 있었다. 그 여자들 사이에 가장 큰 차이점은 각자의 몸에 새긴 문신과 그 위치였다. 모두가 하트나 장미 혹은 만화 캐릭터 등의 작은 문신을 하고 있었다. 캔디 커밍스는 삼각형으로 정성껏 재단한 음모 바로 왼쪽에 하트 모양을 새겨 넣었다. 무드 인디고는 왼쪽 발목 위에 만화 캐릭터 같은 걸 새겼지만 촬영 각도가 나빠 확인할 수가 없었다. 디 앤 다지트는 골드 링으로 피어싱을 한 왼쪽 젖꼭지 7, 8센티 위에 철조망으로 둘러싸인 장미 문신이 있었다. 그리고 텍사스 로즈는 자신의 오른손 엄지와 검지 사이의 부드러운 부분에 빨간 장미 문신을 새겨 놓았다.

보슈는 이 여자들은 모두 죽었을 거라는 생각이 들었다.

"이 여자들 소식을 들은 사람이 아무도 없단 말이야?"

"최소한 이 바닥에선 없다는 얘기지."

"이 여자들이 신체적으로 딱 들어맞는다는 자네 말은 옳아."

"그렇다니까."

"모두 방문 서비스를 나갔었나?"

"내 생각은 그런데 확인은 아직 못했어. 내가 알아본 사람들은 포르노 사업자들이거든. 촬영 끝난 다음에 여자들이 무슨 짓을 하는지는 알지 못한다는 거야. 그래서 이번엔 매춘부들의 뒷얘기와 광고들을 캐보려고 해."

"날짜들은 몰라? 여자들이 사라진 날짜라든가."

"대충 하는 얘기들이지. 포르노 제작자나 대리인들은 날짜 개념이 없는 사람들이야. 기억에만 의존하다보니 대충 짐작만 할 뿐이지. 그들이 광고를 내보낸 날짜들만 찾아낼 수 있다면 방문 서비스를 나간 날짜도 어지간히 추측할 수가 있지. 암튼 내가 알아낸 것을 불러줄 테니 수첩에 적어두겠나?"

모라는 정확한 날짜는 아니지만 연도와 달까지는 불러주었다. 콘크리트 블론드로 알려진 레베카 카민스키와 포르노에서 갤러리로 불리는 콘스턴스 캘빈, 처음엔 처치가 죽인 줄로만 알았던 일곱 번째와 열한 번째 피살자가 사라진 날짜까지 나열하자, 대강 여섯 달에서 일곱 달 간격이라는 패턴이 나타났다. 마지막으로 사라진 포르노 여배우는 무드 인디고였고 8개월 전이었다.

"패턴이 보여? 놈은 주기적이야. 아직까지도 저 밖에서 사냥을 하고 있다고."

보슈는 고개를 끄덕이며 수첩에서 눈을 들어 레이 모라를 바라보았다. 순간 그의 검은 눈동자가 번득이는 것을 보았다는 생각이 들었다. 그 눈빛을 뚫고 모라의 내면에 있는 검은 심연을 들여다본 느낌이었다. 그 오싹한 순간 보슈는 그에게서 악에 대한 확신을 발견했다고 생각했다. 마치 모라가 더 깊은 어둠 속으로 자신을 끌고 들어가는 듯한 느낌이었다.

24 검은 심장

 존 로크 박사를 만나기 위해 남가주대학까지 가면 행동반경이 너무 늘어난다는 것이 마음에 걸렸지만 보슈에겐 선택의 여지가 별로 없었다. 주어진 시간을 그렇게라도 유익하게 쓰지 않으면 롤렌버거와 함께 회의실에서 빈둥거리며 평결을 기다려야 할 판이었다. 그래서 그는 차를 하버 프리웨이로 몰아 남쪽으로 향했다. 북쪽으로 올라오는 고속도로 교통량에 달렸겠지만 운이 좋으면 평결이 나왔을 때 15분 내에 시내로 들어올 수 있을 것이었다. 파커 센터에 차를 세워두고 법원까지 걸어가야 하는 것은 그때 고민할 문제였다.

 남가주대학은 대경기장을 둘러싸고 있는 살벌한 지역에 자리 잡고 있었다. 그러나 일단 정문을 지나 종합 캠퍼스 안으로 들어서자 캐털리나처럼 전원 풍경이 펼쳐졌다. 하지만 이런 평화로움도 최근 몇 년 사이에 점점 잦아지는 위협으로 인해 트로전스(남가주대 미식축구팀-옮긴이)가 연습 게임도 하기 어려울 정도임을 보슈는 알고 있었다. 두어 시

즌 전에는 가까운 이웃에서 백주에 차를 몰고 가며 갈겨댄 총격의 유탄이 연습경기장에서 팀 동료들과 함께 서 있던 전도유망한 1학년생 라인베커를 맞히기도 했다. 이런 사고들에 대해 대학당국은 LA 경찰국에 정기적으로 불만을 토로했고, 학생들도 상대적으로 값싸고 범죄가 드문 웨스트우드 교외에 있는 캘리포니아대학 LA 캠퍼스(UCLA)로 가고 싶어 했다.

보슈는 입구에서 받은 지도로 정신과 건물은 쉽사리 찾아냈지만, 막상 4층짜리 벽돌 건물 안으로 들어서자 존 로크 박사나 정신호르몬 연구실이 어느 쪽에 있는지 알 수가 없었다. 긴 복도를 걸어 내려가다가 계단을 타고 2층으로 올라갔다. 첫 번째 만난 여학생은 정신호르몬 연구실이 어디냐는 그의 질문에 웃음을 터뜨리곤 대답도 없이 지나갔다. 보슈가 자기한테 작업을 건다고 생각한 것이 분명했다. 그는 마침내 지하실 쪽으로 방향을 잡았다.

문에 붙은 명패들을 살펴보며 조명이 흐릿한 복도를 따라 걸어가다가 맨 끝에서 두 번째 문에서 연구실 명패를 발견했다. 입구의 데스크 뒤에 블론드 여학생이 앉아 두꺼운 책을 읽고 있었다. 얼굴을 들고 미소를 지어보이는 그녀에게 보슈는 로크 박사를 만나러 왔다고 말했다.

"연락드리겠습니다. 약속 하셨어요?"

"정신과 의사는 종잡을 수가 없어서요."

그는 웃으며 말했지만 여학생은 따라 웃지 않았다. 그러자 그게 농담이 되는지조차 의심스러워졌다.

"아니, 온다는 얘긴 안 했어요."

"로크 박사님은 하루 종일 연구생들과 바쁘셨어요. 급한 일 아니면 방해하고 싶지 않은데…."

그녀는 보슈가 내민 경찰 배지를 보자 하던 말을 중단했다.

"금방 연락하겠습니다."

"그냥 보슈가 왔다고 해요. 몇 분만 내주시면 된다고."

여학생은 전화기를 들고 보슈가 한 말을 간단히 전했다. 그리곤 잠시 듣고 있다가 "알겠습니다." 하고 전화기를 내려놓았다.

"조교가 로크 박사님이 곧 나오실 거라고 전하래요."

보슈는 고맙다고 말한 뒤 문 근처에 있는 의자에 앉았다. 바깥쪽 사무실 안을 둘러보니 코르크 게시판에 손으로 적은 알림 글들이 핀으로 꽂혀 있었다. 대부분이 룸메이트를 구한다는 내용이었고, 오는 토요일에 열릴 심리학과 파티를 알리는 것도 있었다.

방 안에는 아까 그 여학생이 차지하고 앉은 책상 외에도 또 하나가 있었다. 하지만 그 책상은 현재는 비어 있었다. 보슈는 여학생에게 물어보았다.

"거기 앉아 안내원 노릇 하는 것도 학과과정에 포함됩니까?"

여학생은 책에서 눈을 들었다.

"아니에요. 이건 아르바이트일 뿐이죠. 전 아동심리학과 학생인데 거긴 일거리가 없어요. 이 지하실에서 일하기 좋아하는 사람은 없기 때문에 여긴 항상 있죠."

"왜 싫어하죠?"

"끔찍한 정신분석학 연구실들이 이 아래 다 몰려 있거든요. 이쪽 끝에는 정신호르몬 연구실이 있고, 저쪽으로 가면….'"

건너편 사무실 문이 열리고 로크 박사가 걸어 나왔다. 청바지에 홀치기 염색한 티셔츠 차림이었다. 그가 손을 내밀었을 때 보슈는 그의 손목을 묶고 있는 가죽끈을 보았다.

"보슈 형사, 어떻게 지냅니까?"

"잘 지냅니다. 박사님은요? 이렇게 불쑥 쳐들어와 죄송하지만 몇 분이면 됩니다. 전날 밤 귀찮게 해드린 그 일에 관한 새로운 정보가 나와서요."

"전혀 귀찮지 않았소. 실제 사건을 다뤄볼 멋진 기회였죠. 연구생들만 상대하면 좀 지루할 때도 있지."

그는 보슈에게 따라오라고 했다. 두 사람은 여러 개의 사무실들이 있는 복도 아래쪽으로 내려갔다. 로크 박사는 안쪽에 있는 자기 사무실로 안내했다. 박사의 책상 뒤쪽 벽에 늘어선 책장에는 책들과 수집한 논문집으로 보이는 것들이 잔뜩 꽂혀 있었다. 로크는 방석 깔린 의자에 털썩 앉더니 한쪽 발을 책상 위에 올려놓았다. 테이블 위에 놓인 초록색 뱅커스 전등에서 불이 켜졌고 다른 빛이라곤 오른쪽 벽 꼭대기에 있는 자그마한 여닫이창에서 들어오는 것뿐이었다. 그 여닫이창에서 들어오는 빛은 1층에서 이따금씩 사람들이 지나갈 때마다 차단되어 깜박거렸다. 그것을 바라보며 로크 박사가 말했다.

"가끔 나는 지하 감옥에서 일하고 있다는 느낌이 든다니까요."

"저 밖에 있는 여학생도 그런 생각 들겠는데요."

"멜리사 말이오? 당연하지. 아동심리학을 전공하는 아가씬데 내 분야도 걸치도록 만들긴 어려울 것 같아요. 그나저나 예쁜 아가씨 얘기나 하자고 캠퍼스까지 찾아오진 않았을 텐데. 그것도 해로울 건 없겠지만 말이오."

"다음에 하죠."

보슈는 방 안에 재떨이는 보이지 않지만 누군가 피운 담배 냄새를 맡을 수 있었다. 그래서 물어보지도 않고 담배를 뽑아 물었다.

"이봐요, 보슈 형사. 당신에게 최면을 걸어 그 문제를 해결해 줄 수 있는데."

"안 됩니다, 박사님. 저 자신도 최면을 걸어봤지만 소용없었어요."

"정말 당신이 LAPD 마지막 최면술사들 중 한 명이었단 말이오? 그실험에 대해서는 나도 들었는데, 법원에서 무시했다면서요?"

"네. 법원에서는 최면에 걸린 증인을 인정하지 않았어요. 아직 경찰국에 남아 있는 최면 기술자는 저뿐일 겁니다."

"재미있군."

"암튼 지난번 말씀드린 것에서 약간의 진전이 있어 박사님을 뵙고 고견을 들어야겠다고 생각했습니다. 포르노 쪽으로 방향을 잡도록 우리에게 충고하신 건 옳았어요. 이제 새로운 단서를 만나게 될 테니까요."

"뭐가 나왔습니까?"

"우리는…."

"잠깐, 우선 커피 한 잔 하시겠소?"

"박사님도 드실 겁니까?"

"입에 대지도 않지."

"그러면 저도 됐습니다."

"좋아요. 시작해 봅시다."

"마침내 용의자를 찾아낸 것 같아요."

"정말이오?"

로크 박사는 발을 책상에서 내리고 상체를 앞으로 바짝 내밀었다. 정말 흥미롭다는 표정이었다.

"박사님이 말씀하신 대로 그는 양다리를 걸치고 있었습니다. 특별수사팀에서 근무하면서 자기 출입처를 드나들고 있었죠. 그의 전문 분야는 포르노 업계인데 아직 그의 신분을 밝힐 수 없는 상황이라…."

"물론이오. 이해합니다. 그는 용의자일 뿐 어떤 처벌도 받지 않았어요. 나와 한 얘기는 모두 오프 더 레코드니까 걱정 말고 말해요, 보슈 형사."

보슈는 로크 박사의 책상 옆에 있는 쓰레기통을 재떨이로 이용했다.

"감사합니다. 그래서 우리는 지금 그의 행동을 감시하고 있습니다. 그런데 난감한 문제가 있어요. 그는 포르노에 관한 한 LA 경찰국에서 일인자이기 때문에 우리는 자연히 그에게 정보와 조언을 구하러 가게 된다는 거죠."

"당연하지. 안 가면 오히려 이상하게 생각할 거요. 우리가 그물 하나는 제대로 친 것 같소, 보슈 형사."

"꼬였죠."

"뭐라고?"

"아닙니다."

로크 박사는 일어나서 방 안을 거닐기 시작했다. 두 손을 주머니에 찔러 넣었다가 빼내기도 했다. 그는 허공을 응시하며 깊은 생각에 빠져 있었다.

"계속해 봐요. 이건 굉장하군. 내가 뭐라고 했소? 두 명의 다른 배우가 같은 역을 연기하고 있다고. 검은 심장은 혼자 뛰지 않아요. 얘기 계속해 보라니까."

"네, 말씀드린 대로 우리가 그를 찾아가는 건 자연스런 일이었습니다. 그런데 이번 주에 다른 시체가 발견되고 박사님 말씀도 있고 해서 혹시 다른 시체들이 숨겨져 있진 않을까 하는 생각이 들었죠. 포르노 업계에서 사라진 다른 여자들 말입니다."

"그래서 그 친구한테 조사를 의뢰했군? 잘했어요!"

"그렇죠. 어제 그 친구한테 부탁했는데 오늘 여자 네 명의 명단을 건네주더군요. 우리는 이미 이번 주에 발견한 콘크리트 블론드와 전날 용의자가 제공한 또 한 여자의 명단을 확보하고 있어요. 거기에다 인형사의 일곱 번째와 열한 번째 희생자까지 합치면 모두 여덟 명이 됩니다. 우리는 지금 용의자를 감시하고 있기 때문에 그가 이 새로운 명단들을 입수하기 위해 돌아다녔다는 걸 알고 있습니다. 그는 제게 네 명의 명단만 제공한 게 아니라 조사에도 착수했어요."

"당연히 그러겠지. 감시당하고 있다는 사실을 알든 모르든 그는 평소와 똑같은 모습을 보여주려고 할 겁니다. 어쩌면 이 여자들에 대해서도 벌써 다 알고 있었지만 시침 뚝 떼고 수소문하며 돌아다녔을 거요. 그가 얼마나 영악한지 보여주는 대목이라…."

로크 박사는 갑자기 말을 중단하고 두 손을 주머니에 꽂은 채 찌푸린 눈으로 바닥을 지그시 응시했다.

"처음 두 여자 외에도 여섯 명이라고 했습니까?"

"그렇습니다."

"5년도 채 안 되는 기간에 여덟 명을 죽였다는 얘긴데, 더 있을 가능성은 없나요?"

"제가 여쭤보려던 참입니다. 이 정보가 용의자한테서 나온 거라서요. 혹시 거짓말 아닐까요? 우릴 속이거나 수사에 혼선을 주려고 실제 죽인 수보다 줄여서 말한 건 아닐까요?"

"아하."

박사는 다시 방 안을 오락가락하기 시작했다. 그러더니 고개를 살래살래 흔들며 말했다.

"내 육감으론 아니에요. 당신을 속이거나 줄여서 말하진 않았을 겁니다. 그는 자기 일을 정직하게 할 거예요. 당신에게 준 여자 명단이 다섯이라면 그게 전부일 겁니다. 당신은 그가 모든 면에서 당신보다 우수한 경찰이라고 생각하고 있다는 사실을 잊어선 안 돼요. 따라서 사건의 어떤 면에 대해 당신에게 전적으로 정직해서 안 될 이유가 그에게는 별로 없다는 얘기죠."

"피살자들이 살해당한 시간이 대강은 밝혀졌습니다. 그걸 보면 인형사가 사살된 후부터 그는 속도를 늦춘 것 같습니다. 더 이상 인형사의 범행 속에 섞일 수 없게 되자 시체들을 숨기거나 파묻기 시작하면서 간격이 늘어나게 된 거죠. 두 달도 채 안 됐던 범행 간격이 일곱 달까지로 늘어났습니다. 어쩌면 더 늘어날지도 모르죠. 마지막 실종자가 생긴 것이 여덟 달 전이니까요."

로크 박사는 바닥을 향하던 눈길을 들고 보슈에게 말했다.

"그런데 최근의 이런 행동들과 신문에 난 공판 내용, 경찰국에 보낸 쪽지, 사건에 참여한 수사관 신분 등을 감안하면 주기가 빨라질 것 같습니다. 그를 놓치지 마시오, 보슈 형사. 때가 가까웠어."

로크는 문 옆에 걸려 있는 달력을 돌아보았다. 날짜들 위에 미로처럼 생긴 무늬들을 보고 그가 껄껄 웃었다. 보슈는 의아한 표정으로 물었다.

"왜 그러십니까?"

"세상에, 이번 주말은 만월이기도 하군요."

박사는 보슈를 돌아보며 물었다.

"나를 감시조로 데려다 줄 수 있습니까?"

"뭐라고요?"

"나를 데려가 달라고. 성심리학 연구 분야에선 좀체 얻기 힘든 기회 같아서 하는 말이오. 가학성애자의 스토킹 패턴을 현장에서 관찰할 수 있는 환상적인 기회죠. 보슈 형사, 이것만 해내면 홉킨스에서 나를 초청할 거요. 그렇게 되면…."

로크는 벽 꼭대기에 있는 자그마한 여닫이창을 한 번 쳐다본 뒤 말을 이었다.

"그렇게 되면 이 빌어먹을 지하 감옥에서 탈출할 수도 있겠지!"

보슈는 일어났다. 실수를 저질렀다는 생각이 들었다. 로크 자신의 미래에 대한 비전이 다른 모든 것을 흐릿하게 만들고 있었다. 그는 도움을 구하러 왔지, 로크를 올해의 정신분석학자로 만들기 위해 온 것은 아니었다.

"박사님, 우린 지금 살인자에 대해 얘길 나누고 있습니다. 피와 살을 가진 진짜 인간 말입니다. 전 수사에 방해가 되는 일은 일절 하지 않을 겁니다. 감시는 아주 민감한 작전이에요. 게다가 감시 대상자가 경찰일 때는 훨씬 더 어려워집니다. 그런 곳에 박사님을 모셔갈 순 없어요. 아예 말도 꺼내지 마세요. 여기서 제가 설명드릴 수 있는 한도까지는 박사님께 말씀드릴 수 있죠. 그렇지만 저나 저의 상사들도 민간인을 그런 일에 대동할 순 없습니다."

로크 박사는 꾸중 들은 아이처럼 고개를 숙였다. 그는 여닫이창을 다시 한 번 힐끗 보고는 자기 책상 뒤로 돌아갔다. 의자에 앉자 축 처진 어깨로 목소리를 내리깔았다.

"당연히 그래야겠죠. 충분히 이해합니다, 보슈 형사. 내가 흥분했던 것 같소. 그의 범죄를 막는 일이 더 중요하지, 연구는 나중에 해도 되죠. 그러니까 사이클이 일곱 달이란 얘기군요. 우와, 이건 놀라운데요."

보슈는 담뱃재를 휙 털고 다시 의자에 앉았다.

"아직 확신할 순 없죠. 다른 시체가 또 나올 수도 있으니까요."

"그러긴 어려울 것 같소."

로크 박사는 등받이에 기대앉으며 콧마루를 손가락으로 꼭 집었다. 그리곤 눈을 감고 한참 동안 꼼짝하지 않았다.

"보슈 형사, 나 조는 것 아닙니다. 집중해서 생각하는 거요."

보슈는 그를 지켜보았다. 좀 기묘한 느낌이 들었다. 로크 박사의 머리 너머로 보이는 서가에 나란히 꽂힌 책들을 보았다. 책등에 로크 박사의 이름이 찍힌 걸로 봐서 그의 저서들임이 분명했다. 복사본도 여러 권 있는 이유는 다른 사람들에게 증정하기 위해서일 거라고 보슈는 생각했다. 박사가 증언석에서 언급했던 《검은 심장》의 복사본도 다섯 부나 꽂혀 있었고, 《포르노 공주의 은밀한 성생활》이라는 복사본도 세 권이나 보였다.

"포르노 업계에 대해서도 쓰셨습니까?"

그는 눈을 떴다.

"물론이죠. 저 책은 《검은 심장》을 쓰기 전에 쓴 거요. 읽어 봤소?"

"아뇨."

로크는 다시 눈을 감았다.

"물론 그러시겠지. 제목은 섹시하지만 내용은 논문입니다. 대학에서 사용하는 수준이죠. 지난번에 출판사에 확인해 보니 홉킨스를 포함한 146개 대학 서점에서 판매되고 있더군요. 2년 동안 4쇄를 찍었는데 아직 인세는 한 푼도 못 받았어요. 읽어보고 싶습니까?"

"네."

"이따 나가는 길에 학생회관에 들리면 거기서도 판매하고 있어요. 그런데 좀 비싸. 30달러나 하죠. 하지만 그만한 가치는 있지. 상당히 노골적인 내용이란 점도 경고해둬야겠군."

서가에 꽂혀 있는 것 하나 뽑아 주면 될 텐데 더럽게 쩨쩨하게 군다 싶어서 보슈는 짜증이 약간 났다. 감시조에 따라붙겠다는 걸 퇴짜 놓았다고 유치하게 보복을 하는 모양인데, 그런 치사한 짓은 아동심리학을 전공한다는 멜리사도 안 할 것 같았다.

"용의자에 대해 얘기할 것이 한 가지 더 있습니다. 무슨 뜻인지 몰라서요."

로크는 눈을 떴지만 꼼짝도 하지 않았다.

"인형사가 살인을 시작하기 1년쯤 전에 용의자는 이혼을 했어요. 그런데 이혼사유서에 부인이 '협조 상실'이란 말을 사용했습니다. 그래도 여전히 그가 맞을까요?"

"섹스를 거부했단 소리로군, 그렇죠?"

박사의 반문에 보슈는 고개를 끄덕였다.

"그런 것 같습니다. 법원 서류에 그렇게 되어 있었죠."

"여전히 맞을 수 있습니다. 하지만 솔직히 말해 우리 정신분석의들은 환자들의 어떤 행동도 예후(豫後)로 해석할 수가 있죠. 그건 당신들의 분야지만 단순히 용의자가 자기 아내와 발기불능 상태로 되었을 가능성도 있습니다. 그는 점점 더 에로틱한 형태로 변해 가는데 그의 아내는 거기에 맞추지 못하는 거죠. 결국 아내를 버리게 되는 겁니다."

"그렇다면 그것이 용의자를 재고해야 할 요인처럼 보이진 않는다는 말씀인가요?"

"그 반대죠. 내겐 이것이 그가 중요한 정신적 변화를 겪었다는 증거로 보입니다. 그의 성적 페르소나가 진화하고 있다는 뜻이죠."

보슈는 그 말에 대해 생각하며 모라 형사를 떠올렸다. 마약반의 그 친구는 날마다 야한 포르노 분위기 속에서 시간을 보냈다. 그러다 보니 얼마 후엔 자기 아내에게는 전혀 흥분할 수 없는 상태로 변한 것이다.

"다른 하실 말씀은 없으세요? 우리에게 도움이 될 만한? 이 용의자에 대해 우린 거의 속수무책입니다. 그럴 만한 원인도 없어요. 그를 체포할 수도 없고. 그냥 감시만 하고 있습니다. 그런데 위험해요. 만약 그를 놓치기라도 하면….."

"살인이 일어날 수 있지."

"그렇습니다."

"그때도 당신들은 여전히 적절한 원인이나 증거를 발견하지 못할 수도 있고."

"그의 전리품을 찾아보면 어떨까요? 뭘 찾아야 하죠?"

"어디서?"

"그의 집에서요."

"아, 알겠소. 그와 직업적인 교류를 통해 그의 집을 방문하시겠다? 그럴듯한 계략이긴 하지만 마음대로 뒤지긴 어려울 텐데."

"가능할 수도 있죠. 다른 동료와 함께 가서 먼저 그의 주의를 빼앗게 하면."

로크 박사는 눈을 커다랗게 뜨고 상체를 앞으로 내밀었다. 다시 흥분하기 시작했다는 증거였다.

"당신이 그의 주의를 빼앗고 내가 뒤지면 어떻겠소? 난 이 분야의 전문가요, 보슈 형사. 그를 바쁘게 만드는 데는 당신이 나을 거고. 당신이 수사에 관한 얘기를 하는 동안 나는 화장실을 좀 사용하자고 요청할 수도 있지. 내가 보면 금방 알아볼 수가⋯."

"그 생각은 버리세요, 박사님. 그런 식으론 절대 할 수 없다니까 그러시네. 너무 위험한 짓이에요. 절 도와주실 건가요, 말 건가요?"

"알았소, 알았어. 미안해요. 내가 그 사내 집으로 들어가는 일에 대해 이토록 흥분하는 이유는 일곱 달을 주기로 살인을 저지르는 범인의 집 안에는 틀림없이 전리품들이 있을 거라는 생각 때문이오. 놈은 그 전리품들을 통해 자신의 살인행위를 재현하고 환희를 느끼며 뻐근한 충동을 육체적으로 발산할 겁니다."

"그렇겠죠."

"그는 사이클이 유난히 길어요. 일곱 달 안팎의 기간에도 행동하려는 충동, 뛰어나가 살인하고픈 욕구는 잠자지 않습니다. 항상 기회를 노리고 있죠. 성적 주형이라고, 내가 증언했던 내용을 기억합니까?"

"기억납니다.

"좋아요. 그는 그 성적 주형을 충족시킬 필요가 있습니다. 채워야만 해요. 그런데 어떻게 채우지? 그는 어떻게 여섯 달이나 일곱 달, 혹은 여덟 달까지 참을 수 있을까? 전리품이 그 대답입니다. 과거의 정복사를 되살려주거든. 정복이란 물론 살인을 의미해요. 그에겐 살인에 대한 기억과 환상을 되살려주는 전리품이 있을 겁니다. 비록 여자 자체는 아니지만 그는 그것을 이용하여 살인주기를 늘리고 충동을 억제하는 거지. 살인 횟수를 줄일수록 체포당할 위험도 줄어든다는 걸 알고 있다는 얘기죠."

박사는 고개를 한 번 끄덕인 뒤 얘기를 계속했다.

"당신 계산대로라면 놈은 이제 여덟 달째 주기로 접어들었다는 얘긴데, 그건 자신의 통제력을 유지하려고 애쓰며 한계선에 머물러 있다는 뜻이오. 동시에 놈은 무시당하고 싶지 않은 충동에서 경찰국에 쪽지를 보냈어. 벌떡 일어서서 자기가 인형사보다 더 우수하다고 외치고 있는 겁니다. 난 아직 건재해! 내 말 못 믿겠으면 이러이러한 곳에 가서 콘크리트를 파 봐. 그 쪽지를 살펴보면 그자는 동시에 이 끔찍한 싸움에서 자기 성질을 억누르느라 심한 분열증을 보이고 있음을 알 수 있어요. 그래서 일곱 달을 넘긴 거지!"

보슈는 쓰레기통 옆면에 담뱃불을 문질러 끈 후 꽁초를 던져 넣었다. 그리고는 수첩을 꺼내며 물었다.

"인형사의 피살자든 모방범의 피살자든 그들의 옷이 전혀 발견되지 않았습니다. 그것들이 전리품으로 사용될 가능성도 있을까요?"

"물론 있죠. 수첩 저리 치워요, 보슈 형사. 아주 간단한 얘기니까. 범인이 비디오를 보고 희생자를 선택했다는 사실을 잊었소? 그렇다면 자신의 환상을 생생하게 간직하기 위해 비디오보다 더 나은 게 뭐가 있겠어? 그의 집에 들어가게 되면 비디오부터 찾아보라고. 카메라하고."

"살인 장면을 비디오로 찍었겠군요."

그건 질문이 아니었다. 보슈는 로크 박사의 말을 반복하며 앞으로 모라 형사와 벌여야 할 일들을 마음속으로 준비하고 있었다.

"아직 단정할 순 없어요. 누가 알겠소? 하지만 돈을 걸라면 난 주저없이 걸겠어. 웨슬리 토드(미국 연쇄살인범 소아성애자-옮긴이)를 기억합니까?"

보슈는 고개를 저었다.

"재작년엔가 워싱턴에서 교수형을 당했지, 아마. 그야말로 인과응보의 전형이었죠. 아이들을 옷장 안 옷걸이에 매달아 죽이길 좋아했던 놈이니까. 또 폴라로이드 카메라를 사용하길 좋아했어. 경찰이 놈을 체포한 뒤 조사해 보니 아이들을 옷장에 매달아 죽인 장면들을 꼼꼼하게 찍어 보관한 사진 앨범이 나왔어요. 사진마다 설명서를 붙이는 수고를 아끼지 않았더랍니다. 아주 끔찍한 물건이었지. 역겹기는 하지만 그 앨범이 다른 소년들의 생명을 구했다고 나는 확신합니다. 토드는 그걸 보며 환상에 빠져들었기 때문에 그나마 또 다른 살인충동을 억제할 수 있었을 테니까."

보슈는 무슨 말인지 알겠다는 듯 고개를 끄덕였다. 어쩌면 모라 형사의 집 안 어딘가에도 보는 이들의 속을 뒤집어놓을 비디오테이프나 사진 전시실을 발견할 수 있지 않을까? 하지만 모라에겐 그것이 길게는 여덟 달 동안이나 어두운 곳에 빠져들지 않게 해준 셈이었다.

"제프리 다머란 친구도 있었지."

로크 박사는 얘기를 계속했다.

"밀워키 출신의 그 친구 기억납니까? 그놈도 카메라맨이었어. 시체나 시체의 일부를 찍기 좋아했지. 그 덕분에 여러 해 동안이나 경찰에 걸려들지 않았던 거요. 그런데 어느 날부터 시체를 보관하기 시작했어. 그것이 그의 실수였지."

두 사람은 잠시 침묵에 빠져들었다. 보슈의 머릿속에는 그동안 봐온 시체들의 끔찍한 이미지들이 차례로 떠올랐다. 그것들을 지워버리고 싶은 듯 그는 손등으로 눈을 문질렀다. 로크 박사가 그에게 계속 물어 댔다.

"그 사진들과 함께 나간 광고 문안은 대체 어떤 겁니까? '아낌없이 주런다' 뭐 이런 건가요? 그리고 비디오테이프는 연쇄살인범에게 어떤 영향을 미쳤을까?"

보슈는 캠퍼스를 나오기 전에 학생회관에 있는 서점에 들렀다. 심리학과 사회학 코너에 로크 박사의 포르노 업계에 관한 저서들이 쌓여 있었다. 맨 꼭대기에 있는 책은 모서리에 손때가 묻어 있어서 그 아래 것으로 뽑아들고 계산대로 갔다.

계산대의 아가씨가 가격을 확인하려고 책 커버를 열자 하필이면 여자가 남자한테 구강성교를 하는 장면을 찍은 흑백사진이 튀어나왔다. 갑자기 아가씨 얼굴이 빨갛게 변했다. 그러나 정작 보슈의 얼굴은 그보다 더 빨개졌다.

"미, 미안해요."

그게 그가 할 수 있는 유일한 말이었다.

"괜찮아요. 전에도 본 적 있는 걸요, 뭐. 책 말이에요."

"네."

"다음 학기에 강의하실 책인가 보죠?"

보슈는 학생으로 보기엔 자기가 너무 늙어서 그 책을 구입한 유일한 이유는 교수나 강사이기 때문이라고 아가씨가 판단했다는 것을 알았다. 그런 그녀에게 경관의 호기심으로 구입했다고 하면 거짓말처럼 들릴 테고 공연히 더 이상한 눈으로 쳐다볼 것 같았다.

"아, 네."

그만 거짓말을 해버렸다.

"정말요, 강의 제목이 뭐죠? 저도 신청할지 모르는데."

"음, 아직 결정하지 못했어요. 지금 계획을 세우고 있는 중이라…."

"교수님 성함이 뭐예요? 카탈로그에서 찾아보게요."

"아, 로크. 존 로크 박사예요. 심리학이죠."

"아, 이 책의 저자시군요. 말씀은 많이 들었습니다. 저도 이 강의를 듣고 싶어요. 감사합니다. 좋은 하루 되세요."

아가씨는 잔돈을 거슬러 주었다. 보슈는 고맙다고 말한 뒤 책을 가방에 넣고 나왔다.

25 취조

그가 연방 법원으로 돌아온 시각은 4시가 조금 지나서였다. 키스 판사가 들어와서 배심원들을 주말 휴가에 보내길 기다리고 있는데 벨크가 속삭이는 소리로 보슈에게 말했다. 오후 시간에 챈들러 사무실로 전화하여 원고에게 5만 달러를 지불할 테니 재판을 포기하라고 제의했다는 것이었다.

"집어치우라고 하더군요."

"그렇게 상냥한 말투는 아니었을 텐데."

보슈는 미소를 지으며 챈들러를 건너다보았다. 그녀는 처치 부인과 뭔지 속삭이고 있다가 보슈의 응시를 감지했는지 말을 중단하고 그를 돌아보았다. 둘은 30초 가까이나 눈싸움을 벌이다가 재판장실 문이 열리고 키스 판사가 들어와 판사석에 갈 때까지도 서로 눈길을 거두지 않았다.

판사는 사무관에게 버저를 누르라고 지시한 뒤 피고측과 원고측에 혹시 할 말이 남았는지 물었다. 모두 없다고 대답하자 그는 배심원들에게 본건에 대한 신문 기사를 읽지 말고 TV 뉴스도 시청하지 말라고 지시했다. 그리고 배심원과 피고 원고 양측에게 심의가 다시 시작되는 월요일 아침 9시 반까지 법정에 출두할 것을 명령했다.

챈들러를 뒤따라 나온 보슈는 로비 출입구로 내려가는 에스컬레이터에 올라탔다. 그녀는 데보라 처치보다 두 계단쯤 위에 서 있었다. 보슈는 미망인의 귀에는 들리지 않도록 나직한 목소리로 챈들러를 불렀다.

"변호사님?"

챈들러가 핸드레일을 붙잡고 몸의 균형을 잡으며 돌아보았다.

"배심원단이 나갔으니 이 재판을 피할 방법은 이제 없어졌네요. 설사 노먼 처치가 로비에서 우리를 기다리고 있다 하더라도 배심원들에게 얘기할 수 없게 됐어요. 그러니까 이제 그 쪽지는 나한테 넘기시죠. 재판은 이대로 끝나겠지만 수사는 아직 진행 중이니까요."

에스컬레이터가 로비까지 내려가도록 챈들러는 아무 대꾸도 하지 않았다. 그러나 로비에 이르자 그녀는 데보라 처치에게 먼저 밖으로 나가도록 한 뒤 보슈를 돌아보며 말했다.

"분명히 다시 말하지만 쪽지 따윈 없어요, 알겠어요?"

보슈는 빙그레 웃었다.

"우린 그 단계는 이미 지났어요. 어제 당신이 흘린 걸 잊었어요? 당신 입으로…."

"내가 뭐라고 했든 당신이 무슨 말을 했든 상관없어요. 만약 범인이 나한테 쪽지를 보냈다면 당신이 이미 가지고 있는 것을 복사한 거겠죠. 새로 쪽지를 쓰느라고 시간을 낭비했을 리 없잖아요."

"그것만이라도 밝혀주셔서 감사합니다. 하지만 복사한 쪽지라도 수사에 도움이 될 수 있죠. 범인의 지문이 남아 있을 수 있으니까요. 복사한 종이도 추적이 가능합니다."

"보슈 형사, 범인이 보낸 편지에서 지문을 몇 번이나 찾아냈죠?"

보슈가 대답하지 않자 그녀는 곧이어 말했다.

"그럴 줄 알았어요. 주말 잘 보내세요."

챈들러가 출입문을 밀고 나간 뒤 보슈는 잠시 기다렸다가 담배를 한 대 입에 물곤 밖으로 나갔다.

보슈가 회의실로 들어갔을 때 쉬헌과 오펠트는 롤렌버거 경위에게 감시 업무에 대한 보고를 하고 있었다. 테이블 한쪽에 앉아 귀를 기울이고 있는 에드거 앞에는 모라 형사가 제공한 사진들이 펼쳐져 있었다. 경찰국에서 매년 경관들의 신분증을 재발급할 때마다 찍는 사진들과 똑같은 크기의 명함판이었다.

"낮 동안에는 일을 저지를 것 같지 않습니다. 어쩌면 오늘 밤 감시조에게 행운이 굴러 떨어질 것 같은데요."

쉬헌 형사의 보고에 롤렌버거는 머리를 끄덕였다.

"좋아. 시간대별로 기록을 남기고 두 사람은 퇴근해. 오후 5시에 어빙 부국장님께 보고하려면 기록이 필요해. 그렇지만 오늘 밤 비상이 걸리면 즉시 달려와야 해. 모라가 수상한 움직임을 보이면 메이필드와 이드 형사에게 곧장 달려가라고, 알았지?"

"알았습니다."

오펠트는 롤렌버거가 징발해온 긴 타이프라이터 앞에 앉아 보고서를 작성하기 시작했다. 쉬헌은 오후 어느 시각부터 테이블 뒤쪽 카운터 위에 나타난 커피 기계에서 커피들을 뽑아 그들 앞에 놓아 주었다. 보슈는 '미스터 손 떼'가 작전본부라도 꾸릴 수 있는 유능한 경관이라는 생각이 들었다. 그는 자기가 마실 커피를 한 잔 따라 테이블로 가져가며 쉬헌에게 물었다.

"나는 보고 내용을 듣지 못했는데, 아무 일도 없었던 모양이군?"

"맞아. 자네가 떨어져 나가자 모라 형사는 오후에 밸리로 들어가더니 캐노거 공원과 노스리지 일대에 있는 사무실과 창고들을 둘러보더군. 주소들을 다 기재해 두었으니 원한다면 보여주지. 모두 다 포르노 공급처들이었어. 모라는 한 군데서 30분 이상 머물지 않았는데, 안에서 무슨 짓을 하고 나오는지 알 수가 있어야지. 그리고 나선 사무실로 돌아가 좀 미적거리다 퇴근하더군."

보슈는 모라가 다른 피살자들이 있는지, 또 갤러리가 4년 전에 진술한 의문의 사내에 대해 알아보느라고 포르노 제작자들을 만났을 것으로 짐작했다. 그는 쉬헌에게 모라가 사는 곳을 물어본 뒤 시에라 보니타 거리에 있는 그 주소를 수첩에 적어두었다. 그리고 쉬헌에게 타코 스탠드에서 모라의 눈에 띈 것은 너무 위험했다는 얘길 해주고 싶었지만 롤렌버거 앞이라서 참았다. 나중에 따로 얘기해줄 생각이었다.

"뭐 새로운 건 없어?"

보슈는 에드거를 돌아보며 물었다.

"조지아 스턴을 아직 못 찾았어. 모방범한테서 도망쳐 나온 여자 말이야. 5분쯤 후 세풀베다 거리로 나가볼 생각이야. 러시아워 고객들을 잡으려고 여자들이 득실거릴 테니, 어쩌면 그들 가운데서 스턴을 발견할 수 있을지도 모르지."

동료들로부터 최근 정보들을 다 듣고 난 보슈는 모라 형사로부터 얻은 정보와 그것에 대한 로크 박사의 생각을 그들에게 들려주었다. 얘기가 끝나자 롤렌버거는 그 정보가 아름다운 여자라도 되는 듯 휘파람을 길게 불었다.

"부국장님께 즉시 보고해야 되겠군. 감시 인원을 배로 늘리고 싶어

할 거야."

"모라는 경찰입니다."

보슈는 고개를 저으며 말했다.

"감시 인원을 늘릴수록 눈치챌 가능성도 커져요. 우리가 감시한다는 걸 알면 말짱 도루묵이 되고 말 겁니다."

롤렌버거는 잠시 생각하더니 고개를 끄덕이며 말했다.

"좋아, 하지만 보고는 드려야 해. 내가 잠시 들어가 말씀드리고 의향을 여쭤보겠네."

그는 서류를 챙겨 들고 자리에서 일어났다. 그리곤 어빙의 사무실로 들어가는 문을 노크한 뒤 그 안으로 사라졌다.

"한심한 놈!"

문이 닫히자마자 쉬헌이 코웃음을 쳤다.

"상사의 똥구멍을 살살 간질이고 싶어 환장한 모양이군."

다들 웃음을 터뜨렸다. 보슈는 쉬헌과 오펠트에게 말했다.

"자네들 말이야, 모라가 타코 스탠드에서 마주친 얘기를 하더라고."

"빌어먹을!"

오펠트가 우거지상을 했다.

"코셔 부리토를 먹으러 왔다는 자네들 말을 곧이들은 것 같았어."

보슈는 웃으며 말했다.

"자기도 그걸 하나 사서 맛보기 전까진 말이지! 맛대가리 없는 그딴 걸 먹으러 파커 센터에서 거기까지 온 자네들을 이해할 수 없다고 하더군. 반도 못 먹고 쓰레기통에 던져버리더라고. 그러니까 거기서 또 그의 눈에 띄면 수상하다고 생각할 거야. 조심들 하라고."

"알았네. 코셔 부리토를 둘러댄 건 오펠트였어."

쉬헌의 말에 오펠트가 재깍 반발했다.

"뭐? 그런 상황에서 그럼 무슨 말을 해? 그 친구가 갑자기 우리 자동차로 다가오며 '여긴 웬일이야, 친구들?' 하는 거야. 대체 무슨 말을 해야 할지…."

문이 열리고 롤렌버거 경위가 나왔다. 그는 자기 자리로 돌아가서도 의자에 앉지 않았다. 두 손으로 테이블을 짚고 상체를 앞으로 기울인 채 마치 신에게 계시라도 받은 듯 거룩한 표정을 지어 보였다.

"부국장님께 보고 드렸더니 지난 24시간 동안 우리가 한 일에 대해 매우 만족하셨네. 특히 주기의 막바지에 이른 것 같다는 정신분석의의 말을 전하자 혹시 우리가 모라를 놓쳐버리지 않을까 걱정하셨어. 그렇지만 감시조를 늘리면 모라의 눈에 띌 가능성이 커지니까 이대로 가자고 하시더군. 옳은 판단이라고 생각해. 감시조를 이대로 끌고 나가자는 부국장님의 판단은 굿 아이디어라고…."

에드거는 웃음을 참으려고 생 발광을 하다가 기어이 터트리고 말았다. 그 바람에 웃음소리가 흡사 재채기 소리처럼 들렸다.

"에드거 형사, 뭐가 그리 우습나?"

롤렌버거 경위가 정색을 하고 물었다.

"아닙니다, 감기에 걸린 것 같습니다. 말씀 계속하시죠."

"그런 것 같군. 계획대로 진행하겠네. 나는 보슈 형사가 얻어낸 정보를 각 감시조에 통보할 생각이야. 오늘 자정 교대는 렉터와 하이케스가 나가고, 내일 아침 8시엔 회장님들이 나갈 거야."

회장님들이란 강도살인반의 파트너인 존슨과 닉슨을 부르는 말이었다. 그들은 회장님이라 불리는 걸 싫어했고, 특히 닉슨은 질색을 했다.

"쉬헌 형사와 오펠트 형사, 자네들은 내일 오후 4시에 교대 들어가게. 토요일 야근해야 하니 정신 바짝 차리고. 보슈와 에드거는 계속 자율적으로 거들어 줘. 호출기와 무전기를 항상 열어두라고. 연락하면 빠른 시간 내에 모두 집합해야 할 거야."

"초과근무 승인은 났어요?"

에드거가 물었다.

"주말 시간 전부. 하지만 초과근무는 본건에 한해서만 인정하고 거저 먹기는 없어. 다들 알았지."

롤렌버거는 의자를 바짝 당겨 앉았다. 대원들의 반발을 미리 차단하고 반장 노릇을 재빨리 끝내고 싶어 하는 것 같았다. '미스터 손 떼'만 남기고 나머지는 모두 복도로 나가 엘리베이터 쪽으로 걸어갔다.

"오늘 밤 나랑 한잔할 사람?"

쉬헌의 물음에 오펠트가 재깍 받았다.

"안 할 사람 찾는 편이 빠르겠다."

보슈는 코드 세븐에서 맥주 딱 한 잔만 하고 귀가했다. 전날 밤의 과로 때문인지 속에서 알코올을 잘 받아주지 않았다. 그는 실비아한테 전화해서 평결이 아직 나오지 않았다고 알려주고, 샤워한 뒤 옷 갈아입고 8시까진 만나러 가겠다고 말했다.

그녀가 문을 열어줬을 때까지도 보슈의 머리는 덜 말라서 축축했다. 그가 현관에 들어서자마자 두 사람은 부둥켜안고 긴 키스를 나누었다. 실비아가 한 걸음 뒤로 물러섰을 때에야 보슈는 그녀가 네크라인이 젖가슴 사이로 깊이 패고 끝단이 무릎 위 10센티쯤 올라간 검정 드레스 차림이란 걸 알았다.

"오늘은 어땠어요, 최종변론이나 다른 것들 모두?"

"좋았어. 그런데 이 옷차림은 뭐야?"

"당신을 만찬에 초대하려고. 예약해 뒀어요."

실비아는 그의 입술에 키스하며 속삭였다.

"해리, 어젠 정말 최고로 멋진 밤을 보냈어요. 그처럼 멋진 밤은 아마 없을 거야. 섹스 때문만은 아니에요. 당신과 나는 그보다 더 멋진 걸 해 냈어요."

"발전할 여지는 항상 남겨둬야지. 만찬 전에 약간의 연습을 하는 건 어때?"

여자는 미소를 지으며 시간이 없다고 대답했다.

그들은 차를 몰고 밸리를 내려와서 말리부 캐니언으로 들어간 다음 새들 피크 로지로 갔다. 옛 사냥꾼들의 오두막이었던 그곳의 메뉴는 사 슴에서 물소에 이르기까지 모두 고기뿐이어서 채식주의자들에겐 악몽 이었다. 두 사람은 스테이크를 주문했고, 실비아는 메를로 한 병을 추가 했다. 보슈는 자기 잔에 담긴 적포도주를 조금씩 천천히 마셨다. 멋진 만찬을 곁들인 아름다운 저녁이었다. 재판이나 사건에 관한 얘기는 가 급적 삼가고 두 사람은 서로를 열심히 바라보았다.

식사를 마치고 집으로 돌아오자 실비아는 에어컨 온도조절기를 내리 고 거실 벽난로에 불을 지피기 시작했다. 보슈는 조용히 지켜보기만 했 다. 불 지피는 데는 소질이 없어서 그가 피운 불은 오래가지 않았다. 에 어컨 온도를 15도로 내렸는데도 거실 안은 제법 따뜻해졌다. 실비아가 벽난로 앞에 담요를 펴자 두 사람은 그 위에서 사랑을 나누었다. 그들 은 모든 근심 걱정을 잊고 서로를 향해 부드럽게 녹아들었다.

이윽고 사랑의 행위가 끝났을 때, 보슈는 여자의 가슴에 돋아난 땀방 울들이 벽난로 불빛에 반사되어 보석처럼 반짝이는 것을 보았다. 그는 그곳에 키스한 뒤 귀를 대고 그녀의 심장 박동 소리를 들었다. 그 자신 의 심장 박동 소리와는 대조적으로 여자의 가슴에서 들려오는 박동 소 리도 강력했다. 그는 눈을 감고 이 여자를 절대 잃어버리고 싶지 않다 는 생각에 빠져들었다.

보슈가 캄캄한 어둠 속에서 깨어났을 때는 벽난로 불길은 꺼지고 잉걸불만 빨갛게 빛나고 있었다. 오슬오슬 추위를 느끼는 순간 날카로운 금속음이 고막을 파고들었다.

"당신 호출기예요."

실비아가 속삭였다.

그는 소파 옆에 벗어둔 옷 무더기로 설설 기어가서 손으로 더듬더듬 호출기를 찾아내어 소음을 죽였다.

"세상에, 지금이 몇 시예요?"

"모르겠어."

"끔찍해. 그 소릴 들으니 옛날에…."

실비아는 갑자기 입을 다물었다. 보슈는 그녀가 자기 남편에 대한 얘기를 하려다 말았다는 걸 알았다. 전남편에 대한 기억을 여기에 섞고 싶지 않다고 생각한 것이 분명했다. 그렇지만 이미 늦었다. 보슈는 어느 여름날 밤에 실비아와 그녀의 남편이 에어컨 온도조절기를 내리고 벽난로에 불을 지핀 다음 똑같은 담요 위에서 정사를 벌이지 않았을까 하는 생각을 하고 있었다.

"전화 안 해 줘요?"

"응? 아, 그렇지. 잠이 아직 덜 깨서 그래."

그는 일어나 바지를 꿰고 부엌으로 들어갔다. 불빛이 실비아에게 가지 않도록 문을 잘 닫은 다음 스위치를 올리고 벽에 걸린 시계를 보았다. 접시형 시계에 숫자가 있어야 할 곳엔 각기 다른 야채들이 그려져 있었다. 현재 시각은 당근 시 30분, 말하자면 1시 반이었다. 그는 실비아와 겨우 한 시간쯤 잤다는 걸 알았다. 그런데도 몇 날 밤을 잔 것처럼 느껴졌다.

지역번호가 818인데 보슈는 모르는 전화번호였다. 전화를 걸자마자 제리 에드거의 목소리가 흘러나왔다.

"해리?"

"응."

"귀찮게 해서 미안해. 특히 자네 집도 아닐 텐데 말이야."

"괜찮아. 무슨 일인데?"

"지금 라스코 남쪽 세풀베다에 나와 있는데, 그 여잘 찾았어."

보슈는 그가 조지아 스턴을 얘기하고 있다는 걸 알았다. 모방범의 손아귀에서 아슬아슬하게 도망쳐 나왔던 여자.

"그 여자가 뭐라 하던가? 모라의 사진을 보여줬어?"

"아니, 아니야. 아직 잡진 못했어. 오락가락하는 걸 지켜보고만 있지."

"왜?"

"지금 나 혼자거든. 뒤를 좀 받쳐줘야 할 것 같아. 혼자 덤벼들었다가 여자가 물거나 할퀴면 어떡해? 에이즈 환자잖아."

보슈는 입을 다물었다. 수화기를 통해 자동차들이 지나가는 소리가 들렸다.

"이런, 미안하게 됐네. 전화하는 게 아닌데. 난 자네가 이 일에 끼고 싶어 하는 줄 알았지. 밴 나이스 당직사령한테 연락해서 순찰경관 몇 명 보내라고 하지. 그럼…."

"아니야, 곧 나갈게. 30분만 기다려. 밤새 거기 있었어?"

"응, 집에서 저녁 먹고 나와 줄곧 지키고 있었지. 조금 전에 여자가 나타났어."

보슈는 여자가 정말 조금 전에 나타났는지 에드거가 초과근무 시간을 채우느라 질질 끌었는지 알 수가 없었다. 거실로 나오자 불이 켜져 있고 실비아는 담요 위에 없었다. 그녀는 자기 침대 시트 속에 들어가 있었다.

"나가봐야 할 것 같은데."

그의 말에 실비아가 대답했다.

"그럴 것 같아 이 안으로 들어왔어요. 불 꺼진 벽난로 앞에서 혼자 자는 건 별로 로맨틱하지 않거든요."

"화났어?"

"화나긴요, 해리."

보슈가 침대 위로 고개를 숙이고 키스하자 실비아는 그의 목을 끌어안았다.

"가능하면 돌아올게."

"알았어요. 나갈 때 온도조절기를 다시 올려 줄래요? 깜박했어요."

에드거는 윈첼 도넛 상점 앞에 차를 세워두고 있었다. 그렇지만 빈털터리 캄보디아 난민에서 백만장자 도넛 황제로 군림했다가 다시 밑바닥 인생으로 추락한 테드 노이의 코믹한 스토리를 그가 알 리는 없었다. 보슈는 그 뒤쪽에 주차한 뒤 그의 차에 올라탔다.

"기분 괜찮아, 해리?"

"그럼. 여잔 어디 있어?"

에드거는 건너편 도로에서 한 블록 반쯤 되는 지점을 가리켰다. 라스코와 세풀베다 교차로의 버스 정류장 벤치에 두 여자가 앉아 있고 그 주위에 세 여자가 서 있었다.

"빨간 반바지를 입은 여자야."

"확실해?"

"그럼. 신호등까지 차를 몰고 가서 똑똑히 확인했어. 그 여자야. 문제는 저기서 여자를 잡으려 하다간 한바탕 싸움이 벌어질 수 있다는 거지. 저 여자들 전부가 덤벼들지도 몰라."

보슈는 빨간 반바지에 탱크톱 차림의 여자가 세풀베다 도로를 지나가는 자동차를 향해 셔츠를 쳐들어 보이는 것을 잠시 지켜보았다. 운전자가 브레이크를 밟았다가 조심조심 지나가곤 했다.

"손님을 하나라도 잡았어?"

"몇 시간 전에 한 녀석을 잡긴 했지. 구멍가게 뒤에 있는 골목 안으로 끌고 들어가더니 거기서 끝내준 것 같았어. 그 이후론 영 썰렁한데. 까다로운 놈들은 여자가 너무 지저분하다고 생각할 거야."

에드거는 낄낄 웃었다. 그는 자기가 방금 여자를 몇 시간 동안이나 지켜보고 있었다는 사실을 흘린 줄도 모르고 있었다. 그래도 최소한 여자를 발견하자마자 나를 호출한 건 아니니까, 하고 보슈는 좋은 쪽으로 생각했다.

"그래, 여자와 싸우지 않기 위해 어떤 계획을 세웠나?"

"자넨 차를 몰고 라스코 거리로 올라가서 좌회전하게. 거기서 골목 뒤쪽으로 들어와서 기다려. 그러면 내가 여자한테 다가가 진한 걸 원한다고 하면서 그쪽으로 끌고 갈게. 그런 다음 같이 잡는 거야. 그런데 여자 입을 조심하게. 침을 뱉을지도 몰라."

"알았어. 멋지게 해치우자고."

10분 후 보슈가 골목 안에 차를 세우고 운전석에 웅크리고 있을 때 에드거가 혼자 터덜터덜 걸어왔다.

"왜 혼자 와?"

"여자가 가보라는군."

"젠장, 그러면 끌고라도 와야지. 여자가 그렇게 나오면 달리 방법이 없잖아? 5분 뒤에 내가 가서 하자고 하면 경찰인 줄 눈치챌 텐데."

"그냥 가보라고 한 게 아니야."

"그럼 뭐야?"

"나랑은 하지 않겠대. 나한테 갈색 설탕이 있느냐고 묻더군. 마약 말이야. 없다고 했더니 자기는 색깔 있는 좆은 안 좋아한대. 제기랄, 그런 개똥같은 소리가 믿어져? 시카고에서 자랐지만 색깔 있는 좆 소린 생전 첨 들었어."

"실망 말고 여기서 기다려. 내가 가볼 테니."

"망할 년의 매춘부!"

보슈는 차에서 내려 에드거에게 말했다.

"에드거, 열 내지 마. 상대는 매춘부에 마약중독자야. 그런 여자 말에 신경 쓸 거야?"

"해리, 자넨 내 기분 상상도 못할 거야. 롤렌버거가 나를 어떤 눈으로 보는지 알아? 내가 사무실에서 나갈 때마다 그 독일 자식은 무전기 숫자를 세어볼 거야."

"그래, 자네 말이 옳아. 내가 그 기분을 알 리 없지."

보슈는 재킷을 벗어 차 안으로 던진 뒤 셔츠의 단추 세 개를 열었다. 그리곤 거리 쪽으로 걸어가며 에드거에게 말했다.

"금방 다녀올게. 자넨 숨어 있는 게 좋겠어. 여자가 보면 나를 따라 골목 안으로 안 들어오겠다고 할지도 몰라."

그들은 밴 나이스 경찰서에서 취조실을 하나 빌렸다. 보슈는 수사관 배지를 받은 초보 시절에 이곳 강력반에서 근무했기 때문에 분위기를 잘 아는 편이었다.

가장 먼저 밝혀진 것은 조지아 스턴이 골목 안에서 간단히 일을 치렀다는 사내는 손님이 아니라 마약거래인이었다는 사실이었다. 어쩌면 그녀는 골목 안에서 주사를 맞고 섹스로 값을 치렀을지도 모르지만, 그렇다고 해서 마약거래인이 섹스 고객이 되는 것은 아니다.

그 사내가 누구고 스턴이 무슨 짓을 했든, 보슈와 에드거가 이끄는 대로 그녀는 순순히 따라왔다. 하지만 취조를 해봤자 별 소용이 없을 것 같았다. 여자의 눈동자는 초점이 흐릿한 상태로 먼 곳을 응시하고 있었고, 가로세로 3미터 크기의 취조실 안에서도 몇 킬로미터 밖을 바라보듯 멍했다.

헝클어진 머리카락의 까맣게 자라 오른 밑둥치는 에드거가 가진 그녀의 사진에서 본 것보다 더 길었다. 왼쪽 귀 아래 피부에는 계속 긁어서 생긴 듯한 염증이 자리 잡고 있었다. 여자의 팔뚝은 자기가 앉아 있는 의자의 다리보다 더 가늘었다. 악화된 건강상태는 치수가 너무 큰 티셔츠 때문에 더 눈에 띄었다. 목선이 밑으로 처져 젖가슴 윗부분이 드러났고, 목의 혈관에도 헤로인 바늘 자국이 빼곡한 것을 볼 수 있었다. 몸은 쇠약해졌지만 젖가슴은 여전히 풍만한 것은 인공주입물 때문일 거라고 보슈는 생각했다. 그러자 콘크리트 블론드의 건조된 육체가 눈앞에 얼핏 떠올랐다.

"스턴 양?"

보슈가 여자에게 물었다.

"조지아? 여기까지 왜 왔는지 알아? 차 안에서 내가 한 말 기억하고 있어?"

"기억나."

"그러면 어떤 남자가 당신을 죽이려고 했던 일도 기억하고 있어? 4년쯤 전에, 이런 밤중에 말이야. 6월 17일이었지. 기억나?"

조지아 스턴은 꿈꾸는 듯한 표정으로 고개를 끄덕였다. 보슈는 이 여자가 정말 말귀나 알아듣고 그러는지 의심스러웠다.

"인형사를 기억해?"

"그놈은 죽었어."

"맞아. 하지만 그놈에 대해 몇 가지 물어볼 게 있어. 이 그림 그릴 때도 당신이 도와줬잖아, 기억나?"

보슈는 인형사 파일에서 빼온 몽타주를 펴보였다. 그림 속의 얼굴은 처치도 모라 형사도 닮지 않았지만, 인형사는 변장을 한다고 알려져 있기 때문에 모방범도 그럴 것으로 생각하는 편이 옳았다. 그렇다 치더라도 모라에게 찌를 듯한 눈빛이 있는 것처럼, 그에게도 신체적 특성이 존재할 가능성은 항상 있었다. 조지아 스턴의 기억을 반짝 되돌려 놓을.

몽타주를 한참 동안 들여다본 그녀가 중얼거렸다.

"이 새끼 경찰 손에 죽었어. 뒈져도 싼 놈이야."

비록 매춘부의 입에서 나온 말이라 할지라도 인형사가 죽어도 싸다는 말을 들으니 보슈는 마음이 든든해졌다. 그렇지만 그들이 지금 얘기하려는 사람은 인형사가 아닌 모방범이란 사실을 그녀가 알 리 없다는데 생각이 미쳤다.

"당신한테 사진을 몇 장 보여주지. 식스팩 가지고 있나, 제리?"

여자가 갑자기 놀란 표정을 지어 보여서 보슈는 실수했다는 걸 알았다. 그녀는 맥주를 생각한 모양이지만 경찰 용어로 식스팩은 목격자나 증인에게 보여주는 여섯 장짜리 범인식별용 얼굴 사진을 의미한다. 다섯 장은 경찰이고 한 장만 용의자인 식스팩을 증인에게 제시하여 범인을 지목하도록 하는 것이다. 그런데 이번엔 여섯 장 모두가 경찰 얼굴이었고 모라의 얼굴은 두 번째 사진이었다.

보슈는 사진들을 테이블 위에 죽 늘어놓았다. 조지아 스턴은 한참 동안 사진을 들여다보다가 갑자기 낄낄 웃어댔다.

"왜 웃어?"

보슈가 묻자 여자는 네 번째 사진을 가리키며 말했다.

"이 아저씨하곤 전에 한 번 붙었던 거 같은데. 하지만 난 경찰인 줄 알았어."

보슈는 에드거가 머리를 절레절레 흔드는 걸 보았다. 여자가 가리킨
인물은 할리우드 마약반 비밀수사관인 아브 댄포드였다. 그녀의 기억
이 정확하다면 댄포드는 밸리로 순찰 나가서 매춘부들로부터 성을 갈
취했다는 얘기가 되었다. 보슈는 혹시 그가 용의자들이나 증거물 봉투
에서 빼낸 헤로인으로 화대를 지불하진 않았을까 하는 의심도 들었다.
여자가 방금 얘기한 내용은 내사과로 보고되어야 마땅하지만 에드거도
보슈도 자신들이 그런 짓은 안 할 것임을 알고 있었다. 경찰국 내에서
그런 짓을 하는 건 자살행위나 다를 바 없다. 순찰 경관들은 아무도 그
런 자를 신뢰하지 않을 것이다. 그렇지만 댄포드는 기혼자이고 이 매춘
부는 에이즈 보균자라는 사실이 보슈의 마음에 걸렸다. 그래서 익명의
쪽지를 댄포드에게 보내어 혈액검사를 받아보도록 충고하는 수밖에 없
다고 생각했다.

"다른 얼굴들은 어때, 조지아?"

보슈는 매춘부를 살살 달랬다.

"이 사람들의 눈을 잘 봐. 변장을 해도 눈빛은 변하지 않거든. 눈을
보라고."

여자가 사진들을 더 가까이 살펴보는 동안 보슈는 고개를 들고 에드
거를 쳐다보았다. 그는 싹수가 안 보인다는 표정으로 고개를 저었다. 보
슈도 그럴 것 같다는 뜻으로 머리를 끄덕였다. 잠시 후 여자는 머리를
쳐들었다.

"그래, 조지아. 여긴 없어?"

"없어."

"그 남자가 분명 없는 거지?"

"없다니까. 그 새낀 죽었어."

"좋아, 그 새긴 죽었어. 여기서 잠시만 기다려. 우리 복도에 나가서 얘기 좀 하고 올게."

밖으로 나온 두 사람은 조지아 스턴을 일단 마약중독자로 시빌 브랜드에 입건했다가 약에서 깨어나면 다시 심문하기로 의견을 모았다. 보슈는 에드거가 그 의견에 적극 찬성하고 자진해서 그녀를 시빌까지 호송하겠다고 나서는 것에 주목했다. 물론 여자를 시빌의 마약 병동에 입원시켜 교정하겠다는 열정 때문이 아니라, 그 자신의 초과근무 시간을 완전히 채우기 위한 것임을 모르진 않았다. 그런 일은 열정과는 아무 상관도 없었다.

26 후회

　실비아가 블라인드 위로 두꺼운 커튼을 내렸기 때문에 토요일 아침 해가 중천에 뜰 때까지도 방 안은 여전히 컴컴했다. 그녀의 침대에서 혼자 깨어난 보슈가 탁자 위의 시계를 집어 살펴보니 벌써 11시였다. 무슨 꿈을 꾸고 있었던 건 분명한데 잠에서 깨어나는 순간 어둠 속으로 물러갔고, 침대에 누운 채 15분 정도 그 꿈을 되살리려고 애써 봤지만 아무 소용없었다.

　이따금씩 실비아가 집안일을 하는 소리가 들려왔다. 부엌 바닥을 쓰는 소리, 식기세척기를 비우는 소리. 그녀는 가급적 소리를 내지 않으려고 애썼지만 그래도 소리는 계속 들려왔다. 현관에 나란히 놓인 화분들 위로 물을 뿌리는 소리가 열린 뒷문을 통해 들려왔다. 비가 내리지 않은 지 두 달이 가까워오고 있었다.

　11시 20분경 전화벨이 울리자 실비아가 재깍 받았다. 그렇지만 보슈는 자기한테 온 전화임을 알고 있었다. 그는 근육을 긴장시키고 실비아가 침실 문을 열고 전화 받으라는 말을 해오길 기다렸다. 일곱 시간 전 밴 나이스 마약반을 나올 때 에드거에게 실비아의 전화번호를 알려주었던 것이다.

그렇지만 실비아가 오지 않자 그는 긴장을 풀었다. 실비아가 전화기에 대고 얘기하는 소리가 부분적으로 들려왔다. 학생과 상담을 하는 듯했는데, 잠시 후엔 그녀가 울고 있다는 것을 알았다.

보슈는 일어나서 옷을 입고 손으로 머리를 쓸어 올리며 침실에서 나왔다. 실비아는 부엌 식탁에 앉아 전화기를 귀에 댄 채 손가락으로는 식탁 위에 동그라미를 그리고 있었다. 역시 짐작했던 대로 울고 있었다.

"무슨 일이야?"

그는 달래는 소리로 물었다.

실비아는 전화기를 든 채 방해하지 말라는 신호를 보냈다. 보슈는 입다물고 지켜볼 수밖에 없었다.

"저도 가겠습니다, 폰트노트 부인. 시간과 주소만 불러주세요…. 네…. 네, 그러겠습니다. 다시 한 번 유감의 뜻을 전합니다. 베아트리체는 정말 좋은 아가씨였고 학생이었어요. 저도 아주 자랑스럽게 여겼습니다. 오, 이런 세상에…."

그녀는 눈물을 마구 쏟아내며 전화기를 내려놓았다. 보슈가 다가가서 그녀의 어깨를 감싸주며 물었다.

"학생 일이야?"

"베아트리체 폰트노트라고."

"어떻게 되었는데?"

"죽었대요."

보슈는 여자를 가만히 안았다.

"이 도시가…."

실비아는 울음 때문에 말이 막혔다.

"지난번《메뚜기의 날》에 대한 독후감을 읽어준 적 있죠? 바로 그 아이에요."

보슈는 실비아가 그 아이에 대해 걱정하던 말을 떠올렸다. 그는 무슨 말이라도 해주고 싶었지만 할 말이 없다는 걸 알았다. 이 도시가. 그 말만으로도 충분한 것 같았다.

두 사람은 집 안 청소 등 자질구레한 일들을 하며 하루를 보냈다. 보슈는 벽난로 속에 남은 숯덩이와 재를 말끔히 치우고 정원에서 잡초를 뽑고 있는 실비아에게 갔다. 그녀는 폰트노트 부인에게 가져갈 꽃다발을 만들기 위해 꽃을 꺾고 있었다. 보슈와 어깨를 나란히 하고 함께 일하면서도 실비아는 말을 아끼다가 이따금 한마디씩 던졌다. 전날 밤 노르망디 거리에서 어떤 괴한이 차를 타고 지나가며 가한 총격 때문이었다고 했다. 총에 맞은 여학생은 곧바로 마틴 루터 킹 병원으로 옮겨졌지만 뇌사판정을 받았다. 병원측은 오늘 아침 환자로부터 호흡기를 제거하고 장기들은 기증하기 위해 수확했다.

"그걸 수확이라고 말하는 건 참 이상해요. 농부나 농장주처럼 들리잖아요."

실비아는 이해할 수 없다는 듯 고개를 저었다.

오후가 조금 지나자 그녀는 부엌으로 들어가서 계란 샌드위치와 참치 샌드위치를 만들었다. 그것을 절반씩 잘라 두 사람은 반쪽씩 먹었다. 보슈는 오렌지를 썰어 넣은 아이스티를 만들었다. 실비아는 전날 밤 그와 함께 커다란 스테이크를 먹은 후부터는 쇠고기라면 아예 질린다고 말했다. 그것이 이날 하루 동안 시도한 유일한 농담이었지만 두 사람 모두 웃지 않았다. 식사가 끝나자 실비아는 접시를 싱크대 안에 넣고

씻을 생각도 하지 않았다. 싱크대에 몸을 기대고 바닥만 멍하니 응시하던 그녀가 말했다.

"폰트노트 부인은 장례식이 다음 주 수요일이라 했어요. 그날 수업은 쉬고 버스를 타고 갈 생각이에요."

"잘 생각했어. 폰트노트 가족들도 고마워할 거야."

"두 오빠는 마약판매인이에요. 베아트리체가 그러더군요."

보슈는 아무 말도 하지 않았다. 어쩌면 그 때문에 베아트리체가 죽었을 거라는 생각이 들었다. 블러드스와 크립스 양대 갱단이 휴전에 들어간 이래 사우스 센트럴 거리의 마약거래인들은 지휘체계를 잃었다. 영역다툼이 자주 벌어졌고, 거리에서의 총격으로 무고한 시민들이 많이 쓰러졌다.

"폰트노트 부인에게 따님이 쓴 독후감을 읽어드려도 되는지 물어봐야겠어요. 예배 시간이나 나중에라도요. 그러면 얼마나 아까운 아이를 잃었는지 알게 될 거예요."

"그들은 벌써 알고 있을 거야."

"그럼요."

"낮잠을 조금 자고 싶지 않아?"

"그러고 싶어요. 당신은 뭐 할 건데요?"

"할 일이 좀 있어. 몇 군데 전화할 데도 있고. 실비아, 오늘 밤에도 나가봐야 해. 오래 걸리지 않길 바라지만. 최대한 빨리 돌아올게."

"난 괜찮아요, 해리."

"그래."

오후 4시경 보슈가 살피러 들어갔을 때 실비아는 깊이 잠들어 있었다. 베개가 눈물로 촉촉이 젖어 있었다. 그는 복도 아래쪽에 있는 침실로 건너갔다. 이전에 서재로 사용했다는 그 방에는 책상 위에 전화기가 한 대 놓여 있었다. 실비아를 깨우지 않으려고 그는 문을 최대한 조용히 닫았다.

맨 먼저 77번가 경찰서로 전화를 걸어 살인전담반을 찾았다. 전화를 받은 형사는 이름은 대지 않고 성만 행크스라고 밝혔다. 일면식도 없는 형사였다. 보슈는 신분을 밝히고 폰트노트 사건에 대해 질문했다.

"저의가 뭡니까, 보슈? 할리우드 경찰서라고 했소?"

"그렇습니다. 저의는 없고 개인적인 일입니다. 폰트노트 부인이 오늘 아침 딸의 선생에게 전화를 해왔습니다. 전화 받은 사람이 너무 슬퍼해서 어떤 사정이 있었는지 좀 알아보려고요."

"이봐요, 난 그런 사람 위로해줄 시간이 없습니다. 사건은 지금 처리 중이오."

"그러니까 아는 바가 없다는 말이군."

"77번가에서 근무해본 적이 한 번도 없죠?"

"없소. 거기가 그만큼 빡세단 얘길 하고 싶은 거요?"

"이런 제기랄. 내가 하고 싶은 말은 드라마에서 나오는 목격자 같은 건 없다는 겁니다. 우린 운이 좋아야 지문 같은 걸 한두 개 발견해서 사건을 해결하거나 그보다 운이 더 좋으면 멍청한 놈이 제 발로 기어 들어와 '죄송합니다. 제가 했어요.'해서 저절로 해결되는 경우지. 그런 경우가 얼마나 되는지 알고 싶소?"

보슈는 대꾸하지 않았다.

"그 선생님 혼자만 슬픈 것이 아니에요. 이건 고약한 사건이야. 다 고약하지만 이건 고약한 것 중에서도 가장 고약한 거라고. 열여섯 살짜리 소녀가 어린 남동생에게 책을 읽어주며 집으로 돌아가다 죽었소."

"차를 타고 지나가며 갈겨댄 거요?"

"잘 아시네. 벽에 구멍이 열두 개나 뚫렸소. AK 소총이었지. 그런데 한 발이 여자아이의 뒤통수를 때렸어."

"고통을 느낄 새도 없었겠군."

"그럼요. 뭐에 맞았는지도 몰랐을걸. 첫 번째 총알에 맞은 게 분명해. 고개를 숙인 적도 없었으니까."

"그 여자아이의 오빠들 중 하나에게 보복을 한 거요?"

행크스는 잠시 입을 다물었다. 보슈는 사무실 안에서 나는 무전기 잡음을 들을 수 있었다.

"그걸 당신이 어떻게 알아? 선생이 얘기해 줬소?"

"여자아이가 오빠들이 마약을 거래하고 있다고 선생한테 얘기한 모양이오."

"그래요? 그 녀석들은 오늘 아침 자기들이 사제의 미사를 돕는 복사(服事)나 되는 것처럼 외치며 MLK 거리를 돌아다녔는데. 내가 조사해 보겠소, 보슈. 다른 부탁은 없소?"

"있지. 여자아이가 읽었다는 책 말이오. 제목이 뭐였소?"

"책 제목?"

"네."

"《빅 슬립》이란 것이었소. 그건 왜?"

"부탁 하나 합시다, 행크스."

"뭡니까?"

"혹시 기자들한테 얘기할 경우가 있더라도 책 얘기는 빼주시오."

"이유가 뭐요?"

"암튼 빼주시오."

보슈는 그렇게 말한 뒤 전화를 끊었다. 그리곤 책상에 앉아 생각하니 갑자기 부끄러워졌다. 실비아가 그 여자아이의 독후감에 대해 칭찬했을 때 그는 어디서 베꼈을 거라고 의심했던 것이 기억났기 때문이다.

잠시 후 그는 다시 전화기를 집어 들고 어빙 부국장실 번호를 찍어 넣었다. 첫 번째 신호가 절반도 울리기 전에 상대방이 냉큼 받더니 줄줄 읊어댔다.

"안녕하세요, 로스앤젤레스 경찰국 어빈 어빙 부국장실의 핸즈 롤렌버거 경위입니다. 뭘 도와드릴까요?"

보슈는 '미스터 손 떼'가 어빙 부국장이 전화하면 들으라고 수칙에 따른 인사말을 줄줄 읊어대는 것으로 짐작했다. 하지만 그를 제외한 어느 경관도 그 수칙대로 전화를 받는 사람은 없었다. 보슈는 아무 말도 않고 전화를 끊었다가 다시 걸어서 롤렌버거가 똑같은 말을 앵무새처럼 반복하도록 만들었다.

"안녕하세요, 로스앤젤레스 경찰국 어빈 어빙 부국장실의 핸즈 롤렌버거 경위입니다. 뭘 도와드릴까요?"

재미있는데 한 번 더 할까, 하다가 보슈는 그냥 대답했다.

"보슈 형삽니다. 그냥 체크하느라고 전화했는데요."

"보슈, 조금 전에 자네가 전화 걸었나?"

"아뇨, 왜요?"

"아무것도 아니야. 여기 닉슨과 존슨이 와 있네. 방금 들어왔어. 모라는 쉬헌과 오펠트가 감시하고 있고."

보슈는 롤렌버거가 닉슨과 존슨 앞에서는 감히 그들을 '회장님들'이라고 부르지 못하고 있다는 걸 알았다.

"오늘은 아무 일 없습니까?"

"없네. 용의자는 오전을 자기 집에서 보냈고, 조금 전에 밸리로 들어가서 창고 몇 군데를 돌아봤어. 수상한 데는 없었네."

"지금은 어디 있습니까?"

"자기 집에."

"에드거는요?"

"여기 있다가 조지아 스턴을 면회하기 위해 시빌로 갔어. 어젯밤에 그 여자를 찾아냈는데 마약에 취해 대화를 할 수 없었대. 그래서 다시 시도하러 간 걸세."

'미스터 손 떼'가 갑자기 목소리를 낮추고 물었다.

"그 여자가 모라를 알아보면 그를 체포하러 갈 건가?"

"그건 좋은 생각이 아닌 것 같은데요. 충분치가 않아요. 우리 속셈만 드러낼 겁니다."

"내 생각도 그래."

롤렌버거는 목소리를 키워 말했다. 자기가 이곳 지휘관임을 존슨과 닉슨에게 분명히 알리고 싶은 모양이었다.

"그 친구를 밀착감시하고 있다가 이동하면 즉시 출동해야 해."

"당연히 그래야죠. 감시조들은 어떻게 하고 있습니까? 일일이 보고 하고 있나요?"

"물론이지. 무전기로 보고하면 내가 여기서 받아. 용의자의 일거수일 투족을 모두 다 알고 있네. 오늘 밤 늦게까지 있는 이유는 어떤 느낌 때 문이야."

"어떤 느낌 말입니까?"

"오늘 밤에 일을 벌일 것 같은 느낌."

보슈는 오후 5시에 실비아를 깨웠다. 그러나 침대에 앉아 그녀의 등 과 목덜미를 30분쯤 문질러 주었다. 마침내 그녀는 일어나 욕실로 들어 갔다. 잠시 후 샤워를 마치고 거실로 나온 그녀의 눈은 여전히 잠이 덜 깬 것 같았다. 회색 티셔츠 드레스를 입고 블론드 머리를 돼지꼬리처럼 묶은 그녀가 물었다.

"언제 나갈 거예요?"

"조금 있다가."

어디에 무슨 일로 나가는지는 묻지 않았다. 그럴 기회도 주지 않고 보슈가 먼저 물었다.

"수프나 뭐 좀 만들어 줄까?"

"아뇨, 괜찮아요. 오늘 밤엔 배도 안 고플 것 같네요."

부엌의 전화기가 울려서 보슈가 받았다. 〈타임스〉 기자라면서 폰트노트 부인으로부터 전화번호를 알았다고 말했다. 베아트리체에 관해 실비아 무어 선생님과 얘기를 나누고 싶다는 말에 보슈는 불쑥 물었다.

"무슨 얘깁니까?"

"아, 네. 폰트노트 부인은 자기 딸에 대해 무어 선생님이 좋은 말씀을 많이 해주셨다고 하더군요. 베아트리체는 너무 착한 아이이기 때문에 우리는 이 기사를 크게 다룰 생각입니다. 무어 선생님도 하시고 싶은 말씀이 있을 것 같은데요."

보슈는 그녀에게 잠시 기다리라고 말한 뒤 실비아에게 돌아갔다. 여기자의 말을 전하자 실비아는 즉시 베아트리체에 대해서 하고 싶은 말이 있다며 부엌으로 들어갔다. 그리곤 15분 동안 전화기를 붙잡고 나오지 않았다.

실비아가 여기자와 통화하는 동안 보슈는 밖으로 나와 자기 자동차로 갔다. 그는 무전기를 켜고 DWP 통신 주파수 심플렉스 5에 맞추었다. 아무 소리도 들리지 않았다. 송신 버튼을 누르고 불러 보았다.

"팀 원, 응답하라."

몇 초 경과한 뒤 그가 다시 부르려고 할 때 쉬헌의 목소리가 흘러나왔다.

"거기 누구요?"

"보슈야."

"무슨 일이야?"

"용의자는 어떻게 하고 있나?"

그러자 롤렌버거의 목소리가 쉬헌을 밀어냈다.

"팀 리더다. 교신할 때는 암호명을 사용해주기 바란다."

보슈는 히죽 웃었다. 암호명 좋아하네, 똥강아지 같은 놈.

"팀 리더, 내 암호명이 뭡니까?"

"자넨 팀 식스다. 나는 팀 리더고. 이상."

그러자 쉬헌이 슬쩍 끼어들었다.

"알아 모시겠습니다, 드림 리더."

"다시 말해 보겠나?"

"다시 말하라고요?"

"방금 한 말 말이야, 팀 원. 무슨 뜻이야?"

롤렌버거의 목소리에 노기가 서려 있었다. 보슈는 미소를 지었다. 그는 무전기를 통해 쉬헌이 전송 버튼을 누르는 소리를 들었다.

"내 팀은 누구냐고 물었습니다."

보슈는 얼른 초점을 돌렸다.

"팀 식스, 자넨 아직 솔로다."

"그렇다면 암호명도 그렇게 바꾸면 안 됩니까, 팀 리더? 솔로 식스라고 말입니다."

"보, 아니지. 팀 식스, 정보를 제공하지 않을 때는 무전을 당장 꺼주기 바란다."

"알아 모시겠습니다!"

보슈는 무전기를 끄고 한동안 배꼽을 잡았다. 생각해 보면 그다지 우스운 일도 아닌데 하도 웃어서 눈물이 찔끔찔끔 날 지경이었다. 아마도 하루 동안의 긴장이 그 순간 한꺼번에 풀린 탓인 듯했다. 그는 다시 무전기를 집어 들고 쉬헌을 불렀다.

"팀 원, 용의자가 이동 중인가?"

"그런 것 같다, 솔로, 아니 팀 식스."

"지금 어디 있나?"

"할리우드와 체로키 모퉁이에 있는 링스윙즈에서 코드 세븐 중이야."

모라 형사가 패스트푸드점에서 식사를 하고 있다는 소리였다. 그렇다면 계획한 것을 행동으로 옮길 시간이 충분하지 않을 것이라고 보슈는 생각했다. 특히 할리우드에서 자동차로 30분 거리에 있을 때는 더욱 그렇다.

"팀 원, 눈치가 어때? 밖에서 밤을 보낼 것 같아?"

"상판대기는 보기 좋은데. 슬슬 돌아다닐 눈치야."

"나중에 또 연락하지."

"알아 모시겠습니다!"

거실로 돌아온 보슈는 실비아가 또 울었다는 걸 알 수 있었다. 그렇지만 최초의 고통과 분노가 지나간 탓인지 기분은 좀 나아진 것처럼 보였다. 식탁에 앉아 뜨거운 차를 마시다가 그가 들어오자 물었다.

"차 한 잔 줄까요, 해리?"

"아니, 괜찮아. 지금 가봐야 해."

"그래요."

"그 여기자한테는 무슨 얘길 했어?"

"생각나는 대로 다 얘기했죠, 뭐. 좋은 기사를 써주면 좋겠어요."

"그럴 거야."

행크스 형사는 소녀가 읽고 있던 책에 대해서는 여기자한테 얘기한 것 같지 않았다. 만약 얘기를 했다면 여기자는 실비아의 반응을 얻어내기 위해 그 얘기를 꺼냈을 것이다. 실비아가 기운을 차린 것은 여기자에게 베아트리체에 대해 얘기할 수 있었던 때문인 것 같았다. 여자들이 자기가 사랑했던 망자에 대해 얼마나 얘기하고 싶어 하는지 깨달을 때마다 보슈는 매번 놀라곤 했다. 가장 가까운 친척들에게 사망통고를 할 때마다 수없이 겪는 경험이었다. 여자들이 상처를 받는 것은 당연하지만, 그 이상으로 그들은 망자에 대해 얘기하고 싶어 했다. 지금 실비아의 부엌 안에 서서, 보슈는 그녀를 처음 만나던 순간에도 그런 임무를 수행하고 있었다는 것을 깨달았다. 그날 그는 실비아에게 남편의 죽음에 대해 알렸고, 지금 이 자리에 선 채 그녀가 하는 얘기를 다 들어주었다. 그래서 처음부터 그녀에게 깊숙이 빠져들었던 것이다.

"내가 나가 있는 동안 잘 견뎌낼 수 있겠지?"

"그럼요, 해리. 기분이 좀 좋아졌어요."

"되도록이면 빨리 돌아오도록 노력하겠지만 장담할 수는 없어. 뭘 좀 먹도록 해."

"알았어요."

문간에서 두 사람은 포옹하고 키스했다. 보슈는 나가지 말고 그녀와 함께 있고 싶은 마음이 굴뚝같았지만 간신히 밀어내며 말했다.

"당신은 정말 좋은 여자야, 실비아. 내겐 과분할 정도로."

여자는 손을 내밀어 그의 입술을 눌렀다.

"그런 말은 하지 말아요, 해리."

27 추적

모라 형사의 집은 선셋 대로 근처인 시에라 린다 거리에 있었다. 보슈는 반 블록쯤 떨어진 도로가에 차를 세우고 땅거미 내리는 속에서 그 집을 바라보았다. 도로를 따라 경사진 지붕에 돌출된 창문을 내고 베란다를 최대한 뺀 단층 목조주택들이 죽 들어서 있었다. 적어도 10년쯤은 그 거리도 자기 이름에 걸맞게 아름다웠을 거라고 보슈는 생각했다. 하지만 지금은 집들 대부분이 황폐했다. 모라의 집 옆집은 아예 판자를 대고 방치한 상태였다. 그 반대쪽에 있는 집은 주인이 마지막으로 돈을 처들일 때 페인트칠을 하는 대신 철망 울타리를 두르기로 결심했던 모양이었다. 대부분의 창문들은 물론이고 지붕의 돌출 창문에도 철봉들을 박아 놓았다. 진입로의 콘크리트 블록 위에 자동차 한 대가 서 있었다. 주말마다 흔히 볼 수 있는 야드 세일(개인이 앞뜰에 벌이는 중고 가정용품 세일-옮긴이) 중인 이웃처럼 보였다.

보슈는 무전기를 옆 좌석에 내려놓았다. 조금 전에 들어온 보고에 의하면 모라 형사는 선셋 대로에 있는 '불릿'이란 술집으로 들어갔다. 보슈도 전에 가본 적 있는 곳이라 바에 앉아 있는 모라의 모습을 눈앞에 그려볼 수 있었다. 네온사인 두어 개를 밝힌 침침한 실내에 포켓볼 당구대 두 개가 놓여 있고 바 천장에는 텔레비전이 한 대 매달려 있었다. 간단히 한잔하고 나올 사람이 가는 곳이 아니었다. '불릿'에서 혼자 술을 마시는 사람은 없다. 보슈는 모라가 저녁 요기를 하러 들어갔을 거라고 짐작했다.

짙은 보라색으로 변해가는 하늘을 배경으로 레이 모라의 집을 바라보았다. 여러 개의 창문들이 있었지만 어느 한 곳에서도 불이 들어오지 않았다. 모라가 이혼을 했다는 건 알지만 혹시 룸메이트가 있을지도 모를 일이었다. 카프리스 운전석에 앉아 컴컴한 그의 집을 바라보며 보슈는 룸메이트가 있을 것 같진 않다는 결론을 내렸다. 그는 무전기를 집어 들고 쉬헌을 불렀다.

"팀 원?"

"팀 원이다."

"여긴 팀 식스. 그 친군 뭐 하고 있나?"

"한잔 꺾고 있는 것 같은데. 자넨 오늘 밤 뭐 할 건가, 식스?"

"그냥 집 주위를 어슬렁거리고 있네. 무슨 일이 있거나 그 친구가 움직이면 즉시 연락해 주게."

"그러지."

보슈는 자기가 한 말의 뜻을 쉬헌과 오펠트가 제대로 알아들었는지 궁금했다. 롤렌버거는 못 알아들었으면 좋겠는데. 그는 자동차 도구함을 열어 연장주머니를 꺼냈다. 그것을 윈드브레이커 왼쪽 안주머니에 넣은 뒤 무전기의 볼륨을 가장 낮게 조절하여 오른쪽 안주머니에 넣었다. 재킷 등에 노란 글씨로 LAPD가 새겨져 있기 때문에 그것을 뒤집어서 입었다.

차에서 내려 문을 잠그고 도로를 가로지르려고 할 때 무전기에서 소리가 났다. 그는 열쇠를 꺼내어 차문을 다시 열고 안으로 들어가서 무전기 버튼을 누르고 물었다.

"뭐라고 했나, 팀 원? 못 들었어."

"용의자가 이동 중이다. 할리우드 서쪽 방면."

"걸어서?"

"아니지."

제기랄, 하고 보슈는 투덜거렸다. 별 수 없이 차 안에서 또 기다릴 밖에. 모라가 할리우드 대로를 정처 없이 순찰하고 다닌다는 쉬헌의 무전 보고를 수시로 듣고 있는 사이에 45분이란 시간이 또 흘러갔다. 보슈는 모라가 도대체 뭘 하고 다니는지 짐작도 할 수 없었다. 거리를 순찰하는 일은 모방범의 정체 파악에 아무런 도움도 되지 않는다. 지금까지 알려진 것에 의하면 모방범은 철저히 호텔에서 작업을 했다. 여자들을 꾄 장소가 호텔들이었다. 거리를 순찰하는 것은 앞뒤가 맞지 않았다.

무전기가 10분쯤 조용하더니 쉬헌 형사가 다시 나왔다.

"용의자가 스트립으로 내려가고 있다."

선셋 스트립도 문제였다. LA 도로지만 그 남단인 웨스트 할리우드는 보안관서 관할이었다. 모라가 남쪽으로 내려가서 무슨 짓을 저지른다면 관할 문제가 불거질 수도 있었다. '미스터 손 떼' 같은 친구는 관할 문제라면 아마 질겁할 것이다. 쉬헌 형사가 계속 보고했다.

"이젠 산타 모니카 대로로 들어섰다."

거긴 웨스트 할리우드였다. 보슈는 이제 곧 롤렌버거가 무전기에 나올 것이라고 예측했다. 아니나 다를까. 경위의 목소리가 흘러나왔다.

"팀 원, 여긴 팀 리더다. 용의자가 뭐 하고 있나?"

"정확히는 모르겠고, 남성 동성애자 지역을 순찰하고 다니는 것 같습니다."

"알았다, 팀 원. 계속 감시하되 접촉하진 마라. 거긴 우리 관할이 아니다. 내가 보안관서 당직실에 통보하겠다."

"접촉할 생각은 없습니다."

5분이 지났다. 보슈는 한 사내가 경비견을 데리고 시에라 린다를 걸어가는 것을 보았다. 개가 버려진 집의 잔디밭 불탄 자리에 멈춰서더니 뒷다리를 번쩍 쳐들고 오줌을 갈겼다.

"신났어. 시골로 다시 돌아왔어."

쉬헌의 목소리가 다시 흘러나왔다. 로스앤젤레스 관할로 돌아왔다는 소리였다.

"팀 원, 20은 어디 있나?"

보슈가 물었다.

"아직 산타 모니카에. 동쪽으로 가고 있어. 라브리아를 지나서… 아니야, 라브리아에서 북쪽으로 가고 있다. 집으로 가는 것 같은데."

보슈는 모라가 거리에 나타날 경우에 대비해서 몸을 낮추었다. 잠시 후 쉬헌은 용의자가 동쪽 선셋 대로로 향하고 있다고 보고했다.

"방금 시에라 린다를 지났어."

모라는 집에 들어가지 않았다. 보슈는 다시 의자 위로 올라와 앉았다. 그리고 5분 동안 무전기에 귀를 기울였다. 마침내 쉬헌이 말했다.

"용의자가 돔으로 가고 있어."

"돔이라니?"

보슈가 물었다.

"선셋 대로에 있는 극장 말이야. 윌콕스 바로 옆에. 그가 차를 세웠어. 표를 구입하여 안으로 들어가는데. 공연시간 기다리느라 차를 몰고 다

넜던 모양이군."

보슈는 그 지역의 풍경을 마음속에 그려보았다. 그 거대한 지오데식 돔은 할리우드의 상징적 극장들 중 하나였다.

"팀 원, 여긴 팀 리더다. 역할을 분담하라. 한 사람은 용의자를 따라 극장에 들어가고 한 사람만 차에 남아 대기해. 교신 끝."

"알겠습니다. 팀 원, 교신 끝."

그 돔은 시에라 린다에서 10분 거리에 있었다. 모라가 극장에서 중간에 나오지 않는 한 그의 집 안을 적어도 한 시간 반쯤은 마음 놓고 뒤질 수 있겠다고 보슈는 계산했다. 재빨리 차에서 내린 그는 도로를 건너 레이 모라의 집으로 걸어갔다. 넓은 베란다 그림자가 현관문을 완전히 가리고 있었다. 보슈는 노크를 한 뒤 도로 건너편 집을 조심스레 돌아보았다. 아래층에는 불이 들어와 있었고, 위층 어느 방에서는 커튼 뒤로 푸르스름한 텔레비전 불빛이 비쳤다.

노크에 대답하는 사람은 없었다. 그는 뒤로 물러서서 앞쪽 창문들을 살펴보았다. 보안 시스템도 보이지 않았고 창문에 알람 테이프도 붙어 있지 않았다. 철망을 씌운 창문 안으로 거실처럼 보이는 방이 드러났다. 동작감지기 같은 것이 부착되어 있지 않을까 하고 천장 모퉁이들을 살펴보았지만 예상했던 대로 없었다. 침입자를 방어하는 최상의 수단은 단단한 자물통과 사나운 개뿐임을 경찰들은 모두 알고 있었다.

그는 다시 문으로 다가가서 주머니를 열고 펜라이트를 꺼내 들었다. 끝 부분의 전기 테이프를 누르자 가느다란 불빛이 흘러나왔다. 그는 한쪽 무릎을 꿇고 앉아 자물쇠를 들여다보았다. 모라는 데드볼트 자물쇠와 열쇠삽입용 문손잡이를 설치해 놓고 있었다. 보슈는 펜라이트를 입에 물고 불빛을 데드볼트에 조준했다. 그리고 렌치와 갈고리를 자물쇠 속으로 밀어 넣었다. 톱니가 열두 개인 좋은 자물쇠였지만 메데코가 아닌 값싼 모조품이었다. 그것을 여는 데는 10분밖에 안 걸렸지만 온몸에서 진땀이 나고 눈에 땀이 들어가서 따끔따끔할 지경이었다.

보슈는 셔츠 자락을 바지에서 빼내어 얼굴의 땀을 닦았다. 그리고 땀이 묻어 미끌미끌한 렌치와 갈고리도 닦으며 도로 건너편 집을 힐끗 돌아보았다. 달라진 것도 잘못된 것도 없어 보였다. 이층에는 여전히 텔레비전이 켜져 있었다. 펜라이트 불빛을 문손잡이에 다시 비추었을 때 자동차가 다가오는 소리가 들렸다. 그는 재빨리 불을 끄고 베란다 뒤쪽으로 숨어 자동차가 지나가기를 기다렸다.

문으로 돌아온 그는 문손잡이를 잡고 갈고리를 살며시 밀어 넣었다. 아무 압력도 느껴지지 않자 손잡이를 돌리고 문을 열었다. 손잡이는 잠겨 있지 않았던 것이다. 보슈는 머리를 끄덕였다. 데드볼트가 결정적인 것이었다. 침입자가 그걸 열고나면 손잡이 잠금장치는 식은 죽 먹기다. 구태여 왜 신경을 쓰겠는가?

현관으로 들어간 보슈는 어둠 속에 조용히 서서 눈이 익숙해지기를 기다렸다. 베트남에 있을 땐 땅굴 속에 들어가서 15초만 지나면 눈이 어둠에 익숙해졌다. 그런데 이젠 더 오래 걸렸다. 훈련을 안 해서 그런 거지, 하고 그는 생각했다. 아니면 늙었거나. 1분쯤 기다려서 물건들의 형체가 눈에 잡히기 시작하자 그는 조용히 불러 보았다.

"어이, 레이, 안에 있나? 문을 잠그지 않았군 그래, 여보세요?"

아무 대답이 없었다. 그는 모라가 개를 키우지 않는다는 걸 알고 있었다. 경찰 혼자 살면서 개를 돌보긴 쉽지 않다. 몇 걸음 안으로 들어가자 거실의 가구들이 시커멓게 드러났다. 전에도 으스스한 곳에 들어간 적이 많지만 경찰 집이라도 무섭고 소름끼치기는 마찬가지였다. 온몸의 무게 중심이 불알에 온통 쏠린 것처럼 느껴졌고, 그 이상한 기분을 어떤 말로도 표현할 수 없을 것 같았다.

한순간 사로잡힌 공포심이 이성과 감정의 미묘한 균형을 흔들었다. '재판 중인 경관, 가택침입죄로 체포'라는 헤드라인이 머릿속에 번쩍 떠올랐다. 그는 재빨리 그 생각을 떨쳐버렸다. 실패를 생각하는 것은 실패를 부르는 법이다. 그는 계단을 발견하고 재빨리 그쪽으로 이동했다. 모라는 전리품들을 자기 침실이나 텔레비전 근처에 진열해 두었을 거라는 생각이 들었다. 그렇다면 무작정 찾는 것보다 침실부터 뒤지는 편이 순서일 것이다.

이층은 욕실을 사이에 낀 두 개의 침실로 나뉘었는데 오른쪽 침실은 카펫을 깐 체육관으로 개조되어 있었다. 크롬 도금을 한 운동기구들과 로잉 머신, 고정된 자전거 외에도 보슈가 모르는 기계장치도 보였다. 아령들이 놓인 대와 역기가 놓인 벤치 프레스도 있었다. 한쪽 벽면은 바닥에서 천장까지 온통 거울이었다. 거울 중앙의 얼굴 높이쯤에 생긴 탄착점을 중심으로 거미집처럼 금이 나 있었다. 보슈는 거울에 비친 산산조각난 자신의 모습을 잠시 바라보았다. 그리고 거기에다 자기 얼굴을 비춰보고 있었을 모라 형사를 떠올렸다.

시계를 보니 모라가 극장에 들어간 지 반 시간쯤 경과하고 있었다. 보슈는 무전기를 꺼내 들었다.

"원, 그는 어떻게 하고 있나?"

"아직 안에 있어. 자넨 어떻게 하고 있나?"

"그냥 빈둥거리고 있어. 내가 필요하면 연락하게."

"TV에서 재미있는 거 안 해?"

"아직 안 하는데."

그때 롤렌버거의 목소리가 흘러나왔다.

"팀 원과 식스, 농담 그만두고 무전기는 적절한 데만 사용하라. 팀 리더, 교신 끝."

보슈도 쉬헌도 그에게 응답하지 않았다.

보슈는 복도를 지나 다른 침실로 들어갔다. 모라가 자는 방이었다. 침대는 정돈되지 않았고 창문 곁의 의자에는 옷가지가 걸려 있었다. 좀 더 넓게 보기 위해 라이트에 붙여 놓은 테이프를 벗겨냈다.

침대 위쪽 벽에 예수 초상이 걸려 있었다. 가슴 속의 성스러운 마음을 드러내고 눈길을 아래로 향한 모습이었다. 불빛을 침대 탁자 위로 이동하자 알람시계 옆에 세워둔 사진 액자가 눈에 들어왔다. 블론드 머리의 젊은 여인과 모라의 모습이었다. 그의 전처일 거라는 생각이 들었다. 표백된 블론드의 그녀를 보자 피살된 여자들의 신체적 타입과 일치한다는 것을 알 수 있었다. 그렇다면 모라는 자신의 전처를 반복적으로 죽이고 있는 것일까? 보슈는 다시 의심스러운 생각이 들었지만 그에 대한 대답은 로크 박사나 다른 정신분석의들의 몫일 터였다. 사진 액자 뒤에 종교적인 성스러운 카드가 한 장 놓여 있었다. 그것을 집어 들고 불빛을 비춰보니 프라하의 아기 예수 사진이었다. 아기 왕의 머리 뒤에서 금빛 후광이 비치고 있었다.

침대 탁자의 서랍 속에는 놀이용 카드와 아스피린 병, 독서용 안경, 콘돔(인형사가 애용하던 브랜드는 아니었다), 작은 전화번호부 등이 잡다하게 들어 있었다. 보슈는 침대에 앉아 그 전화번호부를 넘기기 시작했다. 거기에는 여자들의 이름이 여러 개 적혀 있었지만 모방범이나 인형사 사건과 연관되는 이름은 하나도 발견할 수 없었다.

서랍을 닫고 그 아래 선반으로 불빛을 가져가자 노골적인 포르노 잡지들이 수북이 쌓여 있었다. 쉰 권도 넘어 보이는 그 잡지들 표지에는 모든 형태의 섹스 사진들이 담겨 있었다. 남자와 여자가 하는 것은 물론이고 남자와 남자, 여자와 여자, 남자와 여자와 남자 등의 형태였다. 잡지들을 넘기던 그는 표지의 오른쪽 상단에 매직으로 체크해 놓은 것을 발견했다. 그러자 모라가 자기 사무실에서도 잡지에 그런 표시를 하던 것이 떠올랐다. 모라는 업무를 집에서도 했던 것일까? 아니면 어떤 다른 목적으로 이 잡지들을 가져왔을까?

잡지들을 뒤져보던 보슈는 사타구니가 조여오는 것을 느끼며 묘한 죄책감에 사로잡혔다. 난 대체 뭐하고 있는 거지. 나도 여기서 내게 주어진 임무 이상의 짓을 하고 있는 건 아닐까? 나한테도 관음증 증세가 있는 걸까? 그는 잡지들을 제자리로 돌려놓았다. 너무 여러 권이라 그 속에서 모방범의 희생자들을 찾아내긴 어려울 것 같았다. 그리고 설사 찾아낸다 하더라도 그것으로 무엇을 증명할 수 있겠는가?

침대 맞은편 벽에 참나무로 짠 높다란 장식장이 서 있었다. 장식장 문을 열자 그 안에 텔레비전과 비디오테이프 레코더가 들어 있었다. 텔레비전 위에는 비디오테이프 세 개가 있었는데 모두 120분짜리 테이프들이었다. 두 개의 서랍 중 위쪽에서도 테이프를 한 개 발견했다. 아래쪽 서랍 안에는 가게에서 구입한 포르노 테이프 컬렉션이 들어 있었다. 그 중 한두 개를 뽑아 살펴보았지만 그 많은 테이프들을 일일이 검사할 시간이 없었다. 가정 녹화용으로 사용된 네 개의 테이프가 그의 눈길을 끌었다.

TV와 VCR을 켜고 혹시 안에 테이프가 삽입되어 있는지 살펴보았지만 없었다. 그래서 TV 위에 있는 테이프 하나를 밀어 넣어 보았다. 아무것도 나오지 않았다. 빨리감기 버튼을 눌러 테이프의 중간과 끝부분을 살펴봤지만 빈 것이 확실했다. TV 위에 있던 세 개의 테이프를 그런 식으로 모두 체크하는 데 15분이 걸렸다. 모두 공 테이프였다.

진짜 이상하군. 그 테이프들을 구입했을 때 포장되어 있던 비닐이나 케이스가 없는 걸 보면 사용했던 것이 분명했다. VCR을 소유하고 있진 않지만 그것에 익숙한 편인 그는 일반적으로 한 번 녹화했던 것을 지우는 일은 드물다는 것을 알고 있었다. 새로 녹화할 때는 먼저 녹화된 것 위에 그대로 하면 된다. 그런데 왜 모라 형사는 일부러 시간을 들여가 며 녹화되어 있던 것을 지워야만 했을까? 보슈는 그 공 테이프를 하나 가져가서 분석을 의뢰해 보고 싶었지만 그건 너무 위험하다는 판단을 내렸다. 어쩌면 모라가 눈치채지 못할 수도 있겠지만.

첫 번째 서랍에서 꺼낸 마지막 가정용 테이프에는 집 안 내부의 풍경 이 담겨 있었다. 여자아이 하나가 방바닥에 앉아 동물 인형들을 가지고 노는 장면이었다. 창문 밖으로는 눈 덮인 정원이 내다보였다. 한 남자가 비디오 프레임 안으로 걸어 들어와 아이를 품에 안았다. 보슈는 그가 모라인 줄 알았는데, 사내가 아이에게 하는 말이 흘러나왔다. "가브리 엘, 레이 삼촌한테 네가 말 인형을 얼마나 좋아하는지 말해." 그러자 여 자아이가 말 인형을 끌어안으며 뭐라고 소리 질렀다.

보슈는 테이프를 끄고 장식장 서랍에 돌려놓았다. 그리고 서랍 두 개 를 모두 빼내고 그 아래를 살펴보았지만 역시 아무것도 없었다. 그는 침대 위로 올라가서 장식장 위도 살펴보았지만 결과는 마찬가지였다. 내려와서 TV와 VCR을 끄고 장식장을 처음 보았던 대로 해놓았다. 손 목시계를 보니 어느새 한 시간이나 경과해 있었다.

드레스룸에는 옷걸이에 걸린 옷들이 두 줄로 가지런했다. 바닥에는 여덟 켤레의 구두들이 코를 벽 쪽으로 향하고 있었다. 특별히 눈에 띄 는 것이 없어서 그는 다시 침실로 돌아갔다. 계단 아래쪽으로 이동하여 거실을 들여다보았지만 거기엔 텔레비전이 없었다. 부엌과 식당에도 보이지 않았다. 복도를 통해 부엌을 지나 집 뒤쪽으로 나갔다. 최근에 증축했거나 차고를 개조한 것처럼 보이는 공간이 나타났다. 복도 천장 에는 에어컨 환기구가 설치되어 있었고 소나무 목재의 하얀 바닥은 1층 의 나머지 바닥처럼 거무튀튀하지 않았다.

세 개의 문 가운데 첫 번째 것을 열고 들어가자 세탁실이 나왔다. 보슈는 세탁기와 건조기 위에 있는 캐비닛들을 모조리 열어봤지만 흥미로운 건 하나도 없었다. 두 번째 문을 열자 욕실이 나왔다. 위층 욕실에서 본 욕조나 변기보다 모두 새것이었다.

마지막 문을 열고 들어가자 사주식 침대가 가운데 놓인 침실이 나타났다. 침대보가 핑크색이었고 여자 방처럼 느껴졌다. 향수 냄새까지 은은히 풍겼지만 사람이 살고 있는 것 같진 않았고, 방주인이 돌아오길 기다리고 있는 느낌이었다. 모라에게 타지에서 대학 다니는 딸이 있었던가? 아니면 결혼생활을 마침내 청산하고 떠나버린 그의 전처가 사용했던 방일까?

구석의 카트 위에 TV와 VCR이 설치되어 있었다. 보슈는 다가가서 VCR 밑에 있는 비디오 보관 서랍을 열어 보았다. 크기가 하키 퍽만 한 동그란 쇠붙이 외엔 아무것도 들어 있지 않았다. 그걸 들고 자세히 살펴봤지만 무엇인지 알 수 없었다. 위층에서 본 아령이나 역기에서 빠진 부품인가? 서랍 안에 도로 넣고 닫았다.

하얀 옷장 서랍들을 열어 보았다. 맨 위 서랍 안에는 여자 속옷들만 들어 있었다. 두 번째 서랍에는 여러 색깔의 눈 화장용 팔레트와 브러시들이 들어 있었다. 베이지 색 페이셜 파우더가 든 동그란 플라스틱 용기도 보였다. 화장품 용기들은 핸드백에 넣고 다니기엔 너무 컸고, 따라서 그것들이 모방범의 희생자들에게서 나온 것으론 보기 힘들었다. 누군지는 모르지만 이 방을 사용했던 주인의 화장품임이 분명했다.

그 아래 세 개의 서랍들 안엔 아무것도 담겨 있지 않았다. 화장대 위의 거울 속에서 보슈는 땀을 삘삘 흘리고 있는 자기 모습을 발견했다. 시간을 너무 많이 소비하고 있다는 생각이 들었다. 시계를 보니 벌써 60분이 지나갔다.

드레스 룸의 문을 열자마자 공포심이 가슴을 정통으로 치는 것 같아 펄쩍 뒤로 물러섰다. 문 옆으로 재빨리 비켜서며 권총을 뽑아 들고 그는 소리쳤다.

"레이! 자네야?"

아무 대답도 없었다. 드레스 룸 안쪽으로 물러서자 벽의 스위치가 등에 닿았다. 그는 불을 켜고 상체를 바짝 숙인 채 복도로 나갔다. 총구를 아까 문을 열 때 얼핏 본 듯한 사내가 있는 쪽으로 겨누었다.

문 밖으로 나오자 재빨리 불을 껐다. 옷걸이 위쪽 선반 위에 동그란 스티로폼에 씌워 놓은 기다란 검은 가발이 보였다. 보슈는 손을 대지 않고 가발을 살펴보았다. 이게 모방범과 무슨 상관이지? 오른쪽을 돌아보자 여자들이 입는 란제리와 실크 드레스들이 옷걸이에 죽 걸려 있었다. 그 아래 바닥에는 빨간 하이힐 한 켤레가 놓여 있었다.

드레스 룸의 다른 쪽에는 드라이클리닝 백 속에 든 옷들 뒤로 카메라 삼각대가 세워져 있었다. 보슈의 몸속에서 아드레날린이 다시 급류하기 시작했다. 고개를 쳐들고 선반 위에 있는 상자들을 재빨리 살펴보았다. 일본어가 새겨진 한 상자를 들어 올리자 놀랄 만큼 묵직했다. 뚜껑을 열어보니 비디오카메라와 카세트레코더가 들어 있었다.

카메라는 백화점 등에서 구입할 수 있는 일반 장비가 아니라 TV 뉴스 촬영기사들이 사용하는 대형이었다. 착탈식 산업용 배터리와 스트로브도 딸려 있었다. 3미터 가량의 동축 케이블로 연결된 레코더는 재생 스크린과 편집 기능이 있었다.

모라 형사가 이런 고가의 장비를 소유하고 있다는 건 분명 흥미로운 일이지만 보슈는 이것을 어떻게 해석해야 할지 알 수 없었다. 모라는 이것을 포르노 제작자로부터 압수한 다음 증거물 보관소로 이관하지 않았던 것이 아닐까? 버튼을 눌러 레코더 안을 열어 보았지만 아무것도 들어 있지 않았다. 그는 장비들을 다시 박스 안에 넣어 선반에 올려두었다. 이런 카메라를 소유한 자가 왜 공 테이프들만 가지고 있을까? 드레스 룸을 둘러보던 그는 지금까지 본 테이프들이 모두 최근에 지워졌다는 사실을 깨달았다. 그렇다면 모라는 자신이 감시당하고 있음을 이미 눈치챘다는 얘기가 된다.

보슈는 시계를 들여다보았다. 70분 경과. 시간이 거의 없었다.

드레스 룸 문을 닫고 돌아서자 화장대 위의 거울에 자신의 모습이 비쳤다. 보슈는 돌아가기 위해 재빨리 문으로 향했다. 그때 침실 문 위를 달리는 트랙에 설치된 조명등들이 눈에 들어왔다. 모두 다섯 개였는데 불을 켜보지 않아도 조명등 초점들이 침대에 맞춰져 있다는 걸 알 수 있었다.

보슈는 생각의 초점을 침대에 맞추고 상황을 종합해 보았다. 나가야 할 시간이 되었다는 걸 알면서도 다시 시계를 확인한 뒤 그는 문 쪽으로 향했다. 그런데 방을 가로질러 가며 TV와 VCR을 다시 보자 잊어버렸던 것이 생각났다. 급히 VCR을 켜고 꺼내기 버튼을 누르자 비디오카세트가 튀어나왔다. 그것을 다시 밀어 넣고 이번엔 리와인드 버튼을 눌렀다. 그리고 TV를 켠 뒤 무전기를 꺼내들었다.

"팀 원, 어떻게 하고 있지?"

"영화는 끝나가고 있어. 난 그 친구를 찾고 있고."

뭔가 잘못되었다는 것을 보슈는 알았다. 일반적인 개봉영화는 그렇게 짧지가 않다. 돔은 단독 극장이었다. 한 번에 한 영화만 상영했다. 그렇다면 모라는 영화가 시작되고 한참 후에 입장했다는 얘기였다. 그가 실제로 입장했다면. 보슈는 아드레날린이 솟구치는 느낌이었다.

"정말 끝나간다고? 그가 입장한 지 한 시간 정도밖에 안 됐는데?"

"들어가 볼게!"

쉬헌의 목소리에는 당혹감이 배어 있었다. 보슈는 눈치를 챘다. 이제야 들어가 본다고? 그렇다면 오펠트는 모라를 따라 극장 안에 들어가지 않았다는 얘기였다. 그들은 역할을 분담하라는 롤렌버거의 명령을 받았지만 따르지 않았다. 따를 수가 없었던 것이다. 모라는 전날 센트럴 디비전 경찰서 옆 부리토 스탠드에서 쉬헌과 오펠트를 보았다. 둘 중 하나가 모라를 찾아 컴컴한 극장 안으로 들어갔다간 그의 눈에 먼저 띄기 십상일 테니 그런 모험을 할 순 없었다. 만약 그런 일이 벌어지면 모라는 상황을 즉시 눈치를 챌 것이다. 쉬헌은 롤렌버거의 명령에 불복할 수밖에 없었다. 그러지 않으면 전날 모라에게 발각된 사실을 보고해야만 하니까.

VCR이 되감기를 끝내자 보슈는 꼼짝 않고 잠시 앉아 있었다. 그는 자신들이 오히려 모라에게 걸려들었다는 것을 알았다. 모라도 경찰이다. 쉬헌과 오펠트에게 자기를 미행하게 만들었던 것이다. 극장에 들어간 건 속임수였다.

보슈는 플레이 버튼을 눌렀다.

이 테이프는 지워지지 않았다. 화질이 나흘 전 엑스막스더스팟에 있는 비디오부스에서 본 것보다 더 양호했다. 보통 영화 길이의 제작비를 들여서 만든 포르노 테이프였다. TV 화면에는 사주식 침대 위에서 두 사내가 한 여자를 상대로 섹스를 하고 있었다. 보슈는 잠시 지켜보다가 빨리감기 버튼을 눌러 화면의 영상이 빨리 바뀌도록 했다. 연기자들의 퀵 모션이 코미디를 보는 것 같았다. 그들이 온갖 체위로 바꿔가며 재빠르게 섹스하는 모습을 지켜보던 보슈는 정상 속도로 다시 바꿔서 연기자들을 관찰했다.

여자 연기자는 모방범이 선호하는 타입에 맞지 않았다. 검은색 가발을 쓰고 있는데다 막대기처럼 말랐고 너무 어렸다. 법적으로 성인이 아닌 게 분명했고, 많아야 열여섯 살 정도로 보였다. 그녀의 파트너인 한 사내도 어려 보이긴 마찬가지였다. 확실하진 않지만 여자와 비슷한 나이로 보였다. 그렇지만 두 번째 사내가 모라인 것은 확실했다. 비록 얼굴은 카메라 반대쪽을 향하고 있었지만 보슈는 알 수 있었다. 그리고 그의 가슴에서 흔들거리는 성령 메달을 분명히 알아보았다. 보슈는 VCR을 껐다.

"그 테이프를 깜박 잊었군."

텔레비전 앞에 여전히 꿇어앉은 자세로 보슈는 고개를 돌렸다. 레이 모라가 권총을 겨누고 서 있었다.

"어서 오게, 레이."

"기억해 줘서 고맙군."

"그야 이를 말이겠어. 이봐, 레이, 그 총 좀…."

"날 쳐다보지 마."

"뭐라고?"

"내 얼굴을 쳐다보지 말라고! 돌아서서 TV 화면을 봐."

보슈는 순순히 꺼진 화면으로 시선을 돌렸다.

"자넨 왼손잡이지? 오른손으로 권총을 뽑아 바닥에 놓고 얌전히 이쪽으로 밀어."

보슈는 조심스럽게 명령에 따랐다. 그리고 모라가 바닥에서 권총을 집어 드는 기미를 느꼈다.

"자네들은 나를 모방범으로 생각하고 있어."

"거짓말할 생각은 없어, 레이. 우린 자넬 감시하고 있었지만, 그뿐이야. 난 이제 우리가 틀렸다는 걸 알았으니까."

"코셔 부리토를 먹으러 왔던 놈들 말이야, 용의자 미행 요령을 좀 가르쳐야 되겠더군. 그렇게 어설퍼서야, 원. 척 보는 순간 무슨 냄새를 맡으러 온 줄 알겠더라고."

"우린 자넬 잘못 본 거야, 그렇지 레이?"

"그럴 물어봐야 하나, 보슈? 방금 눈으로 보고도? 자네들은 헛발질을 한 거야. 누가 날 감시하라고 지시했지? 아이먼? 라이비?"

아이먼과 라이비는 마약반 공동 지휘관이었다.

"아니야. 내 아이디어였어. 내가 요청했지."

보슈의 고백에 모라는 한참 동안 침묵했다.

"그렇다면 이 자리에서 자네 대갈통을 날려버려야겠군. 그럴 권리가 내게 있잖아?"

"이봐, 레이…."

"움직이지 마!"

보슈는 돌아서려다 말고 텔레비전을 보며 말했다.

"자네가 한 짓이야, 레이. 자네 인생을 돌이킬 수 없게 만들었다는 걸 알잖아."

"자네가 여기 침입하는 순간 그렇게 된 거야, 보슈. 그러니까 난 논리적 결말을 지어야 되겠지? 자넬 끝장내고 사라지는 것 말이야."

"자넨 경찰이야, 레이."

"내가? 자넬 여기서 내보낸 뒤에도 그럴까? 지금 거기 꿇어앉아 날 잘 봐주겠다고 얘기하려는 거야?"

"레이, 무슨 말을 해야 할지 모르겠어. 저 비디오에 나오는 애들은 미성년자들이야. 하지만 난 불법수색을 통해 그 사실을 알았어. 그 권총 치우고 얘기해 보면 무슨 방법이 있지 않겠나?"

"그래, 해리? 모든 걸 원래대로 돌릴 수 있을까? 내가 가진 건 경찰 배지밖에 없어. 난 절대로…."

"레이, 나는…."

"닥쳐! 닥치라고! 생각 좀 해봐야겠어!"

보슈는 울화통이 터지려는 걸 간신히 참았다.

"자넨 내 비밀을 알았어, 보슈. 그래서 기분이 어때?"

보슈는 대답하지 않았다. 다음 할 동작과 말을 생각하느라고 머릿속이 복잡했다. 갑자기 주머니 속 무전기에서 흘러나온 쉬헌의 다급한 목소리가 그를 깜짝 놀라게 했다.

"그 친구를 놓쳤어. 극장 안에는 없는데."

보슈와 모라는 조용히 듣고만 있었다.

"그게 무슨 말인가, 팀 원?"

롤렌버거의 목소리가 물었다.

"저건 누구야?"

모라가 보슈에게 물었다.

"강도살인반의 롤렌버거 경위."

무전기에서 다시 쉬헌의 목소리가 흘러나왔다.

"10분 전에 영화가 끝나 사람들이 나오기 시작했는데 그는 나오지 않았어요. 내가 들어가 살펴봤는데 없었습니다. 그의 자동차는 아직 여기 있는데 말이죠."

"두 사람 중 하나는 극장 안에 들어간 줄 알았는데?"

롤렌버거가 겁에 질린 목소리로 외쳤다.

"들어갔지만 그를 찾지 못했습니다."

쉬헌이 변명했다.

"거짓말쟁이."

모라가 조용히 말했다. 그는 한참 동안 침묵하다가 보슈에게 말했다.

"이제 그들은 호텔들을 미친 듯이 뒤지겠군. 내가 모방범인 줄 알고 있을 테니."

"그러겠지. 하지만 그들은 내가 여기 있는 줄 알아. 응답해야만 해."

때를 맞춘 듯 쉬헌의 목소리가 무전기에서 흘러나왔다.

"팀 식스?"

"쉬헌이야, 레이. 내가 팀 식스거든."

"응답해. 하지만 조심하라고, 해리."

보슈는 오른손으로 무전기를 주머니에서 천천히 꺼내어 입으로 가져갔다. 그리곤 송신 버튼을 누르고 말했다.

"팀 원, 그를 찾았나?"

"아니. 사라졌어. TV에서 뭐가 나왔나?"

"아니. 오늘 밤엔 아무것도 없어."

"그렇다면 집에서 나와 우릴 좀 도와주게."

"지금 나가는 중이야."

보슈는 재빨리 말한 뒤 물었다.

"지금 어디에 있나?"

그러자 롤렌버거의 목소리가 흘러나왔다.

"보, 아니, 팀 식스. 여긴 팀 리더다. 좀 나와 주게. 용의자를 찾기 위해 특별수사팀 총출동을 명한다. 전원 돔 주차장으로 집결할 것."

"10분 내로 가겠습니다. 교신 끝."

무전기를 내리자 모라가 물었다.

"특별수사팀이 총출동이란 말이지?"

보슈는 고개를 끄덕이며 말했다.

"그래, 레이. 모두가 암호야. 그들은 내가 여기 온 줄 알고 있어. 10분 내로 돔에 나타나지 않으면 이곳으로 나를 찾아 올 거야. 자넨 어떻게 하고 싶나?

"모르겠어…. 그렇지만 최소한 15분 정도는 생각할 시간이 있군. 안 그래?"

"그렇지. 잘 생각해서 실수하지 마."

"그러긴 너무 늦었어."

그는 애석하다는 투로 말했다. 그리곤 보슈에게 명령했다.

"거기서 테이프를 꺼내."

보슈가 테이프를 꺼내어 왼쪽 어깨 너머로 건네자 모라는 말했다.

"아니, 아니, 자네가 나를 위해 수고 좀 해줘. 맨 아래 서랍을 열고 자석을 꺼내."

하키 퍽처럼 생긴 그것이 자석이었던 것이다. 묵직한 쇠붙이를 들며 보슈는 마지막 기회가 있을지 가늠해 보았다. 획 돌아서며 자석을 던지기 전에 모라는 총을 발사할 것이다.

"그랬다간 죽어."

네 생각을 다 알고 있다는 듯이 모라가 말했다.

"그걸로 뭘 하는지는 알겠지?"

보슈는 자석으로 테이프의 윗면을 문질렀다.

"이제 테이프를 넣고 잘 지워졌는지 보자고."

모라가 다시 지시했다.

"그러지, 뭐. 하라는 대로 할게."

보슈는 테이프를 VCR에 밀어 넣고 플레이 버튼을 눌렀다. 화면이 뿌옇게 나왔다. 흐릿한 빛이 보슈의 얼굴에 반사되었다. 빨리감기 버튼을 눌렀다가 다시 플레이 버튼을 눌렀다. 테이프 내용은 완전히 지워지고 없었다.

"좋았어."

모라가 말했다.

"진작 그렇게 했어야 하는 건데. 그게 마지막 테이프거든."

"증거가 없어, 레이. 자넨 이제 깨끗해."

"그렇지만 증인인 자네가 있잖아. 그들에게 얘기할 테고. 안 그래, 해리? 내사과에도 보고하고 세상에도 얘기하겠지. 난 절대 깨끗해지지 않아. 그러니까 그딴 소리 하지 마. 모두가 알게 될 거야."

보슈는 대꾸하지 않았다. 잠시 후 목재 바닥이 삐걱대는 소리가 들린 듯했다. 그러자 모라의 목소리가 바로 등 뒤에서 들려왔다.

"자네한테 멋진 정보를 하나 주지, 해리. 이 세상에서 속과 겉이 똑같은 사람은 한 놈도 없어. 한 놈도. 특히 자기 방에 틀어박혀 문을 잠그고 있을 땐. 그리고 자기가 무슨 생각을 하든 상대방을 다 아는 사람은 아무도 없어. 기껏해야 자기 자신이나 알면 다행이지. 게다가 진정한 자신을 알게 되었을 땐 자신으로부터 고개를 돌리지 않을 수 없지."

몇 초 동안 아무런 소리도 들리지 않았다. 보슈는 텔레비전 화면에 시선을 고정시킨 채 유령들이 그 속에서 모였다 흩어졌다 한다는 생각을 하고 있었다. 그 푸르스름한 빛이 망막 뒤쪽을 태우며 두통을 일으키는 것 같았다. 제기랄, 이 증세가 멎을 때까지만이라도 살 수 있으면 좋겠군.

"자넨 나한테 항상 좋은 동료였어, 해리. 나는…."

복도 쪽에서 무슨 소리가 나더니 곧이어 고함 소리가 들려왔다.

"모라!"

쉬헌 형사의 목소리였다. 거의 동시에 불빛이 방 안으로 쏟아져 들어왔다. 발자국 소리들이 목재 바닥을 울리더니 모라의 비명과 태클을 당해 나가떨어진 소리가 들려왔다. 보슈는 무전기 송신 버튼을 눌렀던 엄지를 떼고 몸을 오른쪽으로 날렸다. 그 순간 총성이 울렸다. 지금까지 들어본 총성 중 가장 요란한 것 같았다.

28 새로운 메시지

보슈가 무전기를 켜자마자 롤렌버거의 목소리가 튀어나왔다.

"보슈! 쉬헌! 팀 원! 무슨 일이야? 즉시 보고하라."

한참 동안 침묵을 지킨 후에야 보슈는 조용히 응답했다.

"여기는 식스. 팀 리더, 용의자의 20으로 오셔야겠는데요."

"그의 집으로? 무슨… 총격이 벌어졌나?"

"팀 리더, 채널을 계속 열어두십시오. 그리고 특별수사팀 전원은 집합 명령을 무시하고 다음 연락 때까지 17 상태로 대기할 것. 팀 파이브, 일어났나?"

"파이브다."

에드거가 응답했다.

"파이브, 용의자의 20으로 나올 수 있나?"

"지금 곧 가지."

"식스, 교신 끝."

보슈는 롤렌버거가 다시 나오기 전에 무전기를 얼른 꺼버렸다.

롤렌버거 경위는 파커 센터 작전지휘소에서 시에라 린다의 모라 형사 집까지 오는 데 30분이나 걸렸다. 그가 도착했을 땐 에드거가 벌써 와서 계획이 진행되고 있었다. 롤렌버거가 현관문으로 손을 뻗는 순간 보슈가 발칵 열었다. 경위는 분노와 당혹감으로 얼굴을 붉히며 안으로 걸어 들어왔다.

"좋아, 보슈. 여기서 무슨 일이 있었는지 설명해 보게. 자넨 내가 내린 출동명령을 취소시킬 권한이 없어."

"경위님, 저는 아는 사람이 적을수록 좋겠다고 판단했습니다. 그래서 에드거만 불러내면 충분히 처리할 수 있다고 생각했고…."

"뭘 알고 뭘 처리한다는 거야? 대체 여기서 무슨 짓을 하고 있었나?"

보슈는 그를 잠시 바라본 뒤 똑같은 말투로 대답했다.

"경위님이 지휘하는 부하 한 명이 용의자의 집을 불법 수색했습니다. 그러다가 경위님이 감독하는 감시조의 눈을 피해 돌아온 용의자에게 붙잡히는 일이 벌어졌죠."

롤렌버거는 한 대 얻어맞은 것처럼 펄쩍 뛰었다.

"자네 미쳤나, 보슈? 전화기 어디 있나? 부국장님께 보고를…."

"이런 보고를 올리면 경위님께 특별수사팀을 다시는 맡기지 않을 겁니다. 그 정도만으로 끝나지도 않겠죠."

"개소리! 난 이 일과 아무 상관도 없어! 자네 마음대로 벌인 일 아닌가? 모라는 어디 있어?"

"위층 오른쪽 방에 있습니다. 노틸러스 머신에다 수갑을 채워놨죠."

롤렌버거는 거실에 있는 다른 형사들을 돌아보았다. 쉬헌, 오펠트, 에드거, 모두 꿀 먹은 벙어리 표정을 하고 있었다. 보슈가 알아들을 수 있게 말했다.

"내막을 몰랐다면 증명할 수밖에 없죠, 경위님. 오늘 밤 심플렉스 5를 통해 교신한 내용들은 시티콤 센터에 고스란히 녹음되어 있습니다. 저는 집 안에 있다고 말했고 경위님은 듣고 있었죠. 저한테 몇 마디 하시기까지 했는데요."

"보슈, 자넨 암호로 얘기하고 있었어. 난 그런 내용인 줄도 모르고…."

롤렌버거가 갑자기 보슈의 멱살을 잡으려고 사납게 달려들었다. 예상하고 있던 보슈는 보다 공격적으로 대응했다. 그는 두 손바닥으로 경위의 가슴을 힘껏 쳐서 복도 벽에 나가떨어지도록 만들었다. 그 충격에 벽에 걸려 있던 그림이 바닥으로 툭 떨어졌다.

"보슈, 이 바보 같은 놈! 감시는 이제 실패야. 이건 모두 다 불법행위라고!"

바닥에 주저앉아 롤렌버거는 소리쳤다.

"감시는 없었어. 범인은 모라가 아니야. 그렇지만 확인은 해야겠지. 우리와 함께 이 집을 수색한 뒤 대책을 마련할 거요, 아니면 부국장에게 전화하여 당신이 얼마나 무능한 지휘관이었는지 설명할 거요?"

보슈는 옆으로 비켜주며 말했다.

"전화는 부엌에 있소."

집 안을 수색하는 데는 네 시간도 더 걸렸다. 그들 다섯 명은 조용히 일사불란하게 각 방의 모든 서랍들과 캐비닛들을 하나하나 뒤졌다. 레이 모라 형사의 비밀스러운 생활에 대한 증거물들은 사소한 것까지 모두 식당의 식탁 위에 모아 두었다. 그동안 모라는 수갑을 찬 채 이층 체육관의 역기에 연결되어 있었다. 살인자가 자기 집에서 체포되었다 하더라도 그보다 못한 대우를 받을 건 없었다. 전화도 할 수 없었고, 변호사를 부를 수도 없었다. 권리도 없었다. 경찰이 경찰을 수사할 때는 항상 이런 식이었다. 경찰의 칼날이 자신을 겨눌 때는 가장 노골적인 인권 침해가 일어난다는 것을 모든 경찰은 알고 있었다.

수색을 시작했을 때 그들은 모라가 이층에서 자꾸 부르는 소리를 들었다. 그는 보슈를 자주 불렀고 가끔 롤렌버거를 부르기도 했지만 아무도 올라가 보지 않았다. 마침내 이웃에서 듣고 경찰에 신고할 것을 우려한 쉬헌과 오펠트가 타월을 그의 입에 쑤셔 넣고 검정 테이프로 봉해 버렸다.

그렇지만 그들이 조용히 수색하는 것은 이웃들을 생각해서 그러는 건 아니었다. 그들 사이에서 느낄 수 있는 팽팽한 긴장 때문이었다. 롤렌버거가 보슈에게 화를 내는 것은 분명하지만, 긴장의 주요인은 쉬헌과 오펠트가 용의자 감시에서 실패하는 바람에 모라가 자기 집을 뒤지는 보슈를 발견하게 된 것에서 비롯되었다. 그렇지만 보슈의 불법침입에 대해 신경 쓰는 사람은 롤렌버거뿐이었다. 옛날 보슈가 내부감사의 초점이 되었을 때도 그의 집이 이와 유사한 불법수색을 두어 차례 당한 적이 있었다.

수색이 끝나자 식당의 식탁 위에는 포르노 잡지와 테이프, 비디오 기기, 가발, 여자들의 옷, 모라의 비밀전화수첩 등이 수북이 쌓였다. 모라가 쏜 총에 빗맞은 텔레비전도 함께 놓여 있었다. 집 안을 수색하는 동안 자신이 처한 상황에 대해 충분히 생각할 수 있었던 롤렌버거는 그제야 제정신이 돌아왔다. 그는 식탁 주위에 모여 증거물들을 살펴보고 있는 네 명의 형사들에게 말했다.

"자, 그래서 뭐가 나왔지? 첫째, 모라가 모방범이 아닌 건 확실해?"

방 안을 둘러보던 경위의 눈이 보슈에게 멎었다.

"자넨 어떻게 생각하나, 보슈?"

"아까 얘기했잖습니까. 모라는 아니라고. 그가 나한테 지우게 만든 테이프의 내용은 모방범과는 맞지 않았어요. 거기 출연한 소년 소녀는 미성년자이긴 했지만 완전 합의하에 섹스를 하는 것 같았죠. 모라는 모방범이 아닙니다."

"그러면 뭐란 얘긴가?"

"문제가 약간 있는 형사죠. 마약반에 너무 오래 근무하는 바람에 비뚤어져서 자신의 포르노를 만들기 시작했어요."

"만들어서 팔았나?"

"모르겠어요. 팔진 않았을 것 같은데 증거가 없으니까. 내가 본 테이프에서 그는 자신을 별로 감추지 않았어요. 모라 자신을 위해 만든 포르노 같았습니다. 돈을 받고 출연한 건 아니었죠. 좀 더 깊숙한 내용이었어요."

아무도 대꾸하는 말이 없자 보슈는 계속했다.

"짐작하기론 우리가 자기를 감시하자마자 눈치를 채고 증거물을 없애기 시작했던 것 같아요. 오늘 밤엔 우리를 꼬리에 달고 다니며 무슨 냄새를 맡고 그러는지 알아보려고 했던 거죠. 대부분의 증거물을 이미 지워버렸지만 그 전화수첩에 적힌 자들을 잘 조사하면 뭔가 나올 겁니다. 성은 없고 이름만 적혀 있는 자들도 있어요. 그 이름들을 추적하면 그가 자기 포르노를 찍을 때 이용했던 아이들도 나올 겁니다."

쉬헌이 식탁 위의 전화수첩을 집으려고 하자 롤렌버거가 말했다.

"그냥 두게. 이 일은 내사과에서 처리할 성격이야."

"그들이 어떻게 할 것 같습니까?"

보슈가 물었다.

"무슨 뜻인가?"

"이건 모두 독나무에 열린 과일들입니다. 수색을 포함한 모든 것이 불법이죠. 우린 모라를 처벌할 수 없어요."

"그렇다고 이대로 경찰 노릇을 계속하게 둘 수도 없어. 그자는 감옥에 가야 해."

롤렌버거는 퉁명스럽게 말했다.

다들 침묵 속에 빠져 있을 때 이층에서 모라의 쉰 듯한 목소리가 요란하게 들려왔다. 입에 물린 재갈을 어떻게든 벗겨낸 모양이었다.

"보슈! 보슈! 난 거래를 원해, 보슈. 내가 그자를….."

기침을 한참 쏟아낸 뒤 모라는 다시 말했다.

"내가 그자를 넘겨줄게, 보슈. 내 말 들려? 내 말 들리냐고?"

쉬헌이 식당 바깥 벽감이 시작되는 계단 쪽으로 걸어가며 말했다.

"이번엔 단단히 틀어막아 숨이 콱 막히도록 해주겠어."

"기다려."

롤렌버거의 명령에 쉬헌이 벽감으로 나가는 아치형 입구에서 엉거주춤 멈춰 섰다.

"저 친구 뭐라는 거야? 누굴 넘겨주겠다는 거지?"

경위의 물음에 보슈는 어깨만 으쓱했다. 다들 천장을 쳐다보며 귀를 기울였지만 모라는 더 이상 소리치지 않았다. 보슈가 식탁에서 전화수첩을 집어 들며 말했다.

"내게 좋은 생각이 있어."

방 안에는 레이 모라의 땀내가 가득했다. 그는 등 뒤로 수갑을 찬 채 운동기구에 연결되어 있었다. 그의 입을 막아 테이프로 붙여 두었던 타월은 아래로 흘러내려 목 보호대처럼 보였다. 침으로 축축하게 젖은 타월 앞부분을 보며 보슈는 모라가 턱을 아래위로 열심히 움직여서 흘러내리게 했음을 알 수 있었다.

"보슈, 수갑 풀어줘."

"아직 안 돼."

롤렌버거가 앞으로 나섰다.

"모라 형사, 자넨 문제가 있어. 자넨…."

그러자 모라가 그의 말을 댕강 잘랐다.

"문제는 경위님한테 있소. 이런 짓들은 전부 불법 아닙니까? 어떻게 설명하실 거죠? 내가 어떻게 할 건지 말해 드리죠. 머니 챈들러 그년을 고용해서 경찰국을 상대로 1백만 달러 소송을 제기할 겁니다. 그럼요, 난 절대…."

"감옥에서는 1백만 달러를 쓸 데도 없어, 레이."

보슈가 느긋하게 받았다. 그는 모라의 전화수첩을 흔들어 보이며 말했다.

"내사과에 이것만 던져주면 사건은 그들이 만들어낼 거야. 여기 적힌 이름들과 전화번호들을 뒤지면 누군가는 자네에 대해 얘기해 주겠지. 아마도 미성년자들이겠지만. 우리가 자넬 힘들게 하고 있다고 생각해? 내사과로 곧 넘길 테니 조금만 참아. 그들이 잘 만들어 줄 거야. 오늘 밤의 가택수색은 쏙 빼고 말이지. 그건 자네가 우릴 음해하려고 한 말일 뿐이야."

모라의 눈빛이 재빨리 변하는 것을 보슈는 놓치지 않았다. 정곡을 찔린 그는 전화수첩에 적힌 이름들을 두려워하고 있었다. 보슈는 별로 기대하지 않는다는 투로 물었다.

"그래, 자네가 하자는 거래 내용은 뭔가?"

모라는 전화수첩에서 눈을 돌리고 롤렌버거를 쳐다본 다음 보슈를 돌아보았다. 그리곤 다시 경위를 쳐다보며 물었다.

"당신이 거래할 수 있소?"

"먼저 들어봐야만 해."

롤렌버거가 대답했다.

"좋소. 거래 조건은 이거요. 날 석방하면 모방범을 넘겨주겠소. 누군지 알고 있으니까."

보슈는 금방 의심이 들었지만 아무 말도 하지 않았다. 롤렌버거가 돌아보자 보슈는 머리를 한 차례 저었다. 그러자 모라가 보슈에게 말했다.

"지난번에 자네한테 얘기한 피핑 톰이 누군지 알아. 거짓말이 아냐! 오늘 그의 신원을 확인했는데 딱 들어맞아. 그게 누군지 안다니까!"

그제야 보슈는 그를 진지하게 살펴보았다. 그리곤 두 팔을 가슴 위로 끼며 롤렌버거를 힐끗 돌아보았다.

"누군데?"

경위의 물음에 모라가 말했다.

"거래 조건을 먼저 약속해야죠."

롤렌버거는 보슈에게 슬쩍 미루고 창문으로 걸어가더니 커튼을 양쪽으로 갈랐다. 보슈는 모라 앞으로 천천히 다가가 야구 포수처럼 쪼그리고 앉았다.

"이게 거래 조건이다. 딱 한 번만 제의할 테니 받아들이든지 말든지네 마음대로 해. 그자의 이름을 나한테 대고 자네 배지는 경위님한테 반납해. 그리고 경찰국에 즉시 사표를 제출하고 경찰국과 우리들을 상대로 어떤 소송도 하지 않겠다고 약속해. 그 대가로 자네는 석방이야."

"다시 체포하지 않는다고 어떻게 믿을 수 있지?"

"없어. 우리는 자네가 약속을 지킨다고 어떻게 믿나? 난 자네의 전화 수첩을 가지고 있어, 레이. 우릴 엿 먹이려 들면 즉시 내사과에 던져줄 거야. 거래할 거야, 말 거야?"

모라는 한참 동안이나 말없이 그를 노려보기만 했다. 마침내 보슈는 일어나서 문 쪽으로 향했다. 롤렌버거도 그쪽으로 걸어가며 말했다.

"저자를 본부로 끌고 가서 경찰 공격과 미성년자와의 불법 성행위, 성매매 알선 등 가능한 모든 죄목으로 입건해."

"거래하겠어."

모라가 마지못해 말했다.

"그렇지만 난 보장을 못 받았어."

보슈가 그를 돌아보았다.

"맞았어. 그자의 이름은?"

모라는 보슈로부터 롤렌버거에게로 눈길을 돌렸다.

"수갑을 풀어주시오."

"이름을 먼저 말해, 모라."

롤렌버거가 말했다.

"로크 박사요. 그 빌어먹을 정신분석의 자식. 멍청한 당신들이 엉뚱하게 나를 찔러대는 동안 그 자식은 제멋대로 활개치고 다녔어."

보슈는 깜짝 놀랐지만 바로 그 순간 그것이 어떻게 가능한 얘긴지 금세 이해한 표정이었다. 로크 박사야말로 인형사의 프로그램에 대해 훤할 뿐만 아니라 모방범의 프로파일과도 일치하는 인물이었다.

"그자가 피핑 톰이었다고?"

"그래, 바로 그자였어. 오늘 제작자를 통해 그자의 신원을 알아냈지. 책을 쓰려고 한다면서 포르노 여배우들과 접촉하고 다녔다더군. 그리곤 그 여자들을 죽였던 거야, 보슈. 그러는 동안 자네한텐 줄곧 정신분석의 노릇을 하면서 말이야. 그자는 지금도 저 밖에서 여자들을 죽이고 있어, 보슈."

롤렌버거가 보슈를 돌아보며 물었다.

"자네 생각은 어때?"

보슈는 아무 대답도 않고 방을 나갔다. 그는 계단을 내려가 자기 자동차를 세워둔 곳으로 걸어갔다. 로크 박사의 저서는 전날 구입해서 던져둔 대로 뒷좌석에 놓여 있었다. 그것을 들고 집 안으로 다시 들어가면서 그는 동쪽 하늘이 희뿌옇게 밝아오는 것을 보았다.

모라의 식당 테이블에 앉아 로크 박사의 저서를 뒤적이기 시작했다. '저자의 말'이 실린 페이지의 두 번째 문단에서 로크 박사는 이렇게 적어 놓고 있었다. "이 책의 소재는 3년에 걸친 수많은 성인영화 연기자들과의 인터뷰를 통해 수집되었다. 그들 중 많은 사람들은 자신들이 익명으로 남겨지거나 예명으로만 소개되기를 원했다. 저자는 그들에게 진심으로 감사드리며 그들과의 인터뷰를 위해 무대와 제작실에 접근하는 것을 허락해준 제작자들에게도 감사드린다."

미스터리의 사내. 보슈는 4년 전 포르노 여배우 갤러리가 특별수사팀에 용의자로 제보해온 의문의 사내가 바로 로크 박사였다는 모라의 말이 옳을 수도 있다는 생각이 들었다. 책의 인덱스를 찾아 손가락으로 이름들을 짚어 나갔다. 벨벳 박스라는 조지아 스턴의 예명이 올라 있었다. 곧이어 홀리 레레와 매그너 컴 라우들리도 보였다.

보슈는 로크 박사가 사건에 관여했던 부분들에 대해 마음속으로 떠올려 보았다. 모라가 용의자로 적합했던 것과 똑같은 이유들로 인해 로크 박사도 아주 완벽한 용의자라는 결론에 도달했다. 박사 스스로도 말했다시피 그는 양쪽에 다리를 걸치고 있었다. 인형사 살인사건들에 대한 모든 정보와 접촉하는 동시에 포르노 여배우들의 심리에 대한 저서를 구실로 그들을 계속 만날 수 있었던 사람.

보슈는 흥분됐지만 그보다 먼저 자신에 대한 분노가 치밀어 올랐다. 모라의 말이 옳았다. 로크 박사는 경찰이 엉뚱한 자에게 시선을 집중하도록 유도해 놓고 자기 할 짓을 하고 있었던 것이다. 만약 그가 모방범이라면 지금까지 보슈를 완벽하게 가지고 논 셈이었다.

롤렌버거는 쉬헌과 오펠트에게 즉시 로크 박사 집으로 달려가 철저히 감시하라고 지시했다. 그는 지휘관 체면을 다소 회복한 표정으로 말했다.

"이번에도 개판 치면 각오들 해."

그리곤 불과 여섯 시간 후인 일요일 정오에 특별수사팀 회의가 있을 것이라고 선언했다. 토의할 내용은 로크 박사의 집과 사무실에 대한 수색영장 청구 문제와 앞으로의 수사 방향이라고 했다. 문 쪽으로 향하며 롤렌버거는 보슈에게 말했다.

"모라를 풀어주게. 그리고 보슈, 자넨 좀 자두는 게 좋겠어. 수면이 필요한 것 같아."

"경위님은 어떻고요? 이 문제로 어빙 부국장을 어떻게 다룰 겁니까?"

롤렌버거는 손에 쥐고 있는 금장 배지를 내려다보았다. 모라의 것이었다. 그것을 스포츠 코트 주머니 속에 집어넣으며 보슈에게 대답했다.

"그건 내 일 아닌가, 보슈? 자네가 걱정할 건 없네."

다른 사람들이 다 떠나자 보슈와 에드거는 계단을 타고 체육관으로 올라갔다. 수갑을 풀어주자 모라는 그들을 쳐다보려고도 하지 않았다. 그들은 아무 말 없이 모라를 놓아주었다. 모라는 타월을 여전히 올가미처럼 목에 감고, 금이 간 벽거울에 비친 자신의 산산조각 난 모습을 응시하고 있었다.

자기 자동차로 돌아온 보슈는 담배를 붙여 문 뒤 시계를 들여다보았다. 6시 20분이었다. 이렇게 흥분한 상태로 집에 돌아가 잠을 청하고 싶지 않았다. 차에 올라탄 다음 주머니에서 무전기를 뽑아 들었다.

"프랭키?"

프랭키 쉬헌이 응답했다.

"응."

"별일 없어?"

"방금 여기 도착했어. 쥐새끼 한 마리 안 보이는데. 그가 안에 있는지 없는지도 모르겠어. 차고문은 내려져 있고."

"좋아, 그렇다면."

보슈는 아이디어를 하나 짜냈다. 그는 로크 박사의 책을 집어 들고 커버를 떼어냈다. 그것을 잘 접어 주머니에 넣은 뒤 차를 출발시켰다.

커피를 사기 위해 윈첼 도넛 가게에 잠시 들렀다가 시빌 브랜드 인스티튜트에 도착했을 땐 오전 7시였다. 너무 이른 시각이라 조지아 스턴을 면회하기 위해서는 교도소장의 허락을 받아야만 했다.

면회실로 들어온 그녀의 얼굴은 병색이 완연했다. 마치 옆구리 터진 식품 가방을 끌어안고 있는 것처럼 두 팔을 앞으로 끼고 엉거주춤한 자세로 앉았다.

"날 기억해?"

보슈는 조지아 스턴에게 물었다.

"당신, 날 여기서 빨리 꺼내 줘."

"안 돼. 하지만 병원에 입원시켜 줄 수는 있지. 그러면 메타돈을 탄 오렌지 주스를 마실 수 있을 거야."

"난 나가고 싶어."

"입원을 시켜줄게."

스턴은 절망한 듯 고개를 떨어뜨렸다. 그리곤 상체를 앞뒤로 천천히 흔들어대기 시작했다. 보슈가 보기에도 너무 불쌍했지만, 그대로 둘 수밖에 없다는 걸 알았다. 더 중요한 일들이 있었고, 그녀는 구원될 가능성이 없었다. 그는 여자에게 다시 물었다.

"나 기억해? 전날 밤에 우리 만났잖아?"

여자는 고개를 끄덕였다.

"너한테 사진들을 보여줬지? 다른 사진을 보여주려고."

보슈는 로크 박사의 책에서 찢어낸 표지의 재킷을 테이블 위에 펼쳐놓았다. 조지아 스턴은 로크의 사진을 한참 동안 들여다보았다.

"어때?"

"이 남자 본 적 있어요. 나한테 한 번 말을 걸어왔어."

"무슨 얘길 했지?"

"포르노 제작 얘기. 인터뷰 작가 같았어요."

"인터뷰 작가?"

"소설가처럼 말예요. 책을 쓸 거라고 했어요. 내 이름은 절대 사용하지 말라고 했지만 체크해보진 않았어요."

"조지아, 잘 생각해 봐. 이건 아주 중요한 일이야. 혹시 이 남자가 너를 공격했던 그놈 아니야?"

"인형사 말예요? 인형사는 죽었어요."

"나도 알아. 널 공격한 놈은 인형사가 아니라 다른 놈 같아. 사진을 잘 봐. 그놈 아니야?"

여자는 사진을 다시 들여다본 뒤 머리를 저었다.

"모르겠어요. 경찰에서 인형사라고 했거든요. 그놈이 죽었다고 해서 나도 기억에서 지워버렸죠."

보슈는 의자 등받이에 등을 기대었다. 괜한 헛수고만 한 것 같았다.

"나를 정말 입원시킬 거예요?"

보슈의 기분이 달라진 것을 눈치채고 여자가 물었다.

"그래. 당신이 보균자라고 의사한테 얘기해줄까?"

"무슨 보균자요?"

"에이즈."

"왜요?"

"그래야 필요한 약을 줄 것 아냐?"

"나 에이즈 안 걸렸어요."

"다 알고 있어. 지난번 밴 나이스 마약반에 걸렸을 때 핸드백에서 아지도티미딘(AZT)이 나왔다는 걸 말이야."

"그건 호신용이죠. 에이즈 환자인 친구한테 얻은 빈 병에 옥수수 녹말을 담은 거예요."

"호신용이라고?"

"포주 밑에 들어가기 싫어서요. 별 거지 같은 놈들이 다 주인 행세 하려들거든요. 그 병을 보여주며 에이즈 환자라고 하면 몇 킬로는 도망가죠. 에이즈 보균자를 식구로 들였다간 장사 아주 망치거든요."

여자는 교활하게 웃었다. 보슈는 그녀에 대한 생각을 바꾸었다. 어쩌면 이 여자는 구원될 수 있겠는데. 살아남기 위한 강력한 본능을 다시 보여주고 있지 않은가?

할리우드 경찰서 수사관실은 썰렁한 느낌을 주었다. 일요일 오전 9시니 이상할 것도 없었다. 당직사령이 벽의 지도를 살펴보고 있는 사이에 당직실 커피기계에서 커피를 한 잔 슬쩍 빼들고 보슈는 강력반 책상으로 건너갔다. 실비아에게 전화를 했지만 받지 않았다. 정원을 손질하고 있는지 아니면 베아트리체 폰트노트 기사를 읽기 위해 일요신문을 사러 나갔는지 알 수 없었다.

의자 등받이에 기대고 축 늘어졌다. 다음에 해야 할 일이 생각나지 않았다. 무전기를 뽑아 들고 쉬헌을 다시 불러 보았지만 로크 박사의 집 안에서는 아직 아무 움직임도 없다는 응답이 돌아왔다.

"올라가서 노크를 해볼까?"

쉬헌이 물었다. 그는 대답을 기다리지 않았고, 보슈도 대답하지 않았다. 그렇지만 정말 노크를 해보라고 할까, 하는 생각을 하게 만들었다. 그러자 다른 아이디어가 떠올랐다. 보슈는 자신이 직접 로크 박사를 만나 일을 처리하기로 결심했다. 모라 형사에 대한 이야기를 로크 박사에게 해준 뒤 어떤 반응을 보이는지 살펴보고, 모라가 모방범이라고 생각하는지 물어보기로 했다.

빈 커피 컵을 휴지통에 던져 넣고 보슈는 벽에 있는 메모와 편지함을 살펴보았다. 편지함 안에 무엇이 들어 있었다. 일어나 걸어 나가서 세 장의 핑크색 전화 메시지와 하얀 봉투 하나를 들고 책상으로 돌아왔다. 메시지들을 하나하나 살펴본 그는 별로 중요하지 않은 것들이라 나중에 처리하기로 하고 메모꽂이에 꽂아두었다. 두 장은 TV 리포터한테 온 것이었고, 한 장은 그가 맡은 다른 사건의 증거물을 제출해달라는 검사로부터의 연락이었다. 모두 금요일에 걸려온 전화들이었다.

그다음 하얀 봉투를 집어든 순간 그는 차가운 쇠구슬이 목덜미 아래로 굴러 내리는 듯 싸늘한 기분이 들었다. 겉봉에는 그의 이름만 적혀 있었지만 그 독특한 필체는 그것을 보낸 사람이 누군지 한눈에 알 수 있게 해주었다. 보슈는 봉투를 책상 위에 떨어뜨리고 서랍을 열었다. 수첩과 볼펜들, 페이퍼클립들 속에서 고무장갑을 찾아 낀 그는 조심스럽게 모방범의 메시지를 열었다.

    시체가 악취를 멈춘 한참 후에
    당신의 그 더러운 두 손으로
    소중한 블론드를 잡게 될 거야

나는 그녀를 달콤하게 즐긴 뒤

새 인형으로 만들어

부드러운 땅에 묻어줄 거야

당신이 나를 쫓지 못하게

여자가 마실 공기를 없애주지

그녀의 마지막 외침은 보슈우!

보슈는 벌떡 일어나서 뛰기 시작했다. 당직실을 통과하며 그는 당직 사령이 놀라 자빠질 만큼 큰 소리로 외쳤다.

"제리 에드거 형사에게 연락해! 무전기로 연락하라고 하면 알아들을 거야!"

29 반전

프리웨이로 향하던 보슈는 너무 흥분해서 혈압 오르는 소리가 귀에 들리는 것만 같았다. 눈 주위의 피부가 팽팽해지고 얼굴이 뜨겁게 달아올랐다. 할리우드 볼 원형극장에서 일요일 오전 공연이 있는지 차량들이 하이랜드에서 파운틴까지 밀렸다. 주변도로를 이용하려고 해봤지만 공연을 보러 가는 사람들이 어디나 넘칠 지경이었다. 완전히 진창 속에 빠진 꼴이 되었을 때에야 겨우 사이렌을 머리에 떠올린 보슈는 자신에게 욕설을 퍼부었다. 강력반에서 뛰기 시작한 이래 어딘가로 급히 달려간 적이 별로 없어서 깜박 잊고 있었던 물건이었다.

버블을 자동차 지붕 위에 올려놓고 사이렌을 켜자 앞에 있던 차량들이 양쪽으로 갈라지기 시작했다. 이렇게 쉬운 걸 잊고 있었다니, 하고 그는 혀를 찼다. 마침내 할리우드 프리웨이로 나가 카후엥가 고개를 넘어 북쪽으로 내달리기 시작했을 때 옆 좌석에 놓아둔 무전기에서 제리 에드거의 목소리가 흘러나왔다.

"해리 보슈?"

"응, 에드거, 내 말 잘 들어. 발렌시아 역에 있는 보안국에 전화해서 실비아의 집에 코드 쓰리로 차를 보내라고 해. 실비아가 안전한지 확인해 달란 말이야."

코드 쓰리는 비상등을 켜고 사이렌을 울리며 급히 달려가야 할 상황이다. 보슈는 에드거에게 그녀의 주소를 불러 주었다.

"지금 당장 전화하고 다시 무전으로 나와."

"알았네, 해리. 그런데 무슨 일이야?"

"전화부터 빨리 해!"

3분 후에 에드거는 다시 무전으로 나왔다.

"그 친구들 출동했어. 자넨 어디 있나?"

"나도 가고 있어. 자넨 강력반으로 들어가. 내 책상 위에 메시지를 놓고 나왔거든. 모방범이 보낸 거야. 그걸 잘 보관하고 롤렌버거와 어빙에게도 상황을 보고해 줘."

"어떤 상황인데?"

보슈는 앞의 차와 충돌하지 않기 위해 차선 중간으로 들어가지 않을 수 없었다. 상대방 운전자는 보슈가 오는 걸 보지 못했다. 시속 150킬로를 넘나드는 과속 상태에서는 사이렌을 울려도 앞에 있는 차들이 미처 피할 겨를이 없다.

"메시지엔 놈의 다른 시가 적혀 있었어. 내 손에서 블론드를 빼앗겠다는 내용이야. 실비아 말이야. 집으로 전화했지만 받지 않았어. 하지만 아직은 시간이 있을 거야. 놈은 내가 월요일에 출근해서 그 메시지를 발견할 것으로 계산했을 테니까."

"즉시 사무실로 갈게. 조심해, 친구. 냉정하라고."

맞아. 냉정해야 해. 세인들의 관심이 인형사에게 집중되자 모방범이

화가 난 거라고 하던 로크 박사의 말이 생각났다. 실비아는 안 돼. 그런 일이 일어나면 더 이상 세상을 살아갈 자신이 없어. 보슈는 다시 무전기를 집어 들었다.

"팀 원?"

"나야."

쉬헌이 응답했다.

"들어가서 체포해. 안에 있으면 연행하라고."

"정말이야?"

"연행하라니까!"

실비아의 집 앞에 보안관의 차가 한 대 서 있었다. 보슈는 그 뒤에 차를 세웠다. 보안관보가 현관 계단 위에 서 있었다. 마치 범죄현장을 보호하듯 그곳을 경계하고 있는 것 같았다.

차에서 내리려는 순간 보슈는 옆구리에 날카로운 통증을 느꼈다. 동작을 멈추고 가만히 있자 잠시 후 가라앉았다. 차에서 내린 그는 잔디밭을 가로질러 달려갔다. 주머니에서 경찰 배지를 꺼내어 보여주며 보안관보에게 물었다.

"LAPD에서 나왔소. 아무 일 없습니까?"

"문이 잠겼어요. 한 바퀴 돌아봤지만 모든 문과 창문들이 다 잠겨 있고 불러도 대답이 없습니다. 안에 아무도 없는 것…."

보슈는 사내를 밀치고 계단을 올라가 열쇠를 꺼내어 문을 열었다. 그리곤 안으로 들어가서 방마다 뛰어다니며 수상한 흔적이 없는지 살펴보았다. 그런데 아무것도 없었다. 보안관보의 말대로 집 안에는 아무도 없었다. 차고 안을 들여다본 보슈는 실비아의 체로키가 없다는 걸 알아차렸다.

그래도 그는 집 안을 처음부터 다시 훑고 다녔다. 옷장들을 열어 보고, 침대 밑도 들여다보며 혹시나 놓쳤을지도 모르는 흔적을 찾아다녔다. 침실들을 다 뒤지고 나올 때까지 거실에 서서 기다리고 있던 보안관보는 그에게 물었다.

"이제 돌아가도 됩니까? 이보다 더 중요해 보이는 일을 미뤄두고 왔거든요."

보슈는 그의 목소리에 약간의 짜증이 배어 있다는 걸 알았다. 돌아가도 좋다는 뜻으로 고개를 끄덕여 보인 뒤 그를 따라 밖으로 나왔다. 그리곤 카프리스에서 무전기를 꺼내어 에드거를 불렀다.

"에드거, 듣고 있나?"

"거기 무슨 일 있어, 해리?"

그의 목소리에 진정한 두려움이 배어 있었다.

"여긴 아무 일 없어. 실비아도 없고 다른 흔적도 없어."

"난 지금 경찰서에 있는데, 일단 볼로를 발동하는 게 어때?"

볼로(BOLO)는 모든 순찰차에 내리는 비상경계령이다. 보슈는 실비아와 그녀의 체로키에 대해 설명해 주었다.

"좋아, 이대로 전달하지. 특별수사팀은 집합 중이야. 여기서 회의할 건데 어빙 부국장도 참석한다는군. 기다리는 일 외엔 할 일이 없어."

"난 여기서 당분간 기다려야 할 것 같아. 계속 연락해 주게. 팀 원, 듣고 있나?"

"팀 원이야."

쉬헌이 응답했다.

"현관문까지 올라갔는데, 집 안에 아무도 없었어. 여기서 대기하다가 박사가 나타나면 즉시 연행할 생각이야."

보슈는 팔짱을 끼고 거실에 앉아 한 시간도 더 기다렸다. 그는 이제야 시빌 브랜드에서 조지아 스턴이 이런 자세로 앉아 있었던 이유를 알 것만 같았다. 그러고 있으니 마음이 편안했다. 하지만 집 안의 고요함이 그를 안절부절못하게 했다. 그는 커피 테이블 위에 올려놓은 전화기를 응시하며 신호가 울리기만 기다렸다. 그런데 갑자기 현관문에서 열쇠를 돌리는 소리가 들려왔다. 보슈가 펄쩍 뛰어 일어나 현관 쪽으로 갔을 때 한 사내가 문을 열고 안으로 들어왔다. 그런데 로크 박사가 아니었다. 보슈가 전혀 모르는 사내였지만 열쇠를 가지고 있었다.

"그녀는 어디 있지?"

보슈가 다짜고짜 소리 질렀다.

"뭐라고? 뭐요?"

사내는 놀란 표정으로 그를 바라보았다.

"그녀는 어디 있느냐고!"

"그 여잔 올 수 없어요. 내가 대신 이 집을 지켜줄 거요. 그 여잔 뉴홀에 새 집을 구했다고. 아, 이러지 말아요!"

보슈는 그제야 무슨 말인지 알아들었다. 그때 허리춤에서 호출기가 날카로운 소리를 냈다. 보슈는 사내로부터 한 걸음 물러서며 물었다.

"당신 부동산업자요?"

"맞아요. 당신은 누군데 여기 있습니까? 아무도 들어와선 안 되는데."

보슈는 벨트에서 호출기를 빼내어 전화번호를 살펴보았다. 그의 집에서 걸려온 것이었다.

"전화를 좀 해야겠소."

그는 거실로 돌아갔다. 그러자 등 뒤에서 부동산업자가 소리쳤다.

"좋아요, 그러시죠! 도대체 여기서 무슨 일이 벌어진 겁니까?"

실비아는 첫 번째 신호가 가자마자 전화를 받았다.

"당신 괜찮아?"

"네, 해리. 거기 어디에요?"

"당신 집이야. 그동안 어디 있었어?"

"마리 칼렌다즈에서 피자를 하나 먹고 폰트노트에게 가져갈 꽃을 좀 꺾었죠. 그냥 기분이 좀 그래서…."

"실비아, 내 말 잘 들어. 거기 문은 잠겨 있지?"

"네? 모르겠는데."

"전화기를 내려놓고 문을 확인해 봐. 현관 미닫이문도 잠겼는지 보고. 간이차고로 나가는 문도 살펴봐. 기다릴게."

"해리, 무슨 일로…."

"어서 가서 확인하라니까!"

잠시 후 돌아온 실비아의 목소리는 몹시 겁에 질려 있었다.

"네, 다 잠갔어요."

"좋아, 잘했어. 내가 지금 그쪽으로 갈 테니까. 30분쯤 걸릴 텐데 그동안 누가 와서 문을 두드려도 대답하지 말고 조용히 있으라고. 무슨 말인지 알겠지?"

"그러면 무섭단 말이에요, 해리."

"알아. 내가 한 말 알아들었지?"

"네."

"좋아."

보슈는 잠시 생각했다. 실비아에게 무슨 얘기를 더 해줄 수 있을까?

"실비아, 전화가 끝나면 현관문 옆에 있는 벽장을 열어 봐. 선반 위에 하얀 상자가 있을 거야. 그 안에서 총을 꺼내. 실탄은 싱크대 위 캐비닛 속에 있는 빨간 상자에 들어 있어. 실탄을 꺼내어 총에 장전을 하란 말이야."

"난 못해요. 무슨 소릴 하고 있는 거예요?"

"할 수 있어, 실비아. 장전을 하고 내가 갈 때까지 기다려. 만약 문이나 창문을 부수고 들어오는 놈이 있으면 쏴버려. 당신 자신을 지키란 말이야."

여자는 아무 대답도 하지 못했다.

"금방 갈게. 사랑해."

보슈가 프리웨이를 타고 남쪽으로 달리고 있을 때 에드거의 목소리가 무전기로 흘러나왔다. 쉬헌과 오펠트가 아직 로크 박사의 코빼기도 못 봤다는 보고를 해왔다고 그는 전했다. 존슨과 닉슨을 남가주대학으로 급히 보냈지만 교수연구실에도 로크는 없다는 것이었다.

"그 두 장소를 다 감시할 거야. 나는 지금 그의 집에 대한 수색영장을 청구하고 있어. 그런데 명분이 마땅치 않은 것 같아."

보슈는 에드거의 말이 옳다고 생각했다. 로크 박사가 포르노 무대 주위를 맴돌았던 자라고 모라 형사가 확인했고, 박사의 저서에 피살자 이름 세 개가 올라 있는 것도 확인했지만 그 정도로는 가택 수색의 명분이 되지 않았다. 그는 에드거에게 말했다.

"실비아의 위치를 확인하고 지금 가는 중이야. 이따 연락할게."

무전기를 내려놓고 보슈는 한숨을 가만히 내쉬었다. 그러자 실비아가 폰트노트 저택을 방문한 것이 어쩌면 그녀의 생명을 구한 결정적 요인이 되었을 거라는 생각이 들었다. 그렇다면 한 사람의 생명을 앗아간 사건이 이번엔 다른 한 사람의 생명을 구한 셈이었다. 그 우연의 일치 속에서 보슈는 공생의 묘한 이치를 발견한 느낌이었다.

현관문을 열기 전에 보슈는 자기가 도착했음을 실비아에게 큰소리로 알렸다. 그리고는 열쇠로 문을 열고 거실로 들어가 벌벌 떨고 있는 여자를 품에 안았다.

"우린 모두 안전해."

그는 무전기에 대고 그렇게 말한 뒤 껐다. 그리곤 실비아를 소파에 앉힌 다음 지난번에 만났던 이후 일어났던 모든 일들을 조곤조곤 얘기해 주었다. 여자의 눈을 통해 보슈는 그녀가 사건 내막을 몰랐을 때보다 알고 나서 오히려 더 무서워한다는 것을 알았다.

그녀는 부동산업자가 구매자들에게 집을 구경시켜야 하기 때문에 나올 수밖에 없었다고 설명했다. 폰트노트 댁을 방문한 뒤 보슈의 집으로 간 것도 그래서였다. 보슈는 집을 팔려고 내놓았다는 사실을 잊어버렸다고 말했다.

"오늘 일 때문에 부동산업자를 바꿔야 할지도 몰라."

함께 깔깔 웃고 나니 둘은 긴장이 좀 풀리는 듯했다.

"미안해. 이런 일에 당신을 끌어들여서."

보슈의 말에 실비아는 아무런 대꾸도 하지 않았다. 무거운 침묵이 한동안 이어졌다. 실비아가 보슈의 가슴에 몸을 기대며 기진맥진한 듯이 말했다.

"왜 이런 일을 하죠, 해리? 당신은 가장 나쁜 사람들이 하는 가장 나쁜 일들을 너무 많이 처리하고 있어요. 계속해야 할 이유가 있나요?"

보슈는 그 문제에 대해 생각해 보았지만 마땅한 대답이 없다는 걸 알았다. 실비아도 대답을 기대하진 않는 듯했다. 잠시 후 그는 말했다.

"난 여기 있고 싶지 않아."

"4시 이후엔 우리 집으로 돌아가도 돼요."

"아니, 그냥 여기서 나가기만 하자고."

산타모니카에 있는 로우스 호텔의 스위트룸에서 두 사람은 널따란

해변을 가로지르는 바다 풍경을 바라보았다. 침실에는 발등까지 치렁치렁하는 테리 직물 로브 두 벌이 걸려 있었고, 베개 위에는 금박지로 싼 초콜릿이 놓여 있었다. 스위트룸 앞문은 5층짜리 유리벽 아트리움의 4층으로 내려가는 계단으로 이어졌고, 수평선 아래로 떨어지는 둥그런 석양이 완벽하게 바라보였다.

등받이가 뒤로 젖혀지는 장의자 두 개와 테이블이 놓인 방 안에서 그들은 룸서비스를 이용한 점심을 먹었다. 보슈는 무전기를 소지하고 있었지만 스위치는 꺼둔 상태였다. 로크 박사의 저택을 수색하는 일에 대해 계속 확인해야겠지만 오늘은 더 이상 하고 싶지가 않았다.

모방범이 움직이고 있는 상황에서 적절한 처신이 아닌 줄은 알지만 보슈는 실비아와 함께 있겠다고 에드거와 어빙에게 말했다. 그가 꼭 힘을 보태야 할 상황도 아니었다. 특별수사팀은 로크 박사가 나타나거나 그의 집 안으로 침입할 다른 구실을 기다리며 대기상태에 있었기 때문이다.

어빙 부국장은 존슨과 닉슨이 남가주대 심리학과 학과장을 만난 얘기를 보슈에게 해주었다. 학과장은 로크 박사의 조교를 불러 그의 행방을 물어보았다. 그녀는 박사가 금요일에 스타더스트에서 주말을 즐기기 위해 라스베이거스로 간다고 했으며, 월요일에 강의가 없기 때문에 화요일에나 출근할 것이라고 대답했다.

"스타더스트에 알아봤더니 로크 박사가 예약만 하고 체크인은 하지 않았어."

어빙 부국장이 말했다.

"수색영장은 어떻게 됐습니까?"

"세 명의 판사에게 세 차례 기각을 당했네. 하긴 명분이 좀 약했어. 그 문젠 당분간 그대로 두고 로크 박사의 집과 연구실을 계속 감시할 거야. 그자가 나타나서 우리와 얘기를 나눌 수 있을 때까지."

보슈는 어빙의 음성에서 미심쩍어 하는 기미를 느꼈다. 용의자가 모라에게서 로크 박사로 전환되는 과정을 롤렌버거는 부국장에게 어떤 식으로 설명했을까?

"우리가 틀렸다고 생각하십니까?"

보슈는 그렇게 묻는 자신의 목소리도 의심으로 흔들리고 있음을 느꼈다.

"모르겠네. 메시지를 추적해 봤어. 토요일 밤에 프런트데스크에 놓여 있었다는군. 데스크 담당자가 9시경에 커피를 마시러 나갔는데 당직사령과 엇갈렸던 모양이야. 나중에 돌아와 보니 그게 카운터 위에 있었대. 그래서 자네 우편함에 넣어두라고 지시했다는 거지. 메시지가 의미하는 바는 우리가 모라를 오해했다는 것뿐이야. 문제는 또 틀릴 수도 있다는 거지. 지금 우리가 붙잡고 있는 건 육감뿐이야. 좋은 육감이라 할지라도 육감일 뿐이지. 이번엔 좀 더 신중하게 접근하고 싶네."

그러니까 결국 모라에 대한 네 녀석의 그 잘난 육감 때문에 우리 모두가 엿 먹었다는 그 소리였다. 이번엔 더 회의적이 될 수밖에 없지 않느냐는 부국장의 말을 보슈는 충분히 알아들었다.

"라스베이거스 여행이 위장일 수도 있지 않을까요? 메시지는 무슨 짓을 저지를 것처럼 암시하고 있습니다. 로크 박사가 움직이고 있을지도 몰라요."

"그럴지도 모르지."

"순찰차에 비상경계령을 내리고 체포영장을 청구해야 하지 않을까요?"

"적어도 화요일까지는 기다려야 할 것 같네, 보슈 형사. 그자에게 돌아올 기회를 줘야지. 이틀만 더 참아."

어빙은 꼼짝 않을 작정임이 분명했다. 사건이 터지기를 기다렸다가 다음 행동을 결정하겠다는 계산이었다.

"알겠습니다. 또 연락드리죠."

킹사이즈 침대에서 서로 껴안고 낮잠을 자고 나니 날이 어두워져 있었다. 보슈는 지난 24시간 동안 일어난 일들 중에서 누설된 것이 있는지 알아보기 위해 텔레비전을 켰다. 그런 건 없었다. 그렇지만 리모컨으로 채널들을 이리저리 옮기다가 베아트리체 폰트노트 피살 사건에 대한 추가 소식에서 눈길이 멎었다. 머리카락을 여러 가닥으로 땋은 소녀의 사진이 화면 오른쪽에 떠올랐다. 블론드 머리의 앵커가 말했다.

"경찰은 오늘 16세 소녀 베아트리체 폰트노트를 사살한 자로 보이는 용의자의 신원을 확인했다고 발표했습니다. 경찰이 추적한 용의자는 베아트리체의 오빠들과 경쟁 상대였던 마약거래인이라고 스탠리 행크스 형사는 말했습니다. 그녀의 오빠들을 죽이려고 퍼부은 총탄 중 한 발이 그랜트 고등학교 우등생인 베아트리체 폰트노트의 머리에 맞았습니다. 그녀의 장례식은 이번 주말로 예정되어 있습니다."

보슈는 텔레비전을 끄고 실비아를 돌아보았다. 그녀는 침대 머리맡에 베개 두 개를 포개놓고 기대 앉아 아무 말도 하지 않았다.

스위트룸에서 룸서비스로 주문한 저녁을 먹을 때도 두 사람은 거의 대화가 없었다. 식사가 끝나자 차례로 샤워를 했다. 나중에 욕실로 들어간 보슈는 세찬 물줄기를 정수리에 맞으며 이젠 모든 짐을 벗어놓고 홀가분해질 때가 되었다고 생각했다. 그는 실비아에 대한 믿음과 그 자신에 대한 모든 것을 알고 싶어 하는 그녀의 열망을 신뢰했다. 만약 자기 삶의 비밀들을 이대로 간직한 채 살아간다면 그녀와의 하루하루를 위태롭게 할 것임을 그는 알았다. 또한 그녀와 대면하는 것은 그 자신과 대면하는 일임도 알고 있었다. 그녀에게 자신을 받아들이도록 하려면 먼저 자신의 과거와 출신, 현재의 자신을 인정해야만 했다.

하얗게 표백한 욕의 차림으로 실비아는 미닫이문 옆의 의자에 앉아 있었다. 같은 차림의 보슈는 침대 옆에 서서 환한 보름달이 둥그런 그림자를 드리우고 있는 태평양을 바라보았다. 얘기를 어떻게 시작해야 할지 알 수 없었다.

실비아는 여행객들에게 도시를 어떻게 관광해야 할지 설명해 놓은 호텔 잡지를 뒤적이고 있었다. 실제로 여기 사는 사람들은 한 번도 해보지 않은 것들이었다. 그녀는 잡지를 덮어 테이블 위에 올려놓았다. 그리곤 보슈를 한 번 쳐다본 뒤 눈길을 돌렸다. 그가 아직 한마디도 못 꺼내고 있을 때 그녀가 먼저 말했다.

"해리, 집으로 돌아가요."

보슈는 침대 가장자리에 앉아 양 팔꿈치를 무릎에 괴고 두 손으로 머리카락을 빗어 올렸다. 무슨 얘기를 해야 할지 생각이 나지 않았다.

"무슨 뜻이야?"

"너무 많은 사람들이 죽어요."

"실비아?"

"해리, 이번 주말 동안 너무 많이 생각해서 머리에 쥐가 날 정도예요. 하지만 우리가 당분간 헤어져야 한다는 걸 알았어요. 정리가 필요해요. 당신의 생활은…."

"이틀 전에는 내가 당신한테 모든 걸 털어놓지 않는 게 문제라고 했잖아. 그런데 이젠 나에 관해 더 이상 알고 싶지 않다는 거야?"

"당신에 관한 얘기가 아니에요. 당신이 하고 있는 일에 대해 얘기하고 있는 거죠."

보슈는 머리를 흔들었다.

"같은 얘기야, 실비아. 그걸 알아야 해."

"한 며칠 힘들었어요. 과연 이렇게 사는 게 옳은지 판단할 시간이 필요해요. 우리를 위해서요. 정말이에요. 난 당신에 대해서도 생각해요. 내가 당신한테 맞는 여잔지조차 확신이 없어요."

"난 확신해, 실비아."

"제발 그런 말하지 말아요. 일을 더 어렵게 만들지 말라고요. 난…."

"난 당신이 없던 시절로는 돌아가고 싶지 않아, 실비아. 그것만은 분명히 알고 있어. 난 외톨이가 되기 싫어."

"해리, 당신 마음을 아프게 하고 싶지 않아요. 나 때문에 달라지라고 부탁하지도 않을 거예요. 난 당신을 잘 알아. 당신은 자신이 원해도 변할 수 없는 사람이에요. 그러니까 나는… 그런 당신과 함께 살아갈 수 있을지 판단해야만 해요. 물론 당신을 사랑하죠, 해리. 하지만 난 생각할 시간이 필요해요."

여자는 이제 울고 있었다. 보슈는 거울 속에서 그걸 볼 수 있었다. 일어나 그녀를 안아주고 싶었지만 그래선 안 될 것 같았다. 그 자신 때문에 흘리는 눈물이었다. 두 사람 모두 각자의 고통으로 인해 긴 침묵 속으로 빠져들었다. 실비아는 무릎 위에 모아 쥐고 있는 자신의 두 손만 내려다보고 있었다. 보슈는 바다를 바라보았다. 달빛이 기다랗게 길을 내고 있는 바다 위를 가로질러 낚싯배 한 척이 채널 제도 쪽으로 흘러가고 있었다.

"뭐라고 말 좀 해봐요."

마침내 그녀가 말했다.

"당신이 하자는 대로 할게. 내 마음 잘 알잖아."

"그러면 욕실에 들어가 있는 동안 옷을 갈아입고 떠나요."

"실비아, 난 당신이 안전한지 확인하고 싶어. 그러니까 옆방에서 자게 해줘. 내일 아침이면 뭔가 밝혀질 거야. 그때 나갈게."

"아니에요. 아무 일도 없을 거라는 거 잘 알잖아요. 로크라는 그 사람, 벌써 멀리 도망쳤을 거예요. 난 안전해요, 해리. 내일 아침 택시를 타고 학교에 출근하면 돼요. 그러니까 나한테 시간을 좀 줘요."

"판단할 시간?"

"네."

실비아는 얼른 일어나 욕실 쪽으로 걸어갔다. 그가 손을 내밀었지만 여자는 가볍게 뿌리쳤다. 문이 닫히자 안에서 티슈를 뽑는 소리가 들렸다. 이어서 울음소리가 새어 나왔다.

"제발 가요, 해리."

그녀는 잠시 후 또 말했다.

"부탁이에요."

그는 여자가 트는 물소리를 들었다. 그가 무슨 말을 하든 듣지 않겠다는 의사표현이었다. 보슈는 사치스런 욕의를 입고 거기 앉아 있는 자신이 멍청하게 느껴졌다. 거칠게 욕의를 벗자 찢어지는 소리가 났다.

그날 밤 보슈는 자신의 카프리스 트렁크에서 담요를 한 장 꺼내어 호텔에서 백 미터쯤 떨어진 해변 모래 위에다 잠자리를 폈다. 그러나 잠은 자지 않았다. 바다를 등지고 앉아 시선은 아트리움 옆의 4층 발코니 미닫이문에 처진 커튼을 향하고 있었다. 아트리움의 유리벽을 통해 실비아의 방 현관문이 보였기 때문에 괴한이 접근하면 금방 알 수 있었다. 해변은 추웠지만, 그는 깨어 있기 위해 차가운 바닷바람이 필요하진 않았다.

3o 판결

보슈는 월요일 아침 10분 늦게 법원에 출두했다. 실비아가 안전하게 택시를 타고 학교로 출근하는 것을 지켜본 뒤 집으로 돌아가 금요일에 입었던 옷으로 갈아입고 오느라 지각을 한 것이었다. 그가 허급지급 들어와 보니 키스 판사는 아직 재판장석에 나와 있지 않았고, 허니 챈들러의 모습도 원고석에 보이지 않았다. 처치의 미망인만 기도하는 자세로 정면을 응시하고 있었을 뿐이었다. 보슈는 벨크 검사보 옆자리에 앉으며 물었다.

"어떻게 된 거요?"

"어떻게 되긴, 당신과 챈들러를 기다리고 있죠. 이제 챈들러만 오면 되겠군. 판사가 뿔이 단단히 났어요."

판사 사무관이 책상에서 일어나 회의실 문을 노크했다. 그녀가 방 안으로 머리를 디밀고 보고하는 소리가 보슈의 귀에도 들렸다.

"보슈 형사가 출석했습니다. 미즈 챈들러의 비서는 아직 그녀의 행방을 찾지 못했다고 합니다."

그 순간 보슈는 가슴이 꽉 죄어오는 느낌을 받았다. 갑자기 온몸에서 식은땀이 나기 시작했다. 어떻게 그 생각을 못 했을까? 그는 상체를 앞으로 숙이며 두 손에 얼굴에 묻었다.

"급히 전화할 데가 있소."

그는 자리에서 일어나며 말했다.

벨크가 그를 돌아보며 아무데도 가지 말라고 말하려다 회의실 문이 열리는 소리에 입을 다물었다. 키스 판사가 걸어 나오며 말했다.

"그대로 앉아 있어요."

그는 판사석에 앉은 뒤 사무관에게 버저를 울려 배심원들을 입장시키라고 명령했다. 보슈는 자리에 앉았다.

"미즈 챈들러가 궐석한 상태로 재판을 진행하겠소. 변호인의 태만에 대해서는 추후에 추궁할 것입니다."

배심원들이 모두 입장하자 판사는 그들에게 일정 문제든 무엇이든 발의할 것이 있느냐고 물었다. 아무도 대답하는 사람이 없었다.

"좋습니다. 그렇다면 회의실로 다시 돌아가서 심의를 계속하도록 해드리죠. 점심 식사에 대해서는 나중에 정리가 알려드릴 겁니다. 그런데 미즈 챈들러가 오늘 아침 일정에 문제가 있어서 참석하지 못했습니다. 배심원 여러분께서는 그 점에 대해 신경 쓰지 마시기 바랍니다. 감사합니다."

배심원들은 다시 줄을 지어 나갔다. 판사는 참석한 양측에 15분 후 법정에 다시 돌아오도록 통보하고 사무관에게 챈들러의 행방을 계속 수소문하라고 지시했다. 그리고는 판사실로 들어가 버렸다.

보슈는 황급히 일어나 법정을 나왔다. 전화박스로 달려간 그는 통신 센터를 불러 직원에게 이름과 배지 번호를 댔다. 그리고 차량등록국을 통해 긴급히 허니 챈들러의 현주소를 확인해 달라고 요청했다.

법원 지하 차고에서는 무전기가 터지지 않았다. 로스앤젤레스 거리로 나와서 다시 시도하자 대기하고 있던 에드거가 냉큼 받았다. 보슈는 챈들러가 산다는 브렌트우드의 카멜리나 거리 주소를 다급히 불러준 뒤 말했다.

"거기서 만나자고."

"지금 갈게."

보슈는 로스앤젤레스 3번가로 내려가서 터널을 지나 하버 고속도로로 올라갔다. 산타모니카 고속도로에 이르렀을 때 호출기가 울렸다. 운전하며 확인해 보니 그도 모르는 전화번호였다. 그는 고속도로를 빠져나와 바깥 쪽 벽에 전화기가 매달려 있는 코리아타운 식품점 앞에 차를 세웠다.

"4호 법정입니다."

전화를 받은 여자가 대답했다.

"보슈 형삽니다. 전화하셨소?"

"네, 했어요. 곧 평결이 있어서요. 즉시 이곳으로 돌아오셔야 되겠는데요."

"무슨 소리요? 나 방금 거기서 나왔는데…."

"흔히 있는 일이에요, 보슈 형사님. 배심원들은 지난 금요일에 이미 의견의 일치를 본 모양이에요. 그런데 주말 동안 생각이 바뀔지 두고 본 거죠. 그분들로서는 일을 하루 더한 셈이죠."

보슈는 차로 돌아가서 무전기를 켰다.

"에드거, 거기 도착했어?"

"아직 아니야. 자네는?"

"난 돌아가야겠어. 평결이 있대. 혼자 체크할 수 있겠지?"

"문제없어. 뭘 체크해야 하지?"

"거긴 챈들러의 집이야. 그 여자도 블론드라고. 그런데 오늘 법정에
나타나지 않았어."

"감 잡았다, 오버."

보슈는 자신이 챈들러를 법정에서 다시 만나길 간절히 바라게 될 줄
은 꿈에도 생각지 못했다. 하지만 그녀의 모습은 보이지 않았고, 원고석
엔 처음 보는 남자가 앉아 있었다. 피고석으로 건너가며 방청석을 돌아
보니 브레머를 포함한 기자들 두어 명의 얼굴이 보였다.

"저 친구는 누구요?"

그는 데보라 처치 옆에 앉은 사내를 턱짓으로 가리키며 벨크 검사보
에게 물었다.

"댄 댈리라는 친구죠. 키스 판사가 복도에서 붙잡아다 앉혔어요. 평
결을 내리는 동안 미망인 옆에 앉아 있으라고. 챈들러는 완전히 소식불
통인 모양입니다. 아직 못 찾았어요."

"그녀의 집으로 누굴 보냈나요?"

"모르겠어요. 전화는 했겠죠. 무슨 상관이에요? 당신은 평결 걱정이
나 해야죠."

키스 판사가 나와서 재판장석에 앉았다. 그가 고개를 끄덕이자 사무
관이 버저를 눌러 배심원단이 나오게 했다. 열두 명이 한 줄로 나오면
서 보슈를 바라보는 사람은 하나도 없었다. 그들 대부분은 데보라 처치
옆에 앉아 있는 사내에게 눈길을 모았다. 판사가 그들에게 말했다.

"미즈 챈들러는 아무래도 일정 때문에 못 나올 모양입니다. 그녀 대
신 훌륭한 변호사이신 댈리 씨가 참석해 주셨습니다. 법정 정리로부터
배심원 여러분이 평결에 도달했다는 보고를 받았습니다."

열두 명의 배심원 대부분이 머리를 끄덕였다. 보슈는 한 사람이 자신을 바라보고 있다는 걸 알았다. 하지만 그는 곧 눈길을 돌렸다. 보슈는 가슴이 뛰는 걸 느꼈다. 그가 나를 바라본 것은 임박한 평결 때문일까, 아니면 허니 챈들러의 실종 때문일까? 아니면 두 가지 다 때문일까?

"그러면 평결 서류를 보여주실까요?"

배심원단 대표가 얄팍한 서류를 정리에게 건네주자 그는 사무관에게 전했고, 사무관은 그것을 판사에게 올렸다. 긴장되는 순간이었다. 판사가 돋보기를 끼고 서류를 죽 훑어본 뒤 사무관에게 돌려주며 명령했다.

"평결을 공표하게."

사무관은 머릿속으로 먼저 한 차례 연습한 뒤 공표하기 시작했다.

"본 배심원단은 피고 히에로니머스 보슈가 불법수색과 체포에 대해 보호받아야 할 시민권을 원고 노먼 처치로부터 박탈했다는 원고의 주장에 동의한다."

보슈는 움직이지 않았다. 그는 이제 모든 배심원들이 자신을 바라보고 있다는 걸 알았다. 데보라 처치를 돌아보니, 그녀는 잘 알지도 못하는 변호사의 팔을 붙잡고 행복한 미소를 짓고 있었다. 그리곤 승리감에 빛나는 얼굴로 보슈를 돌아보며 미소를 지었다. 벨크 검사보가 그의 팔을 잡아당기며 속삭였다.

"걱정할 것 없어요. 중요한 건 보상금이니까."

사무관은 계속 읽어 내려갔다.

"따라서 배심원단은 원고에게 1달러의 피해보상금을 지급하도록 판정한다."

보슈는 벨크가 "그렇지!" 하고 소리 죽여 외치는 것을 들었다.

"또 처벌적 피해보상금으로, 배심원단은 원고에게 1달러를 지급할 것을 판정한다."

벨크가 또다시 외쳤지만 이번엔 방청석까지 다 들릴 만큼 큰 소리였다. 보슈는 승리감에 빛나던 데보라 처치의 눈빛과 미소가 사색으로 변하는 것을 보았다. 보슈에겐 그 모든 것이 마치 무대 위에서 배우들이 펼치는 연극을 보는 것처럼 초현실적으로 느껴졌다. 평결은 그에게 아무 의미도 없었다. 그는 모든 사람들을 그저 멍하니 바라보았다.

키스 판사가 배심원단에게 감사했다. 미국인으로서 그들이 수행한 법적 의무에 대해 자부심을 가져야 한다고 말했다. 보슈는 그냥 멍하니 앉아 그런 소릴 흘려들었다. 갑자기 실비아가 생각났고, 그녀와 몹시 얘기를 나누고 싶어졌다.

판사가 법봉을 땅땅땅 치자 배심원들이 모두 퇴장하기 시작했다. 마지막 퇴장이었다. 재판장석을 떠나는 판사의 얼굴에 마뜩찮은 기색이 역력했다. 벨크가 보슈에게 말했다.

"해리, 진짜 끝내주는 평결이군요."

"그래요? 난 모르겠는데."

"혼합된 평결이죠. 하지만 원칙적으로 배심원들은 우리가 이미 인정한 것을 알았어요. 당신이 그런 식으로 침입한 건 실수지만 이미 경찰 당국으로부터 견책을 받았다고 했거든요. 당신이 발로 문을 차서는 안 된다는 건 법적 문제일 뿐이라는 거죠. 그렇지만 피해보상금을 2달러만 지급하게 한 것은 배심원들이 당신을 신뢰한다는 뜻이에요. 처치는 부적절한 동작을 했다는 얘기죠. 그리고 처치는 인형사였습니다."

벨크 검사보는 보슈의 등을 토닥였다. 아마도 고맙다는 말을 기대했던 것 같은데, 보슈의 입에서 그런 소리는 나오지 않았다.

"챈들러는 어떻게 되는 거요?"

"말하자면 문제가 좀 있죠. 배심원단이 원고의 손을 들어줬으니 변호사 비용을 우리가 물어줘야 합니다. 18만 달러에서 20만 달러쯤 청구하겠죠. 그러면 우리는 9만 달러 선에서 끝내는 겁니다. 그 정도면 나쁘지 않아요, 해리. 양호한 편이죠."

"난 가야겠소."

보슈는 일어나서 방청객과 기자들 사이를 지나 법정 밖으로 나갔다. 에스컬레이터 쪽으로 재빨리 걸어가서 올라타자마자 담뱃갑을 꺼내어 마지막 남은 한 개비를 빼들었다. 어느새 브레머가 따라붙어 수첩을 꺼내들며 말했다.

"축하합니다, 해리."

보슈는 그를 돌아보았다. 기자는 진지한 표정이었다.

"뭘 축하해? 저들은 나한테 합법적인 살인자라고 하던데."

"그래도 단돈 2달러에 끝내지 않았습니까. 그 정도면 양호한 거죠."

"글쎄, 그럴까."

"공식적으로 할 말은 없어요? 합법적인 살인자는 비공식적인 말인 테고, 그렇죠?"

"그래, 고맙네. 할 말이 있는지 좀 생각해 보기로 하지. 지금은 급히 갈 데가 있어. 나중에 전화하지. 벨크 검사보와 얘기해 봐. 자기 이름이 신문에 실리면 좋아할 친군데."

바깥으로 나오자 보슈는 담배를 붙여 문 뒤 주머니에서 무전기를 꺼냈다.

"에드거, 도착했어?"

"그래."

"어때?"

"자네가 빨리 오는 게 좋겠어, 해리. 다들 몰려왔어."

보슈는 담배를 재떨이에 던져 넣었다.

경찰은 비밀을 전혀 유지하지 못했다. 보슈가 카멜리나에 있는 챈들러의 저택에 도착했을 때는 뉴스콥터 한 대가 이미 공중을 선회하고 있었고, 지상에도 두 개의 다른 채널이 진을 친 상태였다. 이제 곧 범죄현장은 기자들과 군중으로 빙 둘러싸일 것이다. 이 사건에서 주목을 끌 대상은 단연 모방범과 허니 챈들러였다.

경찰차와 밴들이 도로 양쪽을 완전히 점령하고 있어서 보슈는 두 집 떨어진 지점에다 차를 세워야만 했다. 차량을 통제하는 경찰이 플레어를 설치하고 도로를 폐쇄하기 시작했다. 챈들러의 집 주위로는 노란 비닐 테이프로 폴리스 라인이 설치되어 있었다. 보슈는 라인을 지키는 정복 경관이 내미는 출입자 기록부에 서명한 뒤 테이프 아래로 들어갔다.

산기슭에 지어진 이층짜리 바우하우스(Bauhaus: 용도를 강조한 20세기 독일 건축 양식-옮긴이) 저택이었다. 바닥에서 천장까지 유리창인 이층에서 내려다보면 아래쪽 평지가 훤히 바라보일 것 같았다. 굴뚝이 두 개 보였다. 훌륭한 법관들과 UCLA 교수들을 이웃으로 둔 멋진 저택이었다. 더할 나위가 없군, 하고 보슈는 생각했다. 집 안으로 들어서며 그는 담배 생각이 간절했다.

에드거는 타일을 깐 현관 안쪽에 서 있었다. 이동전화기를 들고 있었는데, 듣자 하니 매체담당 팀에게 사람들을 뒤로 물려달라고 요청하는 듯했다. 그는 보슈를 발견하자 손가락으로 계단 쪽을 가리켰다.

보슈는 입구 오른쪽으로 보이는 계단을 올라갔다. 네 개의 현관을 지나는 넓은 복도가 나타났다. 가장 안쪽에 있는 문 앞에 형사들이 북적대고 있었다. 이따금 방 안을 들여다보기도 했다. 보슈는 그들에게 다가갔다.

어떤 의미에서 그는 자기 마음을 사이코패스의 마음과 거의 비슷하게 훈련시켜왔다고 생각했다. 살인현장에서는 대상을 사물로 바라보는 훈련을 했다. 시체는 사람이 아니라 사물이었다. 그는 시체를 증거물로 봐야만 했다. 그래야만 그것을 다룰 수 있고 이 짓을 해먹을 수가 있었다. 먹고살자면 별 수 없었다. 하지만 이 짓도 말하기 쉽고 생각하기가 쉽지 막상 해보면 어려웠다. 보슈도 종종 걸려 넘어졌다.

오리지널 인형사 특별수사팀 대원이었던 그는 그 연쇄살인범이 죽인 것으로 밝혀진 여섯 명의 마지막 피살자들을 보았다. 그야말로 '있는 그대로' 그들이 발견된 장소에서 본 것이었다. 어느 것 하나 쉽지 않았다. 그 피살자들에게서 보슈는 아무리 사람 아닌 사물로 보려고 애를 써도 소용없는 어떤 것이 있다는 사실을 깨달았다. 그리고 피살자가 거리에서 몸을 팔던 여자로 밝혀졌을 때는 한층 더 고약했다. 마치 살인자가 그들 각자에게 가한 고문이 그들의 수치스런 삶에 내려진 마지막 은혜처럼 느껴지는 것이었다.

이제 고문당한 허니 챈들러의 발가벗겨진 시신을 보자, 보슈는 영혼이 타들어가는 듯한 끔찍한 느낌을 그 어떤 지능적 기교나 속임수로도 막을 길 없다는 걸 알았다. 강력계 형사 생활 수십 년 만에 처음으로, 그는 눈을 딱 감고 현장에서 돌아서고 싶은 충동을 느꼈다.

하지만 보슈는 돌아서지 않았다. 무심한 눈빛과 차분한 태도로 시체를 내려다보고 있는 다른 사람들과 함께 서 있었다. 마치 연쇄살인범들을 수집하고 있는 것처럼. 그는 로크 박사가 말한 적 있는 샌 퀜튼 교도소에서의 브리지 게임을 떠올렸다. 네 놈의 사이코패스가 테이블에 둘러앉아 카드놀이를 하면서 자신들이 저지른 살인들을 자랑스럽게 여기고 있더라는 이야기.

챈들러는 얼굴을 위로 하고 두 팔은 양쪽 옆구리로 펼치고 누운 자세였다. 얼굴은 야한 색깔로 화장을 해서 푸르스름하게 변색된 목 부위까지 커버하고 있었다. 내용물을 쏟은 채 바닥에 나뒹굴고 있는 핸드백에서 잘라낸 가죽 끈이 그녀의 목을 단단히 죄고 있었는데, 왼손으로 잡아당긴 것처럼 매듭이 오른쪽에 있었다. 앞에 일어났던 사건들에서처럼 범인이 사용했던 재갈이나 다른 기구들은 다 가져가고 없었다.

그렇지만 이전의 행태에서 달라진 부분이 있었다. 보슈는 모방범이 이제 더 이상 인형사처럼 위장하지 않고 제멋대로 행동하고 있다는 것을 알았다. 챈들러의 몸은 담뱃불로 지지고 이빨로 깨문 흔적이 여러 군데 나 있었다. 피가 흐르고 시퍼렇게 멍이 든 상처들은 그런 고문을 가할 때까지 여자가 살아 있었다는 증거였다.

롤렌버거가 방 안에서 이런저런 명령을 내리고 있었는데, 심지어 사진사에게 촬영 각도까지 세밀하게 주문했다. 닉슨과 존슨의 모습도 보였다. 보슈는 챈들러도 어쩌면 그런 생각을 했을지 모르지만, 그녀가 마지막으로 겪어야 할 수모는 그 자신이 그토록 경멸해 마지않았던 사내들 앞에서 여러 시간 동안 발가벗은 몸뚱이를 드러내고 있을 수밖에 없다는 사실이라고 생각했다. 닉슨이 고개를 들고 복도에 서 있는 보슈를 발견하자 방에서 나왔다.

"해리, 이 여자가 당한 줄은 어떻게 알았어?"

"오늘 법정에 나타나지 않았어. 체크해볼 필요가 있겠다 싶었지. 이 여자도 블론드란 생각이 번쩍 들더군. 진작 깨닫지 못한 게 후회가 돼."

"그랬군."

"사망시각은 나왔어?"

"응, 추정 시각이긴 하지만. 검시관은 적어도 48시간 이전이라는군."

보슈는 고개를 끄덕였다. 그렇다면 그가 모방범의 메시지를 발견하기도 전에 살해되었다는 소리였다. 생각하기가 조금 쉬워진 셈이다.

"로크 박사에 대해선 아무 소식 없고?"

"없어."

"자네와 존슨만 이 일에 배치됐나?"

"응, '미스터 손 떼'가 배치했어. 시체는 에드거가 발견했지만 그는 지난 주말의 사건을 담당하고 있잖아. 또 자넨 법원을 들락거려야 하니까…."

"그 문젠 걱정하지 말게. 내가 뭘 해주길 바라나?"

"자네가 말해 보게. 뭘 하고 싶나?"

"난 빠지고 싶어. 저 여잘 싫어하면서도 좋아했거든. 무슨 소린지 알겠나?"

"알 듯해. 그런데 자네도 봤지? 이놈 진짜 고약하네. 이젠 깨물고 담뱃불로 지지기까지 해."

"봤어. 새로 나온 건 없나?"

"아직은 뭐 별로."

"집 안의 다른 곳들을 좀 둘러보고 싶은데, 조사는 끝났어?"

"아직 지문채취도 못 했어. 그냥 한 번 훑어봤을 뿐이야. 장갑을 사용하고 뭐든 발견하면 얘기해 주게."

보슈는 복도에 놓인 도구 상자들로 다가갔다. 그 중 클리넥스 상자처럼 생긴 것 속에서 비닐장갑 한 켤레를 뽑아냈다.

어빙 부국장이 아무 말 없이 보슈 앞을 지나 계단으로 걸어갔다. 두 사람의 눈이 잠시 마주쳤다. 현관에 이른 그는 계단 아래 서 있는 총경 두 명을 보았다. 둘 다 아무것도 하는 일 없이 단지 TV 화면에 잡힐 만한 위치에 서서 심각한 표정을 짓고 있었다. 보슈는 폴리스 라인 주위로 모여드는 기자와 카메라맨들의 숫자가 점점 늘어나는 것을 볼 수 있었다.

거실에서 떨어진 조그마한 방에 챈들러의 서재가 있었다. 벽 두 면에 내장된 선반에는 책들이 꽂혀 있었고, 한쪽 벽에 난 창문을 통해 잔디

밭이 내려다보였다. 그 너머로 달리는 차량들의 소음이 들려왔다. 보슈는 비닐장갑을 끼고 책상 서랍들부터 뒤지기 시작했다. 단서가 될 만한 건 못 찾았지만 누군가가 먼저 뒤졌다는 걸 알 수 있었다. 서랍 안의 물건들이 마구잡이로 흩어진 상태였고 파일에서 서류들이 빠져나와 있었다. 원고석에 앉아 있을 때도 자기 물건들을 테이블 위에 가지런히 정돈하던 챈들러답지가 않았다.

압지 아래도 살펴봤지만 모방범이 보낸 쪽지는 보이지 않았다. 책상 위에 책이 두 권 놓여 있었다. 《블랙법률사전》(Black's Law Dictionary: 헨리 캠벨 블랙에 의해 출판된 법률전문사전-옮긴이)과 《캘리포니아 형법전》. 보슈는 책을 거꾸로 들고 털어 보았지만 쪽지 같은 것은 떨어지지 않았다. 보슈는 가죽의자에 등을 기대고 양쪽 벽의 책장들을 살펴보았다. 그 책들을 일일이 살펴보려면 두 시간은 걸릴 것 같았다. 그러고도 찾지 못할 수도 있었다. 죽 훑어보고 있는 그의 눈에 책등이 갈라진 초록색 책이 띄었다. 창문 옆의 책장 위에서 두 번째 칸이었다. 챈들러가 최종 변론을 할 때 인용했던 너대니얼 호손의 《대리석 목신상》이었다. 보슈는 일어나서 그 책을 빼들었다.

쪽지는 책갈피 사이에 꽂혀 있었다. 그것이 들어 있었던 봉투와 함께였다. 보슈는 자신이 챈들러를 정확히 간파하고 있었다는 걸 알았다. 그 쪽지는 모두진술이 있던 지난 월요일 경찰서 프런트데스크에 떨어져 있었던 것의 복사본이었다. 다른 점은 이것을 담고 있었던 봉투가 있다는 것. 이건 떨어뜨리고 간 것이 아니라 우송한 것이었다. 봉투에 붙여진 우표에 밴 나이스 우체국 소인이 찍혀 있었다. 모두진술이 있기 전인 토요일 날짜였다.

소인을 살펴본 보슈는 어떤 방향으로도 추적이 불가능하다는 걸 알았다. 이 편지를 취급한 우체국 직원들의 지문만도 여러 개가 찍혀 있을 것이었다. 결국 이 쪽지도 증거물로서의 가치는 거의 없다는 판단이 내려졌다.

비닐장갑 낀 손으로 쪽지와 봉투 모서리를 쥔 채 챈들러의 서재를 나왔다. 그것들을 담을 증거물 비닐 백이 필요했다. 그는 감식반 요원을 찾아 이층으로 올라갔다. 문간에서 침실을 들여다보니 검시관과 사체 운반인 두 명이 들것 위에 비닐 백을 펼치고 있었다. 챈들러의 나체 전시는 이제 끝날 모양이었다. 보슈는 보고 싶지 않아서 뒤로 물러났다.

"놈이 챈들러에게도 똑같은 쪽지를 보냈단 말이야? 왜?"

감식반 요원이 라벨을 붙여 놓은 쪽지를 읽어본 뒤 에드거가 보슈에게 물었다.

"우리한테 보낸 쪽지가 제대로 처리되었는지 확인하고 싶었던 모양이야. 우리가 그걸 깔아뭉개고 있으면 챈들러가 들고 나올 것으로 계산했겠지."

"그 여자도 처음부터 쪽지를 받았다면 왜 우리 쪽지를 소환하려고 했을까? 이걸 그냥 법정에 제출하면 되잖아?"

"우리한테서 더 짜낼 것이 있다고 생각했겠지. 경찰한테 제출하도록 하면 배심원들 눈에도 더 합법적으로 보일 거고. 만약 챈들러가 이 쪽지를 제출했다면 내 변호인이 묵살시킬 수 있었을 거야. 나도 잘 몰라. 그렇게 짐작할 뿐이지."

에드거는 머리를 끄덕였다. 보슈가 그에게 물었다.

"그런데 여기 들어올 때 어떻게 들어왔나?"

"현관문이 잠겨 있지 않았어. 자물쇠가 긁힌 흔적도 없었고 문이 부서지지도 않았더라고."

"모방범이 찾아오자 안으로 들어오게 했다는 얘긴데…. 놈은 챈들러를 밖으로 꾀어낸 게 아니라 제 발로 찾아왔어. 무슨 일이 있다고. 놈이 달라지고 있어. 이빨로 깨물고 담뱃불로 지졌어. 실수도 저지르고 있고. 자기를 찾아낼 단서들을 남기고 있잖아. 매음굴에서 여자들을 주문하던 패턴을 버리고 왜 제 발로 찾아왔을까?"

"염병할 로크란 자식! 여기 있으면 이게 무슨 개지랄인지 물어보고 싶구먼."

"보슈 형사님!"

아래층에서 고함 소리가 들려왔다.

"해리 보슈!"

보슈는 계단 꼭대기로 걸어가서 아래층을 내려다보았다. 폴리스 라인에서 출입자를 통제하던 젊은 순찰경관이 쳐다보고 있었다.

"어떤 사내가 폴리스 라인 안으로 자꾸 들어오겠다고 해서요. 당신과 함께 일하는 정신분석의라고 합니다."

보슈는 에드거를 돌아보았다. 두 사람의 눈이 마주쳤다. 그는 다시 순찰경관을 내려다보며 물었다.

"이름이 뭐라고 하던가?"

젊은 친구는 손에 든 클립보드를 살펴보며 읽었다.

"남가주대학의 존 로크 박사라고 했습니다."

"안으로 들여보내."

보슈는 계단을 내려가며 에드거에게 말했다.

"박사를 데리고 챈들러의 서재로 들어가 있을 테니 '미스터 손 떼'에게 일단 보고한 뒤 내려오게."

보슈는 로크 박사에게 책상 뒤의 의자를 권한 뒤 창밖으로 시선을 던졌다. 폴리스 라인 주위로 기자들이 빼곡하게 몰려들어 매체담당 팀의 브리핑을 기다리고 있었다. 그는 박사에게 말했다.

"아무것도 건드리지 말아요. 그런데 여긴 웬일입니까?"

"소식 듣자마자 달려왔소. 하지만 경찰이 용의자를 감시 중이라고 말했던 것 같은데?"

"그랬죠. 하지만 그 사낸 아니었어요. 소식은 어떻게 들었어요?"

"라디오에서 온통 떠들어대더군. 운전 도중 뉴스를 듣고 곧바로 이리 온 거요. 정확한 주소는 말하지 않았지만 일단 카멜리나에 들어오자 저절로 찾게 됐지. 헬리콥터만 쫓아오면 됐으니까."

에드거가 방 안으로 슬쩍 들어온 뒤 문을 닫았다.

"제리 에드거 형사, 존 로크 박사님이셔."

보슈의 소개에 에드거는 머리만 끄덕이고 악수하러 다가오진 않았다. 그는 문에 등을 기댄 채 조용히 서 있었다. 보슈가 로크에게 물었다.

"어디 계셨습니까? 어제부터 박사님을 찾고 있었는데."

"라스베이거스에 있었죠."

"베이거스요? 거긴 뭐 하러 가셨소?"

"뭐 하러 가긴, 도박하러 갔지. 그리고 난 라스베이거스 일대에서 일하고 있는 합법적 매춘부들에 대한 책을 쓸 작정…. 가만, 지금 이런 얘기로 시간 낭비할 땐가? 현장에 있는 시체를 한 번 보고 싶소. 조언해줄 것이 있을지 모르지."

"시체는 이미 옮겨 갔습니다, 박사."

에드거가 말했다.

"벌써? 이런 젠장, 그렇다면 현장이라도 한 번…."

"지금은 사람들이 너무 많으니 나중에 보죠."

이번엔 보슈가 제지한 뒤 그에게 물었다.

"이빨 자국과 담뱃불로 지진 자국은 어떻게 해석합니까?"

"이번 사건에서 발견된 거요?"

그의 반문에 에드거가 대답했다.

"게다가 매음굴에서 온 여자도 아닙니다. 그자가 여기로 직접 찾아왔습니다."

"범인이 빠르게 변하고 있군요. 완전히 분열 증세를 보입니다. 그게 아니면 어떤 힘이나 이유가 그의 행동을 강요하고 있는 것 같습니다."

"예를 들면 어떤?"

보슈의 물음에 로크는 머리를 천천히 저었다.

"나도 모르겠소."

"베이거스로 전화해서 박사님을 찾았어요. 호텔엔 체크인도 안 하셨던데?"

"아, 스타더스트? 거기 들어가려다 새 MGM 그랜드 호텔이 문을 여는 걸 봤죠. 방이 있는지 알아봤더니 다행히 있다고 해서 그쪽으로 투숙했답니다."

"함께 투숙한 사람이 있습니까?"

보슈가 다시 묻자 에드거도 거들었다.

"내내 말입니다."

의아해하는 표정이 로크의 얼굴에 떠올랐다.

"왜들 이러는…."

그제야 박사는 눈치를 채고 고개를 설설 저었다.

"보슈 형사, 지금 농담 따먹기 하고 있소?"

"아뇨. 계속 이런 식으로 나올 겁니까?"

"난 당신이…."

"아니, 대답하지 마십시오. 그 전에 당신 권리를 알려주는 것이 피차 좋을 것 같습니다. 제리, 카드 가지고 있나?"

에드거가 주머니에서 지갑을 꺼내더니 미란다 원칙이 프린트되어 있는 하얀 플라스틱 카드를 빼들었다. 그는 그것을 로크 박사에게 읽어주기 시작했다. 보슈나 에드거는 그 내용을 외우고 있지만, 경찰 당국에서는 카드를 꺼내어 직접 읽어주는 것이 최상의 방법이라고 교육했다. 그래야만 법정에서 변호인에게 자기 의뢰인의 권리를 알려준 방법에 대해 경찰을 공격할 빌미를 주지 않게 된다.

에드거가 미란다 원칙을 읽는 동안 보슈는 창밖을 내다보았다. 새까맣게 몰려온 기자들이 총경 한 명을 겹겹이 에워싸고 있었다. 그들 가운데는 〈로스앤젤레스 타임스〉에서 나온 브레머 기자의 얼굴도 보였다. 그렇지만 총경이 지껄이는 말은 별 볼일이 없음이 분명했다. 브레머는 그것을 수첩에 받아 적을 생각은 않고 무리 한쪽에 비켜서서 담배만 피우고 있었다. 아마도 진짜 대포인 어빙과 롤렌버거가 쏴댈 정보탄을 기다리고 있을 것이다.

"날 체포한 거요?"

에드거가 다 읽고 나자 로크 박사는 물었다.

"아직은 아닙니다."

"몇 가지 확인할 것이 있어서요."

보슈가 부드럽게 끼어들었다.

"이거야 원, 울화통이 터져 미치겠군."

"이해합니다. 자, 그러면 베이거스 여행에 대해 산뜻하게 설명해 주실까요? 동행한 사람은 없었습니까?"

"금요일 저녁 6시부터 10분 전 내 자동차에서 내릴 때까지 잠시도 내 곁을 떠나지 않았던 사람이 있소. 화장실 갈 때만 빼고. 이건 정말 웃기는…."

"그 사람이 누굽니까? 같이 계셨던 분?"

"내 친구요. 그녀의 이름은 멜리사 멘켄이오."

보슈는 로크의 연구실에서 만난 적 있는 멜리사란 여대생 얼굴을 떠올렸다.

"아동심리학을 전공한다는 여학생 말입니까? 박사님 연구실에 있던 그 블론드 아가씨?"

"맞았소."

로크 박사는 떨떠름한 표정으로 대답했다.

"그렇다면 그녀가 박사님과 시종 함께 있었다고 증언해 주겠군요? 같은 호텔, 같은 방에 계속 같이 있었단 말이죠?"

"그렇지, 그녀가 다 확인해 줄 거요. 우리는 돌아오는 길에 라디오 뉴스를 듣고 알았다니까. KFWB 방송. 그녀는 저 밖에 자동차 안에서 기다리고 있소. 가서 얘기해 봐요."

"무슨 찹니까?"

"파란색 재규어. 보슈 형사, 당신이 가서 그녀를 만나 이 문제를 깨끗이 해결해요. 내가 제자와 함께 있었던 일로 잡음이 일지 않게 해준다면 나도 이 심문을 문제 삼지 않겠소."

"이건 심문이 아닙니다. 만약 박사님을 심문해야 한다면 사전에 말씀드리겠습니다."

보슈가 에드거에게 고개를 끄덕이자 그는 재규어를 찾아 밖으로 나갔다. 로크 박사와 단둘이 되자 보슈는 등받이가 높은 의자를 하나 가져와서 책상 앞에 놓고 마주 앉았다.

"당신들이 감시하던 용의자는 어떻게 됐소?"

"끝났어요."

"그게 무슨 뜻이오?"

"신경 쓰지 마십시오."

두 사람이 침묵한 가운데 5분쯤 지났을 때 에드거가 문을 열고 머리를 들이밀며 보슈에게 나오라고 손짓했다.

"여자하고 얘기해 봤는데 박사가 말한 대로야. 자동차 안에 신용 카드 영수증들도 있었어. MGM에 체크인한 시각은 토요일 오후 3시였고, 빅터빌에서 가스를 주입한 영수증에는 토요일 오전 9시로 찍혀 있었네. 빅터빌은 여기서 한 시간 거리야. 챈들러가 범인에게 당하고 있을 때 그들은 고속도로 상에 있었던 것 같아. 게다가 여자 말로는 금요일 밤도 교수님 댁에서 함께 보냈대. 좀 더 조사해볼 수야 있겠지만, 내 생각엔 그냥 믿어도 될 것 같은데."

"아, 젠장…."

보슈는 곤혹스런 표정을 짓다가 에드거에게 말했다.

"자네가 이층으로 올라가서 로크 박사는 아닌 것 같다고 말해줘야겠어. 나는 박사를 데리고 올라가서 현장을 보여줄 테니까. 그가 아직 원한다면 말이야."

"알았네."

보슈는 서재로 돌아가서 책상 앞에 놓아둔 의자에 다시 앉았다. 로크 박사가 그의 표정을 살펴보며 물었다.

"이제 됐소?"

"여자가 너무 겁을 먹고 더 이상 얘길 안 하려고 하네요, 박사님. 하지만 진실을 말했어요."

"도대체 무슨 소릴 하는 거요?"

로크 박사는 고함을 버럭 질렀다.

보슈는 그를 조용히 관찰했다. 그의 얼굴에 나타난 놀람과 두려움은 가장이 아님을 확신할 수 있었다. 보슈는 미안했지만 로크를 그런 식으로 속인 것에 대해 왜곡된 권력의 힘 같은 것을 느꼈다.

"박사님은 깨끗해요. 우린 확인할 필요가 있었을 뿐입니다. 범인이 범죄현장을 다시 찾는 경우는 영화에나 있을 뿐이죠."

로크 박사는 긴 한숨을 토해낸 뒤 자신의 무릎 사이를 내려다보았다. 마치 간발의 차이로 트럭과의 정면충돌을 아슬아슬하게 피한 운전사 같은 모습이었다. 그가 보슈를 쳐다보며 힐난조로 말했다.

"빌어먹을, 당신 때문에 잠시 악몽을 꾸는 기분이었어. 무슨 소린지 알아?"

보슈는 머리를 끄덕였다. 악몽이라면 나도 잘 알지.

"에드거가 위층에 올라갔습니다. 경위한테 설명해서 박사님께 현장을 보이고 조언을 구하도록 할 겁니다. 박사님이 원하신다면요."

"좋지."

로크 박사는 그렇게 대꾸했지만 흥미가 많이 식어버린 듯했다.

한동안 침묵이 이어졌다. 보슈는 담뱃갑을 꺼냈지만 속이 비었다는 걸 알았다. 그렇지만 잘못된 증거물을 남기지 않기 위해 쓰레기통에 던지지 않고 주머니 속에 다시 넣었다. 그는 로크 박사와 더 이상 얘기하고 싶지 않았다. 그래서 창문을 통해 거리의 움직임을 멍하니 바라보고 있었다. 브리핑이 끝났는지 기자들은 모두 흩어졌다. TV 리포터 몇 명이 살인현장인 저택을 촬영하며 설명하고 있었다. 보슈는 도로 건너편에서 브레머가 이웃 사람들을 인터뷰하며 수첩에 열심히 적고 있는 것을 보았다.

제리 에드거가 들어오며 말했다.

"위층엔 준비가 끝났어. 박사님만 올라가시면 돼."

보슈는 창밖을 계속 응시하며 말했다.

"제리, 자네가 박사님을 좀 모시고 올라가. 난 방금 할 일이 하나 생각났어."

로크 박사가 의자에서 일어나 두 형사를 노려보며 말했다.

"엿 먹어, 당신들 둘 다. 엿 먹으라고. 이 말을 안 할 수가 없어. 하지만 이제 깨끗이 잊고 일하러 가자고."

박사는 방을 가로질러 에드거에게로 다가갔다. 그가 문간에 도착했을 때 보슈가 불렀다.

"로크 박사님?"

그가 돌아보자 보슈는 물었다.

"우리가 범인을 체포할 때 놈은 무척 으스대고 싶어지겠죠?"

로크는 잠시 생각해본 뒤 고개를 끄덕였다.

"그럴 거요. 자신이 이룬 것에 대해 무척 뿌듯해하겠지. 그 순간이 오면 그가 가장 참기 어려운 것이 그 부분일 거요. 아마 자랑하고 싶어 죽겠지."

두 사람이 나간 뒤에도 보슈는 창밖을 한참 노려보다가 자리에서 일어났다.

보슈가 나가자 얼굴을 알아본 기자 몇 명이 노란 폴리스 라인을 밀며 질문을 던져댔다. 그는 허리를 굽혀 테이프 아래로 빠져나가며 자신은 아무 말도 할 수 없고 곧 어빙 부국장이 나올 테니 물어보라고 일러주었다. 그 말에 기자들이 잠시 누그러진 틈을 타 보슈는 자동차를 세워둔 곳으로 걸어갔다.

브레머 기자가 무리에서 따로 떨어져 단독 플레이를 하는 데는 도사라는 걸 보슈는 잘 알고 있었다. 그는 항상 다른 기자들을 앞세우고 뒷전에 서 있다가 자신이 원하는 것이 나타나면 재빨리 혼자서 낚아채곤 했다. 보슈의 예상은 틀리지 않았다. 브레머가 자동차 근처에서 기다리고 있었던 것이다.

"벌써 빠지는 겁니까, 해리?"

"아니, 뭐 좀 필요한 게 있어서."

"저 안엔 꽤 심각한가 보죠?"

"보도 전제야, 비보도 전제야?"

"형사님 맘이죠, 뭐."

보슈는 자동차 문을 열었다.

"비보도 전제라면 좀 심각해. 보도 전제라면 노코멘트."

그는 차 안으로 상체를 집어넣고 글러브박스 속에서 뭔가를 찾다가 없는 척했다.

"경찰에서는 지금 이자를 뭐라 부르나요? 인형사는 이미 끝장났으니 말예요."

보슈는 차 안에서 상체를 뺐다.

"모방범. 이것도 비보도야. 어빙한테 물어보라고."

"똑 소리가 나는군요."

"그렇지. 기자들이 좋아할 줄 알았어."

보슈는 주머니에서 빈 담뱃갑을 꺼내어 구긴 다음 차 안에다 버렸다.

"담배 한 대 주겠나?"

"그럼요."

브레머는 스포츠 코트 주머니에서 말보로를 꺼내어 보슈에게 내밀었다. 종이로 된 표준형 담뱃갑이었다. 보슈가 한 개비 뽑아 입에 물자 그는 왼손으로 지포 라이터를 켜서 불을 붙여 주었다.

"우린 정말 끔찍한 도시에서 살고 있군요. 안 그래요, 해리?"

"그러게 말이야. 이 도시는 정말….."

3ɪ 원에이

그날 저녁 7시 30분. 보슈는 다운타운에 있는 비비아나 성당 뒤쪽 주차장에 카프리스를 세워놓고 운전석에 앉아 기다리고 있었다. 그 각도에서는 스프링 스트리트 모퉁이에 이르는 2번가 반 블록만 눈에 들어왔고 〈LA 타임스〉 건물은 보이지 않았다. 그렇지만 보슈는 걱정하지 않았다. 간부용 주차장에 차를 세울 권리가 없는 대부분의 〈타임스〉 직원들은 2번가와 스프링 스트리트 모퉁이를 건너 반 블록쯤 아래에 있는 직원용 주차장으로 갈 수밖에 없다는 걸 알고 있기 때문이었다. 브레머도 마찬가지일 것이었다.

허니 챈들러의 저택을 빠져나온 보슈는 그 길로 집에 돌아가 두 시간쯤 잠을 잤다. 그런 다음 집 안을 오락가락하며 브레머에 대해 곰곰이 생각해본 결과 앞뒤가 완벽하게 들어맞는다는 것을 알았다. 그는 로크 박사에게 전화하여 모방범의 심리에 관해 여러 가지를 물어보았다. 그렇지만 브레머에 대해서는 입도 뻥긋하지 않았다. 스트라이크를 세 개

먹으면 아웃이란 생각에 누구한테도 말할 수가 없었다. 계획이 서자 그는 할리우드 경찰서에 들러 카프리스에 가스를 채우고 필요한 장비도 챙겨서 나왔다.

그는 브레머가 나오길 기다리고 있었다. 집 없는 부랑아들이 2번가를 끊임없이 지나가고 있었다. 그들은 사이렌의 부름에 홀린 것처럼 한 끼의 식사와 잠자리를 얻기 위해 몇 블록 떨어진 곳에 있는 로스앤젤레스 미션을 향해 걸어갔다. 대부분이 일상용품들을 손에 들거나 어깨에 메고 있었고, 쇼핑 카트에 싣고 운반하는 사람도 있었다.

눈길은 잠시도 스프링 스트리트 모퉁이를 떠나지 않았지만 보슈의 생각은 먼 곳으로 흘러가기 시작했다. 그는 실비아를 떠올렸다. 지금 그녀는 무슨 생각을 하고 있을까? 그는 실비아가 너무 오래 고민하지 않기를 바랐다. 그의 내부에서 본능적으로 반응하고 보호하려는 반사작용이 일어나고 있었다. 그는 벌써 실비아가 돌아오지 않을 경우를 대비해서 긍정적인 생각들을 모색하고 있었다. 그 여잔 내 마음을 약하게 해. 모방범이 보낸 쪽지를 발견했을 때도 즉시 실비아부터 걱정하지 않았나? 그래, 그 여잔 날 취약하게 만들어. 내 삶에 주어진 임무를 수행하는 데 거치적거릴 뿐이야. 가도록 내버려둬.

모퉁이를 돌아 나오는 브레머를 발견한 순간 보슈의 심장박동은 갑자기 빨라졌다. 기자는 주차장이 있는 방향으로 계속 걸어가서 건물 뒤로 사라졌다. 보슈는 재빨리 자동차를 출발시켜 2번가를 벗어난 다음 스프링 스트리트로 올라갔다.

블록 아래쪽에서 브레머가 키 카드로 문을 열고 새 주차장으로 들어가는 것이 보였다. 보슈는 그 자동문을 응시하며 기다렸다. 5분쯤 뒤 파란색 도요타 셀리카가 주차장을 빠져나와 속도를 줄였다. 운전사가 스프링 거리의 차량 흐름을 살펴보고 있는 듯했다. 보슈는 브레머의 얼굴을 확인할 수 있었다. 셀리카가 도로로 나오자 보슈는 천천히 그 뒤를 따라갔다.

브레머는 서쪽 비벌리힐로 차를 몰다가 할리우드로 들어갔다. 그는 본스마켓 앞에 차를 세우고 안으로 들어가더니 15분쯤 후 식료품 쇼핑백을 하나 들고 나왔다. 그리곤 곧장 파라마운트 스튜디오 북쪽에 있는 독신자 주택 마을로 달려갔다. 그는 치장벽토를 한 조그마한 주택 옆으로 차를 몰아넣은 다음 뒤쪽에 별도로 마련된 차고로 들어갔다. 보슈는 한 집 아래쪽의 도로가에 차를 세우고 기다렸다.

이 동네 주택들은 대부분 세 가지 기본 디자인 중 하나를 선택하고 있었다. 2차 대전 후 도시에서 우후죽순처럼 돋아난 판박이 승리 주택들로 귀국한 군인들이 감당할 만한 집값이었다. 하지만 지금 구입하려면 장군 봉급을 타는 사람이라야 가능할 것이다. 80년대가 그렇게 만들었다. 지금은 군대에서 높은 급료를 받는 전문직 종사자들이 이곳을 차지했다.

각 주택의 잔디밭에는 조그마한 양철 표지판들이 세워져 있었다. 주택 경비회사 서너 곳에서 세운 것들이지만 내용은 하나같이 '접근시 발포함'이라고 적혀 있었다. 이 도시의 묘비명 같은 것이었다. 보슈는 이따금 할리우드 간판을 산에서 끌어내리고 그 대신 '접근시 발포함'이란 간판을 올려야 하는 건 아닐까 생각할 때도 있었다.

브레머가 우편물을 체크하거나 집 안에 불을 켜기 위해 현관 앞쪽으로 돌아올 경우를 예상해서 보슈는 차 안에서 5분쯤 기다렸다. 그럴 기미가 없자 그는 차에서 내려 진입로로 다가갔다. 손이 저절로 스포츠코트 안쪽으로 들어가 옆구리에 찬 스미스 앤 웨슨을 더듬었다. 총은 권총집에 꽂힌 대로 두었다.

진입로에는 불빛이 없었고 열린 차고의 안쪽은 캄캄해서 브레머의 자동차 미등의 빨간 렌즈 반사광만 흐릿하게 보였다. 브레머의 기척은 느껴지지 않았다. 진입로 오른쪽으로는 높이가 2미터도 안 되는 판자 울타리가 옆집과의 경계를 이루고 있었다. 만개한 부겐빌레아 가지들이 드리운 울타리 너머로 이웃집 텔레비전 소리가 희미하게 들려왔다.

차고를 향해 브레머의 집과 울타리 사이로 걸어가면서 보슈는 자신의 위치가 너무 취약하다는 걸 느꼈다. 그렇다고 이런 곳에서 권총을 빼드는 것이 도움이 되진 않을 것이었다. 주택 옆으로 바짝 붙어서 차고로 다가간 그는 캄캄한 내부를 들여다보며 걸음을 멈추었다. 구부러진 림이 매달린 낡은 농구대 아래 서서 그는 조용히 불러 보았다.

"브레머?"

차고 안에서 들려오는 자동차 엔진 소리 외엔 아무 소리도 들리지 않았다. 그때 보슈의 등 뒤에서 구두 밑창이 콘크리트 바닥을 스치는 소리가 들렸다. 그가 고개를 돌리자 식료품 쇼핑백을 손에 든 브레머가 서 있었다.

"거기서 뭐 하고 있는 건가?"

"그건 내가 해야 할 질문 같은데요, 해리."

보슈는 그의 두 손을 주시하며 말했다.

"당신이 전화를 하지 않아서 내 발로 찾아왔지."

"무슨 전화요?"

"평결에 대한 멘트를 부탁한다고 했잖아."

"당신이 전화하기로 되어 있었죠. 하지만 괜찮아요. 평결에 대한 기사는 이미 잡혔으니까. 게다가 오늘 발생한 다른 사건 때문에 뒷전으로 밀렸어요. 모방범 기사가 1면을 차지할 겁니다. 어빙도 그 이름을 공식적으로 사용했어요."

보슈는 그의 앞으로 몇 걸음 다가가며 말했다.

"그렇다면 레드 윈드로 가서 한잔해야 되잖아? 1면 기사를 터뜨렸을 땐 항상 한잔 꺾는다고 말했던 것 같은데."

브레머는 식료품 쇼핑백을 오른손에 든 채 왼손을 코트 주머니로 가져갔다. 그러나 보슈는 곧 짤랑거리는 열쇠 소리를 들었다.

"오늘 밤엔 영 내키지가 않더군요. 허니 챈들러를 약간 좋아했던 모양이에요. 그런데 여기서 정말 뭐하는 겁니까, 해리? 날 따라오는 걸 봤다고요."

"좀 들어가자는 말도 안 해? 1면 기사를 터뜨린 기념으로 축배라도 들자고. 기자들은 그걸 원에이(One-A)라고 한다면서?"

"그렇죠. 이건 1면 머리기사로 나갈 겁니다."

"1면 머리기사? 마음에 드는데."

두 사람은 어둠 속에서 서로 노려보았다.

"맥주 한 잔 줄 거야?"

"그럼요."

브레머는 고개를 끄덕이곤 돌아서서 주택 뒷문으로 걸어갔다. 열쇠로 문을 열고 안으로 손을 뻗어 스위치를 올리자 문 위쪽과 부엌 안에서 불이 동시에 들어왔다. 그는 뒤로 한 걸음 물러서서 보슈에게 먼저 들어가라는 손짓을 했다.

"들어가시죠. 거실로 가서 편안히 앉아 계시면 맥주를 곧 대령하겠습니다."

보슈는 부엌을 지나 거실과 식당으로 가는 짤막한 복도를 내려갔다. 그러나 소파에 앉지 않고 주택 정면 창문에 드리워진 커튼 곁으로 다가갔다. 커튼 자락을 벌리고 도로와 건너편 주택들을 살펴보았다. 아무도 보이지 않았다. 그가 이 집으로 들어오는 것을 본 사람도 없었다. 이거,

내가 실수를 한 게 아닐까 하는 생각이 들었다.

창문 아래 구형 라디에이터가 놓여 있었다. 손을 대자 차가운 느낌이 전해져 왔다. 두 가닥의 코일에는 검정색 페인트칠이 되어 있었다. 돌아서서 방 안의 다른 것들을 살펴보았다. 검정색과 회색 가구들이 멋지게 비치되어 있었다. 그는 검정색 가죽 소파로 가서 앉았다. 만약 여기서 브레머를 체포한다면 집 안을 재빨리 수색해볼 수 있겠다는 생각이 들었다. 그래서 유죄를 증명할 단서만 찾아내면 남은 일은 영장을 받아들고 오는 일뿐이다. 경찰과 법원 출입기자인 브레머 역시 그걸 모를 리 없었다. 그런데도 왜 나를 들여보냈을까? 보슈는 그게 이상했다. 혹시 내가 실수한 건 아닐까? 그는 자신이 세운 계획이 점점 불안해지기 시작했다.

브레머는 잔도 없이 맥주 두 병만 달랑 들고 나와 오른쪽에 있는 의자에 앉았다. 보슈는 그가 들고 나온 맥주병을 유심히 살펴보았다. 병 주둥이로 거품이 올라오고 있었다. 그는 병을 들어 올리며 외쳤다.

"1면 머리기사를 위하여!"

"위하여!"

브레머도 따라 외쳤지만 웃지는 않았다. 그는 한 차례 나발을 길게 불고 나서 커피 테이블에 맥주병을 내려놓았다.

보슈는 맥주를 한 모금 입에 물고 그대로 있었다. 얼음처럼 차가워서 이가 시렸다. 인형사나 모방범이 피살자에게 약을 사용했다는 얘긴 들어본 적 없었다. 그가 브레머를 바라보자 서로 눈길이 딱 마주쳤다. 입에 문 맥주를 꿀걱 삼키자 목구멍이 짜릿했다. 맥주병을 오른손에 든 채 팔꿈치를 양 무릎에 괴고 상체를 앞으로 쑥 내밀었다. 그리곤 자신을 바라보는 브레머를 마주 보았다. 로크 박사는 모방범이 양심상 가책을 느껴 어떤 것을 인정하는 일은 절대로 없다고 말한 적이 있었다. 유일한 방법은 살인자의 자존심을 이용하여 속이는 것뿐이라고 했다. 보슈는 자신감이 차츰 회복되어 오는 것을 느꼈다. 그는 브레머를 태워버릴 듯이 이글거리는 눈빛으로 노려보았다.

"왜 그래요?"

기자는 조용히 물었다.

"기사와 책을 쓰기 위해 그런 짓을 했다고 이젠 자백하게. 1면 머리기사든 베스트셀러든 말이야. 그렇지만 정신분석의가 말하는 그런 역겨운 놈이라곤 말하지 마."

"무슨 소릴 하시는 겁니까?"

"개소리 마, 브레머. 범인은 너야. 너란 걸 너도 알고 나도 알아. 아니라면 내가 무슨 지랄로 여기까지 쫓아왔겠어?"

"그러니까 내가 인… 모방범이란 얘깁니까? 정말 미쳤어요?"

"그건 내가 묻고 싶어. 너 미친놈이지?"

브레머는 한참 동안 침묵에 빠져들었다. 마치 컴퓨터가 '기다려주십시오' 불빛을 반짝이며 긴 연산에 들어간 것처럼 그도 자기 자신 속으로 깊숙이 침잠하는 듯했다. 마침내 해답을 찾았는지 두 눈의 초점이 보슈에게 다시 모아졌다.

"이만 돌아가는 게 좋겠어요, 해리."

브레머는 의자에서 일어서며 말했다.

"이번 사건으로 너무 심한 스트레스를 받은 것이 분명합니다. 내 생각엔…."

"박살난 건 내가 아니라 너야, 브레머. 넌 실수를 저질렀어. 그것도 너무 많이."

브레머가 갑자기 보슈를 향해 돌진했다. 왼쪽 어깨로 보슈의 가슴을 힘껏 들이받으며 소파에 밀어붙였다. 허파에서 바람이 다 빠져나간 상태로 축 늘어진 보슈의 스포츠 코트 속으로 브레머의 손이 재빨리 파고 들었다. 눈 깜짝할 사이에 권총을 뽑아든 기자는 안전장치를 풀고 형사의 얼굴을 겨누었다.

한동안 말없이 서로 노려보기만 하다가 마침내 브레머가 먼저 입을 열었다.

"당신이 내 호기심을 자극했다는 것 하나만은 인정하죠, 해리. 그렇지만 이런 얘기를 길게 늘어놓기 전에 먼저 해야 할 일이 있소."

일말의 안도와 기대감이 밀려오는 것을 느꼈지만 보슈는 겉으로 드러내지 않으려고 애썼다. 오히려 겁먹은 표정으로 눈을 커다랗게 치뜨고 총구를 노려보았다. 브레머는 앞으로 다가와 둔한 오른손으로 보슈의 가슴과 사타구니, 옆구리 등을 더듬었다. 녹음기가 없다는 것을 확인한 기자가 말했다.

"은밀한 곳까지 더듬어서 미안해요, 해리. 하지만 당신이 나를 불신하니 나도 당신을 믿을 수가 없지. 안 그래요?"

브레머는 뒤로 한 걸음 물러나 의자에 다시 앉았다.

"이런 말은 안 해도 잘 알겠지만 노파심에서 말해드리지. 여기선 내가 유리하니 내 질문에 똑바로 대답하시오. 무슨 실수지? 내가 무슨 실수를 저질렀소? 내가 뭘 잘못했는지 말해, 해리. 첫 발로 당신 무릎뼈를 날려버리기 전에!"

보슈는 얘기를 어떻게 끌고 갈 것인지 고심하며 브레머를 잠시 안달하게 했다.

"좋아, 일단 기본적인 것부터 얘기하지. 4년 전 넌 인형사 사건 전담 기자였어. 첫 번째 사건부터 취재하기 시작했지. LA 경찰국이 특별수사팀을 구성하게 된 것도 네가 취재한 초기 사건들의 기사들 때문이었어. 넌 기자로서 용의자에 관한 정보들을 접할 수 있었고, 검시보고서도 볼 수 있었을 거야. 게다가 나 같은 제보자도 있었고 특별수사팀과 부검실 직원들도 절반은 알고 있었겠지. 그러니까 내 말은 인형사가 하는 짓을 넌 모조리 알고 있었다는 거야. 피살자의 발톱에 그려진 하얀 십자가까지 바로 곁에서 관찰하면서 말이지. 나중에 인형사가 사살되자 넌 그걸 책으로 써서 팔아먹었어."

"알아요. 하지만 그건 아무 의미도 없잖아요, 보슈. 많은 사람들이 알고 있는 일이야."

"아, 이젠 보슈라고 부르는군. 해리는 그만두기로 했나? 내가 갑자기 혐오스런 존재로 보이는 모양이지? 아니면 그 총을 들고 있으니 눈에 뵈는 게 없나?"

"헛소리 말아요, 보슈. 정말 멍청하군요. 증거는 하나도 없으면서. 그 외에 뭘 가졌는데요? 이건 정말 멋진 장면이군요. 내가 쓰려는 《모방범》이란 소설에서 한 장을 차지할 만한 가치가 충분히 있어요."

"그 외에 뭘 가졌느냐고? 콘크리트 블론드가 있잖아. 그리고 콘크리트도 있지. 그 콘크리트를 퍼부을 때 담배를 떨어뜨렸다는 사실을 알고 있나? 기억나? 차를 몰고 집으로 돌아가는 길에 담배 생각이 나서 주머니 속에 손을 넣어봤지만 담배는 없었겠지. 그럴 수밖에. 네 담배는 베키 카민스키와 함께 거기서 우릴 기다리고 있었거든. 종이 담뱃갑으로 된 말보로였지. 그건 네 브랜드였어, 브레머. 그게 첫 번째 실수야."

"그 담배 피우는 사람은 많아. 그걸 지방 검찰청으로 가져가서 잘해봐요."

"왼손잡이들도 많아. 너나 모방범처럼 말이야. 나도 그렇고. 하지만 얘기할 게 또 있어. 계속 듣고 싶나?"

브레머는 시선을 창문 쪽으로 돌리고 아무 대꾸도 하지 않았다. 속임수일 거라고 보슈는 생각했다. 내가 권총을 빼앗으려고 달려들길 바라는 거야, 이 자식은. 보슈는 고함을 버럭 질렀다.

"이봐, 브레머! 얘기할 게 또 있다고!"

기자는 고개를 홱 돌리고 보슈를 노려보았다.

"오늘 평결이 나온 뒤 넌 나더러 시당국이 2달러만 보상하면 될 테니 행복하겠다고 말했어. 하지만 그 전날 밤 우리가 술을 마실 때는 챈들러가 배심원 판결에서 단 1달러만 승소해도 시당국에 10만 달러 이상의 비용을 청구할 수 있을 것이라고 말했다고. 기억해? 그래서 오늘 아침 네가 평결이 내린 2달러만 지급하게 될 것이라고 말했을 때, 나는 챈들러가 이미 죽었다는 사실을 알고 있기 때문에 그런 말을 했을 거라는 생각을 하게 됐지. 네 손으로 그 여잘 죽였으니 잘 알고 있을 밖에. 그게 두 번째 실수야."

브레머는 어린애를 상대하고 있는 것처럼 머리를 살래살래 흔들었다. 겨누고 있는 총구는 보슈의 가슴께까지 내려왔다.

"이봐요, 보슈. 오늘 내가 그런 말을 한 건 당신 기분을 좋게 해주려는 것뿐이었어. 그 여자가 죽었는지 살았는지 내가 어떻게 알아? 그런 논리적 비약을 믿을 배심원은 한 명도 없을 겁니다."

보슈는 환한 미소를 지어 보였다.

"그러니까 넌 최소한 나를 지방 검찰청과 배심원단에 보낸 셈이로군. 내 얘기가 서서히 증명되어 가고 있는 것 같은데, 안 그래?"

브레머도 차가운 미소를 지어 보이며 총구를 쳐들었다.

"그게 전부요, 보슈? 그게 당신이 가진 전부냐고?"

"가장 좋은 건 마지막으로 남겨뒀지."

보슈는 브레머에게서 한순간도 눈길을 떼지 않은 채 담배를 붙여 물었다.

"자넨 챈들러를 죽이기 전에 어떻게 고문했는지 잊었나? 그런 건 꼭 기억을 해야지. 넌 그 여자를 이빨로 마구 깨물고 담뱃불로 지져댔어. 오늘 그 주위에 서 있었던 사람들은 모방범이 왜 이렇게 변했을까 하고 모두 이상하게 생각했지. 이전엔 안 하던 짓을 새로 시작했거든. 정신분석의인 로크 박사가 가장 의아해하더군. 네가 박사의 마음을 혼란스럽게 만들었어. 난 그런 네가 오히려 마음에 들어, 브레머. 그렇지만 로크 박사도 내가 아는 그것만은 모르더라고."

그는 미끼를 슬쩍 던져놓고 잠시 기다렸다. 브레머가 물 것을 뻔히 알고 있었다.

"그게 뭔데요, 셜록 홈즈?"

보슈는 싱긋 웃었다. 이젠 손아귀에 들어온 것이나 다름없었다.

"난 네가 왜 그랬는지 알고 있거든. 아주 단순한 거야. 넌 그녀에게 보낸 쪽지를 돌려받고 싶었던 거야, 그렇지? 그런데 챈들러는 쪽지를 감춘 곳을 대지 않았어. 그녀는 쪽지를 돌려주든 돌려주지 않든 죽임을 당할 것임을 알고 있었어. 그래서 모진 고문을 당하면서도 끝내 불지 않았던 거야. 챈들러는 용감한 여자였고 결국 널 이겼어. 그 여잔 날 이긴 게 아니라 널 이긴 거야, 브레머."

"무슨 쪽지?"

브레머는 한참 후에야 기운 없이 물었다.

"네가 골머리 앓았던 쪽지. 결국 찾지 못했지. 샅샅이 뒤지기엔 집이 너무 컸어. 더군다나 죽인 여자를 바닥에 눕혀 놓은 상태에선 말이야. 누가 불쑥 들어오기라도 하면 설명하기가 어렵지. 하지만 걱정 말게, 내가 찾았어. 네가 호손의 책을 읽지 않은 것이 유감이야. 그의 책 안에 꽂혀 있었거든. 정말 안됐네. 아까도 말했지만 챈들러가 널 이겼어. 그런 걸 보면 정의란 것이 가끔 있긴 있나 봐."

브레머는 거친 반발을 보이지 않았다. 보슈는 그를 살펴보며 자신이 아주 잘하고 있다는 생각이 들었다. 이제 멀지 않았다.

"혹시 궁금해할까 봐 말하는데, 그 여잔 겉봉도 보관하고 있었어. 같은 책 안에 꽂혀 있었지. 그런데 정말 이상하단 생각이 들더군. 모방범이 나한테 떨어뜨렸던 쪽지와 내용이 똑같은 그 복사본을 되찾기 위해 왜 고문까지 해야 했는지 이해가 되지 않았어. 그러자 곧 이유를 알게 됐지. 네가 되찾고 싶었던 건 쪽지가 아니라 그것이 담겨 있었던 겉봉이었어."

브레머는 자기 두 손을 내려다보고 있었다.

"자, 어때? 이제 항복할 마음이 나나?"

"잘 모르겠는데."

기자는 형사를 돌아보며 말했다.

"내 생각엔 당신 오늘 헛소리가 좀 심한 것 같아."

"글쎄, 내가 걱정할 것은 지방 검사를 설득하는 일뿐인 것 같은데, 안 그래? 그리고 나는 검사에게 쪽지에 적힌 시는 네가 쓴 기사에 대한 반응이라고 설명하면 될 것 같은데? 재판이 시작된 지난 월요일에 실렸던 기사 말이야. 그런데 챈들러가 받은 쪽지 사본이 담겨 있었던 겉봉에는 그 이전인 토요일자 소인이 찍혀 있었거든. 그게 바로 수수께끼였지. 모방범은 이틀 후에 신문에 실릴 기사를 어떻게 미리 알고 그 내용을 시에다 언급했을까? 그 대답은 물론 모방범인 그 자신이 기사를 미리 알고 있었기 때문이지. 왜냐하면 자기가 썼으니까. 네가 그다음 날 기사에서 쪽지에 대해 언급할 수 있었던 것도 그것으로 설명이 돼. 자넨 자신의 제보자이기도 했어, 브레머. 그게 세 번째 실수였지. 스트라이크를 세 개 먹었으니 넌 이제 아웃이야."

이어진 침묵이 너무 깊어서 보슈는 브레머의 맥주병에서 나는 희미한 소리까지 들을 수 있었다. 마침내 기자가 말했다.

"당신은 뭘 잊고 있군요, 보슈. 총은 내가 들고 있소. 그래, 이런 미친 소리를 또 누구한테 지껄였죠?"

"실수들을 덮기 위해 넌 지난 주말 내게 새로운 시를 보냈어."

보슈는 계속했다.

"챈들러를 죽인 것이 나나 다른 어떤 사이코들을 위한 일인 것처럼 로크 박사와 다른 모든 사람들이 봐주길 원했던 거지, 안 그래?"

브레머는 대꾸하지 않았다.

"그렇게 되면 네가 챈들러를 찾아간 진짜 이유는 아무도 모르게 될 테니까. 쪽지와 겉봉을 찾는 일 말이야. 네놈은 그녀도 잘 아는 기자니까 문을 노크하자 의심 없이 열어줬겠지. 네가 나를 이 집 안에 들인 것처럼. 원래 잘 아는 놈이 위험한 거야, 브레머."

기자는 아무 말도 하지 않았다.

"한 가지만 물어보자고, 브레머. 쪽지를 하나는 떨어뜨리고 다른 하나는 그 여자한테 보낸 이유가 뭐야? 넌 기자니까 경찰서를 들락거리다 쪽지 하나를 데스크에 슬쩍 떨어뜨려도 눈여겨볼 사람이 없다는 건 알아. 그런데 챈들러한테는 왜 보냈지? 그건 분명 실수였어. 그러니까 그 여잘 찾아가서 죽였겠지. 하지만 왜 보냈냐고?"

기자는 말없이 한참 동안 보슈를 바라보았다. 그러더니 자신이 주도권을 쥐고 있음을 확인하려는 듯 권총을 잠시 내려다보았다. 총은 강력한 미끼였다. 보슈는 그를 완전히 장악했다는 걸 알았다.

"그 기사는 토요일에 내보기로 되어 있었어요. 그런데 어떤 멍청한 편집자 놈이 월요일로 미뤘던 거죠. 나는 토요일 신문을 보기 전에 그 편지를 부쳤어요. 그게 나의 유일한 실수였죠. 그렇지만 결정적인 실수를 저지른 사람은 보슈, 당신이에요."

"아, 그래? 그게 뭔데?"

"이곳에 혼자 온 것."

이번엔 보슈가 침묵했다.

"왜 혼자 왔죠, 보슈? 인형사한테도 이런 식이었나요? 그를 냉혹하게 죽여버리기 위해 혼자 갔던 겁니까?"

보슈는 잠시 생각한 뒤 대꾸했다.

"참 좋은 질문이야."

"그렇다면 그게 당신의 두 번째 실수군요. 나를 그 녀석처럼 하찮은 적으로 생각한 것이 말이죠. 그 자식은 아무것도 아니었어요. 당신이 그 자를 사살했지만 그래도 싼 놈이었죠. 그렇지만 이번엔 당신이 죽을 차 롑니다."

"그 총을 이리 내놔, 브레머."

기자는 보슈가 정신 나간 요구를 하고 있다는 듯 껄껄 웃었다.

"당신은 내가…."

"대체 몇 명이나 죽였어? 저 바깥에 파묻은 여자들이 모두 몇 명이나 되냐고?"

브레머의 눈이 자랑으로 빛났다.

"충분한 숫자죠. 내 특별한 욕구를 만족시키고도 남을 만큼."

"그러니까 모두 몇 명이야? 어디어디에 파묻었고?"

"당신은 죽었다 깨어나도 몰라요, 보슈. 그게 당신의 마지막 고통이 되겠군요. 끝내 알지 못하는 것. 그리고 상실감이."

브레머는 총구를 들어 보슈의 심장을 겨누었다. 그리곤 방아쇠를 당 겼다.

딱 하는 금속성 소리를 들으며 보슈는 그의 눈을 응시했다. 브레머는 방아쇠를 당기고 또 당겼다. 똑같은 소리만 들리자 그의 눈이 두려움으 로 가득 차기 시작했다.

보슈는 양말 속에서 열다섯 발의 XTP 탄환이 든 여분의 탄창을 뽑아들었다. 그것을 손아귀에 꽉 쥐고 소파에서 벌떡 일어난 그는 기자의 턱에 벼락같은 주먹을 날렸다. 그 충격에 브레머는 의자에 앉은 채 뒤로 벌렁 나자빠졌다. 바닥에 떨어지며 그는 그대로 의자는 의자대로 나뒹굴었다. 보슈는 그가 떨어뜨린 권총을 집어 들자 빈 탄창을 빼내고 실탄이 든 탄창을 끼워 넣었다.

"일어나! 빨리 일어나!"

브레머는 엉거주춤 일어나며 말했다.

"이젠 나까지 죽일 거요? 아예 살인청부업자로 나설 작정입니까?"

"그건 너한테 달렸어, 브레머."

"무슨 뜻입니까?"

"난 네 대갈통을 날려버리고 싶어 미치겠어. 그러자면 네가 먼저 동작을 취해야 해. 인형사가 그랬던 것처럼 말이지. 그건 그 친구의 연기였어. 이번엔 네 차례야."

"이봐요, 보슈. 난 죽고 싶지 않아. 지금까지 내가 말한 건 그냥 장난이었다고요. 당신 지금 실수하고 있는 거야. 난 모든 걸 밝히고 싶었을 뿐입니다. 제발 날 보안관서로 데려다주시오. 그러면 모든 게 밝혀질 겁니다. 부탁입니다."

"네놈이 희생자들의 목을 가죽 끈으로 조일 때 그들도 이렇게 애원했겠지? 그렇지? 살려 달라고 애원했었어, 죽여 달라고 애원했었어? 챈들러는 어땠어? 마지막엔 차라리 죽여 달라고 애원했나?"

"날 보안관서로 데려다주시오. 체포해서 보안관서로 넘기라고."

"그러면 저 벽을 향해 돌아서, 이 개돼지 같은 놈아! 두 손을 등 뒤로 내밀고."

브레머는 명령에 복종했다. 보슈는 담배꽁초를 테이블 위의 재떨이에 버린 뒤 기자를 벽 쪽으로 밀어붙였다. 뒤로 내민 손에 수갑을 채우고 나서야 기자의 두 어깨는 살았다는 안도감에 아래로 축 쳐졌다. 그는 두 팔을 열심히 움직여 손목이 수갑에 쓸리도록 했다.

"봤어요? 내 손목을 보라고요, 보슈. 수갑에 피부가 까졌어. 이제 날 죽이면 그들이 이 자국을 발견하고 당신이 사형을 집행했다는 걸 알게 될 겁니다. 난 당신이 짐승처럼 도살한 그 처치란 놈처럼 멍청하진 않아요."

"그럼, 넌 멍청하지 않아. 모든 걸 잘 알고 있는 놈이지. 안 그래?"

"당연하죠. 그러니까 보안관서로 넘겨요. 당신이 내일 아침 깨어나기도 전에 난 석방될 겁니다. 이런 모든 사실을 알고 있더라도 당신이 가진 증거가 뭡니까? 당신은 악질 경관일 뿐이에요. 연방 배심원들도 당신이 너무 지나치다는 결론을 내렸어. 이 정도론 먹혀들지 않아요. 증거가 없잖아."

보슈는 그를 벽에서 돌려세웠다. 두 사람의 얼굴 간격이 50센티쯤 되자 맥주 냄새가 밴 숨결이 서로 뒤섞였다.

"네놈이 한 짓 맞지? 그러고도 버젓이 거리를 활보할 수 있다고 생각하잖아, 안 그래?"

브레머는 보슈의 눈을 마주 보았다. 그의 눈빛이 자부심으로 다시 반짝이는 것을 보슈는 볼 수 있었다. 로크 박사가 그의 심리를 제대로 읽은 듯했다. 그는 자신이 성취한 것에 대해 흡족해하고 있었다. 자신의 생명이 그것에 달린 줄 알면서도 그 자부심을 억누를 수가 없는 모양이었다.

"그래요."

기자는 나직하고 이상한 목소리로 대답했다.

"내가 했어. 내가 그 사람이라고. 하지만 난 석방될 테니 두고 보시오.

그리고 내가 석방된 그날부터 당신은 죽을 때까지 밤마다 나를 떠올리게 될 겁니다."

보슈는 고개를 끄덕였다.

"하지만 난 그런 말은 입도 뻥끗한 적 없어요, 보슈. 그건 그저 당신이 날 모함하려고 지어낸 말들일 뿐이지. 악질 경관이 하는 말을 법원에서 곧이들을 리도 없겠죠. 당신을 나에 대한 증인으로 세우기도 어려울 걸요."

보슈는 얼굴을 그에게 가까이 가져가며 씨익 웃었다.

"그렇다면 녹음하길 잘했군."

형사는 라디에이터 쪽으로 걸어가 두 가닥의 코일 사이에서 녹음기를 꺼내 들었다. 그것을 본 브레머의 두 눈이 분노로 이글거렸다. 그는 속았다고 생각했다. 완전히 당한 셈이었다.

"보슈 형사, 그 녹음테이프는 법정에서 받아들이지 않아. 함정수사니까. 난 사전에 통보받지 못했어. 통보받지 못했다고!"

"지금 통보하면 돼. 넌 아직 체포된 상태가 아니야. 널 체포할 때까지는 통보할 생각이 없었어. 넌 경찰의 공식 절차를 너무 잘 아니까."

보슈는 그에게 미소를 지으며 또박또박 일러주었다.

"이제 가지, 브레머."

승리감을 만끽한 뒤 형사는 말했다.

32 브리지 게임

　보슈가 화요일 아침 허니 챈들러의 죽음에 대한 브레머의 1면 머리기사를 읽게 된 것은 아이러니였다. 그는 전날 자정 직전 그 기자를 보석 없는 구금으로 카운티 구치소에 처넣고도 매체담당 팀에 통보하지 않았다. 마감시간까지도 말이 새어나가지 않았기 때문에 살인자가 작성한 살인사건 기사가 신문 1면 머리기사로 실린 것이었다. 보슈는 그것이 아주 마음에 들었다. 기사를 읽으며 그는 미소를 지었다.

　보슈가 보고한 유일한 사람이 어빙 부국장이었다. 통신 센터에게 전화로 연결하게 하여 거의 반 시간이나 긴 대화를 나누었다. 대화를 통해 보슈는 브레머를 체포하기까지의 단계별 행동과 증거에 대해 차근차근 설명했다. 보고를 듣고 난 부국장은 잘했다고 칭찬하지도 않았지만 이번에도 혼자 처리했다고 꾸짖지도 않았다. 어느 쪽이 될지는 체포가 확정된 다음에 결정된다는 것을 두 남자 모두 잘 알고 있었다.

오전 9시. 보슈는 다운타운의 형사법원 건물 안에 있는 지방 검찰청 기소담당 검사보 데스크 앞에 앉아 있었다. 여덟 시간 만에 두 번째로 그는 브레머와 있었던 일을 세부적으로 설명하며 녹음한 테이프를 다시 돌렸다. 채프 뉴웰이라는 이름의 검사보는 테이프를 들으며 노란 메모첩에 기록을 해나갔다. 녹음 상태가 양호하지 못해 가끔 이마를 찡그리거나 머리를 흔들기도 했다. 브레머의 집 거실에서 주고받은 얘기가 라디에이터 코일에 반사되어 떨렸지만 결정적으로 중요한 말들은 다 알아들을 수 있었다.

보슈는 말없이 뉴웰을 지켜보았다. 고작해야 법과대학을 나온 지 3년도 안 된 애송이처럼 보였다. 모방범 체포에 대한 소식이 아직 신문이나 텔레비전에 뜨지 않았기 때문에 기소부서 고참 검사들의 주의를 끌지 못한 탓이었다. 그래서 사건은 일상근무에 임하고 있던 뉴웰의 손에 떨어졌다.

테이프가 다 돌아가자 뉴웰은 자신이 하고 있는 일에 대해선 빠삭하다는 듯 몇 가지를 더 메모한 뒤 보슈를 쳐다보았다.

"용의자의 집 안에 있는 것에 대해선 전혀 기술하지 않았군요."

"어젯밤엔 급히 둘러보느라 아무것도 발견하지 못했습니다. 그렇지만 수색영장을 들고 가서 철저히 뒤지면 분명히 다른 증거물들이 나올 겁니다."

"나도 그러길 바랍니다."

"사건은 지금 검사보님 손에 있는데요."

"좋은 사건입니다, 보슈. 정말 잘 처리했어요."

"그렇게 말씀해 주시니 안심입니다."

뉴웰은 그를 바라보며 실눈을 했다. 뭔가 미심쩍어 하는 표정이었다.

"그런데, 음…."

"그런데 뭡니까?"

"이것으로 기소할 수 있는 것은 분명합니다. 많은 요인들이 있어요."

"그런데요?"

"나는 피고인측 변호인의 시각으로 보고 있습니다. 그러면 뭐가 있죠? 많은 우연의 일치들뿐입니다. 왼손잡이이고, 담배를 피우고, 인형사에 대해 세부적으로 알고 있는 것 등. 이런 것들은 확실한 증거가 못 되죠. 용의자 외에도 그런 사람들은 많아요."

보슈는 담뱃불을 붙이기 시작했다.

"제발 여기서는…."

그는 담배연기를 책상 너머로 날려 보냈다.

"…그냥 피우세요."

"쪽지와 소인은 어떻소?"

"좋은 증거물이지만 증명하기 어렵고 복잡합니다. 유능한 변호사라면 또 하나의 우연에 지나지 않는다고 배심원들을 간단히 설득할 겁니다. 사안을 흔들어 놓을 수 있다는 얘기죠."

"녹음테이프는 어떻소, 뉴웰? 그 녀석이 자기 입으로 자백했잖소. 그 이상 뭘 또…."

"그렇지만 자백 도중 그것을 부인했습니다."

"마지막엔 그러지 않았지."

"나는 이 테이프를 사용할 생각이 없습니다."

"그건 또 무슨 소리요?"

"무슨 소린지 아시잖아요. 용의자는 사전주의를 받지 못한 상태에서 자백했습니다. 그건 함정수사에 해당돼요."

"함정은 없었소. 그는 내가 경찰인 줄 알고 있었고 사전에 주의를 주지 않아도 자기 권리를 알고 있었어요. 놈은 나한테 총까지 겨눴어. 그리고 아주 자유롭게 말했어요. 그가 정식으로 체포됐을 때 나는 그의 권리를 알려주었소."

"하지만 그는 도청기를 찾으려고 당신 몸을 뒤졌어요. 그건 녹음을 거부한다는 명백한 의사표시죠. 게다가 당신이 수갑을 채우고 미란다 원칙을 읽어 주기도 전에 그는 폭탄선언을 했어요. 가장 치명적인 선언이었죠. 그게 문제가 될 수 있어요."

"테이프는 당신이 사용할 거잖소."

뉴웰은 보슈를 한참 동안 바라보았다. 젊은이의 뺨이 발갛게 물들기 시작했다.

"당신은 내게 무엇을 사용하라 마라 지시할 위치에 있지 않아요, 보슈. 게다가 이걸 들고 나가면 최고법원 상소는 필연적이고 브레머는 어떤 변호사도 고용할 수 있습니다. 그리고 거기 앉아 있는 판사들 절반은 한때 검찰청에서 근무했던 사람들이라는 것도 문제죠. 상소하거나 샌프란시스코 최고법원으로 사건이 넘어가면 결과를 예측할 수 없어요. 당신이 바라는 게 그겁니까? 두어 해쯤 기다린 뒤에 승소하는 거요, 아니면 처음부터 제대로 하고 싶습니까?"

보슈는 상체를 앞으로 숙이고 새파랗게 어린 검사보 녀석을 화난 표정으로 노려보았다.

"이봐요, 우린 서로 다른 각도에서 일하고 있소. 아직 끝난 게 아니에요. 더 많은 증거물들이 쌓일 겁니다. 하지만 이자를 기소하지 않으면 석방해야 합니다. 기소할 시간은 어젯밤부터 48시간입니다. 보석 없는 구속으로 지금 기소하지 않으면 그놈은 변호사를 고용하여 보석심리를 요청할 거요. 당신이 기소하지 않으면 판사도 보석 없는 체포를 허락하지 않을 겁니다. 그러니까 지금 그자를 기소하세요. 당신이 필요로 하는 증거물은 충분히 보완해 드릴 테니까."

뉴웰은 수긍하는 것처럼 머리를 끄덕이고는 말했다.

"나는 우리가 얻을 수 있는 모든 것을 손에 넣었을 때 기소하기를 좋아합니다. 그래야만 처음부터 어떤 방향으로 기소할지 알 수가 있죠. 유죄협상을 할 것인지 아니면 단호하게 처리할 건지 말입니다."

보슈는 일어나서 사무실의 열린 문 쪽으로 걸어갔다. 복도로 나간 그는 바깥에 부착된 플라스틱 명패를 살펴본 뒤 다시 들어왔다.

"보슈, 뭐 하는 겁니까?"

"거, 이상하네. 난 당신을 기소담당 검사보로만 알았지, 재판까지 담당하시는 판사님인 줄은 미처 몰라 봤군요."

뉴웰은 들고 있던 볼펜을 책상 위에 떨어뜨렸다. 얼굴이 점점 빨개지더니 이마까지 달아올라 소리쳤다.

"이봐요, 난 기소담당 검사보지만 사건을 처음부터 최상의 상태로 가져가도록 확인할 책임도 있습니다. 저 문을 통해 들어오는 모든 사건들을 나는 기소할 수 있지만 그게 중요한 건 아니죠. 중요한 건 믿을 만한 양질의 증거물을 많이 확보해야 한다는 겁니다. 올렸다가 기각당할 그런 사건들 말구요. 그러니까 이 사건에 대한 기소는…."

"당신 몇 살이지?"

"뭐라고요?"

"몇 살이나 잡수셨냐고?"

"스물여섯 살입니다. 그게 무슨 상관…."

"잘 들어, 이 좆만 한 새끼야. 보슈가 너희 집 강아지 이름이야? 다신 그딴 식으로 부르지 마. 난 네가 첫 번째 법률 서적을 열기도 전부터 이런 식으로 처리해 왔어. 그리고 네가 컨버터블 사브를 몰고 센추리 시티(LA 업무지구-옮긴이)에 그 이기적인 허연 낯짝을 들이민 한참 후에도 이렇게 처리해 왔다고. 네가 나를 형사나 보슈 형사 혹은 해리라고 부르는 것까진 참겠는데, 보슈라고만 부르는 건 더 못 들어주겠어. 무슨 말인지 알아?"

뉴웰은 벌린 입을 다물지 못했다.

"무슨 말인지 모르겠어?"

"알겠습니다."

"또 한 가지. 우리는 더 많은 증거들을 최대한 빨리 수집할 거야. 하지만 그동안에 당신은 브레머를 보석 없는 1급 살인죄로 기소해야만 해. 왜냐하면 뉴웰 씨, 우리는 이 쓰레기 같은 인간을 다시는 햇빛도 못 보게 만들어야 하기 때문이지. 만약 우리가 더 많은 증거물을 확보했을 때도 당신이 이 사건을 맡고 있다면, 아마도 여러 시체들과 관련된 복합적인 기소를 해야 할 거요. 그리고 사건을 재판담당 검사한테 넘겨야 할 테니 당신이 양질의 증거물 타령을 할 시간은 없을 거요. 그런 결정들은 재판담당 검사가 할 겁니다. 당신은 실제로 소장이나 작성하는 사무관에 불과하다는 것을 우리 둘 다 알고 있으니까 말이오. 당신이 법정에서 재판담당 검사 옆자리에 앉을 처지만 돼도 여기 앉아 있진 않을 겁니다. 질문 있소?"

"없습니다."

뉴웰은 재빨리 대답했다.

"뭐가 없어요?"

"질문 없다고요, 보슈 형사."

보슈는 어빙의 회의실로 돌아가서 수색영장을 신청하는 일에 남은 오전 시간을 다 소비했다. 브레머의 머리카락과 혈액, 타액의 샘플을 채취하고 이빨 본을 뜨기 위해서였다.

신청서를 법원으로 가져가기 전에 특별수사팀 회의에 참석하여 대원들이 각자의 임무에 대해 보고하는 것을 들었다. 에드거는 조지아 스턴에 아직 갇혀 있는 시빌 브랜드로 가서 그녀에게 브레머의 사진을 보여주었지만 알아보지 못했다고 보고했다. 하지만 그녀는 브레머가 자신을 공격한 남자가 아니라고 확신하지도 못했다.

쉬헌은 오펠트와 함께 빙스에 있던 저장소 관리인을 찾아가 브레머의 사진을 보여준 결과를 보고했다. 관리인은 사진 속 인물이 2년 전 그곳에서 저장실을 임대했던 사람들 중 하나일 수도 있지만 확신하긴 어렵다고 말했다. 그는 너무 오래전 일이라 확실치도 않은 기억으로 한 사내를 가스실로 보낼 순 없다고 말했다.

"그 자식은 겁쟁이였어."

쉬헌은 분통을 터뜨렸다.

"브레머를 알아보는 눈치였는데 그 일로 시달리기가 두려웠던 모양이야. 우린 내일 그 친구를 다시 만나볼 생각이야."

롤렌버거는 존스와 닉슨을 무전기로 불러냈다. 두 형사는 브레머의 집에서 아직 아무것도 찾아내지 못했다고 보고했다. 테이프나 시체도 물론 나오지 않았다. 닉슨이 팀 리더에게 건의했다.

"정원과 건물 터를 파뒤집을 수 있는 영장이 필요합니다."

"그래야겠지. 그때까진 계속 찾아봐."

롤렌버거가 대답했다.

마지막으로 메이필드와 이드 형사가 무전기에 나왔다. 그들은 〈LA 타임스〉 변호사들의 회피로 뉴스룸에 있는 브레머의 책상에 접근도 못했다고 보고했다.

롤렌버거는 렉터와 하이케스 팀이 브레머의 배경을 조사하고 있다고 말했다. 그리고 오후 5시에는 어빙 부국장이 기자회견을 열고 사건에 대해 설명할 예정이니, 그 이전에 새로운 사실이 밝혀지면 즉시 팀 리더에게 보고하라고 지시했다.

"이상이야."

롤렌버거의 말에 보슈는 의자에서 일어나 회의실을 나갔다.

카운티 교도소의 하이파워 층에 있는 의료시설을 보는 순간 보슈는 프랑켄슈타인의 연구실을 머리에 떠올렸다. 침대마다 쇠사슬이 달렸고 타일 벽엔 환자들을 묶을 고리들이 박혀 있었다. 침대 위에 매달린 전등들은 환자들이 전구를 빼내어 무기로 사용하지 못하도록 철망을 씌워 놓았다. 타일은 원래 하얗던 것이 여러 해가 지나며 누렇게 변색된 것처럼 보였다.

보슈와 에드거는 침대가 여섯 개 놓인 병실 입구에 서서 여섯 번째 침대에 누워 있는 브레머를 지켜보고 있었다. 보다 협조적이고 말랑말랑한 용의자로 만들기 위해 의사가 소듐 펜토탈을 주사하는 중이었다. 브레머는 법원이 명령한 이빨 본뜨기와 혈액, 침, 머리카락 샘플 제공을 거부했다.

약이 효력을 슬슬 나타내기 시작하자 의사는 기자의 입을 벌리고 집게 두 개를 밀어 넣어 고정시켰다. 그리곤 직육면체 클레이를 앞쪽 윗니에 박았다. 그다음 아래쪽 앞니에도 같은 작업이 이루어졌다. 이빨 본이 완성되자 의자는 집게를 입에서 빼 주었다. 브레머는 그런 줄도 모르고 잠들어 있었다.

"지금 저 자식을 심문하면 바른말을 하겠지, 안 그래?"

에드거가 보슈에게 물었다.

"의사들이 저놈한테 주사한 것이 진실 혈청이라는 것 아니야?"

"그럴 거야. 하지만 저건 법정에서 역효과를 낼 거야."

의사는 이빨 자국을 뜬 회색 클레이 덩어리를 플라스틱 용기 속에 담아 에드거에게 건네주었다. 그런 다음 혈액을 채취하고 솜으로 브레머의 입안을 닦아냈다. 또 그의 머리카락과 가슴 털, 성기 주변의 털도 잘라 봉투에 따로 담은 뒤 패스트푸드점에서 닭고기 토막을 담아주는 마분지 상자처럼 생긴 작은 용기 속에 모두 넣었다.

상자를 받아들자 보슈와 에드거는 병실을 떠났다. 보슈는 부검실 분석가 빅터 아마도를 만나러 가고, 에드거는 콘크리트 블론드의 얼굴을 재생해준 법의학 인류학자를 만나기 위해 노스리지대학으로 가기로 했다.

오후 5시 15분 전까지 에드거를 제외한 모든 대원들이 회의실로 돌아왔다. 그들은 어빙 부국장의 기자회견을 기다리며 방 안을 서성거렸다. 정오 이후에 새로 진전된 것은 없었다.

"그 자식이 모든 걸 어디에 감춰둔 것 같아, 해리?"

닉슨이 커피를 따르며 물었다.

"모르겠어. 어딘가 보관함을 가지고 있겠지. 테이프 같은 게 있다면 내놓고 싶지 않을 거야. 어디 숨겨두었을 텐데 그걸 찾아내야 해."

"다른 여자들은 어디 있을까?"

"이 도시 지하 어딘가에 묻혀 있겠지. 운이 아주 좋아야만 발견할 수 있을 거야."

"브레머가 입을 열든가."

어빙이 회의실로 들어서며 말했다.

방 안 분위기는 좋았다. 하루 동안의 수사 진척이 느렸음에도 불구하고 그들은 모두 이번엔 범인을 제대로 잡았다고 확신하는 듯했다. 이로서 그들의 존재 가치는 확실히 인정받은 셈이었다. 그래서 다들 커피를 마시며 빈둥거리고 싶어 했고, 어빙조차도 그런 기분에 편승했다.

5시 5분 전. 어빙이 기자들을 만나기 전에 마지막으로 타이핑이 된 당일 보고서들을 훑어보고 있을 때 에드거가 무전기로 연락해 왔다. 롤 렌버거가 재빨리 받더니 물었다.

"뭘 좀 건졌나, 팀 파이브?"

"해리 거기 있습니까?"

"그래, 팀 파이브. 팀 식스는 들어왔네. 무슨 일인가?"

"분석 결과가 나왔습니다. 용의자의 이빨 본이 피살자의 몸에 남아 있던 치흔과 완벽하게 일치합니다."

"알았다, 팀 파이브."

회의실 안에서 환호성이 울리고 등을 두드리는 소리와 하이파이브를 외치는 소리가 한꺼번에 터져 나왔다.

"그 친구도 이젠 끝났군."

닉슨이 외쳤다.

어빙 부국장이 서류를 챙겨들고 복도로 난 문으로 걸어갔다. 기자회 견에 늦지 않기 위해서였다. 그는 보슈 앞을 지나가며 말했다.

"우리가 금메달이야, 보슈. 고맙네."

보슈는 머리만 끄덕였다.

몇 시간 후 보슈는 다시 카운티 교도소에 가 있었다. 이미 문을 잠근 다음이라 보안관보는 브레머를 면회실로 불러내길 거부했다. 보슈는 그가 원격 카메라를 통해 지켜보는 가운데 하이파워 모듈 속으로 들어 가야만 했다. 감방들을 따라 죽 걸어가던 그는 6-36호실 앞에 멈춰 섰 다. 그리곤 외짝 철문 상단에 난 가로세로 30센티쯤 되는 철창문을 통 해 감방 안을 들여다보았다.

브레머는 '접근금지' 신분이었기 때문에 감방에 혼자 갇혀 있었다.

보슈가 들여다보는 줄도 모르고 깍지 낀 두 손을 베개 삼아 이층침대 아래 칸에 드러누워 있었다. 멍한 눈으로 천장만 응시하는 표정을 보자 보슈는 전날 밤에 잠시 목격했던 금단상태에 그가 빠져 있다는 것을 알았다. 갑자기 자기 자신을 잃어버린 사람 같았다. 보슈는 철창문에 입을 대고 말했다.

"브레머, 브리지 게임 할 줄 아나?"

브레머는 눈알만 돌리고 그를 쳐다보았다.

"뭐라고?"

"브리지 게임을 할 줄 아느냐고 물었다. 카드놀이 말이야."

"당신이 원하는 게 뭐요, 보슈?"

"오늘 아침에 네가 죽인 여자 외에도 세 명을 더 밝혀냈다는 걸 알려주고 싶어 찾아온 거야. 연결고리지. 넌 이전부터 콘크리트 블론드와 두 여자를 죽였어. 처음엔 인형사의 짓으로 알았던 여자들 말이야. 네 손아귀에서 도망쳤던 여자도 죽이려고 했어."

"그래서 뭐가 달라지는데? 하나만 밝혀지면 다 밝혀지는 거잖아? 난 챈들러 사건만 깨면 돼. 그러면 나머진 모두 도미노처럼 쓰러지겠지."

"단지 그런 일은 일어나지 않아. 우린 너의 이빨 본을 떴어, 브레머. 지문이나 다를 바 없는 거야. 그리고 나머지도 다 확보했어. 나 지금 부검실에 다녀오는 길이야. 너한테서 채취한 음모가 일곱 번째와 열한 번째 피살자의 음모 속에서 발견되었던 것과 일치했어. 인형사가 죽인 것으로 알려졌던 피살자들이지. 넌 이제 유죄협상을 생각할 때가 됐어. 다른 시체들이 어디에 묻혀 있는지 말해. 그러면 그들이 널 살려줄지도 몰라. 그래서 브리지 게임을 아느냐고 물어본 거야."

"알면 어쩔 건데?"

"퀜튼 교도소에 있는 어떤 놈들이 브리지 게임을 아주 잘한다는 얘길 들었거든. 언제나 새로운 피를 찾는 놈들이지. 너도 만나면 좋아할 거야. 공통점이 많거든."

"날 좀 내버려둬, 보슈."

"그래, 그래. 하지만 이건 알아야 해, 친구. 그놈들은 사형수동에 있어. 걱정하지 마, 네가 거기 가더라도 카드놀이 할 시간은 충분할 테니까. 평균 대기기간이 얼마나 되냐고? 글쎄, 다른 놈 하나를 가스실로 보낼 때까지 대략 8년에서 10년? 그만하면 나쁘지 않지. 물론 유죄협상을 하지 않았을 경우 그렇다는 거야."

"협상은 없소, 보슈. 그만 가보시오."

"간다고. 여기서 나갈 수 있다는 것이 얼마나 좋은 건데. 그럼 그때 보자고. 8년이나 10년쯤 뒤에 말이야. 꼭 찾아갈게, 브레머. 그들이 널 가스실에 집어넣을 때. 나는 유리벽을 통해 가스가 분출되는 것을 볼 거야. 그리고 밖으로 나와 기자들에게 네가 어떻게 죽어갔는지 얘기해 줘야지. 별로 사내답지 못하게 울부짖으며 죽어가더라고 전할 거야."

"엿 먹어, 보슈!"

"그래, 많이 먹을게. 그럼 그때 보자, 브레머."

33 마지막 희망

　화요일 오전 브레머에 대한 기소가 끝나자 보슈는 그동안 초과 근무한 수당을 받는 대신 주말까지 푹 쉬어도 좋다는 허락을 받았다. 그는 집 안에서 빈둥거리거나 잡무들을 쉬엄쉬엄 하며 시간을 보냈다.

　뒤쪽 베란다의 목재 난간을 특수 처리한 오크 나무로 교체했다. 홈디포에서 목재를 구입할 때 의자와 베란다의 팔걸이의자에 놓을 쿠션도 함께 골랐다. 〈LA 타임스〉의 스포츠란도 다시 보기 시작했다. 팀 순위와 선수들의 성적 변화도 살펴볼 여유가 생겼다.

　그리고 이따금씩 모방범 사건처럼 전국적으로 알려진 기사들을 메트로 섹션에서 찾아 읽기도 했다. 하지만 사건에 대해 너무 자세히 알고 있어서 전혀 재미를 느낄 수 없었다. 한 가지 그의 눈길을 사로잡은 기사는 브레머의 어린 시절에 대한 내용이었다. 〈LA 타임스〉는 브레머가 성장한 텍사스 주 오스틴 교외로 기자를 파견했고, 그는 그곳 청소년 교도소의 파일과 이웃들의 가십을 수집해서 돌아왔다. 브레머는 편모

슬하에서 자랐던 것으로 밝혀졌다. 그의 아버지는 떠돌이 블루스 뮤지션이었는데, 1년에 기껏해야 한두 번 얼굴을 구경할 정도였다. 이웃에 살았던 사람들의 말에 의하면 브레머의 어머니는 아들에게 엄혹하고 비열하게 대했던 것 같았다.

기자가 발견한 최악의 사건은 브레머가 열세 살 때 이웃집 공구창고에 불을 질렀다는 혐의를 받았지만 끝내 밝혀지지 않아 처벌을 모면했다는 것이었다. 그렇지만 이웃 사람들은 브레머의 어머니가 아들이 그런 짓을 저지른 것처럼 혼을 냈으며 그 여름이 끝나도록 집 밖으로 못 나가게 했다고 증언했다. 이웃들은 또 그 무렵부터 집에서 키우던 강아지나 고양이 등이 사라지기 시작했지만 한 번도 어린 브레머의 소행으로 밝혀진 적은 없었다고 했다. 적어도 지금까지는. 그런데 지금 그 이웃들은 당시에 일어났던 나쁜 일들은 모두 브레머가 한 짓이었다고 입을 모으고 있었다.

방화 사건이 있은 지 1년 후 어머니는 알코올 중독으로 사망했고 브레머는 주립 고아원으로 보내졌다. 그리고 한여름 무더위에도 아이는 하얀 셔츠에 파란 넥타이를 매고 블레이저 차림으로 수업을 받았다. 기사 내용을 보면 아이는 고아원에서 발행하는 학생신문 기자로 일하면서 언론인 경력을 쌓기 시작했고 결국 로스앤젤레스 타임스 기자로 성장했다.

브레머의 그런 경력은 로크 박사 같은 사람에겐 중요한 참고 자료가 된다. 그의 어린 시절이 성인이 된 이후 브레머가 저지른 범죄에 어떤 영향을 미쳤는가? 그런 생각을 하자 보슈는 슬픈 기분이 들었다. 그러나 〈타임스〉 기자가 어디선가 뒤져서 올려놓은 브레머의 어머니 사진을 멍하니 들여다볼 수밖에 없었다. 사진에서 여자는 햇빛으로 타는 듯한 목장 주택 문 앞에서 어린 브레머의 어깨에 손을 얹고 서 있었다. 표백한 금발에 젖가슴이 큰 도발적인 몸매의 여성이었다. 사진을 뚫어지게 응시하며 보슈는 여자가 화장을 너무 짙게 했다고 생각했다.

브레머에 관한 기사 외에도 보슈가 여러 차례 읽었던 기사는 목요일자 메트로 섹션에 실린 베아트리체 폰트노트 장례식에 관한 내용이었다. 그 기사에는 그랜트 고교 교사인 실비아가 고인을 추모하는 뜻에서 베아트리체가 쓴 독후감을 낭독했다는 내용도 실려 있었다. 사진도 실려 있었지만 실비아의 모습은 없었고, 장례식에서 눈물을 흘리고 있는 베아트리체 어머니의 얼굴이 부각되어 있었다. 보슈는 메트로 섹션을 팔걸이의자 옆 탁자 위에 올려두고 그 자리에 앉을 때마다 다시 읽곤 했다.

집 안에서 서성이다 가슴이 답답해지면 차를 몰고 나가기도 했다. 구릉지를 내려와서 일정한 목적지도 없이 밸리 쪽으로 달렸다. '인 앤 아웃' 스탠드에서 햄버거 하나를 사먹기 위해 40분 거리를 달려가기도 했다. 도시에서 자란 그는 그 속을 드라이브하며 거리들 구석구석을 손바닥같이 들여다보길 좋아했다. 목요일과 금요일 오전에는 그랜트 고등학교 앞을 한 차례씩 지나갔지만, 교실 유리창을 통해 실비아의 모습을 보진 못했다. 그녀를 생각하면 가슴이 저려왔지만 그녀에게 가장 가까이 다가갈 수 있는 방법이 차를 몰고 학교 앞을 지나가는 것뿐이었다. 그녀 쪽에서 다가와야만 했고 그 자신은 그녀가 다가오길 기다려야만 했다.

금요일 오후 드라이브를 끝내고 집에 돌아왔을 때, 그는 전화기의 자동응답기 램프가 깜박이는 것을 보았다. 가슴이 덜컥 내려앉으며 희망이 용솟음치는 것을 느꼈다. 학교 앞으로 지나가는 그의 자동차를 발견한 실비아가 가슴 아파 하는 줄을 알고 전화를 해온 것이라고 지레 짐작했다. 하지만 메시지를 틀자 전화를 해달라는 에드거의 말만 흘러 나왔다.

전화를 걸자 에드거는 불쑥 말했다.

"해리, 요즘 귀에 아무것도 안 들어오는 모양이지?"

"왜, 무슨 일 있어?"

"어제 〈피플〉 매거진에서 들어와 인터뷰를 해갔어."

"표지에 자네 얼굴 실렸는지 찾아볼게."

"농담이야. 실은 그 사이에 커다란 진전이 있었네."

"그래, 무슨?"

"전국적으로 공표한 것이 주효했어. 컬버시티에 사는 한 여자가 브레머의 얼굴을 알아보고 제보를 해왔네. 자기 영업소에 우드워드라는 가명으로 보관함을 가지고 있는 남자가 틀림없다는 거야. 오늘 아침 맨먼저 수색영장을 받아들고 달려가서 열었지."

"그랬더니?"

"로크 박사의 말이 맞았어. 브레머는 비디오테이프를 갖고 있었네. 트로피처럼 말이야. 우린 그걸 찾아낸 거라고."

"세상에."

"그래, 설마가 사람 잡는다는 격이지. 테이프 일곱 개에 카메라까지 있었어. 처음 두 여자는 촬영하지 않았던 게 분명해. 우리가 인형사의 소행이라고 생각했던 여자들 말이야. 그렇지만 챈들러와 매기 컴 라우들리를 포함한 다른 일곱 명은 비디오로 찍었어. 그 개자식이 모조리 찍었던 거야. 징그러운 새끼! 비디오에 담긴 다른 다섯 여자들의 신원을 확인하고 있는 중인데, 보나마나 모라가 리스트에 올렸던 그 여자들이 분명해. 갤러리와 다른 네 명의 포르노 여배우들 말이야."

"보관함 속에 또 뭐가 들어 있었나?"

"다 있었어. 모조리 다. 수갑과 재갈, 벨트, 나이프, 9밀리 글록 등. 그의 살인도구가 몽땅 들어 있었지. 권총은 아마 여자들을 굴복시키려고 사용했을 거야. 그래서 챈들러의 시체에서도 저항한 흔적을 발견할 수 없었던 거지. 총으로 꼼짝 못하게 한 뒤 수갑을 채우고 재갈을 물렸을 거야. 테이프를 보면 살인은 모두 브레머의 안방에서 이루어졌어. 물론 챈들러만 빼고. 그 여잔 자기 집에서 당했으니까. 그런데 그 테이프들 말이야, 해리, 정말 눈 뜨곤 볼 수가 없었네."

보슈도 충분히 상상할 수 있었다. 희생자들이 살해당하는 장면을 떠올리자 심장이 펄쩍펄쩍 뛰고 가슴이 터질 것만 같았다. 마치 새장 속에 갇힌 새가 철망을 부수고 나가려고 퍼덕거리는 듯했다.

"암튼 지방 검사가 그것들을 증거물로 채택했어. 더 큰 진전은 브레머가 입을 열 거라는 점이지."

"정말?"

"그렇다니까. 그자도 우리가 테이프와 모든 증거물들을 찾아냈다는 소릴 들었거든. 변호사를 통해 유죄협상을 제의했을 거야. 보석 없는 조건으로 목숨을 건지는 대신 우리에게 시체들이 있는 곳을 불겠지. 그리고 무엇이 그를 그 지경으로 만들었는지 연구할 정신과 의사들한테 진단도 받아야 할 거고. 의사들은 그 자식을 파리처럼 짓이겨 놓겠지만, 그래도 가족들과 과학을 생각하는 사람들이니까."

보슈는 침묵에 빠져들었다. 브레머는 살아남을 것이다. 처음엔 무슨 생각을 해야 할지 알 수 없었다. 그러나 협상을 통해 브레머가 살 수 있다는 것을 보슈는 깨달았다. 그는 여자들 시체를 끝까지 못 찾아낼 수도 있다는 생각에 마음이 언짢았다. 브레머를 기소하던 날 감옥으로 그를 찾아간 이유도 바로 그 때문이었다. 그 여자들에게 가족이 있든

없든, 아무도 모르는 캄캄한 구덩이 속에 그대로 방치하고 싶지가 않았던 것이다.

그 정도면 괜찮은 거래야, 하고 보슈는 생각했다. 브레머는 살아남겠지만, 그는 살아도 산 목숨이 아니었다. 차라리 가스실로 가는 것만 못할 수도 있었다. 그것이 바로 정의라고 보슈는 생각했다.

"암튼 자네도 알고 싶을 거라고 생각했어."

에드거가 말했다.

"그럼. 당연하지."

"정말 기분 더러운 거 있지? 브레머가 모방범이라니! 차라리 모라 쪽이 더 낫겠어. 기자란 놈이 말이야! 게다가 나도 그 자식을 알아."

"그렇겠지. 우리 대부분이 알지. 그래서 사람 속은 아무도 모른다고 하는 것 같아."

"맞아. 나중에 봐, 해리."

그날 저녁 보슈는 뒤쪽 데크에 새로 설치한 오크 목재 난간에 기대어서서 로크 박사가 얘기한 검은 심장에 대해 생각하고 있었다. 그것의 리듬이 워낙 강해서 온 도시를 쾅쾅 울릴 것만 같았다. 보슈는 그것이 자기 인생의 배경에서 항상 들려올 박자라는 걸 알았다. 브레머는 이제 눈앞에서 사라져 영원히 보이지 않겠지만, 그 뒤를 이을 다른 자가 곧 나타날 것이다. 그리고 그다음 놈도. 검은 심장은 혼자서는 뛰지 않는다고 했던가.

보슈는 담배를 붙여 물고 허니 챈들러에 대해 생각했다. 현장에서 본 그녀의 마지막 모습이 법정에서 열변을 토하던 모습과 함께 마음속에 떠올랐다. 앞으로도 그녀의 모습은 항상 그렇게 남아 있을 것이었다. 그녀의 분노에는 성냥의 유황이 확 타오를 때의 푸른 불꽃처럼 격렬한 순

수함이 있었다. 비록 그 자신을 향한 분노이긴 했어도 보슈는 그것을 평가해주고 싶었다.

그의 생각이 법원 계단에 있던 정의의 여신상까지 흘러갔다. 그는 아직도 그녀의 이름을 기억할 수 없었다. 콘크리트 블론드. 챈들러는 그녀를 그렇게 불렀다. 챈들러는 결국 정의를 뭐라고 생각했을까? 그 자신의 마지막 순간에. 희망이 없다면 정의도 없다고 보슈는 알고 있었다. 챈들러는 마지막 순간까지 희망의 끈을 놓지 않았을까? 그랬을 것이라고 그는 믿었다. 순수한 푸른 불꽃처럼, 희망은 아직 거기 있었다. 여전히 뜨겁게. 그것이 그녀로 하여금 브레머를 이길 수 있게 했던 것이다.

실비아가 베란다로 나오기 전까지는 그녀가 온 기척을 전혀 느끼지 못했다. 보슈가 고개를 들었을 때 거기에 그녀가 있었다. 그는 즉시 그녀에게 달려가고 싶었지만 참았다. 실비아는 청바지에 감색 데님 셔츠 차림이었다. 그녀의 생일선물로 사준 셔츠를 입고 온 것은 좋은 징조라고 보슈는 생각했다. 학교에서 바로 온 듯했다. 학교는 한 시간 전부터 주말 휴가에 들어갔을 테니까.

"사무실로 전화했더니 휴가 중이라 하더군요. 어떻게 하고 있나 보고 싶어 왔죠. 사건에 대한 기사들은 모두 읽었어요."

"난 괜찮아, 실비아. 당신은 어때?"

"나도 괜찮아요."

"우리는 어떻지?"

그 말에 실비아는 미소를 살짝 지었다.

"자동차 범퍼에 붙은 광고 스티커 같네요. '내가 지금 어떻게 달리고 있지?' 해리, 우리가 어떤지는 나도 모르겠어요. 그래서 여기 온 것 같은데."

521

어색한 침묵이 이어지자 그녀는 베란다 주위와 그 너머를 돌아보았다. 보슈는 담배꽁초를 문 옆에 놓아둔 빈 커피 캔에 집어넣었다.

"쿠션들도 갈았군요."

"응."

"해리, 내가 왜 시간을 필요로 하는지 이해해야 해요. 그건…."

"알아."

"말 좀 자르지 말아요. 몇 번이나 연습하고 하는 말인데. 당신한테 제대로 말해야만 해요. 이대로 가면 나뿐만 아니라 당신에게도 몹시 힘들어질 거라는 말을 하고 싶어요. 우리들의 과거와 비밀, 무엇보다도 당신이 하는 일과 당신이 집으로 가지고 들어오는 것을 감당하기가 어려워질 거예요."

보슈는 그녀가 계속하도록 기다렸다. 아직 끝내지 않았다는 걸 알고 있었다.

"당신한테 상기시켜 줄 필요는 없다고 생각하지만, 나는 이전에 사랑했던 한 남자를 통해 그걸 이미 경험했어요. 점점 악화되기만 했죠. 결과적으로 우리 모두에게 많은 고통만 안겨줄 거예요. 그러니까 내가 한 걸음 물러서서 이 문제를 바라보는 것, 우리 자신을 다시 살펴보는 것을 이해해야만 해요."

보슈는 고개를 끄덕였지만 실비아는 그를 보고 있지 않았다. 그것이 그녀의 말보다 보슈를 더 곤혹스럽게 했다. 그렇다고 무슨 말을 할 수도 없었다. 무슨 말을 해야 할지 생각나지도 않았다.

"당신은 정말 힘들게 살고 있어요, 해리. 경찰의 삶 말예요. 무거운 짐을 짊어지고 있지만 그래도 당신에겐 매우 고상한 부분이 있다는 걸 난 알아요."

여자는 이제 그를 바라보며 말했다.

"당신을 사랑해요, 해리. 이런 감정은 내 인생에서 가장 소중한 것이기 때문에 계속 간직하고 싶어요. 내가 아는 최상의 것이니까요. 어려울 줄 알지만 그렇기 때문에 더 좋아질 수도 있잖아요. 누가 알아요?"

그제야 보슈는 그녀에게 다가가며 말했다.

"누가 알겠어?"

실비아를 포옹한 채 그녀의 머리카락과 피부 냄새를 맡으며 보슈는 한참 동안 떨어질 줄 모르고 서 있었다. 한 손으로는 여자의 목덜미를 소중한 도자기처럼 보듬고 어루만졌다. 두 사람은 포옹한 채 팔걸이의자로 가서 나란히 앉았다. 오랫동안 말없이 앉아 있는 사이에 하늘이 차츰 어두워지며 빨갛고 푸르스름한 노을이 샌 게이브리얼 산봉우리 너머로 걸렸다. 보슈는 아직 말하지 않은 비밀들이 있지만, 지금은 그대로 간직하기로 했다. 그리고 어둡고 외로운 곳을 잠시라도 더 피해 보기로 했다.

"이번 주말에 어디로 훌쩍 떠날까?"

그는 실비아에게 물었다.

"이 도시를 벗어나 론파인까지 내처 올라갈 수도 있지. 내일 밤엔 통나무집에서 자고 말이야."

"그러면 멋질 거예요. 통나무집에서 잘 수 있다면."

그녀는 잠시 후 다시 말했다.

"그런데 빈 통나무집이 없을지도 몰라요, 해리. 몇 채 되지 않아 금요일이면 항상 예약이 끝나버리거든요."

"내가 벌써 한 채 예약해 뒀거든."

여자는 남자의 얼굴을 돌아보았다. 그리곤 어쩜 그럴 수가 하는 표정으로 웃으며 물었다.

"그러니까 당신은 진작부터 알고 있었단 말이죠? 내가 제풀에 지쳐 돌아오길 기다리며 그냥 어슬렁어슬렁? 밤에 잠도 쿨쿨 잘 자고, 내 말에 하나도 안 놀라고?"

보슈는 웃지 않았다. 그는 머리를 천천히 흔들곤 샌 게이브리얼 서쪽 산등성이에 반사된 석양을 바라보며 대답했다.

"알고 있었던 건 아니야, 실비아. 희망하고 있었지."

〈끝〉

옮긴이의 말

"알고 있었던 건 아니야, 실비아.
하지만 희망하고 있었지."

'콘크리트 블론드'라 하기에 처음엔 콘크리트 색조의 금발인가, 아니면 무슨 화장품 이름인가 했다. 하지만 그것이 콘크리트 속에 매장된 금발 미녀를 지칭한다는 걸 안 것은 이 책을 한참 읽어 들어간 후였다. 실제로 일본에서는 범인이 살해한 여자를 드럼통 안에 집어넣고 콘크리트를 부어 굳힌 다음 배수로로 굴려버린 사건이 있었다고 한다. 그런 경우엔 나중에 발견될 가능성이라도 있지만, 내가 읽은 어떤 소설에서는 범인이 피살자를 거대한 공사장 밑바닥에 밀어 넣은 후 콘크리트로 덮어버렸다. 그렇게 되면 시체를 찾아낼 길은 영원히 없어지고 만다.

해리 보슈는 코넬리가 만들어낸 가장 매력적인 캐릭터라 할 수 있다. 길거리에서 피살된 매춘부의 아들이라는 태생적 아픔이 그의 몸 세포 하나하나까지 형사인 남자, 형사 아니면 세상에서 할 일이

525

아무것도 없는 남자로 만든 인자로 작용하지 않았을까? 비록 하는 일은 거칠고 비정하지만 그에겐 다른 형사들한테서 찾아보기 힘든 고상하고 우아한 매력을 느낄 수 있다. 살인사건 수사도 그것을 사명으로 아는 형사에겐 예술이라고 생각하는 남자. 사랑하는 여자 마음에 행여 상처라도 줄까봐 가까이 다가가지 못하고 직장 주위만 빙빙 맴도는 여린 마음의 소유자이기도 하다.

마이클 코넬리의 소설이 우리 마음을 강렬하게 사로잡는 것은 착상의 기발함 때문이기도 하지만 그의 작품들 속에서 은연 중 느껴지는 삶의 굴곡과 깊은 울림 때문일 것이다. 양지와 음지에서 벌어지는 온갖 세상사를 마치 제 일처럼 술술 풀어내면서 가끔 콧잔등을 시큰하게 만드는 감동을 시니컬한 방법으로 버무려넣는다. 희망이 없다면 정의도 없다고 믿고 있는 그는 그런 속에서도 순수한 푸른 불꽃 같은 희망을 찾아낸다. 정의의 여신상을 가리키며 "저 여잔 듣지도 보지도 못해요. 느낄 수도 없고 말을 걸지도 않아요. 정의란 콘크리트 블론드 같은 거라고요."라고 일갈하는 챈들러의 부정적 시각에 비해 "알고 있었던 건 아니야, 실비아. 하지만 희망하고 있었지." 라고 말하는 그의 긍정적이고 희망적인 메시지는 우리에게 한결 환하고 희망적인 안도감을 안겨주고 있다.

2010년 겨울, 이창식

마이클 코넬리 작품 연보

*장편 소설 작품에 한정하였음.

원제	원서 출간연도	시리즈명	번역판 출간제목	번역판 출간연도
The Black Echo	1992	해리 보슈 시리즈 1	블랙 에코	2010
The Black Ice	1993	해리 보슈 시리즈 2	블랙 아이스	2010
The Concrete Blonde	1994	해리 보슈 시리즈 3	콘크리트 블론드	2010
The Last Coyote	1995	해리 보슈 시리즈 4	라스트 코요테	2010
The Poet	1996	잭 매키보이 시리즈 1	시인- 자살노트를 쓰는 살인자	2009
Trunk Music	1997	해리 보슈 시리즈 5	트렁크 뮤직	2011
Blood Work	1998		블러드 워크- 원죄의 심장	2009
Angels Flight	1999	해리 보슈 시리즈 6	앤젤스 플라이트	2011
Void Moon	2000		보이드 문	2013
A Darkness more than Night	2001	해리 보슈 시리즈 7	다크니스 모어 댄 나잇	2011
City of Bones	2002	해리 보슈 시리즈 8	유골의 도시	2010
Chasing the Dime	2002		실종-사라진 릴리를 찾아서	2009
Lost Light	2003	해리 보슈 시리즈 9	로스트 라이트	2013
The Narrows	2004	해리 보슈 시리즈 10	시인의 계곡	2009
The Closers	2005	해리 보슈 시리즈 11	클로저	2013
The Lincoln Lawyer	2005	미키 할러 시리즈 1	링컨 차를 타는 변호사	2008
Echo Park	2006	해리 보슈 시리즈 12	에코 파크	2013
The Overlook	2007	해리 보슈 시리즈 13	혼돈의 도시	2014
The Brass Verdict	2008	미키 할러 시리즈 2	탄환의 심판	2012
9 Dragons	2009	해리 보슈 시리즈 14		
The Scarecrow	2009	잭 매키보이 시리즈 2	허수아비-사막의 망자들	2010
The Reversal	2010	미키 할러 시리즈 3		

콘크리트 블론드_해리 보슈 시리즈 Vol.3

1판 1쇄 발행 2010년 11월 24일
1판 3쇄 발행 2014년 9월 29일
2판 1쇄 인쇄 2015년 1월 22일
2판 1쇄 발행 2015년 1월 30일

지은이 마이클 코넬리
옮긴이 이창식

발행인 양원석
본부장 송명주
편집장 김지연
해외저작권 황지현, 지소연
제작 문태일, 김수진
영업마케팅 김경만, 정재만, 곽희은, 임충진, 이영인, 장현기, 김민수,
　　　　　　임우열, 윤기봉, 송기현, 우지연, 정미진, 이선미, 최경민

펴낸 곳 ㈜알에이치코리아
주소 서울시 금천구 가산디지털2로 53, 20층 (가산동, 한라시그마밸리)
편집문의 02-6443-8846　**구입문의** 02-6443-8838
홈페이지 http://rhk.co.kr
등록 2004년 1월 15일 제2-3726호

ISBN 978-89-255-5521-8 (04840)
　　　978-89-255-5518-8 (set)

RHK 는 랜덤하우스코리아의 새 이름입니다.